황순원 소설선

카인의 후예

책임 편집 · 김종회

경희대학교 국어국문학과와 같은 과 대학원 졸업.
현재 경희대학교 국어국문학과 교수.
저서로는 『한국소설의 낙원의식 연구』 『위기의 시대와 문학』 『문학과 전환기의 시대
정신』 『문학의 숲과 나무』 『문화통합의 시대와 문학』 등이 있음.

한국문학전집 23
카인의 후예
황순원 소설선

초판 1쇄 발행 2006년 2월 1일
초판 41쇄 발행 2025년 3월 24일

지 은 이   황순원
책임 편집   김종회
펴 낸 이   이광호
펴 낸 곳   ㈜문학과지성사
등록번호   제1993-000098호

주   소   04034 서울 마포구 잔다리로7길 18(서교동 377-20)
전   화   02)338-7224
팩   스   02)323-4180(편집) 02)338-7221(영업)
전자우편   moonji@moonji.com
홈페이지   www.moonji.com

ⓒ ㈜문학과지성사, 2006. Printed in Seoul, Korea

ISBN 89-320-1669-0 04810
ISBN 89-320-1552-X(세트)

황순원 소설선

카인의 후예

김종회 책임 편집

문학과지성사 한국문학전집 23

| 차 례 |

일러두기 • 6

카인의 후예 • 7
너와 나만의 시간 • 251
나무들 비탈에 서다 • 268

주 • 537
작품 해설
순수와 절제의 미학──황순원의 작품 세계 / 김종회 • 539
작가 연보 • 576
작품 목록 • 579
참고 문헌 • 587
기획의 말 • 592

1. 이 책은 문학과지성사에서 펴낸 단행본 황순원 전집 4, 6, 7권을 주 판본으로 삼았다. 각 작품의 출처는 작품 목록에 상세히 설명되어 있다.
2. 이 책의 맞춤법은 1988년 1월 19일 문교부 교시 '한글 맞춤법'에 따르는 것을 원칙으로 하였다. 단 작품의 분위기에 영향을 준다고 판단되는 방언이나 구어체 표현, 의성어 의태어 등은 그대로 두었다.
    예) 오마닌 왜 아바지한테 말 한마디 못하구 삽네까?
    예) 밤새두룩 따끔거리구 아팠든 것두…….
3. 대화를 표시하는 『 』 혹은 「 」은 모두 " "로 바꾸었고, 대화가 아닌 강조의 경우에는 ' '로 바꾸었다. 또 책 제목은 『 』로, 노래 제목은 「 」로 표시했다. 말줄임표 '…' '…' '……' 등은 모두 '……'로 통일하였다. 단 원문에서 등장인물의 머릿속 생각을 표시하는 괄호는 작은따옴표(' ')로 바꾸었고, 작가가 편집자적인 논평을 붙인 부분은 원문대로 괄호(( ))) 안에 표시해두었다.
4. 외래어 표기는 1986년 1월 7일 문교부 교시 '외래어 표기법'에 따라 바꾸었다(예 ①). 단 작품의 분위기에 영향을 준다고 판단되는 경우에는 원본을 그대로 살렸다(예 ②).
    예) ① 삐라(현행 '전단'으로 순화)
    예) ② 찝차(현 외래어 표기법으로는 '지프차')
5. 과도하게 사용된 생략 부호나 이음 부호는 읽기에 편하도록 조절하였다.
6. 책임 편집자가 부가적인 설명이나 단어 풀이가 필요하다고 판단한 경우에는 미주에 설명을 붙여놓았다.

카인의 후예

1

별이 쏠리는 밤이었다. 바람이 꽤 세었다. 서북 지방의 밤공기가 아직 찰 대로 찬 3월 중순께였다.

산막골 고갯길을 넘어오는 사내가 있었다. 박훈이었다.

엔간히 술이 취한 듯 걸음이 허청거렸다. 그는 지난 넉 달 동안이나 어떤 보람을 느껴가면서 운영해오던 야학을 어제 당에서 나온 공작대원에게 접수를 당한 것이었다. 아무런 예고도 없었다. 훈이 야학 시간이 되어 가보니 벌써 낯모를 청년이 교단을 점령하고 있었다. 오늘 저녁 이렇게 술이 좀 지나친 것도 그 허전감에서 온 것인지도 몰랐다.

길 오른편은 적이 가파르게 경사진 개간지요, 왼편은 소나무 숲이었다. 그 사이로 외발자국 오솔길이 나 있었다. 여름이면 쑥과

뱀딸기 덩굴로 해서 거의 덮이다시피 되는 길이었다.

왼편 소나무 숲이 쏴아 하고 크나큰 물결 소리를 내었다. 훈은 어쩌면 숨이 막힐 정도로 이 찬바람을 얼굴 전체에 받았다. 그러면서 그는 적잖이 술기가 간 정신으로도 이 찬바람 속에 이미 봄을 마련한 송진 냄새가 풍겨 있음을 느끼는 것이었다. 코를 벌름거려보았다.

오른편 앞쪽 밋밋한 등성이 위에 검은 나무 그림자가 나타나기 시작했다. 훈의 삼촌네 소유로 되어 있는 과수원이었다. 벌써 몇 해째 손을 대지 않고 내버려두어 거의 폐목이 되다시피 한 과수원이었다.

훈이 과목 그림자에 눈을 주었다. 올해도 꽃을 피우리라. 그리고 과실 구실도 못하는 열매가 작년보다도 더 얼마 안 되게 달렸다 떨어지고 썩고 하리라.

과수원의 검은 그림자가 점점 면적을 넓혀갔다. 과수원 둘레로 돌아가며 심은 아카시아 울타리. 이것은 또 잘라주지 않고 그냥 내버려두어, 이제는 제대로 굵은 나무들이 돼 있었다.

이 아카시아 울타리 한끝에 희끄무레한 그림자가 하나 붙어 있었다. 오작녀다. 거기서 훈 자기를 기다리고 있는 것이다.

좀 전에 술집아주머니가 한 농담이 떠올랐다. 목이 빠져라 하고 기다릴 오작녀를 생각해서라도 어서 집으로 돌아가야 하지 않느냐는 것이었다. 훈은 못 들은 체 그 말을 흘려버리고 말았다.

고향에 돌아온 후로 3년이란 세월을 젊은 여인과 단둘이 한 지붕 밑에서 살아왔으니 노상 그런 말도 날 만한 일이었다. 그리고 사실 훈은 언제부터인가 밖에서 돌아올 때마다 거기 오작녀가 기다리고 있다는 데 저도 모를 어떤 위안 같은 것을 느끼는 것이었다.

지금도 그것을 느꼈다. 그러나 이 오작녀와의 한 지붕 밑 살림도 머지않아 끝이 난다는 생각이었다.

그러자 오늘쯤 오작녀와 마지막으로 한번 장난을 쳐보고 싶은 생각이 들었다. 이쯤에서 서리라. 그래 언제나 부끄럼 타듯 저만큼에서만 기다리는 오작녀를 여기까지 오게 하리라.

훈이 섰다.

그러나 아카시아 울타리 쪽에서는 아무 움직임도 없었다.

소나무 숲을 불어 지나는 바람 소리만이 한층 높았다. 한 소리가 멀리 꼬리를 끌고 달아나는가 하면, 그 소리가 미처 사라지기도 전에 새로운 소리가 뒤따라 일어나곤 했다.

바람 소리에 귀를 기울이고 있던 훈은, 문득 지금 자기가 생각해낸 장난이 어이없는 것같이만 느껴졌다. 자리를 뜨려 했다.

이때 아카시아 쪽에서 움직였다. 오작녀가 이리로 달려온다고 생각됐다. 그러나 오작녀의 희끄무레한 그림자는 이리로 오는 것이 아니고, 아카시아 울타리로부터 훈이 서 있는 왼편 앞쪽으로 사선을 그으며 소나무 숲 속으로 들어가는 것이었다. 그게 여간 빠른 동작이 아니었다.

훈은 퍼뜩 정신이 드는 심사였다. 거기 소나무 숲에는 오작녀보다 앞서 다른 그림자 하나가 달아나고 있는 것이 아닌가. 훈은 전신의 감각으로 그게 사내의 그림자라는 걸 느꼈다. 등골로 찬 기운이 스치고 지나갔다. 그만 훈은 저도 모르는 새 그들의 뒤를 따라 숲 속을 달리고 있었다.

어디 이런 돌부리가 많이 있었을까. 이 부근에 어디 이런 잡목의 나무 가장이가 무성해 있었을까. 훈은 몇 번이고 돌부리에 채어 무릎을 꿇다시피 하고, 꼿꼿한 나뭇가지에 면상과 목줄기를 째이었다.

그러면서도 제 힘껏 달렸다. 나무 가장이를 헤치기 위해 마구 두 손을 어둠 속에 허우적거렸다. 앞선 그림자나 뒤쫓는 오작녀의 그림자가 잘도 달리는 것이었다. 꼭 산에 익은 짐승의 내달림이었다.

훈은 종내 두 그림자를 잃고 말았다. 걸음을 멈추고 귀를 기울였다. 바닷물 소리 같은 바람 소리가 쏴아 쏴아거릴 뿐, 사람의 기척 소리라곤 들려오지 않았다.

저만큼 그 평토가 다 된 옛 무덤 자리가 어둠 속에서도 짐작되었다. 그 한끝에 이 산중 어느 소나무보다도 특출하게 굵고 높은 산신나무'가 밤하늘에 검은 몸뚱이를 드러내놓고 있었다.

그리로 가 아무렇게나 주저앉아버렸다. 이곳은 한 50여 평 나무도 들어서지 않은 잔디밭인 데다 볕바른 곳이어서 훈이 늦가을로부터 이른 봄에 걸쳐 늘창 해바라기하러 올라오는 자리였다.

고만큼 뛰었는데 목에서 첫내가 나며 땀이 내뱄다. 나뭇가지에 째인 면상이며 목이며 손등이 쓰렸다.

어쩐지 온몸이 노곤해져 드러누웠다.

하늘의 별들이 눈앞에서 핑 돌았다. 눈을 감아버렸다.

좀 전에 오작녀가 뒤쫓은 그 그림자는 대체 누구일까.

땀이 걷히며 밑으로부터 올라오는 냉기로 인해 등골이 오싹거렸다. 이 오싹거림은 대체 그가 누굴까 하는 좀 전의 검은 그림자로 해서 한층 심해지는 듯했다.

그것이 사내인 것만은 틀림없었다. 그리고 몰래 자기의 뒤를 밟거나, 거기 어디 숨어서 자기네의 동정을 살피고 있었던 것도 틀림없었다.

훈은 소위 토지개혁이란 걸 앞둔 요즈음 뜻 않았던 때 뜻 않았던 곳에서 느끼곤 하는 어떤 강박감이 어제오늘에 와서는 어떤 구체성을 띠어가지고 신변 가까이 닥쳐왔음을 느꼈다. 어젯밤에는 야학을 접수당했다. 이제 무슨 변이 몸에 와 닿을는지 모르는 것이었다. 새로이 온몸에 소름이 끼치면서 술기운도 다 사라지는 심사였다.

아무튼 이젠 일어나 내려가야겠다. 이러다가는 정말 감기 들겠다. 그러면서도 그는 좀처럼 몸을 일으키지 못하고 있었다.

바람 소리가 잠시 그쳤다. 별나게 주위가 고즈넉해지면서 자기를 중심으로 한 얼마의 구역이 따로 떨어져나간 느낌이었다. 부자연스러웠다. 이 자기를 중심으로 한 구역 밖 어느 한 곳에 누가 몸을 숨겨가지고 이쪽을 감시하고 있는 것만 같았다.

눈을 번쩍 뜨며 상반신을 일으켰다.

"집으루 내레가시야디요."

언제 와 있었는지 오작녀가 곁에 서 있었다.

훈이 말없이 일어나 앞장을 섰다.

여기서 집으로 내려가는 길만은 아무리 밤길이라 해도 발에 익었다. 고향에 돌아와 3년 동안이나 친해온 길이었다. 그런데 웬일인지 다리가 자꾸 허청거려, 꺼멓게 드러나 보이는 잡목에 몇 번이고 부딪쳤다. 이제는 술 때문이 아니었다. 대체 좀 전의 그 그림자가 누구일까 하는 생각이 적잖이 마음을 헝클어놓는 것이었다.

오작녀가 앞질러 앞장을 섰다. 그러고는 훈의 걸음걸이를 재어, 꼭 두어 걸음 앞을 서 길잡이 노릇을 하는 것이었다.

"오작녀, 대체 그게 누구요?"

대답이 없었다.

"따라가다 놓쳤수?"

"아니오."

"그럼?"

다시 말이 없었다.

"누군지 모를 사람입디까?"

"아니오."

"그럼?"

다시금 오작녀는 말이 없다가, 무슨 애원이나 하는 듯한 어조로,

"선생님,"

하고는 잠시 사이를 두어,

"내일 말씀드레서는 안 돼요?"

전에 없는 일이었다. 그네가 이처럼 훈의 물음에 대답을 피해보기는 처음인 것이었다. 심상치 않은 곡절이 있는 것 같았다.

그럴수록 훈은 기어이 오작녀의 입으로부터 그자가 누구인가를 알아내고 싶어졌다. 그리고 자기가 캐어물으면, 오작녀 편에서도

결국은 말하고야 말 것을 알고 있었다. 그러나 그만두었다. 오작녀가 말하기 힘들어하는 것을 알아냈댔자 무어 시원한 일이 있을 성싶지 않아서였다. 그저 이제는 어서 집으로 돌아가 눕고만 싶었다.

잡목 숲이 다하자 바로 거기에 양짓골 집들이 어둠 속에 반원을 그리고 널려 있었다. 모두 등을 이리 돌리고 널려 있는 품이 흡사 무슨 나락 더미 같았다.

이 반원 한복판 안 굽이에 다른 나락 더미보다 크게 드러나 뵈는 것이 훈의 집이었다.

저녁상을 보아 들여놓고, 오작녀는 조용히 밖으로 나섰다.

아버지네 집으로 가보지 않고는 못 견딜 심사였다. 누구와 결판을 내고만 싶었다. 글쎄 삼득이(남동생) 그 애가 어쩌자고 그런 짓을 할까. 남의 뒤를 밟다니 될 말인가. 그것도 다른 사람 아닌 박선생의 뒤를.

오작녀 아버지네 집은 훈네 집에서 왼편으로 한 50미터 떨어진 곳에 있었다. 함석집이었다.

오작녀는 아버지네 집 마당에 들어서며 잠깐 망설였다. 바둑이가 와 다리에 감겼다. 가슴이 더 뒤설레었다. 그러나 마음을 가다듬어 먹고 문고리를 가 잡았다.

방에는 어머니 혼자뿐이었다. 남폿불 앞에 동그마니 앉아 바느질감을 잡고 있다가 방문 여는 소리에 놀라는 눈을 들었다.

"너 오니?"

"다들 어디 갔소?"

"저녁 먹구들 나가드라."

어머니는 말소리마저 무엇을 염려하고 겁내하는 빛이었다. 그
게 요새 와서 더 심해진 것 같았다.

소녀 시절에는 웃기 잘하기로 유명했던 오작녀 어머니였다. 대
수롭지 않은 일에도 웃음이 앞서곤 했다. 갓 시집와서도 그랬다.
웃어른 없는 시집살이라 흉허물 없이 동네 젊은 여인들과 만나
면, 무슨 이야기 끝에고 곧잘 웃음을 터뜨리곤 했던 것이었다.

이렇던 웃음이 어느새 그네의 동글납작한 얼굴로부터 자취를
감추어버리고 말았다. 살림이 고된 탓은 아니었다.

빽빽한 바위 밑 같은 남편의 그늘이 그리 만들었는지 모를 일이
었다. 무어 남편 되는 도섭영감이 유별나게 아내를 들볶는 것은
아니었다. 마치 바위 편에서 무슨 생각이 있어 그 밑의 푸나무를
어쩌는 것이 아니듯이. 그저 남편의 바위 밑에서 이 여인은 차차
로이 제 웃음을 잃고, 그 자리에 어떤 그늘이 대신한 것이었다.
그것이 요즘 와서는 더 심했다. 아무렇지도 않은 일에 깜짝깜짝
놀라기까지 했다.

"삼득인 늘 밤늦게 댕기우?"

"글쎄 그러누나."

늘 삼득이가 그러는 것은 아니건만, 누이 되는 사람이 걱정 비
슷이 하는 말에, 어머니도 덩달아 이렇게 말을 하고는 이번에는
혼잣말로,

"밤엔 집에들 있어줬으믄 둏갔는데……."

"아바진 또 요새 왜 그러우?"

"글쎄 말이다."

"오마니가 좀 말을 해요."

어머니가 놀라는 눈을 이리 돌렸다.

"요새 아바지가 박선생한테 너무해요. 디나간 일두 생각해야디 나빠요. 이제 토디개혁인가 뭔가 된다구 해서 그럴 수가 있이요? 오마니가 좀 말을 해요. 오마닌 왜 아바지한테 말 한마디 못하구 삽네까?"

오작녀 아버지 도섭영감은 20여 년 동안이나 훈네 토지를 관리해온 마름이었다. 그동안 웬만한 지주 못지않게 잘 살아왔다. 그것이 요즈음 토지개혁이란 걸 앞두고는 모든 행동에 있어서 달라진 것이었다. 그게 오작녀에게는 못마땅했다.

딸의 말에 오작녀 어머니의 눈이 더 놀라고 겁먹어갔다. 이 애가 어쩌자고 갑자기 이런 소릴 해쌓는지 모르겠다. 가만있지 못하고. 이 애가 이러다간 집안에 큰 풍파를 일으킬라.

"그리구 또 삼득인……."

오작녀 어머니의 손이 가늘게 움직였는가 하자, 손은 그대로 있는데 바느질감만이 무릎에서 흘러 떨어졌다.

"가만!"

그러고는 떨리는 손길이 딸의 팔을 와 붙들며 나직한 말로,

"아바지다!"

오작녀도 그만 흠칫하고 귀를 기울였다.

그러나 아무 소리도 들리지 않았다.

"아바지야!"

어머니가 다시 숨소리만으로 속삭였다.

수십 년 같이 살아오는 동안, 이 여인은 이처럼 다른 사람이 알아듣지도 못하는 남편의 인기척을 알아듣는 것이었다.

좀 만에 과연 뜰로 들어서는 인기척이 들렸다. 오작녀는 저도 모르게 홀 일어섰다. 그러고는 문고리를 잡고 생각난 듯이,

"삼득이 들어오믄 낼 바주² 엮게스리 좀 보내주우."

그러나 어머니는 그저 바느질감만 뒤적이고 있는 것이었다. 그것은 지금 자기네가 나타내고 있는 낯빛을 남편에게 눈치 채이지 않기 위한 몸짓이기도 했다.

오작녀는 섬돌에 올라선 아버지와 어겼다.³ 고개를 수그린 채 총총걸음을 쳤다.

문득 좀 전에 어머니한테 한 말이 후회되었다. 정작 어머니가 아버지더러 무슨 말을 해서 풍파라도 일어나면 어쩌나.

그러나 다음 순간 오작녀의 가슴속에는 좀 전 어머니한테 말할 때보다도 더 굳세인 어떤 딴 힘이 머리를 들고 일어섬을 느꼈다. 무슨 일이 있든 한번은 벌어질 일이다. 아버지가 나쁘다. 아버지가 박선생에게 그럴 수가 없다. 그리고 또 삼득이도…….

"얘애!"

아버지의 거센 목소리가 울려왔다.

어둠 속에서 오작녀는 뒷덜미나 잡히듯 그 자리에 서고 말았다.

"네 남편이 돌아왔드라."

이번에는 뒤통수를 되게 얻어맞는 감이었다. 아버지의 말을 못

알아들은 듯, 잠시 그러고 서 있었다.

다음에는 지금 들은 말에서 도망이나 하듯이 급히 그곳을 떠났다. 점점 걸음을 빨리했다.

귓속에서 세찬 바람이 일어 윙윙 휘몰아치는 소리가 들렸다. 그 바람 속에, 남편이 돌아왔다, 남편이 돌아왔다, 하는 소리가 들렸다.

눈앞이 어지러웠다. 걸음이 허청거렸다. 이런 자기를 도저히 자기의 힘으로 부축해나가지 못할 것만 같았다.

대문 기둥을 붙잡고 기대었다.

눈을 들어 앞을 보았다. 훈의 방에 불이 꺼져 있었다.

언뜻 정신이 들었다. 박선생이 저녁상을 물리지도 않고 불을 끌 만큼 그동안 자기는 어디 가 무엇을 하고 있었을까. 큰 실수를 했다. 어서 상을 치워야겠다. 이제는 다른 생각은 없었다.

그제야 안뜰로 걸어 들어가는 오작녀의 걸음걸이는, 거기에 자기를 부축해주는 어떤 힘이라도 붙잡은 듯이 온전해졌다.

훈은 저녁을 뜨는 둥 마는 둥 그대로 자리 속으로 들어갔다. 그러자 웬일인지 이날은 온몸이 매시시해지며⁴ 곧 잠 같은 게 들어버렸다. 그리고 어지러운 꿈을 꾸었다.

야학당 앞에 가 있었다. 단층으로 길게 지은 소학교 한가운데 불이 켜져 있어, 그곳이 야학당이었다.

훈은 오늘 밤 몸이 편찮아 누워 있다가, 그래도 자기가 맡은 시간만은 하려고 나온 길이었다. 죽은 듯이 엎드려 있는 집채 한가

운데에 여기만은 이렇게 살았다는 듯이 켜져 있는 불빛. 몸이 편
찮지만 오길 잘했다고 생각했다.

현관으로 들어섰다. 현관 바로 오른편 방이 야학당이었다.

야학당에서는 지금 공부 중이었다.

교단 쪽 문 앞을 지나 뒷문으로 갔다. 그리 들어가 그 시간이 끝
나기를 기다릴 참이었다.

조심히 뒷문을 밀어 열었다. 교단에서 웬 낯선 사내가 강의를
하고 있었다. 언뜻 보는 눈에, 개털 오버를 입은 키가 자그마한
청년이었다. 함경도 사투리가 억세었다.

교단 옆 의자에는 언제나처럼 홍수가 꼬딱하니 앉아 있었다. 이
사람은 훈과 함께 야학을 시작한 사람 중의 한 사람이었다.

그리고 언제나같이 남폿불 옆자리에는 오작녀가 앉아서 열심히
교단 쪽을 바라보고 있었다.

그런데 훈이 채 방에 들어서기도 전에, 거기 뒤쪽에 앉았던 청
년 하나가 맞받아 나왔다. 명구였다. 이 사람도 처음부터 훈을 도
와 야학을 해오는 청년 중의 한 사람이었다.

명구청년은 훈을 복도 한옆으로 데리고 가더니 귓속말로, 당에
서 나왔어요, 했다.

귓결에 교단 쪽에서는 이런 말귀가 들려왔다. ……교육이란 건
결국 뉘기가 뉘기에게, 즉 어떤 계급에 속하는 사람이 어떤 계급
에 속하는 사람에게 대해서 행해지능가 하능 게 가장 중요한 것
이올시다!

밖으로 나왔다. 그런데도 웬일인지 자기는 그냥 야학당 안에 있

는 것이었다.

오작녀를 찾고 있었다. 늘 앉는 남폿불 옆자리에 오작녀가 없었다.

보니, 저기 그늘진 한구석에 혼자 쓸쓸히 앉아 있었다. 눈의 광채까지 걷혀 있었다.

보통 때는 그렇게 어수룩하던 오작녀가 야학당 남폿불 밑에서는 마냥 눈에다 불을 켜드는 것이었다. 놀라운 총기도 이 눈에서 오는 듯, 배우는 것을 누구보다도 먼저 깨쳐갔다. 이 오작녀가 오늘은 그 눈의 광채를 거두어가지고, 그늘진 한구석에 혼자 앉아 있는 것이다.

문득 오작녀가 자리에서 일어섰다. 그러고는 그늘 속을 걸어 남폿불 있는 데로 가더니 입김으로 남폿불을 꺼버리는 것이었다. 이제부터는 이 남폿불도 소용없다는 듯이.

명구청년이 가까이 오며, 오늘로 야학이 마지막이라고 속삭였다.

불출이가 걸상들을 한옆으로 몰아놓기 시작했다. 이 사람은 또 저녁마다 난로에 불을 피우고 뒷거둠을 해주고 하는 사람이다. 그런데 오늘밤 불출이의 뒷거둠질은 꼭 마지막 치움질을 하는 그런 거둠질이었다.

사촌동생 혁이가 훈더러, 어서 가자고 재촉했다.

훈은 어둠 속에서 자꾸만 등골을 스치고 지나가는 오한과 전율을 느껴야만 했다.

어느새 또 이번에는 밖에 나와 있었다. 현관 앞에서 오작녀를 기다리는 참이었다.

좀처럼 오작녀가 나오지 않았다. 아무 때까지라도 오작녀가 나오기를 기다리리라 마음먹었다. 그러는데 사실은 기다리는 게 훈이 아니고, 오작녀인 것이다. 장소도 야학당 현관 앞이 아니고, 산막골 고갯길 과수원 모퉁이였다. 오작녀는 지금 남폿불까지 켜들고 훈을 기다리고 있는 것이었다.

훈은 한번 장난을 치고 싶은 생각이 들었다.

거기 소나무 뒤에 몸을 숨겼다. 그러나 곧 오작녀에게 들키고 말았다.

훈이 산속으로 달리기 시작했다. 오작녀가 뒤따라왔다. 아까 생시에는 오작녀가 앞서 달리고 훈이 뒤따라 달렸는데 꿈속에는 훈이 앞서 달리는 것이었다.

훈은 이럴 필요가 없다고 생각하면서도 그냥 달렸다. 자꾸 돌부리에 채어 넘어지고 나뭇가지에 얼굴과 목줄기와 손목이 긁히었다.

오작녀가 와 붙들어줬으면 좋겠다. 그러니까, 와 붙들어주었다.

그리고 오작녀는 훈의 얼굴의 생채기를 빨기 시작했다. 목줄기의 생채기도 빨아주었다. 손등이며 팔목의 생채기도 빨아주었다.

나중에는 혀로 핥기 시작했다. 이마며 어깨며 가슴이며 모조리 돌아가며 핥아주는 것이었다. 부끄러웠다.

그러면서도 오작녀가 하는 대로 내맡겨두었다. 그게 어쩐지 흐뭇하기까지 했다.

그러다 보니, 오작녀가 들고 있는 남폿불이 지나치게 화안히 켜져 있는 것이었다. 그건 오작녀의 타는 듯한 그 눈 때문에 더한지도 몰랐다.

부끄러웠다. 그러면서도 행복스러웠다.

문득 이런 자기를 누구에게 엿보여서는 안 된다는 생각이 들었다. 불을 끄라고 했다. 그러나 오작녀는 불을 끌 생각을 않는 것이었다.

훈이 입김으로 남폿불을 불었다. 안 꺼졌다. 자꾸 불었다. 그래도 안 꺼지는 것이었다. 안타까웠다 — 그러다가 잠이 깼다.

거기 자기를 들여다보고 있는 오작녀를 발견했다. 남폿불이 화안히 켜져 있었다.

훈은 깨달았다. 오작녀가 자기 생채기에 머큐로크롬을 바르고 몸의 땀을 씻어주고 있었다는 것을.

"어제 대단히 펜티 않으신 모양인데요. 식은땀을 막 흘리시구, 잠꼬대를 하시구……."

오작녀는 자못 걱정스런 빛이었다.

"괜찮우."

이런 일은 그에게 있어 오늘 밤에 비롯된 증세는 아니었다.

오작녀는,

"저녁상을 내가려구 들어왔다가 상채기에 피가 내뱄기에……."

이렇게 밤중에 훈의 방에 들어오게 된 걸 변명하고 나서,

"여러 군데 째디셨는데요. 그리구 식은땀을 막 흘리시구……. 요새 얼굴이 더 못 되셨이요."

그 책임이 자기에게나 있는 듯한 말씨였다.

"괜찮우."

그러면서 훈이 좀 전 잠 속의 일이 그대로 잠꼬대를 통해 오작녀에게 알려지지나 않았나 하는 생각에 절로 눈이 감겨지며,

"불을 좀 꺼주우."

했다.

그러나 이것도 역시 꿈속에서 한 말을 다시 되풀이하는 것 같아,

"불은 그대루 놔두우."

해버렸다.

감은 훈의 우묵한 눈이 검은 눈썹 밑에서 더 그늘져 있었다. 그저 땀기 머금은 넓은 이마만이 남폿불에 엇비치어 희게 드러나 보였다. 스물아홉이라고는 도저히 볼 수 없는, 서른이 훨씬 넘어 뵈는 얼굴이었다.

좀 만에, 이마에서 거의 삼각형을 이루며 내려간 빤⁵ 하관이 약간 움직였다. 혀끝으로 메마른 입술을 축여보는 것이었다. 그러고는 불빛을 피하듯 돌아눕고 말았다.

밤뻐꾸기 우는 소리가 들려왔다.

뒷산에서는 그냥 산바람이 솔숲을 울리고 있었다. 그 소리에 뻐꾸기 울음소리가 한껏 멀리 지워졌다가는 이어지곤 했다.

훈은 어릴 때의 일이 떠올랐다.

밤중에 무서운 꿈을 꾸고 난 뒤였다. 어디선가 밤뻐꾸기 우는 소리가 들려왔다. 전설에 나오는 큰아기바윗골 뻐꾸기 생각이 났다. 무턱대고 어머니의 품을 파고들었다. 그러면 무서움은 사라지고 그대로 아늑해지는 것이었다.

지금 훈은 이 어릴 때에 어머니 품속에서 맛본 자릿한 행복감을

되도록이면 오래 지속시켜보려 했다.

그러나 다음 순간 좀 전에 꿈속에서 자기가 어머니 아닌 오작녀에게 몸을 내맡기고 만족스럽던 일이 떠올라 이불을 머리 위까지 뒤집어쓰고 말았다.

오작녀는 오작녀대로 잠시 자기 방으로 건너가야 할 것도 잊고, 뻐꾸기 소리에 귀를 기울이고 있었다. 그러는 그네의 눈은 무엇을 꿈꾸는 듯한 빛으로 변해 있었다.

2

"형님, 어데 펜티 않수?"

미닫이 여닫는 소리를 들었다. 누가 방에 들어선 것을 알 수 있었다. 그리고 목소리로 해서 그가 사촌동생 혁이라는 것도 알았다.

훈은 잠이 들어 있는 게 아니었다. 그러면서도 또 이상스럽게 잠에서 완전히 깨어나지 않은 심사였다.

"아니, 얼굴을 왜 이르케 다텠수?"

손이 와 이마를 짚었다.

눈을 뜨니, 눈이 시도록 방 안이 환했다. 지금 한창 남쪽 들창 너머로 맑은 햇살이 들이붓고 있었다. 밖은 바람도 잔 모양이었다.

"열은 없는 것 같은데…… 어데 넘어뎄수?"

"아니."

훈은 뿌듯해져오는 눈을 도로 감아버리고 말았다.

혁이 베갯머리로 바싹 다가앉으며

"데, 형님!"

하고 불러놓고는 잠시 사이를 두어,

"남이 아반 죽은 거 압니까?"

훈은 그제야 완전히 잠이 깨이는 느낌이었다.

"어젯밤, 낮에 띨레 죽었이요."

사촌동생의 얼굴이 바로 위에 와 있었다. 무엇에 몹시 흥분해 상기된 얼굴이었다.

"밤등에 남이 오만이 잠이 깨보니깐 자리가 축축하드래요. 애가 오줌을 쌌나 하구 더듬어봤드니, 오줌 치구는 별나게 끈적끈적하드라나요. 그래 살페봤드니, 글쎄 남이 아반 가슴에 낫이 꽂테 있디 않갔이요?…… 그리구 보니깐, 좀 전에 문소리가 난 걸 잠결에두 듣긴 했대요. 그러나 남이 아반이 뒷간에 나가는 줄만 알았대요. 아마 그때 누가 들어왔든 모양이디요."

남이 아버지는 농민 치고 보기 드물 만큼 허약한 사람이었다. 이 남이 아버지가 빈농군이라고 해서 얼마 전에 면 농민위원장이 되었다.

"종내 일이 벌어지구야 말았쉐다!"

훈도 그렇게 느꼈다. 오래간만에 가슴속이 뜨거워 올랐다. 저쪽에서 어떤 조직체로 굴레를 씌우려 드는 이 마당에 이쪽에서도 가만있을 수 없다는 생각이었다.

그러나 훈의 눈앞에 남이 아버지네 올망졸망하니 많은 아이들의 모습이 떠올랐다. 모두 검게 자리 잡은 큰 눈들을 하고 있었다.

그중 큰애 하나는 해방 전해에 죽었다. 영양부족이었다. 남이 아버지는 안주 수리조합 공사에 보국대로 뽑혀 나가고 없었다. 남이 어머니는 남이 어머니대로 그날도 옥수수를 쪄가지고 순안장으로 들어가고 없었다.

저녁때 남이 어머니가 돌아와 보니, 큰애의 움푹 꺼진 눈과 반쯤 벌어진 입 안에 파리 떼가 가득 메워져 있었다. 이미 죽은 지가 오랜 것이었다. 아래 아이들은 그걸 모르고 있었다. 자기네의 언니가 오늘은 하루 종일 잠만 잔다고 생각한 것이었다.

"아직 누가 쥑엤는디는 몰라두 어느 펜 사람이란 건 짐작할 수 있디 않아요?"

훈은 새삼스러이 군턱이 진 사촌동생의 얼굴을 쳐다보았다. 훈은 벌써 남이 아버지가 죽임을 당했다는 말을 듣는 순간, 그것이 어느 편에서 한 일이라는 걸 알고 있었다.

그리고 이것으로 일은 시작됐다는 느낌이었다. 그러나 그것을 남이 아버지의 처지에서 볼 때, 그가 의식하고 농민위원장이 됐던 게 아니고 저편에서 시키는 일이니 그저 멋도 모르고 되었다는 데에 생각이 미치자, 남이 아버지는 역시 억울한 죽음을 당했다는 생각이 들었다.

"아니 대단히 몸이 펜티 않은 모양이군요. 약을 제다 잡수야디요."

"괜찮아."

"그럼 몸조심하십쇼. ……가봐야갔군. ……대테 누가 그런 대담한 짓을 했을까."

홍분한 채 혁이 일어섰다. 햇볕의 한끝이 혁의 두터운 앞가슴에
안겼다 다시 거기 구들바닥에 떨어졌다.

눈이 부셨다. 훈은 다시 눈을 감았다. 사촌동생의 활기 띤 발자
국 소리가 대문 밖으로 사라지는 게 들렸다.

그러자 훈은 갑자기 사촌동생에게 할 말이 있음을 느꼈다. 뒤이
어 누구에게라 없이 가슴속을 치밀어오르는 어떤 슬픔에 가까운
노여움 같은 걸 느끼는 것이었다.

오작녀 아버지 도섭영감은 면 인민위원회 숙직실에 군당부에서
나온 공작대 책임자와 마주 앉아 있었다. 개털 오버를 입은 청년
이었다.

"동무, 내 동무의 과거르 들추지 않이하겠소. 그 대신 앞으루
일 많이 하오."

"선생이 하라는 대루 무슨 일이든지 하디요. 말씀만 하십시오."

도섭영감은 20여 년 동안이나 훈네 마름으로 있은 게 이제 와서
꿀리는 것이었다.

"먼저 지주와의 관계르 깨끗이 청산하오."

"벌써 그 사람과는 아무 상관이 없습네다."

"앞으루 그걸 행동으루 보이오."

"선생이 하라는 대루 무슨 일이든지 다 하리다."

"선생이라 그러지 말구 동무라 부르오. 그러믄 동무……"

개털 오버 청년은 말소리를 좀 낮추어,

"어젯밤에 그 박가의 집에 무슨 별다른 기색이 뵈인 게 없소?"

도섭영감이 그게 무슨 말인지 몰라 잠시 머뭇거리는데 청년이 다시,

"밤에 누가 그 집에 오구 간 사람은 없나 말이오?"

했다.

도섭영감이 그 언제나처럼 맨숭맨숭 칼로 민 머리를 한번 기웃하면서,

"불만은 늦게꺼지 케데 있었는데요."

했다.

"요지음 그 집에 자주 드나드는 사람이 뉘기뉘기요?"

"그 사람 사춘아우 혁이가 드나들구…… 명구라는 애두 드나들구요."

"그 명구새끼가 어젯밤엔 그 집에 앙이 왔댔소?"

"낮에는 와서 뒷산에서 둘이 무슨 니얘길 하는 걸 봤습네다."

"불출이새끼는 앙이 왔댔소?"

"걔는 과히 그 집에 드나들디 않습디다."

개털 오버 청년은 알겠다는 듯이 고개를 끄덕이고 나서,

"그러믄 동무, 동무가 오늘부터 놈들의 테러에 맞아 죽은, 전 농민위원장 동무의 뒤를 이어 이르 맡아보오. 우리의 사업은 잠시래두 공백이 있어서는 앙이 되는 게요. 그러믄 동무, 지금두 이애기르 했지만 먼저 지주와의 관계르 깨끗이 청산하구, 무자비한 투쟁을 해야 하오. 그렇게 하믄 동무의 과거의 과오는 말하지 앙이하겠소."

도섭영감은 이제는 살았다는 심정이었다. 좀 전에 사람이 와서 면 인민위원회에서 부른다는 말을 들었을 때는, 오늘이야 기어이 무슨 일을 당하느니라 하고 가슴이 우주주했던 것이었다.

집으로 돌아오는 도섭영감의 역시 밴밴히 밀어 수염 한 오라기 없는 큰 입 가장자리에는 어떤 알지 못할 미소까지 어리어 있었다.

그는 자기가 벌써 얼마 전부터 지난날의 지주였던 훈과 왕래를 끊은 게 잘했다고 생각했다. 그것을 앞으로는 더 칼로 베듯이 해 버려야 한다고 마음먹었다.

그러면서 그는 또 이런 생각도 하는 것이었다. 남이 아버지가 죽은 건 그자가 원래 몸이 약해빠져서 만만히 보인 탓이다. 아마 나라면 나이는 좀 늙었어도 누가 감히 손을 댈 생각을 못하렷다. 어디 누구 손을 대볼 테면 대보라지, 누가 어떻게 되나?

도섭영감은 가래를 한번 크게 돋우어 탁 옆으로 내뱉었다.

보안서 사환애가 와서, 서에서 훈을 부른다고 했다.

오작녀가 자기가 대신 가서 무슨 일인지 알아보고 오겠다는 걸, 훈이 그럴 것 없다고 자리에서 일어났다. 약간 어지러웠다.

보안서는 바로 면 인민위원회에서 몇 집 떨어지지 않은 곳에 있었다. 순안으로 가는 신작로를 앞에 안고 있었다.

훈이 보안서로 가니, 세 사람의 사내가 앉아 있었다. 정면 테이블 안쪽에 정복한 서원 하나, 그리고 이쪽 세로 놓인 테이블에 개털 오버를 입은 청년 하나, 그리고 그 맞은편 벽 밑에 의자만을 놓고 앉았는 홍수. 이렇게 셋이 솥발 형국을 이루고 앉아 있었다.

"게 앉으십시오. 이렇게 오시라구 해서 미안하웨다."

서원이 부드럽게 입을 열었다.

"잠깐 물어볼 말이 있어서 오시라구 했는데요. ……처음에 야학을 시작한 게 언제부터디요?"

"작년 시월 하순께부텁니다."

"시작할 때 누구누구가 시작했습네까?"

"저와 사춘동생, 그리구 명구라는 청년과 여기 앉았는 홍수씹니다."

홍수는 아까부터 고딱하니 서원 편만 바라보고 있었다.

그는 어제 면 민청위원장이 돼 있었다.

"선생은 뭣을 맡아 가르켔습네까?"

"국어와 역사를 가르쳤습니다."

"단군이 실재한 인물입네까?"

"어떤 민족의 역사건 상고루 올라가면 신화시대와 전설시대가……."

"아니."

하고 서원은 훈의 말을 막아놓은 후, 이쪽에 앉아 있는 개털 오버 청년에게로 눈을 주었다.

개털 오버 청년은 그대로 자기 앞 공간만 바라보고 있었다.

서원이 눈을 거두어 자기 테이블 위로 가져갔다. 거기에는 무엇을 가득 적은 종잇조각이 한 장 놓여 있었다.

"선생이 야학에서 단군을 실재한 인물루 가르켔는가 어쨌는가 말씀해주시오."

"고대 씨족 사회에 뛰어난 인물이 있어서 그를 단군이라 하였다구 볼 수 있습니다. 그러나 이는 단지 신화 전설에……."

"알 만하오. 당신은 단군을 실재한 인물로 취급했소."

개털 오버 청년이 자기 앞만 바라보며 말을 가로챘다.

훈은 조금 더 말하고 싶었다. 그러나 그만두었다. 끝없는 논의일 것 같았다. 그러면서 훈은 이 개털 오버 청년을 어디서 본 듯하다고 생각했다.

서원이 테이블 위의 종잇조각을 내려다보면서 말을 이었다.

"선생의 사촌동생 혁씨는 뭣을 가르쳤습네까?"

"산술입네다."

"그리구 명구라는 사람은 뭣을 가르쳤습네까?"

"여기 앉았는 홍수씨와 함께 농업을 가르쳤습니다."

"명구는 왜 야학에 나오디 않게 됐습네까?"

"모르겠습니다."

"선생이 야학에 안 나오게 된 건 몸이 약해서 그런 줄루 압니다. 그른데 명구는 왜 안 나옵니까? 거기에 무슨 까닭이 있디 않습네까?"

"별루 까닭이 있다구 생각지 않습니다. 제가 보기엔 자기 자신이 좀 더 공부해가지구 남을 가르치겠다는 생각인지 모르겠습니다."

"명구가 지금 어디 있습네까?"

"넘은 동리에 삽니다."

"그건 압니다. 어젯밤에 어디루 갔느냐 말입니다."

"어젯밤에 어디루 가다니요?"

"어젯밤에 어데루 자취를 감췄습니다. 선생은 어데루 갔는디 알 겝니다."

"모릅니다."

"아무 말두 없었습네까?"

"무슨 말 말입니까?"

"그게 우리가 알려는 게요."

개털 오버 청년이 다시 말을 가로챘다.

"아무것두 들은 말 없습니다."

서원이 테이블 위 종잇조각을 내려다보며,

"최근에 명구를 만난 게 언젭네까?"

"어젭니다."

"그때 무슨 말을 했습네까?"

"별루 한 말이 없습니다. 뒷산에 앉아 있누라니까 그 사람이 왔습니다. 서루 말없이 한참 앉아 있었습니다. 그러다가 나중에 그 사람이 일어서면서 나더러, 건강이 좋잖아 보이니 조심하라는 말을 했습니다."

여기서 개털 오버 청년이 무슨 말을 할 듯하다가 담배 연기만 훅 내뿜고 마는 것이었다.

서원이 다시 종잇조각을 들여다보며 말을 이었다.

"어젯밤 선생은 무엇을 했습네까?"

"산막골에 다녀왔습니다."

"불출이 오만네 술집 말이디오? ……그래 게서 불출일 봤습네까?"

"뵈지 않습디다."

서원은 여기서 다시 개털 오버 청년 쪽을 한번 쳐다보고는 종잇
조각으로 눈을 떨구었다.

"어젯밤 집에서 늦두룩 등불을 케두었지요?"

"몸이 편찮았습니다."

개털 오버 청년이 담배꽁초를 아무렇게나 테이블 모서리에 비
벼 끄면서,

"어젯밤 술을 먹었지?"

"예."

"몸이 편찮다믄서?"

"철 바뀜 전후해서 불면증이 오군 합니다. 그래서 술을 먹구야
잠을 자군 합니다."

"얼굴의 상처는 언제 그렇게 됐소?"

"어젯밤 술이 과했던 모양입니다."

"이게 뉘 해요?"

개털 오버 청년이 책 한 권을 테이블 위에 올려놓았다.

"제 것입니다."

세계 사상 전집 중의 한 권이었다. 개털 오버 청년이 책을 폈다.
미리 접어두었던 책장이 나왔다.

"여기 프롤레타리아 독재니, 테러리즘이니 하는 대목에다가 붉
은 연필루 줄을 쭈욱쭉 그어놓은 건 당신이 한 게요?"

"명구청년이 한 것입니다. 자기가 모를 데를 그렇게 표해두었
다가 나한테 묻군 했습니다. 아마 농업학교 2학년밖에 더 못 댕긴

사람으로서는 어려운 모양입니다."

"그러믄 알 만하오. ……우리 간단히 이얘기르 합시다. 어젯밤
농민위원장 동무가 테러를 맞아 죽었소. 그 범인이 명구와 불출
이요. 우리는 그 간나아새끼들이 간 데르 알아야겠소. 그래서 당
신을 오라구 한 게요."

"아까두 말했지만 저는 모릅니다."

"불출이는 그만두구래두 명구 간 데래두 좋소."

"사실 저는 모릅니다."

"지금 나는 당신에게 애거르(애걸)하구 있는 게 앙이오! 명령이
오! 당신은 이 명령에 복종할 의무가 있소!"

벌떡 개털 오버 청년이 자리에서 일어났다.

"나는 다 알고 있다! 너어 간나아새끼들이 야학이라구 시작한
것부터가 일종 반동 결사다! 농민들을 꾀이려 한 수작이다. 역사
라구 해가지구 단군 이얘기나 해주구…… 다아 안다, 너어 간나
아새끼들 본심으! 역사르 그렇게 안개에 싸가지구 진정한 역사적
발전을 감춰보려는 게지? 앙이 된다! 아무리 너어 반동들이 발버
둥일 쳐두 이미 역사는 우리 무산대중의 것이다. 우리 무산대중
으 조국, 쏘비에트 러시아의 예르 봐라. 그래 아직두 농민들을 놈
들으 노예루 만들어보려는 거냐? 앙이 된다! 지금 노동자와 농민
은 자본주의와 지주에게 대한 불같은 증오심루 피비린내나는
투쟁을 개시하구 있다. 물론 우리는 이 싸움에서 승리할 것이다!
그건 틀림없는 사실이다. 우리 뒤에는 약소민족의 해방자이시며
은인이신 위대한 스딸린 대원수가 계시다!"

청년은 불같은 눈을 훈에게 붓고 있었다.

"우리는 너어 반동으 손에서 야학을 접수했다! 그러자 너어 반동분자새끼들은 새로운 음모를 계책한 것이다. 그것이 이번 농민위원장동무르 살해하는 거루 나타났다. 놈들이 꽤 오래 계책해온 것두 자알 알구 있다. 놈들은 첫 착수루 불출이란 새끼르 매수했다. 노름판에만 쫓아댕기는 불출이새끼르 손쉽게 매수한 것이다. 그러구서는 그늠으 새끼가 밤마다 놀라가는 척하구 농민위원장동무네 집으루 갔다. 기회르 엿보자구 그런 게다. 그러다가 어젯밤에 손을 대었다. 물론 불출이 그늠으 새끼가 이르 치르구사 말았다. 낫을 사용한 것을 보믄 안다. 낫이란 칼과는 달라 써보지 못한 사람에겐 여간 불편한 게 앙이다. 손을 댄 놈은 불출이다. 그러나 그 새끼가 주모자는 앙이다! 주모자는 따루 있다! 찌른 자리가 다른 데가 앙이구, 꼭 심재앵(심장)이다! 그게 어두운 밤중에 한 일이다. 나는 우연이라구 앙이 본다. 뉘가 뒤에서 상당히 연습으 시킹 게 드러난다. 그 간나아새끼들 중의 한 새끼가 명구다. 반동 자작농 겸 지주으 아들놈인 명구다. 그러나 이런 계획을 그 간나아새끼 혼자서 했다구는 앙이 본다. 분명히 배후에 무엇이 있다. 그런데 당신은 모른다구만 한다. 그러나 어디까지나 알아내구야 말겠다! 우리들 앞에 쉼길 수 있는 게라군 이 세상에느 없다. 그게 아무리 깊이 든 비밀이래두 그예에 드러나구야 말 게다. 그건 마치 당신이 중학때부터 대학까지 서울 가 있었기 때문에 서울말을 쓰지만, 역시 평안도 말투가 남아 있는 것과 같은 게다. 내가 함경도 사투리르 못 고치는 거나 마찬가지루…… 언제

나 본색은 드러나구야 마는 게다. 그때는 당신은 더 용서르 받을
수 없다. 우리는 농민위원장 동무가 흘린 피의 몇 천 배 몇 만 배
루 그 원쑤르 갚구사 말겠다! 우리는 지끔이래두 당신을 구금할
수 있다. 우리가 지금 가지구 있는 증거래두 충분하다. 그러나 우
리는 그렇게 앙이한다! 일본 제국주의자 새끼들처럼 사람으 구속
앙이한다! 그러나 이 점으 하나 알아둬야 한다. 앞으루 이 동네에
서 십 리 이상 떠나서는 앙이 된다! 그때는 허가르 받아야 한다!"

개털 오버 청년이 자리에 앉았다.

훈이 자리에서 일어났다.

다른 아무 생각도 없었다. 그저 이 개털 오버 청년이 그제 저녁
야학당에서, 교육이라는 것은 누가 누구에게 즉 어떤 계급에 속
하는 사람이 어떤 계급에 속하는 사람에 대해서 행해지는가가 가
장 중요한 것이라던, 바로 그 사람이라는 생각만을 몇 번이고 되
풀이하고 있었다.

훈은 지금 이런 생각이라도 붙들지 않고는 제 발로 이곳을 걸어
나갈 수 없을 것만 같았다.

홍수는 여전히 의자에 곧추 앉은 채 서원 쪽으로만 고개를 돌리
고 있었다.

무슨 왁자한 소리에 퍼뜩 정신이 들어 보니, 산신나무 바로 앞
까지 와 있었다. 훈은 저도 모르게 새 산등길을 넘어 돌아오고 있
었던 것이었다.

왁자한 소리는 오작녀 아버지 도섭영감네 안뜰에서 들려왔다.

말소리는 분명치 않으나 대단히 노한 도섭영감의 언성이었다.

훈은 거기 아무 데나 주저앉았다.

도섭영감은 오작녀의 머리채를 감아쥐고 밀었다가는 낚아채고 밀었다가는 낚아채고 하면서, 이년, 칵 뒈데라! 소리를 연발했다.

오작녀는 그저 붙잡힌 머리를 감싸 안은 채 아버지가 하는 대로 비틀거렸다. 낚아채일 때 위로 들리어지는 얼굴빛은 새하얗게 질려 있었다. 고통마저 잊은 빛이었다.

옆에서 어쩔 줄을 모르고 부들부들 떨고만 있던 어머니가 간신히,

"이건 놓구 말씀하시소고레."

하며 어릿어릿 가까이 와 남편의 손을 붙들려 했으나,

"님잔 가만있어!"

영감의 팔꿈치에 밀리어 그만 나가 뒹굴어버렸다.

"이년이 아바질 기갈하러 들거든! 백 번 죽에두 시원티 않을 년 같으니라구……."

이렇게 무서운 도섭영감을, 훈이 전에 직접 목도한 일이 있었다.

중학 이삼 년 때 일이었다. 겨울방학이 되어 할아버지 댁에 나와 있었다.

그날 도섭영감네 마당에서 콩마당질이 있었다. 그즈음 도섭영감네 집은 안동네 할아버지 댁에서 몇 집 안 떨어진 곳에 있었다.

훈이 한옆에 서서 콩마당질 구경을 하고 있었다. 거기에 웬 중년 농부 하나가 왔다. 담뱃진 밴 노랑 수염을 한 사내였다. 훈이 처음 보는 사람이었다.

이 사내가 별반 볼일이 있어 온 사람 같지 않게 마당 한 모서리에 섰다.

도섭영감도 누가 왔다는 것에는 눈도 주지 않는 태도였다. 도리깨질을 계속했다. 그렇게 자연스럽게 사내 있는 데까지 도리깨질을 해갔다. 그러자 도섭영감이 소리를 질렀다. 안 돼!

노랑 수염 사내가 조용히 낡은 무명 조끼 주머니에서 담뱃대를 꺼냈다. 부싯돌도 꺼냈다. 그러면서 조용조용 도섭영감에게 말을 건네었다. 도리깨질 소리에 먹히어 무슨 말인지는 알아들을 수 없었다.

안 된다니까! 소리와 함께 도섭영감이 도리깨채로 냅다 사내의 어깨를 밀쳐버렸다. 사내의 몸뚱이가 모로 내동댕이쳐졌다.

사내는 저도 모를 쓴웃음을 입가에 떠올리며, 우선 담뱃대 떨어진 곳부터 찾아 윗몸을 일으키려 했다. 그러자 도섭영감의 도리깨가 내려와 사내를 갈겼다. 다시 나가넘어졌다. 또 사내가 일어나려 했다. 도리깨가 또 내려왔다. 어느새 사내의 귀 언저리와 코와 입술에서는 피가 흐르고 있었다.

훈이 달려가 도섭영감의 도리깨채를 붙잡았다. 그러나 훈의 힘 같은 건 문제가 아니었다. 그냥 도섭영감의 도리깨는 적당한 간격을 두고 사내를 향해 내렸다.

그런 도섭영감의 얼굴에는 아무런 표정도 나타나 있지 않았다. 흰 무명 수건을 질끈 동인, 언제나 칼로 맨송맨송 민 머리. 역시 밴밴히 밀어 수염 한 오라기 없는 네모진 얼굴에 이것만은 검게 꼬리를 치킨 눈썹. 그리고 완강히 앞으로 툭 내밀어진 턱. 이런 도섭영감의 얼굴이 콩 넣기를 내리칠 때와 다름없는 빛으로 사내를 향해 도리깨를 내리는 것이었다.

훈은 어쩌할 바를 모르면서 몸만 떨었다.

누가 달려와 쓰러진 사내의 몸을 안아 일으켰다. 오작녀였다.

저걸 어쩌나, 할 새도 없이 이번에는 오작녀의 등어리를 향해 도리깨가 떨어졌다. 오작녀가 비틀거리며 앞으로 나가쓰러지려 했다. 한 번만 더 도리깨가 내리면 그냥 쓰러지고야 말 것이었다.

훈이 저도 모르게 오작녀에게로 달려갔다. 그러고는 두 팔을 벌려 오작녀를 가렸다. 오작녀가 훈 쪽으로 고개를 돌렸다 거두었다. 그 언제나 눈꼬리가 없어 보이는 큰 눈. 훈은 이 눈과 부딪치자 이제 자기 등에 내릴 도리깨 같은 건 잊고 있었다.

도리깨가 다시는 내려오지 않았다. 도섭영감도 차마 훈이에게까지 도리깨를 내릴 수는 없었던 것이리라.

오작녀가 사내를 부축해 일으켰다.

뒤에 알고 보니, 도섭영감이 사내를 그처럼 한 데는 무어 대단한 까닭이 있어 그런 것도 아니었다. 노랑 수염 농부는 뒷마을 사람으로 역시 훈네 소작인이었다. 그가 여태까지 도지로 부치던 논을 내년부터는 반작으로 해달란 것이었다. 며칠 전에도 그 일로 도섭영감한테 왔다가 안 된다는 말을 듣고 돌아갔던 것인데, 이날 다시 왔다가 그 변을 당한 것이었다. 이즈음 벌써 훈의 아버지는 이 도섭영감에게 농토 관리에 관한 것을 일체 맡기다시피 하고 있었다.

도리깨 사건이 있은 후로, 훈은 도섭영감이 마냥 무섭게만 생각되었다.

이런 도섭영감이 훈의 아버지가 세상을 떠났을 때, 누구보다도 서러워했다. 아들인 훈 자신보다도 더 서러워하는 것 같았다. 그 것은 자기를 알아주던 사람이 이제는 이 세상에 없다는 데서 오 는 슬픔인지도 몰랐다. 늙은 사내가 이처럼 목을 놓아 슬피 우는 것을 훈은 그 전에도 그 후에도 본 적이 없었다.

역시 근본 성미는 악할 수 없는, 단순한 사람이라는 걸 알 수 있 을 듯했다. 그러면서 훈은 마음먹었다. 앞으로도 모든 일을 이 도 섭영감에게 맡겨 하리라고.

훈이 평양 집을 거두어가지고 시골로 나오기로 했다. 전쟁 말기 가 가까워올수록 볶아대는 성가심을 시골 와 박혀 있음으로 해서 좀 면해보자는 것이었다. 바로 해방 전전해의 일이었다.

집터는 미리 준비돼 있었다. 비석거리 뒤 양짓골이었다. 아버지 가 생전에 집자리로 정했던 곳이었다. 만일 아버지가 협심증으로 그처럼 갑자기 세상을 떠나지만 않았던들 여기 집을 내다 짓는 건 이미 실현을 보았을 것이었다.

좌향을 정한다든가, 지대를 닦는다든가, 목수를 지휘한다든가 하는 따위 전부를 도섭영감이 도맡아 해주었다.

가을도 깊어서 시작한 집이라, 무던히 서둘러야만 했다. 안방 두 칸에 부엌 칸 반 그리고 건넌방 칸 반이 한일자로 된 안채와, 대문 달린 헛간 두 칸짜리의 바깥채를 짓는데, 담벼락 바깥쪽은 종내 초벌밖에 더 바르지 못하고 말았다. 그리고 본시는 안채와 바깥채 사이에 돌담을 쌓을 걱정이었던 것이 이것도 수수깡 바자로 대신하는 수밖에 없었다.

한창 물자가 발랐던[6] 때라, 비록 기와는 이었을망정 재목도 말 아니었다. 얼핏 보아도 모든 것이 엉성한 집이었다.

그래도 뒤뜰에 우물만은 하나 파 있었다. 토역에 쓸 물이 있어야 해서, 집을 세우기 시작하면서 미리 팠던 것이었다.

그렁저렁 사람이 들 수 있게끔 되어서 훈은 우선 밥이나 해주고, 빨래나 주무를 노파가 하나 필요했다. 도섭영감이 자기네 오작녀를 데려다 시중을 들게 하면 어떻겠느냐고 했다. 오작녀는 그즈음 남편한테 구박을 받아 시집을 못 살고 돌아와 있었다.

훈의 머리에는 오작녀의 그 타는 듯한 눈이 먼저 떠올랐다. 전에 서울 가 공부할 때나 평양에 돌아와 있는 동안 훈은 몇몇 여자와 안 일이 있었다. 그때마다 이상스레 떠오르는 건 이 오작녀의 눈이었다. 그리고 어느 여자이고 이 오작녀의 눈보다는 못하다는 생각이었다. 한번은 부모의 권도 있고 해서 어떤 여자와 약혼까지 할 뻔한 일이 있었다. 무엇 하나 나무랄 데 없는 여자였다. 그 것을 훈은 퇴해버렸다. 그저 어쩐지 눈이 마음에 들지 않는다는 이유로.

이번 고향에 돌아와, 훈은 그리 멀지 않은 거리를 두고 한두 번 아니게 오작녀를 보아왔다. 전날의 날씬하던 몸매가 약간 굵어진 채 30 전의 난숙한 여인이 돼 있었다. 그러나 그네는 번번이 이편과 마주치는 걸 의식적으로 피하는 듯 그네를 본 것은 등 뒤로만 이었다.

이 오작녀와의 한 지붕 밑 살림이 시작되었다. 처음에는 오작녀가 자기 집에서 자고 다니면서 시중을 들었으나, 한번 훈이 세찬 감기로 앓아눕게 되자부터 병구완을 위해 건넌방에 와 있게 된 것이 그대로 머물러 있게 된 것이었다.

오작녀의 눈은 전과 다름없었다. 그저 훈과 한집에 있게 된 후로도, 그네는 좀처럼 훈을 향해 이 눈을 바로 쳐들지 않는 것이었다. 볕에 그을었어도 본래의 맑은 맵시를 간직하고 있는 그 도톰하고도 부드러운 선으로 둘린 얼굴. 이것도 훈을 대할 적마다 무엇에 수줍은 듯 다소곳이 숙여버리는 것이었다.

어떤 애수에 가까운 그늘이 그네의 몸 전체를 감싸고 있는 듯했다. 어려서 명랑하던 사람이, 아마 그것은 결혼에 실패한 여인이 지녀야만 하는 모습인지도 몰랐다. 훈은 처녀 오작녀를 마지막으로 본 뒤로 오늘에 이르기까지의 10여 년이라는 세월이 풍겨다주는 어떤 적막감 같은 걸 느껴야만 했다.

시골이라고 결코 피난처는 아니었다. 전쟁이 가져오는 핍박은 시골이 한층 심한 듯했다. 직접 육안에 보이고, 피부에 쏠렸다. 그러나 이상한 일이었다. 이 모든 것을 오작녀와 같이면 견딜 수 있을 것 같았다. 훈 저로서도 모를 일이었다.

해방이 되었다.

초벽인 채 내버려두었던 바깥쪽 담벼락을 세 벌 다 발랐다. 뒤뜰 우물도 깨끗이 가시어냈다. 그리고 그동안 수수깡 바자인 채로 두었던 울타리를 돌담으로 고치기 위해 사면에서 돌멩이를 모아들였다. 모두 도섭영감이 앞장서 해주었다.

훈과 오작녀 사이에도 변화가 생겼다. 언제부터인가 오작녀는 다소곳이 고개만 숙이고 있지 않게 되었다. 밖에 나간 훈을 기다리게 되고, 그것이 밤인 경우엔 어둠을 타가지고 훈을 마중 나오게끔까지 됐다. 훈은 또 훈대로 집에 오작녀가 기다리고 있다는 것만으로 어딘가 가슴이 흐뭇해지는 것이었다.

그러는 동안, 돌담 쌓기에 넉넉한 돌이 모이었다. 그런데도 돌담은 언제까지나 둘러지지 않은 채로 있었다. 수수깡 바자라도 갈아쳐야 할 형편이었다. 그것마저 그대로였다. 도섭영감이 나서서 해주어야 할 터인데 해주지 않은 것이다. 그즈음 벌써 소작료는 사륙제니, 삼칠제니 하고, 지주에게 불리한 조건만이 떠돌고 있었다.

그것이 이즈음 와선 도섭영감이 훈네 집 울타리는 고사하고 훈과 대면하는 것조차 꺼리는 듯, 짐짓 제 편에서 외면을 하는 것이었다. 그것은 또 이제 토지개혁이 실시되어 지주의 토지를 모조리 몰수해가지고 농민에게 무상분배를 한다는 말이 이 가락골 마을에도 떠들어오자부터의 일이었다.

훈은 모든 것을 세월의 탓이리라 했다……

도섭영감네 안뜰에서 그냥 싸우는 소리가 들려왔다.

"이년아, 넌두 인젠 그만 식모살일 해라!"

도섭영감은 오작녀의 머리채를 끌어 잡은 채였다.

"아바진 박선생한테 너무해요!"

팽팽히 켱겨진 머리카락 밑에서 오작녀는 입에 거품을 물었다.

"뭣이 어때? 이, 이 당장에 목을 눌러 쥑일 년 같으니라구!"

"그래 몸이 펜티 않아 밤늦두룩 불을 케놓은 걸 개지구……"

"얘, 얘, 넌두 입 좀 다물구 있거라."

어머니는 저렇게 무서운 아버지에게 대드는 딸이 예사 정신은 아니라고 생각하며, 이제는 땅바닥에 펄썩 주저앉은 채 벌벌 떨기만 하는 것이었다.

"글쎄 그런 일을 개지구 다른 데 가서 니를 건 뭐야요!"

"에익!"

도섭영감의 발길이 오작녀의 뒷덜미를 와 밟았다. 헉 하고, 오작녀는 네 활개를 펴고 엎어졌다.

"이 홰냉년의 엠나이새낄 칵 쥑에버리구 말아야디. ……밤둥에 남의 사내 방에 들어가 있은 게 잘했단 말이디? 이 홰냉년의 엠나이새끼야! ……네 남편이 아직두 시퍼렇게 살아 있다, 살아 있어!"

다시 발길이 내렸다.

"흑……쥑에주소……흑……어서……흑……속시원히……흑……쥑에주소……."

숨넘어가는 소리였다.

오작녀 어머니는 에그 소리만 지르며 마구 땅을 긁으며 맴을 돌고 있었다.

그제야 거기 서 있던 삼득이가 움직였다. 아버지 가까이로 갔다. 실은 어머니가 진작부터 이 삼득이더러 싸움을 좀 말리라고 하고 싶었으나, 이 아들마저 무서운 아버지에게 내맡기고 싶지 않아 그냥 두었던 것이었다.

삼득이가 아버지의 팔을 가 붙들었다. 도섭영감이 홱 뿌리쳤다.

그러나 삼득이의 손은 물러나지 않았다. 이번에는 머리채 감아쥔 아버지의 손을 잡았다. 잡고는 손아귀를 펴기 시작했다.

"이 새끼가……."

도섭영감이 머리채 감아쥔 손에 부드득 힘을 주었다. 그 손을 삼득이가 벌려 펴놓았다.

도섭영감이 힐끗 아들 편을 쳐다보았다. 놀라는 눈치였다. 이 새끼가 언제 이렇게 힘을 쓰게 되었느냐는 듯. 그러나 다음 순간,

"데리 물러나디 못하간?"

버럭 소리를 지르며 다시 머리채를 잡으려 했다.

삼득이가 얼른 새에 들어 아버지를 안았다.

"누이는 집으루 가소. 내일 바주 엮으러 갈 게니."

"이 백당넘의 새끼가……."

도섭영감이 주먹을 들어 아들을 내리쳤다. 그러나 주먹이 채 내려가지 않았다. 삼득이가 아버지의 양 겨드랑 밑을 떠받친 것이었다.

도섭영감은 안간힘을 써 아들을 떠밀어버리려 했다. 그러나 도리어 제 편에서 한 걸음 뒤로 물러나고 말았다. 이번에는 그 자리에 버티고 서 있으려 했다. 그래도 자꾸 한 걸음 한 걸음 뒤로 떠밀리어 나갔다.

"이 백당넘의 새끼가 아바지두 몰라보구……."

사립문 앞까지 가서야 삼득이는 발걸음을 멈추었다.

후닥닥 도섭영감이 지겟작대기를 집어들었다. 그러나 이미 그 한끝은 삼득이에게 단단히 붙잡혀 있었다.

도섭영감의 노한 눈이 아들을 노려보았다. 검은 눈썹 꼬리가 피끗거렸다. 작대기 잡은 손을 부르르 떨었다. 작대기를 놓고 말았다.

"모두 다 뒈데 없어데라!……데 홰냉년의 엠나이새낀 인젠 우리 집안사람 아니다. 나보구 아바지라구 글디 마라!……이 백당넘의 새끼 넌두 그놈의 바줄 엮어만 줘봐라, 당장 손모가질 꺾어버리디 않나!"

못마땅한 듯 도섭영감이 토방으로 올라가 쭈그리고 앉아버렸다. 대통을 내어 담배를 붙여 물었다. 담배 한 대를 거의 다 태우고 나니까 약간 마음이 진정되었다. 문득 자기도 이제는 늙었다는 생각이 들었다. 그러나 뒤미처 오는 것은, 저놈의 새끼놈들이 아직 철이 없어 아무것도 모른다는 생각이었다. 세상이 어떻게 돌아가는 줄도 모르는 연놈 같으니라구. 이대로 옛 지주한테 붙어 우물쭈물하다가는 큰코다칠 것도 모르고. 어떻게 해서든지 이 고비를 무사히 넘겨야 한다.

도섭영감의 주름 잡힌 이마에 새로운 땀방울이 맺히기 시작했다.

훈이 산을 내려왔다. 자기 집 곁을 지나 비석거리로 내려갔다.

윗골과 한천 방면으로 가는 도로와 안동네로 들어가는 행길 그리고 순안으로 들어가는 길이 서로 모였다 갈라지는 세 어름 길가 한옆에 비석이 서 있었다. 끝이 뾰족한 대리석 네모 비였다. 훈의 할아버지의 송덕비.

이 비석을 중심하고 세 어름 길가에는 여남은 채의 초가집이 늘어서 있었다. 거기 비석 맞은편 우물가 집이 당손이 할아버지네 집이었다. 훈이 가끔 마을 오는 곳이었다.

당손이 할아버지는 칠순이 넘은, 오늘날까지 손자애 당손이 하나를 데리고 살아오는 늙은이였다.

당손이 할아버지는 오늘도 당손이와 가마니를 치다가 훈을 보고 돌아앉았다. 새하얀 머리요 수염이었다.

"어뜨케 얼굴이?"

"어젯밤 술이 과했던가 봅니다."

"교사(훈을 이렇게 불렀다)는 본래 몸이 약해놔서…… 약줄 좀 조심해야디…… 더구나 요새 세상이 하두 소란해놔서……."

"예…… 그런데 저, 할아버지, 도섭아즈반네가 옛날엔 잘살았대지요?"

"그르티. 본시 영욱골 사람으루, 한때 위진사네라믄 근방에서 쩡쩡했디. 그래 오작네 아반두 어레서는 잘산 사람이야. 자기 아바지가 금광엔가 실패해개지구 가산을 탕진해버리기꺼지는."

"그러면 그때 이 동리루 들어왔군요."

"아니디. 패가하구 나선 여게더게 떠돌아댕기믄서 고생두 숱해 한가 부드군. 어레서 잘살 때는 독훈당꺼지 친 시절이 있었다는데……."

훈도 도섭영감이 무슨 적음질 같은 것을 할 때, 남의 손 빌지 않고 자기 앞감당은 해나가는 것을 알고 있었다.

"……스무나믄 돼서 이 동네루 떠들어와서는 마츰 교사 어르신네를 만나개지구 잘된 셈이디. 네펜네두 예 와서 얻구……."

"아버지가 모든 것을 도섭아즈반한테 맽겨 한 건 압니다."

"그랬디. 오작네 아반이 일을 잘 보기두 했어. 그르나 너무 디나틴 데가 있었디. 쩍하믄, 내리누를 놈은 꾹꾹 내리눌러야디 우자우자했다가는 한이 없다구 하믄서, 자기 비위에 틀린 소작인한테는 못살게 굴었디. 그 덕택에 한때는 이름 붙은 날이믄 소작인들한테서 닭이니 떡이니 들이밀리군 했어. 아마 디주보담두 더 위했을걸. 가다오다 교사 할아버지가 오작네 아반더러 소작인들 너무 억울하게 하디 말라는 말이라두 할 것 같으믄, 세상에 이르케 디주가 많아서야 어뜨케 일을 해먹겠냐구 투덜거린 적두 한두 번이 아니야. 들리는 말에, 교사 어르신네는 한번 믿구 일을 맽긴 이상에는 그 사람이 다소 잘못하는 일이 있어두 눈감아주는 수밖에 없다는 말을 했다는군."

당손이 할아버지는 볏짚 한 줌을 쥐어 잎을 따기 시작했다.

"저, 할아버지, 남이 아버지 이애기 들으셨습니까?"

"오늘 아츰 당손이 애가 밖에 나갔다 듣구 왔드군. 글쎄 착하디 착한 사람이 그르케 되다니. 누구와 척질 사람두 아닌데…… 다 된 세상이야. 대테 어떤 악귀 같은 놈의 즛인디."

훈은 그것이 명구와 불출이의 짓이라는 말을 하지 못했다. 아무리 그것이 사실이라 하더라도 자기 입으로 그것을 확인하고 싶지가 않은 것이었다.

"남은 사람들이 불쌍트군. 오늘 밤 당장 덮을 게 없다구 피 묻은 니불을 빨구 있디 않갔나."

당손이 할아버지는 돌아앉아 바디 손을 잡으며 혼잣말로,

"세상이 하두 소란스러워서……."

그러고는 바디를 내리치면서 생각난 듯이,

"참…… 그자가 돌아왔드군."

했다.

훈은 당손이 할아버지가 분명히 누가 돌아왔다고 말한 것 같은데, 그만 바디 소리로 해서 잘 알아듣지를 못해,

"누구 말입니까?"

하고 물었다.

"오작네 남편 되는 자 말이야. 그자가 글쎄 수삼 년 동안 뵈디 않드니 어제 이 앞으루 디나가드구만."

훈은 문득 깨달아지는 게 있었다. 어젯밤 산속으로 달아난 사내가 다른 누가 아니고 그였구나. 그래서 오작녀가 누구라는 것을 말하기 힘들어했구나.

역시 자기는 이 고장을 떠나야 한다고 생각했다. 그러자 어느 한 목소리가, 너는 앞으로 허가 없이는 10리 밖을 못 나간다고 했다. 할 수 없다. 있는 날까지 있는 수밖에. 훈은 이런 이유에서라도 여기 그대로 남아 있는 수밖에 없다는 사실이 왜 그런지 언짢지가 않은 것이었다. 그런 자기가 한편 무서웠다.

훈이 자리에서 일어났다.

우물 앞에서 혁과 마주쳤다.

"아, 여게 오셨댔소? 그런 걸 모르구 찾아댕기겠군."

혁이 훈의 앞으로 다가오더니 귀 가까이 입을 대고,

"어젯밤 일은 명구하구 불출이가 한 짓이드군요."

그러고는 훈의 기색을 한번 살피고 나서 다시,

"그 친구들이 그렇게 대담할 줄은 꿈에두 몰랐이요."

혁의 상기된 얼굴이 석양에 어리어 더 붉게 보였다.

훈은 말없이 사촌동생의 옆을 빠져 집 쪽으로 걸어 올라가기 시작했다.

혁은 사촌형이 오늘은 어떻게 되었다고 생각했다.

훈이 갑자기 무엇을 잊은 듯한 생각에, 고개를 돌렸다. 사촌동생 혁에게 할 말이 있었다. 그러나 혁은 벌써 안동네로 통하는 한길에 들어서 있었다. 활개 걸음이었다. 학생 티가 그대로 드러나 보였다. 혁은 서울 고등공업에 적을 둔 학생이었다. 여름방학에 시골 왔다가 해방을 맞은 것이었다.

이쪽으로 누운 그림자가 미처 따라가지 못할 만큼 활갯짓하는 혁의 뒷모양을 바라보며, 훈은 아까 아침에 느꼈던 슬픔에 가까운 노여움 같은 걸 다시 한 번 느꼈다.

집에서는 저녁상을 들이는 오작녀가 오늘따라 푹 고개를 수그렸다.

낮에 아버지와 싸운 것도 남편 문제로 생겼는지 모를 일이었다. 역시 자기는 어떻게든 이곳을 떠나야만 한다는 생각이 들었다.

돌아서는 오작녀의 턱에 생채기가 나 있었다.

"잠깐…… 턱이 많이 다친 것 같은데?"

오작녀는 주춤하며,

"괜티않아요."

훈이 탈지면에 머큐로크롬을 적셔가지고 왔다.

"자아……."

"괜티않아요."

돌아선 채 오작녀는 조용히 고개까지 저어 보였다. 언제나처럼 곱게 빗겨져 있는 머리였다.

"자, 잠깐……."

그제야 오작녀가 돌아섰다. 훈의 말이면 거역하지 않겠다는 몸짓이었다.

훈이 약을 바르는 동안, 오작녀는 살포시 눈을 감고 있었다. 눈꺼풀이 부어 있었다. 적잖이 운 눈이었다.

이런 오작녀의 얼굴에, 걷혀 있던 핏기가 차차 되살아왔다. 귀밑에, 뺨에, 눈언저리에, 코에, 그러다가 코끝에 핏기가 모이는 듯하더니 눈이 몇 번 실룩거렸다. 거기에 이슬방울이 맺혀 나왔다. 이슬방울이 부서졌다. 꼬리를 끌고 뺨을 흘러내렸다. 얼굴이 흔들렸다. 어깨와 가슴이 흔들렸다. 아랫도리가 흔들렸다. 온몸이 흔들렸다.

그렇건만 오작녀는 아무것도 깨닫지 못했다. 그저 몸뚱이가 자꾸 허공으로 떠올라가는 듯함을 느꼈다. 오작녀는 그대로 몸을 내맡기고 있었다.

이날 밤, 비석거리 탄실네 집 앞마당에는 화톳불을 둘러싸고 마을꾼이 모여 있었다.

"강계 따에서는 벌써 토디개혁이란 게 됐다믄서?"

칠성이아버지가 강목수를 건너다보며 하는 말이었다.

"넝변 따에서두 했다드군."

강서방은 목수 일을 제법 잘했다. 그래서 강목수라는 이름으로 통했다. 동네에서 새로 집을 세운다든가 낡은 집을 고칠 때는 으레 강서방을 불러대지만, 강서방 편에서 자진해서 남의 집이나 닭장 지어주기, 지게 만들어주기, 심지어는 맷돌 손잡이 깎아주기에 이르기까지 아주 신이 나서 잘해주는 것이었다.

이 강목수가 또 어디서 주워들이는지 바깥소문을 제일 먼저 옮겨놓곤 하는 것이었다.

"그래 그 토디개혁이란 게 되믄 어뜨케 되는 겐가?"

탄실이 아버지가 혼잣말처럼 중얼거렸다.

무어 새로 듣는 말이 되어 그러는 게 아니었다. 이제 토지개혁이란 게 실시되면 농사꾼에게 거저 논밭을 나눠준다는 말은, 지난 초닷새 날짜로 법령이란 게 발포된 후로 수없이 들어오는 말이었다. 그렇지만 그게 도시 미덥지가 않은 것이었다. 땅을 거저 주다니? 세상에 어디 공짜가 있단 말이냐.

그것은 비단 탄실이 아버지만의 생각은 아니었다. 거기 모여 앉은 누구나가 다 같은 생각이었다.

그러면서도 한편 구미가 당기지 않는 바도 아니었다. 논밭이 자기의 것이 된다! 생각할수록 가슴이 설레는 일이었다.

그러나 다음 순간 이들은 자기가 무슨 바라서는 안 될 것이나 바라는 것처럼 죄스러워지는 것이었다. 공연히 대통을 땅에 두드려보고, 코를 풀어내고, 헛기침을 해보고 했다.

"어디선가는 동네 체니 총각, 홀애비 과부를 모주리 짝을 붙에

주었대."

　강목수는 자기가 이런 이야기를 생각해낸 것이 잘됐다고 생각하며,

　"글쎄, 체니 총각, 홀애비 과부를 한자리에 모아놓구설랑 참봉 잽이(술래잡기의 일종)를 시켰대. 그래개지구설랑 처음에 서루 붙잡은 사람끼리 짝을 붙에주었대."

　"거 참, 보깔주깔이로군."

하고 나서 칠성이 아버지가,

　"가만있자, 우리 동네에두 체니 총각, 홀애비 과부가 적디 아니 있겠다? 한번 그르케 해봤으믄……."

　"그러다 이갑성이가 분디나뭇집 할마니를 붙들믄 제격일라."

　탄실이 아버지의 말에 웃음이 터졌다.

　분디나뭇집 할머니는 칠순이 넘은 과부요, 갑성이는 올해 갓 스물 난 총각이었다.

　그래도 갑성이는 의젓이 팔짱을 끼고 앉았다가,

　"난 탄실이 붙들랴는데."

하여 새로운 웃음이 솟았다.

　탄실이는 올해 열일곱 난 처녀애.

　탄실이 아버지는, 망할 놈 같으니라구, 하면서도 따라 웃는 것이었다.

　모두들 필요 이상으로 큰 웃음이요, 필요 이상으로 긴 웃음이었다. 그것은 그렇게 함으로써 요즈음 자기네를 어지럽히는 생각을 감싸보기라도 하려는 듯한 웃음이었다.

별안간 웃음들을 멈추었다. 그러고는 한 곳으로 고개를 돌렸다.

언제 거기에 와 있었을까. 오작녀 아버지 도섭영감이 바로 뒤에서 있었다. 한 손에다는 두레박을 들고.

"지금이 어느 때라구 이르케들 꽤 앉아서 허튼쉬작이나 하구 웃구 떠들구 야단이야!…… 강목수 자낸 관만 짜놨데게레. 푯말두 하나 알맞추 깎아놔야디. 상여두 낡은 것이니 한번 돌봐 손질을 해놓구…… 그리구 자네들은 또 밤샘을 가는 게 아니구 이게 뭐야!"

화톳불에 들고 있던 두레박 물을 홱 끼얹어버리는 것이었다.

마을꾼들은 그 물이 자기네의 등줄기에나 부어지는 듯 화닥닥 일어들 섰다.

초상집에는 사람이 가득 모여 있었다.

강목수랑은 하는 수 없이 봉당에들 앉는 수밖에 없었다. 역시 남이 아버지가 농민위원장 지낸 것이 대단하다는 생각들을 했다.

훈이 나중 온 사람들에게 자리를 내주려고 일어서려는데 저쪽에 앉았던 김의사가,

"박선생, 어뜨케 생각하오?…… 난 이 세상에서 가장 사람에게 필요한 물건일수룩 값없이 거저 얻게 매련이라구 생각하는데?……"

훈은 이 사람이 또 무슨 말을 하려 이러나 하며, 김의사의 벗어진 머리를 바라보았다. 김의사는 10여 년 전, 나이 30도 못 되어 이 동네로 왔을 때 이미 앞이마가 벗어져 있었다.

"······첫째 우리 사람에게 데일 필요한 공기를 보시오. 돈 안 내
구 거저 마십니다. 다음으루 물만 해두 그렇디오. 도회디 같은 데
선 사 먹는다구 해두 데일 싼 게 물일 것입니다. 그건 이 물이란
게 우리 사람에게 아주 필요한 물건이기 때문이디오······ 그른데
보십시오. 우리에게는 하루라도 없어서는 안 될 낭식 문데는 어
떤가? 그것을 만든 사람은 굶주리구, 그것을 만드는 일과는 아무
상관두 없는 놈들이 배불리 먹구 뚱땅거리는 형편이 아닙니까?
왜 그럴까요? 그것은 디주라는 착취계급이 있기 때문입니다. 농
토와는 아무 상관두 없는 놈들이 주인 행세를 하기 때문입니다.
이래서 될까요? 응당 농토는 밭갈이할 줄 아는 농민이 주인이 돼
야 할 것입니다. ······그래서 나는 이번 토디개혁이 실시되기 전
에 얼마 안 되는 농토디만 솔선해서 바텄습니다."

여기서 김의사는 이마에 땀을 씻으면서 힐끗 한 곳을 바라보
았다.

거기에는 웬 낯선 청년 둘이 앉아 있었다. 공작대원으로 나와
있는 청년들일 것이었다.

훈은 김의사의 말을 어느 글에선가 읽은 듯하다고 생각하면서,
결국 이 사람이 자기를 붙들고 그런 말을 하는 뜻이란, 제가 솔선
해서 토지개혁에 협력했다는 걸 여러 사람에게 알리기 위함일 거
라고 생각했다.

김의사는 이 동네로 들어오자 면소 앞에 가 자리를 잡았다. 처
음에는 초가집을 사서 왔던 것이, 이삼 년 후에는 부연을 단 기와
집으로 고쳐졌다. 가난한 사람의 병은 봐주지도 않는다는 소문이

었다. 그리고 그가 돈놀이를 한다는 소문도 났다. 매해 전답을 몇 떼기씩 사들였다. 해방 전에는 꽤 오붓한 지주가 돼 있었다.

훈이 다시 자리에서 일어나려고 하며 관 쪽을 한번 바라보았다. 관에는 흰 광목필이 칭칭 감겨져 있었다. 쌀 반 가마니와 함께 면 인민위원회에서 특배를 받은 것이었다.

아까 낮에 당손이 할아버지가, 남이네 집에서는 당장 산 사람이 덮을 게 없어서 피 묻은 이불을 빨고 있더라고 한 말이 떠올랐다. 그러자 훈에게는 어쩐지 지금 이 관을 감은 흰 광목필이 이 자리에 어울리지 않는 듯이만 느껴졌다. 습한 흙냄새가 자꾸만 코를 싸아하게 하는, 검게 그을은 담벼락에 비겨 그것은 지나치게 희었다.

벌컥 샛문이 열리면서 남이가 뛰어 들어왔다. 손에다 쌀밥을 한 옴큼 옴켜쥐고 있었다.

뒤따라 와자자하니 머리가 헝클어진 누이동생이 들어왔다.

남이는 등으로 누이동생을 막아내며, 옴켜쥔 밥덩이를 먹어대는 것이었다. 코와 입 언저리에 마구 밥풀이 달라붙었다.

누이동생이 기어이 남이의 손을 끌어다 손아귀에 든 밥을 깨물고야 말았다. 남이가 아얏 소리를 지르며 손을 빼냈다. 손가락을 물린 것이었다.

그러나 곧 다시 남이는 제 손바닥의 남은 밥알을 핥기 시작했다.

훈은 더 오래 그것을 바라볼 수가 없었다.

3

이튿날 아침, 삼득이는 훈네 수수깡 바자를 엮으러 왔다.

도섭영감은 이 아들의 하는 양을 못 본 척했다. 보아하니 아들놈이 자기 말을 들을 성싶지가 않은 것이었다. 떠억 벌어진 아들의 어깨가 새삼스레 쳐다보였다. 이놈이 이제는 아이가 아니라는 생각이었다. 그러면 그럴수록 이 아들놈이 세상 어떻게 돌아가는 줄도 모르고 저런다는 생각에 울화가 치밀었으나, 이제 그놈을 붙들고 아웅다웅해보았댔자 남 보기만 흉할 뿐 소용없을 것 같아, 한번 헛가래를 크게 돋우어내고는 못 본 척 돌아서고 말았다.

훈은 훈대로 툇마루에 나와 앉아, 지금에 와서 수수깡 울타리를 새로 해 칠 필요가 무어냐는 생각이었다. 영변이나 박천 지방에서는 벌써 토지개혁이라는 게 실시되어, 지주들이 속속 추방을 당하고 있지 않으냐. 그게 언제 자기에게 와 닿을지 모를 일인 것이었다.

훈이 뒷산에라도 올라가려 뜰로 내려섰다.

대문을 나서려는데,

"그래 무슨 일루 박선생의 뒤를 밟았니?"

나지막하나마 다짐하는 오작녀의 말소리가 들렸다.

훈은 가슴이 철렁하여 발걸음을 멈추었다. 그젯밤에 자기의 뒤를 밟은 사람이 오작녀의 남편이 아니고 삼득이었던가.

삼득이가 대체 무슨 일로 자기의 뒤를 밟은 것일까. 이즈음 와서 변해가는 사람들의 심정에 부닥칠 때마다 느껴지는 그 어떤 설움보다도 더 짙은 무엇이 가슴을 내리눌렀다.

오작녀의 말에 삼득이는 아무 대꾸가 없었다.

"어데 한번 속 시원히 말이나 해봐라. 대테 무슨 일루 그런 짓을 했는디······."

수수깡 다루는 소리만 들릴 뿐 삼득이는 여전히 아무 대꾸가 없었다.

"우리 집안 식구들은 왜 모두 그 모양이가? 아바진 아바지대루 미친 사람터럼 굴구, 넌 또 너대루 그러니······."

문득 훈은 이제 삼득이의 입에서 나올 대답이 한껏 무섭게만 여겨졌다. 그 무서운 대답을 막아버리기라도 하듯이 대문을 나서 일부러 울바자 엮는 곁을 지나쳤다.

오작녀가 훈에게 무슨 할 말이라도 있는 것처럼 새끼줄을 놓고 일어서려는 눈치다가 그만두었다.

삼득이는 그저 잠자코 바자만 엮고 있었다. 그 옆얼굴이 그대로 아버지 도섭영감을 닮아 있었다.

이미 이태 전에 삼득이는 억센 소년이었었다.

훈이 고향에 돌아온 이듬해 봄에 얼마의 논을 자작한 일이 있었다. 절박해오는 식량 사정을 모면해보자는 것이었다. 자기 앞 공출량도 제대로 못 감당해나가는 소작인들한테 식량을 의탁할 수는 없는 것이었다.

훈이 처음으로 모판을 만들어보았다. 모내기도 해보았다. 밤늦게까지 물꼬도 지켜보았다. 어느 것 하나 뼛골이 빠지지 않는 일이 없었다. 그런데도 훈의 하는 일이란 모두가 시늉에 지나지 못했다.

삼득이와 오작녀가 없었던들 농사는 지어지지 못했을 것이었다. 훈은 이 소년과 여인의 일하는 품을 몇 번이나 경탄의 눈으로 바라보았는지 몰랐다. 그것은 손수 흙을 만지기 전에는 느껴보지 못했던 심정이었다.

그해 추수를 해들였다. 예년에 없이 심한 공출이 나왔다. 주재소와 면소에서 통틀어 나와서 볶아대었다. 볏짚 낟가리 밑을 들추어냈다. 눈 더미 속이나, 부엌 바닥에 파묻은 쌀되마저 끄집어냈다.

훈은 될 대로 돼라는 심사였다. 소출이 공출량보다도 적은 것이었다.

하루는 삼득이가 와서 오작녀와 낟알 감출 의논을 했다. 오밤중이었다.

오작녀는 광 속 독 밑을 파고 게다 묻자고 했다. 삼득이가 잠자코 벼 가마니를 지고 집 뒤로 돌아갔다. 본시 말수가 적은 소년이었다. 그게 믿음직스러웠다.

벼 다섯 가마니를 뒤울 안 우물 속에 넣었다.

공출 미납한 사람들이 주재소로 불려갔다. 훈의 대신으로 삼득이가 갔다. 훈이 자작한다고 했으나, 실은 삼득이가 지은 농사나 다름없었다. 타작도 삼득이의 손으로 한 것이었다.

삼득이는 소출이 그것밖에 더 나지 않았다고 했다. 주재소 주임이 예에 의해 버선을 벗으라고 하고는 쇠좆몽둥이로 갈기기 시작했다. 미납한 공출을 얼마라도 더 내라는 것이다.

불려온 사람 가운데 분디나뭇집 할머니가 있다가 삼득이더러, 좀 엄살을 피우라고 했다. 그렇게 빳빳이 견디어내면 더 맞지 않느냐는 것이다. 그러나 열일곱 살짜리 삼득이는 아픈 소리를 내지 않았다. 그저 쇠좆몽둥이가 내릴 적마다 그 매를 한 대 두 대세듯 눈알만 붉어져가는 것이었다.

훈이 집에 앉았을 수만 없어 주재소로 찾아갔다. 경우에 따라서는 우물 속에 감추어둔 벼 가마니를 내놓을 작정이었다.

어떤 곳에서는 지주들이 주재소에 얼쭝거려 웬만한 일은 눈감아주고 있다는 걸 알고 있었다. 그러나 훈은 아직 고향에 돌아온 후로, 이들 주재소에 어떤 사람이 와 있는지도 모르는 형편이었다.

주재소 앞에 이르자, 오작녀가 먼저 와 있다가 훈의 팔소매를 붙들었다. 훈이 이리 찾아온 뜻을 다 알고 있다는 눈치였다.

주재소 안에서 쇠좆몽둥이질하는 소리가 그대로 들려 나왔다. 오작녀는 그 소리 하나하나에 흠칫흠칫 놀라는 것이었다. 그러는 그네의 눈도 점점 붉어져갔다.

훈이 다시 주재소로 들어가려 했다. 오작녀가 팔소매를 붙들고 놓아주지 않았다. 그 손이 사뭇 와들와들 떨렸다.

나중 오작녀와 훈이 삼득이를 부축해가지고 돌아왔다. 삼득이는 사흘 동안이나 제 발로 바깥출입을 못했다.

훈은 우물물에 잠겼던 벼를 절구에 찧어 먹으면서, 이 삼득이의 일을 생각하고는 목이 메곤 했다. 그러면서 그는 지난날의 자기 아버지가 삼득이 아버지에게 대한 이상으로 자기도 앞으로 이 삼득이를 대하리라 마음먹었다.

이런 삼득이가 요즘 와서는 자기의 뒤를 밟게쯤까지 되다
니…….

정신이 들어보니, 앞개울 농머리로 나가는 길에 와 있었다. 이
즈음 훈은 가끔 이런 일이 있었다. 정신이 들어보면 자기도 모르
는 새에 좀 전에 생각했던 것과는 딴판인 짓을 하고 있곤 하는 것
이었다. 지금도 자기는 뒷산에 올라가려고 나선 것인데 이렇게
농머리로 나오고 있었다.

농머리란 냇둑에 서 있는 봉우리가 용의 머리 같다고 해서 그렇
게 부르는 개울이었다. 개울 이쪽은 갯버들이 무더기져 있고, 건
너편은 모래판이었다. 이편 응달진 기슭에는 아직 얼음장이 붙어
있었다.

유리 조각 깨지는 소리 같은 게 나곤 했다. 얼음장이 풀려나가
는 소리였다. 부서진 얼음 조각들은 그대로 물에 가라앉는가 하
면 떠내려가곤 했다. 작은 얼음 조각이면 떠내려간다고 생각할
새도 없이 녹아 없어지기도 했다.

훈이 이번에는 요것이 풀려나간다고 한 얼음장을 지켜보았다.
그러나 이곳저곳에서 딴 얼음 조각들이 먼저 바작바작 부서져나
갔다. 몇 번이고 헛맞혔다.

그러다가 훈은 무엇에 놀란 사람처럼 윗몸을 앞으로 내밀었다.

갯버들가지가 얼음에 붙어 있었다. 가지에는 숱한 버들개지가
달려 있었다. 그중 적잖은 버들개지가 얼음에 붙어 있었다. 그런
데 이 버들개지들이 자기 둘레의 얼음을 두어 푼씩 녹여가지고

있는 것이었다. 어느 버들개지나 모두 한결같이 그랬다.

이 아직 털도 제대로 피우지 못한 버들개지들이 그처럼 자기 둘레의 얼음을 녹여가지고 있다는 것에, 훈은 절로 가슴속이 다사로워짐을 느꼈다.

개울 건너의 발판은 아직 겨울에서 깨어나지 못한 삭막한 들판이었다. 그런데 이 삭막해 뵈는 들판 저 한끝에서 지금 아지랑이 같은 것이 피어오르고 있었다. 쥐불이었다.

훈이 저도 모르게 눈을 감았다. 그러면 그의 가슴속에도 잔딧불이 피어오르는 것이었다.

그것은 아직 훈이 평양으로 이사해 들어가기 전, 일곱인가 여덟살 때의 일이었다. 이른 봄철이었다.

같은 또래의 사내애들과 같이 산막골 넘어가는 언덕에서 불장난을 하며 놀고 있었다. 마른 잔디가 풀풀 타는 양이 여간 재미있는 게 아니었다. 그리고 불이 웬만큼 퍼진 다음에 그것을 끄는 맛이 또 좋은 것이었다.

한번은 퍼진 불을 아무리 끄려고 해도 꺼지지 않았다. 발로 비비면 죽은 듯하다가 다시 되살아나곤 했다. 저고리들을 벗어 들고 치기 시작했다. 그러나 도리어 불티만 날려놓아 불자리는 넓어져만 갔다.

덜컥 겁들이 났다. 하나 둘 달아나기 시작했다. 나중에 훈 혼자만이 남았다. 자기도 이제 도망가는 수밖에 없다고 생각하고 있을 때였다.

오작녀가 달려왔다. 나물바구니를 팽개치더니 그대로 불 위에 뒹굴기 시작했다. 한 자리를 끄고 나서는 다음 자리로 가 뒹굴었다. 이렇게 해서 불을 다 껐다.

훈은 그저 놀라운 눈으로 오작녀의 하는 양을 보고만 있었다. 그러다가 훈은 다시 한 번 놀랐다. 불을 다 끄고 일어나는 오작녀의 눈에서 이상한 것을 발견한 것이었다. 저도 모르게, 네 눈에서 불이 붙는다, 했다.

오작녀는 반사적으로 눈을 비볐다. 훈이 다시 네 눈 속이 탄다고 했다. 사실 그것은 타는 눈이었다. 이것이 훈이 오작녀의 눈을 발견한 처음이었다.

지금 감고 있는 훈의 눈앞에 또 하나의 타는 듯한 오작녀의 눈이 떠올랐다.

그것은 평양으로 이사해 들어간 지 몇 해 만에 여름방학이 되어 할아버지 댁에 나왔을 때의 일이었다.

그날 훈은 이 냇가 모래 속에 묻혀 있었다. 한여름 뙤약볕이 싫지 않은 소년 시절이었다.

얼마나 그러고 있었을까. 문득 후끈거리는 모래 냄새에 섞여 무르익은 참외 냄새가 풍겨왔다.

눈을 떠 좌우를 살펴보았다. 아무것도 없었다. 도로 눈을 감았다.

그냥 무르익은 참외 냄새가 풍기어왔다. 머리 위쪽을 살펴보았다. 거기 두 개의 검정참외가 가지런히 놓여 있었다.

누구의 짓인지 알 수 있었다. 거기 냇둑 밭머리에 오작녀가 애(삼득이)를 업고 섰다가 획 돌아서 달아나는 것이었다.

순간, 훈은 오작녀가 획 돌아서며 이리 준 눈을 보았다. 타는 듯한 눈이었다.

저도 모르게 참외 한 개를 집어 깨물었다. 꿀같이 단물이 온 입 안에 퍼졌다. 그대로 몸으로 스몄다.

지금도 훈에게는 그 타는 듯한 오작녀의 눈과 함께 어떤 그윽한 향기가 그대로 맡아지는 것만 같았다.

눈을 떴다. 옆을 살피고 뒤를 돌아다보았다. 깜짝 놀랐다. 뒤에 오작녀가 와 있지 않은가.

"기척두 없이 언제 그렇게?⋯⋯."

오작녀가 미안한 듯이,

"선생님이 뭘 생각하구 계신 것 같애서⋯⋯."

실은 요즈음 훈은 또 공연한 일에 놀라는 버릇이 있었다. 그러 나 이날 훈의 놀람은 또 달랐다. 무엇에 취하는 듯한 놀람이었다. 금방 되살아왔던 소년 시절의 일이 그대로 현실로 이어지는 듯한 느낌이었다.

오작녀의 눈을 찾았다. 그러나 오작녀는 눈을 떨군 채,

"집에 웃골 윤주사가 오셌이요."

했다.

훈이 그곳을 떠나려다가 멈칫 서며,

"참, 잠깐 이리 오우."

오작녀가 무슨 일인가 하고 가까이 왔다.

"여기 버들개지를 좀 봐요. 자기 둘레의 얼음을 조렇게 녹여놓 은걸⋯⋯ 꼭 무슨 체온이라두 있는 것 같지 않우?"

오작녀가 말없이 버들개지를 내려다보다가 가지 하나를 꺾어냈

다. 그러는 오작녀의 양 볼이 복숭앗빛으로 물들어 있었다. 본시 붉은 볼이 이른 봄바람으로 해서 더 짙게 물들어진 듯한 빛이었다.

논둑길로 들어서며 훈이,

"여기가 예전에는 모두 밭이드랬지? 아마 이 논과 저 논이 주로 차매를 심든 밭이구⋯⋯."

수리조합이 생기면서 이 일대가 모두 논으로 변한 것이었다.

그때의 그 검정참외⋯⋯ 실은 검정이가 아니고 녹색인 것이 검게 뵈도록 아주 짙은 녹색 빛깔의 참외⋯⋯ 그 부드럽고도 매끄러운 감촉⋯⋯ 그 짜게스리 단 내음새⋯⋯ 그 물기가 서리는 주황빛 속살⋯⋯.

훈이 지금 생각하고 있는 참외는 지난날 농머리 모래판에서 오작녀가 몰래 갖다놓고 달아난 그 검정참외였다. 그 후, 훈은 같은 검정참외를 수없이 많이 먹어왔지만 그날의 그것처럼은 달고 향기롭지는 않았다고 생각되는 것이었다.

"참, 선생님은 전부터 차매를 동와하셌디요."

오작녀도 그때 일을 생각하고 있는 것일까.

"여름철 괴물이라면 먼저 떠오르는 게 차매지⋯⋯ 그러나 어디 요샛 거야 그게 차매라구."

훈은 지금 이 일대의 밭이 모두 논으로 변하고, 그때의 검정참외의 빛깔과 맛이 변한 것처럼, 그동안 사람의 생활과 감정도 변했다는 걸 말하고 싶었는지도 몰랐다.

몇 걸음 뒤서 오던 오작녀가 잠시 무엇을 주저주저하다가,

"데 선생님, 용서해달라우요."

했다.

훈이 돌아다보았다.

오작녀는 수그린 고개를 외면하면서,

"삼득이 말이야요. 그 애가 그럴 애가 아닌데…… 왜 그런 짓을 했느냐구 해두 통 말이 없습네다레…… 다시는 그런 짓 말라구 단단히 닐렀이요. 한 번만 용서하시라우요."

"용서구 뭐구 있소. 그게 삼득이 탓이 아니구 세상 탓인걸……."

"다시는 그런 짓 않을 거야요. 그 애만은 그런 애가 아니야요."

그러나 훈은 앞으로 그 애가 더 나빠질 테니 두고 보라는 심정이었다.

"아바지는 모르갔이요. 그르나 그 애만은……."

"너무 그런 일루 속 쓰지 마우. 인제 오작녀두 자기 일 좀 생각해야 할 게요. 남편두 돌아오구 했으니……."

훈은 기어이 이제야 할 말을 꺼내놓았다고 생각했다.

"선생님, 제 일만은 걱정 마시라우요. 제 일은 벌써 제가 결심한 바가 있이요."

"물론 내가 여기를 썩 떠나기만 하면 그만일 게요. 그러나 왜 그런지 지금 당장은 떠날 수가 없는 심정이오. 무어 농토에 애착이 있어서 그러는 건 아니오…… 그 사람들이 오늘이라두 날더러 멀리 떠나라구 하면 떠나겠소. 그러나 그 말을 들을 때꺼지는 여길 떠나구 싶지가 않소. ……그렇다구 해서 오작녀까지 나와 행동을 같이할 필요는 없소. 처음 오작녀가 우리 집에 와 있게 됐을 때부터 난 내가 지주요 오작녀는 소작인의 딸이란 관계를 생각해본 적은 없소. 그게 이제 와선 더더구나 그런 관계란 없어졌다구 보오. 조금두 지난날의 의리 관계를 생각해서 나와 행동을 같이 할 필요는 없소."

"선생님, 저두 첨부터 선생님이 우리 집 디주라구 해서 와 있는 게 아니야요. 그리구 선생님, 버릇없는 계집의 말 같디만 앞으루 선생님이 여게 계시는 동안은 저더러 나가라는 말씀만은 말아달라우요."

"오작녀를 위해 좋지 않을 게요."

"전 아무래두 돟와요. 선생님께서만 나가라는 말씀 않으신다믄……."

이것은 오작녀가 벌써부터 별러오던 말이었다. 이 말을 훈에게 할 일만 생각해도 절로 가슴이 두근거려지곤 했다. 그것을 이제 훈에게 다 말해버린 오작녀는 앞이 환히 트이는 느낌이었다.

뻐꾸기 소리가 들려왔다.

오작녀가 고개를 들었다. 큰아기바윗골 쪽이었다. 그러자 오작녀는 가슴속이 무엇으로 가득해짐을 느꼈다. 큰아기바위의 슬픈 전설보다 자기가 너무 지나치게 행복한 것 같았다.

오작녀는 갑자기 등골이 으스스 떨렸다. 두 손으로 볼을 짚어보았다. 열이 또 오르는 것 같았다. 지난밤도 오작녀는 알지 못할 열에 떠, 온밤을 시달린 것이었다. 오작녀의 얼굴이 점점 검붉어져갔다. 갯버들가지를 든 손이 오들오들 떨렸다.

그러나 오작녀는 이런 고뿔쯤 아무것도 아니라고 생각했다.

소달구지 한옆에 윤주사가 중절모를 벗어 들고 기다리고 있었다.

"방으루 들어가시지 않구."

"그동안 별고 없었나."

윤주사가 훈의 손을 잡았다. 도톰하고 따뜻한 손이었다.

"페양 들어가시는 길입니까?"

윤주사는 평양에 오고 갈 때는 으레 소달구지를 이용하는 것이었다. 소달구지로 순안까지 가 기차를 타고, 평양서 나올 때는 또 미리 전갈을 하여 소달구지를 순안까지 마중 나오게 했다. 이렇게 평양 오가는 길에 가끔 훈네 집에를 들렀다.

"아니, 오늘은 자네를 좀 볼려구 왔네."

훈의 아버지와 윤주사는 세교 관계로 형님 아우님으로 지냈다. 자연 훈은 윤주사를 아저씨로 대해오는 것이었다.

달구지 끌고 온 사람이 보자기에 싼 것을 오작녀에게 내주었다.

"웃골엔 술이 떨어뎄데게레. 그래 조고만 병아리만 하나 잡아개지구 왔다."

"그런 걸 가지구 다니실 게 있나요."

윤주사는 달구지꾼을 향해,

"그럼 자네는 이 길루 순안 들어가 소 정이나 박아개지구 오게."

하고는 다시 고개를 이리로 돌리며,

"요 뒤 산막골엔 술이 떨어디디 않는대믄서?"

하고는,

"오늘은 바주두 엮구 하니 우리 게 가서 한잔씩 할까?"
했다.

"아무케나요."

그러나 윤주사는 무엇을 생각한 듯,

"하긴 요새 밖에 나다니믄서 술 먹을 때가 아닙데. 우리 에서
받아다 한잔씩 하세. 조용히 니애기나 하믄서……."

그건 오작녀도 그렇게 생각했다. 훈을 함부로 술좌석에 내보내
고 싶지가 않은 것이었다.

오작녀는 닭을 찍어 풍로에 올려놓고 집을 나섰다. 그리고 산막
골이 내려다뵈는 등성이에 올라서며 생각했다. 술을 얼마나 받아
와야 하나? 한 되 다 받아와야 하나, 반 되쯤이면 되나? 손에 든
되들이 병을 내려다보았다.

반 되만 하자. 박선생의 몸을 생각해서라도 반 되만 하자.

갔다 오는 동안 냄비가 끓어 넘을는지도 모른다는 생각이 들었
다. 풍로 문을 닫긴 했어도. 절로 걸음이 빨라졌다.

불출이 어머니네 집에는 벌써 술꾼들이 와 있는 기색이었다.

오작녀가 조용히,

"아즈만 있소?"

하니, 안으로부터 지게문이 열리었다.

방 안은 담배 연기가 자옥했다. 안이 잘 들여다보이지 않았다.

그러는데 오작녀의 눈에 콱 들어오는 얼굴이 있었다. 아찔했다.
담배 연기보다 더 짙은 안개 같은 것이 눈앞을 가리고 지나갔다.
사내 하나가 맞받아 일어서며,

"허, 이게 누구야? 참 오래간만이데!"

오작녀의 귀마저 먹먹해지고 말았다.

"……호랭이 제 말 하믄 온다구. 그러디 않아두 네 말을 하구 있었다! ……그래, 재미 어떠냐? 신접살림이? ……오라, 오늘은 또 낭군이 잡수실 술꺼지 받으러 왔군그래…… 그르나 이년아, 네 본남편이 아직 이르케 시퍼렇게 살아 있다! 이 홰냉년아!"

사내가 와락 문설주를 붙잡으며 밖으로 달려 나오려는 기세인 것을, 불출이 어머니가 매달리다시피 붙들었다.

"아즈만 이것 좀 노소! ……그래 이르케 시퍼렇게 살아 있는 남편을 두구 서방질을 해? 이 한칼에 배를 갈라 쥑일 년 같으니라구. ……아즈만 이것 좀 노소! 내 데년의 배를 당장 갈라놓구 말갔쉐다!"

"이 사람이 왜 이를까. 술 깨개지구 논정히 말할 게디."

"아니, 내가 술 취해서 이러는 줄 압네까? 나두 사내자식이웨다! 사내자식이 눈이 시퍼레서 제 네편네 빼앗기는 거 보구두 가만있으란 말이우? 그래 이년아! 그 박가놈이 돈냥이나 있다구 붙었냐? 이젠 그 박가놈의 돈두 쓸데없는 세상 됐다! ……에익, 그 박가놈부터 가서 떨러쥑이구 말아야디! 아즈만 이것 좀 노소!"

방 안 앉았던 사내가 일어섰다. 홍수였다.

"최동무! 이리 와 앉으우."

"변선생, 그렇디 않습네까? 박가놈이 디난 세월에 돈푼이나 있었기로서니 그깟 게 이제 와서 뭡니까?"

"자아, 최동무, 이리 와 앉으우."

홍수가 팔을 잡아끌었다.

그제야 오작녀 남편은 못 견디는 체 자리에 돌아가 앉았다.

"변선생이 말리시니 오늘은 이만해둡니다만 당장 사생결단을 낼래댔쉐다."

지난날 홍수가 수리조합 간선 주임으로 있을 때, 오작녀 남편은 그 밑에서 급수원 노릇을 한 적이 있었다. 당시 홍수는 꽤 까다로운 사람이었다. 오작녀 남편은 급수원 자리 떨어지지 않기 위해 술을 사 안긴다 뭣을 해준다 하고 비위를 맞췄었다.

그런 사이가 이번에 만나자 양상이 달라졌다. 홍수의 말씨부터가 해라가 아니고 하오였다. 그리고 오늘은 또 자기에게 술까지 사주는 게 아닌가. 이런 홍수가 나서서 말리는 터이니 못 견디는 체하지 않을 수 없었다.

"그럼 아즈만, 술이나 한잔 더 주우."

불출이 어머니가 이 말에는 대답 없이 홍수 편을 바라보았다. 술을 더 내어도 좋으냐는 뜻이었다.

"최동무에게 대포 한잔 더 드리우."

"사실 오늘은 변선생이 게셌기 말이디……."

"선생이라구 하디 말구 동무라 부르시오."

"아니 별말씀을…… 변선생이야 변선생이디 어데 가갔쉐까? ……오늘은 변선생이 말렜기 말이디 그 년놈이 내 손에 결딴나는 날이댔쉐다."

"정말이디 최동무두 무던히 속이 상할 꺼요. 그르나 앞으룬 모든 게 최동무 생각 여하에 달리디 않았갔소? 안 그렇소?"

"내 무슨 일이 있어두 그 박가놈하구 담판을 짓구야 말갔쉐다."

한편, 오작녀는 오작녀대로 자기가 어떻게 술 반 되를 받아 들었는지도 몰랐다. 신열도 나 있었다. 그러나 이만한 것에 져서는 안 된다는 생각이었다.

다시 냄비가 끓어 넘을지도 모른다는 생각이 났다. 이제는 어서 집으로 돌아가야 한다는 생각뿐이었다. 그러면서 그네는 오늘 박선생이 여기 오지 않은 것을 얼마나 다행스럽게 여겼는지 몰랐다.

"아니 미군이 사리원꺼지 들어왔다믄서?"

윤주사의 눈은 술이 들어갈수록 빛을 더해갔다.

"……이제 쉬 황주와 폐양에두 들어온다믄서? 자네 모르나?"

"글쎄요, 풍설 아닐까요? 그렇게 돼쥤으면 하는 사람들이 퍼뜨린……"

"음……."

윤주사의 곰보 자국이 몇 알 나 있는 콧잔등에 땀방울이 내돋혔다.

"그르구 데, 토디개혁인디 뭔디가 돼두 디주가 부티든 땅만은 냉게둔다믄서?"

"글쎄요, 그자들의 말이 대지주의 땅은 모두 몰수한답디다."

"그럼 대디주와 소디주는 어뜨케 구별하노?"

"아즈반네나 우리는 대지주에 들 겁니다."

윤주사는 윗골에 상당한 토지를 갖고 있었다.

"음…… 그른데, 부재디주의 것은 전부 몰수해두 그렇디 않은 디주는 자기 힘으루 부틸 만큼은 냉게둔다는 말두 있든데?"

그러나 윤주사는 부재지주였다. 벌써 오륙 년 전에 시골집은 어떤 사람에게 싼값으로 넘기고 평양 들어가 집 장사를 하고 있었다. 모래터에 한창 집바람이 났을 때 한몫 잘 보았다는 소문을 훈도 들어 알고 있었다.

매해 타작 때만 윗골에 나오곤 했다. 중절모를 눌러쓴 윤주사의 자그마한 몸이 소달구지 위에 흔들리며 윗골과 순안 사이를 오르내렸다.

"그래서 말일세……."

윤주사는 곰보 자국이 난 코끝을 붉혀가지고,

"이번에 어떤 소작인과 짜가지구…… 실은 오늘 달구지 끌구 온 송가하구 말일세, 내가 얼마큼 자작한 걸루 맹글어놓긴 했는데 어떨까?"

훈은 알 수 있었다. 그래서 윤주사가 얼마 전부터는 줄곧 윗골에 나와 살다시피 한 것을.

"자네 삼춘네는 어뜨케 할 작뎡인가?"

실은 윤주사가 이런 일을 훈보다는 훈의 삼촌인 용제영감과 의논하고 싶었을 것이었다. 그러나 그들은 몇 년째 사이가 좋지 못했다. 토지로 인한 이해관계 때문이었다.

훈의 삼촌 용제영감도 윗골에 적잖은 토지를 갖고 있었다. 대부분이 밭이었다. 그것을 재작년부터 작답을 시작했다. 큰 동을 막아 저수지를 만들 계획이었다.

윤주사의 논밭은 대개 이 훈의 삼촌 용제영감네 토지 아래에 있었다. 위에다 저수지를 만들면 밑에 있는 자기네 논물이 문제였다. 자연 말썽이 생길밖에 없었다. 그러나 일제 말기의 한창 증산을 부르짖던 때라, 저수지를 만들어 미곡을 증산한다는 명목만으로도 훈의 삼촌 용제영감의 주장이 섰다. 하기는 그때의 추세가 그렇지 않았다고 하더라도 용제영감은 그 저수지 파기를 그만두지 않았을 것이었다. 그처럼 용제영감은 무슨 일에 한번 마음이 끌리면 얼마 동안은 그것에 미쳐 들어가는 성미가 있었다.

이렇게 티격난 후부터 윤주사는 훈의 삼촌네 집에는 아예 발길을 하지 않았다.

"아마 자네 삼촌네는 무슨 도리를 강구하구 있을걸."

"글쎄요."

훈의 대답이 성 차지 않는 듯 윤주사는,

"그럼 대테 자네는 어뜨케 할 작뎡인가?"

"별 작정이 없습니다. 그저 그때꺼지 기다려본다는 것뿐입니다."

"그때꺼지 기대레본다? 기대레봐두 별수 없디 않나? 내쫓기는 길밖에?"

"어느 시기가 이르러 내쫓으면 내쫓겼지 어떡합니까?"

윤주사의 눈이 번뜻 빛났다.

"허, 이사람두…… 아마 자네 어르신네가 계셌으믄 그렇디는 않았을 걸세. 무슨 술 냈디. ……어디 우리가 디주라구 해서 못할 짓을 했나? 소작인들 비료 값 대주구, 농낭이 떨어댔대믄 농낭 대주구…… 거저 준 건 아니디만 소작인들 심부름 해준 탁밖에 더 되나? 아마 우리 같은 디주만 없었든들 소작인들이 한 해 농사두 못 짓구 굶어 죽구 말았을 걸세. 그런 사정두 모르구 덮어놓구 디주의 토디를 몰수해버린다니 그런 무디몽매한 놈의 법이 어디 있나? 모주리 마른 베락을 맞아 뒈딜 놈들이디 글쎄……."

술잔을 기울이는 손이 흐르르 떨렸다.

훈은 훈대로 이 윤주사의 흥분과는 달리 가슴을 끓게 하는 게 있었다. 그것은 아직 나라도 서기 전에 토지개혁을 한다는 건 민족을 분열시키는 시초라는 점이었다.

어느새 날이 설핏해졌다.

술병도 비어 있었다.

오작녀가, 부엌 샛문을 열어 잡고, 진짓상을 들이려느냐고 했다. 윤주사는 자기는 밥 생각이 없다고 하면서 달구지꾼이나 순안서 나왔거든 좀 먹이라고 했다.

오작녀가, 달구지꾼은 벌써 먹었다고 했다.

"그럼 가보겠네."

윤주사가 중절모를 집어들었다.

"오래간만이신데 한잔 더 하실걸요."

"아니 그만 하세. 취했네."

훈은 자기가 오늘 이 윤주사에게 위안 될 말을 한마디도 해주지 못한 게 안됐다는 생각이 들었다. 몸집은 작으나마 심지가 굳기로 이름 있는 윤주사가 이렇게 자기를 찾아온 데는 그래도 무슨 좋은 말이라도 한마디 얻어들을까 해서일 것이었다.

윤주사가 달구지에 올라탔다. 달구지가 움직이자, 윤주사는 앉은 채 한 손으로 중절모를 들었다 놓았다.

징을 새로 박은 황소의 걸음이 더 호기 있어 보였다. 달구지 위에서 윤주사의 자그마한 몸이 흔들거렸다.

기운 햇발이 정면으로 들이비쳤다. 윤주사가 고개를 갸우뚱하니 돌리고, 한 손으로 햇살을 막았다.

훈은 어쩐지 이 윤주사가 의지할 곳 없는 외로운 사람같이만 생각되었다. 무언가 서글펐다.

달구지가 비석거리 모퉁이를 돌아 뵈지 않게 된 후에도 훈은 그냥 그러고 서 있었다.

"더게서 누가 찾아요."

훈이 돌아다보니, 삭정이 짐을 진 당손이가 뒤쪽을 가리킨다. 그러나 뒤쪽에 아무도 뵈지 않았다.

"데 뒷산에 있이요."

오작녀가 이리로 오며 당손이에게 물었다.

"누군데?"

"글쎄 올라가보시라우요. 나무 해가지구 내레오는데 선생님을 좀 찾아달라구 그래요."

대번에 오작녀의 얼굴이 흙빛으로 변했다.

훈이 집 뒤로 사라지자, 오작녀는 삼득이에게로 달려갔다. 몹시 열에 뜬 사람의 허둥거리는 걸음걸이였다.

"얘, 너 어서 좀 가봐라!"

그러나 삼득이는 울바자 세우던 손을 멈추지도 않는 것이었다.

"어서 좀 가보래두, 얘가! 큰일 났다! 큰일 났어!"

삼득이는 울짱에 잡아맨 새끼줄을 이빨로 끊으며,

"누이는 왜 요새 이르케 야단요!"

뒷산길에 웬 사내 하나가 서 있었다. 장대한 사내였다.

훈이 가까이 가니 사내 편에서,

"박선생님이시디요? 실례합니다."

하고 담배 꽁다리를 내던지고 나서,

"제가 오작네 남편 되는 사람입네다."

훈은 올 것이 오고야 말았다는 생각이었다.

"잠깐 할 말이 있어서 왔는데요?"

"집으루 내려가십시다."

"아니 그럴 필요는 없구……."

사실 이 사내로서 집으로 내려가기는 뭣하리라는 생각이 들어
훈이,

"그럼 저리루 가 앉읍시다."

옛 무덤가 잔디밭 쪽을 가리켰다.

오작녀 남편은 불쑥 붉은 입술 새로 흰 이빨을 드러내 보이며
미소를 짓더니,

"우리 산막골루 가 술이나 한잔씩 합세다."

훤칠한 키하며, 넓적한 얼굴에 알맞게 솟은 콧날이며가 사내답
게 잘생긴 얼굴이었다. 그것이 이상스레 훈에게 어떤 친근감을
주었다.

산막골로 가는 길에서 오작녀 남편은 아무 말이 없었다. 앞장서

걸으면서 조금도 술 먹은 체를 내지 않았다. 훈도 술 먹은 것 같지 않게 머리가 맑아 있었다.

불출이 어머니는 오작녀 남편과 같이 온 훈을 보자 놀라운 눈치였다.

"술 취했으믄 한잠 자디 않구……."

불출이 어머니가 오작녀 남편에게 한마디 하니, 오작녀 남편은 눈을 한번 크게 떠 보이며,

"아니 이 아즈마니가 생사람 잡갔네. 내가 언제 술이 취했단 말이오? 그르디 말구 어서 술이나 한 병 주소."

불출이 어머니는 속으로 혀를 차면서 잠자코 말았다.

불출이를 노름꾼으로 만든 게 바로 이 오작녀 남편인 것이었다. 한때 불출이를 이끌고 순안으로 영유로 한천으로 마구 드나들었다. 그 당시 불출이 어머니는 이 오작녀 남편을 붙들고 몇 번이나 야단을 쳤는지 모른다. 와이셔츠도 여러 개 결딴냈었다. 오작녀 남편도 불출이 어머니가 끔찍해서 슬슬 피해다녔다.

이 오작녀 남편이 해방 3년 전 가을부터 어디로 가버렸는지 뵈지 않았다. 무슨 나쁜 짓을 하다가 감옥에 들어갔다는 소문도 있었다.

해방이 되어도 얼씬 않던 사람이 며칠 전에 나타났다. 감옥에 들어갔던 사람 같지 않게 얼굴이 전대로 펑펑했다. 술도 여전했다.

그러나 불출이 어머니는 이 오작녀 남편을 전과 같이 대할 수는 없었다. 무엇보다도 이 사내를 대하는 다른 사람들의 태도가 전과 달라진 것이었다. 먼저 홍수가 그랬다. 전 같으면 어림도 없을

텐데, 하오를 써가면서 술동무까지 돼주는 것이었다. 그것도 제편에서 술값까지 내가면서. 실로 세상이 바뀌었다는 느낌이었다. 그러면서 불출이 어머니는 자기도 이 오작녀 남편에게 전과는 달리 대하여야겠다고 생각한 것이었다. 더구나 자기는 요즈음 아들놈이 저지른 일로 해서 꿀려 살고 있는 형편이 아니냐. 그저 다행히 홍수의 덕택으로 술장사만은 계속해오는 터이지만.

술 한 병이 거의 다 내려가자 오작녀 남편은 좀 전에 먹은 술기운과 합쳐지는 듯 붉어진 눈을 들어 불출이 어머니에게,

"아즈마니, 나 그동안 어데 가 있었는디 아우?"

했다.

불출이 어머니는 네깟 놈 그동안 징역 살았다는 말이 옳겠지 하는 마음이었으나,

"글쎄 내가 그걸 알 수 있나."

하고 얼굴에 지어먹은 웃음까지 띠어 보였다.

"이걸 좀 보소."

오작녀 남편이 왼팔을 쓱 걷어 올렸다. 팔꿈 위에 칼자리인 듯한 흠이 크게 나 있었다.

"이걸 보구두 모르갔소? 나 그동안 광산에 가 있었쉐다, 광산…… 데, 성천 회창 광산에 말이야요. 참 광산 경기 동왔습네다. 전에 사동 탄광에두 가본 일이 있디만 어데 탄광에야 사람이 갈 데야요? 첫때 사람의 주제가 말이 아니거든요. 그르나 광산에만은 사내자식 티구 한번 가볼 만한 뎁데다. 무엇보담두 사람의 마음이 커디거든요. 눈에 뵈는 게 모두 돈이 아니갔이요? 나중에

내가 십당 노릇까지 해봤디만, 여게선 술 한 방울 구경 못할 땐데 두 흔한 게 술이요, 색시였쉐다. ……참 아즈마니, 거게 술당수 하는 고운 색시 하나가 있었는데 나하구 정분이 났댔쉐다. 알갔쉐까, 아즈마니?"

불출이 어머니는 오작녀 남편이 한창 자기 자식놈하고 밀리어 다닐 때는 자기더러 오마니라 호칭하던 것이 지금에 와서, 아즈마니, 아즈마니, 하고 수작질하는 말버릇부터 비위에 거슬렸다. 그러나 이 불망나니를 건드릴 필요는 없다고,

"자네야 어데 가나 영웅이디."

"천만에요. 나쁜 짓은 혼자 골라 댕기믄서 한 내가 아니오? 그르나 말이웨다. 이번에 나만 곁에 있었어두 불출이가 그르케 되디는 않았을 거웨다. 이래뵈두 난 누구 추김에 들디는 않는 사람이니까요. 자, 아즈마니 술 한 병만 더 주소."

"오늘은 그만 하시게. 박선생두 그르케 술이 세디 못하구 하니……."

"천만에요. 박선생이 술 잘하신다는 걸 내 아는데…… 그렇디 않습네까, 박선생님?…… 만일 술을 할 줄 모른다믄야 이르케 서루 초면이믄서 구면터름 대할 수 있나요? 안 그렇습네까, 박선생님?"

훈은 어서 이 사내가 술이 한껏 취해가지고라도 오늘 자기를 만나자고 한 본뜻을 털어놓기를 바라는 마음이었다.

오작녀 남편은 불출이 어머니에게 짐짓 눈까지 부라려 보이며,

"아즈마니, 왜 이러우? 외상은 안 먹을 테니 안심하구 어서 한

병 더 주소."

훈도 한마디 덧붙였다.

"제 염년 말구 한 병 더 주시우."

오작녀 남편은 거기 아까부터 눈이 말뚱말뚱해 두 사람을 쳐다보고 앉았는 너덧 살 난 사내애를 시켜 북어 두 마리를 가져오래 가지고 맷돌 모서리에 두들기기 시작했다.

불출이 어머니는 새로 술 한 병을 내놓으면서, 여하튼 오늘 이 두 사내가 무사해줬으면 하는 마음이었다. 아까 이 최가가 오작녀에게 대하던 서슬로 보아 아무래도 마음이 놓이지 않는 것이었다.

한참 동안 말없이 술만 들이켜던 오작녀 남편이 이번에는 별안간 딸꾹질을 시작했다.

"어……피꺽……내가 무어 남의 것을 도죽질해 먹었나?……피꺽……아마 아즈마니가 주기 싫어하는 술을 달래 먹어서 그른 모양이로군……피꺽……박선생, 우리 밖으루 나가 바람이나 쐽세다. ……피꺽……아즈만 얼마요?"

훈은 이제부터로구나 했다.

오작녀 남편은 비틀하고 일어서서 호주머니에 손을 넣어 몇 번 휘둘러보더니,

"피꺽……할 수 없군……아즈만, 오늘은 외상이웨다."

훈이 돈을 꺼내어 세기 시작하자 오작녀 남편은,

"아닙니다……피꺽……박선생, 오늘은 제가 책임지갔습니다……피꺽……."

한 손으로 훈의 돈 든 손을 밀어내다가,

"그럼……피꺽……아즈마니, 술값 받으소. 이래서 술 먹는 사람끼리란 동거든요……피꺽……초면이래두 주머니에 돈 있는 사람이 내게 매련이니……피꺽……."

밖으로 나왔다.

어느새 밖은 저녁 골안개가 끼어 있었다.

오작녀 남편은 집 모퉁이로 돌아가 오줌을 누고 나더니 약간 어지러운 걸음걸이로 가까이 와 한 팔을 훈의 어깨에 얹었다. 다른 한 팔이 또 움직였다고 생각됐다. 훈은 이제 멱살을 잡히겠거니 했다.

그러나 오작녀 남편은 어깨에 한 팔만을 감은 채,

"……피꺽……오늘은 실례했쉐다. 사실은 선생님께서 자꾸 술값을 내시갔다구 해서……피꺽……호의를 무시하는 것 같애서 그냥 두었습니다마는 그까짓 술쯤 좀 외상으루 먹기루서 어떻습니까……피꺽……그른데 선생님……피꺽……지금 불출이 오만이 데르케 술당술 할 수 있는 게 뉘 덕인디 아십니까?……피꺽……홍수 덕입니다, 홍수……피꺽……내 선생님한테니 하는 말입니다마는 이자 고 오두마니 앉아 있든 애새끼가 뉘 앤 줄 아시우?……피꺽……홍수 아들이야요, 홍수……피꺽……그리구 불출이 오만네 시집간 딸 아들 합해서 다섯이나 되는데……피꺽……그게 모두 애비 다른 자식들입니다……피꺽……홍수가 수리조합 간선 주임이루 있을 적엔 꽤 세도가 당당……피꺽……했디요. 밤낮 술대접이 끄틸 날이 없구……피꺽……나두 그 밑에서 물감독 노릇을 하믄서 술병깨나……피꺽……앵게췄디요.
그리구 참, 홍수 그 사람이 또……피꺽……뱀을 동와해서
요……피꺽……내 손으루 뱀두 숱해 잡아주구 했는데……피
꺽……그르든 사람이 해방이 되구 이번에 민청위원당인가 되드
니……피꺽……사람이 아주 달라뎄드군요……피꺽……나보구
두 전터럼 해라를 하디 않구……피꺽……녑을 다 하구…….”

　고개 한중턱에서 오작녀 남편은 문득 발걸음을 멈추었다. 어깨
에 얹었던 팔을 풀었다.

　“……피꺽……참, 선생님 오늘 실례 많았습니다……피꺽……
저 혼자서만 지꺼레놔서……피꺽……왜 이르케 자꾸 피께질이
날까, 에헴……피꺽……사실 오늘 선생을 뵙구 할 말이 있었습
네다.”

　오작녀 남편의 더운 입김이 확 얼굴에 와 끼얹혀졌다.

　“내가 이르케만 말해두 짐작하시갔디요? 그래 선생과 한번 단
둘이 만나 담판을 지을라구요, 아시갔습니까?”

　어느새 딸꾹질이 멎어 있었다.

　“세상에서는 흔히 내가 난봉이 나서…… 사실 그동안 난봉두
꽤 피워봤디만…… 내가 난봉이 나서 오작네를 구박해 못살게 된
줄루만 알구 있디요. 그러나 그르티가 않습니다. 이르케 된 바에
숨김없이 다 말하겠쉐다마는, 정말은 내가 오작네를 싫어한 게
아니야요. 인물두 눈이 좀 세게 생긴 게 녀자 티구 뭣하디만, 것
두 보기에 따러선 시원하게 생겠다구두 볼 수 있디요. 하여튼 내
가 네펜네 싫어서 버린 게 아닙네다. 그저 그년이 이상한 버릇이

있어놔서요. 시집온 날부터 아예 허리 위루는 다티디 못하게 하거든요. 허리떨 꼭 졸라 매구서 아래보담두 더 소둥히 너기디 않갔이요? 처음에는 그저 부끄러워 그르거니 했디요. 그르나 그렇디가 않아요. 언제꺼지나 젖가슴은 못 다티게 하는 거야요. 그래 본 때가 글렀다구 손질을 하기 시작했디요. 그래두 영 말을 안 듣디 않갔이요? 그래 필시 이년이 나 말구 생각하는 딴 사내놈이 있구나 하구, 그르믄 그놈하구 가 잘살라구 때레 내쫓은 거야요…… 이르케 된 게디 내가 처음부터 그년이 싫어서 그랜 건 아닙네다. 지금 와 생각하니 그 다른 남자가 바루 선생이었드군요?"

훈은 비로소 오작녀 남편의 얼굴을 똑바로 바라보았다.

"그건 오햅니다."

"오해? 대테 뭣 말라죽은 게 오해야?"

오작녀 남편의 숨결이 거칠어졌다.

"오작녀와 나 사이엔 아무런 관계두 없습니다."

"3년 동안이나 한 가마 밥을 먹구 살믄서두?"

"내 분명히 말하지요. 오작녀는 옛날과 다름없이 깨끗한 몸입니다."

오작녀 남편의 붉은 눈이 잠시 훈을 노리다가,

"처음 생각으룬 당신을 만나기만 하믄 단주먹에 때레눕힐라구 했댔쉐다. 그르나 막상 대하구 보니깐 첫눈에 아주 약골루 생긴 게 어디 손댈 나위두 없을 것 같구…… 그래 술을 한잔 할 줄 안 대기에 그럼 술이나 한잔씩 하구 나서 니얘기하자구 한 것인데…… 술 할 줄 아는 사람이란 서루 말 한마디루 통할 수 있거든요. 그른데 왜 바른대루 말을 못하는 거요? 무식하디만 나두 한때 이름 있는 활랭이웨다. 당신이 바른대루 말만 하믄 그까짓 네편네 하나쯤 문데 아니웨다."

"더 변명 않겠습니다. 언제든지 오작녀를 데려가구 싶은 때 데려가십시오."

"그르타믄 당장 낼 대레가갔소!"

이날 밤 오작녀는 열에 떠 잠을 이루지 못했다. 그러면서도 오늘 훈이 무사히 돌아왔다는 데 한껏 마음이 놓이는 것이었다.

열은 이튿날 아침이 되어도 내리지 않았다. 그러나 여느 때와 다름없이 부엌 동자[7]를 했다.

아침상을 받으면서 훈이 비로소 오작녀의 얼굴이 심상치 않음을 발견했다.

"열이 있는 것 같은데?"

오작녀는 눈을 내리깔며,

"괜티않아요."

"이따 약 먹구 땀을 내우."

그러면서 훈은 오늘 오작녀 남편이 온다는 데에 생각이 미쳤다. 미리 약을 주어두는 게 좋을 것 같아 아스피린 몇 알을 종이에 싸주었다.

아침상을 물리면서 훈은 오작녀에게 오늘 남편이 온다는 말을 하려다 그만두었다. 어제 앞개울에서 돌아오는 길에 자기 일은 자기가 이미 결정한 바 있다던 오작녀의 말이 떠오른 것이었다.

이제 남은 것은 오작녀와 오작녀 남편, 이 두 사람이 직접 맞대면하는 문제뿐인 것이었다. 그러기 위해 훈 자기는 오작녀 남편이 오기 전에 자리를 비켜주어야 옳을 것 같았다.

뒷산 옛 무덤가로 올라갔다.

앞 잡목 나뭇가지 끝에 까치 한 마리가 앉아, 제 무게에 못 이기는 듯 펄럭펄럭 춤을 추다가 날아가버렸다.

그 잡목 밑동 옆으로 내다보이는, 안동네와 비석거리 사이에 뚫린 한길로 지금 줄지어 나오는 사람의 떼가 있었다.

남이 아버지의 상여였다. 만장도 여러 틀이었다. 꽤 호사스런 상여였다.

갑자기 뒤에서 발자국 소리가 나더니,

"아, 마츰 잘됐쉐다."

하고 흥수가 옆에 와 서며,

"오늘 최가가 이리 오기루 됐댔나요?"

한다.

"예."

"그른데 지금 그자를 요 뒤에서 만났는데, 오늘 갑재기 순안 들어갈 일이 생겼다구요. 뭐 집을 하나 얻는대나요. 그래 이삼 일 후에 다시 찾아오갔다구 하믄서, 디나는 길에 날더러 그 말을 좀 던해달라구요."

훈은 오작녀 남편만 좋다면 자기네 집을 내주어도 좋다고 생각했다.

"그 사람이 이만저만한 자가 아닙니다. 조심해 대하십쇼 선생님. ……그럼 실례합니다."

장례에 참례하러 가던 길인 듯 바삐 몇 걸음 서두르더니 도로 이리로 걸어오며,

"참, 선생님……."

무엇을 꺼리듯 주위를 한번 살피고 나서 낮은 소리로,

"어제 웃골 윤주사가 댕게갔지요? 내 선생님께만 하는 말인데, 앞으룬 그런 사람과 만나디 않으시는 게 동을 겝니다."

훈을 위해 귀띔해주는 듯한 언성이요 태도였다.

훈은 이 말로써 홍수가 민청위원장으로서 맡은 일이 무엇인가를 알 수 있는 듯했다.

묘지에서는 남이어머니가 묘 판 자리에서 퍽이나 떨어진 곳에 가 돌아앉아 있었다.

우는 것 같지도 않았다. 고개와 어깨가 그대로 조용했다.

하관이 시작되자, 자리에서 일어났다. 두리번거리며 누구를 찾는 눈치였다. 그러는 그네의 눈만이 꽈리알처럼 피가 뭉쳐 있었다.

개털 오버 청년에게로 가까이 갔다.

"여보, 선생, 명구네 땅 떼주갔다구 한 거, 그거 우리 부티게 해주소. 땅이구 뭐구 다 싫다구 했지만, 생각해보니 죽은 사람은 죽은 사람이구 산 사람이나 살아야디 않갔소? 즌갯벌 논하구 서젯골 밭을 부티게 해주소. 그 땅이믄 소작뇨 물구두 될 거요. 명구네는 그것 말구두 부틸 땅이 있으니, 그 즌갯벌 논이나하구 서젯골 밭만 부티게 해주소. 거전 싫소. 죽은 남편과 그 땅을 바꾸는

86

것 같애 거전 싫소. 소작으루나 반작으루 부티게 해주소."

개털 오버 청년은, 아무래도 이 여성 동무가 투쟁 의식이 부족하다고, 눈살을 찌푸렸다.

4

종내 오작녀는 자리에 눕고 말았다.

아스피린을 먹고 땀을 내보았으나 소용없었다. 그냥 신열이 계속되었다.

오작녀는 요만 몸살에 져서는 안 된다는 생각이었다. 몸살이란 움직여서 풀어야 제일 속한 법이다. 그대로 부엌 동자를 했다. 그러면서 몇 번이나 눈앞이 아찔해서 소반을 든 채 쓰러질 뻔했다.

하루만 어머니더러 부엌일을 보아달라고 하고는 그만 자리에 눕고 말았다.

훈이 김의사를 찾아갔다. 왕진을 청할 작정이었다.

그러나 김의사는,

"뭐 인플렌잘 겝니다, 이른 봄철에 흔한. ……약을 제드리디요."

"아스피린은 안 듣는군요."

"다른 약을 제드리디요."

가루약 세 봉지를 받아가지고 돌아왔다.

약을 써보았으나 역시 열은 내리지 않았다.

이튿날 다시 김의사를 찾아갔다.

"한번 가서서 진찰해봐주십시오."

"예……."

김의사는 잠시 무엇을 생각하는 듯하더니,

"그럼 뒤루 곧 갈 게니 만제 가시디오."

훈이 집에 돌아와 아무리 기다려도 김의사는 오지 않는 것이었다.

한 두어 시간 잘 되어서였다. 미닫이를 똑똑 두드리는 소리가 났다. 김의사였다.

좀 들어오시라고 해도 김의사는 오늘은 바쁘다고 하면서, 환자가 있는 건넌방으로 갔다.

좀 만에 미닫이를 두드리는 소리가 또 났다. 김의사는 이번에도 좀 들어오라는 말에는 대답도 없이 툇마루 밖에 선 채,

"역시 독감입니다. 약간 테한 기운두 있구…… 주살 놨으니 이제 괜티않을 갭니다."

그래도 환자의 열은 좀처럼 내리는 기미가 뵈지 않았다.

훈은 오작녀의 병이 심상치가 않아 보였다. 예사 고뿔이나 몸살 같지가 않은 것이었다. 이렇게 무슨 병인지도 모르고 하루 이틀 끌 수는 없다는 생각이 들었다.

저녁때쯤 또 김의사를 찾아갔다.

김의사는 벗겨진 이마를 손바닥으로 한번 문지르더니,

"거 모를 일인데요. 그만큼 했으믄 차도가 좀 보일 텐데? 어디 좀 두구 보시디요."

훈이 왕진료로는 지나칠 만한 금액을 꺼내놓았다.

"한번만 더 가셔서 진찰해봐주십시오. 예사 병이 아닌 것 같으니……."

"그럼 내 뒤루 곧 가리다."

그날 김의사는 오지 않았다.

좀더 급한 환자라도 생긴 모양이라고, 이튿날 아침 다시 찾아나서려는데 김의사가 왔다. 사실 몹시 바쁜 기색이었다. 손에 왕진 가방도 들려 있지 않았다.

훈이 건넌방 문 밖에서 진찰이 끝나기를 기다렸다.

새로 해 친 수수깡 바자에서 빼르르 하고 우는 소리가 들렸다. 덜 따낸 수수깡 잎이었다. 바람도 있는 것 같지 않은데 빼르르 하고 우는 것이었다. 듣기 싫었다. 가서 따버렸다.

좀 만에 김의사가 알콜 솜으로 손바닥을 닦으며 나왔다. 훈이 다가갔다.

"열이 대단하지요?"

나직이 물었다.

"발진티푸습니다."

"발진티푸스요?"

가슴이 섬뜩했다. 어머니가 이 병으로 돌아가신 것이었다.

"벌써 입 가생이에 붉은 반덤이 보이기 시작했쉐다. 이제 온몸에 그게 돋을 겝니다."

"무슨 치료 방법은?"

"환자를 안덩이케가지구 니마에 찬물 띰이나 계속해서 해주시우. 아마 내일쯤부터 열이 최고도루 오를 겝니다. 결국 이 열에 지디 않아야 되는데…….”

별로 치료법이 있지 않다는 걸 훈도 알고 있었다. 어머니도 결국 심장이 못 견디어 세상을 떠났다.

“그리구 말입니다, 데 병은 온몸에 돋았든 반덤이 없어딜 때가 데일 던염성이 많으니, 그때 조심하시우.”

김의사는 버릇처럼 벗어진 이마를 몇 번 손바닥으로 문질렀다. 그러고는 다음 급한 환자라도 있는 듯이 바쁜 걸음으로 돌아서 나가다가,

“참, 박선생님.”

하고 이쪽으로 고개를 돌리며,

“이제 무슨 병인디 안 이상에는 내가 다시 안 와두 됩니다. 내게 따루 약이 있는 것두 아니구 하니까…….”

훈은, 그래도 가끔 와서 강심제라도 놔줘야 하지 않겠느냐고 하려다가 그만두었다. 언뜻 김의사의 말뜻을 알아차렸기 때문이었다.

김의사는 다시는 자기를 찾지 말라는 것이다. 이렇게 훈과 오고 가는 게 남의 눈에 좋지 않다는 것이리라. 그래서 첫날 왕진 왔을 때 훈의 방에는 들어오지도 않았고, 어제는 약속을 해놓고도 안 왔던 것이다. 그것이 오늘은 또 왕진 가방까지 안 들고 왔다. 아마 주사기 같은 것은 주머니에 넣어가지고 남의 눈에 띄지 않게끔 다녀가는 것이리라.

돌아서 나가는 김의사의 금방 문지른 이마에서 김이 올랐다.

다시는 왕진을 오지 않으리라. 훈은 오작녀가 자기와 한집에 있

음으로 해서 큰일을 볼 것만 같은 생각이 들었다. 불안스럽기 짝이 없었다.

　오작녀 어머니도 제대로 와 끼니를 끓이지 못했다. 남편한테 야단을 맞을 것이었다. 그깟 년은 이미 내 자식이 아니다, 죽건 말건 내버려둬라, 다시 훈네 집에 드나드는 연놈은 그냥 두지 않겠다는.

　겁먹은 오작녀 어머니가 남편 몰래 살그머니 건넌방을 들여다보고는 그대로 그림자처럼 가버리곤 했다. 그러는 그네의 마음은, 이제 딸이 돌봐주는 사람도 없이 죽고 말리라는 생각뿐이었다. 눈에 눈물기가 마르지 않았다.

　훈이 찬물 찜을 시작했다. 오작녀는 몇 번이고 일없다고 했다. 그러고는 부끄럽고 미안한 생각에 그저 어쩔 줄을 몰라 했다.

　미닫이 밑 판자에 관솔[8]이 한 군데 박힌 것이 있어, 햇빛에 이상스레 투명한 빛을 냈다. 저게 붉은 빛깔이긴 한데 무슨 붉은 빛깔일까.

　훈은 물수건을 갈아주고는 이 관솔 빛깔에 눈을 주곤 했다. 보면 볼수록 황홀한 빛깔이었다. 저게 무슨 꽃 빛깔 같은데 무슨 꽃 빛깔일까. 찔레꽃 빛? 석류꽃 빛? 생각해낼 수가 없었다.

　훈이 끼니도 끓였다. 열 때문인지 오작녀는 미음도 변변히 먹지 못했다. 훈이 만들어준 것이라 한 술이라도 더 떠보고 싶었으나, 도시 목에 넘어가지가 않는 것이었다.

　비석거리에 사는 칠성이 어머니가 병문안을 왔다. 샛문을 열어

잡고, 오작녀의 앓는 모양에 몇 번 혀를 차고 나서 조용히 문을 닫았다.

눈을 감은 채 오작녀가, 거 누구냐고 물었다.

훈이, 칠성이 어머니가 병문안 왔다 간다고 했다.

오작녀가 핏줄 서린 눈을 번쩍 뜨며 몸을 일으키더니 미닫이문의 유리께로 다가가 밖을 내다보았는가 하자 드윽 문을 열었다.

"칠성이 오만!"

칠성이 어머니가 대문께서 고개만을 돌리며,

"오, 되기 앓는다게 왔다 간다. 어서 나서 닐어나두룩 해라."

"거 뭐웨까?"

"뭣 말이가?"

"초매 밑에 넣은 거?"

"이거 아무것두 아니다."

"어데 좀 봅세다."

"댜가! 아무것두 아니래두 그래."

"아니긴 뭐가 아니야요? 이리 가제오라우요."

칠성이 어머니가 불쑥 치마 밑에 넣었던 손을 뽑았다. 놋대접이었다.

"자! 이거 하나 빌레간다 왜?"

"누구보구 말하구 빌레갑네까?"

"댜가! 그래 이거 하나 거저 개제간대믄 또 어떠니?"

"넘테없이 그르디 말구, 어서 이리 갖다놓기나 하소!"

"넌 또 왜 이래니? 이제 메칠 안 가서 이 집두 다 없어딘대드라.

그래 이거 하나쯤 개제가서 뭐이 안 됐니?"

"아니 대테 누가 그런 소릴 합데까? 내 눈에 흙 들기 전엔 여기 돌멩이 하나 까딱 못해요!"

"야, 참 비우 둏다! 그래 너 혼자 몽땅 처먹어보갔단 말이디? 그런 맘 썼단 안 된다, 안 돼!"

"아직두 여러 소리 하갔소?"

오작녀가 후들거리는 팔로 문턱을 넘어 툇마루로 나섰다. 그제 야 칠성이 어머니는,

"옜따! 너 혼자 몽땅 처먹구 뒈데라!"

놋대접을 뜰 안으로 내동댕이쳤다.

자리에 돌아와서도 오작녀는, 까마귀 뭘 뜯어 먹듯 해볼라구? 하는 말을 혼자 중얼거렸다.

훈은, 칠성이 어머니가 오죽하면 그 놋대접을 훔쳐가려 했을까 싶어, 차라리 그걸 모르는 체했던 편이 나았으리라고 생각하는 것이었다.

김의사의 말대로 이튿날 열은 최고도로 올랐다.

물수건을 갈아줄 때마다 깜짝깜짝 놀랐다. 절로 앓는 소리를 내 었다. 숨이 가빠져 가슴을 들먹이었다.

종시 헛소리까지 하기 시작했다.

"……칠성이 오만, 그 놋대접 이리 개제오소…… 안 돼요, 안 돼, 내 눈에 흙 들기 전엔 안돼…… 여보, 남의 냄비는 또 왜 가 제가? ……아, 냄비가 끓어 넘는다, 어서 가봐야갔이요, 어서어

서……."

오작녀는 이리저리 몸을 마구 뒤치었다.

"……이놈아, 이놈아, 안 된다, 안 돼…… 이놈아, 이 최가놈
아, 이 가슴만은 못 다틴다…… 야, 사람 살레라! 삼득아, 큰일
났다! 최가놈이 박선생을…… 야, 삼득아, 어서 좀 가봐라, 어서
어서……."

오작녀는 잠시 숨이 넘어가는 듯 꼼짝 않고 있더니 길게 한숨을
내뿜으면서,

"……아, 답답해, 날 쥑에다오, 날 쥑에다오……."

치마허리를 밀어내렸다. 불룩 젖통이 솟아나왔다. 흰 살갗이 붉
은 반점으로 해서 진달래 빛 물이 들어 있었다.

"……아, 죽갔다, 누구 이 가슴을 좀 빠개주소……."

훈이 이불을 끌어다 가슴을 가리었다.

오작녀가 이불을 걷어찼다. 젖가슴이 더 물결쳤다.

다시 이불을 끌어올리는데 덥석 오작녀의 손이 훈의 손을 와 잡
았다. 그 손이 불덩어리였다.

훈이 손을 뺐다. 뭉클하고 뜬뜬한 젖통과 꼿꼿한 젖꼭지가 스
치었다.

훈은 이불을 훅 끌어올렸다.

다시 오작녀가 걷어찼다. 그러고는 가슴을 쥐어뜯기 시작했다.
진달래 빛 젖가슴에 손톱자국이 나고, 손톱자국에 뽈깃뽈깃 핏방
울이 내맺혔다.

"……어서 이 가슴을 좀 빠개주소……."

훈이 고개를 돌렸다. 관솔에 눈을 주었다. 지금 관솔은 대낮의 햇빛을 받아 한창 황홀한 빛을 드러내고 있었다. 오늘은 더욱 그게 무슨 빛깔인지 알 수 없었다.

"……정말 가슴이 답답해 죽갔이요, 어서 좀 이놈의 가슴을 빠개달라우요……."

훈은 오작녀의 쥐어뜯는 손을 멈추어야 한다고 생각했다. 그러나 다시는 그 물결치는 젖가슴에 손을 가져갈 수가 없었다.

그러면서 훈은 웬일인지 오늘 자기는 이 오작녀가 여태까지 지켜온 깨끗함을 이렇게 더럽히고 있다는 느낌이었다.

"……아, 큰애기바윗골 뻐꾸기가 우네요……큰애기가 우네요……큰애기가 불쌍해요, 큰애기가…… 선생님……."

갑자기 오작녀가 이렇게 중얼거리고는 훌쩍훌쩍 울기 시작했다.

"……선생님 제발 저더러 이 집에서 나가라구 글디 말라우요……선생님, 선생님……."

저녁때가 되면서 관솔의 빛깔이 거무칙칙하게 죽어졌다.

빗방울 듣는 소리가 들렸다.

오작녀는 혼혼히 잠이 들었는가 하면, 깜짝깜짝 놀라면서 알지 못할 소리를 지르고, 훌쩍훌쩍 울고 했다.

훈은 비 머금은 검고 무거운 하늘이 그대로 가슴을 내리누르는 듯함을 느꼈다.

이틀 만에야 열이 좀 내렸다.

훈이 오작녀가 잠든 틈을 타, 며칠 만에 처음 자기 방으로 건너 왔다.

몸이 무거울 대로 무거웠다. 그러나 마음은 가벼운 편이었다. 그동안 오작녀가 그 고열에도 잘 이겨준 게 대견스러웠다. 그리고 그 병구완에 자기가 이만큼이나마 견디어냈다는 게 또 기이하고도 상쾌스런 것이었다.

책상머리로 갔다. 버들개지가 뽀오얗게 털을 피우고 있었다. 저번 오작녀가 개울에서 꺾어온 갯버들가지였다. 병의 물이 거의 잦아 있었다.

훈은 버들개지 몇을 따가지고 아랫목으로 가, 배를 깔고 엎드렸다. 버들개지들을 일자로 세워놓고 구들바닥을 두들겼다. 버들개지들이 별로 움직이는 기색이 뵈지 않았다. 딱딱한 장판이라 그런 모양이었다.

어려서 장난할 때는 버들개지들이 잘도 경주를 해주었다. 삿자리에 놓고 두드리면 꼭 무슨 복슬강아지들처럼 털을 보르르 떨면서 달리는 것이었다. 열심히 옆으로만 달리는 놈도 있었다. 삿꼬챙이에 걸려 댁실댁실 구르는 놈도 있었다. 여간 재미가 있지 않았다.

눈앞에 버들개지가 어룽신해지며 눈자위가 쓰렸다. 팔베개를 하고 눈을 감았다.

그리고 얼마를 잔 것일까. 눈을 떴을 때는 기운 햇발이 미닫이에 걸려 있었다.

홀연 무엇이 생각켜졌다. 어느 검은 바위틈에 피어 있는 산나리

꽃포기가 떠올랐다. 절로 가슴이 뛰었다. 오작녀가 있는 방 미닫이 판자에 박힌 관솔 빛은 다른 빛이 아니고, 이 산나리의 빛인 것이다.

부엌으로 해서 건넌방 샛문을 열었다. 햇발 속에 관솔이 꽃을 피우고 있었다. 산나리꽃 빛! 훈은 저도 모르게 마른침을 삼켜내렸다.

오작녀는 입술을 살포시 연 채 그냥 잠이 들어 있었다. 숨결도 골랐다. 이런 오작녀의 얼굴도 산나리꽃 빛으로 물들어 있는 것만 같았다.

사뿐히 샛문을 닫고 돌아서는데 부엌문 유리에 대문간의 그림자가 비쳤다. 당손이었다. 그러고 보니 자기는 얼마 동안 당손이 할아버지한테 가보지를 못했다.

우물로 가 찬물로 세수를 한 뒤 저고리를 걸치고 밖으로 나섰다. 밖은 지난 비에 씻겨 한 꺼풀 봄빛이 드러난 것 같았다.

당손이 할아버지네 안뜰로 들어서는데 방 안에서 당손이의 울음소리가 들렸다. 연방 아얏 소리를 지르는 품이 할아버지한테 매라도 맞는 모양이었다.

좀 전에 본 애가 웬일일까 하고 훈이 섬돌로 올라서며 문고리를 잡으니, 안으로 문이 잠겨 있었다.

"할아버지, 접니다."

잠시 안에서 매질이 그치고, 당손이의 울음소리가 좀 수그러지는 속에 당손이 할아버지의,

"밖에 누가 왔나?"

하는 소리가 들렸다. 숨찬 음성이었다.

"접니다. 훈입니다."

"오, 교산가?"

그러나 문은 열리지 않았다.

다시 방 안에서는 찰싹찰싹 하고 회초리 소리가 들려 나왔다.

당손이는 아얏 소리를 지르는 사이사이,

"할반, 잘못했이요. 죽을 죄루 잘못했이요."

하며 그만 주저앉아버리는 눈치자, 늙은이의 숨가쁘고도 엄한 목
소리가,

"닐어나거라! 얼른 닐어나서 네 매를 맞아라!"

했다.

"할반, 한 번만 용서해달라우요. 다시는 안 그럴게요."

"아니다! 좀 더 맞아야 한다! 썩 닐어나거라!"

훈이 문고리를 잡아 흔들며,

"할아버지, 왜 그러십니까? 문 좀 열어주십시오."

하니,

"교사, 잠깐만 기대리게…… 자, 썩 닐어나거라!"

하고, 방 안에서는 다시 회초리 소리와 함께 당손이의 비명소리
가 들려 나왔다.

"할아버지, 왜 그러십니까? 진정하시구 문 좀 열어주십시오."

딱 하고, 회초리 부러지는 소리가 들렸다.

씨근거리는 당손이 할아버지의 거친 숨소리가 그냥 높아지며,

"이번에는 내 차례다!"

새로 회초리를 집어드는 기색이 났다.

이어 회초리 소리가 다시 들려 나왔다. 그러나 이번 회초리는 살에 부딪는 소리가 아니고 뼈에 부딪는 소리 같았다.

"할반, 정말 죽을 죄루 잘못했이요. 한 번만 용서해달라우요."

당손이가 와서 할아버지 팔에라도 매달리려는 기색인 것을,

"데리 물러가서 이 핸애비의 매 맞는 꼴을 자세히 봐라! 왜 그런디 난 이 매가 도무디 아프디 않구나! 이 저리구 아픈 가슴에 비하믄…… 에익, 에익……."

딱 하고, 또 회초리 부러지는 소리가 났다.

흑, 흑, 하고 늙은이의 흐느낌 같은 소리가 두서너 번 났다. 그러고는 이어 당손이의 울음 참는 느낌 소리가 들릴 뿐, 방 안은 고요해졌다.

이윽고 문고리 벗기는 소리가 났다. 분명 떨리는 손이 벗기는 소리였다.

"교사, 들어오관데."

조용한 음성이었으나 목소리마저 떨려 있었다.

밖에서 들어간 훈의 눈에 처음에는 방 안의 것이 잘 보이지 않았다. 차차 눈이 익어지면서 이쪽 허공 한 점에 눈을 주고 있는 당손이 할아버지의 흰 수염이 드러나고, 그 앞에 회초리 두 개가 아무렇게나 동강이 난 채 널려 있는 게 보였다.

당손이는 아랫목에 돌아앉아 고개를 무릎 새에 묻고는 어깨를 들먹거리고 있었다.

당손이 할아버지가 허공에 눈을 준 채,

"오작네가 되기 싫는다드니 좀 어떤가?"

"된 고빈 넘긴 셈입니다."

늙은이는 천천히 고개를 떨구면서,

"그른데 교사, 내 교사한테 사과할 일이 하나 생겼네."

훈은 아까부터 무슨 영문인지 몰라 하고 있었다.

"글쎄 데놈의 새끼가 큰 잘못을 저즐렀네게레, 사람질 못할 놈의 새끼가!"

"대체 무슨 일입니까?"

"교사가 들으믄 고약하게 생각할 걸세."

당손이 할아버지는 후우 한숨을 끄고 나서,

"글쎄 좀 전에 말일세, 물 한 지게를 제올라구 우물루 나가디 않았겠나. 그랬드니 비석 뒤에서 홍수란 놈이 데새끼 주머니에다 뭘 쿡 떨러넣구설랑 가버리데게레. 그래 데새끼보구 물어봤디. 그랬드니 데놈의 새끼 수작이, 아무것두 아니구 홍수가 그저 비석 글 잘 가르케주구 갔다는 거야. 요새끼가 거짓말을 하는구나 하는 생각이 들드구만. 그래 지금 네 주머니에 넣어준 건 뭐냐구 했드니 그저 아무것두 아니래는 거야. 필시 무슨 곡절이 있구나 했디. 아무리 내 눈이 어둡기루서니 지금 당장 내 눈으루 본 걸 개지구 아무것두 아니라니 될 말인가. 데놈의 새끼를 끌구 들어와 주머닐 뒤데봤네게레. 그랬드니 10원짜리 넉 장이 나오디 않갔나. 그래 이건 웬 돈이냐구 했드니, 홍수가 비석 글자 잘 안다구 상으로 주드래는 거야. 당티 않은 수작이디. 요새끼가 아직두"

거짓말을 하는구나 하구 종아릴 들이족뎄디. 그랬드니야 실토를 하디 않갔나. ……매일 몇 번씩 교사네 집에를 가서, 교사와 오작 네가 뭣을 하구 있는디 염탐을 했다는 거야. 데놈의 새끼가 글쎄!"

늙은이의 젖은 눈이 번쩍 빛났다.

훈은 훈대로 등골이 써늘해짐을 느꼈다.

얼마 전, 홍수가 뒷산 옛 무덤가에서 자기를 위해 귀띔이나 해 주듯이, 오작녀 남편 최가가 이만저만한 자가 아니니 조심해 대하라던 말과 앞으로는 윗골 윤주사와 만나지 않는 것이 좋을 거라던 말이 떠올랐다. 이 홍수가 역시 자기의 일거일동을 염탐하는 책임을 맡고 있음이 틀림없었다.

훈은 자기가 항상 무엇에 노림을 받고 있다는 생각에 몇 번이고 등골이 써늘했다.

당손이 할아버지는 다시 언성에 노기를 띠며,

"하긴 홍수 그놈이 나쁜 놈이다. 어린앨 돈으루 나꿔개지구 그런 즛을 하게 맹그는…… 그르나 남 탓할 게 있나. 데놈의 새끼가 나쁘디. 그르구 보믄, 이 핸애비가 잘못 가르케 그르케 된 거니 이 핸애비가 더 안됐디. 교사, 용서해주게."

흰 수염에 덮인 턱이 후들후들 떨리었다.

"누구의 잘못이 아닙니다. 모두가 세월 탓인걸요."

"아니디. 세월이야 어띠 됐든 사람의 마음이야 어데 가갔나. 사람으루서 할 즛과 못할 즛은 고금을 통해서 변할 리 없거든."

여기서 늙은이는 손자에게로 고개를 돌리며,

"이 새끼야! 넷날부터 남의 고자질이나 하구 염탐꾼 노릇 하는 놈이 앉았든 자리엔 삼 년간 풀이 못 난다드라, 이새끼야! 그르구 앉았디 말구 어서 썩 그놈의 돈이나 갖다주구 오나라!"

소년이 뒤뚝거리며 일어섰다.

훈이 손수건을 꺼내어 눈물과 코를 닦아주었다.

당손이가 나가자 늙은이는,

"내 핏줄이라군 데거 하나밖에 없는데……."

"아직 철없는 애 아닙니까."

"그르나 넷말에 될성부른 나문 떡닢부터 알아본다구 하디 않았나."

늙은이는 새로이 후우 하고 깊은 한숨을 껐다.

늙은이의 정강이에 피가 나 있는 게 보였다. 두 정강이가 온통 붉고 푸르게 부르터 있었다.

훈이 손수건을 가져갔다.

"아니 걸루?……."

늙은이가 볏짚으로 대신 훔치려는 것을,

"괜찮습니다. 빨 수건입니다."

깨끗이 피를 훔치어주었다.

"교사 보기가 부끄럽네."

"아닙니다. 너무 상심 마십시오. 사람이란 몇 번 변하는지 모르는 겁니다."

"어데 둏은 사람 나쁘게 되긴 쉬워두 나뿌든 사람 둏게 되기야 쉽든가."

오작녀의 죽을 쑤어야 할 것이 생각났다. 일어섰다.

섬돌을 내려서려는데 늙은이가 문을 열어 잡은 채 문득 생각난 듯이,

"참, 교사 들었나?"

하여, 훈이 몸을 돌렸다.

"뭘 말씀입니까?"

"낼 뭐이 있다는 거?"

"못 들었습니다."

"낼 농민 대회를 한다는데, 그 자리에서 토디개혁인갈 한대데."

"예……."

"어뜨케 되는 놈의 세상인디……."

이미 예기하고 있던 일이었다. 그러나 한순간 훈의 가슴을 무엇인가 분명히 두 갈래로 갈라놓는 것이 있었다. 그것은 또 그대로 그를 싸고 있는 공간이 크게 두 갈래로 갈라지는 듯한 느낌이기도 했다.

오작녀에게 죽을 쑤어 들여보내고는 자기도 밥을 몇 술 뜨는 둥 마는 둥 하고 나서 문갑과 궤, 장롱 속을 뒤적거리기 시작했다. 정리할 것을 좀 정리해두리라는 생각이었다.

문갑 속에서 사진 한 장이 나왔다. 훈의 첫돌 사진이었다.

아마 사진사가 방울이라도 흔들고 있는 것이리라. 혹은 저만큼에서 어머니가 손뼉을 치고 있는지도 모른다. 어린 훈이 무엇에 놀란 듯이 동그란 눈을 떠 정면을 바라보고 있었다. 노리께하게

변색한 사진 속에서도 이 눈만이 또렷이 남아 있는 듯한 인상이었다.

어딘가 귀여웠다. 이 귀여운 어린애가 아무래도 지금의 자기가 아닌 것만 같았다.

갈아입을 셔츠 몇 벌과 함께 손가방 속에 넣었다.

궤에 들어 있는 토지 문서와 아버지의 인감도장은 따로 꺼내어 한 묶음 쌌다.

장롱 속에서는 옷감 보퉁이가 나왔다. 어머니가 살아 계실 때 훈의 혼숫감으로 사들인 피륙들이었다.

어머니가 끼시던 가락지가 생각났다. 장롱 밑을 뒤지었다. 누리께한 한지에 꽁꽁 싸여 있었다.

옷감 보퉁이와 가락지를 들고 오작녀 방으로 건너갔다. 오늘은 그래도 몇 숟가락 대어본 죽그릇이 샛문 밖에 내놓여 있었다.

훈이 건너오는 것을 보고 부끄러운 게리라. 오작녀는 이불을 이마 위까지 뒤집어쓰고 있었다.

"저, 오작녀, 내 마지막 기념으루 하나 줄 게 있소."

오작녀가 화닥닥 일어나 앉았다.

"그냥 누워 있으우. 이게 어머니께서 내 혼숫감으루 끊어다 두었든 게요. 받아두시오."

오작녀는 온몸을 와들와들 떨기 시작했다.

"그리구 이건 어머님이 끼시든 가락지요. 같이 기념으루 받아두우."

"선생님, 건 안 됩니다!"

"지주의 재산 몰수 한계가 어느 정도인진 몰라두, 내가 이걸 오작녀에게 주었다구 해서 법령에 저촉되진 않을 게요."

"건 안 됩니다! 선생님이 개지구 계시다가 이후에……."

"이후에 이런 물건이 내게 소용될 리가 없소."

오작녀의 눈에 확 홰가 섰다고 느껴졌다.

"그리구 사실은 이 집꺼지두 오작녀에게 물려주려구 생각했었소. 남편 되는 분만 찬성하신다면…… 그런데 그분이 집 구하러 순안 들어가서는 통 소식이 없구면요."

"안 됩니다! 건 안 됩니다!"

오작녀가 칵 옆으로 엎드러졌다. 검은 머리가 얼굴을 덮었다. 어깨가 마구 물결쳤다.

훈이 이래서는 안 되겠다는 생각에 자리를 일어섰다. 그러자 오작녀의 팔이 와락 훈의 아랫도리를 와 안았다.

훈이 엉겁결에 상대편의 몸을 떼밀쳤다. 그러나 상대편의 팔은 점점 이편의 몸을 끌어안으며 위로 올라오는 것이었다. 검고 긴 머리채가 허리께까지 흘러내려 있었다.

"선생님, 왜 절 살레났습네까? 죽는 대루 내버려두디 않구, 왜 살레났습네까?"

뜨거운 입김과 함께 오작녀의 맨가슴이 훈의 가슴 가까이서 들먹여댔다.

훈은 온몸의 힘을 빼앗긴 사람처럼 그저 두 손을 상대편의 어깨에 얹고 있었다.

그러는 훈의 머리에 김의사의 말이 스치고 지나갔다. 발진티푸

스는 반점이 날 때가 제일 전염성이 많다던 말이. 훈은 저도 모르
게 입 밖에 내어 중얼거리고 있었다.

"나두 살구 싶지는 않다! 나두 살구 싶지는 않다!"

오작녀의 고개가 가슴에 와 비벼졌는가 하자 헉 하는 소리와 함
께 나가쓰러졌다.

잠시는 숨넘어간 사람처럼 움직이지 않았다. 등어리가 들썩 하
고 크게 한번 움직였다. 둥근 어깨에 경련이 일었다. 머리카락 새
로 흐느낌 소리가 새어나왔다.

훈은 온몸의 피가 자꾸 위로 끓어 올라옴을 느꼈다. 그러자 가
슴 한구석에서 부르짖는 소리가 있었다. 지금 네가 하려는 일은
무서운 일이다. 손가락 하나 까딱해서는 안 된다. 이 여인의 어깨
를 가려주기 위해서라도 손가락 하나 까딱해서는 안 된다. 어서
이 여인에게서 눈을 돌려라!

무엇에 쫓기듯이 그곳을 뛰쳐나왔다.

그러고는 얼마 동안을 지향 없이 뒷산 속을 헤매고 나서야 비석
거리로 내려가 당손이 할아버지에게는 아버지가 쓰시던 노안경
을, 당손이에게는 자기가 차던 회중시계를 각각 정표로 나눠줄
수가 있었다.

5

지난밤의 일이 부끄러운 것이리라. 오작녀는 이불을 뒤집어쓴

채 죽은 숟가락을 댈 생각도 하지 않았다.

엷은 젖빛 안개가 걷히면서 햇빛이 비치었다. 오늘도 찬 날씨가 청명할 모양이었다.

훈은 선산을 찾아 나섰다. 산막골 뒤에 밋밋이 벋은 산줄기가 있었다. 이 산줄기가 동쪽 모서리에 큰아기바윗골 벼랑을 만들고, 허리에다 붉은 황토를 드러내놓으며 비스듬히 서북쪽으로 달리다가 붕긋이 머리를 든 곳에 엉기성기 소나무 숲을 이루어놓았다. 여기가 훈네 선영이었다.

소나무 가지 새로 해맑은 아침 햇살이 들이비치고 있었다. 나무 밑은 그래도 습기에 찬 검붉은 흙이 냉랭했다. 응달 쪽에는 아직 서리가 녹지 않은 채로 있었다.

훈의 아버지와 어머니의 분묘는 합장이었다. 합장 치고도 별나게 더 커 보였다. 지금 한편으로 길게 누운 그림자 탓인지도 몰랐다.

훈이 끼고 온 토지 문서 뭉텅이를 상석 위에 올려놓았다. 노끈을 풀고, 성냥을 그어댔다. 메마른 종이 귀퉁이에 팔락 하고 불꽃이 오르더니, 금세 파아란 연기만을 남기고 꺼지고 말았다. 종잇장들이 너무 빽빽하게 겹쌓인 때문인 것 같았다.

토지 문서 뭉텅이를 도로 집어, 윗장 하나를 뜯어 불을 붙였다. 오그라들면서 잘 탄다. 한 장이 거의 다 탈 쯤 해서 다시 한 장 뜯어냈다. 이렇게 한 장 한 장 불에 올려놓으면서 훈은 어느새 거기다 손을 쬐고 있었다.

문득 파아란 불길이 먹어 들어가는 종잇장에서 이런 글자들을 주위 읽었다. 답, 4천5백 평. 그다음도 답, 2천2백 평. 그다음은 전, 1천3백 평.

어려서 은행 놀이 하면서 종잇조각에 적힌 액수를 세는 격이었다.

그다음은 임야, 삼 정 사 반 보. 그다음은 대지, 천9백 평…….

이제는 글자 찾아 읽는 것에도 흥미가 없어졌다. 남은 종이들을 마구 구겨가지고 불에 올려놓았다. 확 불길이 일어났다. 그 속에 아버지의 인감도장을 들여뜨렸다.

곧 연기 한 오리 남지 않고 다 타버렸다. 재가 팔랑거리며 흩날렸다.

그 속에 상아 인감도장이 노리끼레하게 내에 그을은 채 누워 있었다.

소나무 가지를 하나 꺾어왔다. 그걸로 상석 앞을 파고 인감도장을 묻었다. 무슨 화장하고 남은 뼛조각이나 묻듯이.

그러고는 이제 둘레를 한 바퀴 돌아보고 내려가리라고 일어서는데, 붉은 소나무 줄기 새로 번쩍 하고 빛나는 게 있었다.

보니, 저쪽 들길에 많은 사람이 몰려오고 있었다. 오늘 농민 대회에 오는 윗골 사람들일 것이었다.

또 번쩍 하고 빛났다. 들길이 빤히 내려다보이는 산 모서리로 갔다. 그래도 번쩍이는 게 무엇인지는 알 수 없었다.

붉은 황톳길이 들 한가운데로 감취었다 이어지고, 이어졌다 감추이며 굽이치고 있었다. 이 길을 걸어오는 사람들의 아랫도리도 붉은 황토 빛이었다. 그것이 몸 위로 올라갈수록 점점 연해지다가 희멀건 빛으로 변해지는 것이었다. 머리에 수건을 동인 사람도 있었다. 그것이 제일 희었다.

몇 번이고 또 번쩍이었다. 사람들이 모두 무엇을 하나씩 메고 있는 것쯤 알아볼 수 있게 됐다. 그것이 햇빛에 번쩍이는 것이었다.

개울이 있어 징검다리를 건넜다. 이쪽 둑에 올라선 사람들의 뿌연 입김까지 알아볼 수 있었다.

맨 앞에 선 사람은 감빛 양복에 전투모를 쓰고 있었다. 이 사람이 때때로 뒤를 돌아보며 무어라고 말을 하는 눈치였다. 그러면 뒤에 오던 사람들이 헝클어진 행렬을 정돈하는 몸짓들을 했다. 그러나 곧 행렬은 전과 같이 헝클어지곤 했다.

사람들이 메고 있는 것들이 쟁기인 것도 알 수 있게끔 됐다. 삽과 쇠스랑이 많았다. 낫을 멘 사람도 있었다. 이 낫만은 한 발이나 되는 막대기 끝에 잡아매어져 있었다.

또 번쩍이었다. 낫날에서 제일 날카로운 빛을 내었다.

그러자 훈의 가슴에 오는 것이 있었다. 남이 아버지가 낫에 찔려 죽었을 때, 보안서에 불려가 들은 개털 오버 청년의 말이었다. 농민위원장 동무가 흘린 피으 몇 천 배 몇 만 배루 그 원쑤르 갚구사 말겠다! 하던 말.

훈이 저도 모르게 그 낫날에서 피하듯이 돌아섰다. 가슴이 떨렸다. 그러는 그의 가슴 한구석에서 부르짖는 소리가 있었다. 나는 누구의 원수도 아니다, 나는 누구의 원수도 아니다!

상석 앞을 지나다 보니, 재가 하나도 없이 말짱히 날아가버렸다. 그저 불을 놓았던 자리에 꺼멓게 그을은 자국만이 남아 있었다. 머지않아 이 자국마저 깨끗이 씻겨 없어지고야 말리라.

이상스레 마음이 맑아지는 심사였다. 그러자 자기는 여기 누워 있는 무덤을 대신하여, 조용한 마음으로 누구의 원수라도 되어줄 수 있을 것 같았다.

농민 대회는 소학교 운동장에서 열렸다.

개털 오버 청년은 잠시 말을 끊고 앞에 모여 선 농민들을 둘러보고 나서 갈한 목청을 돋우어가지고,

"자, 그러믄 이제부터 반동 지주들의 이름을 부르겠소! 그 한 사람 한 사람에 대해서 동무들이 비판을 해주오. 오늘은 누구의 간섭도 받지 않이하구, 동무들이 직접 판결을 내리는 게요. 이게 우리들만이 가질 수 있는 진정한 인민재판이오!"

손에 쥔 종잇조각을 펴들고,

"첫째, 벌써 몇 대째 수많은 농민의 피르 착취해온 전형적인 반동 지주 박용제!"

"옳소! 반동 디주 박용제를 타도하자!"

번쩍 도끼를 쳐들며 고함치는 사람이 있었다. 도섭영감이었다. 무엇에 놀란 듯한 얼굴들이 모두 그리로 쏠렸다. 뒤의 사람은 발돋움까지 하고 기웃거렸다.

개털 오버 청년이 단 위에서 도섭영감을 한번 힐끗 내려다보았다.

얼핏 도섭영감이 도끼를 내렸다. 아차 내가 너무 빨랐구나 하는 낯빛이었다.

개털 오버 청년이 이어,

"이 반동 지주 박용제가 일본 제국주의 시대에 면협의원이 되어 놈들으 앞잽이 노릇을 하는 한편, 일제 말기에 이르러서는 웃골에 저수지를 판다는 명목하에 수많은 농민의 피와 땀을 착취한 사실은 아직도 우리 기억에 새롭소! 이 박용제를 우리 민주 발전 방해물로 규정짓는 데 이의가 있소? 없소?"

"없소오! 반동 지주 박용제를 타도하자아!"

여기저기서 쟁기가 올라왔다. 그런데 그 대개가 오늘 각 동네에서 농민들을 인솔해가지고 온 낯선 공작대원들이었다.

이번에는 조심해서 도끼를 쳐든 도섭영감이 고개를 돌려 자기 동네 사람들의 얼굴을 더듬기 시작했다. 모가 선 눈이었다. 왜들 미리 일러준 대로 쟁기를 안 드느냐는 것이었다.

이 눈에 마주쳐 강목수와 칠성이 아버지가 쟁기를 들었다.

개털 오버 청년이 다시,

"동무들! 조금두 주저할 게 없소. 동무들으 자유를 구속할 사람은 여기 한 사람두 없소. 어서 손은 드시오. 만일 우물쭈물하다가 반동에 가담했다는 불명예스런 누명을 써서는 앙이 되오!"

차차 눈치를 보아가며 쟁기를 드는 사람이 늘어갔다.

"잘 알았소!"

청년은 크게 한번 고개를 끄덕이고는,

"그러믄 이 반동 지주 박용제를 우리 민주 발전으 방해물로 규정짓는 데 반대하는 사람이 있으믄 손을 드오!"

그리고 휙 모여 선 사람들을 훑어보고 나서,

"한 사람두 없소? ······그러믄 다음으루 이 전형적인 반동 지주 박용제으 조카이며 역시 악질 반동 지주인 박훈을 인민재판에 걸기루 하겠소. 사실은 이 박훈이가 우리 면에서 제일 악질 반동분 자요! 이 박훈은 날마다 술루써 소일하믄서 우리 민주 혁명에 불평을 품고 있는 자요. 그리구 무지한 청년들을 유혹하여 반동 결사를 조직해가지구 면 농민위원장 동무를 살해하게 한 장본인이 바루 이자요. 그뿐 앙이라, 지주으 권력으루 소작인의 딸이자 남의 유부녀인 여성동무를 유린한 자가 또 이자요. 시방 이 자리에 그 피해를 입은 아버지와 남편이 와 있소!"

농민들 가운데서 웅성거리는 소리가 들렸다.

"전 농민위원장 동무의 뒤르 이어 새로 위원장이 된 동무가 그 아버지요, 순안 민청 부위원장으루 있는 동무가 그 남편이오! ······이 모든 점으루 봐서 악질 반동분자이며 악질 반동 지주 박훈을 숙청하는 데 이의가 없을 줄 아오!"

"옳소오! 악질 반동분자, 박훈을 타도하자아!"

좀 전보다 쟁기 드는 수가 많아졌다. 남의 눈치를 보며 드는 축도 좀 전보다는 쉽게 수가 늘어갔다.

"다음은 반동 부재지주 윤기풍을 인민재판에 걸기루 하겠소! 이 윤기풍은 벌써 칠팔 년 전에 평양 들어가 집 장사를 하는 한편, 고리대금업으루 수많은 농민의 피르 착취해오는 악질 부재지주요. 이 악질 부재지주가 얼마 전부터는 웃골에 나와 갖인 흉계를 꾸며가면서 우리 민주 발전을 방해하구 있소. 그 일례를 들면 순박한 농민 동무들을 속여 토지를 팔아먹는 한편, 어떤 소작인

을 꼬여가지구 자기가 자작하지두 않은 토지를 자작한 걸루 가장
한 사실이 있소. 이 악질 반동 부재지주 윤기풍을 숙청하는 데두
이의가 없을 줄 아오!"

"옳소오! 반동 부재디주, 윤기풍을 타도하자아!"

좀 더 많은 쟁기가 대번에 올랐다. 보아하니 모두 쟁기를 드는
바에는 쥐뿔 나게 자기가 늦게 들 필요가 무어냐는 듯했다.

푸른 하늘 아래 쟁기 끝들이 번쩍이었다.

사람들의 얼굴에 점점 놀라움과 겁먹은 빛 대신에 어떤 알지 못
할 살기마저 떠돌았다.

이런 가운데서 윗골 송관호만은 잠시 난처한 빛을 띠고 있었다.
윤주사가 자작농을 한 것처럼 꾸미는 데 있어, 자기가 한몫 낀 것
이었다. 자기가 여태까지 부쳐오던 땅 중에서 얼마를 윤주사가
자작한 것으로 만들어놓은 것이다. 그래 그것이 성공만 되면 그
대가로 소와 달구지를 거저 가지기로 약조가 돼 있었다.

문득 송관호의 눈앞에, 요즈음 콩만 먹여 번지르르해진 황소의
엉덩판이 나타났다 사라졌다. 무슨 일이 있어도 이놈만은 내 것
으로 만들어야겠다. 이 기회에 내 것으로 만들지 못하면 언제 자
기 소를 매어본단 말이냐.

이때 관호는 어떤 날카로운 눈초리가 자기 얼굴에 와 머물러 있
는 것을 느꼈다. 보니 오늘 자기네를 인솔해가지고 온 공작대원
의 눈초리였다. 저도 모르게 쇠스랑을 번쩍 들었다. 그러면서 혼
자 생각하는 것이었다. 나중에 조용히 사정을 말하자. 실은 자기
가 부치던 땅이지만 윤주사가 한 부분 자작한 것으로 해줘야 소

달구지가 자기 것이 되겠기에 그렇게 했다고. 그러면 사정을 들어주겠지. 동네 사람들도 자기네 손해 볼 일 아니니 내 말을 거들어 줄 것이고.

모여 선 사람들의 뒤쪽 가장자리를 돌고 있던 공작대원 하나가 노기 띤 언성으로 소리 질렀다.

"노인동무는 왜 아까부터 손 한번 안 드오?"

당손이 할아버지였다.

"민주개혁에 무슨 불평이라두 품구 있소?"

"난 아무것두 모르우."

"어디 봅시다. 손 좀 내미오!"

청년이 당손이 할아버지의 손을 덥석 잡아 펴보더니,

"동무두 이르케 손바닥에 못이 백이게 놈들에게 착취를 당하지 않았소? 왜 쟁기두 하나 안 들구 왔소?"

"난 아무것두 모르우."

"왜 동무는 아직두 그 노예 근성을 못 버리는 거요?"

"난 아무것두 모르우."

단 위에서 개털 오버 청년이 더 갈해진 목청을 한층 돋우어,

"그러믄 여러 동무들! 이제부터 여러 동무들은 민주개혁의 용감한 전사가 됐습니다. 이 길루 곧 반동 지주들한테루 가서, 직접 여러 동무들의 손으루 숙청하기루 하겠습니다. 여기서 다시 한 번 말해둘 건 우리의 이 성스러운 과업을 완수하기 위해서는 무자비한 투쟁만이 있다는 것입니다. 그걸 잠시라두 잊어서는 앙이 됩니다. 자, 그러믄 이제부터 각기 자기 부락을 향해 출발합시다!"

이때 아까부터 개털 오버 청년과 나란히 서서 앞만 내려다보고 있던 캡 쓴 사내가 청년 쪽으로 고개를 돌렸다. 도 농민위원회에서 나온 사람이었다.

개털 오버 청년이 곧 캡 쓴 사내에게 귀를 돌렸다.

"동무, 창의성을 발휘하시오."

대번에 개털 오버 청년의 얼굴에서 핏기가 걷히었다.

"동무, 내 생각 같애서는 이렇게 하는 게 좋다구 보는데? 제 부락끼리 갈 게 아니라, 이 부락 저 부락 사람을 반반씩 섞어서 보내는 게 좋다구…… 아직 투쟁 의식이 약한 농민들이라, 자기 부락 지주에겐 안면 관계두 있구 해서 강하게 나오지 못할 우려가 있으니 말요."

옳은 말이었다. 개털 오버 청년은 달아오르는 얼굴을 들어, 여기저기 대열 속에 널려 있는 대원들에게 손짓을 했다.

"동무들, 새루 대열을 만들어주오. 이 부락 저 부락 사람을 반반씩 섞어서…… ."

운동장 안이 적잖이 혼잡을 이루었다.

개털 오버 청년은 몹시 후회되었다. 농민 대회를 시작하기 전에 왜 미리 이런 대열을 만들어놓지 못했을까. 창의성! 자기네의 사업 집행에는 언제나 이 창의성이 필요하지 않은가. 그걸 발휘 못한 자기는 응당 자기비판을 받아야 한다. 그러자 덜컥 겁까지 났다. 이, 도에서 나온 동무의 보고 여하로 자기의 운명이 결정될 수도 있는 것이다. 새로이 얼굴의 핏기가 걷히는 심사였다. 그러나 자기는 여기서 주저앉아서는 안 된다. 이 과오를 씻기 위해서라도 앞으로 좀 더 투쟁 실적을 올려야 하겠다. 그럼 오늘 자기는 이 가락골 마을에 남아, 면내에서 가장 큰 반동 지주들인 박용제와 그 조카 박훈을 숙청하는 데 전력을 다하자.

비석거리 탄실이 아버지는 윗골로 가는 패에 들었다. 그는 같은 동네 사람 중의 누구누구가 윗골 패가 되었는가 살펴보면서 이런 생각을 떠올리고 있었다. 며칠 전에 강목수한테 들은 이야기였다.

순천에선가 농민 대회가 있은 날 일이었다. 점심때가 되어 각 동네 대표들에게 식권을 나누어주었다. 종이 관계로 흰 종이와 푸른 종이 두 가지가 있었다. 거기에 익살꾼이 하나 있다가 장난을 쳤다. 흰 종잇조각 받은 사람은 밭을 타고, 파란 종잇조각을 받은 사람은 논을 타기로 됐다고. 그러자 흰 종잇조각 받은 사람들이 들고일어섰다. 누군 논을 주고 누군 밭만 주느냐고.

탄실이 아버지는 오늘 자기네가 땅을 나눠 받는 일이 있더라도 공연히 앞장서서 그러지 않으리라 마음먹었다. 그러다가 창피한 꼴을 당하면 어떡하느냐. 그러나 이런 마음 한구석에서 불안한 생각이 머리를 드는 것이었다. 자기가 윗골 가 있는 동안에 동네 사람들이 저희끼리만 좋은 땅을 나눠 가지면 어쩌나. 이왕 나눠 받는 바엔 남보다 나쁜 땅을 받아서는 안 될 텐데? 그러나 만일 이렇게 제 앞차지만 하는 놈이 있으면 당장 이걸로 그놈의 대갈통을!

손에 잡은 쇠스랑 자루를 한번 부드득 그러쥐었다.

개털 오버 청년이 농민 대회 결정서를 다 읽기도 전에, 훈의 삼촌 박용제 영감의 얼굴빛이 달라졌다. 좀 전까지도 그는 행여나 하는 마음이 없지 않았다. 지주라고 다 숙청을 당하지도 않는다지 않느냐. 그 숙청당하지 않는 지주 속에 자기를 넣고 있었다.

반백이 지난 머리를 들어 대문 앞에 모여 선 사람들의 얼굴을 더듬었다. 알 얼굴들이 섞여 있었다. 도섭영감, 강목수, 칠성이 아버지, 갑성이, 육손이 아버지…… 육손이 아버지에게서 눈을 멈추었다. 이 육손이 아버지는 바로 뒷담장 하나를 사이에 두고 사는 터다.

어디선가는 한두 사람의 소작인이 좋은 말을 해주어서 곤경을 면한 지주도 있다지 않느냐. 이 육손이 아버지네만은 해방 전 공출이 한창 심할 때 자기네가 수수와 피를 대주어 먹여 살리다시피 한 일도 있는 것이다. 이 육손이 아버지가 이 자리에서 그런 말을 좀 해주면 좋겠다.

그는 육손이 아버지의 눈을 찾았다. 그러나 육손이 아버지는 그것을 알고 그러는지 모르고 그러는지 메고 있던 낫을 한번 이 어깨에서 저 어깨로 옮겨 멜 뿐, 통 이쪽으로 눈을 돌리지 않는 것이었다.

개털 오버 청년이 한 걸음 다가서며,

"자, 이 집 열쇠를 모두 이리 내오!"

용제영감의 얼굴에 분명히 절망의 빛이 떠올랐다. 눈을 한번 지그시 감았다 떴다. 그러는 그의 얼굴에 문득 어떤 마지막 바람이라고 할까 그러한 빛이 나타났다.

안방으로 들어갔다.

아들 혁이가 길이 일곱 치나 되는 단도를 빼어 들고 바깥 형세를 엿보고 있었다. 이런 아들의 한 팔을 어머니가 붙들고 와들와들 떨고 있었다.

용제영감은 두 팔을 벌리며 아들의 앞으로 가 단도를 빼앗았다. 눈과 고개로써 큰일 날 짓을 하지 말라고 하면서.

금고에서 토지 문서를 들고 나왔을 때는 사람들이 안뜰에 밀려들어와 있었다.

"이게 제 소유루 돼 있는 토디 전부웨다. 이르케 제 소유를 전부 다 드릴 게니 그 대신……."

"당신이 주는 게 앙이라, 우리가 빼앗겠든 걸 되비(도로) 찾는 게요!"

"전 아무래두 통습네다. 그 대신 제 소원을 하나 들어주십시오."

청년은 여러 말 할 것 없다고 소리를 지르려다 참았다. 이제 자기는 이 지주를 면 인민위원회까지 데리고 가야 할 책임이 있는 것이다. 되도록이면 말썽 없이 순순히 데리고 가는 게 상책이다. 그러려면 상대편의 비위를 너무 상하게 하지 않는 것이 좋다. 창의성! 모든 면에 있어서 이 창의성을 발휘해야 하는 것이다.

"제 소원이란 다름 아니구, 웃골 데수디 말입니다."

"데, 수, 디? 저수지 말이오?"

"예, 그 데수디 말입니다."

"그 저수지가 어쨌단 말이오?"

"그 데수디만은 냉게주십시오."

청년의 입가에 절로 쓴웃음이 지어졌다. 언제까지나 버리지 못하는 지주의 소유 근성!

용제영감은 청년의 이런 웃음에나마 힘을 얻은 듯,

"아까 선생이 읽은 글에서는 내가 그 데수디를 파기 위해서 동리 사람들의 피와 땀을 빨아먹었다구 했디만, 실은 그르티가 않습네다. 일본 시대에 안주 수리조합이나 서폐양 개수 공사에 보국대루 뽑헤 나갈 것을 내가 도에 말해개지구 데수디 파는 데루 돌린 겁니다. 누구보구나 물어보십시오. 그때 안주나 서폐양에 가는 것보담 얼마나 동와들 했는가."

그렇지 않느냐고 모여 선 사람들에게로 고개를 돌리다가 도섭영감의 눈과 마주쳤다.

"아, 여기 그때 인부 동원을 한 오작네 아반이 있쉐다…… 어서 그때 니애길 좀 자세히 해주게."

그러나 도섭영감은 검은 눈썹 꼬리를 피끗하니 움직였는가 하자,

"난 그때 시키는 대루 공심부름 해준 것밖에 없소. 디주의 삼춘이라구 해서……."

그리고 홱 외면해버리고 마는 것이었다.

용제영감은 완전히 자기가 혼자가 된 것을 느꼈다. 이제 사정해 볼 사람이라고는 이 청년밖에 없다는 생각에,

"제 말을 믿으십시오. 그때 조금두 난 마음에 걸리는 일을 한 일은 없습니다."

그러니 그 저수지만을 몰수 대상에서 빼달라는 거냐고, 청년의 눈이 용제영감의 얼굴에 부어졌다.

"이제 올봄만 더 손질을 하믄 끝납니다. 그 데수디만은 냉게주십시오."

"영감, 앞으루 지주들두 우리 민주개혁에 협력만 하믄 살길이 열리오. 그러기 위해선 먼첨 그 지주 근성을 버리오."

"지주 근성?"

"당신들의 그 뼛속까지 젖어 있는 토지 소유욕 말이오!"

"전 그런 의미에서 하는 말이 아닙니다."

"그럼 그게 뭐요?"

"제 이름으루 두디 않아두 뚛습니다. 그저 제 손으루 마자 맹글게만 해주십시오."

"그럼 토목 공사의 기술이 있단 말이오?"

"별루 이렇다 할 기술은 없습니다마는 꼭 내 손으루 마자 만들구 싶습니다."

그건 용제영감 자신도 모를 일이었다. 재산 전부를 몰수당하는 이 마당에 있어서 그 저수지만이 그렇듯 마음을 이끄는 것은 무슨 까닭일까.

한 20년 전에는 과수원에 미친 적이 있었다. 자나 깨나 산막골 넘어가는 등성이에 가 살다시피 했다. 그러던 것이 과일이 한창 열리기 시작한 지 몇 해가 안 되어서 일체 과수원에는 발길을 않게 되었다. 폐목이 되어도 아랑곳하지 않았다.

그러고는 또 산림에 열중한 적이 있었다. 이 세상에서 산림이 제일이라는 것이었다. 비료도 필요 없고, 김도 매주지 않아도 좋다. 가물과 홍수의 해도 없다. 그저 제멋대로 내버려두기만 하면 된다. 그리고 언제 보나 그 푸른 소나무. 용제영감은 누가 산림을 팔려고 내놓기만 하면 마구 사들였다. 그러고는 말 한 필을 매놓고 언제나 이곳저곳 산림판을 돌아보는 게 다시없는 낙인 듯했다.

그랬던 것이 해방되기 전전해에는 윗골 저수지 만드는 데 정신이 팔린 것이었다. 오랜 동안 세교로 내려오던 윤주사와 의를 상하면서까지 일을 진행시켰다. 용제영감 편에서 보면, 이해관계로만 그러는 건 아니었다. 저도 모를 어떤 무엇이 그로 하여금 그렇게 만드는 성싶었다. 저수지에 손을 대자, 그는 또 날만 새면 반백이 된 머리를 말 위에 흩날리며 윗골로 달려 올라갔다가는 날이 어슬해서야 돌아오곤 하는 것이었다. 해방이 된 뒤에도 그것은 계속되었다. 동네 사람들은, 용제영감이 이번에는 또 저수지에 미쳤다고 수군댔다.

"이제 땅두 풀리구 했으니 곧 다시 공사를 계속해야 할 겝니다. 금년 한 해만 손질하믄 끝납니다."

용제영감의 눈에 어떤 광채까지 서리어 있었다.

개털 오버 청년은 개털 오버 청년대로 이 지주의 심중을 알 수 있을 것 같았다. 이 전형적인 지주가 그렇게나마 자기의 명맥을 유지해나가면서 훗날을 엿보자는 반동 심리 외에 아무것도 아닐 것이라고. 새로운 분노가 청년의 가슴에 북받쳐 올라왔으나, 이제 이 지주를 면 인민위원회까지 데리고 가야 할 임무가 있다는 걸 깨닫고,

"우리 그건 면 인민위원회에 가서 말하기루 하고, 열쇠는 이리 내오."

용제영감은, 사실 이런 문제는 이 청년 혼자로서는 결정을 지을 수 없으리라는 생각이 들었다.

"그럼 선생이 말씀을 좀 잘해주십시오. 열쇠는 가제다드리지요."

방으로 들어갔다.

아내가 여전히 파랗게 질린 채 와들와들 떨고 있었다.

"내 잠깐 면에 댕겨오리다."

그리고 아들에게 나직이,

"끔쩍 말구 있거라."

하고 당부했다.

혁은 아버지의 얼굴에서 어떤 희망의 빛을 본 듯했다.

용제영감이 열쇠 꾸러미를 들고 나와 청년에게 내주며,

"동저고리 바람이 돼놔서……."

하고 주의(두루마기)를 입고 가자는 기색을 보이자 청년은,

"곧 댕게오실 텐데 뭐……."

그리고 같이 온 공작대원 하나에게 열쇠 꾸러미를 내맡겼다.

열쇠 꾸러미를 받은 공작대원은 용제영감이 대문 밖으로 사라지는 걸 보고는 바로 안방으로 들어갔다. 거기서 그는 돌아가며 장롱과 궤의 문을 잠그고 붉은 딱지를 붙이기 시작했다.

혁이 거친 눈초리로 공작대원을 바라보다가 어머니를 부축해가지고 사랑방으로 나갔다. 어머니는 다리가 후들거려 신발도 꿰지 못했다. 혁이 신겨주었다. 그리고 허리를 펴면서 자기 가슴을 한번 만져보았다. 거기에 단도가 숨겨져 있는 것이었다.

밖에서는 집 둘레에 널려 있는 자자분한 것과 부엌세간을 광으

로 모아들이고 있었다.

갑성이가 광 한구석에서 과목 소독 펌프를 발견해가지고 손잡이를 뽑았다 눌렀다 해보았다. 삐꺼덕삐꺼덕 녹슨 소리가 났다.

강목수는 광 시렁 위에서 목수의 연장을 발견하자 슬쩍 사면을 한번 둘러보았다. 마침 아무도 없었다. 얼른 대패 하나를 집어 허리춤에 찔러 넣었다.

부엌 뒷문 밖으로 돌아갔던 육손이 아버지는 거기 뒷담벼락에 세워둔 삽과 괭이를 발견했다. 휙 앞뒤를 살펴보고는 삽을 집어 돌담장 너머의 자기 집으로 넘겨 쳤다. 삽날이 땅에 부딪는 소리가 났다. 이런 때 여편네가 저쪽에서 받아라도 주었으면 오죽이나 좋을까. 괭이도 넘겨 쳤다.

이리로 오는 사람이 있었다. 칠성이 아버지였다. 힐끗 쳐다보더니 싯누런 이빨을 드러내놓고 히죽이 웃고 있는 것이 아닌가. 가슴이 뜨끔했다. 들키고야 말았구나.

칠성이 아버지의 입을 막기 위해서 삽과 괭이 중 어느 것 하나는 주어야 했다. 그래 칠성이 아버지에게 그런 말을 하러 다가서려는데 누가 또 이리로 오는 인기척이 났다. 이따가 단둘이 있을 때 이야기하는 수밖에.

대관절 삽과 괭이 중 어느 것을 주나. 삽이고 괭이고 자기에게는 모두 필요한 물건들인데. 글쎄 그 망할 놈이 뭣 하러 기신기신 그리 온담. 칠성이 아버지가 밉기 짝이 없었다. 어디 안 주고 견딜 수는 없나. 히죽이 웃던 그 얼굴. 뜻있는 웃음이다. 어느 것이고 하나 주어 입을 틀어막는 수밖에. 그러면 괭이를 주자. 아무래도 삽이 괭이보다는 더 농가에서 소용되니.

마침 칠성이 아버지가 행랑채 처마 밑에 놓여 있는 바람 기계를 안고 광 쪽으로 오는 게 보였다. 이 틈에 말해두리라. 그러다가 육손이아버지의 눈이 한 곳에 머무르고 말았다. 지금 칠성이 아버지의 옆 허리춤 새로 뾰족 내밀고 있는 게 바로 여자의 고무신 코가 아니냐. 슬쩍 다가가, 한 손으로 고무신코를 밀어넣어주었다. 그리고 좀 전의 칠성이 아버지보다 더 크게 싯누런 이빨을 드러내 보이며 히죽 웃어주었다. 이것으로 자기는 삽과 괭이 중 어느 것 하나도 손해 보지 않게 된 것이다.

개털 오버 청년이 돌아왔다.

공작대원이 건넌방에서 무슨 상자 같은 것을 하나 들고 나왔다.

"동무, 그게 뭐요?"

"라지옵니다. 벽장 속에서 나왔습니다."

"라지오?"

개털 오버 청년의 눈이 번쩍 하며,

"그 학생동무는 어디 있소?"

공작대원이 사랑방을 가리켰다.

개털 오버 청년이 잰걸음으로 사랑방 앞까지 가더니,

"학생동무 좀 봅시다."

혁이 핏줄 선 눈으로 나왔다.

"이제 무스게요?"

"라지오 아니오?"

"그걸 뉘가 몰라서 그러오? 왜 이런 거 집에다가 뒀능가 말이

오?"

혁이 어이없는 듯이 바라보고만 있노라니까,

"내 다 아오! 쉽게두구서리 이남 반동분자들으 방송을 듣자는 게 앙이오?"

"그건 아직 듣디 못하는 라지오요!"

"듣지 못하는 게라구?"

"맹길다 만 라지오 아니오?"

"아, 그럼 학생동무가 만든 게군!"

청년의 얼굴에서 긴장이 풀리면서 어떤 화기까지 떠돌았다.

"참, 학생동무는 공꽈 학교르 댕긴다는 거 전부터 알구 있었소. 좋소! 열심히 공부해서 진정한 과학자가 되오. 아버지는 아버지요 아들은 아들이오. 우리는 진정한 과학자를 요구하구 있소. 학생동무두 아다시피 우리가 과학 방면에 있어서 얼마나 뒤떨어졌소? 그래 하루속히 이 낙후성을 타파해가지구 모든 면에 있어서 우리의 위대한 선진국가 쏘련을 본받아야 하오!"

"아부지는 어드케 됐소?"

"좀 물어볼 말이 있어서 지끔 면 인민위원회에 남아 있소. 이제 이내 돌아오오."

개털 오버 청년은 그길로 밖으로 나가 대문의 문패를 떼어버린 후, 그 자리에 가지고 온 간판을 붙였다. 리 인민위원회 간판이었다.

사람들이 비석거리를 지나 훈네 집으로 향해 올라왔다.

내친걸음이라 이제는 과히 주저하는 빛도 없는 걸음걸이들이었다. 메고 있는 쟁기 날들이 번뜩이었다.

도섭영감네 바둑이가 짖어댔다. 사람들이 몰려옴에 따라, 비실비실 뒷걸음질을 치면서 짖어대더니, 모두 훈네 집 대문 앞에 모여서자, 한 곳에 머물러 선 채 그냥 짖어댔다.

누가 대문 안으로 들어가는 것이 보였다. 먼발치로도 그가 도섭영감이란 걸 알 수 있었다. 좀 만에 도섭영감이 도로 나왔다. 그러고는 개털 오버 청년과 무어라 말을 주고받는 것이었다. 앞에 모여 선 사람들이 수군거렸다. 아마 훈 자기가 없다고 그러는 모양이었다.

과수원 쪽 비탈에서 훈이 일어섰다. 선산에서 내려오면서 거기 앉아 이때가 오기를 기다리고 있은 것이었다.

비탈길을 내려오는데 개 짖는 소리가 귀에 들어왔다. 좀 전부터 듣던 소리였다. 그러나 그 소리가 이번에는 바로 귓속에서 나는 소리만 같았다. 그리고 한껏 멀리서, 어느 꿈속에서 들려오는 소리만 같았다. 분명히 자기는 이런 소리를 언젠가도 들은 법했다. 그것은 밤중이었다. 금방 무서운 꿈에서 깨어난 뒤였다. 멀리서 개 짖는 소리가 들려왔다. 무서웠다. 어머니 품속으로 파고들었다. 그 따뜻하고 아늑한 피난처. 그제는 아무것도 무섭지 않았다.

어머니, 어머니. 지금 자기 집 대문 쪽을 향해 걸어가는 훈의 무릎이 사뭇 떨리고 있는 것이었다.

대문 앞에 모여선 사람들의 얼굴이 이리 향해졌다. 검붉은 얼굴들이 뒤범벅이 돼 보였다. 그런 얼굴들이 좌우로 갈라지더니 길을 내주었다. 그 트인 공간에 노오란 동그라미들이 동동 떠서 맴을 돌았다.

집으로 들어갔다. 미리 챙겨두었던 가방을 들고 나왔다. 구두끈을 매기 시작했다. 가슴의 고동이 목구멍까지 올라와 뛰었다. 아까 선산 상석 앞에서 느꼈던 조용한 마음은 어디로 갔는지 몰랐다.

문득 이런 생각이 떠올랐다. 아버지가 협심증으로 돌아가셨다. 어머니도 결국 심장이 견디지 못했다. 그런데 의사의 말이 자기만은 심장이 대단히 좋단다. 지금 이렇게 눈앞이 어지럽기만 한 자기더러 심장은 썩 좋단다. 자기의 몸을 유지하고 있는 게 이 심장이란다. 저도 모르게 픽 웃었다. 될 대로 돼라, 될 대로 돼라! 그제야 이상스레 마음이 얼마쯤 진정되는 것 같았다.

대문을 나섰다. 앞에 모여 선 사람들이 또 좌우로 갈라졌다. 이번에는 얼굴이 뒤범벅이 되지 않고 서로 떨어진 채로 보였다. 거기에 머리와 수염을 밴밴히 민 도섭영감이 도끼를 메고 있는 모습도 알아보았다. 그리고 도섭영감네 바둑이가 그냥 극성스레 짖어대는 것도 그대로 가려 들었다.

앞에 트인 공간 속으로 훈이 몇 걸음 발을 옮겨놓는데 뒤에서,

"잠깐!"

하고 부르는 소리가 들렸다.

개털 오버 청년이었다.

"여기 와 서오!"

대문간을 가리켰다.

훈은 비로소 자기가 집을 나서는 데도 어떤 절차를 거쳐야 한다

는 것을 깨달았다.

개털 오버 청년이 손에 쥔 종이를 펴가지고,

"결정서! 우리는 농민 대회 결의로 다음과 같은 결정서를 반동 지주 박훈에게 통고함!"

개 짖는 소리가 시끄러운 듯 청년은 읽던 것을 멈추고 고개를 들었다.

도섭영감이 얼른 사람들 틈을 비집고 나가 돌멩이를 하나 집어 던졌다. 그러나 개는 훌딱 저만큼 달아나 돌아서더니 그냥 짖어 대는 것이었다. 이번에는 얼러 집으로 데리고 가는 수밖에 없다 고 생각한 것이리라. 도섭영감이 손을 흔들면서 얼렀다. 그러나 개 편에서 도무지 가까이하지 않았다.

누가 이쪽에서, 메고 있는 도끼를 내려놓으라고 했다. 그 말대 로 도섭영감이 도끼를 내려놓으니까 그제야 개가 주인에게 곁을 주었다.

도섭영감은 냉큼 개허리를 안아들면서 투덜거렸다.

"이 쌍놈의 개새끼, 너두 오늘 죽디 못해 이러니? 죽디 못해 이 래?"

집으로 들어가 부엌문을 열고 거기 내동댕이쳤다. 이 소리에 방 안에 있던 오작녀 어머니가 기겁을 했다. 그네는 좀 전에 개 짖는 소리에 빠끔히 방문을 열고 밖을 내다보았던 것인데, 그만 바깥 광경에 놀라 이불을 뒤집어쓰고는 벌벌 떨고 있던 참이었다.

남편이 부엌문을 콱 닫아버리고 사라지자, 그네는 이불 속에서 떨리는 손을 싹싹 비비며 중얼거렸다. 신령님, 신령님, 신령님께

비나이다. 아무쪼록 오늘 아무 일두 없게 해줍소사. 아무 일두 없게 해줍소사.

개털 오버 청년이 다시 종이를 펴 들고,

"우리 민주 혁명에 불평을 품고 매일같이 술로써 소일하는 한편, 무지한 청년들을 유혹하여 반동 결사를 조직해가지고 우리 면 농민위원장 동무를 살해하게 한 사실, 그리고⋯⋯."

여기서 또 읽던 것을 멈추었다. 모여 선 사람들이, 아, 하고 놀라는 소리를 지른 때문이었다.

오작녀가 어지러운 걸음걸이로 나와 대문 문설주를 붙잡고 섰다. 헝클어진 머리를 아무렇게나 뒤로 묶었을 뿐, 얼굴도 반점이 가시기 시작한 꺼칠한 얼굴 그대로였다. 그저 그 속에서 눈만이 화안히 타고 있었다.

개털 오버 청년은 이 자리에 오작녀까지 나타난 것이 오히려 잘됐다고 생각하며,

"⋯⋯그리고 지주의 권력으로 소작인의 딸이자 남의 유부녀인 여성동무를 유린한 사실, 이런 사실로 보아⋯⋯."

"여보!"

오작녀가 청년의 말을 가로챘다.

"대관절 누가 그런 소릴 덕었소?"

청년이 의아한 눈을 들었으나 타이르듯,

"농민 대회의 결정이오."

"왜 그런 허튼소릴 덕었소?"

청년의 얼굴에 어떤 놀람과 격분의 빛이 스치고 지나갔다.

"여성동무, 말을 삼가오! 우리는 시방 동무르 반동분자 손아귀에서 해방시키자구 그러는 게요."

"해방이구 뭐구 다 일없소. 어서 집으루들 돌아가시오."

"데 엠나이새끼가 미쳤나? 열병을 앓구 나드니 혼이 나갔나?"

도섭영감이 썩 앞으로 달려 나와,

"동무, 용서하시우. 데 엠나이새끼가 열병을 앓드니 속이 허해데서 데럽네다."

하고 다시 딸에게로 험한 얼굴을 돌리며,

"이 엠나이새끼야, 썩 들어가 자빠데 있디 못간?"

"난 벌써 아바지의 딸이 아니야요!"

"데 엠나이새끼의 아가릴 칵!"

딸에게 달려들려는 것을 개털 오버 청년이 한 손으로 제지하며,

"동무, 진정하오. 가사 싸움을 할 때가 앙이오."

그러고는 엄연한 얼굴을 오작녀에게로 옮기며,

"여성동무, 우리는 동무를 상대하구 있을 여가가 없소. 자, 그러믄⋯⋯."

앞에 어리둥절해 서 있는 사람들을 한번 둘러보고 나서,

"그러믄 이제부터 다시 계속하겠소. ⋯⋯이러한 모든 사실로 보아 우리 농민대회는 지주 박훈을 악질 반동 지주로 규정하는 동시에 그의 모든 사유 재산을 몰수하는 데 이의가 없음!"

그리고 훈을 향해,

"이 집 열쇠를 이리 내오!"

훈이 오작녀에게로 눈을 주었다. 열쇠는 모두 오작녀가 맡아가

지고 있는 것이었다. 훈은 어서 그것을 내주어 이 일을 끝마치고
만 싶은 심정이었다.

그러나 오작녀는 비틀비틀 걸어와 등으로 훈을 가리듯 하며 청
년의 앞을 막아섰다.

"왜 남의 집 열쇠는 달래는 거요?"

청년의 눈에서 불티가 튀었다.

"동무! 이 이상 더 우리의 공작을 방해했다가는 어떤 처벌을 당
한다는 걸 알구 있소?"

"이 집은 내 집이오! 내가 살아 있는 동안은 누구 하나 이 집에
손을 못 대요!"

순간, 청년은 이 여성 동무의 속뜻을 알았다는 듯이 고개를 끄
덕이며,

"동무, 내 동무가 여러 해 동안 이 집에서 고된 종살이를 했다
는 걸 다 아오. 그런 사실은 내 중앙에 보고하겠소. 그러믄 중앙
에서도 무슨 말이 있을 게요. ……그래 이때까지 노동한 보수나
다 계산해 받았소?"

"당신네는 아무것두 몰라요!"

청년이 오작녀 어깨 너머로 훈에게,

"그동안의 보수는 다 물었소?"

그러나 훈보다도 먼저 오작녀가,

"그른 건 문데 아니야요!"

청년이 달래듯이,

"그러믄 동무, 오늘 이 공작만은 우리에게 맽기오."

"안 돼요! 누구나 이 집에 손구락 하나 까닥 못해요!"

청년은 역시 이 여성동무의 생활이 오죽 딱하면 이렇게까지 나올까 싶어,

"동무, 시방두 말했지만 그동안 동무의 고생은 우리가 모르는 배 앙이오. 그러나 그건 오늘의 이 공작과는 딴 문제요."

"당신네는 아무것두 몰라요!"

"뭘 모른단 말이오?"

"당신네는 아무것두 몰라요!"

오작녀는 입술을 잘끈 깨물고 나서,

"우리는 부부가 됐이요!"

그러고는 지그시 눈을 감아버리고 마는 것이었다. 지금까지 지탱해온 힘이 이것으로 다해진 듯한 낯빛이었다.

모여 섰던 사람들이 웅성거리기 시작했다.

청년도 적이 놀라는 빛이었다. 일이 그렇게까지 되었던가. 박천 어디선가도 여자 지주가 자기 머슴과 결혼하여 화제를 일으킨 일이 있었다. 그걸로 그 여자 지주는 숙청을 면한 것이었다.

이 자리를 수습코자 청년은 고개를 들어 사람들의 얼굴을 더듬었다. 오작녀의 남편을 찾는 것이었다. 그 남편의 태도가 이 사건에 중요하다고 생각한 것이었다.

오작녀 남편은 사람들 맨 뒤에 서서 아까부터 얼굴을 붉히고 있었다. 부끄럽기도 하고 노엽기도 한 빛이었다.

그는 오늘 토지개혁 때 증언을 서라는 면 인민위원회의 통지를 받고 이 자리에 와 있었던 것이다.

청년의 눈이 자기 얼굴에 와 머무름을 느끼자 그는 목줄기까지
붉은 물을 들여가지고,

"오작네에게 한마디 물어볼 말이 있쉐다!"
하고 소리질렀다.

오작녀가 온몸을 후루루 떨며 소리 나는 곳으로 눈을 떴다.

"나한테 시집오기 전에 생각하구 있은 딴 사내가 있었니, 없었
니?"

오작녀는 그 말뜻을 못 알아들은 듯 남편 쪽을 바라보고만 있었
다. 창백해진 얼굴에서 눈이 다시 빛을 발했다. 그리고 이 눈만이
이제 남편이 어떠한 말을 하더라도 그것을 감당해나가려는 것 같
았다.

"나한테 시집오기 전부터 데 박가를 생각하구 있디 않았느난
말이다!"

오작녀가 고개를 두어 번 끄덕였다. 그러고는 다시금 눈을 지그
시 감아버렸다.

"난두 너 같은 년을 내 네펜네루 생각디 않은 디 오랬다!"

오작녀는 이제는 더 오래 서 있을 수도 없겠는 것이리라. 어깨
숨을 쉬면서 훈의 발밑에 풀썩 주저앉아버리고 말았다. 그러는
그네의 핏기 걷힌 입술에 알지 못할 가냘픈 미소의 그늘이 어리
어 있었다.

훈은 아까부터, 모두가 오해다, 오해다, 하는 소리만 가슴속으
로 지르고 있었다.

청년이 같이 온 공작대원 하나에게 귓속말을 했다. 이 사건을

잘못 처리했다가 또 창의성 없다는 지적을 받지 않게끔 도에서 나온 동무한테 물어오라고 한 것이었다.

달려온 공작대원의 보고를 듣자 도 농민위원회에서 나온 캡 사내는 입가에 웃음을 띠며,

"거 재밌는 일이오. 큰 고기를 잡자믄 낚시랑 미끼랑 다 좋아야 하는 법이오. 그냥 얼마 동안 그 박가를 내버려둬가지구 배후 관계를 조사하도록 하시오."

그리고 돌아서 나가려는 공작대원을 향해 캡 사내는 한마디 덧붙였다.

"동무, 그리구 그 박가의 사진을 한 장 구하도록 하시오."

도섭영감은 도시 마음이 평온치가 못했다. 자기 딸년 때문에 일을 잡쳤다는 생각이 들수록 부아가 치밀어 견딜 수가 없는 것이었다. 쌍간나이년의 엠나이새끼 같으니라구, 앓다 칵 뒈디디 않구 왜 살아개지구 이 망신일까! 집안사람 못 잡아먹어서? 귀신두 모르게 죽는 꼴을 못 봐서?

토방 위에 도끼를 아무렇게나 동댕이쳤다.

방 안에 이불을 뒤집어쓰고 있는 아내를 보자 새로운 울화가 치미는 듯,

"이년아! 글쎄 뭘 싸광가티디 못해서 그런 걸 싸놔개지구 이 성활 멕이니? 그 엠나이새끼가 시집을 못살구 왔을 때만 해두 당장 쫓아보내디 않구 옆에 끼구 우자우자하드니 꼴돟게 됐다! 그르단 넌두 팔짜 돟게 죽긴 콧집이 왜그라뎄다, 왜그라뎄어!"

오작녀 어머니는 그냥 이불을 뒤집어쓴 채 잠자코 있었다. 이불만이 무슨 살아 있는 물건처럼 쉬지 않고 후들거렸다.

어쩐지 도섭영감은 방 안에 들어앉아 있을 수도 없는 심사였다. 담뱃대를 뽑아 물다 말고 밖으로 나왔다.

헛가래를 돋우어 내뱉고는 대문을 나서며 무심코 비석거리 쪽으로 눈을 주었는가 하자 무엇을 생각했는지 도로 들어가 도끼를 메고 나왔다. 그러는 그의 크게 다물어진 입가에는 어떤 결심의 빛이 떠올라 있었다.

비석거리 우물가에서는 탄실이가 물을 긷다가 도끼를 메고 내려오는 도섭영감을 보고 무엇에 놀란 사람처럼 반도 못 찬 물동이를 이고 부랴부랴 자기 집으로 들어가버렸다.

도섭영감은 비석 앞에서 발걸음을 멈추었다. 그리고 비석과 정면으로 마주 섰다.

일찍이 이 훈의 할아버지의 송덕비는 도섭영감 자신이 감독하여 지대를 닦는다, 콘크리트를 한다, 하여 세운 비였다. 그때도 그는 이렇게 정면에 서서 비가 면바로 섰는가 어쨌는가를 몇 번이나 겨냥해본 것이었다.

지금 그가 이 비석과 정면으로 마주 섬은 그때와는 다른 것이었다. 지금은 어떻게 하면 대번에 이 빗돌을 넘어뜨릴까 하는 노림인 것이다.

도섭영감의 숨결이 거칠어졌다. 눈썹 꼬리가 몇 번이고 피끗거렸다.

마침내, 에잉! 하는 소리와 함께 도끼가 후려쳐졌다.

비석 한중동이 헤짝하게 금이 가더니 뒤로 나가떨어졌다.

그 메아리 소리가 들려왔다.

또 한 대 후려쳤다. 또 한 대 후려쳤다. 모주리 때레쥑에라! 모주리 때레쥑에라! 도끼가 내릴 적마다 비석은 돌가루를 뿌리면서 부서져나갔다.

이 소리에 칠성이 어머니가 밖을 내다보고는 깜짝 놀라,

"여보, 오작네 아반이 비석을……."

아까부터 윗목에 무릎을 안고 앉아 담배만 빨고 있던 칠성이 아버지가 아내의 등 너머로 밖을 내다보았다. 그러나 심상한 빛이었다. 그는 오늘 이보다 더 놀랍고 무서운 사실을 몸소 보고 듣고 한 것이었다.

"제발 당신 오늘은 밖에 나댕기디 마소."

도섭영감은 비석 밑둥까지 다 때려부수자 이번에는 맨 처음에 넘어뜨린 빗돌 윗동강을 또 몇 조각이고 내리쳐 부수는 것이었다. 꼭 무엇에 취한 사람 같았다.

그 일도 다 끝나자 도섭영감은 붉어진 눈으로 자기 둘레를 한번 훑어보고는 획 훈네 집 쪽을 향해,

"독사를 쥑일래믄 깨깨 쥑에야 한다아!"

그 소리가 메아리가 돼 돌아왔다. 그러고는 조용해졌다.

칠성이 어머니가 살그머니 다시 밖을 내다보더니,

"여보, 오작네 아반이 갔나 붸다. 나가서 어디 방칫돌 감이나 하나 있나 보소."

그네는 좀 전부터 그걸 궁리하고 있은 것이었다. 다듬이질할 적

마다 분디나뭇집 할머니한테 가야만 하는 것이었다. 불편하기 짝이 없었다. 이런 때 다듬잇돌을 하나 장만한다면 오죽 대견하랴. 더구나 저 비석돌이면 면판이 얼음처럼 매끄러운 다듬잇돌이 될게라.

칠성이 아버지는 잠자코 담배만 빨고 있었다. 아까 용제영감네 집에서 여자 고무신 한 켤레 집어온 것만도 속이 개운치 않은 것이었다.

"여보, 어서 다른 사람이 주워가기 전에 나가보소."

벌써 좀 전에 남편더러 오늘은 제발 밖에 나다니지 말라고 한 말 같은 건 잊고 있었다.

칠성이 아버지는 그냥 잠자코 담배만 빨고 있었다. 그러다가 문득 이런 생각을 해보는 것이었다. 저 부서진 비석 돌은 고무신과는 다르다. 저건 벌써 비석이 아니고 그저 보통 돌멩인 것이다. 흔히 굴러다니는 돌멩이처럼 누가 주워가도 좋은 것이다. 그렇다면 하나 주워와도 상관없지 않은가.

일어서 밖으로 나갔다. 그중 제일 큰 비석 조각을 하나 집어들었다. 글자가 많이 새겨져 있어 다듬잇돌로는 마땅치 않았다. 반반한 놈을 골라잡아보면, 그건 또 좀 작아서 마음에 안 들었다. 이왕 깨놓으려면 좀 쓸만하게 깨놓지 않고 이게 뭐람.

갑성이가 나왔다. 그도 이리 뒤적 저리 뒤적 돌을 고르기 시작하는 것이었다. 그러다가 칠성이 아버지가 맨 처음 잡았던 큰 조각을 뒤쳤다.

"이사람, 건 내가 골라논 거네."

그러면서 칠성이 아버지는 그 큰 돌은 댓돌로 써야겠다고 생각했다. 그리고 이참에 다듬잇돌과 함께 숫돌도 하나 골라잡으리라 마음먹는 것이었다.

탄실이 어머니가 나왔다. 그네는 이럴 때 남편이 집에 있지 않은 게 여간 못마땅하지가 않았다. 글쎄 다른 사람들은 저렇게 다 집에 있는데 왜 하필 자기 남편만은 윗골로 뽑혀갔단 말인고. 맹추 같은 영감이란 할 수 없다니까. 그래 다 쓰러져가는 잿간을 다시 세워야겠다고 걱정만 하지 말고, 이런 때 주춧돌이라도 몇 개 골라두면 어떤고.

집 쪽을 향해 소리 질렀다.

"얘, 탄실아, 너라두 좀 나오나라!"

당손이가 잠긴 일각대문을 방싯 열고 밖으로 나왔다. 오늘 당손이 할아버지는 농민 대회가 끝나기도 전에 곧장 집으로 돌아와 대문을 잠그고 있었다.

당손이가 빗돌 조각 하나를 안고 들어왔다.

당손이 할아버지는 그것을 보자 질겁을 해 도로 울바자 너머로 팽개쳤다.

윗골 윤주사는 제정신이 아니었다.

앞에 모여 선 사람들이 모두 자기편을 안 들어주는 것은 할 수 없는 일일지도 모른다. 그처럼 굳게 약속한 송관호마저 눈알이 멀뚱멀뚱해 아무 말 없는 데는 막 속이 타지 않을 수 없었다.

"이사람, 왜 잠자쿠만 있나? 내가 젠년부터 님자 부티든 논 2천

평을 자작한 걸 알구 있디 않나?"

관호는 눈을 내리깔며,

"아무리 생각해두 난 없는 말은 못하갔쉐다."

윤주사의 곰보 자국이 난 코끝에서 핏기가 걷히었다.

"없는 말이라니?"

"소달구지 못 가제두 할 수 없쉐다."

물론 관호가 이 소달구지에 애착이 없다는 것은 아니었다. 그저 이 소달구지보다도 더 중요한 문제가 생긴 것이었다. 까딱 잘못하다가는 소달구지는커녕 여태 부쳐오던 농토마저 결딴이 날 형편인 것이었다.

좀 전에 이리로 밀려오는 길에서 공작대원이 하나가 관호의 곁으로 와 일러준 말이 있었다. 조금이라도 반동 부재지주 윤기풍과 부화하는 언동을 했다가는 이 동네에서 다 사는 줄 알라는 것이었다. 슬쩍 공작대원의 얼굴을 살피었다. 순간 관호는 이 사람이 자기의 사정을 조금도 들어줄 사람이 아니라는 걸 깨달았다. 할 수 없다. 이 북새통에 여기를 쫓겨나면 어디로 가 산단 말인가. 소달구지를 단념하는 수밖에 없었다. 요즈음 펀펀하게 살이 오른 소 엉덩이가 한번 눈앞에 떠올랐다 사라졌다. 에이 그놈을 그만!

윤주사는 암만해도 기가 막혔다. 자기가 얼마의 토지나마 자작한 걸로 만들어놔야 우선 그 소출로써 어느 정도 식량 문제를 해결할 수 있는 것이다. 그리고 또 이렇게나마 자기 토지와 인연을 붙여두어야만 훗날 세상이 다시 바뀐다 해도 떳떳할 수 있는 것

이다. 그랬던 것이 그만 관호의 변심으로 말미암아 틀려버리고
만 것이었다.

윤주사는 흙때가 오른 관호의 이마빼기를 한번 쏘아봤다. 오늘
새벽까지도 그처럼 약속대로 하마고 장담해온 자가 아니었던가.
무식한 놈들이란 할 수 없다. 그러기에 늘 고 모양으로만 살지 않
느냐.

모여 선 사람들 속에서 곱실이 아버지와 미륵이형이 앞으로 나
왔다. 공작대원을 한번 힐끗 쳐다보고 나서 곱실이 아버지가 먼
저 윤주사를 향해,

"데, 요전에 우리한테 판 논 있디요? 그거 물러주소."

얼마 전부터 윤주사는 계획한 게 또 하나 있었다. 토지개혁이
실시되기 전에 얼마큼의 땅이라도 처분하자는 것이었다. 헐값으
로 땅을 내놓았다. 그리고 이 기회에 땅을 사두기만 하면 앞으로
어떤 세상이 되더라도 버젓할 테니 이때를 놓치지 말라는 소문까
지 은근히 퍼뜨려놓았다.

이 계획만은 윤주사가 저번 훈을 찾아갔을 때도 입 밖에 내지를
않았다. 그것은 자기가 자작농을 한 것처럼 꾸미는 문제와는 다
른 것이었다. 지주들이 자작농을 한 것처럼 꾸미는 문제만은 그
렇게 함으로써 한 사람의 지주라도 더 농촌에 머물러 있게 되면
될수록 결국 서로의 힘이 될 수 있는 것이다. 그러나 이 토지 방
매 문제만은 다른 지주에게까지 알려져 제가끔 토지를 내놓는 날
이면 자연 땅값이 더 떨어질 것은 말할 것도 없고, 어째서 지주들
이 모두 땅을 내놓을까 하고 의심을 품게 되어 매매가 전혀 안 될

우려가 있기 때문이었다.

이 윤주사의 계획이 그러나 그 성과에 있어서는 별로 신통치가 못했다. 아무리 헐값으로 토지를 내놓아도 그걸 살 만한 능력을 가진 농민이 없는 것이었다.

그중에서 곱실이 아버지와 미륵이형이 약간 구미를 동할 수 있는 처지에 있었다. 곱실이 아버지네는 지난가을에 사다 맨 송아지 한 마리가 있었고, 미륵이형네는 큰 암돼지 한 마리가 있었다. 송아지와 암돼지를 팔고 닭 마리마저 팔 생각들이었다. 그렇게 해서라도 이참에 몇 평의 땅이나마 자기 것으로 만들 수 있다면 이 얼마나 대견한 일이냐.

그러나 그것으로 땅값이 될 리가 없었다. 다행히 윤주사가 그 모자라는 대금만은 몇 해에 나누어 쌀로 갚아도 좋다는 조건을 붙여주었다. 이렇게 되어 매매 계약은 성립되었다. 곱실이 아버지와 미륵이형은 이 난생 처음으로 만져보는 계약서를 며칠을 두고 혼자 꺼내보고는 남모를 웃음을 떠올리곤 했다. 그것이 오늘 와보니 자기네가 큰 실수를 한 것이었다. 자기네가 산 땅이건 아니건 마구 뒤섞어 분배를 한다는 것이었다.

곱실이 아버지는 아무래도 이런 자리에서는 나이도 나이려니와 말 더듬는 미륵이형보다는 자기가 나서야 한다고 생각하며,

"자, 여게 계약서가 있쉐다. 어서 물러주소."

윤주사의 입귀가 샐룩샐룩 경련을 일으키며,

"이건 뭐 애들 장난인가! 언제는 사자구 야단이드니……."

"그땐 그때구…… 어서 물러나 주소."

모여 선 사람들은 제가끔, 실은 돈도 없었지만 농토를 안 사기를 잘했다고 생각하며 이 일이 어찌 될까 모두 숨을 죽이고 있었다.

윤주사가 갑자기 무슨 생각을 했는지 안으로 들어갔다. 얼마 전부터 윤주사는 관호네 윗방을 거처방으로 정하고 있었다.

윤주사가 벽에 걸린 중절모를 벗겨, 내대 속에 넣어두었던 종잇조각 둘을 꺼내가지고 나왔다.

"자, 님자네가 그러믄, 논 값에서 이거나 탕감해주디."

토지 대금에서 부족되는 금액은 쌀로 갚는다는 증서였다.

옆에서 보고만 서있던 공작대원이 그 종잇조각을 가로채어 갈기갈기 찢어버리고 말았다.

여기서 힘을 얻은 미륵이형이 자기도 한마디 해야 할 걸 느끼며,

"여, 여러 말 하, 하디 말구, 어, 어서 물러주소!"

윤주사의 곰보 자국 난 코끝에 오송오송 땀이 내뱄다.

그러나 이런 때일수록 정신을 바짝 차려야 한다고 마음을 다져먹으며,

"그 돈은 지금 내게 없네."

"없다니요?"

"벌써 폐양 들에갔네."

"언제요?"

"저번에 우리 노친네가 나왔다구 개지구 갔네."

곱실이 아버지의 얼굴빛이 금세 꺼멓게 죽어 들어갔다.

그런데 미륵이형이 눈을 껌벅이며 무엇을 생각하는 눈치더니,

"아, 아, 아니웨다. 그, 그, 그 아즈마니 왔다 간 댐에 노, 논 값 치렀쉐다."

그제야 곱실이 아버지도 퍼뜩 정신이 드는 듯,

"옳디! 내가 송아질 팔아개지구 돌아오는 길에 쌀자룬가 뭔가 니구 폐양 들어가는 그 아즈마닐 만났댔으니……."

"아니야! 님자들이 잘못 생각하구 있어. 논 값 받구 난 뒤에 우리 노친네가 왔댔어!"

곱실이 아버지가 눈에 심지를 세우며,

"그 허리춤 좀 봅세다!"

하고 메고 있던 삽을 내던지고는 한 걸음 다가섰다.

윤주사가 언제나 허리에다 돈 전대를 감고 다니는 버릇을 곱실이 아버지는 알고 있는 것이었다.

"이 사람들이 미쳤나?"

한 걸음 뒤로 물러섰다.

그러는 윤주사의 한 팔을 어느새 곱실이 아버지의 손이 와 붙들었다.

"이 사람들이 왜이래!"

다음 순간 남은 한 팔마저 미륵이형에게 붙잡히고 말았다.

"이놈들 사람을 몰라보구!"

잠시 두 사내는 주춤했다. 사실 자기네가 이 윤주사에게 이렇게 손을 대서 되는가. 꿈에도 생각할 수 없었던 일이 아닌가. 그러나 모르겠다. 아무것도 모르겠다. 그저 자기네 잃어버릴 뻔한 돈만 찾으면 그만이다. 윤주사의 허리춤으로 손들을 가져갔다.

"이 도죽놈덜 봐라! 누구 와서 이 도죽놈덜을 떼가디 못하냐?"

요동을 쓰며 사람들을 둘러봤다. 누구 하나 움직이는 사람이 없었다. 혼자서 이 곤경을 벗어나는 수밖에 다른 도리가 없다는 걸 느꼈다.

"이 도죽놈들아, 이걸 놓구 논정히 말루 하자! 아무리 무법턴디 기루서니 이른 놈의 법이 어디 있느냐?"

그러나 두 사내의 거친 손이 허리춤 들추기를 멈추지 않았다.

언뜻 윤주사의 눈에 거기 박혀 있는 소말뚝이 띄었다. 안간힘을 써 모로 나자빠지면서 냅다 그걸 머리로 받았다. 그러고는 소리부터 질렀다.

"어유우, 나 죽는다아!"

대번 정수리 한옆에서 피가 흐르기 시작했다.

두 사내가 다시 어리둥절한 기색을 보였다.

윤주사는 자빠진 채 두 손으로 머리를 움켜잡으면서 다시 한 번 소리 질렀다.

"어유우, 나 죽는다아!"

주춤했던 두 사내의 눈이 번쩍 빛났다. 허덕거리는 윤주사의 허리춤 새로 전대 끝이 드러나 보인 것이었다. 달려들어 풀어내기 시작했다.

윤주사가 벌떡 일어나 앉으며 전대를 그러쥐었다. 두 사내가 손목을 비틀어댔다. 흰 전대에 윤주사의 피 묻은 손자국이 났다.

두 사내는 전대를 거머쥐기가 바쁘게 거기 집 모퉁이로 자취를 감추어버렸다.

"데놈의 살인강도를 붙잡아라라!"

역시 누구 하나 움직이는 사람은 없었다.

이런 사람들 틈에 끼어 탄실이 아버지는 아까부터 적잖이 가슴이 먹먹해 있었다. 이런 일도 세상에 있을 수 있는가. 정말 세상 만사가 확 뒤집히는 판이로구나. 그래서 사람이란 죽는 날까지 어떻다고 말을 다 못한다는 거로구나. 어쨌든 난생 처음 보는 구경을 오늘 해본다.

공작대원은 공작대원대로 신문지 조각에 담배를 말면서 혼자 속으로 뇌까렸다. 오늘 내가 맡은 책임은 이것으로 완수했다. 네 깟놈 피를 동이로 흘리며 지랄을 한대도 내 알 바 아니다.

윤주사가 피 흐르는 머리를 한 손으로 움켜쥐고 일어섰다.

안으로 들어가 모자와 주의를 들고 나왔다.

마당귀에 놓여 있는 달구지로 가 올라탔다. 그러고는 충혈된 눈으로 관호를 찾았다. 이렇게 머리를 상했으니, 순안까지 안 되면 가락골마을 김의사네 집까지라도 태워다 달랄 참이었다.

관호는 윤주사의 눈과 마주치자 공작대원 쪽을 한번 살피고는 힝 하고 코를 풀어내면서 외면하고 말았다.

달구지에서 내려왔다. 기른 개한테 물렸다는 느낌이 윤주사의 가슴속에서 소용돌이쳤다.

동구 밖을 나섰다. 기른 개한테 물렸다, 기른 개한테 물렸다는 말이 입 밖에 새어 나왔다.

비석거리 당손이 할아버지네 울바자 곁을 지나다가 돌에 걸려 넘어질 뻔했다. 비석 조각이었다. 윤주사 자신도 그 발기인의 한 사람이 되어 있는 비석의 조각이었다. 그러나 그는 지금 그것이 어떤 돌이란 걸 눈여겨볼 경황도 없었다. 그저 입속으로 중얼대었다. 망할 놈의 돌멩이까지 왜 이르케 길가에 굴러 나와 성화람.

김의사의 집 앞에서 발걸음을 멈추었다.

문이 잠겨 있었다. 두들겼다. 옆 유리창에 사람의 그림자가 어른거렸다. 김의사였다. 그러나 문은 열리지 않았다.

"원당, 나요. 웃골 윤풍기요."

저쪽 안방께에서 퉁명스런 목소리가 들려 나왔다.

"오늘은 병원 안 봐요!"

"아니 잠깐 약만 바르믄 될 텐데?"

다시는 아무 대답도 없었다.

이놈, 네놈이 전에 살림 어려운 사람의 병은 봐주지도 않는다는 소문이 있더니. 그래 오늘은 나까지 수모하려 드는구나. 다된 놈의 세상이다, 다된 놈의 세상이야.

순안 쪽으로 다시 걸음을 옮기는 윤주사의 작은 몸이 무슨 열에나 뜬 사람처럼 자꾸만 허청거렸다.

훈은 뒷산 옛 무덤가 양지쪽에 올라가 있었다.

무엇을 자꾸만 생각하고 있었다. 그러나 아무것도 생각하고 있지 않았다. 그저 오해라는 말을 수없이 되뇌고 있었다.

사촌동생 혁이 올라왔다. 한 손에 비석 조각을 들고 있었다.

"글쎄 이런 백당넘의 새끼들이 어디 있쉐까!"

비석 조각 쥔 손을 부르르 떨며,

"글쎄 아부질 데리구 가드니 어떻게 됐는디 모르갔이요. 잠깐 할 말이 있다구 데레가구선…… 면엘 가봤드니 좀 더 도사할 게 있다구 폐양에루 데리구 들어갔대나요."

훈도 그건 심상치 않은 일이라고 생각했다.

"주의두 안 닙으시구 저고리 바람으루 가셨는데…… 아직 뎅뎅 하시다구는 해두 나이가 나이라……."

동저고리 바람으로 데려갔으면 곧 돌려보낼지도 모른다고, 훈 은 약간 안심이 되었다.

"이 길루 폐양꺼지 들어가볼냅네다. 만일 아부지 몸에 무슨 일 이라두 있으믄 내 그 백당넘의 새끼들을 가만두디는 않갔이요. ……그리구 이것 좀 보소. 글쎄 이 비석이 무슨 죄가 있다구 이렇 게 깨부세야 합니까?"

비석 조각 쥔 손을 다시 한 번 부르르 떨며 이를 가는 것이었다.

훈은 이 사촌동생의 흥분한 얼굴을 바라보며 문득 얼마 전 남이 아버지가 낫에 찔려 죽었을 때 일이 생각났다. 그때도 이 사촌동 생은 한껏 흥분한 얼굴이요 몸짓이었다. 이런 사촌동생에게 그때 자기는 어떤 슬픔에 가까운 노여움 같은 걸 느끼면서 하고자 한 말이 있었다. 왜 그렇게 남의 피를 보고 좋아하느냐고.

지금 이 사촌동생의 흥분한 얼굴과 몸짓을 눈앞에 보면서는 훈 이 그때와는 다른 걸 느끼고 있었다. 그것은 지금 이 사촌동생 자 신이 가슴속으로 피를 흘리고 있다는 느낌이었다.

사촌동생이 간 뒤에도 훈은 그 자리에 그대로 앉아 있었다. 앞 에 굴러 있는 비석 조각이 자꾸 눈에 스며들었다. 그러는 그의 몸속 어느 부분에서도 분명히 핏방울이 듣고 있는 것 같음을 느꼈다.

저녁때가 다 되어, 저녁 한술을 끓으러 내려오니 오작녀가 부엌에서 불을 지피고 있었다. 머리도 깨끗이 빗겨져 있었다.

"아니 왜 이러우? 며칠 더 누워 있지 않구."

"괜티않아요."

"그러다 열이라두 되오르면 어쩔려구. 며칠만 더 가만히 안정하우."

"인제 다 나았이요."

저녁상을 물리자, 오작녀가 사분히 훈의 방으로 들어왔다.

"그러지 말구 며칠만 더 안정하우."

"괜티않아요. 인젠 정말 다 나았시요. 그새 넘테없이 누워 있은 것만 해두……."

"그런 걱정은 말구 며칠만 더 누워 있으우."

"아니오. 인젠 정말 일없이요. ……그르구 저 같은 사람은 좀터럼 안 죽는 법이야요. ……그른데 선생님, 아까 낮의 일 용서해달라우요."

"참, 앓는 몸으루 왜 그런 무릴 하우?"

"저두 모르게 그르케 됐이요. 어젯밤부터…… 용서해달라우요."

오작녀는 해쓱해진 양 볼에 볼그스럼히 물을 들이며 다소곳이 고개를 떨구었다.

사실 일견해서 이 유순해 보이기만 하는 여인이 어떻게 그렇게 대담하게 나올 수가 있었을까.

좀 만에 오작녀는 조용히 손을 내밀어 발치에 놓여 있는 보퉁이를 끌어다 훈의 앞에 놓았다. 훈이 없는 새에 미리 거기 가져다두었던 성싶었다.

"그르구 선생님, 이것 도루 간수해두시라우요."

훈이 보퉁이를 내려다보는데,

"오마니께서 끊어두셨든 옷감이야요."

"그거면 이미 내가 오작녀에게 준 물건 아니우?"

그리고 자기가 오늘 여기를 쫓겨나지 않고 그냥 이렇게 남아 있다는 게 도리어 부자연스러운 생각이 들어,

"오늘부터는 이 집두 거기 것이오."

"아니야요, 선생님. 그런 말씀 마시라우요. 이 집은 언제나 선생님의 집이야요."

오작녀의 타는 눈이 확 이리 향해졌다.

훈은 자기가 한 말이 어쩌면 이 여인에게 비꼬임 조로 들렸을지도 모른다는 생각이 들어,

"내 말을 오해 마우. 기실은 벌써부터 이 집을 남편 되는 분만 좋다면 내주려구 했었소."

"아니야요, 선생님. 다시는 그런 말씀 말아달라우요."

갑자기 그네의 눈에 물기가 돌며 무엇을 애원하는 듯한 빛으로 변했다.

"그러나……."

훈은 지금 자기가 하려는 말이 벌써 자기의 본심이 아닌 것만 같은 생각이 들어 입을 다물었다가,

"그 옷감만은 오작녀가 받아두우."

했다.

"이건 오마니께서 선생님의……."

"내 혼숫감으루 끊어두었든 물건이란 말이지요? 그치만 앞으루 내게 이런 것은 소용없을 게요."

물기 머금은 오작녀의 눈이 훈의 얼굴에서 무엇을 찾아내려는 듯이 부어지다가 별안간 무엇에 놀란 사람처럼 흠칫했다.

바람 소리에 섞여 밤뻐꾸기 우는 소리가 들려온 것이었다.

점점 오작녀의 젖은 눈이 무슨 꿈꾸는 듯한 빛으로 변하면서 혼잣말을 중얼거렸다.

"큰애기바윗골 뻐꾸기……."

큰아기바윗골 전설은 훈도 어려서 어른들한테 들어 알고 있었다.

그 옛날 이 가락골 마을에는 큰 부호가 하나 살았다. 대문이 열두 대문이나 되는 큰 집이었다.

그 집에 3대째 내려오는 외아들이 하나 있었다. 이 도련님이 자기 집 여종 하나와 좋아지냈다. 큰아기라 불리는 애였다.

도련님이 서울로 공부를 떠나게 되었다. 큰아기와는 자기 돌아올 때까지 기다리라는 굳은 언약을 하고.

몇 해가 지났다. 도련님이 돌아오지 않았다. 큰아기는 차차 자기의 처지를 생각하게 되었다. 자기와 같은 천한 계집이 어찌 도련님 같은 낭군을 바란단 말인고.

어떤 사람의 아내가 되고 말았다. 그 남편 되는 사람이 여간 부랑자가 아니었다. 공연한 일에도 못살게 굴었다.

큰아기는 밤마다 사람의 눈을 피해 산으로 올라가 빌었다. 그만
자기를 바위가 되게 해달라고.

그러한 어느 여름날 밤, 하늘과 땅이 무너지는 듯한 천둥이 울
면서 거기 꿇어앉은 큰아기를 바위로 변케 해버렸다.

그해 겨울이었다. 서울 갔던 도련님이 돌아왔다. 큰아기의 이야
기를 듣자 곧 산으로 달려갔다. 그러고는 큰아기바위를 붙안고
울었다.

추운 겨울인데도 이상하게 큰아기바위에는 산 사람과 같은 온
기가 서리어 있는 것이었다.

도련님은 며칠이고 큰아기바위를 안고 울다 그 자리에 그냥 숨
지고 말았다.

이듬해 봄, 큰아기바윗가에 전에 없이 붉은 진달래꽃이 피었다.
그리고 어디서 왔는지 뻐꾸기 한 마리가 구슬피 울었다.

훈은 어려서 이 산막골 뒤에 있는 큰아기바윗골로 진달래를 꺾
으러 간 적이 있었다. 몇 길이나 되는 낭떠러지 위에 젊은 여인이
꿇어앉은 듯한 바위. 그때도 어디서 왔는지 뻐꾸기 한 마리가 구
슬피 울어주었다······.

"전 데 뻐꾸기 소리를 들을 적마다······."

오작녀의 젖은 눈에 꿈꾸는 듯한 빛이 더해지며,

"왜 그런디 제가 분에 넘티게 행복한 것만 같애요."

6

비석거리 한옆에 있는 우물가에 좀 전부터 여인이 몇 모여 있
었다.

"참, 오작네 갸가 어렸을 땐 꽤 얌전하댔는데?"

달래의 티사귀°를 골라내며 하는 갑성이 어머니 말에,

"얌전하긴 뭘 얌전해요. 누깔이 소누깔 겉애개지구 미욱한 데
가 있디."

하고 칠성이 어머니가 머리에 똬리를 올려놓은 채 고개를 이리
돌리며,

"글쎄 얼마 전에 앓아 자빠뎄대기에 병문안을 갔다가 놋대접을
하나 좀 빌레달라구 했드니 우둘거리믄서 영 안 빌레주디 않갔이
요?"

그러자 두레박줄을 잡아 올리던 탄실이 어머니도 덩달아,

"그 홰냉년의 엠나이새끼가 글쎄 오늘 아츰엔 또 우리 집에 와
서 부엌 안을 기웃거리디 않갔어?"

했다.

실은 이 탄실이 어머니도 오작녀가 열에 떠 있을 때 병문안을
간 척하고 겹체¹º를 하나 집어왔다가 오늘 아침 오작녀에게 들킨
것이었다.

"요새 애들이 오죽 엉뚱하야디."

갑성이 어머니가 혼잣말처럼 중얼거렸다.

"말할 것 있나요. 글쎄 우린 몇 십 년 가티 살아온 넝감의 얼굴
두 아직 면바루 터다보디 못하는데……."
하며 칠성이어머니가 입을 한번 비쭉거렸다.

탄실이 어머니는 탄실이 어머니대로 콧등에 잔주름을 잡으며,

"난 백 번 죽었다 폐두 그 엠나이터름은 못갔다. 글쎄 본남편
이 있는 년이 그게 무슨 디랄이람, 수많은 사람 앞에서…… 하늘
이 무섭디두 않은 게디…… 하긴 벌써 오래됐대. 둘이 붙은 게."

갑성이 어머니는 달래를 물에 헹구어내며 또 혼잣말 비슷이,

"젊은 남녜가 3년씩이나 한집에 살믄 탈두 나는 법이디."

그러자 탄실이 어머니가 무엇을 생각했는지 한 손으로 자기 입
을 막아가며,

"이번에 앓아누웠든 것두 사실은 딴 병이 아니구 입덧을 몹시
해서 그랬대요."
한다.

"데런!"

갑성이 어머니가 달래 헹구던 손을 멈추고 놀란 눈을 들었다.

신이 나는 듯 탄실이 어머니는,

"그래 오늘 아츰에 왔을 때 유심히 봤드니 정말 몸놀림이 다르
디 않갔이요?"

"아이구 망측해라!"

칠성이 어머니도 이 새로 듣는 소문에 신이 나 머리에 올려놓았
던 똬리까지 내려 쥐며,

"난 또 젠넨 너름에 벌써 그르티 않나 했디. 그 집 우물물이 차

다구 해서 목물을 얹으레 갔는데 말이야, 내가 한차례 얹구 그년을 얹어주는데 가만히 허리띠 새루 보니긴 젖꼭지 빛깔이 다르디 않갔어? 그래 수상하다구 생각한 적이 있었다."

그러나 갑성이 어머니는 아직 모를 일이 있다는 듯이,

"그른데 오작네 남편 되는 작자가 이상하디 않아? 그자가 그르케 순순히 제 네펜넬 남에게 내줄 작자가 아닌데?"

"형님, 거 다 내막이 있이요."

그것이 무엇일까 하고, 갑성이 어머니는 앞니 한 개가 까맣게 죽은 입을 반쯤 벌린 채 탄실이 어머니에게서 눈을 떼지 못했다.

탄실이 어머니는 짐짓 사이를 두어 물동이에 쪽박을 얹고 나서,

"돈으루 우겠디 뭐요. 금붙이니 뭐니 한 아름 앵게줬댑데다. 본래 돈이라믄 사죽을 못쓰는 자가 아니웨까."

그제야 갑성이 어머니도 딴은 그럴 법한 일이라고 고개를 주억거렸다.

칠성이 어머니도 좀 전부터 새로운 소문을 먼저 알고 있는 탄실이 이머니 쪽을 감탄스런 눈으로 바라보고 있다가,

"그래서 그자가 어제오늘 술안주 한다구 우리 집에서 닭을 사가구 야단이었구만. 그런 줄 알았드믄 닭 값을 좀더 받을걸 그랬디."

훈이 낡은 신문을 뒤적이고 있는데 삼득이가 와 뒤꼍에서 누가 찾는다고 했다.

나가보니, 오작녀 남편이었다.

오작녀 남편은 훈을 보자 붉은 입술에 미소를 띠며,

"안녕하십니까?"

하고는,

"바쁘시디 않으믄 우리 술이나 한잔 하레 갑시다."

했다.

훈이 얼른 이 사내의 속뜻을 몰라 머뭇거리는데,

"얼마 전엔 제가 술 한잔 낸다는 게 그만 실례해놔서요, 오늘은 제가 한잔 내갔습네다."

왜 그런지 훈도 오늘 이 사내와 한번 술이 취해보고 싶은 심정이기도 했다.

"선생님, 어데 펜티 않습니까? 안색이 돟디 못한 것 같은데?"

"아니오. 전 언제나 이렇습니다."

"이르케 갑재기 와서 술 먹으레 가쟀다구 기분 나쁘게 생각디 마십시오. 선생님은 어뜨신디 몰라두 난 술동무 없이는 술을 못 먹는 버릇이 있어놔서요."

"전 곧잘 혼자 술을 먹습니다."

"거 대단하신데. 사실은 그게 진짜 술꾼입네다."

오작녀 남편은 흰 이빨을 드러내 보이며 히죽 웃고 나서,

"참, 선생님 요새 소문난 거 들었습네까?"

무슨 소문 말이냐고 훈이 고개를 돌리니,

"내가 네펜네를 돈 받구 팔았다는 소문 말이야요. 홍수가 그럽데다. 동리에 소문이 자자하다구."

훈은 오늘 이 사내가 자기를 찾아온 목적은 다른 데 있지 않고 돈을 청구하러 온 것임에 틀림없다고 생각했다. 불쾌했다. 그러

나 이 사내가 청구하는 돈을 자기는 힘이 자라는 데까지 들어주리라 마음먹었다.

"아니 선생님, 왜 그러십네까? 얼굴빛이……."

"그 이얘기면……."

그런 흥정이면 구태여 산막골까지 갈 필요가 없다고 생각했다.

"물론 선생님두 그런 말 들으믄 기분이 돟디 않을 줄 압네다. 그르나 생각해보믄 그런 소문두 날 만하거든요. 세상에는 제 네펜네 팔아먹는 놈이 없디 않아 있으니까요."

말하는 폼이 웬만한 액수로는 결말이 나지 않을 성싶었다.

오작녀 남편은 잠시 무엇을 생각하는 듯하더니,

"사실인즉 나두 그른 경험이 있쉐다. 회창 광산에서 십당[1]으루 있을 때 일인데, 거기 술당수 하는 색시가 하나 있었어요. 얼굴두 상당히 곱게 생긴 녀자댔쉐다. 쩍하믄 실눈웃음을 띠믄서 눈 빠는 시늉을 하는 버릇이 있었디요. 그게 밉디가 않았이요. 그래 내가 고것하구 한때 죽자 살자 정분이 났드랬쉐다. 선생님, 선생님에겐 이른 니얘기 시시하디요? 선생님은 한창 적에 기맥힌 넌앨(연앨) 많이 해봤을 테니까요. 그르나 좀 들어보십시오."

오작녀 남편의 입에서는 마늘 냄새에 섞여 술 냄새가 풍기었다. 어제 먹은 술기운일까. 혹은 좀 전에 벌써 흥수하고라도 한잔 한 것일까.

"그른데 말이요, 고것한테 남편이 있었거든요. 네펜네 술당수 시키믄서 핀둥핀둥 노는 작자였디요. 이 작자가 우리들 새를 눈치챘단 말이야요. 하루는 일을 끝마치구 나오니까 이 작자가 굴 밖에서 날 기다리구 있디 않았이요? 그래 날 보드니 데리 좀 가자는 거야요. 첫눈에 벌써 우리의 일이 드러난 줄 알았디요. 하긴 나두 언제구 한번은 이런 일이 있으리란 걸 각오하구 있었디만요. 그래 그자의 뒤를 순순히 따라가디 않았갔이요? 그랬드니 어느 으슥한 산모통이루 데리구 가드니, 품에서 싯퍼런 식칼을 꺼내는 거야요. 그러구는 대뜸 내 가슴에다 그걸 들이대믄서, 이 새끼 너 우리 네펜네하구 이렇구 이렇디? 하는 거야요. 바른대루 말했디요. 네 말대루라구…… 선생님, 뭐 내가 그 식칼이 무서워서 그랜 줄 압네까. 천만에요. 그까짓 칼부림쯤 우리들에겐 식은 죽 먹기보담두 더 쉬운 짓이야요. 그저 우리같이 노름판에나 굴러댕기믄서 남을 속에먹디 못하믄 배가 아파 못 견디는 놈이라두 그런 땐 바른 소릴 하는 법이웨다. 당장 목이 달아나두 바른 소릴 하디요. 아시갔습네까?"

오작녀 남편은 힐끗 훈 쪽을 쳐다보고는,

"그랬드니 말야요, 그자가 터무니없는 모양이야요. 그르케 내가 첫마디에 바른대루 말할 줄은 몰랐든 모양이디요. 한참이나 멍하니 서서 날 바라보디 않았이요? 그르드니 칼 든 손을 내리우구 마는 거야요. 나는 그때 생각했디요. 이자가 이제 제 네펜넬 나한테 떠맬길래는가 부다 하구. 그래 떠맬기믄 두말없이 맡을 작덩이었디요. 객줏집으루 돌아와서는 그걸 기다리구 있디 않았갔이요? 녀자가 자기 남편한테 내쫓기는 걸 이젠가 저젠가 하구. 그르나 밤이 깊두룩 아무 소식이 없드군요. 기다리다 못해 내 편에서 찾아나셌디요. 그른데 그 집 가까이까지 거의 다 가서야요. 베

란간 어둠 속에서 앞을 막아서는 사람이 있길래 보니, 남편 되는 자가 아니야요? 그리구 그자의 말이, 자기두 지금 날 찾아오는 길이라구요. 그르믄서 또 그자의 하는 말이, 아무리 자기 네펜넬 족티믄서 토사를 받아봐두 당최 나와 그런 일이 없다구 우기니 어뜨케 된 일이냐는 거야요. 그래 내가 말했디요. 네놈의 매가 무서워 바른말을 못하는 게 아니냐구. 그르나 그자의 말이 그르티가 않다는 거야요. 동와하는 놈이 있으믄 내 아무 말 않을 테니 어서 그놈하구 가 살라구 해두 영 그런 일은 없누라구 하드래요. 도무지 알 수 없는 일이 아니야요? 그르케 나더러 같이 도망가자구 조르든 년이 그럴 수가 있이요? 그래 그길루 그년이 있는 데 가서 삼대면하기루 했디요. ……선생님, 고약한 인간들이디요?"

오작녀 남편은 여기서 붉은 입술 새로 쓴웃음을 한번 흘리고 나서,

"그르나 선생님, 공연히 우물쭈물하는 것보담은 이르케 속시원히 결판을 짓는 게 둏디 않습네까? 그래 둘이 그년한테 갔더니 말이야요, 남편 되는 자의 말대루 그년이 나와는 아무 상관이 없다는 거야요. 내가 속았구나 하는 생각이 들드군요. 그래 그 집을 나오구 말았디요. 그랬드니 남편 되는 자가 따라오디 않갔이요? 그러구는 한다는 소리가, 데년이 암만 자기는 그렇디 않다구 해두 서방질한 것만은 틀림없디 않느냐구요. 그래 자기는 그런 쌍년하구는 살 수 없으니 나더러 맡으라는 거야요. 그르믄서 그 값으루 돈 이만 냥만 내라는 거야요. 그때 나는 광산 투전판 돈을 쓸다시피 한 때라 그맛 돈쯤 수둥에 있긴 했디요. 그르나 될 말이

웨까? 그깟 년은 인제 단돈 서푼 아니라 거저 개지래두 안 개진다구 했디요. 그랬드니 그자가 이번에는 자기 네펜네 배레준 값이라두 내라구 달려들디 않갔이요? 그래 종내 칼부림꺼지 나왔디요. 이게 바루 그때 그자한테 떨리운 자리웨다."

오작녀 남편은 얼마 전 산막골에서 내보인 팔굽 위의 흠자리를 걷어 보이고 나서,

"그른데 말이야요, 얼마 후에 그년이 객줏집으루 날 찾아오디 않았갔이요? 어스름 달밤이었쉐다. 뭘 하러 왔느냐구 했드니 그년의 말이, 내가 멍텅구리라는 거야요. 왜 자기 남편한테 바른말을 했느냐구요. 그런 일을 바른대루 말하는 멍텅구리가 어디 있느냐구요. 그르믄서 앞으루 다시 전터름 남편 몰래 만나자는 거야요. 성이 머리끝까지 올라와 견딜 수가 없두만요. 나두 모르게 귀쌈을 한 대 갈겠디요. 아이구! 하드니, 두 손으루 얼굴을 싸는데 손구락 새루 뭣이 흐르는 게 뵙데다. 어스름 달밤에두 그게 코피가 분명했이요. 그르나 조금두 내가 디나틴 일을 했다는 생각은 들디 않드군요. 다시는 내 앞에 뵈디 말라구 고함을 티구서 돌아서 들어오구 말았디요. ……선생님, 글쎄 이런 년놈이 어디 있쉐까? 남편 되는 자는 그래 제 네펜네 홰냉질하는 걸 알구두 그냥 데리구 살았으믄 그저 잠자쿠 데리구 사는 게구, 그 홰냉년은 또 이왕 제 남편한테 들킨 바엔 내놓구 나하구 살든디, 그르티 않으믄 곱게 본남편하구 살 께디 그게 뭡니까?"

오작녀 남편은 붉은 눈망울을 훈에게로 돌리며,

"여기 비하믄 말이웨다. 오작네는 이백만 냥두 더 나가는 녀자

디요. 그만하믄 인물두 괜티않구요. 안 그렇습네까, 선생님? 그 수많은 사람 앞에서 자기가 먹구 있는 맘을 그터름 털어놓는다는 게 쉬운 일이 아닙네다. 사실을 그날 그때꺼지두 난 오작녤 대례 갈라구 생각하구 있었이요. 그동안의 잘잘못은 다 닞어버리기루 하구. 그래 순안에다 집두 한 칸 새루 장만해놓았댔디요. 그르나 그날 오작네의 말을 듣구 생각을 돌이켔쉐다. 홍수는 오작네만 내가 대레오믄 수가 난다구 합데다. 선생님의 집두 내 것이 된대 나요? 그르나 이래봬두 한때 이름 있든 활량이웨다. 그까짓 집 한 채에 마음이 동할 내가 아니디요. 그랬드니 이번에는 내가 돈을 받구 오작녤 팔았다는 소문이 돌디 않갔이요?"

"혹시 원하신다면 제 힘이 자라는 데꺼지 뭣이든 도와드릴 수 있습니다."

"뭣이든 도와준다?"

오작녀 남편의 눈망울이 갑자기 번뜩이며,

"그게 무슨 말이웨까?"

"오해 마십시오. 전두 숨김없이 하는 말입니다."

"숨김없이 하는 말? 그래 내게 돈을 주갔단 말이오?"

오작녀 남편은 숨결마저 씨근거리며,

"거 어뜨케 하는 말이웨까? 지금꺼지 내가 한 말을 못 알아듣습 네까? 대테 돈이란 뭡네까? 있다가두 없구 없다가두 있는 것, 이 나이꺼지 남터름 풍성하게는 못 살았디만 돈에 코가 께워 살디는 않았쉐다. 궁줄에 들었는가 하믄 또 살길이 열리군 했디요. 이번 에두 퇴전판에서 돈냥이나 쥈쉐다."

호주머니에서 붉은 군표를 한 움큼 쥐어내 보이며,

"제 버릇 개 못 준다구 노름만은 그냥 하디요. 순안서 나더러 민청부위원당인가 뭔가 하래기에 요즘 세상에 그런 이름쯤 걸어두는 것두 손해 볼 일 없을 것 같애 이름만은 걸어두구요. 사실 그편이 이런 즛 하기엔 펜리하거든요. ……하여튼 돈 니얘긴 다시 맙세다. 세상이 어뜨케 됐든 간에 나두 한때 이름 있는 활랭이 댔쉐다. 아시갔쉐까, 선생님?"

훈은 비로소 이 사내가 오늘 자기를 찾아온 뜻을 알 수 있을 것 같았다. 무어 돈을 청구하려는 건 아니다. 그저 이 사내는 지금 이 사내대로 마음의 괴로움이 있는 것이다. 아내를 잃은 남편의 처지인 데다가 또 여편네를 돈에 팔았다는 터무니없는 소문까지 난 것이었다. 그 울적한 마음을 조금이라도 풀기 위해서 이렇게 자기를 찾아온 것임에 틀림없었다. 이런 사내의 심정을 훈은 넉넉히 알 수 있었다.

그렇다면 이 자리에서 다시 한번 자기와 오작녀 사이에는 아직 아무런 관계가 없다는 것, 그러니 자기네의 사이를 오해하지 말라는 말을 할까 하다가 그만두었다. 사내 편에서 도저히 그 말만은 그대로 들어줄 성싶지가 않은 것이었다. 그것도 무리가 아닐 것이었다.

그래 훈은 그저,

"말하기 좋아하는 사람들 저희끼리 지껄이다 싫어지면 그만두겠지요."

해두었다.

"그야 그르티요. 그르나 내 앞에서 다시 그런 쉬작을 하는 놈이 있으믄 당장 그놈의 아가릴 찢어놓구 말갔쉐다."

오작녀 남편은 흥분으로 해 약간 떨리는 손으로 담배를 꺼내어 피워 물더니 훈에게도 한 대 권하는 것이었다.

"전 못 피웁니다."

"참, 담배는 안 피우든가요."

그리고 오작녀 남편은 한동안 말이 없었다.

담뱃불이 꺼진 모양이었다. 오작녀 남편이 걸음을 멈추고 성냥을 다시 그어대고는 무엇을 발견한 듯,

"데새끼는 또 뭣하레 기신기신 따라오노."

보니, 저쪽 소나무 숲 사이로 삼득이가 빈 지게에 갈퀴를 들고 오는 것이었다.

"저번에 선생님과 가티 술 먹으레 갔을 때만 해두, 내가 오줌을 눌라구 집 모퉁이루 돌아가니깐 데새끼가 바루 집 뒤에 쭈크리구 앉아 있디 않갔이요? 아마 우리가 무슨 말을 하는디 듣구 있든 모양이야요. 난 데놈의 새끼가 도무디 비위에 맞디 않아요. 첫때 데새낀 버버린(벙어린)디 사람을 보구두 인사말 한마디 없쉐다레. 얼마전엔 몇 해 만에 첨 만나개지구두 이렇단 인사 한마디 없디 않갔이요? 좀 전만 해두 그래요. 당손이녀석 보구 아무리 선생님을 좀 찾아달래두 영 말을 안 듣기에 마침 디나가는 데새끼보구 부탁을 했디요. 그랬드니 들은 척두 않구 내레가디 않갔이요? 그래 어떨까 했드니, 그래두 찾아주긴 하드군요. 본시부터 데새끼가 무뚝뚝해서 말이 없긴 했디요. 그르나 그것두 덩도 문데가 아

니웨까? 원래 처남 매부 간이란 그렇디가 않은 법인데, 언제 한번 살틀히 디내본 적이 없디요."

훈은 훈대로 지난날 오작녀가 한 말이 생각났다.

삼득이가 훈의 뒤를 밟은 일이 있은 때의 일이었다. 그때 오작녀는 삼득이만은 그런 애가 아니니 앞으로 다시는 그런 짓을 않을 것이라고 했다. 그러나 훈은 그때 혼자 속으로 그 애가 앞으로 점점 더해질 테니 두고 보라는 심사였다. 자기의 생각대로 오늘은 이 삼득이가 당손이를 대신해서 내놓고 자기의 동정을 염탐하는 일까지 맡은 것이 아닌가.

오작녀 남편이 담배 한 모금을 한껏 빨았다 내뿜으며,

"그깟 놈의 새끼 저른 저구 나믄 나디. 내가 언제 데놈의 새끼 덕 닙구 살아온 사람인가. 자, 어서 가서 출출한데 술이나 한잔씩 하구 봅세다. 안주두 다 돼가는가 뵈다. 아까 미리 닭 한 마릴 잡으라구 갖다주구 왔디요."

사실 큰 밤나무 곁 불출이 어머니네 굴뚝에서는 파란 연기가 오르고 있었다.

오작녀 남편은 이제는 술밖에 다른 생각이 없는 듯 앞장서 걷기 시작했다.

이튿날 훈은 머리가 몹시 지끈거렸다. 참말 어제는 지나치게 술을 들이켰던 것 같다. 한번 한껏 취하고 싶은 생각도 있어서, 오작녀 남편이 돌리는 잔을 그대로 받아 마셨던 것이다.

그런데 지금 무엇보다도 훈의 가슴을 내리누르는 것은 어떤 부끄러운 생각이었다.

술기운이 돌수록 앞에 앉았는 오작녀 남편이 자기보다 큰사람으로 보였다. 아무리 자기와 오작녀의 사이를 오해하고 있다 하더라도 이 사내가 취하고 있는 태도는 어딘가 훌륭하게만 생각되었다. 이러한 자기 자신에게 문득 저항하고 싶은 충동이 가슴 한 귀퉁이에서 머리를 들었다. 역시 오해라는 것은 좋지 않다. 이 사내의 오해를 풀어야 한다.

저도 모르게 오작녀 남편에게 지껄여댔다. 오작녀와 나 사이를 오해 마시오. 지금이라두 나 있는 집을 내줄 테니 와서 같이 사시오. 오작녀는 아직 전대루 깨끗한 몸이오.

지껄이면서 훈은 자기 자신의 옹졸됨이 자꾸만 뉘우쳐졌다. 그러나 때는 늦었다.

오작녀 남편의 눈망울에 확 불이 켜지더니, 이건 사람을 어뜨케 보구 하는 쉬작이야? 아직두 고 꼬딱하구 야시꺼운 심보를 못 버렸어? 오작네가 불쌍하다, 오작네가 불쌍해! 하면서 냅다 훈의 뺨을 후려갈기는 것이었다. 눈앞이 아찔하고 코허리가 시큰했다.

오작녀 남편은 그대로 벌떡 일어나 술집 아주머니에게 붉은 군표 얼마를 던져주고는 다시 이쪽을 노려보며, 앞으른 네깟 놈하구 상종 안 하갔다! 하면서 홀 밖으로 나가버리고 마는 것이었다.

코피는 흐르지 않았다. 그저 눈에 눈물이 핑 돎을 느꼈다. 두 손으로 눈을 가렸다. 이상스레 가슴이 후련해지는 심사였다. 그러면서 한편 자기 자신의 옹졸됨이 그지없이 부끄러워지는 것이었다.

그건 술기운이 가신 지금에 와서 더했다. 고 꼬딱하구 야시꺼운 심보를 못 버렸어? 오작네가 불쌍하다, 오작네가 불쌍해! 사실 자기는 오작녀 남편이 회창 광산에선가 경험했다는 그 술집 계집보다 더 얄미운 태도를 오작녀와 오작녀 남편에게 취하고 있는 게 아닐까. 싫으면 싫다, 좋으면 좋다고, 왜 분명한 태도를 취하지 못하는 것일까.

훈은 자기 자신의 이 옹졸됨을 모르는 바 아니었다. 그러나 자기 자신이 그걸 어쩌지 못한다는 것도 잘 알고 있는 것이었다. 절로, 으흠 하고 비명에 가까운 신음 소리가 질러졌다.

인기척이 나더니 미닫이가 열리며,

"어데 펜티 않수?"

하고 혁이 들어섰다.

그제 평양 들어갔다가 지금 나오는 길인 모양이었다.

"머리가 좀 아파서……"

그러나 차라리 일어나 앉는 편이 낫겠다고 이마의 타월을 풀어 내며,

"그래 갔든 일은 어떻게 됐나?"

"틀렸이요."

사촌동생은 적이 초췌해진 얼굴로,

"도에서두 모른다는 거야요. 아무리 이러이러한 분이 이리 들어왔을 테니 알아봐달라구 해두 자기네는 모른다는 거야요. 사흘 동안이나 댕기믄서 물어봐두 통 알 수가 없었이요."

"면에서는 분명히 도루 들어가셨다지?"

"그럼은요. 이자 나오는 길에두 면에 들레서 물어봤드니 틀림없이 도루 들어가셨다는 거야요. 그래 내가 지금껏 도에 들어가 알아보구 나오는 길이라구 해두, 좌우간 자기네는 도루 들어간 것만 알디 그 뒤의 일은 모른다는 거야요."

혁은 잠시 허공에다 눈을 주었다가,

"모르긴 뭘 몰라요. 자기네가 한 노릇인걸…… 암만해두 아부진 어디 먼 데루 끌레가셨을 것만 같애요. 폐양 거리에 벨벨 소문이 다 퍼뎄이요. 어뜬 곳에서는 디주들을 막 산골루 실어다가 부대앝(화전)을 파게 하는 데두 있구, 어뜬 곳에서는 또 그냥 디주들을 대처루 쫓아보낸 데두 있구…… 재산 몰수만 해두 그래요, 어뜬 데서는 단벌옷 하나루 내쫓은 데두 있구, 니부자리 하나씩은 줘서 내보낸 데두 있구…… 그리구 또 몰수한 가구 처분만 해두 각각이야요. 그 자리에서 제비를 뽑아 노놔 가진 데두 있구, 우리 집터름 봉인을 해뒀다가 어디루 실어간 데두 있구…… 하여간 아부진 어데 먼 데루 끌레가셨을 것만 같애요."

훈은 설마 했다. 앞으로 지주들도 원시적인 농토에만 의존시키지 않고 새로운 산업 부문으로 전출시킨다던 신문 사설이 떠올랐다. 이 선전이 그대로 사실은 아니라고 하더라도 늙은이를 산골이나 어디로 보내어 부대밭을 파게 한들 무엇하겠느냐는 생각이 들었다.

"왜 며칠 더 묵으면서 잘 탐문해보지."

"아니야요. 도루 들어가시디 않은 것만은 사실이야요."

혁은 아랫입술을 한번 깨물고 나서,

"결국 돌아오시디 못하는 아부집니다."

"샛골 홍진사넨 어떻게나 됐나, 한번 거기 가서 알아보면 어떤
가?"

샛골 홍진사네라면 평원군과 대동군 접경에 사는 큰 지주였다.
양쪽 군내에 많은 토지를 갖고 있었다. 응당 그도 이번엔 숙청을
당했을 것이었다. 거기 가 알아보면 이번 숙청당한 지주들의 행
방도 짐작이 갈 것이었다.

"그럼 거기나 가서 한번 알아보갔쉐다…… 날이 구물구물한 게
어디 비가 올래나."

혁이 일어서다가 언뜻 무엇이 생각난 듯이,

"참, 형님, 신문 봤습네까?"

하며 주머니를 뒤적이기 시작했다.

얼마 전까지 훈은 평양이나 순안 드나드는 사람들에게 부탁하
여 신문을 보아왔다. 그게 요즈음 들어서는 통 새 신문을 구경 못
하던 터라, 무슨 기사일까 하고 사촌동생을 쳐다보고 있으려니까
혁이,

"내 한 당 사 넣었댔는데 없어뎄네. 이제 로동신문에 형님의 기
사가 났습데다."

"내 기사라니?"

"진보적인 인테리 디주가 소작인의 딸과 결혼했다구요."

훈은 관자놀이께가 화끈거림을 느꼈다.

그제 아침 홍수가 와서 자기 사진 한 장을 달라던 일이 생각났
다. 없다고 하니까, 해로운 일이 아니니 꼭 한 장만 달라는 것이

었다.

실상 훈은 가진 사진이 없었다. 본래 사진 찍기를 좋아하지 않은 편이기도 했지만, 이래저래 찍은 사진들도 잘 간수하지를 못해 언제 어디서 없어졌는지도 모르게 다 없어져버리고 만 것이었다.

그래도 홍수는 단체 사진도 좋으니 한 장만 찾아보라고 졸랐다. 하는 수 없어서 지금 수중에 남아 있는 것이라고는 돌 사진 하나밖에 없다고 했더니, 좋지 않은 낯으로 돌아갔다.

그러니 신문 기사에 사진만은 안 붙였을 것이었다. 그러나 사진이 붙고 안 붙고가 문제 아니었다. 그런 기사가 났다는 것만으로도 훈은 얼굴이 달아올랐다.

훈의 입에서는 새로이, 으흠 하고 비명에 가까운 신음 소리가 새어 나왔다.

제2차 지주의 숙청이 있었다.

윗골 윤주사네 집을 사가지고 나왔던 사람이 대상에 들었다. 폐를 앓는 아들이 있어서 공기 좋은 곳을 찾아 나왔던 사람이었다. 양계를 하는 한편, 염소도 몇 마리 기르고 있었다. 토지는 얼마 되지 않았으나 유한 지주라는 것이 숙청 조목이 되었다.

뒷마을 명구 아버지네도 대상에 들었다. 제1차 숙청 때는 아들 명구가 아무리 반동 행위를 했더라도 아들은 아들이요 아버지는 아버지라는 원칙 아래 자작농한 토지는 제외하고 소작 주었던 토지만이 몰수 대상에 들었다. 그것이 이번에는 그 자작농한 토지도 머슴을 두고 한 것이라 하여 몰수 대상에 든 것이었다. 사람들은 이 명구 아버지네가 이번에 숙청된 것은, 역시 그 아들 명구가 지난번 농민위원장이었던 남이 아버지를 죽인 앙갚음이라고들 했다.

분디나뭇집 할머니도 이번 대상에 들었다. 칠순이 넘은 오늘날까지 과부로 늙어오면서 삯일과 무명낳이로 한 닢 두 닢 모아서는 사들였던 땅뙈기였다.

일제 말기에 한창 공출이 심할 때에도 사람을 시켜 농사를 지어 가지고는 손수 구들 골을 뜯고 벼를 감춘다, 베개 속에 쌀되를 감춘다 하여, 곧잘 주재소에 불려 다니던 늙은이였다.

가마니와 새끼 공출 시기에는 또, 그 일은 하지 않고 물레질만 하다가 주재소 주임에게 들켜 등에다 물레를 지고 온 동네를 돌곤 한 일이 한두 번이 아니었다.

이 분디나뭇집 할머니가 제2차 지주 숙청이 있은 다음 날 아침 자기 집에서 송장이 되어 발견됐다. 목을 맨 것이었다.

동네 사람들이 모여 선 자리에서 당손이 할아버지가 혼잣말처럼 말했다.

"잘 죽었디, 잘 죽었어. 더 산다는 게 욕이디, 욕이야."

거기 도섭영감이 있다가,

"아즈반 말 조심하우."

당손이 할아버지의 흰 수염이 도섭영감에게로 향해지며,

"이 사람, 내가 언제 못할 말을 했나?"

"글쎄 아즈반은 잠자쿠나 있으소고레. 분디나뭇집 아즈마니가 죽은 게 제정신으루 죽은 줄 압네까? 노망해서 그런 거야요, 노망

해서."

"그래 하룻밤 새에 그르케 노망한 게 뭐 때문인가?"

"아즈반 잘 들으소. 그 아즈마니가 이번에 숙청당한 건 한편 생각하믄 가엾기야 하디요. 그르나 말이웨다, 큰일을 하는데 어뜨케 일일이 적은 일을 생각합네까? 여게 수리조합이 생길 때만두 그르티 않았소? 간선이나 지선으루 들어간 땅 님자들이 얼마나 반대했소? 그르나 지금 와서 생각하믄 그까짓 간선이나 지선으루 들어간 땅쯤 뭐요? 적은 땅을 희생해서라두 많은 땅을 살리믄 그만 아니오? 아마 이제 와서 그것 때문에 수리조합 된 걸 반대하는 사람은 하나두 없을 거요. 분디나뭇집 아즈마니만 해두 그르티요. 큰 사업을 위해선 별수 없는 거야요."

"자네 그동안 유식한 말 많이 배왔네게레. 말은 그를듯하웨마는, 말만 그를듯하다구 되는 게 아니야. 수리조합만 해두 그르티. 그게 돼개지구 정말루 잘됐기 말이디 그르티 못했대믄 누가 그걸 동다구 하갔나? 그르구 말이야, 수리조합 말이 났으니 말이디 수리조합이 될 때는 누구에게 억울한 즛은 안 했다네."

"그럼 아즈반은 이번 토디개혁이 앞으루 잘 안 된다구 생각한단 말이요?"

"난 모르갔네. 두구 봐야 알디. 그저 눈앞에 뵈는 거룬 너무 디나티데."

"모르갔으믄 그저 잠자쿠 있기나 하소고레. 쓸데없는 소린 말구."

"누가 어데 말하구 싶어서 하나? 자네가 그르니 그르디."

"일언이폐지하구 아즈바니가 디난 세월에 디주한테 덕 본 게 뭐요?"

"허, 이 사람이! 나보다는 자네가 더 많이 덕을 봤을걸."

"뭐 어쨌이요? 이 뒤상(영감쟁이)이 오늘 왜 이러는 거야?"

"차차 말 잘하네."

"내 다 알구 있어!"

도섭영감은 들고 있던 담뱃대로 삿대질을 하며,

"벌써부터 뒤상의 속을 다 알구 있어! 반농 디주들과 한속이 돼가지구! 공연히 그르다 소용없디, 소용없어!"

"허, 이사람이! 이거야 어데 사람이 사람 무서워 살 수 있나? 그래 내 속을 다 안다니 어뜨카갔단 말인가? 어데 자네 맘대루 해보게. 난 이미 다 산 사람일세. 더 오래 살아 낙을 보구두 싶디 않네. 자네나 아직 나이두 있으니 오래 살아서 낙을 누리게."

"에익!"

도섭영감이 휙 돌아서고 말았다.

"늙은 뒤상이란 할 수 없다, 할 수 없어. 세상 어뜨케 돌아가는 줄두 모르구. 그르다 이제 큰코에 걸레봐야 알디, 걸레봐야 알아."

도섭영감은 자기 집 쪽을 향해 올라가며 몇 번이고 헛가래를 돋우어냈다. 그러다가 문득 자기 눈앞에 무슨 안개 같은 것이 껴 있음을 느꼈다.

날씨가 흐려 그런가 싶어 하늘을 쳐다보았다. 그러나 뽀오얀 하늘 아래 다시 안개 같은 것이 끼어 보이는 것이었다. 눈을 한번 꽉 감았다 떴다. 그래도 눈앞의 안개는 사라지지 않았다. 손등으로 눈을 비볐다. 그래도 그 앞을 가리는 안개는 사라지지 않는 것이었다. 이게 분명 나이 탓이로구나. 이렇게 자기도 늙었구나.

언뜻 분디나뭇집 할머니는 정말 잘 죽었는지도 모른다는 생각이 들었다. 그러나 다음 순간 그는, 내가 이래서는 안 되겠다, 내가 이래서는 안 되겠다, 무슨 일이 있어도 이 고비만은 무사히 넘겨야 한다고, 저도 모르게 주먹을 그러쥐는 것이었다. 그러는 그의 네모진 턱이 가늘게 떨리었다.

비도 오지 않고 뽀오얗게 운애[12]가 끼었던 하늘이 벗겨졌다. 이렇게 해서 하늘도, 얼었던 땅이 풀리듯이 한 걸음 한 걸음 봄으로 옮겨지는 것이다.

훈이 뒷산 옛 무덤가에 앉아 앞에 돋아난 할미꽃 싹을 내려다보고 있는데 사촌동생이 올라왔다.

"형님, 암만해두 아부진 일을 봤어요. 더 수소문해볼 필요두 없이요. 산골루 끌레가셨든가 죽임을 당하셨든가 한 게 분명해요. 그렇디 않구야 여태 아무 소식두 없을 리 있어요? 지금 생각하니 첫때 우리가 어리석었어요. 토디개혁 날꺼지 행여나 하구 남아 있는 게 미련했어요. 글쎄 샛골 홍진사네는 토디개혁이 있기 전에 벌써 폐양으루 다 피해 들어갔대디 않아요? 그게 잘했다구 봐요. 글쎄 요행 우리가 1차 숙청 때 무사했다믄 뭐 하갔이요? 벌써 2차 숙청이 있디 않았이요? 처음에는 그자들이 토디개혁이란 걸 시작해놓구두 민심이 소란해딜까 봐 한날한시에 하디 않구 좀 어수룩한 고당부터 차차 해오믄서 웬만한 디주는 냉게뒀댔디요. 그러나 앞으루 3차 4차 털더한 숙청이 있을 거야요. 그러누래믄 말이야요. 나두 지금은 디주의 아들이디만 공과를 하는 학생이라구 해서 크게 봐주는 것 같디만, 언제 어떻게 귀신두 모르게 어데루 끌레가서 까마귀밥이 될는디 몰라요. 형님두 반드시 무슨 구실에 걸레서 쫓게나구야 말 거구요. 뭐니 뭐니 해두 그자들이 따지는 건 성분이니까요. 디주의 아들이라믄 눈엣가시루 너기거든요. 너나없이 언제 어떻게 될는디 모르는 거야요. 그래 난 생각다 못해 여겔 떠나기루 작덩했이요."

형님의 생각은 어떠냐는 듯이 훈의 얼굴을 한번 살피고 나서,

"사실은 디난번에 폐양 들어갔을 때 같은 학교 건툭과에 댕기는 친구를 찾아갔든 일이 있이요. 본시 공부를 많이 하는 친군데, 그 친구의 말이 놈들이 이렇게 삼팔선을 무슨 국경선이나터름 굳헤놓으니 가만히 앉아서 통일을 바랄 수는 없다구요. 그리구 그들의 조직테란 워낙 강해놔서 그대루 내버레둬선 어느 하세월에 무너디느냐구요. 결국 외부에서 깨트리는 수밖에 없다구요. 그래 자기는 서울에 학교두 있구 해서 이남으루 갈래는데 나두 가티 가디 않갔느냐구요. 그러나 그때 내 생각으룬 암만해두 아부지의 행방이나 알구 나서 봐야갔기에 좀 생각해보자구 해뒀댔디요. 하디만 지금 와보니 아부진 아무래두 일을 보신 것만 같구, 이대루 어물어물하다가 삼팔선이 아주 탁 맥히는 날엔 옴짝달싹 못할 것 같구…… 그래 이참에 나두 떠나기루 결심했이요."

훈도 물론 벌써부터 삼팔선이 점점 굳어져가고 있다는 걸 모르

는 바 아니었다. 그게 토지개혁으로 해서 더해졌다는 것도 알고 있었다. 훈이 토지개혁이 있기 전날 당손이 할아버지한테서 이 동네에도 토지개혁이 된다는 말을 듣고, 이미 예기하고 있던 사실인데도 가슴 한가운데가 두 쪽으로 갈라지는 듯한, 그리고 자기를 둘러싸고 있는 공간이 크게 두 갈래로 갈라지는 듯함을 느낀 것도 이 때문인 것이었다.

"그런데 그 친구가 떠난다는 게 바루 오늘 밤이야요. 오늘 밤 9시 배루 떠난대요. 민경대 베랑 밑 곤이섬 나루에서 몇몇 동지가 돼서 떠난다구요. 그런데 말이야요, 어머니를 여게다 그냥 두구 갈 수는 없구, 아무래두 외삼춘 댁까지 모세다 두구 와야겠는데, 그럴래믄 오늘 밤 9시꺼지 약속한 당소에 가닿을 수가 없겠이요. 어제쯤 어머니를 모세다 두구 왔으믄 돌왔을걸 하루라두 더 아부지의 소식을 알아보누라구요. 그렇다구 이제 어머닐 혼자 보낼 수두 없구요. 어머닌 그날 놀낸 후루 어즈름증이 심해놔서요. 그리구 내가 어데루 간다는 걸 외삼춘한테만은 알레야 하겠구요. 어떻게 하믄 돌을디 모르겠이요. 이 기회에 그 친구들과 가티 떠나는 게 뱃길두 터놓구 해서 여간 편리하디가 않은데…… 아마 우린 모르구 있었디만 명구와 불출이두 이 비슷한 길을 터가지구 이남으루 넘어갔을 거야요. ……근데 형님에게 부탁이 좀 있어서요."

부탁이라니 무슨 부탁 말이냐고 훈이 눈을 주니,

"수고스러우신 대루 형님이 한번 이 길루 폐양 들어가세서 그 친구와 만나주실 수 없습니까? 그 친구를 만나서 하루쯤 배를 연

174

기해줄 수 없갔느냐구 좀. 그래두 도무디 연기할 수 없다믄 뱃길 구하는 법이나 좀 똑똑히 물어봐가지구 오시구."

"그럭하지. 내 이 길루 폐양 들어갔다 오지."

"그럼 여게 낙도가 있습니다."

혁은 미리 그려가지고 왔던 듯 주머니에서 종잇조각 하나를 꺼내가지고,

"아주 찾기 쉽습니다. 하긴 형님은 외성 살았기 때문에 모래터의 디리를 잘 모를디 모르디만, 서폐양 역에서 내레서 이렇게 경창문통으루 들어가시누래믄 이쯤 왼펜 짝에 선만고무공당이 있이요. 이 선만고무공당을 왼펜에 끼구 들어가누래믄 여기 오른펜에 골목이 하나 나세는데 이 골목은 말구, 그다음 이 골목으루 들어가다 이 막다른 집이 그 집이야요. 이름은 김시걸이구요."

훈이 약도 종잇조각을 받아 쥐었다.

"그럼 난 이 길루 어머닐 모세다 드리구 오갔습니다."

혁이 그동안 알아보게 초췌해진 얼굴에 핏기를 떠올리며 일어섰다.

"그리구 형님, 형님두 이참에 가티 떠나두룩 합시다."

훈도 같이 따라 일어서며, 실은 자기도 이곳을 떠나는 것이 다른 것은 그만두고라도 오작녀와의 관계를 청산하는 길이 되지 않을까 생각해보는 것이었다.

7

11시 차에 미치었다.

차 안은 엔간히 붐비었다. 훈은 해방 후 세 번 평양을 들어가본
일이 있었다. 첫번은 해방된 지 한 보름 뒤, 다음은 그로부터 한
스무날 뒤, 그다음은 또 한 보름 뒤. 그때마다 차는 붐빌 대로 붐
비었다. 안에는 끼어 설 자리도 없어서 지붕과 기관차 코빼기에
까지 올라타 있었다.

오늘은 그때만큼 붐비지는 않았다. 그리고 차 안에 탄 사람들도
그때와는 다른 것이었다. 그때는 대부분이 만주 같은 타국에서
고향으로 돌아오는 사람들이었다. 그러고는 시골에서 해방된 평
양 구경을 하러 들어가는 사람들이었다. 이 오랜 타국살이에서
고향으로 돌아오는 사람들이나, 시골서 해방된 평양을 구경하러
들어가는 사람들이나 한결같이 흥분된 얼굴이요, 감격에 넘친 몸
짓들이었다. 훈도 그때 이러한 사람 중의 한 사람이었다.

오늘 차 안의 사람들은 대개가 장삿속으로 평양 들어가는 사람
들 같았다. 해방되기 전 이삼 년 동안의 차 안의 사람들이 이랬
다. 무엇을 궁리하는 듯한 얼굴들. 그리고 차 안이 붐비기도 꼭
이만 정도였다.

훈은 한구석에 끼어 선 채 창밖에 눈을 주고 있었다. 손등이 따
뜻했다. 유리알 하나 남지 않은 차창으로 부어 들어오는 햇살이
사람들의 틈새로 쬐어드는 것이었다. 햇살은 차체의 움직임에 따

라, 혹은 바깥 산그늘로 인해 걷히어졌다가는 되비치어들곤 했다. 때로는 훈이 있는 데서 저만큼 떨어진 곳에 비치어 부어지기도 했다. 앞사람의 등에 멈추어지기도 했다. 그럴 때는 손을 내밀어 쬐었다.

그러는 훈의 머릿속에 한 광경이 떠올랐다.

세번째엔가 평양 들어가는 차 안에서였다. 훈이 가까스로 사람들 틈에 끼어 서 있는 바로 몇 걸음 앞 의자에 파파노인 부부가 타고 있었다. 둘이 다 아흔이 몇 살씩 지났다는 늙은이들이었다. 얼핏 뒷모양으로는 어느 편이 영감이고 어느 편이 노파인 것조차 구별할 수 없을 만큼 양쪽이 다 머리를 바특이 깎고 있었다. 한 편이 염소 수염 같은 긴 수염이 있어 그것으로 구별될 따름이었다.

이 파파노인 부부가 승강이를 시작했다. 어린애와 같은 승강이였다. 증손녀라는 여인이 나누어준 밀떡을 가지고 서로 자기의 떡이 상대편 것보다는 작다는 것이었다. 떡을 바꾸었다. 그러고 나서도 다시 상대편 것이 크다고 트집들이었다. 다시 바꾸었다.

얼마큼 먹다가 이번에는 상대편 떡에 묻은 팥고물이 자기 것보다 맛있어 보인다고 또 야단이었다. 서로 상대편의 팥고물을 뜯어다 먹었다. 영락없는 어린애들의 장난이었다. 사람이 늙으면 도로 어린애가 된다는 말 그대로.

증손녀 되는 여인은 늘 겪어오는 일인 듯 조용히 창밖만 내다보고 있었다. 주위의 사람들만이 재미난 구경거리가 생겼다고 바라보고 있었다. 그러나 파파노인 부부는 또 이러한 주위에는 전혀 아랑곳하지도 않고 자기네의 세계에서만 움직이는 것이었다.

영감이 오줌이 마렵다고 했다. 증손녀가 어린애 달래듯 잠깐만 참으라고 했다. 다음에 차가 멎으면 창구멍으로 부축해 내려 소변을 보게 할 참인 것이었다. 사실 발도 옮겨놓을 틈이 없는 차 안에서 변소까지 헤어가기란 여간 힘들지가 않을 것이었다. 그리고 이제 조금만 가면 서포역이 되는 것이었다.

그러나 영감은 듣지 않았다. 자꾸 오줌이 마렵다고 떼를 쓰는 것이었다. 할 수 없는 듯이 증손녀가 자리에서 일어났다. 이 삼십 쯤 돼 뵈는 여인이 오히려 철없는 어린애에게 졸리는 어머니 격이 되어 있는 것이었다.

이 젊은 여인이 노인을 옆에 껴안다시피 해가지고 간신히 변소 있는 데까지 갔을 때였다. 뒤에 남아 있던 노파가 이상한 소리를 질렀다. 그 목소리가 또 어린애에 가까운 또랑또랑한 목소리였다. 자기도 따라가겠다는 것이었다. 어느새 눈에 눈물까지 어리어가지고.

그러자 저쪽 영감 편에서도 이리 오라고 자꾸 손짓을 하는 것이었다. 사람들이 노파를 다음다음 안아 넘겨서 영감이 있는 데까지 보내주었다. 노파의 몸도 어린애같이 가벼워 보였다.

노파 편에서는 대소변이 마려워서 그런 것은 아니었다. 영감이 변소에 들어가 있는 동안 거기 변소 문 밖에서 안을 기웃거리고 서 있는 것뿐이었다. 혹시나 자기 못 보는 사이에 상대편이 어디로 가버리지나 않을까 걱정하는 빛으로.

사람들의 말이 파파노인 부부가 정주역에서 오를 때도 그랬다는 것이다. 자리 관계로 몇 자리 떨어져 앉게 되자 서로 이리 오라고 손짓을 하고 법석을 피워 곁에 앉았던 사람들이 자리를 내주어 한자리에 앉게 해주었다는 것이다.

만주에 가 살다 나오는 길에 정주 사는 어떤 친척네 집에서 며칠을 묵고 지금 사리원 있는 맏증손자네 집으로 가는 길이라고 했다.

주위의 사람들은 이 파파노인 양주는 아무래도 한날한시에 죽어 한곳에 가 묻혀야지 그렇지 않고 어느 한편이 먼저 간다든지 하면 큰일일 거라고들 했다.

변소에서 돌아온 파파노인 부부는 잠시 잠잠하더니 다시 다툼질을 시작했다. 이번에는 서로 햇볕이 비치는 자리에 앉겠노라고 승강이를 하는 것이었다. 이미 아침저녁 선기 바람이 난 때였다.

증손녀가 번갈아 앉도록 했다. 자기 차례가 되면 손을 모으고 구김살 없이 비치어 들어오는 첫가을 햇빛 속에 눈을 감는 것이었다. 그러는 얼굴에는 어린애들만이 가질 수 있는 티 없는 즐거운 빛이 어리곤 했다.

훈은 이 그림 속에서나 보는 것 같은 아름답고 신기한 광경을 머릿속에 떠올리며 그들 파파노인 부부가 그동안 세상을 떠났다고 하더라도 어느 양지바른 곳에 같이 묻히어, 오늘 같은 날도 고스란히 햇볕을 즐기고 있을 것만 같았다.

훈은 자기도 마침 차창으로 들이부어지는 햇살 속에 눈을 감아보는 것이었다. 그러나 암만해도 자기는 그 파파노인 부부처럼 햇볕을 즐길 수 없는 것이었다.

평양이 가까워질수록 어떤 생각이 자꾸 그의 마음을 헝클어놓

는 것이었다. 이 기회에 사촌동생과 같이 떠나버리고 마나 어쩌
나? 그것을 결정지어야 이제 자기가 찾아가는 사람을 만났을 때
자기의 자리까지 부탁할 수 있지 않은가.

서평양역에 닿았다. 본평양까지 가는 기차건만 전부 여기서 내
리는 성싶었다. 차 밖으로 흩어진 사람의 수가 차 안에서보다 더
많아 보였다.

우선 돌아갈 차 시간부터 알아두었다. 4시 50분 차가 있었다.

경창문통으로 들어가는 길에는 차에서 내린 사람이 몇 가고 있
을 뿐, 왕래하는 사람도 드물어 넓은 한길이 그저 한산했다. 해방
직후의 모습은 전혀 없었다. 흥분이 가라앉은 본연의 자세로 돌
아간 듯싶었다.

오른쪽으로 기차 굴다리가 내다뵈는 곳까지 왔다. 거기 자전거
수선소가 하나 보여 그리 가 고무공장 있는 데를 묻기로 했다.

주인인 듯한 사내가 무릎에 튜브를 올려놓고 페이퍼질을 하면
서 곁의 사내와 이야기를 하고 있었다.

"오늘 벌써 두 차례나 나가눈."

"자꾸 뒈디는 모양이디?"

"홍역 바람에 어린것들이 결딴나는 모양이야. 어제는 내 눈으
루 본 것만 해두 다섯 개나 돼."

"원체 왜놈들의 창자가 약하대두만. 어른들두 니질에 걸리기만
하믄 관을 짜놓는다믄서?"

"그래두 그동안 호강들 하구 살다가 먹을 것두 벤벤히 못 먹고
닙을 것두 벤벤히 못 닙은 데다 아직 추운 다다미방에서 홍역이

돌아났으니 별수 있나."

서장대 공동묘지로 가는 것이리라. 가마니에 싼 것을 등에 진 사내 하나가 굴다리 쪽으로 걸어가는 모양이 보였다. 누덕누덕 기운 당꼬바지 저고리에 통발이를 신고 있었다.

"아마 제 아이를 지구 가는 게디?"

"그럼."

"그런데두 조금두 그런 태가 없거든."

"아마 사람이란 극도에 달하믄 아무것두 모르게 되는 모양이야. 처음에는 그래두 귤 곽이나 석유 상자 같은 것두 씨워개지구 나오드니 이제는 데르케 헌 가마니에다 그저 뚤뚤 말아개지구 나오거든. 것두 또 첨에는 가제다 파묻드니 요새 와서는 마구 공동묘디에다 갖다 팡가틴대. 그래서 말이야, 개새끼들이 어린애 창자를 물구 댕기구 야단이래."

듣던 사내가 얼굴을 찡그리며,

"금년엔 개고길 먹디 말아야갔군."

튜브에 페이퍼질을 하던 주인사내가 훈에게 고개를 돌렸다. 뭣하는 사람이 좀 전부터 와 서 있나 하는 얼굴이었다.

그제야 훈도 너무 오래 거기 서 있는 걸 깨달으며,

"저 말씀 좀 묻겠습니다. 여기……."

갑자기 고무공장 이름이 생각나지 않아,

"여기 어디…… 고무공장이 있지요?"

하니,

"선만고무공당이믄 바루 데건데요."

페이퍼 든 손으로 몇 집 앞을 가리켰다.

조금만 더 걸어갔으면 되는 걸 공연히 길을 물으려다 좋지 않은 걸 보았다는 생각이었다. 지금 자기 어린것의 시체를 지고 가는 일본인 사내는 슬픔마저 잊은 듯한 걸음걸이였다. 눈앞의 슬픔을 슬픔으로 알지 못할 만큼 더 큰 쓰라림이 이 사내를 짓누르고 있는 것만 같았다.

사내는 이제 자기가 져다 버리는 어린 것이 당장 개에게 물려 찢기는 모양을 볼는지도 모른다. 그것을 사내는 무심히 바라볼 것만 같았다. 꼭 그럴 것만 같았다. 훈은 등골이 오싹했다.

해방 후 두번째인가 평양 들어왔을 때였다. 거지가 다 된 일본인 하나가 고깃간 주인에게 날기름 한 조각을 조르는 것이었다. 아쉽지 않게 먹어오던 고깃기름을 얼마간 먹지 못해 자꾸만 속에서 그걸 요구하는 모양이었다. 그때 훈은 가엾다는 느낌보다도 너희들도 좀 혼이 나봐야 아느니라 하는 생각이 앞섰다.

그것이 오늘의 일본인은 달랐다. 그 정상이 가슴을 찌르는 것이었다. 훈이 선만고무공장 이름을 깜빡 잊어버린 것도 이 때문인지 몰랐다.

선만고무공장을 왼편에 끼고 길이 나 있었다. 틀림없이 사촌동생이 가르쳐준 그 길이었다. 그렇건만 훈은 약도를 꺼내 들었다. 그렇게 함으로써 좀 전의 일본인의 생각을 물리치기라도 하려는 듯이.

웬일인지 집집마다 문패가 하나도 붙어 있지 않았다. 그런데도 대번에 그 집을 찾아낼 수 있었다. 대문을 밀었다. 안으로 걸려 있었다. 대문 위로 눈을 주니, 가시철망이 둘러져 있었다.

훈은 이리로 오는 길에서도 집집마다 담장 위에는 이와 같은 가시철망을 두르고, 집 사이 담장에는 석유통 같은 것을 달아놓은 걸 본 것이었다. 이것이 시골까지 소문이 퍼진 해방군(소련군)의 행패를 막기 위해 만든 장치란 것인가. 가련한 방어책이 아닐 수 없었다.

그래 대낮에도 이렇게 대문을 걸고 있어야 한다는 것. 훈은 해방 직후의 흥분이 가라앉은 듯한 이 거리가 그대로 평안하지만도 않은 것을 느꼈다.

대문을 흔들었다. 빈집같이 조용했다. 안으로 문이 잠긴 걸 보아 누가 있기는 있을 텐데? 좀 더 세게 흔들었다.

그제야 인기척이 나면서 대문 틈으로 흰 옷자락이 희끗거렸다. 흰 옷자락은 그냥 대문께로 나오는 것이 아니었다. 저만큼 대문과 빗서서 이쪽을 살피는 것이었다.

"이 댁이 김시걸씨 댁이지요?"

저편에서는 그 자리에 선 채,

"예, 어데서 왔습네까?"

조심스런 사내의 목소리였다.

"잠깐 만나볼 일이 있어서 왔는데요."

"지금 집에 없습네다. 촌에 갔습네다. 자기 외갓집에······."

훈은 청년이 벌써 서울로 떠났구나 하는 생각이 들었다.

떠났으면 떠난 대로 분명한 말을 듣고 가리라 했다. 그러려면 먼저 자기가 누구라는 것을 알려 상대방의 경계심을 풀어줘야겠다고 생각했다.

"저, 순안에서 온 사람인데요."

훈은 자기 동네 이름보다는 순안이라는 게 상대방이 알기 쉬울 것 같아 이렇게 말했다.

그러자 저편에서도 마음이 짚이는 데가 있는 듯이,

"순안? 순안 어디서요?"

했다.

"순안 박혁이한테서 왔습니다."

조용히 흰 옷자락이 대문으로 가까이 왔다. 그리고 조용히 빗장을 뽑았다. 꺼먼 구레나룻을 기른 중년사내였다. 직감으로 김시걸 청년의 아버지라는 걸 알 수 있었다.

사내는 훈의 얼굴을 한번 더듬어보고는 훈 옆으로 골목 밖을 살피는 것이었다.

"실은 부탁을 받구 왔는데요……."

"그 박군과 어뜨케 되시나요?"

"사춘끼립니다. 제 사춘동생과 댁의 자제가 오늘 밤 약속한 일 때문에 왔습니다만……."

사내도 이제는 훈이 누구라는 걸 알아차린 모양이었다. 반쯤 열어 잡은 대문 한옆으로 비켜섰다. 들어오라는 표시였다. 훈의 뒤에서 사내가 다시 조용히 대문을 잠갔다.

"그래 벌써 떠났군요?"

"아니오. 아직 안 떠났습네다."

그리고 사내는 아주 나직한 말로,

"지금 제 이모네 집에 가 있습네다."

"네에."

"그 애가 박군이 오는 대루 자기한테루 보내달라구 그르드군요. 바루 장댓재 뒤인데……."

훈이 들고 있던 약도 그린 종잇조각을 내주었다. 그 뒤쪽에다 다시 그 집의 약도를 좀 그려달라고.

사내가 방으로 들어가 연필을 들고 나왔다. 그러고는 이리 와 좀 앉으라고 툇마루를 가리켰다.

"숭인통 쪽으루 가믄 더 찾기 쉽습네다만, 던차를 타구 가실래믄 신창리에서 내레서 넷날 광명서관 자리 옆으루 해서 올라가세야디요."

장댓재 고개를 넘어 숭인통 쪽으로 얼마큼 가야 하는 곳이었다. 그려주는 약도면 넉넉히 찾을 만했다.

칠성문통으로 올라가 모란봉 입구에서 전차를 탔다.

사창장 마당 앞을 지나는데, 복작거리는 사람의 떼가 확 눈에 들어왔다. 거리의 사람들이 모두 이리로 모인 성싶었다. 어떤 여인이 자기 물건을 팔아달라고 외국 군인의 배를 꾹꾹 찌르며 무어라 주절대는 모양도 보였다.

신창리에서 전차를 내렸다.

장댓재 고갯길은 상당히 높고 가팔랐다. 오른편 쪽은 장댓재 예배당 담장이 마루터기까지 이어졌고, 왼편 쪽은 인가가 숭덕학교 축담까지 늘어섰다.

훈은 그 인가가 다한 데까지 와서는 걸음을 멈추고 숨을 돌렸다. 이마의 땀을 문지르며 지금 올라온 길을 돌아다보았다. 꽤 높이 올라와 있었다.

저만큼 어떤 사내 하나가 훈의 뒤로 올라오다가 훈만큼도 못 올라와서 숨을 돌리고 있는 것이 보였다.

고개 막바지에 올라와서 다시 숨을 돌리고 보니, 거기 길이 세 갈래로 갈라져 있는 것이었다. 올라온 길과 거의 맞서서 숭인통 쪽으로 내려간 길이 하나, 그리고 좌우로 에돌아서 내려간 길이 각각 하나씩.

약도에는 그것이 분명히 그려져 있지 않았다. 그래 우선 마주 뵈는 길을 잡아 내려가기로 했다. 왼편으로 골목이 나섰다. 들어섰다. 그러나 푸른 뻥끼¹³ 칠한 일각대문은 뵈지 않았다. 다음 골목으로 들어가보았다. 역시 그런 집은 뵈지 않았다. 자기가 잡아 내려온 길이 틀렸음이 분명했다. 다시 올라가 다른 길을 더듬어 보는 수밖에 없었다.

도로 올라가는 길에 미심결로 왼편 쪽 골목으로 들어가보았다. 거기에 빛 낡은 뻥끼칠을 한 일각대문이 하나 보였다. 약도를 다시 펴 보아도 방향이 틀렸다. 아까 약도를 그릴 때 자기네는 언제나 숭인통으로 해서 다니는 길이라, 장맷재 쪽에서 내려오는 길로도 그만 왼편 골목이라고 잘못 그렸는지도 모를 일이었다.

좌우간 물어보는 수밖에 없었다. 대문 위에는 역시 가시철망을 돌리고 안으로 잠겨져 있었다. 대문을 흔드니 좀 만에 한 중늙은이 사내가 나왔다. 아까의 경험이 있는 터라, 훈은 먼저 자기가 어디서 온 누구라는 걸 말했다.

중늙은이 사내는,

"순······안······서······오······신·····박······선······생?"

하고 천천히 훈의 말을 되뇌었다.

그 음성이 자기 혼자 생각하는 말 치고는 필요 이상으로 큰 것이었다. 과연 이 말소리를 듣고 나오는 듯이 한 청년이 나왔다. 얼마 동안 햇빛을 피해온 얼굴이었다.

청년이 나직이,

"박동지의 형님 아니십니까?"

했다.

"네, 사춘형 되는 사람입니다."

"알겠습니다."

하고 청년이 중늙은이에게 눈짓을 했다. 대문을 걸라는 것이었다.

훈이 들어간 윗방은 조그만 단칸방으로 한옆에 이부자리와 책 몇 권이 놓여 있었다.

훈이 자리에 앉자 청년은,

"선생님 말씀은 벌써 박동지를 통해 들어 알구 있습니다."

했다. 아주 침착한 어조였다.

훈은 자기가 찾아온 뜻을 말했다.

"실은 사춘동생이 오늘 밤엔 사정이 있어서 떠날 수 없게 됐습니다. 그래서 여기 형편만 과히 뭣하지 않는다면 좀 연기해줄 수 없을까 해서요."

잠시 청년은 생각에 잠겼더니,

"연기한다믄 메칠이나 하믄 될까요?"

"오늘 밤만 아니면 언제구 좋을 겝니다."

청년은 다시 잠시 생각에 잠겼더니,

"그럼 이렇게 하시디요. 실은 배 부리는 이의 말이, 배 부리는 이가 다른 사람이 아니구 제 이종사춘형입닙니다는, 그 형님의 말이 글피가 사리가 돼서 밤배 떠나기엔 데일 좋다구요. 사리엔 밀물이 밤 12시에 찌기 시작해서 밤새두룩 찌니까요. 그걸 우리가 우게서 오늘 밤 떠나기루 작덩했든 겝니다. 선생님두 아시다시피 어디 불안해서 하루라두 더 오래 여게 머물러 있을 수가 있어야디요. 그러나 박동지 사정이 그렇다믄 글피 사리에 떠나두룩 하디요. 그날만은 어게서 안 될 겝니다. 시간은 배가 밤 12시 전에 떠야 할 테니까 적어두 11시 반까지는 나와야 할 께구요. 당소는 전에 말한 만경대 곤이섬 나룹니다. 바람세만 똥으믄 네 물거리믄 딘남포를 빠데나갈 수 있을 겝니다. 낮에는 고기 사냥을 하는 척 날을 보내믄서……"

청년은 맑은 눈을 빛내이며,

"하여튼 죽느냐 사느냐 하는 모험이디요."

"그런데…… 한 가지 더 부탁이 있는데요."

무어 말이냐고 이쪽을 바라보는 청년의 시선을 면바로 받으며,

"배에 자리를 더는 낼 수 없을까요?"

"선생님께서 쓰시게요?"

"네. 제 자리하구 한 자리만 더."

"실은 배두 크디 않구 해서 사람 수를 극히 제한하구 있습니다. 그러나 선생님이 쓰신다믄 어떻게 해보디요."

"감사합니다."

훈은 자기로서도 모를 일이었다. 이리로 오기까지 자기가 떠나는가 어쩌는가도 결정짓지 못하고 있은 것이었다. 그것을 지금 한 자리도 아니요 두 자리씩이나 부탁한 것이었다. 물론 그중의 한 자리는 오작녀의 것이었다. 생각 밖의 일이 아닐 수 없었다. 그러나 어쩐지 마음속에 오래오래 품고 있던 것이 절로 흘러나왔다는 느낌이었다.

"그럼 배에 널락을 해놓을 테니 선생님께서두 그날 가티 나오십쇼."

그리고 청년은 한층 말소리를 낮추어,

"그런데 그날은 곧당 곤이섬 나루루 나오시두룩 하십쇼. 실상은 일전에 박동지가 댕게간 뒤에 수상한 사람이 우리 집 골목을 기웃거린 일이 있었이요. 그래 여게 이모네 집으루 옮가와 있는 겝니다. 오늘두 선생님이 돌아가신 후에 다시 다른 데루 자리를 옮기갔습니다. 잠시나마 거동을 조심하디 않으믄 결딴나니까요. 놈들의 감시가 오죽해야디요. 요새 나는 이 들창 하나만 믿구 산답니다."

여기서 청년은 뒤꼍에 나 있는 들창을 한번 쳐다보고 나서,

"그러니 박동지보구두 그날 나 있는 데를 찾을 게 아니라, 곧당 곤이섬 나루루 나오라구 닐러주십쇼."

그때 훈의 머릿속에 되살아오는 게 있었다. 그것은 지난날 개털오버 청년한테서 받은 선언이었다. 앞으로 허락 없이는 동네에서 10리 밖을 나가서는 안 된다는 선언이었다. 그것을 자기는 이렇

게 아무 말 없이 평양까지 온 것이다. 하기는 그건 토지개혁이 있기 전의 일이니 이제 와서는 문제가 안 될는지 모른다. 그러나 김 청년의 말을 듣고 보니 자기는 지금 반드시 누군가의 감시를 받고 있음에 틀림없다고 생각됐다.

청년과 헤어져 나오면서 훈은 지금 누가 어느 집 모퉁이 같은 데 몸을 숨겨가지고 자기의 거동을 감시하고 있는 것만 같음을 느꼈다. 그러나 그는 주위를 둘러보지는 못했다.

좀 전에 장댓재 고개에서 어떤 사내 하나가 자기 뒤로 올라오다가 숨을 돌리던 일이 생각났다. 혹 그자가 자기를 감시하는 자나 아닌가. 그렇지만 그 사내의 얼굴 모습은 고사하고 어떤 빛깔의 옷을 입고 있었는지조차 기억에 없었다.

돌아오는 길은 숭인통 쪽으로 잡아 내려왔다. 거기 가게에서 담배와 성냥을 샀다. 그러고는 서서 한 대 빼어 물고 성냥을 그었다. 성냥개비가 다 타도록 담배에 불을 댕기지는 않았다. 그러면서 그는 자기 옆을 지나쳐 앞서는 사람을 살피는 것이었다. 피울 줄 모르는 담배를 산 것도 이 때문이었다.

그러나 자기를 감시하는 사람이 있다면 결코 자기보다 앞서지는 않으리라는 생각이 들었다. 다시 걷기 시작했다.

서문거리와 만나 네거리를 이룬 모퉁이에 음식점이 있었다. 들어가 장국밥을 시켰다. 그리고 무심코 보니 손에다 아직 약도 그런 종잇조각을 접어 들고 있는 것이었다. 변소로 가 거기 변기통에 넣어버렸다.

음식점을 나와 제일관 뒤까지 와서는 옆 골목으로 빠져 큰 거리로 나섰다. 사람이 제법 많이 오가고 있었다. 이렇게 많은 사람들 틈에 끼어 기차 시간까지 서성대는 것도 좋을 성싶었다.

한곳에 사람들이 몰려 서 있는 게 보였다. 무슨 공고라도 나붙은 모양이었다. 그리 가까이 걸어갔다. 그런 것이라도 보면서 또 시간을 보낼 참으로.

사람들 어깨 사이로 눈을 주던 훈이 고개를 거두며 돌아서고 말았다. 노동신문이었다. 전날 이 신문에 났다는 자기의 기사가 생각난 것이었다.

걸음을 빨리했다. 혹시 모여 선 사람이나 지나가는 사람 가운데 자기 아는 사람이 있을지도 모르는 것이었다. 뒷골목으로 다시 들어서고 말았다.

부청 앞을 지나 일본인이 살던 뒷거리로 들어섰다. 조용히 닫혀 있는 집집의 현관문에는 스탈린의 초상이 붙어 있었다. 훈에게는 이 초상이 붙어 있는 조용한 현관 안 어느 눈에 뵈지 않는 곳에서 홍역에 걸린 어린애들이 식량과 난방 장치 불비로 죽어가는 모양이 떠올랐다. 이곳은 서평양 쪽과 달리 순전히 일본인만이 살던 곳이라 그 죽어가는 수효도 더 많을 것이었다.

해방 직후에 훈이 평양 들어와 이 거리를 지날 때에는 마침 비행기에서 삐라가 뿌려지고 있었다. 죽은 듯 잠잠하던 집집에서 남녀노소가 몰려나와 서로 그것을 줍기에 바빴다. 일본인의 생명과 재산을 절대 보장한다는 삐라였다. 그 한 조각의 삐라에다 실낱같은 희망을 건 겁먹은 얼굴들, 여태까지의 긍지와 체면은 가신 듯이 없어져 있었다. 패전한 나라의 모습을 그대로 보는 느낌이었다.

지금 몇 시쯤이나 됐을까. 갖고 있던 회중시계는 이미 당손이에게 주고 없었다. 일찌감치 정거장으로 나가 기다리기로 했다.

우편국 쪽으로 꺾이는데 어떤 집 유리창에 얼굴이 하나 내비치었다. 창백한 여인의 얼굴이었다. 빡빡 깎았던 머리가 텁수룩이 돋아나 있었다.

훈은 해방 직후 시골 들길에서 이렇게 머리를 깎은 일본인 여인을 한둘 아니게 보아왔다. 떼거지 같은 사람들이 들길가에 주저앉아 무엇을 우물우물 씹고 있는 것이다. 그들은 훈을 보자 일제히 놀리던 입을 멈추고 외면들을 했다. 그러는 그들의 무릎 사이에는 날수수 이삭 같은 것이 감추어져 있는 것이었다. 사람들 틈에 파아랗게 갓 깎은 머리에 수건을 동이고, 얼굴에는 숯검정 칠을 한 사내들이 끼어 있었다. 그게 모두 여자인 것이었다.

우편국 거의 다 나갔을 즈음, 훈은 몇 걸음 앞에 걸어가는 한 여인에게 눈을 멈추었다. 깨끗한 일본 옷을 입은 여인이었다. 해방 후에 이렇게 거리를 활보해 다니는 일본 여인을 처음 보는 터라 유심히 보았다. 머리는 일단 깎았다 기른 것이리라. 사내처럼 올백을 해 기름으로 재워 넘겼다. 입술에 루주가 빨갰다. 좀 전에 유리창 너머로 보인 여자보다는 한결 안면에 윤기가 돌았다.

이 여인이 거기 어떤 집 앞에 서 있는 소련 군인 앞으로 가더니 무어라 몇 마디 주고받는 것이었다. 무엇을 흥정하는 눈치였다. 아직 직업적이 못 되는 수줍은 데가 있었다. 여인이 사내를 따라 집 속으로 들어갔다.

우편국 네거리에는 소련 여자 군인이 교통정리를 하고 있었다. 가슴이 풍만하고 얼굴에 붉은 혈조가 넘쳐흐르는 여자였다.

서평양 행 전차를 탔다. 지금 자기가 누구에게 뒤를 밟히고 있다는 생각이 다시 머리에 떠올랐다. 필시 그 사람도 이 전차를 탔으리라. 그러나 훈은 주위를 둘러보지 못했다. 바깥만 내다보고 있었다.

문득 자기가 무엇을 한 가지 잊은 듯했다. 인도교 쪽으로 나가 대동강을 한번 바라보지 못한 것이었다. 어쩌면 마지막일지도 모르는 이 기회에 모란봉과 능라도를 한번 보아두지 못한 게 서운하기 짝이 없었다.

경찰서 앞을 지나는데 언제나처럼 소련 지도자들의 초상화가 광장 분숫가에 나란히 자리 잡고 있었다. 그중에서도 스탈린의 초상화는 월등하게 컸다. 그 초상 밑에는 목침만큼씩 한 글자로 이렇게 씌어져 있었다. '약소민족 해방의 은인이시며 위대하신 지도자 이브 스탈린 대원수 만세!' 가슴에 달린 금빛 훈장들이 햇빛에 반사되어 위압적인 빛을 발하고 있었다.

화신백화점 앞을 지나는데 이번에는 거기 2층 벽에다 또 언제나처럼 이남 지도자들의 초상화가 붙어 있었다. 고의로 흉하게 그려놓은 화상들이었다. 그리고 그 밑에는 악의에 찬 욕설이 씌어져 있었다.

선창리 정류장에서 소련 군인 하나가 올라탔다. 옷맵시로 보아 상당한 계급의 장교인 것이 짐작되었다.

곁에 앉았던 사내가 그 군인의 손목시계를 보며 무어라고 한마디 지껄였다. 그 군인이 자기의 팔뚝을 걷어 올려 보였다. 거기에 는 네 개의 손목시계가 쭈욱 채워져 있었다. 시간은 3시 35분.

옆에 앉았던 사내가, 하라쇼, 하라쇼, 하며 고개를 끄덕이었다. 훈은 그저 이 네 개의 시계가 한결같이 3시 35분을 가리키고 있다 는 데에 저도 모를 어떤 신기함을 느꼈다.

역에서 한 시간이나 기다려 차에 올랐다. 차 안은 올 때보다도 더 붐벼댔다. 새벽차로 온 사람까지 이 차로 돌아가는 모양이었 다. 장 본 보따리를 지고 이고 했다.

유리알 없는 창으로 석양이 비껴들었다. 기차의 움직임에 따라 얼굴에 와 비치기도 했으나, 오전에 평양 들어오던 차 안에서처 럼 따뜻한 맛은 없었다.

서포역을 지나 간리역에 닿았다. 무심코 밖으로 눈을 주었던 훈 이 흠칫 놀랐다.

훈이 타고 있는 찻간 뒤쪽으로 오르려는 사람이 자기 삼촌이 아 닌가. 주제가 말이 아니긴 했다. 바지저고리가 막 검정투성이였 다. 얼굴도 마찬가지였다. 그러나 전체의 모습은 틀림없는 삼촌 이었다.

이제 문으로 들어서면 분명히 알 수 있으리라고 그쪽을 지켜보 았다. 그런데 좀처럼 올라오지 않는 것이었다. 아마 문간까지 사 람이 차서 차 안으로는 들어오지 못하는지도 몰랐다.

이쪽에서 거기까지 사람을 헤치고 가보는 도리도 없었다. 일단 차를 내려 그쪽으로 가볼까 하는데 차가 움직이기 시작했다. 좌 우간 순안까지 가면 알 일이었다.

그런데 순안서 내려 아무리 둘러보아도 삼촌은 보이지 않았다. 기차가 떠난 뒤까지 남아 살펴보았으나 보이지 않았다.

그러자 아까 삼촌 같은 사람이 차에 오른 듯이 보인 쪽은 기실 은 사람이 오르내리는 승강구와는 반대되는 쪽이었다는 생각이 났다. 그러면 삼촌 비슷이 생긴, 역에서 일하는 사람이 볼일이 있 어 그쪽으로 왔었는지도 모를 일이었다. 그랬던 것만 같았다.

훈이 맨 나중에 역을 나서는데, 거기 변소 모퉁이에 웬 청년 하 나가 섰다가 외면을 하며 돌아서는 것이 보였다. 어디선가 한번 본 듯한 얼굴이었다. 이 사내가 오늘 자기의 뒤를 밟은 것이나 아 닐까. 그러나 그가 누구인지는 통 생각나지가 않았다.

집으로 돌아오는 길에서도 이리저리 기억을 더듬어보았으나 도 무지 그가 누구라는 것이 떠오르지 않았다. 그러면서 그는 저도 모르게 자기 뒤로 신경을 모았다. 그 청년이 이리로 오는 기색은 없었다. 역시 자기가 그 청년을 어디선가 한번 본 듯이 느낀 것은 일종의 착각인 것 같았다.

그러고 보면 오늘 자기가 누구에게 뒤를 밟히고 있다는 것도 일 종의 착각이 아닐까.

면 인민위원회 앞에 트럭 한 대가 서 있었다. 군이나 도에서 나 온 것이리라.

그제야 순안역 변소 모퉁이에서 본 청년이 다른 사람 아닌 토지 개혁 날 개털 오버 청년과 같이 왔던 공작대원 중의 한 사람이었 다는 것이 머리에 떠올랐다. 오늘 자기는 이 사내에게 뒤를 밟혔 음에 틀림없다.

오작녀는 오늘 하루 종일 훈이 평양 들어갔다는 데 마음이 씌었다.

무엇하러 갑자기 평양에 들어간 것일까. 혹시 평양 어디다 자리를 잡고 그리 옮겨 앉으려는 것이나 아닐까. 훈이 좋아하는 냉이를 캐러 나가서도 이 생각에 한참씩 멍하니 허공을 쳐다보곤 했다.

어쩐지 자꾸 훈이 기다려졌다. 어느 때보다도 기다려졌다. 잠깐 다녀오겠다고 하고 갔으니 해 안에 돌아올 것이다. 좀 전에 사촌 동생 혁까지 와서 기다리는 것을 보아도 곧 돌아옴에 틀림없었다. 그렇건만 오작녀는 오랫동안 집을 떠난 사람을 기다리기나 하듯이 훈을 기다리는 것이었다.

별로 할일이 없으면서 뒤 우물가로 나갔다. 여기서면 훈이 산머리 길을 돌아오는 게 보일 것이었다. 벌써 말짱히 다 빨아놓은 훈의 셔츠를 다시 헹구고 헹구고 했다. 그러면서 연신 산머리 길 쪽으로 눈을 주고 있었다.

까치 한 마리가 깃을 물고 산속으로 날아 들어가는 게 보였다.

이윽고 산머리 길 쪽에 사람의 그림자가 걸핏했다. 다시 볼 것도 없이 훈이었다. 아마 좀 더 멀리서, 다른 사람으로서는 도저히 그게 누구인지 분간 못할 만큼 아주 먼 거리에서라도 오작녀는 단 한 번 눈을 줌으로써 그게 훈이라는 걸 알 수 있을 것이었다.

오작녀는 저도 모르게 일어났다. 그러고는 어쩌자는 것도 없이 우물에 두레박을 들여뜨렸다.

물 한 두레박을 퍼내고 나서 그제야 비로소 훈을 발견하기나 한 듯이 고개를 돌렸다. 그리고 마음속으로는 반가이, 지금 오시느냐는 말을 한다는 것이,

"작은 박선생이 와 있이요."

하고 말했다.

귀밑이 화끈거렸다. 고개를 숙이고 부엌으로 들어와버렸다.

저녁상을 보기 시작했다. 그러면서 방 안으로 귀를 기울였다. 이렇게 남의 말을 엿듣는 게 옳지 못하다고 생각하면서도 절로 귀가 기울어짐을 어쩔 수 없었다.

"그래 그 친굴 만나보셨소?"

"응. 갔든 일두 잘되구."

"그럼 연기해준댑데까?"

"글피 밤 11시 반까지 곤이섬 나루루 모이게 했어."

"저번엔 9시 반이드니 이번엔 11시 반이오?"

"그날이 사리라 밤 12시부터 밀물이 찌기 시작한대. 그래서 적어두 11시 반까지는 그리루 모여야 한대. 바람세만 좋으면 네 물거리에 진남포를 빠져나갈 수가 있다드군."

"그럼 늦어두 글피 오후에는 폐양 들어가 있어야 하잖군요."

"참 그런데, 그날은 자기 있는 데루 찾아오지 말구 직접 곤이섬 나루루 나오라드군. 저번에 자네가 그 사람네 집에 댕겨간 뒤에 누가 자기네를 감시하는 것 같드래. 그래서 지금은 자기 이모네 집에 가 있는데 오늘 내가 댕겨온 뒤에두 다시 거처를 옮기겠다구 하드군. 실은 나두 오늘 누구에게 미행을 당한 것만 같애. 그

러니 그날은 새벽 일찍이 아무두 모르게 여길 떠나는 게 좋을 거야."

"그렇게 해야갔군요. 놈들이 오죽 지독해야디요. 그런데 형님은 어떻게 하실 작덩입니까?"

오작녀는 울렁거리는 가슴으로 윗몸을 샛문 쪽으로 바짝 기울였다.

"나두 자리를 부탁해뒀네."

"잘하셨습니다."

오작녀는 눈앞이 아찔했다. 온몸이 땅속으로 자지러져 들어가는 것 같았다. 밑에 놓인 밥상을 잘못 짚을 뻔했다. 상 위 냉잇국에서 오르는 김이 한껏 먼 데서 아른거려 보였다.

훈은 사촌동생에게 배 자리를 둘씩이나 부탁해두었다는 말은 그만두었다. 그건 그날 가면 자연히 알게 될 것이었다. 그리고 아까 간리역에서 삼촌 같은 이를 보았다는 말도 할까 하다가 그만두었다. 공연한 말을 해서 사촌동생의 마음을 뒤헝클어놓을 필요가 없다고 생각한 것이었다.

안동네 육손이 아버지는 저녁상을 물리기가 바쁘게 밖으로 나섰다. 회에 나가야 하는 것이었다. 그동안 밤낮없이 무슨 회니 무슨 회니 하고 거의 회가 없는 날이 없었지마는, 오늘 밤은 특히 분배한 토지를 재조정하여 마지막 결정을 짓는 날인 것이었다.

그런데 육손이 아버지는 이 토지 분배에 적잖은 불만이 있었다. 그것은 육손이를 아이 취급한다는 점이었다. 아무리 나이는 열세

살이라 하더라도 실제 일하는 푼수로는 어른 한몫을 넉넉히 하는 것이 아닌가. 그것을 아이 취급을 해가지고 토지를 적게 분배해 놓았으니 이런 불공평한 일이 어디 있느냐. 그렇다고 이제 한해 이태 지나 나이를 먹는다고 어디서 누가 땅을 더 분배해준단 말인가. 이것을 오늘 밤 회에서 따질 참이었다.

육손이 아버지가 섬돌을 내려서다 말고 흠칫 발걸음을 멈추고 말았다. 무심코 용제영감네 집 쪽으로 준 눈이 거기 이상한 광경을 발견한 것이었다.

과히 높지 않은 돌담장이었다. 그 돌담장 너머로 뿌옇게 내리깔린 그늘 속에 웬 사람 하나가 지금 마구간에서 말고삐를 풀고 있는 것이 아닌가. 구두질[14]을 하고 난 사람보다 더 주제가 말이 아닌 사람이었다.

그 사람이 마구간에서 말을 끌어내가지고 돌아서는 얼굴도 구두질을 하고 난 사람 이상으로 까맸다.

그만 육손이 아버지는 저도 모르게 입속으로, 아, 소리를 지르며 도로 방 안으로 들어와버리고 말았다. 용제녕감의 귀신이 왔다, 용제녕감의 귀신이 왔다!

용제영감은 말을 끌어내자 한번 말의 목줄기를 쓰다듬어주었다. 말 편에서도 이쪽을 알아본 것이리라. 코를 불며 온몸의 피부를 후루루 떨었다.

곁대문을 빠져나와 말 위에 올랐다. 그러고는 말 배를 찼다. 안장이 없어 말 잔등에 그냥 맨살이 닿는 느낌이었다. 그게 도리어 용제영감에게는 잊어버릴 뻔했던 어떤 살뜰한 살결과 맞닿는 맛이었다.

비석거리 세 어름 길에서 어떤 사람 하나가 길을 비켰다. 도섭영감이었다. 그는 지금 위에서 어떤 명령을 받고 안동네로 들어가는 길이었다. 그동안 어디로 붙들려갔던 용제영감이 오늘 그곳을 도망쳐 달아났다고 평양서 트럭이 나온 것이었다. 도섭영감은 이제 동네 민청원들을 동원시켜 용제영감이 자기 집에 들르기만 하면 당장 붙잡아놔야만 하는 책임이 있는 것이었다.

길을 비킨 도섭영감이 지금 자기 곁을 달려 지나간 것이 누구라는 걸 얼핏은 알아보지 못했다. 저녁그늘 속이어서가 아니라, 도무지 말 위의 사람이 주제와 얼굴 꼴이 알 사람이 아닌 것이었다.

그러나 다음 순간 자기 동네에는 말이 한 필밖에 없다는 것, 그리고 저렇게 능숙하게 말을 몰 수 있는 사람은 용제영감밖에 없다는 데 생각이 미쳤다. 절로 큰일 났다는 소리가 입밖에 새어 나왔다.

발길을 돌려 뛰는 걸음을 쳤다. 어서 이 일을 알리지 않으면 안 되는 것이었다.

용제영감은 이처럼 말을 몰고 있는 자기가 좀 전까지의 자기가 아닌 것만 같았다. 집을 쫓겨나면서부터 잃어버렸던 자기에게로 지금에야 돌아왔다는 느낌이었다. 그동안의 자기는 지금의 이 자기를 찾아 얼마나 험한 곳을 헤매었던가.

토지개혁이 있던 날 용제영감은 사동 탄광으로 끌려간 것이었다. 늙었다고 해서 채광 대신에 밀차를 밀게 했다. 그나마 낮과 밤으로 대거리해 들어가기란 힘에 겨웠다. 오금이 쑤시어 굴에 들어가지 못하는 때는 끼니가 제대로 나오지 않았다. 일하지 않는 자는 먹지도 말라는 원칙이었다. 주먹만 한 밥덩이를 위해서라도 다시 밀차를 밀어야만 했다. 탄광 간부들은 해방 전 노동자들이 당한 맛을 너희도 좀 맛보라는 태도였다.

용제영감에게는 그것은 노동이라기보다 일종의 가혹한 징역살이로만 생각됐다. 그것도 기한이 없는 징역살이로 생각됐다. 이러다 이곳에서 아무도 모르게 죽고 말리라. 자기가 이러니 가족들도 무사하지 못할 건 뻔한 일 같았다. 다시는 이 세상에서 못 만나는 사람들로 여겼다.

이런 용제영감의 가슴속에 한 가지 간절해지는 것이 있었다. 마지막으로 미완이지만 자기가 계획하던 저수지나 한번 보았으면 하는 생각이었다. 그것은 자기로서도 모를 일이었다. 그저 이제는 자기 손으로 그 저수지를 어쩔 수 없다는 생각이 앞서면 앞설수록 마지막으로 한번 보기만이라도 하고 싶은 마음이 간절해지는 것이었다.

이대로 가다가는 앞으로 며칠을 더 견딜 수 없을 것 같았다. 아무래도 죽을 바엔 이곳을 빠져나가보자는 결심이 섰다.

이날 아침 그는 밤 대거리에서 나오자 뒷간에 가는 체 그곳을 빠져나왔다. 미림까지 왔다. 나루터에 이르니 사공인 듯한 사내가 뱃전에 앉아 그물을 손질하고 있었다. 가까이 가니 이쪽을 한번 힐끗 쳐다볼 뿐 모른 체하는 것이었다.

용제영감이 주머니를 뒤적거리었다. 뭐가 있을 리 없었다. 조끼를 벗어 사공 앞에 내놓았다. 미안하지만 이것으로 좀 건네달라고 했다.

　사공이 다시 한 번 이편을 힐끗 쳐다보고는 말없이 일어나 노를 잡았다. 용제영감은 찬 강바람에 등을 돌리고 앉아 사공이 혹시 자기더러 어디서 어디로 가는 사람이냐고 물으면 무어라고 대답하나 하고 겁이 났다. 이렇듯 사람의 말을 무섭게 생각해보기란 난생처음이었다.

　다행히 사공은 아무 말이 없었다.

　건너편에 닿아 배에서 내리는데 사공이 뒤에서, 이 조끼 가지고 가라고 했다.

　용제영감이, 그것이라도 받아두라고 하니까 사공이, 선세는 이 따 돌아올 제 내라는 것이었다.

　다시는 돌아오지 않을 사람이라고 했다.

　사공은 이미 다 알고 있다는 듯이, 어제도 한 사람이 도망갔다가 붙들렸다고 하면서, 사실을 배를 안 건네주려다가 늙은이의 나이를 봐서 건네준 것이니 나중에 이 배를 탔다는 말이나 하지 말아달라고 하며, 조끼를 이리 던졌다.

　용제영감도 알고 있었다. 어제 중화군에서 끌려왔던 어떤 중년 사내 하나가 탄광을 탈출했다가 붙들려 지독한 고문을 당한 것이었다. 그러나 지금 용제영감에게는 자기가 탄광에 남아 있다 죽으나 도망가다 붙들려 죽으나 마찬가지라는 생각이었다.

　주암산을 지나 홍부 좀 못 미친 데서 어림으로 서포 쪽을 향해 꺾였다. 될수록 사람의 눈을 피해 산길을 걸었다.

　서포 뒷등성이까지 오자 걸음을 옮기기가 힘들어졌다. 허기증도 심했다.

간리까지 와서는 도저히 이대로 걸어서는 갈 수 없다는 생각이 들었다. 날도 설핏해져 있었다.

거기 어디 사람의 눈에 띄지 않은 곳에 숨었다가 기차를 타기로 했다.

저녁차가 들어왔다. 용제영감은 사람이 오르내리는 승강구 반대편 발디딤 위에 올라탔다.

순안에 닿자마자 다시 뒤쪽으로 빠져 몸을 숨겼다가 먼 동둑 밑을 돌아 걸었다. 사람의 눈이 이렇게 무서워 보이기도 또 난생처음이었다.

마침 저녁때가 되어 다행히 동네에는 사람의 그림자가 뵈지 않았다.

자기 집 뒷담장께로 가 기어올랐다. 꼭 다른 사람네 담장을 넘는 심정이었다.

짐작했던 대로 가족이 없는 방 쪽을 한번 획 둘러보고는 곧장 마구간으로 갔다. 거기에 말이 그대로 매어져 있는 것을 보자 다른 생각은 다 사라져버렸다. 피로와 허기증도 사라져버렸다. 이제는 이놈을 타고 윗골로 달리기만 하면 된다는 생각뿐이었다.

용제영감은 몇 번이고 말 배를 찼다. 저무는 저녁 그늘 속에 석탄 가루로 인해 반백이 넘은 자취도 분간 안 되는 머리카락이 마구 흩날렸다. 그리고 고요한 들길에 네굽을 놓는 말굽소리만이 줄달음쳐 들렸다.

단숨에 윗골 저수지 앞까지 달렸다. 말도 주인의 속을 아는 듯

고삐를 잡아당기기도 전에 저수지 둑 밑에 걸음을 멈추었다.

말에서 내려 저수지 둑 위로 올라섰다. 바닥에 깔린 물이 저무는 저녁 그늘 속에 희끄무레하니 빛을 발하고 있었다.

부지불식간에 용제영감은 눈시울이 뜨거워짐을 느꼈다. 먼 옛날에 이미 잃어버렸던 귀중한 것이 아직 한 점 남아 있다가 오롯이 가슴에서 타오르는 느낌이었다.

그러자 이 뜨거워지는 눈시울 속에서 눈앞의 저수지에 물이 철철 넘치는 광경이 떠올랐다. 이제 콘크리트로 수문만 해 막으면, 이제 콘크리트로 수문만 해 막으면…….

어둑어둑한 속에 사람의 그림자 하나가 나타났다. 미륵이형이었다. 재 너머 목화밭에다 마지막 두엄을 져내고 늦게 돌아오는 길이었다.

거기 용제영감의 그림자를 보고 동네 사람 누구인 줄로 안 것이리라. 지나가는 말로,

"거, 거 누구요?"

했다.

이편에서 아무 대꾸가 없자 가까이 오며,

"과, 과, 관호 아닌가? 게, 게서 뭘 하나?"

그러다가 이쪽이 관호도 동네 사람도 아닌 것을 알자 후딱 발길을 돌이켰다. 그러고는 말 곁을 지나 걸음을 재촉했다.

동네로 들어가는 길 어귀에서 곱실이 아버지를 만났다.

"아, 아, 아, 아즈반, 어, 어, 어데 갑네까?"

"좀 전에 이리루 이상한 말굽 소리가 난 것 같아서 말이야…….."

"아, 아, 아, 아, 아즈반, 도, 도, 도, 도, 도깨비가 나왔쉐다. 요,
요, 요, 요, 용제넝감 귀신이 마, 마, 말을 타구 데, 데, 데수디에
나타났쉐다."

이때 저쪽으로부터 훤한 불빛이 나타나 털럭거리며 이리 오는
게 보였다. 미륵이형과 곱실이 아버지는 이게 정말 심상한 일이
아니라고, 앞서거니 뒤서거니 동네로 들어가버렸다.

한천으로 가는 도로와 갈리면서부터 이 윗골까지는 자동차 길
로서는 좋지 못한 길이었다. 털럭거리며 속력이 느렸다.

이 속력 느린 트럭의 헤드라이트가 휘엿하게 꺾이어 저수지 쪽
으로 들어섰다. 그 빛에 먼저 말 그림자가 나타났고, 거기 저수지
둑에 서 있는 용제영감의 뒷모양이 나타났다.

헤드라이트가 가까워지자 말이 긴 목을 쳐들고 한번 울음을 울
었다.

트럭이 멎고, 운전대와 뒤 짐칸에서 사람이 몇 내렸다. 도섭영
감도 섞여 있었다.

용제영감은 그냥 저수지만 내려다보고 있었다. 사람들이 와 팔
을 잡으려고 할 때에야 가벼이 그것을 뿌리치고는 천천히 저수지
바닥으로 내려가는 것이었다. 사람들은 이 늙은이가 미치지나 않
았나 했다.

물 있는 데까지 내려간 용제영감은 거기서 얼굴과 손을 씻었다.
그러고는 저고리 섶을 젖혀 물기를 닦으며 다시 천천히 걸어 올
라왔다.

말이 서 있는 곁을 지나면서 말 등을 한번 쓰다듬어주었다. 축

축이 땀에 밴 말가죽이 후루루 떨었다.

어느새 아주 어두워진 들길을 트럭이 덜럭거리며 달리기 시작
했다. 용제영감은 문득 지금 자기는 어느 석탄굴 속을 달리고 있
는 것 같음을 느꼈다. 그리고 이 굴은 자기가 여태까지 보아온 어
느 굴보다도 깊고 길어 보였다. 칸델라 불 같은 헤드라이트를 앞
세우고 아무리 달려 들어가도 끝이 없을 만큼 한없이 깊고 긴 굴
같았다.

그렇게 얼마큼이나 달린 것일까. 한없이 깊고 한없이 길 줄만
알았던 굴이 무슨 장벽 같은 데에 가로막히는 듯함을 느꼈다.

순간, 용제영감은 그만 이 장벽에 부딪치고 말았다. 장벽 편에
서 이리 다가와 부딪혔는지 이편에서 그리 다가가 부딪쳤는지는
몰랐다. 그저 용제영감은 머리 위로 이 장벽 같은 것이 무너져내
려오는 것 같음을 느꼈다. 그것은 또 하늘만큼 높은 저수지의 콘
크리트 수문 같기도 했다.

트럭 위에 탔던 사람들이 소리를 쳐 차를 멈추었다.

비석거리 부서진 비석 댓돌에 용제영감이 머리를 부딪고 마지
막 경련을 일으키고 있었다.

누군가가 중얼거렸다.

"미친놈의 넝감, 게서 뛰어내리믄 저 죽을 줄두 모르구."

당손이 할아버지가 알려주어 훈과 혁이 달려 나갔을 때는 이미
팔다리가 식어 있었다.

집으로 안아 들였다. 그러고는 으깨진 머리와 어깨의 피를 훔치

기 시작했다. 피를 훔쳐내느라니 석탄 가루도 씻겨졌다.

시체에 옷을 갈아입히고 있는데 바깥 어둠 속으로부터,

"독사는 깨께 쥑에 없애야 한다아!"

하는 고함소리가 들려왔다.

메아리가 뒤따랐다.

훈은 머리칼이 쭈뼛해짐을 느꼈다. 그게 누구의 고함소리라는
걸 알 수 있었다. 전날 비석이 무너뜨려질 때도 이 소리를 들은
것이었다.

혁만은 얼핏 그것이 누구의 고함소리인지 못 알아들은 듯, 옷
갈아입히던 손을 멈추고 고개를 들었다.

다시 한 번 바깥 어둠 속으로부터,

"독사는 깨께 쥑에 없애야 한다아!"

하는 고함소리가 들렸다.

혁이,

"데거 도섭넝감 아니웨까?"

사뭇 떨려 나오는 음성이었다.

훈은 그저 잠자코 있었다.

"데 넝감이 왜 데르케까지 굽네까?"

사촌동생이 밖으로 달려 나갈 것 같은 기색을 보였다. 훈이 한
손으로 제지하며 눈으로 삼촌의 시체를 가리켰다.

부엌 쪽에서 오작녀의 소리 죽은 흐느낌 소리가 그칠락 이일락
들려왔다.

옷을 다 갈아입히고 나서 훈은 당손이 할아버지를 찾아 비석거

리로 내려갔다. 관을 어떻게 하면 좋겠는지 상의하기 위해서였다.

당손이 할아버지는 당손이에게 등불을 잡혀가지고 피 흘린 자리에 재를 뿌리고 있었다.

훈이 가까이 가,

"이길루 순안 들어가 관을 하나 사 올까 하는데 어떨까요?"

하니, 당손이 할아버지는 잠시 무엇을 생각하더니,

"장례는 언제 디낼래나?"

한다.

"내일 아츰에라두 지낼까 하는데요."

"이르케 된 바엔 장례두 속히 치르는 게 돟다. 그른데 널 말일세. 당장 순안 들어가 사올 수 있을는디가 모르겄네. 일전에 분디나뭇집 아즈마니가 죽었을 때두 짜논 게 없어서 마께놨다가 다음 날에야 찾아왔다네. 만일 이제 들어가서 짜논 널두 없구, 널 짜는 사람두 못 만나게 되믄 낼 장례 디내긴 힘들껄."

"그럼 어떻게 하면 좋겠습니까?"

"글쎄, 감만 있으믄 예서 짜는 것두 무방한데."

"어떤 판자래야 하는지 전에 다락에 깔려구 사다뒀든 판자가 있긴 있습니다."

"건 눅푼 널일 테니 좀 얇다. 넓이두 좁구."

"아우의 생각은 어떤지 몰라두 이런 때 어디 좋구 나쁜 걸 가리게 됐습니까?"

"그르타믄 내 강목수한테 말해서 짜보두룩 할까."

훈이 집으로 돌아와 아무리 기다려도 강목수가 오지 않았다.

한 시간이 실히 지나서 당손이 할아버지가 혼자 들어섰다. 손에 톱이며 대패며 마치까지 들려 있었다. 뒤에 강목수가 오는 것이거니 했다.

그러나 당손이 할아버지의 말이,

"세상 돼가는 꼴 참 기맥히네, 글쎄 널 하날 못 짜주갔대네게레. 집으루 찾아갔드니 회가 있어서 나갔대기에 그리루 찾아갔디. 무어 오늘 밤으루 토디 나놔개지는 마지막 결덩을 짓는대나. 그래 그리루 가서 강목술 불러내개지구 부탁을 햇드니 못 짜주갔대는 거야. 회가 끝나거든 부디 좀 와서 짜달라구 해두 말 안 듣는구만. 할 수 없어서 내가 짜볼까 하구 이르케 쟁기만을 빌레개지구 왔다. 하긴 강목수 그 사람 편에서 생각하믄 그르키두 해. 교사네 집에 드나드는 걸 다른 사람 눈에 띄우게 되믄 이루쿵데루쿵 여러 소리 듣게 될 테니 그게 싫다는 거디."

훈도 그건 그러리라고 생각했다.

하는 수 없이 당손이 할아버지와 훈이 건넌방으로 건너가 일을 시작했다.

당손이 할아버지는 전날 훈이 정표로 준 노안경을 꺼내 꼈다. 그러고는 될수록 옹이 없는 판자를 골라 대패질을 시작했다. 훈이 맞잡아주었다. 그런데 대패가 잘 나가지 않는 것이었다. 당손이 할아버지의 나이도 나이지만 보기보다는 대패질이란 게 쉽지 않은 모양이었다.

보다 못해 훈이 대거리해서 밀어보았다. 당손이 할아버지보다 더 서툴렀다.

이러다가는 밤새도록 해도 관이 짜질 것 같지가 않았다. 훈이 대강대강 밀자고 했다. 그러나 당손이 할아버지는, 어느 정도 밀 만큼은 밀어야 한다고 했다.

닭이 두 홰째 울고 난 뒤였다.

가만히 미닫이가 열리며 강목수가 들어섰다.

당손이 할아버지가,

"아, 자네 왔군."

하고 반가워했다.

훈도 한시름 놓이는 것 같았다.

당손이 할아버지가 훈더러, 안방으로 가보라고 했다. 안방에는 오작녀가 있기는 하지만 혁이 혼자 있을 것을 생각하고 훈이 그 말을 좇았다.

훈이 나가자 강목수는 허리춤에서 무엇을 하나 꺼냈다. 대패였 다. 토지개혁이 있던 날, 용제영감네 광에서 몰래 허리춤에 넣어 가지고 온 그 대패였다.

그건 웬 거냐고 바라보는 당손이 할아버지를 슬쩍 마주 본 강목 수는 속으로 중얼거리는 것이었다. 내가 이르케 온 건 뭐 디난날 의 의리를 생각해서가 아니웨다. 이놈의 대패를 한번 써보구 싶 어서 온 거디.

장례랄 게 없었다.

관에다 무명필을 감은 것이 상여였다.

베두루마기도 전에 훈이 자기 아버지 세상 떠났을 때 입었던 것을 줄여 혁만이 입었을 뿐이었다. 감투도 그때 것이었다.

상여도 상주인 혁이와 훈이 메고 나가야만 했다.

당손이 할아버지와 오작녀는 먼저 산에 올라가 묏자리를 정하고 파기로 했다.

훈이 비틀거려서 몇 번이고 쉬었다.

저만큼 묏자리가 올려다보이는 데까지 왔을 때, 어떤 사람 하나가 묏자리에서 뛰어 내려오는 것이 보였다. 삼득이었다.

삼득이가 훈을 대신해 무명필 끝을 잡았다.

훈은, 이놈이 오늘은 또 무슨 염탐질을 하러 왔나 하는 생각이 들어 불쾌했다. 그렇지만 지금 자기로서는 관을 묏자리까지 맞잡아 올릴 수가 없을 것 같아 삼득이 하는 대로 내맡기고 말았다.

여태까지 광중[15]도 삼득이의 손으로 파진 듯, 관을 산에 올려다 놓자마자 삼득이는 구덩이로 들어가 괭이질을 하는 것이었다.

당손이 할아버지가,

"오늘 이 삼득이가 없었으믄 하루 종일 걸릴 뻔했어."

하며 구덩이 속을 들여다보면서,

"좀 더 파, 깊을수록 좋으니."

했다.

훈은 어쩐지 이 삼득이의 손으로 묏자리가 파진다는 데 언짢은 생각이 들었다.

한옆에 빈 지게가 놓여 있었다. 아마 무엇을 엿보려고 빈 지게 바람으로 올라왔다가 오작녀에게 붙들려 일을 하고 있음에 틀림없었다. 그렇다면 아무리 하루 종일 걸리더라도 자기네의 손으로 파는 편이 낫지 않았나 생각했다. 절로 좋지 않은 시선이 오작녀에게로 갔다. 왜 그런 짓을 했느냐고.

오작녀는 그저 돌아앉아 파낸 흙에서 돌 조각을 골라내고 있었다.

관을 내리고 흙을 덮을 차례에 가서도 삼득이가 먼저 삽을 빼앗았다.

그런대로 무덤이 만들어졌다. 이제 떼만 입히면 될 것이었다.

혁이, 떼만은 자기 혼자 입힐 테니 다들 내려가라고 했다.

훈도, 당손이 할아버지만은 연로하신 이가 어젯밤을 세우다시피 했으니 먼저 내려가시라고 했다. 그러나 당손이 할아버지는, 이제 새로 떼를 떠다가 입혀야 할 테니 자기가 있어서 좀 더 거들어주겠노라고 했다.

다시 혁이 훈더러, 당손이 할아버지를 모시고 내려가라고 했다. 이제 힘든 일은 다 치렀으니 자기 혼자 떼를 입혀도 된다는 것이었다.

훈도 자기가 내려가야 당손이 할아버지도 따라 내려갈 것 같았다. 그리고 사촌동생을 거기 혼자 남겨두어 어제 저녁부터 급작스레 받은 마음의 충격을 어느 정도 가라앉히게 하는 시간을 주는 것도 괜찮으리라 생각했다.

훈이랑이 무덤을 떠나기까지 삼득이는 거기 그대로 서 있다가 그제야 지게를 지더니 저쪽 산허리를 돌아가버렸다.

"형님, 전 오늘 외삼춘 댁엘 또 좀 댕게와야갔이요. 아부지가 그렇게 되신 걸 외삼춘한테만은 알레야 할 테니요."

어제 사촌동생은 산에 혼자 남아서 떼를 입히느라고 늦게야 돌아왔다. 혼자 된 뒤에 적잖이 운 모양이었다. 눈에 핏줄이 서고 눈등이 부어 있었다.

사촌동생이 어젯밤에는 또 곤할 터인데도 잠을 제대로 이루지 못하는 눈치였다. 본시 잠이 없고 잠귀가 밝은 훈이 사촌동생의 이리저리 뒤치는 몸 움직임에 몇 번이고 눈을 뜨곤 했다. 아침에 보니 사촌동생의 눈이 더 붉게 충혈돼 있었다.

"역시 어머닐 외삼춘 댁에 모세다 드리길 잘했이요. 만일 여게 계시다가 그 일을 당했으믄 어떻게 됐을디 몰라요."

혁의 충혈된 눈이 앞 잡목을 향해 들려 있었다. 바람이 별로 없는 것 같은데 나뭇가지들이 흔들리고 있었다. 혁의 눈은 그러나 이 나뭇가지를 치어다보는 게 아니고 딴것을 바라보는 눈이었다.

훈은 잡목 사이로 내다보이는 들판에로 눈을 주고 있었다. 거기에는 어제까지도 모르겠던 아지랑이가 아물거리고 있었다. 그리고 농머리 개울둑에 서 있는 미루나무 가지에도 뽀오얀 운애 같은 게 끼어 있었다.

별로 바람이 없는 것 같은데 앞 잡목들이 그냥 흔들렸다. 이렇게 봄바람이 처음에는 산꼭대기에서부터 불기 시작하여 점점 산 밑으로 불어 내리면서 급기야는 땅속의 얼음을 풀고 저렇듯 들판에다 아물거리는 아지랑이와 함께 나뭇가지에다는 운애를 끼워놓는 것이다. 그러는 동안 바람 자체가 점점 온기를 띠어가다가 그대로 꽃바람으로 변해버리고 마는 것이다.

하늘은 또 하늘대로 때 아닌 때 추적추적 비도 뿌리고, 그러는가 하면 하루 이틀 비도 오지 않는 꽃구름에 싸였다 벗겨졌다 하며 땅과 더불어 봄을 마련해놓는 것이다.

훈이 들판에 주었던 눈을 앞 할미꽃 싹으로 옮겼다. 하루 동안에 키도 알아보게 자라고 진자줏빛 꽃봉오리도 눈에 띄게 보풀었다. 이렇게 눈에 보이는 것이 모두 쉴 새 없이 움직이고 있는 느낌이었다.

훈은 내일 새벽에는 자기도 이곳을 떠나야 한다는 생각을 했다. 그러면 오늘 저녁에는 오작녀더러도 같이 떠날 마음이 있으면 떠나자고 해둬야 할 것이었다.

시골 나와 3년 동안이나 오르내리던 이 옛 무덤가도 오늘로 마지막이라고 주위를 한번 돌아보고 나서,

"그럼 자네는 외삼춘 댁엘 갔다가 낼 직접 만경대 곤이섬 나루루 나오두룩 하게. 사람들의 눈두 피할 겸……."

"아니오. 다시 이리루 와야갔이요."

"내 걱정은 말게. 난 나대루 낼 새벽 여길 떠날 테니……."

"형님은 그렇게 하십쇼. 남의 눈에 띠디 않게 일쯕…… 그러나 난 여게 댕게갈 일이 있이요."

무엇 때문에 그러느냐고 훈이 사촌동생 쪽을 보니 혁도 충혈된

눈을 이리 돌리며,

"어제 산에 혼자 남았을 때두 생각해보구, 밤에 자리에 누워서 두 생각해봤이요. 아무래두 난 내일 이리루 와서 누굴 하나 쥑에 없애구 떠나갔이요."

훈이 사촌동생의 얼굴에서 어떤 심상치 않은 빛을 보았다.

"도섭넝감 말이야요. 그 넝감을 내 손으루 쥑에 없애구 말갔이 요."

뜻밖의 일이 아닐 수 없었으나 한편 생각하면 사촌동생의 젊은 혈기와 의기가 도섭영감에게 그런 감정을 품게 됐다는 것도 짐작이 안 가는 것은 아니었다. 그러나 훈은 타이르듯이 말했다.

"그 영감이 그러는 건 자기가 살기 위해서 그러는 거야. 생각하면 가엾은 늙은이지."

"자기가 살기 위해 그런다구요? 난 그 넝감이 농민위원당인가 뭔가 됐다구 해서 그러는 게 아니야요. 한때는 나두 농민위원당 이니 뭐니 하는 게 무턱대구 미운 때가 있었이요. 그래서 우리가 하든 야학을 아무 예고두 없이 접수당했을 때에만 해두 데쪽에서 그렇게 나오믄 이쪽에서두 가만있을 수 없다구 생각했댔이요. 그 래서 명구와 불출이가 남이 아반을 쥑엤을 때 잘했다구만 생각했든 거야요. 그러나 뒤에 생각해보니 그렇디만두 않드군요. 첫때 남이 아반의 경우 남이 아반 개인이 무슨 죄가 있나 하는 생각이 들어요. 아무것두 모르는 사람이 그저 위에서 시키니 농민위원당 이란 게 됐든 게 아니야요? 그러나 그 뒤에 도섭넝감이 농민위원 당이 된 건 좀 다르디요. 아마 자기가 자진하다시피 해서 됐을 겝

니다. 그러나 그것두 형님의 말씀대루 자기가 살기 위해서 그랬
다구 봅시다. 하디만 말이야요, 남의 비석을 그렇게 깨부세야만
살 수 있나요?"

"그건 이래서 그랬을 거야. 자기가 여태껏 지주와 제일 가까이
지내온 사람이니까 그런 것이라두 해서 이제는 지주와 아무 상관
이 없다는 걸 뵈기 위한 거야."

"그럼 것두 그렇다구 합시다. 그래 그저께 밤에 디른 소린 그게
뭡니까? 당장 사람이 죽어 있는데……."

붉게 충혈된 눈에 물기까지 떠올리며,

"어제 산에 혼자 남았을 때두 생각해보구 밤에두 혼자 생각해
봤이요. 그게 도섭넝감이 아니구 다른 사람이래두 또 모르갔이
요. 본래 그 넝감이 형님네를 만나개지구 여태 잘살았으니 형님
네와 특별한 관계가 있는 건 말할 것두 없디만, 나와는 또 다른
의미에서 뗄래야 뗄 수 없는 인연을 갖구 있는 넝감이야요. 내가
어레서 물에 빠뎄든 일루 해서 말이야요."

훈도 그 일이라면 들어서 알고 있었다.

혁이 열두 살인가 났을 때 일이었다. 그해 여름 몇 십 년 만에
처음 큰 장마가 졌다.

농머리 개울이 넘쳐 무연한 물바다를 이루었다. 우대에서 닭이
며 돼지가 연방 떠내려왔다. 그러나 누구 하나 이런 것을 붙잡는
사람은 없었다. 이렇게 물에 떠내려오는 것은 그것을 붙잡는 사람
의 것이 되는 것이다. 웬만큼 큰 장마에도 곧잘 우대에서 동발목
이며 나뭇단 같은 것이 떠내려오는 것이었는데, 그때마다 동네에

서 헤엄께나 친다는 젊은 축들은 자랑삼아 그것들을 끌어올리곤
했다. 그러나 이때만은 누구 하나 그럴 엄두를 못 내는 것이었다.

별안간 물 구경하러 모여 섰던 사람들 속에서, 사람 떠내려간다
아! 하는 소리가 일었다.

좀 전부터 혁이가 동네 애들과 같이 물 가장자리에서 장난을 하
고 있다가 그만 물살에 휩쓸려 들어간 것이었다.

사람들은 그저 고래고래 소리만 지를 뿐, 헤엄께나 친다는 젊은
이들도 누구 하나 뛰어들 생각을 못하고 있었다. 그러는 새에 혁
은 점점 센 물결 속으로 휩쓸려 들어갔다. 곧 물에 가라앉지 않는
건 도리어 물살이 너무 센 때문인 듯했다.

거기에 도섭영감이 달려와 다짜고짜 물속으로 뛰어들었다. 사
람들은 이것을 보고, 저 사람이 뛰어들긴 했어도 애를 건져내지는
못하리라고 했다. 그만큼 혁이는 벌써 멀리 떠내려간 것이었다.

그래도 도섭영감은 막 물살을 헤치고 안으로 들어갔다. 동네 사
람들은, 이제 저러다가 애 어른이 다 일을 보고야 만다고 했다.

붉은 물결이 세차게 소용돌이치는 곳에서, 혁이가 몇 번 물속에
잠겼다가는 솟구치고 솟구쳤다가는 잠기곤 했다. 거기서 간신히
도섭영감이 혁이를 붙들기는 했다. 그러나 소용돌이치는 물살이
여간 센 것이 아니었다. 동네 사람들은, 그예 애 어른이 거기서
일을 보고야 만다고들 했다.

가까스로 소용돌이를 벗어났다. 그렇지만 이번에는 기운이 다
빠진 듯 도섭영감이 혁을 붙든 채 물살을 따라 흘러 내려가기만
했다. 동네 사람들은 물기슭을 쫓아 내려가며, 이제라도 저 사람

이 애를 버리고 혼자 나오지 않으면 둘이 다 죽고 만다고 했다.

　그렇게 서너 마장쯤 흘러 내려가서야 겨우 둑에 대었다. 그러고
는 도섭영감은 그대로 네 활개를 벌리고 나가쓰러져버렸다. 이
일이 있은 후, 도섭영감은 두어 달 동안은 얼굴이 싯누렇게 되어
무슨 큰 병을 앓고 난 사람 같았다.

　"말하자믄 도섭넝감은 제 생명의 은인이디요. 커갈수룩 이 생
각은 더해데요. 사실 그때 도섭넝감이 아니었드믄 전 이 세상 사
람이 아니었을 겝니다."

　혁은 앞 허공 한 점을 눈으로 붙든 채,

　"그런 도섭넝감이 요즘 하는 짓은 그게 뭐야요? 하기는 해방 전
에두 이 도섭넝감이 한두 번 아니게 형님네 소작인들한테 몹쓸게
구는 걸 내 눈으루 봤이요. 그러나 그때마다 나는 이 도섭넝감이
잘못하는 데두 있디만 그만큼 상대편에두 잘못이 있을 거라구 생
각하군 했디요. 결국 나는 도섭넝감이 좀 미욱스런 데는 있어두
악한 사람은 아니라구 생각하구 있었이요."

　훈도 그 점은 그렇게 생각하고 있었다. 소년 시절 어느 겨울방
학 때 도섭영감이 어떤 소작인을 도리깨로 마구 내리치는 것을
보고는 두고두고 무서워했으나, 후에 아버지가 세상을 떠났을 때
이 늙은이가 자식인 자기보다도 더 슬퍼하는 것을 보고는 역시
본성은 악할 수 없는 사람이라고 생각했다.

　"그런데 말이야요, 이 도섭넝감이 농민위원당이 된 것두 세월
탓이라 해두구, 비석을 깨부신 것두 자기가 살기 위해 한 짓이라
구 합시다. 그러나 그저께 밤의 짓만은 도데히 사람 가죽을 쓰구

는 하디 못할 짓이 아니야요? 직접 사람을 쥑이는 것보담두 더한 짓이디요. 어제 산에 혼자 남아서두 생각해보구, 밤에두 자디 않구 생각해봤이요. 그러믄서 속으루 얼마나 울었는디 몰라요. 아부지를 잃었을 때와는 또 달리 슬프기 한량없었이요."

지금도 가슴이 억해오는 듯 잠시 말을 끊었다가,

"아무래두 요즘 도섭넝감이 미쳤다구밖에 생각되디 않아요. 아주 미치디는 않았어두 지금 미체가는 도둥에 있다구밖에 생각되디 않아요. 이제 아주 미치게 되믄 무슨 짓을 할는디두 몰라요. 그래 난 이 도섭넝감이 아주 미치기 전에 없애버리는 게 옳다구 생각했이요. 그게 생명의 은인에게 대한 보답일 것만 같애요."

혁은 그냥 허공에 눈을 박고 있었다. 어떤 한 점을 꽉 붙들고 있는 눈이었다. 그만 훈은 이 사촌동생이 하려는 일을 자기가 막을 수 없다는 것을 느꼈다.

"그래 도섭넝감을 없앨 단도꺼지 더게 밤나무 구넝에 갖다뒀시요."

혁은 여기서 잠깐 턱으로 앞 잡목 사이에 끼어 있는 큰 밤나무 쪽을 가리키고는 다시 허공으로 눈을 가져가며,

"이 단도는 해방 직후에 폐양 들어갔다가 사 온 거야요. 그 무렵에 일본 놈들이 여게더게서 발악을 한다는 소문이 있어서 혹시나 하구서 사 왔든 거야요. 그랬는데 그 후에는 로스케(러시아인) 놈들이 행패를 부리기 시작해서 또 혹시나 하구 간수해뒀댔디요. 그러다가 디난번 토디개혁 땐 또 어든 놈이구 뎀베들기만 하믄 당장 떨러버릴라구 꺼내 들구 있은 일두 있이요. 그리구 아부지

가 그놈들한테 붙들래가구 나선 만일에라두 아부지 몸에 이상이 있는 날엔 그 개털 오바 놈이랑 멫 놈 떨러 쥑일라구 맘먹구 있었 댔이요. 그랬든 것이 폐양 들어가 모래터에 있는 그 친구의 말을 듣구서는 여태껏 참구 있는 거야요. 그 친구의 말이, 그깟 말단에 있는 놈 한두 놈 없애본댔자 소용없다구요. 어뜬 크다란 힘으루 그놈의 조직테부터 깨부세야 한다구요. 그러나 형님, 이번에 도섭넝감만은 내 손으루 없애구 말갔이요. 그러는 게 도섭넝감두 위하는 게 될 거야요. 내일 오후 다슷 시쯤 이리 불러내다가 없애버리갔이요. 오늘 당장 없애버리구 싶다만 아무래두 외삼춘한테만은 아부지가 돌아가신 걸 알레야 하갔구, 그리구 형님이 낼 새벽에 여겔 떠난 후에 하는 것이 둏을 것 같애서요. 만일에 시끄러운 일이라두 생게서 형님이 못 떠나게 되믄 안 될 테니까요. 형님은 낼 새벽 일쯕 여겔 떠나십쇼. 난 낼 오후에 여게 와서 도섭넝감을 없애버리구 나서 어둠을 타 만경대루 가갔습니다."

그렇게 약속이나 하자는 듯이 허공에서 눈을 거두어 훈에게로 주며,

"그럼 난 이길루 외삼춘 댁에 갔다 오갔습니다. 형님은 낼 새벽에 틀림없이 여겔 떠나십쇼."

그러고는 일어나 산을 내려가기 시작했다.

그러나 멫 걸음 내려가지 않아,

"뱀⋯⋯."

하고 서버렸다.

훈도 놀라 일어섰다. 벌써 뱀이 나올 때가 됐던가.

가보니, 과연 뱀 한 마리가 마른 잔디 새에 엎디어 있었다. 검은 몸에 붉은 점이 알록달록하게 박힌 놈이었다. 때 아니게 일찍 기어 나와 해바라기라도 하고 있는 것일까. 사람을 보고도 몸을 제대로 움직이지 못했다.

"이놈은 언제 봐두……."

혁이 주위를 둘러보더니 돌멩이 하나를 주워가지고 왔다. 얼마 전에 혁 자기가 들고 올라온 비석 조각이었다.

뱀을 향해 돌멩이를 내리쳤다. 꿈틀하고 허리를 꼬았다. 그러는 허리 한중동에 살이 떨어져 피가 내배기 시작했다.

혁이 다시 비석 조각을 들어 이번에는 뱀의 대가리를 노리고 내리쳤다. 대번에 대강이가 으스러지고 말았다.

"이제야 다시 살아나디 못하갔디."

그러면서도 혁은 다시 한 번 비석 조각을 집어 대가리를 내리쳤다.

"정말루 뱀은 깨깨 쥑에 없애야디."

산신나무 쪽에서 인기척이 났다.

홍수였다.

"묏들 그르시우? ……아, 뱀이로군."

홍수는 대뜸 한 손으로 뱀의 꼬리를 집어들면서,

"아, 이 둏은 것을 이르케 묵사발을 맹글어놓다니? 아직 구녕에서 갓 나와개지구 제대루 게댕기디두 못할 텐데…… 뭘루다 목만 매놓으믄 그만일걸…… 아, 이게 또 보통 뱀이 아니구 독사일세! 이 꼬리만 봐두 내 알디. 거 참 아깝다. 내가 좀더 빨리 왔으믄 되는걸……."

훈은 언젠가 오작녀 남편한테서 들은 말이 생각났다. 홍수가 무엇보다도 뱀을 좋아한다는 말이었다.

홍수는 뱀이 그렇게 된 것이 아쉽다는 듯이 몇 번이고 혀를 차고 나서 훈에게로 고개를 돌리며,

"실은 박선생께 한 가지 알릴 일이 있어서 왔는데요. 데 오작네 남편 최가 말이웨다. 그자가 어젯밤 순안서 총에 맞아 죽었다는 소식이 왔쉐다. 밤늦게까지 술을 처먹구 댕기다가 아마 그르케 된 모양이야요. 가슴에 총알을 한 방두 아니구 세 방이나 맞았대나요. 술 취한 김에 철없이 해방 군인한테라두 대들었든 모양이디요. 그르다가야 백 번 죽어 싸디 별수 있나요."

그러고는 다시 뱀에게로 눈을 가져가며,

"거 참 아깝다! 이르케 되디 않구 성한 놈이믄 예서 더 동은 게 없는데. 자우간 올 들어 첫 마수구리니 어서 가 귀 먹구 봐야디."

혼잣말처럼 중얼거리며 온 길을 되잡아 걸음을 재촉하는 것이었다.

훈은 산신나무 저쪽으로 사라지는 홍수의 뒷모양을 바라보며, 결국 오작녀 남편은 자기와 오작녀의 사이를 오해한 채 죽고 말았구나 하는 생각을 하고 있었다. 그러나 다음 순간, 그것이 순전한 오해만은 아니지 않느냐고 했다. 자기는 내일 새벽 오작녀와 더불어 이곳을 떠나려고 하고 있지 않느냐. 가슴이 뜨끔했다.

혁은 홍수가 사라진 곳을 향해,

"네놈두 불쌍한 놈!"

하고는 훈더러 다시 한 번,

"그럼 형님, 낼 새벽엔 꼭 여겔 떠나십쇼. 난 낼 여게 들렀다가 곧당 곤이섬 나루루 나가갔쉐다."
했다.

훈은 사촌동생이 산을 내려 비석거리 모퉁이를 돌아 뵈지 않게 되기까지 거기 서 있었다. 그러다가 갑자기 가슴이 뭉클해짐을 느꼈다. 이 사촌동생을 보는 것도 오늘이 마지막이라는 생각이 든 것이었다. 내일 사촌동생은 이리 와서 도섭영감을 없애버리고 나서 만경대 곤이섬 나루로 나오마 했다. 오후 5시면 밤 11시 반 안으로 지정한 장소까지 와 닿을 수는 있을 것이다. 그러나 도섭영감을 죽이고 사촌동생이 무사히 이곳을 벗어날 것 같지가 않았다.

홀연 훈은 깨달아지는 게 있었다. 도섭영감을 없애버려야 할 사람은 사촌동생이 아니고 바로 자기가 아니냐. 나다. 내가 없애야 한다, 내가 없애야 한다!

산을 내리기 시작했다. 밤나무 곁에서 발걸음을 멈추었다. 어른의 앉은키만큼 위에 큰 구새가 뚫려 있었다. 속이 컴컴해서 얼핏은 거기 무엇이 숨겨져 있는지 분간되지 않았다. 자세히 보니 구새 한구석에 쇠붙이의 물건이 바싹 붙여 세워져 있는 것이었다.

내일 도섭영감에게 내가 사용해야 할 물건이다! 훈은 무슨 다짐이나 하듯이 마음속으로 중얼거렸다.

오늘 밤이 오작녀와도 마지막이었다.

이제 생각하니, 오작녀에게 내일 새벽같이 이곳을 떠나자는 말을 미리 해두지 않은 게 얼마나 잘했는지 몰랐다. 그런 말을 미리 해두었던들 이제 와서 무슨 말로 그것을 돌이켜야 할 것인가.

어쨌든 오늘 밤 마지막으로 오작녀에게 무슨 말이고 한마디 해야 할 것이었다. 그것은 그동안 수고했다는 말이라도 좋았다.

저녁상을 물리고 남폿불을 켠 후 오작녀를 좀 들어오라고 했다.

오작녀는 오작녀대로 내일 훈이 이곳을 떠난다는 걸 알고 있었다. 훈이 평양 들어갔다 나온 날 저녁, 사촌동생과 주고받는 말을 엿들은 것이었다. 그러니 훈이 지금 자기더러 들어오라는 것은 필시 마지막 작별의 말을 하기 위함이려니 했다.

미리 준비해두었던 내의를 개켜 안고 샛문을 들어섰다. 그러는 그네의 아랫도리가 절로 허둥거렸다.

내의를 보자 훈은,

"엊그제 갈아입었는데……."

"그래두 이제 갈아닙으실 때가……."

오작녀의 말소리마저 몸속에서 떨려 나왔다.

훈은 내일로 자기의 옷 갈아입는 생활도 끝난다고 생각했다.

토지개혁이 있은 날 저녁 이후 처음으로 단둘이 마주 앉아보는 자리였다. 저번에 발진티푸스의 반점이 가시기 시작하면서 꺼칠해졌던 얼굴이 제 혈색으로 돌아와 있었다. 그저 지금은 훈의 입에서 나올 마지막 말을 기다리느라고 약간 모로 숙인 볼에서 적이 핏기가 걷히어 있었다. 남폿불 밑에서도 그게 드러나 보였다.

훈이 오작녀의 손으로 눈을 주었다. 거칠어진 손이었다. 3년 동안이나 자기의 시중을 든 표적을 그대로 보는 심정이었다.

절로 그동안 수고 많이 했다는 말이 나올 뻔했다. 그러나 그만 두었다. 어쩐지 그런 말을 한다는 것이 도리어 3년 동안이나 쉼 없이 자기를 감싸온 어떤 따뜻한 기운을 깨부수는 것만 같은 생각이 든 것이었다. 그만큼 자기의 말은 스스러운 말이 돼 나올 것만 같았다.

오작녀가 훈의 눈길이 자기 손에 와 머문 것을 느낀 것이리라. 무릎에 올려놓았던 손을 무릎 밑으로 내렸다. 그러고는 떨려 나오는 말소리를 간신히 가다듬어가며,

"선생님은 낭이 적으세서 끼니땔 놓티디 않두룩 조심하세야 해요."

요즈음 들어 훈이 더 입맛이 준 것을 염려해서 하는 말일 것이다.

"육체노동을 하지 않는 몸이라 그만큼씩만 먹어두 넉넉하지요."

"그르구 될수룩 무슨 국이든지 국물을 많이 잡수세야 해요."

내일 자기의 몸에 어떠한 일이 일어난다는 것을 오작녀는 전혀 모르고 있는 것이다. 그러한 오작녀와 이렇게 마주 앉아 있다는 게 괴로웠다.

"오작녀!"

오작녀가 조용히 고개를 들었다. 그러나 그것은 무엇에 놀란 사람 같은 몸짓이기도 했다.

훈은 오작녀를 불러놓고도 자기가 무슨 말을 하려고 했는지를 몰랐다. 그저 오작녀의 눈을 바라보았다. 그러면서 그는 오늘 저녁 자기가 오작녀를 이렇게 불러들인 것도 실은 이 눈을 한 번 더

보기 위함이었는지도 모른다는 걸 느꼈다.

　오작녀는 오작녀대로 이제 훈이 자기에게 하려는 말을 알 수 있을 듯했다. 그게 어떠한 말이건 자기는 끝까지 조용히 들어야 한다고 생각했다. 그것이 자기가 마지막으로 박선생을 위해 할 수 있는 태도 같았다. 그러나 마음과는 달리 오작녀의 눈이 점점 무엇에 겁먹은 듯한, 어딘지 모르게 슬픈 기운을 띠어갔다.

　훈은 아까 낮에 홍수한테 들은 오작녀 남편의 일이 생각났다.

　"참 남편 되는 이의 이얘기 들었소?"

　한순간 오작녀의 눈에 이상한 광채가 번뜩이고 지나갔다.

　"어젯밤 누구한텐가 총에 맞아 죽었다던데……."

　오작녀가 지그시 눈을 감아버리며 고개를 떨구었다.

　"별안간 그런 횡사를 당해놔서 집에서들 대단할 겁니다."

　"부모님은 되레 잘됐다구 생각할디두 몰라요. 둘째아들하구 살믄서 맏아들은 자식으루 생각디 않구 있었이요."

　그러면서 오작녀는 혼자 속으로 깜짝 놀라는 것이었다. 자기도 남편이 그렇게 되기를 바라고 있은 것은 아닐까. 가슴이 울렁거렸다.

　"내가 대해본 건 그렇지만두 않던데요. 여간 솔직하구 쾌활한 분이 아니던데……."

　"생각하믄 불쌍한 사람이디요."

　그러면서 그네는 혼자 속으로 다시 한 번 놀라는 것이었다. 정말 불쌍한 사람은 죽은 남편이 아니고 자기 자신이 아니냐 하고.

　절로 오작녀는 눈시울이 뜨거워졌다. 자기가 마음속으로 남편이 다시는 눈앞에 뵈지 않기를 바란 것은 이 박선생의 신변을 염려해서가 아니었던가. 그런데 이 박선생마저 이제 자기를 떠나려고 하는 것이다.

"산 사람이 살았다구 할 수 없는 세상이지요."

훈은 자기 자신이 내일이면 이미 오늘의 자기가 아닐 거라고 생각했다. 그것이 조금도 부자연스럽지가 않은 것이었다.

조용한 심정으로 무슨 이야기든 오작녀에게 다 할 수 있을 것 같았다. 내일 자기가 하려는 일도 그대로 말할 수 있을 것 같았다.

"오작녀!"

오작녀가 이번에는 고개를 들지 못했다. 이번에야말로 훈이 자기에게 마지막 말을 하려는 게 틀림없다는 생각에.

좀 전에 자기는 훈이 어떠한 말을 하건 그 말을 조용히 앉아 들어야 한다고 마음먹었었다. 지금은 그렇지가 않았다. 그게 아무리 짧은 동안이라고 하더라도 훈과 같이 있는 동안만은 그에게서 아무 말이고 미리 들어두고 싶지가 않은 것이었다. 내일 떠날 때 들어두 늦디 않다, 떠날 때 들어두 늦디 않다.

"오작녀!"

오작녀는 이제 자기는 아무래도 고개를 들지 않으면 안 된다고 생각했다. 이런 오작녀의 귀에 문득 어떤 소리 하나가 들려왔다. 그네의 입에서 절로 말이 새어나왔다.

"아, 큰애기바윗골 뻐꾸기……."

훈도 하려던 말을 잊고 귀를 기울였다.

그것은 바람소리였다. 저녁에 잔 듯하던 바람이 다시 인 것이었다.

이젠가 이젠가 해도 뻐꾸기 소리는 들려오지 않았다. 그런데도 오작녀의 물기 어린 눈에 점점 꿈꾸는 듯한 빛이 더해지며,

"이제 들레올 거야요. 어젯밤에두 울었이요. 요새는 매일같이 울어요. 아마 올봄엔 진달래가 녜년에 없이 많이 필래는가 봐요."

이날 밤, 훈은 뒤숭숭한 꿈만 꾸었다.

허허벌판에 혼자 서 있었다. 별도 없는 어두운 밤이었다.

소달구지 하나가 어둠 속에서 벌판을 향해 털럭거리며 지나가는 게 보였다. 그 위에 윗골 윤주사가 외로이 도사리고 앉아, 한 손을 이마에 얹고 있었다. 그게 어둠 속인데도 이상스레 똑똑히 보였다.

처음에는 몰랐는데 달구지 뒤꽁무니에 남폿불이 하나 매달려 있었다. 어렴풋이 불이 켜져 있었다. 이 남폿불이 달구지가 흔들림에 따라 대롱거리면서 금시에 떨어질 것만 같았다.

훈이 윤주사에게 소리 질렀다. 아즈바니, 남포가 떨어집니다아!

윤주사는 달구지 위에서 이마에다 한 손을 얹은 채 훈의 말을 통 못 알아듣는 것이었다.

이번에는 남폿불이 대롱거리면서 소리를 질렀다. 이러다가는 아주 떨어져 부서지구 말겠소. 어서 좀 붙들어주소!

훈이 달구지 쪽으로 달려갔다. 쉽게 달구지 있는 데까지 미치었다. 그랬는데 달구지 위에 탄 사람은 윤주사가 아니고 딴사람이

었다. 이게 누구일까. 자세히 들여다보니 자기 아버지 같기도 하고 삼촌 같기도 했다. 좀 더 자세히 보니 그것은 다른 사람 아닌 훈 자기 자신인 것이었다.

어느새 달구지 꽁무니에 달렸던 남폿불도 어디로 갔는지 없어졌다. 둘러보니 지금 달구지가 지나온 저만큼에 커져 있는 것이었다. 그러나 그것은 또 남폿불이 아니고 이리 향해진 오작녀의 눈인 것이었다. 아, 눈이다, 내가 찾던 그 눈이다. 이 눈을 찾아 나는 여태 헤맨 것이다!

그리 달려가 오작녀의 가슴을 안았다. 오작녀, 이제 당신은 내 사람이오. 당신의 그 건강한 피 속에 내 씨를 뿌리고 싶소. 거기에 내 옹졸한 피를 씻고 싶소!

그런데 훈이 지금 안고 있는 건 오작녀가 아니라 실은 오작녀의 아버지인 것이었다. 금방 단도로 가슴을 찌른 참이었다. 면바로 심장을 찔렀다.

피가 막 쏟아져 나왔다. 이 피는 도섭영감의 가슴에서만 나오는 게 아니고 자기의 심장에서도 나오는 것이었다. 온몸이 홍건히 적셔졌다. 그렇지만 조금도 무섭지가 않았다. 흐를 대로 흘러라, 흐를 대로 흘러라!

꿈속에서도 중학 시절의 일이 생각났다. 초청 인사의 특별 강연 시간이었다. 외과 의사였던 분이라 수술하는 이야기가 나왔다. 자동차엔가 치어 응급치료를 받아야 할 환자 이야기였다. 먼저 환자가 출혈이 심하다는 이야기부터 시작했다. 그러고는 수술하는 광경을 쭈욱 설명하는 것이었는데, 이야기 도중에도 환자의 출혈이 그치지 않았다는 말을 하곤 하곤 했다.

훈은 수술하는 이야기는 귀에 들어오지 않고 그 환자의 출혈에만 마음이 씌었다. 자동차에 치었을 때 흘리기 시작한 피가 병원에 실리어 가 수술할 동안에도 그냥 흘렸으니 얼마나 흘렸으랴. 더구나 수술하는 과정이 그 얼마나 기냐. 다시 그 환자의 출혈 이야기를 했을 때 훈은 저도 모르게, 피 그만, 피 그만! 하고는 그 자리에 까무러치고 말았다.

그렇던 훈이 지금 도섭영감의 가슴과 제 가슴에서 피가 콸콸 쏟아지는데도 조금도 무섭지가 않은 것이었다. 흐를 대로 흘러라, 흐를 대로 흘러라!

어느새 훈은 피 속에 몸이 잠겨 있었다. 둘러보니 주위가 온통 피바다였다. 헤엄을 치기 시작했다.

그런데 웬일인지 몸이 자꾸 피바다 속으로 깊이 흘러 들어가기만 하는 것이었다. 피거품을 일으키며 소용돌이치는 곳까지 이르렀다. 거기 휩쓸려들면 영락없이 죽는 수밖에 없었다.

사람 살려랏 소리를 질렀다. 이 자기 소리에 놀라 잠이 깨었다. 온몸에 식은땀이 흘러 있었다.

다시 눈을 붙였는가 하자 이번에는 배를 타러 나가 있었다. 사촌동생이랑 평양 있는 김청년이랑 그 밖의 모든 사람들이 먼저 배에 올랐다. 그러고는 자리가 꼭 하나밖에 더 남지 않았다. 사촌동생이 어서 올라타라고 했다. 훈이 꾸짖었다. 어째서 두 자리를 내놓지 않고 한 자리만 내놓았느냐고 고함을 쳤다. 이렇게 노기를 띤 고함을 쳐보기란 생전 처음이었다. 몇 번이고 고함을 치다가 그 소리에 또 잠이 깨었다.

한번은 또 자기가 뻐꾸기가 되어 있었다. 울음을 울었다. 곁에서 듣는 오작녀의 눈에 어떤 알지 못할 행복의 빛이 어리어 있었다. 자꾸 울었다. 이러다가는 목이 터져 죽을지도 모른다는 생각이 들었다. 그런데도 그칠 줄을 모르고 그냥 울어대는 것이었다.

9

이튿날 아침 일찍이 훈은 선산으로 올라갔다.

밤들면서 꽤 세게 불던 바람이 자 있었다. 그저 이른 봄날 아침다운 아직 찬기가 남아 있으면서도 어딘가 부드럽고 맑은 공기가 이마에 스치었다. 무겁던 머리가 적이 씻겨졌다.

산에도 전날 서리 자국이 보이던 자리에 검붉은 황토가 물기를 머금은 채 부풀어 올라 있었다. 한식 때에도 응달쪽 깊숙한 곳에는 얼음이 박혀 있는 수가 있다고 하나, 올 해춘으로 보아서는 그렇지 않을 것 같았다.

저번에 왔을 때는 눈에 띄지 않던 산새들이 이 나무 저 나무에서 풀풀 날아다니는 게 보였다. 그 동작이 꽤나 가벼웠다. 봄이 됐다는 것이리라.

훈은 몇 번이고 이 산새들이 풀풀 날아다니며 끌고 다니는 그림자를 그림자로 보지 않고 산새 그것으로 착각하면서 상석 가까이로 갔다.

상석 위에는 저번 토지 문서를 태울 때 그을은 자국이 그냥 남아 있었다. 앞으로 이끼가 끼고 비바람에 닳아 없어지기까지 그냥 남아 있으려는가. 그게 어쩐지 종기 자국이나처럼 마음에 마뜩지가 않았다.

주머니에서 사진 한 장을 꺼냈다. 어릴 적 돌 사진이었다.

성냥을 그어 불을 붙였다.

순식간에 다 타버렸다.

훈은 이것으로 자기의 모습은 이 세상에 하나 남지 않는다고 생각했다. 무척 깨끗해지는 심사였다.

산에서 내려오는 길에 산막골 불출이 어머니네 주막에를 들렀다.

부엌에서 쌀을 씻고 있던 불출이 어머니가 허황스레 놀라는 눈을 떠 보이며,

"아니 아츰결에 이게 웬일이오?"

했다.

"잠깐 산에 갔다 오는 길입니다."

"새벽에 산엔 뭣 하레? 아직 한식두 전인데?"

"대포 한 잔만 주시오."

"방으루 들어갑시다."

"예서 하겠습니다."

단숨에 잔을 비웠다.

아침 공복에 먹는 술이라 대포 한 잔에 온몸이 훈훈해졌다. 그러나 집에 가 한잠 자리라 생각하고 대포 한 잔을 더 들이켰다.

훈이 잠을 깬 것은 거의 중낮이 되어서였다. 아침에 집으로 돌아오자 조반은 한술 뜨는 둥 마는 둥 쓰러져 잠든 것이 이렇게 한숨 잔 것이었다.

한결 머리가 가뜬했다.

이참에 오작녀에게 무슨 말이고 한마디 해야 할 것 같았다. 어젯밤에는 종내 오작녀에게 아무 말도 못하고 만 것이었다. 이젠가 이젠가 하고 밤뻐꾸기 소리에 귀를 기울이며 무슨 꿈속에 잠기는 듯한 오작녀에게 차마 아무 말도 할 수 없었던 것이다.

훈이 샛문을 열었다. 오작녀가 부엌에 뵈지 않았다. 뒤뜰에 나가 있거나 건넌방에 들어가 있는 모양이었다. 새삼스럽게 찾을 건 없다고 생각했다. 이따 점심때에라도 늦지 않을 것이었다.

머리맡에 놓여 있는 식은 숭늉을 몇 모금 들이켜고 나서 밖으로 나섰다.

오늘은 뒷산 옛 무덤가에는 올라가기가 싫었다. 어쩐지 거기 올라가면 이따 오후에 그 부근에서 있을 장면이 머리에 떠올라와 견딜 수 없을 것 같았다.

과수원 쪽으로 갔다. 거기서 시간을 보낼 참이었다.

아직 과수원을 거닐기에는 철이 일렀다. 폐목이 되다시피 한 과목 가장이에 눈이 부풀기 시작할 무렵에야 훈은 뒷산 옛 무덤가에서 이리로 자리를 옮기곤 한 것이었다. 그러다가 과목들이 다시 우수수 낙엽을 지우고 무서리가 땅에 깔리게 돼야 다시금 뒷산 무덤가에로 자리를 옮겼었다.

훈은 시골 나와 이 과수원에서 비로소 나무의 잎눈이나 꽃눈이 언제 생겨나 어떻게 큰다는 걸 알았다. 그때까지 그는 나무의 눈이란 봄에 생겨나 잎과 꽃이 되는 것으로만 알고 있었다. 그렇지가 않았다. 가을에 단풍이 들어 낙엽이 지기 전에 벌써 눈들을 장만해놓는 것이었다. 이 작고 연약한 눈이 그대로 추운 겨울을 겪고 나서 봄에 싹이 트고 잎과 꽃을 피우는 것이었다. 처음 이것을 발견했을 때 훈은 무슨 신기한 것이나 발견한 것처럼 혼자 가슴까지 두근거렸던 것이다.

돌보아주는 이 없는 과목이라, 그중에는 제철이 되어도 꽃이나 잎을 못 피우는 나무가 있었다. 겨울 동안에 죽은 것이었다. 이것은 겨울 동안만 아니고 여름철에도 무성한 잎을 드리운 채 죽어버리는 수가 있었다. 보기에 여간 딱하지가 않았다.

이런 나무는 이런 나무대로, 살아남은 과목들은 제철만 되면 잎을 내고 꽃을 피우는 것이었다. 이렇게 과수원에 꽃이 한창일 때는 훈은 여기 과목 사이를 거닐면서 조심해야만 했다.

오랫동안 진정도 해주지 않고 제멋대로 내버려둔 가지들이 마구 벋어나와 길을 막기 때문에, 허리를 굽히고 가지를 휘어잡지 않으면 안 되는 것이었다. 가지를 휘어잡았다 놓을 적마다 꽃에 붙었던 꿀벌들이 놀라 그의 머리와 귓전에 달라붙곤 했다. 거기 커다란 말벌이라도 와 있을 때는 더 조심해야만 했다.

꽃이 지기 시작하면서부터 훈은 또 혼자 어떤 기대에 가까운 감정에 사로잡히는 것이었다. 올해는 얼마나 열매가 달리려는가.

그러나 대부분이 헛꽃이었다. 그것이 해마다 더해가는 듯 재작년보다는 작년이 더 열매가 적었다. 그리고 맺혔던 열매도 쉬 떨어져버리는 것이었다. 간혹 남아서 크는 왜금알도 어느새 동네 애들이 따가곤 했다.

그중에 열매가 나무에 매달린 채 썩어 마르는 것이 있었다. 처음에는 누우렇게 병이 들었다가 거무칙칙한 빛깔로 쪼글쪼글 말라버리는 것이었다.

그 모양으로 가을까지 달려 있는 수도 있었다. 잎이 모조리 떨어진 뒤에도 그냥 가지에 남아 있는 것이었다. 높푸른 가을 하늘 아래 애처롭기 짝이 없는 모습이었다.

훈은 그것들을 헤어두고 날마다 돌아보곤 했다. 그러는 동안에 그나마 하나 둘 가을바람에 떨어져 없어지다가 마지막 하나마저 떨어지고 나면, 뒷산 옛 무덤가로 자리를 옮기는 것이었다.

올해도 살아남은 과목들은 잎을 내고 꽃을 피우리라. 그리고 작년보다도 더 얼마 안 되는 열매가 달렸다 떨어지고 썩고 하리라. 그러는 동안에 점차 과목은 하나 둘 죽어 없어지리라. 그리고 거기에 새로운 풀과 나무가 돋아나리라.

훈은 앞을 막는 가지들을 휘어잡으며 정자가 있는 곳으로 갔다. 그건 정자라기보다도 정자가 있던 자리라는 게 옳았다. 본래는 여름 한철 여기서 더위를 그을 수 있게끔 꽤 맵시 있게 지었던 정자였다. 그것이 훈의 삼촌이 이 과수원을 돌보지 않게 되자부터 제물에 퇴락해가다가 작년 여름 장마 통에 그만 아주 무너앉아버리고 만 것이었다. 지금은 바닥에 깔았던 마루만이 반 이상 썩은 채 남아 있을 뿐이었다.

작년 첫여름까지만 해도 썩은 이엉에다 삐뚤어진 기둥이나마

서 있어서, 훈이 과수원을 거닐러 와서는 여기에 걸터앉곤 했다.

훈은 이 정자로 들어설 때마다 머리에 걸리는 거미줄을 한 손으로 걷어치우곤 해야 했다. 그러나 그것이 번번이 거미줄이 아니었다. 썩은 이엉 사이로 새어 들어오는 가느다란 햇살이었다. 그렇건만 훈은 이 정자로 들어서면서는 으레 머리에 걸리는 듯한 이 거미줄을 한 손으로 걷어치우는 시늉을 안 하지는 못했다.

동네 사람들도 가끔 이 정자로 올라오곤 했다. 아무리 무더운 날에도 이 정자 안만은 서늘했다.

훈이 시골 나온 이듬해 여름이었다. 그날도 동네 사람 하나가 올라와 있었다. 가슴을 헤치고 땀을 걷히고 있었다.

그때 어디선가 나비 한 마리가 날아왔다. 나비도 더위에 허덕이며 쉴 곳을 찾아다니는 듯했다.

나비가 정자 안으로 들어오더니 짧은 곡선을 그으며 한 바퀴 돌고 나서 그 동네 사람 머리 위에 앉았다.

동네 사람은 그것을 아는지 모르는지 그대로 앉아 있었다.

좀 만에 나비는 그 사람의 머리에서 날아났다.

훈은 문득 그 나비가 자기의 머리에도 와 앉아주었으면 했다. 그러나 나비는 밖으로 나가 연방 짧은 곡선을 그으며 과목 사이로 사라지고 말았다.

훈은 혼자 속으로 마음먹어보는 것이었다. 앞으로 벌 나비가 내 머리에도 와 앉기까지 난 시골 살리라고.

그러나 지금의 훈은 어서 오늘의 시간이 가서 이곳에서의 생활의 결말이 나주었으면 하는 생각뿐이었다.

삼득이가 빈 지게를 지고 산막골 쪽으로 가는 모양이 과목 사이로 보였다. 참말 이따 저치가 없어줬으면 좋겠는데.

어디선가 재잘거리는 소리가 들려왔다. 그것은 좀 전부터 그렇게 들려온 소린 것을 자기가 미처 못 알아듣고 있은 듯한 소리였다. 그리고 그것은 어떤 하나의 재잘거림이 아니고 여럿이 제각기 재잘거려대는 것이 한데 어울려서 들려오는 그런 소리였다.

소리 나는 데로 가보았다. 병아리 떼였다. 어미 품에 품겨 재잘거리고 있었다.

졸고 있던 어미닭이 인기척 소리에 놀라 눈을 뜨더니 온몸의 털을 곤두세웠다.

훈이 발길을 돌리고 말았다. 이 본능적으로 방위의 태세를 취하는 어미닭의 몸짓에서, 이제 몇 시간 후면 자기와 도섭영감 사이에 벌어질 어떤 모습을 엿본 듯해서였다.

과수원 한끝으로 갔다. 바로 과수원 밑 경사진 곳이 밀밭이었다. 파릇한 밀 순에도 생기가 돋혀 있었다.

경사가 끝난 곳에 윗골과 한천 방면으로 가는 도로가 보이고, 그 도로 너머 저쪽 들판에는 아지랑이가 아물거리고 있었다. 그 아물거림이 어제보다 좀 더한 듯했다.

저어기 왼쪽으로 내다보이는 농머리 개울 둑에 서 있는 미루나무에도 엷은 초록색 안개 같은 것이 뽀오얗게 어리어 있었다. 그것도 어제보다 초록물이 더 들어 보였다.

언뜻 이런 생각이 떠올랐다. 저만큼 먼 들판에서 이쪽을 본다면 지금 자기가 서 있는 이곳에도 아지랑이가 피어오르고, 이 과수원에 뽀오얀 안개 같은 녹색 물이 어리어 보이지 않을까. 자기까지 껴묻혀서.

거기 자기까지 끼운다는 게 어쩐지 부자연스러웠다. 돌아서고 말았다. 난 이제 여기서 없어져야 할 사람이다, 없어져야 할 사람이다!

점심이라고 한술 떴다.

이제야말로 오작녀에게 무슨 말이고 한마디 해야 할 시각이었다.

설거지를 다 한 듯해서 샛문을 열었다. 오작녀가 보이지 않았다. 벌써 건넌방으로 들어간 모양이었다.

부를까 했다. 그러나 자기가 오작녀를 불러 할 말이란 대체 무엇인가 하는 생각이 들었다. 사실 할 말도 따로 없는 것이었다.

그저 자기가 오작녀를 부를까 하는 것은 마지막으로 그네의 눈을 한번 더 보아두겠다는 것이 아닐까. 오늘따라 오작녀는 아침과 점심상을 들이고 내갈 때마다 상 위에만 눈을 떨구고 있었다. 그 눈을 한번 심상을 들이고 내갈 때마다 상 위에만 눈을 떨구고 있었다. 그 눈을 한번 면바로 보아두겠다는 것이 아닐까.

자기는 어려서도 오작녀와 헤어지며 그네의 눈을 찾은 적이 있었다. 훈이 평양으로 이사해 들어갈 때의 일이었다.

살림 도구는 그날 새벽에 먼저 달구지로 들여보내고 어머니와 훈만이 늦조반 때쯤 순안으로 가 기차를 타기로 돼 있었다.

동네 여인들이 모여 와 배웅을 했다.

그 속에서 훈은 아까부터 오작녀를 찾고 있었다. 어제 저녁에 분명히 오늘 아침 떠날 때에는 꼭 오마고 한 것이었다. 벌써부터 오작녀의 어머니는 와 있었다. 그런데 오작녀만은 보이지를 않는 것이었다.

오작녀네 집은 훈네 집과 얼마 떨어지지 않은 곳에 있었다. 훈은 한길에 나서서도 몇번이고 오작녀네 집 쪽을 돌아다보았다. 그러나 오작녀는 나타나지 않았다.

배웅하는 동네 여인들이 동구 밖에서 떨어졌다. 그런데도 오작녀의 그림자는 종내 뵈지 않는 것이었다. 진작 오작녀네 집에 가보고 오지 않은 게 후회됐다.

기차가 순안역을 떠나자 찌뿌듯하던 하늘에서 비가 내리기 시작했다. 훈은 비안개가 낀 차창 밖을 내다보며, 어제 저녁 헤어질 때 오작녀가, 너는 평양 들어가 살게 돼서 좋겠다고 하면서 물기 머금은 큰 눈으로 자기를 바라보았던 일이 떠올랐다. 그때 훈은 이 눈에게라도 대답하듯이 중얼거렸었다. 평양 들어가는 게 동긴 무에 동와, 동긴 무에 동와!

어머니가 달걀 삶은 것을 내주었다. 훈은 왜 그랬는지 그것을 종시 받아먹지 않았다.

지금은 어려서 평양으로 이사해 들어갈 때와는 달라, 한마디 부르기만 하면 오작녀가 나타날 것이었다.

그렇건만 훈은 이제 오작녀를 봄으로 해서 자기의 마음이 헝클어질지도 모른다는 게 겁났다.

한편 오작녀는 오작녀대로 이날 훈이 자기에게 마지막 작별의 말을 하는 게 이젤까 저젤까 하고 가슴을 죄었다. 상을 보고는 저도 모르게 곧 자기 방으로 들어오곤 했다.

이미 각오하고 있는 바이긴 했다. 그래도 예사로운 낮으로 훈의 마지막 작별의 말을 들어낼 것 같지가 않았다. 눈물이 앞설 것만 같았다. 어떻게든 오늘 자기가 박선생 앞에서 눈물을 보여서는 안 된다고 생각했다.

어려서 훈이 평양으로 이사해 들어갈 때도 오작녀는 어린 마음에도 자꾸 눈물이 앞설 것만 같아서 떠나는 걸 가보지 못했다.

혼자 순안 가는 길이 내려다뵈는 뒷재에 올라가 있었다. 그러다가 훈의 그림자가 뵈지 않게 되자 혼자 울었다. 빗속에 기차가 산모퉁이를 돌아 아주 뵈지 않게 되기까지 그냥 서서 울었다. 나중에 보니 그때 자기가 저고리 고름을 어찌나 깨물었는지 구멍이 나 있었다. 이 저고리 고름을 볼 적마다 훈을 생각했다. 그리고 언제부터인가 오작녀는 자기가 큰아기바윗골 전설에 나오는 큰아기와 같다고 생각했다.

결국 자기는 큰아기보다 행복되다고 생각했다. 큰아기는 도련님이 돌아오기 전에 바위가 돼버렸지만 자기는 살아서 훈을 볼 수 있은 것이었다. 그리고 지난 3년 동안은 한 지붕 밑에서 살 수까지 있은 것이었다.

정말 오작녀는 훈과 같이 지낸 3년 동안에 제 한평생을 다 산 것만 같았다. 암만해도 분에 넘친 행복 같았다. 이제 자기는 죽어도 한이 없다고 생각했다.

오작녀는 벌써부터 훈이 이곳을 떠난 뒤에 자기 갈 곳을 정하고 있었다. 그것은 다른 곳 아닌 큰아기바윗골 벼랑이었다.

훈은 그냥 집을 나서 비석거리로 내려갔다.

당손이 할아버지네는 북데기 마당질을 하고 있었다.

당손이에게 지금 몇 시나 됐느냐고 물었다.

당손이가 집으로 뛰어 들어갔다 나오더니,

"3시 조금 넘었어요."

하며 시계를 내보였다.

3시 5분이 채 못 돼 있었다. 아직 시간의 여유가 있었다.

당손이 할아버지가 도리깨질하던 손을 멈추고,

"우리야 시계 없이두 사는 사람이니 교사가 다시 차디."

"아닙니다. 저두 필요없습니다."

사실 자기가 시간을 알 필요가 있는 것도 오늘로 마지막이라고
생각했다.

"하긴 댜가 그걸 어뜨케나 소둥히 너기는디. 잘못될까 봐 차구
두 안 댕기구 벽에다 걸어두구서는 하루에두 몇 십 번씩 들에다보
는디 몰라. 난 아예 손두 못 대게 하든서……."

"그럼 시계두 이제 제 주인을 만난 셈입니다."

당손이는 할아버지의 입에서 또 무슨 말이라도 나오면 어쩌나
싶은 듯 시계를 들고 집 안으로 뛰어 들어갔다.

"데것 보디!"

하고 당손이 할아버지는 손바닥에 침을 뱉어 도리깨채를 그러쥐
며 이번에는 혼잣말 비슷이,

"봄 날씨가 너무 가무는데. 어제는 해무리꺼지 하는 걸 보니 오
래 가물 모양이야."

그러고는 도리깨를 메었다 내리치면서,

"세상이 하두 뒤숭숭하니 년사라두 잘돼야갔는데 말이야."

훈은 아직 도섭영감을 찾아가기에는 시간이 좀 일러 당손이 할아버지에게 말해가지고 모닥불을 피우기로 했다.

북데기를 한 아름 안아다 마당귀에 불을 놓았다. 그러고는 그 앞에 꼬챙이로 불구멍을 뚫어주고, 입김으로 불어주고 했다. 북데기가 다 타면 새로 안아다 얹곤 했다.

그러다가 훈은 모닥불 속에 별나게 빨갛게 타는 것을 발견했다. 벼이삭이었다. 쭉정이 벼이삭이었다. 그 쭉정이 한 알 한 알이 빨간 불꽃이 되는 것이었다. 그리고 다른 검불보다 오래 빨개 있는 것이었다.

좀 전에 당손이 할아버지가 혼잣말처럼 말한, 뒤숭숭한 세상이라는 말이 떠올랐다. 지금 자기도 이 뒤숭숭한 세상 속에 들어 있는 것이다. 거기서 자기는 이제 알맹이 없는 쭉정이 벼이삭 모양 타버리려고 하는 것이다. 이 모닥불 속의 쭉정이처럼만 아름답게 타버리면 그만인 것이다.

순안 가는 길 쪽으로부터 비석거리 사람들이 몇 몰려 내려오는 것이 보였다.

"오늘 무슨 회가 있었습니까?"

"밤낮 무슨 회 무슨 회 하구 회 없는 날이 있나. 오늘은 또 농민대횐가 뭔가 있다드군."

회가 끝났으면 도섭영감도 이제쯤 집에 돌아와 있을 것이었다.

일어섰다.

"저, 할아버지, 마당질이 곧 끝나십니까?"

"아마 저녁때꺼지 해야 할걸."

"그러면 이것 좀 제 사촌아우에게 전해주십시오."

어제 사촌동생과 헤어져 돌아와 써두었던 종잇조각이었다.

"아마 5시 전후해서 이리 지나갈 겝니다."

이날 농민 대회는 다른 것으로 모인 게 아니었다.

도섭영감을 농민위원장 자리에서 숙청하기 위해서였다.

당에서 볼 때 이제는 도섭영감의 이용 가치가 없어진 것이었다. 토지개혁이 있기까지 면내 제일가다시피하는 지주와 가까이 지내던 이 사람을 내세워 지주와 농민 사이를 이간 붙이자는 것이었다. 그 이용 가치가 이제는 없어진 것이다.

초기처럼 이런 당의 결정을 직접 자기네의 손으로 행사하지 않고, 모든 것이 농민의 의사에 의해 행해지는 것처럼 보이기 위해 농민 대회란 걸 연 것이었다.

도섭영감의 숙청 이유는, 그가 해방 전에 반동 지주의 앞잡이 노릇을 하면서 농민들을 못살게 굴었다는 것이었다. 새삼스럽기 짝이 없는 말이었다. 그리고 과거에 이러한 과오를 범한 도섭영감이 아직도 옛날 반동 지주와 연락을 갖고 있다는 것이었다. 그 증거로 며칠 전에 자살해 죽은 반동 지주 박용제 영감의 장례 때, 자기의 아들 삼득이를 시켜 돌보아주게 한 사실을 봐도 알 수 있다는 것이었다.

이날 농민 대회에서는 도섭영감의 후임으로 홍수가 새로 면 농민위원장이 되었다.

도섭영감은 눈앞이 캄캄해왔다. 세상에 이런 일도 있는가. 앞으로 내 하는 일을 봐서 지나간 일은 모두 덮어주기로 하지 않았는가. 그래 오늘날까지 자기네가 하라는 대로 해오지 않았는가. 지나칠 만큼 해오지 않았는가. 그걸 수고했다는 말은 없이 이렇게 숙청을 해?

도섭영감의 밋밋하게 칼로 민 네모진 턱이 사뭇 덜덜 떨리었다.

집까지 정신없이 돌아오자 방 안을 향해 고함을 쳤다.

"삼득이새끼 게 있니?"

심상치 않은 남편의 고함소리에 오작녀 어머니는 겁먹은 목소리로,

"아까, 좀 아까 새(나무)하레 가는가 봅디다."

하고는 이어서 한마디 덧붙였다.

"이제 곧 돌아올 거웨다."

조금이라도 남편의 속을 풀자는 것이었다.

도섭영감은,

"에익!"

하고 소리를 지르고는 헛간으로 가 낫을 들고 나왔다.

그것을 숫돌에 갈기 시작했다.

이놈의 새끼 집에 들어와만 봐라, 이놈의 새끼 집에 들어와만 봐라!

낫날을 만져보았다. 그 손끝이 가늘게 떨리어 몇 번이고 헛만 졌다.

이놈의 새끼 집에 들어와만 봐라, 들어와만 봐! 더 팔에 힘을 주어 다시 낫을 갈았다.

글쎄 백당넘의 새끼 같으니라구 뭐 하레 용제넝감네 산수엘 가? 당장 목을 베 쥑에두 시원티 않을 놈의 새끼 같으니라구!

그러는 그의 가슴을 화악 치받쳐오는 게 있었다. 대체 그 새끼가 산소에 간 걸 누가 보고 고자질을 했을까.

잠시 낫 갈던 손을 멈추었다.

음, 고놈이다, 고 흥수놈의 짓이다. 그래개지구 제가 농민위원당이 된 거다!

도섭영감은 아들이고 누구고 비위에 거슬리는 놈은 모조리 낫으로 찔러버리고만 싶었다. 그래야만 직성이 풀릴 것 같았다.

여기에 훈이 찾아왔다.

훈이 미처 부르기도 전에, 도섭영감 편에서 인기척 소리에 고개를 돌렸는가 하자 그대로 벌떡 일어났다.

"아즈반과 잠깐 할 말이 있는데요."

훈의 목소리가 적잖이 떨려 나왔다.

도섭영감의 굵은 눈썹이 피끗하고 움직였다.

네놈 잘 왔다! 오늘 내가 이 모양이 된 건 결국은 네놈 때문이다. 나한테 할 말이 무슨 말인진 몰라두 이참에 결판을 내구 말자!

낫자루를 단단히 잡고 훈에게로 가까이 갔다.

"잠깐 조용히 할 말이 있습니다."

훈이 앞장서 뒷산 기슭으로 올라갔다.

도섭영감은 몇 번이고 헛가래를 돋우어냈다.

훈은 그때마다 도섭영감의 낫이 등덜미를 와 찍는 것 같음을 느꼈다. 머리끝이 쭈뼛거렸다. 그러면서도 어쩐지 가슴속은 냉정해 있을 수 있었다.

잡목 숲으로 들어섰다. 밤나무 곁까지 왔다. 섰다.

이제는 구새통에 들어 있는 단도를 꺼내어 도섭영감을 찌르기만 하면 될 것이었다. 그러자 가슴속이 막 뒤범벅이 됐다.

자기가 이 순간까지 생각한 것은 그저 도섭영감을 이리로 데리고 와 단도로 찌르리라는 것뿐이었다. 어떤 위치에서 어디를 어떻게 찌르리라는 것은 통 생각해두지 못한 것이었다. 게다가 지금 도섭영감은 낫까지 들고 있는 것이었다.

훈은 정말 도섭영감의 낫이 자기의 등덜미를 먼저 내리찍어주었으면 하는 생각이 들었다. 그러면서 그는 저도 모르게 한 손을 주머니에 넣어 담배를 꺼냈다. 전날 평양 들어갔을 때 산 담배였다. 성냥을 그었다. 그러나 담배에 불이 댕겨지기 전에 꺼지고 말았다. 손이 떨리고 숨결이 거칠어진 때문이었다. 다시 성냥을 그었다. 이번에도 꺼졌다.

도섭영감이 훈의 곁을 지나 서너 걸음 앞서더니 거기 섰다. 그러고는 등을 이리 돌려댄 채 낫을 옆구리에 끼고는 담배를 재기 시작했다. 성냥까지 그어댔다.

훈은 자기보다 늙기는 했지만 이 장대하기 짝이 없는 도섭영감을 자기의 손으로 도저히 어쩌지 못하리라는 것을 깨달았다. 도리어 이편이 당하고 말리라.

그러자 사실 자기가 이렇게 도섭영감을 여기까지 데리고 온 것은, 자기가 그를 죽이려는 것이 아니고 그의 손에 자기가 죽기 위함이었는지도 모른다는 생각이 들었다.

이 생각이 훈에게 힘을 주었다. 구새통에서 단도를 꺼내 들었다. 그러고는, 아즈반! 하는 소리와 함께 도섭영감의 넓은 잔등을 향해 자기 몸을 부딪쳐나갔다.

도섭영감이 홱 돌아서며 입에서 담뱃대를 떨구었다.

단도가 도섭영감의 오른쪽 옆구리를 째고 지나간 것이었다.

훈은 도섭영감을 찔렀다고 느낀 순간 단도를 놓쳐버리고는 그대로 몇 걸음 앞으로 쏠려나갔다.

도섭영감은 처음에 어리둥절한 모양이었다. 잠시 멍하니 훈 쪽을 바라보다가, 그제야 감각이 된 듯 한 손으로 오른쪽 옆구리를 짚었다.

피가 흘러나와 옷을 적시고 있었다.

도섭영감이 홱 낫자루를 높이 들었다. 씨근씨근 숨소리가 높았다.

훈은 도섭영감의 피 흐르는 옆구리를 바라보며 눈앞이 핑 돌았다. 어젯밤 꿈속과는 달랐다.

도섭영감이 낫을 높이 든 채 한 걸음 두 걸음 다가왔다.

훈은 저도 모르게 눈을 감고 말았다.

머지않은 곳에서 나뭇짐 넘어지는 소리가 들렸다고 생각됐다.

"아바지이!"

훈이 눈을 떴다.

삼득이었다.

삼득이가 몸을 던지듯이 아버지 앞을 막아섰다. 그러고는 어느새 아버지의 낫 쥔 팔을 붙잡았다. 그때 이미 낫 끝이 한 치 가량 삼득이의 왼쪽 어깨에 꽂혀 있었다.

"이 새끼 마츰 잘 왔다! 너부터 죽어봐라!"

도섭영감이 부드득 낫 쥔 팔에 힘을 주었다.

삼득이는 아버지의 낫 쥔 팔을 두 손으로 비틀어 꼬았다. 도섭영감의 낫 쥔 팔이 점점 들리면서 몸마저 거기 따라 비틀어지다가 뒤로 나가쓰러졌다. 삼득이도 따라 쓰러졌다.

아버지와 아들이 한참 한데 얼려 엎치락뒤치락했다. 두 몸에 흐르는 피가 서로의 몸에 번지어나갔다.

삼득이가 간신히 아버지의 손에서 낫을 빼앗았다. 그것을 힘껏 멀리 팽개쳤다.

도섭영감이 벌떡 일어나더니 손에 잡을 무에 없는가 주위를 휘둘러보다가, 으으흠 하고 뱃속 깊이에서 나오는 신음 소리를 지르며 아무 데고 주저앉아버리고 말았다.

도섭영감의 온몸에서 맥이 탁 풀려나갔다. 그러는 그의 심중은 차라리 오늘 훈의 칼에 자기가 죽는 게 옳았을는지도 모른다는 생각이었다. 얼마를 어깨숨을 쉬면서 고개를 떨구고 있었다. 그러다 퍼뜩 생각난 듯이 쌈지에서 담배를 꺼내어 옆구리에 붙였다. 그러고는 말없이 쌈지를 아들에게로 던졌다. 그래두 살 수 있는 데꺼지는 살아야디!

삼득이도 말없이 쌈지에서 담배를 꺼내어 어깨에 붙이고 훈이 있는 데로 왔다. 사지를 떨고 있었다.

248

훈은 훈대로 아까부터 빤 하관의 위아래 턱을 덕덕 마주뜨리고
있었다.

삼득이가 약간 목멘 소리로,

"이른 일이 있을 것 같아서 늘상 마음을 못 놓구 뒤따라댕겠는
데…… 오늘은 선생님이 과수원에 계신 걸 보구 새하레 갔다 오
는 새에 그만……."

훈은 새로이 눈앞이 핑 도는 심사였다. 삼득이가 여태껏 자기의
뒤를 밟은 것은 무슨 염탐질을 하기 위해서가 아니고 자기의 신
변을 보살펴주기 위함이었던가.

"사실은 선생님더러 어서 여겔 떠나시라구 하구 싶었디만……
누이가 불쌍해서……."

삼득이는 무슨 하기 힘든 결심이라도 한 듯,

"이제라두 곧 여겔 떠나십쇼. 다시는 이놈의 피를 묻히디 않두
룩……."

물기 어린 눈을 똑바로 훈에게 부으며,

"그리구 불쌍한 누이를 대리구 가주십쇼."

훈은 이 어린 청년을 마주 바라보고 있었다. 그러나 아무것도
보이지 않았다. 그러는 그의 몸 한가운데에 어떤 불씨 같은 게 남
아 있다가 고개를 들었다. 왜 이러고 섰느냐, 어서 오작녀에게로
가거라, 어서 오작녀에게로 가거라!

흑 하고 숨을 한번 몰아쉬었는가 하자 훈은 그대로 집 쪽을 향
해 뛰는 걸음으로 내려가기 시작했다.

당손이 할아버지가 마당질한 벼 북데기를 거의 다 바람 기계에
풍겼을 즈음에 혁이 그 앞을 지나갔다. 꽤 빠른 걸음새였다.

혁이 저만큼 지나간 뒤에야 당손이 할아버지는 아까 훈에게서
부탁받은 종잇조각 생각이 나,

"이 사람."

하고 불러 세웠다.

"이거 교사가 님자 오믄 주라구 하데."

혁은 적이 상기된 얼굴로 종잇조각을 펴 들었다. 그리고 모로
비쳐 오는 기운 햇빛 속에 이런 간단한 글발을 읽었다.

'내가 대신해서 도섭영감의 일을 처리한다. 어서 이곳을 떠나
라. 이 이상 더 피를 보고 싶지 않다.'

너와 나만의 시간

벌써 이틀째다.

한결같이 눈에 뵈는 것은 굴곡진 산봉우리와 계곡의 연속이었다. 그 속에서 아무것도 움직이고 있는 것이라곤 없는 성싶었다. 바람도 없었다.

주대위의 몸은 양쪽에서 부축을 받고도 자꾸만 아래로 늘어지기 시작했다. 마냥 그것은 두 사람의 어깨에 매달려 끌려가는 셈이나 다름없었다. 허벅다리에 관통상을 입고 있는 것이다. 요행 동맥과 신경은 건드리지 않아 우선 압박대로 지혈을 시켜놓고 간신히 적의 포위망을 빠져나왔던 것인데, 오늘 아침부터는 그것이 부패 작용이라도 일으켰는지 마구 저리고 쑤셔댔다.

어디까지 가면 된다는 한정된 길도 아니었다. 그저 무턱대고 남쪽으로만 걸음을 옮기고 있는 것이었다. 부상자에게 있어 일정한 거리감이 가져다주는 영향력이란 대단하다는 걸 주대위는 알고 있었다.

 어떤 전투에서 한 병사가 하복부에 관통상을 입고도 그 구멍 뚫린 하복부에다 제 옷섶을 틀어막아가며, 반 시간 넘어 걸려야 하는 진지까지 돌아와서야 고꾸라진 일이 있었다. 그런 치명상을 입고도 그 병사가 진지까지 돌아올 수 있었던 것은 다름 아닌 어디까지만 가면 진지가 된다는 일정한 목적지가 있었기 때문이다.

 그 정해진 목적지가 지금 자기네에겐 없는 것이다. 그러나 주대위는 자기를 부축하고 걷는 현중위와 김일등병에게 자기는 더 걸을 수가 없으니 여기 남겨놓고 먼저들 가라는 말을 하지 못했다. 혼자 처진다는 것은 그대로 죽음을 의미했다.

 김일등병이 업자고 했을 때도 주대위는 잠자코 업히었다.

 올해 김일등병은 열아홉 살밖에 안 됐으나 농촌 출신이라, 업고 걷는 거리도 상당했다.

 현중위가 대번해서 업을 차례가 되었다.

 그는 업기 전에 슬쩍 주대위의 허리께를 바라봤다. 거기에는 권총이 매달려 있었다. 그들 세 사람은 이미 배낭이며 철모며 총이며 윗저고리를 벗어버린 지 오래였다. 남은 무기라곤 주대위의 허리에 찬 권총뿐이었다.

 주대위는 현중위의 눈길이 무엇을 의미하는지 짐작이 갔다. 그리고 그의 심중을 헤아릴 수도 있을 것 같았다. 혼자 힘으로 걸을 수 없게 됐을 때부터 이미 자기의 몸뚱어리는 두 사람에게 거추장스러운 짐밖에 되지 않았던 것이다. 하지만 두 사람은 차마 상사인 자기를 그냥 내버려두고 갈 수는 없었던 것이다. 결국은 이쪽이 그걸 알아차리고 권총으로 자결할 것을 기다리고 있는 것이다.

그러나 주대위는 현중위의 시선을 모른 체했다. 그리고 조금이라도 몸을 가볍게 하기 위해 군복 바지와 군화마저 벗어버리고 그의 등에 업혔다.

현중위는 김일등병만큼 못했으나, 그래도 같은 학도병 출신인 주대위보다는 체구도 크고 힘도 세어 꽤 잘 업어냈다.

이러한 그들이 이틀 동안에 먹은 거라곤 더덕과 칡뿌리, 그리고 어쩌다 찾아낸 샘물로 겨우 갈증을 면한 것밖에 없었다. 게다가 첫여름 햇볕은 불길이었다.

업은 사람의 얼굴에서는 찝찔한 땀줄기가 마구 눈과 입으로 기어들었다. 그렇건만 손으로 훔쳐내지도 못하고, 그저 눈을 꾹꾹 감아 땀을 몰아내거나 입을 푸푸거리며 고개를 흔들어 떨구어버리는 수밖에 없었다.

점차로 업은 사람의 걷는 거리가 줄어들고, 교대가 잦아갔다.

주대위는 자기의 가슴과 업은 사람이 등이 젖은 셔츠를 격해 서로 미끈거리는 상쾌하지 못한 촉감에서 그러나 자신이 살아 있다는 실감을 느꼈다.

주대위를 다시 바꿔 업은 현중위는 땀을 철철 흘리며 걷는 동안, 벌써 몇 번짼가 눈앞에 떠올랐던 것이 다시금 나타났다.

그는 그젯밤 적의 꽹과리와 날라리 소리를 듣기 전 잠 속에서 꿈을 꾸었던 것이었다.

누렇게 뜬 하늘 한복판에 황달 든 태양이 타고 있었다. 그리고 그 밑으로 누렇게 뜬 불모의 황야가 하늘과 맞닿은 데까지 한없이 펼쳐져 있었다. 그 한가운데 그는 땀을 철철 흘리며 서 있었다. 풀썩거리는 누런 흙이 걷어 올린 정강이 한 중턱까지 올라와 있었다.

그는 신경을 쓰지 않으면 안 되었다. 그 양쪽 정강이에는 그가 마음속으로 아껴오는 것이 있었다. 입대하기 전날 사랑하는 사람이 그의 걷어 올린 다리를 보고 정강이털이 길어 우습다면서 장난스럽게 양쪽 정강이털 중에 제일 긴 것이 자기 것이니 잘 간직하라고 했던 것이다. 그것이 지금 누렇게 뜬 흙먼지 속에 잠겨버리려고 하는 것이다.

그러나 그는 그것에만 마음을 쓸 수는 없었다.

바로 눈앞에 풀썩거리는 흙바닥에 개미구멍이 하나 나 있었다. 그는 누구에게 명령받은 것도 아니면서 이 개미구멍을 지키고 있어야 한다고 생각하고 있었다.

개미구멍으로는 언제부터인지 흙빛과 같은 누런 개미 떼가 연달아 기어 나오고 있었다. 그리고 거기 같은 빛깔을 한 커다란 왕개미 한 마리가 구멍 입구에 서서 조그만 개미들이 나오는 족족 주둥이로 목을 잘라버리는 것이었다. 삽시간에 개미의 시체가 가득 쌓였다. 그러나 그것은 개미의 시체가 아니고, 그대로 누렇게 뜬 흙으로 화해버리는 것이었다. 그러고 보면 이 한없이 넓은 불모의 황야도 이렇게 하나하나 목을 잘린 개미 떼의 시체로 이루어졌는지 모른다는 생각이 들었다. 여전히 누렇게 뜬 하늘에는 황달 든 태양이 타고 있고, 그 밑에 그는 오도 가도 못하고 개미 구멍을 지키고 서 있어야만 했다.

현중위는 자기 등을 짓누르고 있는 주대위의 중량을 자꾸만 느꼈다. 이 달갑지 않은 중량을 제거해버리는 길은 하나밖에 없었다. 주대위 자신이 어서 삶에 대한 미련을 단념해버리면 되는 것이다. 그렇지 않았다가는 세 사람이 이름도 모르는 산중에서 몰죽음을 당하는 도리밖에 없는 것이다.

그는 목이 탔다.

한 댓새 전, 오래간만에 사랑하는 사람으로부터 받은 편지를 그는 생각했다.

그 속에는 이런 구절이 씌어 있었다.

'제 입술은 언제까지나 시들지 않을 거예요. 당신이 제게 마련해준 지난날의 즐거운 기억이 쉴 새 없이 거기 물을 주고 있으니까요.'

언제인가 그는 긴 입맞춤 끝에 그네의 귀에다 속삭인 일이 있었다. 그대의 입술은 외이파리 꽃이 아니고 수없이 많은 이파리를 지닌 여러 겹 꽃이오, 아무리 파헤쳐도 끝이 없소, 라고.

그리고 그 편지 속에는 여지껏과 다른 것이 하나 있었다. 지금까지는 씨 자를 붙여서 호칭해오던 것이 당신이란 말로 변한 것이다. 그것은 자기 두 사람의 사이가 더 결합됐음을 뜻했다.

그는 편지를 읽고 새삼스럽게 정강이를 내려다보며, 자기에게 부어져 있는 한 사람의 여인의 웃음 머금은 맑은 눈길을 느꼈다.

지금도 그는 주대위를 업고 홧홧 달아오는 입 안의 갈증을 지난
날 사랑하는 사람의 입술이 남겨준 촉감으로 축여가며, 자기에게
부어진 그네의 웃음 머금은 맑은 눈길을 되살렸다. 그 눈길을 따
라 걷는 동안, 그의 땀에 젖은 눈도 맑게 빛나는 것이었다.

　어느 능선 굽이에 이르렀다.
　김일등병이 대번해서 업을 차례였다.
　지형 상으로 보아 앞에 가로놓인 계곡을 내려가 앞산으로 질러
올라가면 잠깐이요. 그렇지 않으면 꾸불꾸불 굽이진 능선을 상당
히 돌아가지 않으면 안 되게 된 곳이었다.
　현중위는 계곡을 내려가 곧장 가자고 했다. 누구든지 그렇게 보
는 것이 타당할 것이었다. 더욱이나 그들은 단 몇 걸음의 단축이
나마 염두에 두지 않으면 안 될 처지에 있는 것이었다.
　김일등병의 의견은 그러나 그렇지가 않았다. 계곡을 내려갔다
가 나무숲 속에서 방향이라도 잃게 되면 고생은 고생대로 하고
길만 더 더디게 되기 쉽다는 것이다.
　얼른 결정이 지어지지 않고 있을 때 주대위가 한마디 했다.
　"현중위, 김일병의 말대루 하지."
　퍼뜩 현중위의 눈이 주대위의 허리에 매달려 있는 권총으로 갔
다. 그러는 그의 눈앞에는 또다시 꿈의 장면이 나타났다.
　한결같이 누렇게 뜬 하늘에는 황달 든 태양이 타고 있고, 그 밑
으로 한없이 넓게 깔려 있는 불모의 황야. 그 한가운데 그는 땀을
철철 흘리며 서 있었다. 바로 앞에 누렇게 뜬 메마른 흙바닥에 개

미구멍이 있어, 누런 빛을 한 조그만 개미 떼가 연달아 기어 나오고, 그것을 구멍 입구에 같은 빛깔의 왕개미가 대기하고 서서 자꾸만 목을 잘라내고 있는 것이다. 마치 그것은 왕개미가 기계적으로 주둥이를 놀리고 있는데 거기 꼭 맞는 속도로 작은 개미 떼들이 기어 나와 목을 들이미는 것과도 같았다. 그리고 목 잘린 개미 떼들은 그대로 누렇게 뜬 흙으로 화해버리고 마는 것이었다. 거기 따라 점점 흙이 높아지면서 그의 정강이털이 거의 묻히게 돼 있었다.

초조할밖에 없었다. 하지만 그는 그곳에 서 있을 수밖에 없는 것이었다.

그러다가 문득 그가 개미구멍 한옆에 따로 뚫려 있는 샛구멍을 하나 발견했다. 이것만은 꿈속에서는 전혀 없었던, 지금 그 자신이 의식적으로 뚫어놓은 구멍이었다. 그런데도 어리석은 개미 떼들은 그냥 본래의 구멍으로만 나오면서 목을 무수히 잘리고 있는 것이었다.

현중위는 주대위를 업지도 않은 몸이건만 전신에 비지땀을 흘렸다.

해거름 때 세 사람은 구렁이 한 마리를 잡아 구워서 나눠 먹었다.

다 먹고 난 현중위가 뒤라도 마려운 듯이 자리를 떴다.

그런 지 좀 만에 주대위가 김일등병에게 말했다.

"자네두 여길 떠나게."

김일등병은 그게 무슨 말이냐는 듯이 주대위를 쳐다봤다.

"현중위 갔어, 기다리다 못해."

"기다리다 못해 가다뇨?"

"내가 자살하길 기다리다 못해 떠났어."

사실 현중위는 돌아오지 않았다.

주대위는 김일등병의 시선을 마주 바라보기를 피하면서,

"자네두 어서 여길 떠나게."

김일등병은 잠시 주춤거리다가 서산에 비낀 붉은 놀을 한번 바라보고는 말없이 주대위에게 등을 돌려댔다.

혼자 업고 걷는 길이라 도무지 앞으로 나가지지가 않았다. 조금 가서는 쉬고 조금 가서는 쉬고 했다.

밤이 되자 두 사람은 아무 데고 드러누웠다.

짐스럽다고 맨 먼저 버리고 온 배낭 속에 들었을 건빵이 눈앞에 어른거렸으나 실상 그들은 이미 배고픈 줄도 몰랐다.

그들은 현중위의 일을 생각했다. 지금 어디쯤 갔을까. 김일등병은 자기네를 버리고 간 그가 원망스러웠다. 한편 주대위는 한시 바삐 그가 아군 진지를 찾아 구원병이라도 보내줬으면 하는 바람을 가져보는 것이었다. 물론 두 사람은 서로 입 밖에 내어서는 말하지 않았다.

김일등병이 잠든 뒤에도 주대위는 눈을 붙이지 못했다. 이제 와선 상처의 아픔도 별로 느껴지지 않았다. 그저 일단 잠들었다가는 영 깨어나지 못할 것만 같은 생각이 드는 것이었다.

그러다가 어떻게 그 여자의 생각을 머리에 떠올리게 됐는지는 모른다.

서너 달 전, 그가 어느 고지 탈환 작전에 공훈을 세웠다 하여 며칠 동안의 특별 휴가를 받았을 때, 부산에 갔던 길에 하룻밤 몸을 산 일이 있는 여자였다.

이 여자의 말이 1·4 후퇴 무렵 서울 어떤 술집에 있었을 땐데 어느 날 어스름 녘 외국 군인 세 녀석에게 쫓겨 들어오는 한 소녀를 뒷문으로 빠져나가게 한 후, 대신 그 일을 당한 일이 있었다는 것이다. 어느 놈이 어느 놈인지도 구별 못하는 새, 그만 정신을 잃었다가 들창이 희끄무레 밝아올 녘에야 깨어났노라고 했다. 그런데 뜻밖에도 그 소녀를 오늘 거리에서 만났는데, 이쪽이 미처 알아보지도 못하는 것을 소녀 편에서 먼저 반기더라는 것이다. 자기와 같은 여자를 아무 거리낌 없이 대해주는 것이 여간 고맙지가 않더라고 했다. 더구나 무어든 도와주고 싶다는 말에는 송구스럽기까지 하더라는 것이다.

주대위는 이 일종 미담 같은 이야기를 듣는 동안, 그네의 심중을 한번 꼬집어주고 싶은 충동을 받았다. 그럼 그 송구스럽고 고마운 맛을 다시 보기 위해선 앞으로 또 그런 경울 당하면 들창이 희끄무레 밝아올 때까지 정신을 잃을 수 있단 말이지?

그네는 어둠 속에서 담배를 붙여 물더니, 글쎄요 그런 일이란 하려구 해서 되는 건 아녜요, 그때 난 나두 모르게 그 소녈 대신했던 것뿐예요, 사람이란 뜻 않았던 일에 부닥치면 뒤에 생각해서 어떻게 자기가 그런 일을 했는지두 모를 일을 하는 수가 있잖어요, 그때 내가 그 소녈 대신한 것두 그거예요, 혹시 다음에 같은 경울 당한다구 해두 내가 어떻게 할는지는 나 자신두 몰라요, 경우에 따라서는 그렇게 할 거구, 경우에 따라서는 또 그렇게 하지 않을 거구.

주대위의 머리에 이 여자와 주고받은 마지막 대화가 떠올랐던 것이다.

생각해보면 그동안 자기도 거듭하는 격전 속에서 이 여자의 말과 같은 행동을 해왔던 것이다. 언제나 예측할 수 없는 상황 속에서 예기치 않았던 행동을 하곤 했던 것이다.

그러자 그의 머릿속에는 새로운 생각 하나가 스치고 지나갔다.

지난날 자기가 그 여자에게 비꼬임 조로, 다시 그런 경우를 당하면 또 누군가를 위해서 대신하겠느냐고 했을 때의 자기 마음 한구석에서는 앞으로 그네가 같은 경우를 당하면 다시금 누군가를 위해서 대신하는 것도 무방하다는 생각을 했던 것은 아닐까. 그리고 그 생각 속에는 그네가 그런 경우에는 으레 그래주기를 바라는 마음이 은근히 깃들어 있었던 것은 아닐까.

그러나 지금 죽음을 앞두고 어느 능선 어둠 속에 누워 있는 주대위에게는 어떠한 경우일지라도 그네에게 그것을 바랄 아무런 권한도 자기에게는 부여돼 있지 않다는 걸 느끼지 않으면 안 되었다. 그와 마찬가지로 여태까지 자기가 싸움터에서 겪은 온갖 상황에 대해서도 제삼자인 누가 있어, 그건 응당 그랬어야만 한다고 감히 주장해서는 안 된다는 생각이었다.

그는 문득 누구에게라 없이 한번 대들어 따지고 싶은 심정이었다. 그러나 지금 그를 둘러싸고 있는 것은 한없이 두꺼운 어둠뿐이었다.

이윽고 그도 잠 속에 빠져 들어가고 말았다.

날이 밝자 또 걸었다. 어제보다도 쉬는 도수가 잦아갔다.

김일등병도 군복 바지와 군화마저 벗어버렸다. 맨발로 산길을 걷기가 힘들다는 걸 모르는 바 아니었다. 하지만 우선 신발이 천근만근 무겁게 여겨져 견딜 수가 없는 것이었다.

여기저기 발바닥이 터져 피가 내배었다. 그렇다고 돌부리 아닌 고운 땅만 골라 밟을 수만도 없었다.

한결같이 눈에 뵈는 것은 인가 아닌 산봉우리와 계곡의 움직임 없는 굴곡뿐이요, 귀에는 그처럼 갈망하고 있는 아군의 포 소리 대신 한없이 먼 데까지 퍼져나간 고즈넉함과 김일등병의 몰아쉬는 거친 숨소리뿐이었다.

그래도 주대위는 온 신경을 귀로 모으고 있었다. 어떤 색다른 소리나마 놓치지 않으려는 것이다.

한번은 주대위가 저리 가 물을 마시고 가자고 했다. 김일등병은 어디 물이 있는가 싶었다. 그러나 주대위가 말하는 데로 가 보니, 바위틈에서 샘물이 흐르고 있었다.

하루 종일 걸은 것이 겨우 10리 길도 못 되었다. 그동안 두 사람은 산개구리 몇 마리를 잡아 날로 먹었을 뿐이었다.

김일등병의 무릎은 굽어지고 허리는 앞으로 숙어져 거의 기는 시늉이었다.

주대위는 김일등병의 허리가 앞으로 숙는 각도에 따라 그만큼 자기의 생에 대한 희망도 꺾여 들어감을 느껴야만 했다.

저녁때쯤 어느 능선을 돌아가느라니까 앞에서 까마귀 한 마리
가 펄럭 하고 날아올랐다. 깎은 듯한 낭떠러지가 가로놓여 있는
것이었다.

발길을 돌리며 김일등병은 무심코 아래를 내려다보았다. 거기
에 까마귀 두세 마리가 앉아 무엇인가 열심히 쪼고 있었다.

사람의 시체였다. 그리고 첫눈에 그것은 현중위의 시체라는 걸
알 수 있었다. 어제 저녁 두 사람을 버리고 떠났을 때와 똑같이
위는 셔츠 바람이요, 아래는 군복 바지에 군화를 신고 있었다.

까마귀란 놈이 시체 얼굴에 붙어서 무엇인가 쪼고 있는 것이었
다. 그러다가 이쪽을 보고는 날아갈 기미를 보이다가도 그저 까
욱까욱 몇 번 울 뿐, 다시 쪼기를 계속하는 것이었다.

시체 얼굴에는 이미 눈알은 없어져 떼꾼하니 검은 구멍이 나있
었다.

두 사람은 이쪽으로 와 아무데나 쓰러지듯이 드러누웠다. 현중
위의 시체를 보자 마지막 남았던 기운마저 빠져버리고 만 것이
었다.

잠시 후에 김일등병은 무엇을 생각했는지 일어나 허청거리며
벼랑 쪽으로 가더니 돌을 집어던지기 시작했다. 그때마다 까마귀
가 펄럭 하고 시체를 떠나는 것이었으나, 곧 못마땅한 듯이 까욱
까욱 하며 다시 내려앉는 것이었다.

김일등병은 도로 와 쓰러지듯이 드러누워버렸다.

옆에 누워 있는 주대위를 돌아다보았다. 그는 눈을 감은 채 번듯이 누워 있었다.

김일등병은 전에 치열한 싸움터에서는 오히려 잊게 마련이었던 죽음이란 것을 몸 가까이 느꼈다. 내일쯤은 까마귀가 자기네의 눈알도 파먹으리라. 그러자 그는 옆에 누워 있는 주대위가 먼저 죽어 까마귀에게 눈알을 파먹히는 걸 보느니보다는 차라리 자기 편이 먼저 죽어 모든 것을 모르고 지나기를 바랐다.

그는 문득 울고 싶어졌다. 그러나 그럴 기운조차 지금 그에겐 없었다.

저도 모르게 혼곤히 잠 속에 끌려 들어갔던 김일등병은 주대위가 무어라 부르는 소리에 눈을 떴다. 하늘에 별이 총총 나 있었다.

"저 소릴 좀 듣게."

주대위가 누운 채 쇠진한 목 안의 소리로,

"꽃소릴세."

김일등병은 정신이 번쩍 들어 상반신을 일으키며 귀를 기울였다. 과연 먼 우레 소리 같은 포성이 은은히 들려오는 것이다.

"어느 편 폽니까?"

"아군의 포야. 155미리의……."

이 주대위의 감별이면 틀림없는 것이다. 그래 얼마나 먼 거리냐고 물으려는데 주대위 편에서,

"그렇지만 너무 멀어. 40리는 실히 되겠어."

그렇다면 아무리 아군의 포라 해도 소용이 없다.

김일등병은 도로 자리에 누워버렸다.

주대위는 지금 자기는 각각으로 죽어가고 있다고 느꼈다. 이상스레 맑은 정신으로 그게 느껴졌다. 그러다가 그는 드디어 지금까지 피해오던 어떤 상념과 정면으로 부딪쳤다. 그것은 권총을 사용해야 한다는 생각이었다. 아무래도 죽을 자기가 진작 자결을 했던들 모든 문제는 해결됐을 게 아닌가. 첫째 현중위가 밤길을 서두르다가 벼랑에 떨어져 죽지 않았을는지 모른다. 아무튼 이제라도 자결을 해버려야 한다. 그러면 아무리 지친 김일등병이라하더라도 혼자 몸이니 어떻게든 아군 진지까지 도달할 가망이 전혀 없는 것도 아니다.

그는 김일등병을 향해,

"폿소리 나는 방향은 동남쪽이다. 바로 우리가 누워 있는 발 쪽 벼랑을 왼쪽으루 돌아 내려가면 된다!"

있는 힘을 다해 명령조로 말했다. 그리고 무거운 손을 움직여 허리에서 권총을 슬그머니 빼었다.

그때, 바로 그때 주대위의 귀에 은은한 포 소리 사이로 또 다른 하나의 소리가 들려온 것이었다.

처음에는 그도 의심스러운 듯이 귀를 기울이고 있다가,

"저 소리가 무슨 소리지?"

김일등병이 고개만을 들고 잠시 귀를 기울이듯 하더니,

"무슨 소리 말입니까?"

"지금은 안 들리는군."

거기에 그쳤던 소리가 바람을 탄 듯이 다시 들려왔다.

"저 소리 말야. 이 머리 쪽에서 들려오는……."

그래도 김일등병의 귀에는 아무것도 들리지 않았다.

"개 짖는 소리 같애."

개 짖는 소리라는 말에 김일등병은 지친 몸을 벌떡 일으켜 머리 쪽으로 무릎걸음을 쳐 나갔다. 개 짖는 소리가 들린다면 그리 멀지 않은 곳에 인가가 있음에 틀림없었다.

"그 등성이를 넘어가면 된다!"

그러나 김일등병의 귀에는 여전히 아무것도 들리지 않았다. 그는 누웠던 자리로 도로 뒷걸음을 쳤다.

주대위는 김일등병에게 무엇인가 주고 싶었다. 그리고 그것을 자기 자신도 받고 싶었다.

김일등병이 드러누우며 혼잣소리로,

"내일쯤은 까마귀 떼가 더 많이 몰려들겠지. 눈알이 붙어 있는 것두 오늘 밤뿐야."

이 말이 채 끝나기도 전에 갑자기 권총 소리가 그의 귓전을 때렸다.

깜짝 놀라 돌아다보니 어둠 속에 주대위가 권총을 이리 겨눈 채 목 속에 잠긴 음성치고는 또렷하게,

"날 업어!"

하는 것이다.

김일등병은 무슨 영문인지 몰라 하면서도 하라는 대로 일어나 등을 돌려대는 수밖에 없었다.

"자, 걸어라!"

김일등병은 자기 오른쪽 귀 뒤에 권총 끝이 와 닿음을 느꼈다.

등성이를 넘어 컴컴한 나무숲으로 들어섰다.

"좀 서!"

업힌 주대위가 잠시 귀를 기울이고 나서,

"왼쪽으루 가!"

좀 후에 그는 다시,

"잠깐만."

그러고는,

"앞으루!"

이렇게, 왼쪽으로, 오른쪽으로, 앞으로, 하는 주대위의 말대로 죽을힘을 다해 걸음을 옮겨놓는 동안에도 김일등병의 귀에는 아무것도 들리지 않았다. 혹시 주대위가 죽음을 앞두고 허깨비 소리를 듣고 그러는 게 아닐까. 그렇다면 하필 자기네 두 사람은 마지막에 이러다가 죽을 필요는 무언가. 어제 저녁부터 혼자 업고 오느라고 갖은 고역을 다 겪으면서도 느끼지 못했던 원망이 주대위를 향해 거듭 복받쳐 오름을 어찌할 수가 없었다.

하지만 걷지 않을 수 없었다. 오른쪽 귀 뒤에 감촉되는 권총 끝이 떠나지 않는 것이다. 그것은 마치 권총이 비틀거리는 걸음이나마 옮겨놓게 하는 거나 다름없었다.

산 밑에 이르렀다.

"오른쪽으루!"

"그대루 똑바루!"

그제야 김일등병의 귀에도 무슨 소리가 들렸다. 그것이 점점 개 짖는 소리로 확실해졌다. 그러나 그것이 얼마만 한 거리에서인지는 짐작이 안 되었다.

목에서는 단내가 나고, 간신히 옮겨놓는 걸음은 한껏 깊은 데로 무한정 빠져들어가는 것만 같았다. 그저 그 자리에 주저앉고 싶은 생각뿐이었다. 그렇건만 쉬어 갈 수도 없는 노릇이었다. 귀 뒤에 와 닿은 권총 끝이 더 세게 밀고 있는 것이었다.

아무것도 뵈는 게 없었다. 어떻게 걸음을 떼어놓고 있는지조차 깨닫지 못하고 있었다. 그러는데 저쪽 어둠 속에 자리 잡은 초가집 같은 검은 그림자와 그 앞에 서 있는 사람의 그림자, 그리고 거기서 짖고 있는 개의 모양이 몽롱해진 눈에 어렴풋이 들어왔다고 느낀 순간과 동시에 귀 뒤에 와 밀고 있던 권총 끝이 별안간 물러나면서 업힌 주대위의 몸뚱이가 무겁게 탁 내려앉음을 느꼈다.

나무들 비탈에 서다

1

이건 마치 두꺼운 유리 속을 뚫고 간신히 걸음을 옮기는 것 같은 느낌이로군. 문득 동호는 생각했다. 산 밑이 가까워지자 낮 기운 여름 햇볕이 빈틈없이 내리부어지고 있었다. 시야는 어디까지나 투명했다. 그 속에 초가집 일고여덟 채가 무거운 지붕을 감당하기 힘든 것처럼 납작하게 엎드려 있었다. 전혀 전화를 안 입어보이는데 사람은 고사하고 생물이라곤 무엇 하나 살고 있지 않은 성싶게 주위가 너무 고요했다. 이 고요하고 거침새 없이 투명한 공간이 왜 이다지도 숨 막히게 앞을 막아서는 것일까. 정말 이건 두껍디두꺼운 유리 속을 뚫고 간신히 걸음을 옮기고 있는 느낌인데. 다시 한 번 동호는 생각했다. 부리를 앞으로 향한 총을 꽉 옆구리에 끼고 한 발자국씩 조심조심 걸음을 내어디딜 때마다 그

거창한 유리는 꼭 동호 자신의 순간순간 짓는 몸 자세만큼씩만 겨우 자리를 내어줄 뿐, 한결같이 몸에 밀착된 위치에서 앞을 막아서는 것이었다. 절로 동호는 숨이 가빠지고 이마에서 땀이 흘렀다.

2미터쯤 간격을 두고 역시 총대를 옆구리에 낀 채 앞을 주시하며 걸음을 옮기고 있던 현태가 이리로 고개를 돌리는 것이 느껴졌다. 무슨 농담이라도 한마디 건네려는지 모른다. 그러나 동호는 모른 체했다. 잠시나마 한눈을 팔았다가는 지금 자기가 가까스로 헤치고 나가는 이 밀도 짙은 유리가 그대로 아주 굳어버려 영 옴짝달싹못하게 될 것만 같았다.

첫 집에 도달하기까지 불과 40미터 안팎의 거리건만 한껏 멀어만 보였다.

수색이 시작되자 관심과 주의가 그리 옮겨지면서 동호는 지금까지 받아오던 압박감에서 적이 풀려났다. 수색대 조장인 현태가 손짓으로 대원 세 명에게는 집 둘레를 경비하게 하고, 자신은 병사 한 명을 데리고 집으로 들어갔다. 보통 때는 느리고 곧잘 익살을 부리던 현태가 전투태세로 들어가면 동작이 일변하여 야무지고 민첩해지는 것이다. 어느새 바람벽에 등을 바짝 붙이고는 문을 홱 열어젖히면서,

"꼼짝 말어!"

나지막하나 속힘이 들어 있는 목소리다.

몇 해나 묵은 창호지인지 검누르게 얼룩이 지고, 군데군데 낡은 헝겊 조각으로 땜질을 한 문짝이 열린 곳에 드러난 컴컴한 방 안.

"손 들구 나와!"

밖에서 경비하던 세 사람까지 한순간 숨을 죽인다. 그러나 컴컴한 방에서는 아무런 반응도 없다.

현태가 총구를 들이밀며 재빨리 방안을 살핀다. 빈집이다. 그렇건만 부엌과 뒷간까지 뒤진다. 그전 살던 사람들이 가난한 살림살이나마 급작스레 꾸려가지고 간 흔적만이 남아 있다.

다음 집들도 마찬가지였다. 그런데도 현태는 번번이 바람벽에 등을 붙이고 문짝을 잡아 젖히면서, 꼼짝 말어! 손 들구 나와! 를 빠짐없이 외치곤 했다. 그러는 동안 밖에서 경비를 보던 동호는 점점 긴장이 풀리면서 어쩐지 현태가 지금 하고 있는 짓이 자기와는 아무런 상관도 없는 어떤 딴 세계의 일같이 생각됐다. 그리고 자기 자신이 비현실적인 시간 속에 서 있는 것만 같이 느껴졌다. 병사 하나가 안마당에 떨어져 있는 감자알을 주워 얼른 호주머니에 넣는다. 그것이 더 가까운 현실 같았다.

그러나 이들 수색대의 신경을 긴장시킬 만한 일이 하나 생겼다. 무전기를 메고 경비를 보고 있던 윤구가 어떤 집 뒷간 옆 잿더미에서 낯선 통발이 한 짝을 발견한 것이었다. 바닥이 닳아 구멍이 나고 운두가 해진 신발짝이었다. 첫눈에도 그것은 마을 사람의 것이 아니라는 걸 알 수 있었다.

그러고 보니 이 집 저 집 잿간에서 닭털이며 돼지털이며 개털들이 발견되었다. 그리고 그것들의 뼈만은 그중 넓은 한 집 마당에 아무렇게나 내버려져 있는 것이다. 많은 사람들이 모여 음식을 먹고 간 자리임에 틀림없었다. 게다가 마을 사람들이 아닌 외부 사람들이 단시간에 어지럽히고 간 어수선함이 아직 남아 있었다. 쉬파리가 들끓는 뼈다귀의 빛깔이 그다지 검게 변색되지 않은 걸로 미루어 시간이 그리 오래 지나지 않았다는 것도 알 수 있었다.

대원 다섯 명은 누가 먼저랄 것 없이 사면을 한번 둘러보았다. 앞은 골짜기를 따라 옥수수와 고구마밭이 있는 길쯤한 벌을 사이에 두고 높고 낮은 구릉이 가로질렀고, 뒤는 좀 전에 자기네가 넘어온 중허리 위쪽에 희뿌연 바위로 뒤덮인 산이 올려다보였다. 그러는 그들의 눈앞에는 변함없이 낮 기운 여름 햇살이 내리부어지고 있었다. 그들은 새삼스레 주위가 너무 고요하다는 걸 느꼈다. 이 괴괴한 어느 지점에서 혹시 누가 자기네를 줄곧 감시나 하고 있지 않나 하는 생각에 어떤 말 못할 압박감이 엄습해 왔다. 동호는 다시금 엄청나게 두꺼운 유리 속에 자신이 들어가 있다는 느낌에 억눌려야만 했다. 이 유리가 저쪽 어느 한 귀퉁이에서 부서져 들어오기 시작하면 걷잡을 새 없이 몽땅 조각이 나고 말 테지. 그리고 무수히 날이 선 유리 조각이 모조리 몸에 들어박힐 거라. 동호는 전신에 소름이 끼쳐 몸을 한번 떨었다.

어떤 새로운 움직임만이 이 벅찬 중압감에서 벗어날 수 있다고 생각됐다. 남은 집을 마저 수색하기 시작했다. 그런데 여섯째 집에서 그들의 긴장을 한층 자극시키는 일이 생겼다. 현태가 역시 바람벽에 바짝 등을 붙이고 문짝을 홱 잡아 젖히면서, 꼼짝 말어! 했을 때 방 안에서 사람의 기척이 났던 것이다.

눈에 확 빛을 띤 현태가 고갯짓으로 이쪽에 신호를 하고 나서 단호한 목소리로,

"손 들구 이리 나와!"

밖에서 경비하던 사람들도 일제히 문이 젖혀진 컴컴한 구멍으로 총부리를 돌려대고 좌우에서 죄어들어갔다.

"얼른 못 나와?"

그러고도 잠시 후에야 파랗게 질린 여인의 얼굴이 어두운 문가에 나타났다가 흠칫 뒤로 물러나는 것이었다.

"이게. 빨랑 못 나와?"

현태의 음성이 더 모질어졌다.

그러고도 다시 잠시 후에야 여인이 질린 얼굴에 입술을 호들호들 떨면서 맨발째 토방으로 내려섰다. 서른이 좀 넘어 보였다.

"방 안에 있는 사람 모두 나와!"

여인이 뾰족한 턱을 가늘게 떨면서 두어 번 머리를 가로저었다.

재빨리 현태가 방 안을 살폈다. 어두운 방 안 아랫목에 어린것이 때 묻은 포대기를 덮고 잠이 들었는지 꼼짝 않고 누워 있을 뿐이었다.

"여기 왔던 군인이 뙤놈들야? 인민군 새끼들야?"

"조선 사람들예요……."

"언제 왔다 언제 갔지?"

"어제 밤중에 왔다…… 오늘 새벽 어둬서 갔어요."

"얼루?"

여인이 가늘게 떨리는 턱으로 앞쪽을 가리켰다.

"몇 놈이나 되지?"

여인은 잠시 머뭇거리다가,

272

"쉰 명…… 백 명……."

이런 산골 여인의 수에 대한 관념이란 종잡을 수 없는 것이다.

"동네 사람들은?"

"젊은 남정네들은 그 사람들이 데리구 가구…… 다른 사람들은 여기 있다간 죽는다는 바람에 죄다 피하구……."

"왜 같이 안 갔소?"

현태의 음성이 약간 부드러워졌으나 시선만은 그냥 날카롭게 여인의 눈 속을 쏘아보고 있었다.

여인이 몇 번이고 눈을 깜빡여 현태의 시선을 피하면서 떨리는 고개를 방 안으로 돌렸다. 거기에는 어린것이 말라비틀어진 팔을 포대기 밖에 내놓은 채 여전히 꼼짝 않고 누워 있었다. 그 입과 코와 눈언저리에 파리가 까맣게 붙어 있었다.

"저런 걸 업구 나갔다간…… 길에서 죽일 것 같애서……."

여인의 말소리는 목 안으로 기어들었다.

남은 두 빈 집을 마저 수색하고 나서 동네 한가운데 있는 우물 물을 제각기 수통에 넣어가지고 뒷산으로 올라갔다. 대낮에 다섯 명이나 산마루에서 어른거리는 것은 위험한 짓이다. 산허리께 나무숲을 지나 팔부 능선쯤 되는 바위 그늘에다 자리를 잡았다.

우선 중대본부에 보고를 해야 했다. 휴전회담이 시작된 지 2년째나 끌어오는 이즈음 각 전선에서는 산발적인 탐색전이 계속될 뿐, 이렇다 할 대규모의 전투는 없던 차에 이렇듯 적이 한 부락민을 모두 피난시켰다는 것은 설사 그것이 이른바 허실 전술에 지나지 않는다 하더라도 최근의 색다른 정보가 아닐 수 없었다.

현태가 윤구더러 중대본부를 부르게 했다. 윤구가 무전기의 수화기를 들고 스위치를 누르고는,

　"두꺼비…… 두꺼비…… 두꺼비……."

　말마디에 일정한 간격을 두어 패스워드로 중대본부를 불렀다.

　눌렀던 스위치를 놓자 곧 대답이 왔다.

　"올챙이…… 올챙이……."

　윤구가 현태에게로 눈을 주었다. 중대본부가 나왔으니 보고할 말을 하라는 것이다.

　"동북방 6킬로 지점."

　그것을 윤구가 패스워드로 바꾸어,

　"오징어 명태 여섯 마리."

　"초가집 여덟 채가 있음."

　"짚세기 네 켤레."

　그리고 오늘 새벽 미명에 인민군 이삼 소대가 이곳을 지나 서쪽 방면으로 이동한 흔적이 있다는 것을 알리고 나서,

　"현재 부락민은 하나 남지 않고 모두 피난 중임."

　그러자 군소리가 새어들지 않게끔 수화기와 입 사이에 손을 오그려 대고 있던 윤구가 눈을 들어 현태를 바라보았다. 여인 하나가 남아 있지 않느냐는 것이다.

　그러나 현태는 윤구의 시선을 묵살해버리듯 조용히 되뇌었다.

　"현재 부락민은 한 사람 남지 않고 피난 중임."

　윤구는 그대로 옮겼다.

　"짚세깃날 홀랑 훨훨."

중대본부에서 지시가 왔다. 여기 머물러 밤이 되기까지 적정을
살피라는 것이다.

현태는 병사들을 시켜 좌우 산굽이를 지키게 한 후 담배를 꺼내
어 붙여 물었다. 그리고 몇 모금 크게 빨고 나더니 무슨 생각을
했는지 옆에 앉았는 동호를 향해,

"이봐 시인, 아까 그런 때 기분을 뭐라고 표현했음 좋지?"
했다.

배낭에서 건빵을 집어내고 있던 동호는 이 친구가 또 무슨 얘길
지껄이려나 싶으면서도 고개를 돌리지 않았다.

"어이 시인, 이런 땐 담배부터 한 대 피우는 법야. 이렇게 호젓
한 산속 맑은 공기 속에서 피우는 담배 맛은 또 별미거든. 유난히
머릿속이 째릿한 게."

동호가 시인이라는 별명을 듣게 된 것은 언젠가 높은 절벽 위를
지나다였다. 밑을 내려다보며 여러 사람이, 오금이 저리다든가
눈앞이 아찔하다든가 하는 속에서 동호만이, 어 춥다, 고 한마디
한 것이 그만 시인으로 불리게 된 것이다.

건빵을 씹고 있는 동호에게 현태는 다시,

"근데 말야, 시인, 아까 참 기분 드럽던데, 아니, 빈 동넬 향해
내려가는데 왜 그렇게 앞이 콱콱 막히는 것 같은지 모르겠어. 옆
을 봤드니 너두 심각한 얼굴루 무엇엔지 잔뜩 저항을 하는 자세
드군. 정말 기분 안 좋든데."

한번 전투태세로 들어가기만 하면 언제나 침착하고 대담한 행

동을 취하는 현태마저 아까의 그 고요하고 투명한 공간에서 어떤 색다른 압박감 같은 것을 느꼈던 것인가. 동호는 현태에게 아까 자기가 느낀 대로, 그것은 한없이 두꺼운 유리 속을 뚫고 지나가는 듯한 느낌이었다는 말을 하고 싶었다. 그리고 오히려 그런 때는 시야 속에 적이 보이는 편이 신경의 부담이 덜할 것 같더라는 말을 하고 싶었다. 그러나 아까 눈앞에 적이 대기해 있다가 정작 사격전이라도 벌어졌다면 어떻게 됐을까 하는 생각에 그만 입을 다물고 말았다. 차마 현태 앞에서 전투 이야기를 할 수가 없는 처지에 있었다. 그만큼 실전에서 동호는 자신의 터무니없이 허덕이는 꼴을 몇 번인가 현태에게 보였던 것이다.

언젠가 추파령 전방에서 적의 포격을 받았을 때였다. 평지라 몸 붙일 곳이 없었다. 그저 그 자리에 엎드리는 도리밖에 없었다. 이렇게 엎드린 동호는 곁에 같이 엎드린 현태의 옆구리 밑으로 저도 모르게 자꾸 고개를 묻으려 했다. 현태가 벌떡 일어났다. 반사적으로 고개를 드니 허리를 납작 꾸부린 현태가 금방 포탄이 떨어져 패어나간 자리로 달려가는 것이다. 동호는 자기도 그리 가야 한다고 생각했다. '사탄산포의 원리'에 의해 포탄이란 아무리 같은 조준에 맞춰 쏘더라도 똑같은 자리에는 떨어지지 않는다는 걸 알고 있기 때문이었다. 병사들이 하나 둘 그리로 달려가는 게 보였다. 그 속에 달려갈 수가 없었다. 그러나 동호는 오금이 말을 듣지 않아 따라 달려갈 수가 없었다. 현태가 철모 밑으로 눈만을 내놓고 어서 오라고 손짓하는 모양이 뿌연 먼지 연기 속에 보였다. 그래도 동호는 뼈마디 물러난 사람처럼 몸을 움직이지 못하고 있었다. 이것은 현태가 일등중사요 동호 자기는 이등중사라는 전투 경력의 차이에서 오는 것만도 아닌 성싶었다. 같은 이등중사라도 윤구는 얼마나 날렵하냐. 종내 현태 편에서 달려와 동호의 겨드랑 밑을 끼고 구덩이로 끌고 갔다. 폭음에 귀가 먹먹한 채 정신없이 끌려가는 동호의 머릿속에는 엉뚱한 의식만이 선명했다. 이렇게 되면 어떻게 하지? 현태 네녀석은 대담무쌍한 용사가 되구, 난 더할 나위 없이 비겁한 졸자가 되구. 전례 없는 장시간의 포격으로 적잖은 인명의 손해를 입었다. 처음 동호가 엎드렸던 자리에 있던 병사들도 포탄에 맞았다는 걸 알았다. 포격이 끝나자 현태는 구릿빛 얼굴에 흙먼지를 온통 뒤집어쓴 채 흰 이빨을 드러내어 웃음을 띠면서 동호에게 농말을 건네었다. 인마, 말라빠진 녀석이 웬 똥집은 그렇게 무거워? 가끔 뽑아낼 걸 뽑아내야 가벼워지는 법야, 그래야 몸두 말을 잘 듣구. 어쩌다 제2선으로 교체되었을 때 현태와 윤구는 위안부를 찾아가곤 했지만 동호는 한 번도 그 축에 끼지 않았다. 그러한 동호를 빗대놓고 하는 농말이었다. 위안소라는 데를 다녀와선 곧잘 현태는 동호에게 이런 말을 지껄여대곤 했다. 어이 시인, 그 아니꼬운 눈초리루 사람을 바라보지 마, 무슨 드러운 물건이나 보는 것 같은 그 메스꺼운 눈초리루 말야, 되레 지금 난 누구보다두 순수한 상태에 있다는 걸 알아야 해. 누굴 사랑한다든가 미워한다든가 하는 그런 구지레한 인간 거래를 깨끗이 벗어난 이 홀가분한 기분, 당장은 어떤 미인이 곁에 있대두 무관심할 수 있는 이 평온한 안식을 너는 모를 거다. 술이 취하여 이렇게 주절대다가는 쓰러져버리는 것이다. 동호는 처음부터 아무런 대꾸도 않고 현태가 잠들기만 기다리곤 했다. 그러나 이날 적의 포격이 끝난 뒤에 현태가 건네는 말에는 동호도 한마디 대꾸를 했다. 오늘은 네가 그 구지레한 인간 거래를 벗어난 상태가 아니어서 다행야, 그렇지 않았드면 날 이 구덩이까지 끌구 올 생각두 하지 않았을 게 아냐? 현태가 그 말에 응수를 했다. 그래 이게 다 쓸데없는 짓이지, 내 생명과 바꿀지두 모르는 이런 부질없는 만용은 말야. 동호가 다시 받았다. 그 덕택에 대담무쌍한 용사라는 칭호를 받게 됐지 뭐야. 현태가 흰 이빨을 드러내어 씽끗 웃었다. 됐어, 좀 전까지 발발 떨면서 제 몸 하나 가누지 못하던 자식이 주둥인 살았거든. 사실 내가 널 이곳으루 끌구 온 건 우정이나 전우애가 아니구 네 말대루 영웅심의 발작인지두 모르지, 말하자면 객기라는 거 말야.

언젠가 또 금성강 지구 전투에서였다. 적과 이쪽이 혼전을 이루고 있을 때 이쪽 비행기의 오폭을 받은 일이 있었다. 급작스런 일에 미처 피할 데를 몰라 허둥대는 동호를 현태가 이끌고 큰 나무 밑으로 갔다. 거기서 현태는 동호를 앞에 안듯이 하고 비행기가 오는 방향을 정면으로 겨냥하여 나무 뒤에 몸을 붙이는 것이었다. 앞쪽에서 다가오는 비행기 폭음과 함께 기계적인 짧은 간격을 두고 총알이 콩 튀듯 땅을 파며 주름잡아 와서는 좌우로 지나쳐버리기도 하고 나무줄기에 퍽퍽 박히기도 했다. 그 진동이 그대로 동호의 가슴에 총탄이 와 박히는 느낌이었다. 여기저기서 고통에 못 이겨 지르는 비명 소리가 들렸다.

거기 그냥 나무 뒤에 서 있을 수 없는 무서운 심정에서 동호가 몸을 비틀면 현태가 뒤에서 꽉 붙들고 꼼짝 못하게 했다. 이렇게 한차례 기총소사를 하고 지나간 비행기들이 다시 햇빛에 은빛 날개를 반사시키며 선회하여 오는 방향을 대중하여 다시금 정면이 되게끔 자리를 옮기는 것이었다. 그러면서 현태는 여유 있게 동호에게 주의까지 주는 것이다. 나무를 안으면 위험하니 팔을 내리라고. 동호는 문득 무엇에 억눌린 부자유스러움을 느꼈다. 어려서 골목 안에서 노느라면 동네 힘센 애가 뒤로 와 눈을 가리고 아무리 몸을 뒤틀어도 놓아주지 않던 때의 그 답답하고 갑갑하던 느낌. 그러나 이 날 동호는 자기를 제어하고 있는 현태에게서 어떤 부자유스러움을 느끼면서도 또한 거기에 거역 못할 진득한 우정 같은 것을 맛보고 있었다.

"저…… 사람 피부에 얼마나 화상을 입으면 죽지?"

동호가 입 안에 달라붙은 건빵을 수통의 물로 축여 넘기고 나서 불쑥 누구에게라 없이 이런 말을 했다.

반 토막을 낸 담배에다 종잇조각으로 물부리를 만들고 있던 윤구가,

"삼분지 일 이상이면 죽을걸."

"유리 조각은 얼마나 백히면 죽을까?"

"글쎄."

윤구는 현태의 담뱃불을 빌려 담배에 불을 붙이고 나서,

"유린 참 무서운 거야. 살에 백히기만 하면 자꾸 속으루 파구 들어가거든. 어렸을 때 잘못해서 파리통을 밟았는데, 그 아픈 건 칼에 찔린 유가 아니야. 그런데 말이지, 백힌 유리 조각을 빼버렸

는데두 그냥 따끔거리구 쿡쿡 쑤시지 않겠어? 그날 밤 한잠두 못 자구 이튿날 병원엘 갔드니 좁쌀알만 한 게 둘 남아 있었어. 글쎄 그게 상당히 깊이 들어가 있잖어. 밤새두룩 따끔거리구 아팠든 것두 그게 오물오물 살 속을 파구 들어가느라구 그랬지 뭐야."

동호는 아까 산 밑에서 자기를 둘러싸고 있던 두껍디두꺼운 유리가 한꺼번에 부서지면서 그 무수히 날이 선 조각들이 온통 몸에 와 박히는 듯했던 느낌을 다시 떠올리고 있는데 현태가 일어서며,

"야, 또 무슨 유리에 관한 시라두 구상 중이냐? 시두 좋지만 우선 자리를 옮기구 봐."

햇빛이 설핏해졌으나 7월 초순께의 해를 이마에 마주 받기란 여간 뜨거운 게 아니었다. 그늘진 바위 곁으로 자리를 옮겼다.

"자, 이만하면 한참 동안은 네 맘대루 시상을 즐길 수 있을 거다. 근데 그 뚱딴지같은 유리 얘긴 집어치구 좀 더 근사한 얘길 해봐."

동호는 현태가 자기더러 근사한 얘길 해보라는 뜻을 안다. 다름 아닌 동호 자기의 애인 이야기를 하라는 것이다. 아직껏 동호는 이들 친구한테 자기에게 사랑하는 여자가 있다는 것을 밝힌 적이 없었다. 그저 현태나 윤구가 동호에게 와 닿는 편지를 보고 그렇다는 걸 눈치 채고 있을 따름이었다. 편지를 받았을 때 동호는 그 자리에서 겉봉을 뜯어 읽는 법이 없었다. 일단 호주머니 속에 깊숙이 찔러 넣었다가 나중에 외딴곳으로 가 혼자 조용히 읽는 것이다. 이런 동호를 현태가 한번 골려주려고 한 일이 있었다. 한

보름 전, 전선이 소강상태로 들어간 어느 날 점심때였다. 현태가 동호의 배낭을 끌어다 속을 뒤지기 시작했다. 이것을 본 동호가 가만있을 리 없었다. 덤벼들어 배낭을 빼앗으려 했다. 이러리라는 것쯤 예상했던 현태는 미리 짜뒀던 대로 배낭을 윤구한테 집어던지고는 동호를 붙들었다. 그렇게 하여 윤구를 시켜 동호의 연인한테서 온 편지를 큰 소리로 낭독케 할 참이었다. 그러나 현태가 동호의 허리를 끌어안으려다 말고 후딱 뒤로 물러나고 말았다. 어느새 동호가 현태의 손잔등에다 피가 어리는 이빨 자국을 내었던 것이다. 그리고 다음 순간 그야말로 비호같이 윤구에게로 날아갔는가 하는데 어쿠! 하는 소리와 함께 윤구가 뒤로 나가넘어졌다. 한쪽 관자놀이께를 머리에 받힌 것이다. 동호가 어느 정도 항거하리라고는 예측했었지만 이처럼 강렬히 나오리라고는 미처 생각지 못했던 일이었다. 배낭을 부둥켜안고 씨근거리는 동호의 눈이 술 취한 사람처럼 벌겋게 충혈이 돼 있었다. 현태가 웃음으로 그 자리를 수습했다. 자식, 전투 시엔 그 배낭을 먼저 앞세워놔야겠군, 용감해지게.

물론 지금이라 해서 동호가 자기 연인 이야기를 피력하리라고는 생각지 않으면서도 현태는 말을 걸어보는 것이다. 그런 말이라도 하여 심심풀이를 하려고.

"대체 네가 그렇게 끔찍이 애끼는 깔치가 어떤 애야? 좀 얘기하면 어디 닳아 없어지나? 하여튼 난 네 그놈의 순정이란 게 위태스러 못 보겠어."

동호는 현태의 말을 못 들은 체 저만큼 아래에 있는 소나무 숲에 눈을 주고 있었다. 드문드문 서 있는 큰 소나무 사이에 다복솔이 깔려 있었다. 그런데 그 솔잎 끄트머리가 붉은 빛깔을 띠고 있는 것이다. 송충이라도 끓은 것인가.

"네가 사랑하는 그 애가 어느 정도 네 물건이 돼 있느냐 하는 게 걱정스럽단 말야. 순정만으루 깔칠 제 것으로 만들었다구 생각하던 시댄 이미 지나갔어. 무엇이구 직접 여자의 피부에서 얻은 기억을 지니지 못한 한, 제 것이라구 생각하는 건 오산야. 그래 넌 그 애의 피부에서 어떤 기억을 남기구 있니?"

"그렇게 할 일 없음 낮잠이나 자. 쓸데없는 소리 작작하구."

"인마 난 정말 널 위해서 그런다. 대체 그 애에게서 어느 부분의 잊지 못할 기억을 갖구 있느냐를 한번 말해보란 말야. 입술인가, 손바닥인가, 그렇지 않음 거긴가? 침은 왜 뱉어? 내 말이 드럽다는 거지? 그렇지만 말야, 점잖은 개 부뚜막에 먼저 올라간다드라, 되레 너 같은 녀석이 그애 잔등에다 지문을 찍어놨는지 누가 알어. 이 친구처럼 말야."

종이로 만든 물부리가 다 타도록 담배를 빨고 있던 윤구가,

"어, 이거 왜 생사람을 끌구 들어가."

그는 아무 실속도 없는 여자 이야기에 끌려 들어가고 싶지가 않았다.

"니가 그럼 내숭스런 데가 없단 말야? 무슨 일에나 꼬장꼬장한 편이지만 깔치 고를 때두 빈틈이 없거든. 언제나 나이 좀 든 걸 골라잡군 했잖어? 그래야 사랑을 받거든. 단수가 높아."

세 시간씩 사이를 두고 좌우 산굽이로 가 있는 초병 교대를

했다.

동호가 자기 차례를 마치고 현태 있는 데로 왔을 때는 서쪽으로 기운 햇살이 엷어질 대로 엷어져 저녁바람이 선선하게 군복 자락으로 스며들고 있었다. 지난 3월 31일 날에 눈이 강산처럼 내려 쌓여 한때 작전이 중단 상태에 빠졌던 일까지 있는 이 중동부의 산악 지대인 만큼 여름철에도 대낮에 그렇게 따갑게 내리쬐던 햇볕만 엷어지면 냉기가 도는 것이다.

현태도 이제는 바람막이해주는 바위 뒤에 양팔을 낀 채 덤덤히 앉아 있었다.

동호는 그 곁에 앉아 좀 전에 초병으로 한쪽 산굽이에 가 있을 때 머리에 떠올렸던 숙이의 모습을 다시 조용히 더듬어보았다. 2년 전 입대하기 전날 밤, 함박눈이 내리는 해운대 어느 호텔에서 밤을 새우다시피 한 일. 그때 입 언저리가 얼얼하도록 입술을 맞비벼댔건만 그것보다도 이튿날 아침 밤새껏 내리던 눈이 멎어 창으로 비쳐드는 맑은 햇살 속에 그네의 쌍꺼풀진 눈이 세 꺼풀이져 있는 것을 보고 둘이 애들처럼 웃었던 기억. 숙이를 생각할 때마다 밤새도록 비빈 입술의 촉감이나, 뺨 목덜미 그리고 가슴의 한 부분을 어루만진 촉감보다도 그네의 짝짝이 진 눈을 보고 둘이서 티 없이 웃은 그 분위기가 더 자기네만의 오롯한 비밀처럼 소중하게 여겨지는 것이었다. 입대 후 숙이의 첫번 편지에도 그 눈에 대한 것이 씌어져 있었다. 눈이 원상으로 돌아가기까지 이틀 동안을 문밖에 나가지 않았다는 것이다. 뿐만 아니고 집안사람과도 얼굴 대하기를 피했다는 것이다. 어쩐지 짝짝이 진 눈을 집안사람들에게 보이는 것도 자기네만의 비밀을 엿보이는 것 같아 싫었다는 것이다. 그리고 언제고 동호가 돌아와 다시 짝짝이 눈을 만들어줄 날을 고대한다고 했다.

숙이의 짝짝이 진 눈. 그것을 생각하면 언제나 동호의 입가에는 절로 미소가 지어지는 것이다.

"이 친구 뭣이 좋아 혼자 싱글거리구 있어? ……어, 으스스한데."

윤구가 동호에게 한마디 던지고는 일어나 팔을 앞으로 뻗쳤다 옆으로 뻗쳤다 하며 몸 운동을 시작한다.

산속에 저녁이 왔다. 귤빛 놀이 서산머리에 사라지기도 전에 잿빛 그늘이 낮은 골짜기를 메우면서 차차 그 농도를 가해가지고 산 위로 올라왔다. 그 속도가 느린 듯하면서도 빨랐다.

보랏빛 하늘에 어느새 별이 하나 둘 나타나기 시작했다. 좌우 산굽이에 가 있던 초병들이 돌아왔다.

이제는 돌아가자는 현태의 말만 기다렸다.

"불을 때는군."

한 병사가 마을 쪽을 바라보며 중얼거렸다.

검게 드러난 소나무 그림자 저편에 그보다는 엷은 빛깔의 뽀오얀 기체가 나부끼면서 오르고 있었다. 굴뚝 연기였다.

"김이 무럭무럭 나는 밥 생각이 나는데."

다른 병사 하나가 또 이런 말을 중얼거렸다.

먼저 병사가,

"지금 강냉이죽이나 끓이구 있는지 모르지. 아까 낮에 보지 않왔어? 감자알 하나 남기지 않구 싹 쓸어갖구 간걸."

"하여튼 뜨거운 물이라두 한 모금 마셨음 좋겠다."

먼저 병사가 생각난 듯이,

"참, 아까 그 여자가 첩보원은 아니겠지."

현태가 자리에서 일어나며 윤구더러,

"본부에 연락해, 돌아간다구."

그러고는 총을 메고 터벅터벅 산 밑으로 내려가는 것이다.

동호는 현태가 지금 산 밑으로 내려가는 목적을 알 것 같았다. 여인을 없애버리러 가는 것이다. 실은 여인이 적의 첩보원이 아니라 하더라도 나중 이쪽의 행동이 적에게 알려질 우려가 있는 경우에는 중대본부까지 데리고 가야 하는 것이다. 그것이 귀찮으니까 숫제 없애버리려는 것이리라. 그래서 아까 낮에 중대본부에 보고할 때도 부락민이 하나도 남지 않았다고 보고했구나.

동호는 현태가 사라진 그늘을 내려다보면서 이제 총소리가 들려오려니 했다.

윤구가 곁으로 다가서며,

"뭘 그렇게 심각하게 내려다보구 있어? 딴생각 말구 이젠 돌아갈 걱정이나 해."

총소리는 들려오지 않고 한참 만에 현태가 무엇으로 손을 문질러 닦으며 올라왔다. 어떻게 된 일일까.

"자, 떠나보지."

그리고 현태가 동호를 향해,

"뭘 등신처럼 그렇게 바라보구 있어?"

마을 쪽을 내려다보고 있던 동호는 아무런 대꾸도 하지 않았다.

이튿날 동호의 색다른 시선을 느낀 현태는,

"왜 또 그런 눈으루 사람을 보는 거야? 꼭 무슨 드러운 물건이나 보는 것 같은 그 아니꼬운 눈초리루?"

"어제 그 여잘 어떡했어?"

"자식, 그걸 가지구 그러는 거야? 그렇게 알구 싶다면 얘기하지. 내가 내려가니까 그 여잔 되레 낮처럼은 놀라지 않드라. 그리구 별루 항거하는 빛두 없구. 그런데 말야, 일어나 나오려는데 손을 와 잡지 않겠어? 그 손이 뭣을 말하는지 알았지. 무서우니 같이 있어달라는 거야. 허지만 될 일야? 해치워버렸지. 어제 일은 그뿐야."

2

며칠 뒤, 휴전협정을 앞두고 꼭 두 주일 전인 1953년 7월 열사흘날 밤 10시. 적은 중동부 전선 30마일에 걸쳐 15만이란 대병력을 투입시켜가지고 총공격을 개시해왔다. 휴전 전에 한 발자국이라도 더 남쪽으로 점령 지역을 확장시키자는 동시에 화천의 구만리발전소를 탈취해보려는 속셈인 듯했다.

그때 동호네가 소속해 있는 부대는 '저격 능선' 동방에 포진을 하고 있었다.

처음에 적은 미 제6군단 관하의 수도사단 정면을 뚫고 침공하다가 수도사단이 철수하고 미 제3사단과 교대하자 이번에는 그 주력 부대를 국군 제2군단 정면으로 돌리면서 동쪽으로 나와 중동부 전선의 6사단과 8사단을 포위코자 하였다.

열나흗날 동호네 부대는 부득이 금성강 남안으로 철수할 수밖에 없었다.

이날은 아침부터 흰 여름 구름이 꽤 센 동남풍에 불려 높이 움직이고 있었으나, 전례 없는 적의 격심한 포격으로 인해 일어나는 포연과 합쳐지면서 차차 하늘이 낮아졌다. 유엔군 전 폭격기가 느닷없이 구름과 포연 사이를 누비면서 적의 돌출부에 폭탄을 퍼부었다. 작렬하는 포탄과 폭탄이 지심을 뒤흔들어 귀를 먹먹하게 했다. 쉴 새 없이 세찬 폭풍이 모래먼지와 초연을 싣고 전쟁마당을 휘몰아쳤다. 그 속을 적은 인해전술로써 완강히 진격해왔다.

윤구가 가무잡잡한 얼굴에 근심스런 빛을 띠고 다가오더니,

"어젯밤 꿈자리가 고약해."

했다.

꿈에 배가 퉁퉁 부어올라 의사에게 가 보였더니 임신 만삭이 됐다고 하더라는 것이었다.

"아무래도 오늘 일수가 사나울 것 같애."

현태가 대신 소방대장에게 말하여 이날 윤구는 전투에 참가하지 않도록 해주었다. 전쟁터에서 그 전날 밤 꿈자리가 아주 좋지 않으면 그날 전투에는 참가시키지 않는 수가 있었다. 웬일인지 전날 밤 꿈자리가 나쁜 사람은 대개 전사하는 예가 많은 것이었

다. 그렇다고 전투에 참가하기 싫어서 거짓 꿈 이야기를 하는 사람은 없다시피 했다. 전쟁마당에서는 직접 전투에 참가하지 않는다고 해서 반드시 안전성이 보장되는 것은 아닌 것이다. 도리어 거짓 꿈 이야기를 했다가는 좋지 않은 일이 생긴다는 관념이 박혀 있었다. 그만큼 전쟁터에서는 모두 순수한 심정이 된다고 할 수 있었다.

이날은 오후부터 더 짙은 구름이 온통 하늘을 덮었다. 밤이 되자 별 하나 없는 하늘은 먹물처럼 캄캄했다. 그 속을 조명탄과 신호탄이 끊일 새 없이 켜지건만 포연과 포진에 가려서 그 빛을 잃을 정도였다. 드디어 곳곳에서 처절한 백병전이 벌어졌다.

동호네 부대도 적과 육박전을 전개했다.

"이렇게 되면 소총이구 수류탄이구 다 소용없어."

짙은 어둠 속에서 현태가 단검을 빼 들며 중얼거렸다.

그러고는 싸움 속에 휩쓸려 현태와 동호는 서로 헤어졌다.

현태에게서 떨어져난 동호는 잠시 어찌해야 할지를 몰랐다. 그저 무어든 행동을 시작해야 한다는 생각만이 그를 억누르고 있었다. 그러는 그의 머리를 누군가 쥐었는가 하자 목으로 손이 들어왔다. 동호는 자기도 모르게 단검을 빼 들었다. 그러고는 어디를 어떻게 찔렀는지도 몰랐다. 단지 얼마를 엎치락뒤치락하다가 상대방이 다시 감겨들지 않는 걸로 죽은 줄 알았을 뿐이었다. 동호는 자기 몸 어디에 그런 힘이 들어 있었는가 싶었다. 눈을 감고 몸을 마구 내두르던 좀 전의 자기는 제 정신과는 딴 어떤 힘에 의해 움직여진 것만 같았다. 그러나 다음부터는 동호 편에서 어둠 속에 닥치는 상대방의 머리를 쓸어보고 빡빡 깎기만 했으면 덮어놓고 찌르고 박차고 쓸어안아 넘어뜨리고 했다.

새벽녘이 되어서야 적은 일단 물러갔다.

격전 중에는 미처 귀에 들어오지 않던 쓰러진 병사들의 비명과 신음 소리가 여기저기서 들려왔다. 어떤 병사는 누구에겐지 욕설을 퍼부으면서 어서 고통을 잊게끔 아주 죽여달라고 소리를 쳤다. 어떤 병사는 어머니를 부르면서 기도문과 같은 것을 웅얼웅얼 외고 있었다. 어떤 병사는 훌쩍훌쩍 울고만 있었다. 모두가 치열한 전투 끝에 따르는 광경이었다. 단지 이번만은 적의 너무나 급작스럽고 대규모적인 공세로 말미암아 미처 부상자를 후송하지 못하고 있는 것이었다.

동호가 현태를 만나보니, 그는 양쪽 팔꿈치에 적잖은 상처를 입고 있었다.

"출혈이 심한 모양인데?"

"괜찮어. 근데 니가 어쩐 일이냐? 별루 부상을 안 입은 것 같으니 이젠 제법 싸울 줄을 아는 모양이지? 하긴 싸움을 나면서부터 배워갖구 나오는 사람은 없겠지. 여차하면 누구든 해낼 수 있게 마련야."

거기에 윤구가 왔다. 현태는 윤구를 보자,

"담배 한 대 줘. 내 담밴 이렇게 못 먹게 됐어."

호주머니에서 꺼내는 담배가 핏물에 젖어 엉망이 돼 있었다.

"담배구 뭐구 붕대부터 하구 봐야지."

"아냐. 우선 한 대 피워야겠어."

윤구가 두 동강으로 된 담배 한 토막을 꺼내어 주었다. 그는 언제나 배급된 화랑¹을 두 토막으로 내어가지고 피우는 것이었다. 그래 모두 담배가 떨어졌을 때도 그만은 남아 있곤 했다.

담배에 불을 붙여 한 모금 깊이 빨아 삼켰다가 서서히 내뿜으면서 현태는 장난스러운 어조로,

"뭐 대단한 상처두 아니로군, 담배 연기가 새지 않는 걸 보니."

그러고는 구릿빛으로 탄 얼굴에 흰 이빨을 드러내 보이면서 벙싯 웃고 나서,

"정말 한이 없든데. 한 놈과 결딴을 내구 나면 또 다른 놈이 나서구 나서구 하는데."

낮게 드리웠던 하늘에서 빗방울이 듣더니 억수로 퍼붓기 시작했다. 거기에 어제보다도 센 동남풍이 불었다. 채찍 같은 빗발이 휘뿌려지면서 비안개를 뿜었다. 뽀오야니 시야가 가려져 전방이 잘 보이지가 않았다.

적은 이 호우를 이용하여 다시 공격해왔다. 유엔군 B29폭격기대가 악천후를 무릅쓰고 적의 보급 지점에 폭탄을 투하하는 가운데 다시금 피아의 사투가 곳곳에서 벌어졌다. 병사들은 곧 핏물과 황토물로 범벅이 되었다. 그것을 빗줄기가 씻어냈다. 그러나 땅은 이미 이를 받아들일 자리가 없다는 듯 아래로 흘려보냈다.

현태는 처음에 상처받은 팔로나마 총대를 잡았으나 빗물에 젖어 화농을 하기 시작하는지 쑤시고 저려서 뒤로 물러나는 수밖에 없었다.

빗줄기는 잠시 가늘어지는 듯하다가는 다시 굵어지곤 했다. 죽음을 무릅쓰고 인해전술로 나오는 적과 대결하기란 고투가 아닐 수 없었다. 저녁 무렵에 적은 이쪽 방위선을 두 군데나 돌파했다.

밤들면서 바람이 자고 비가 좀 뜨음해졌다. 그러자 적이 공격해 오는 방향 반대쪽에서 갑자기 꽹과리와 날라리 소리가 들려왔다. 동호네 부대는 당황했다. 적에게 포위를 당한 것이었다. 명령 계통이 마비된 동호네 부대는 동요하기 시작했다. 뿔뿔이 탈출구를 찾아 허덕였다.

그 속에서 동호와 현태는 윤구와 갈라졌다.

두어 시간 남짓 적의 집중 사격을 받으면서 가까스로 탈출구를 벗어난 둘이는 어떤 개울가에 이르렀다. 어둠 속에 눈어림으로 보아 넓이 5미터가 될까 말까 한 개울이었다. 양쪽 둑에는 적의 제2포위망이 쳐져 있는지 사람들의 기척이 느껴졌다.

둘이는 개울로 들어섰다. 다행히 개울물은 고개만 내놓고 엉거주춤 앉은걸음을 치기에 알맞았다. 바닥에는 울퉁불퉁 크고 작은 돌이 깔려 있었다. 아마 여느 때는 바닥이 거의 드러났다가 비가 와야 물이 붇곤 하는 개울인가 보았다.

물살이 제법 빨랐다. 둘이는 오리걸음을 쳐 물을 거슬러 올라갔다. 지형으로 미루어 추파령 쪽에서 북으로 흐르는 개울이라는 짐작이 갔던 것이다. 현태가 동호 귀에다 속삭였다. 제창² 힘 안 들이구 피투성이 옷을 세탁하게 됐군.

그러나 양쪽 둑에 적을 두고 물 위에 머리만 내놓고 오리걸음을

친다는 게 잠깐 동안이면 몰라도 여간한 고역이 아니었다. 더구
나 현태는 부상당한 양쪽 팔을 못 쓰고 있었다. 팔에 감은 붕대가
비에 젖고 물에 불어 달라붙으면서 세난 상처가 저리고 아파 꼼
짝할 수가 없었다. 그러니 팔로 물속을 휘적일 수도 없어 앉은걸
음을 치기에 더 힘들었다.

한 마장도 못 가서 현태는 다리가 뻣뻣 켕겨왔다. 자꾸 동호보
다 처졌다.

동호가 뒤에서 현태의 등을 밀기로 했다. 그것도 알맞추 밀기란
어려웠다. 그래서 동호는 현태 하라는 대로 그의 혁대를 잡고 끌
어 보았다.

한결 걸음이 빨라졌다.

검은 하늘에서 다시 비가 쏟아지기 시작했다.

그런데 우스운 현상이 하나 일어났다. 동호의 손에 잡힌 현태의
허리띠 밑의 것이 모르는 사이에 딱딱하게 굳어진 것이다. 하복
부에 다른 사람의 손이 자꾸 와 닿는 때문일까. 현태 자신도 모를
생리적 발작이었다. 부상까지 입은 피로한 몸으로 죽느냐 사느냐
하는 위기에 처해 있는 때에, 7월 중순께라고는 해도 찬 밤물 속
에서 찬비를 머리에 맞고 가면서 그 부분만이 따로 발랄하게 기
운을 뻗치다니 어처구니없고도 기이한 꼴이 아닐 수 없었다. 동
호가 그것을 눈치 채고 잡았던 혁대를 놔버렸다. 그러자 현태가
농말을 속삭였다. 숫제 그놈을 잡구 끌어, 손잡이루서 안성맞춤
이니.

가까스로 부자연스러운 물속 길을 5리 가까이나 가서야 겨우

292

적지를 벗어날 수 있었다.

둑에 올라서자 현태가 지껄여댔다.

"이놈이 이렇게 건재해 있는 한 죽음이라는 건 생각할 필요가 없어."

그러고는 좔좔 오줌을 내갈기는 것이었다.

3

현태가 화천 구만리발전소 야전병원에서 3주일간의 치료를 받고 돌아왔을 때는 그의 소속 부대는 '소토고미'라는 곳에 주둔하고 있었다. 이 소토고미는 화천 북방 20리, 휴전선 최전방인 추파령 남방 30리에 자리 잡고 있는 마을이었다.

현태는 군용 트럭에서 내려 주위를 한번 둘러보았다.

동란 전에는 38선 이북이었던 이곳은 작년에 현태네가 두번째로 밀고 올라왔을 때 이미 안쪽 산 밑에 있던 민가는 거의 잿더미로 화해 있었다. 그것이 휴전 협정이 성립된 지 열흘도 못 되어 여기저기 판잣집이 들어서고, 현재도 집을 세우고 있는 데가 두셋 눈에 띄었다.

한길에서 오른쪽으로 들여다뵈는 곳에 부대가 있었다. 훅훅 더운 기운이 올라오는 황톳길을 한 손에 배낭을 든 채 부대를 향해 걸어 들어가느라니까,

"거 현태 아냐?"

하는 소리가 꽤 멀리 떨어진 곳에서 들려왔다.

고개를 돌리니 저쪽 막사 보수 작업을 하고 있는 병사들 속에서 손을 쳐들어 보이는 사람이 있었다. 동호였다.

이쪽에서도 좀 높은 소리로 대꾸를 했다.

"그동안 시 많이 썼나?"

연대 본부에 들러 원대 복귀 신고를 마치고 나서 동호 있는 데로 갔다.

악수를 하면서 동호는,

"이젠 이렇게 잡구 흔들어두 괜찮아?"

"괜찮다 뿐야."

현태가 손아귀에 힘을 주어 동호의 작은 손을 아프리만큼 꽉 잡아 보였다.

"다행이군, 곰배팔이 되지 않나 걱정했드니. 그래 첨 얼마 동안은 밥두 떠 먹지 못해 간호장교가 먹여줬다면서? 병원에서 먼저 돌아온 누가 그러드라. 그 꼬락서닐 한번 봤드라면 가관이었을 텐데."

"말 말어. 정말 첨엔 상처가 덧나 혼났어. 근데 참, 윤구 그 친구는 어떻게 됐지?"

"어떻게 되긴, 여기 있지."

"그래? 난 그날 밤 잘못된 줄만 알았는데."

"그때 포로가 돼서 끌려가다가 도망쳤어."

"흥, 그 친구 존 경험 했군. 그래 지금 어딨어?"

"오늘 아침 통신 관계루 연락할 일이 있어서 화천에 가는가 보

294

드군. 지금 4시니까 이제 돌아올 때두 됐어."

현태를 아는 병사들이 하나 둘 몰려와 반갑게 악수를 나누었다.

영내에는 처음 보는 병사가 적지 않았다. 보충돼 온 병사들이었다.

휴전을 앞둔 전투에서 동료들이 많이 죽었다는 걸 현태는 재확인하지 않으면 안 되었다. 죽은 동료들의 이름을 하나하나 꼽아가는 동안 모여 선 전우들의 얼굴에는 어두운 그늘이 어리어졌다. 그러나 그 그늘 안쪽에는 역시 지금 자기는 살아 있다는 희열의 빛이 번져 있음을 부인할 수가 없었다. 누가 그걸 그르다고 할수 있으랴. 그저 서로가 다른 사람의 눈에 띄지 않게 하면 되는것이다.

화천에 갔던 윤구가 저녁식사 바로 전에 돌아왔다.

저녁식사가 끝난 뒤 내무반으로 돌아오자 현태는 윤구더러,

"난 네가 잘못된 줄만 알았어. 뒤에 오는 부상병에게 네 얘길 물어봐두 모르겠다지 않어? 그래 간단한 위령제라두 지낼까 해서 이걸 사갖구 왔지."

배낭에서 소주 두 병과 오징어 서너 마리를 꺼내놓으며,

"생환 축하연으루 변경해야겠군. 식사 후라 술맛이 없드래두 한잔씩 하면서 탈주해 온 무용담이나 들어보세."

병마개를 이빨로 따 윤구의 반합 뚜껑에다 먼저 술을 따랐다.

윤구는 천천히 술을 마셔가며,

"그날 밤 난 아군의 포 소리가 들려오는 남쪽으루만 향해 포위

망을 뚫기루 했지. 뒤에 생각하니 그게 오산이었지 뭐야. 숫제 동쪽으루 갔어야 했는데."

적이 서쪽에서 남쪽으로 우회하여 몇 겹인가의 포위망을 치고 있었던 것이다. 간신히 한 포위망을 돌파했다고 생각하면 그냥 적진 속에 있는 것이었다. 뜨음했던 비가 다시 쏟아지는 속을 윤구는 밤새도록 헤매었다.

날이 밝자 할 수 없이 거기 뵈는 구덩이로 들어갔다. 물이 흥건히 괴인 그 속에서 먼저 들어와 웅크리고 앉았는 사람이 있었다. 같은 중대에 있는 사고뭉치란 별명을 가진 김하사였다. 둘이는 말을 주고받을 기력조차 잃고 묵묵히 구덩이 속에 웅크리고 앉아 있었다. 한참 만에 김하사가 혼잣말 비슷이 중얼거렸다. 오전 중으로 반격을 해오면 좋으련만. 다시 한참 만에 김하사가 또 혼잣말 비슷이 중얼거렸다. 이왕 포로가 될 바엔 되놈한테 붙들리는 편이 난데. 윤구도 그렇게 생각했다. 이번 동란이 가져온 특이한 양상이 있다면 그것은 동족끼리 더 잔인하다는 점이었다. 응당 포로 취급을 해야 할 것도 직결 처분이란 명목 하에 총살을 해버리는 것이 상례처럼 돼 있었다.

다행인지 어쩐지는 몰라도 윤구네가 붙들린 것은 중공군한테였다. 그길로 금성 방면 적 후방으로 끌려갔다.

파괴된 건물 한옆에 붙여서 비바람이나 막도록 얽어놓은 움막집에 수용됐다. 바닥은 거적대기를 깔아놓은 게 빗물이 스며들어 축축히 젖어 있었다. 한 50명 가량의 포로가 끌려와 있었다. 거기서 한 사람씩 심사를 받았다.

따로 떨어져 역시 비바람이나 막게 얽어놓은 조그만 움막 속에 낡은 테이블을 앞에 놓고 인민군 대위 계급장을 단 사내가 앉아 있었다. 나이 40이 넘어 뵈는 이 사내가 부드러운 말씨로 이름과 나이를 묻고는 계급이 뭐지요? 했다. 일등병입니다. 미리 준비해 뒀던 거짓말이라 쉽게 나왔다. 고향은? 서울입니다. 나도 서울이오, 그래 부모는? 어렸을 때 돌아가셨습니다. 그럼? 숙부 밑에서 자랐어요. 그 숙부는 지금 어디 있지요? 9·28 때 폭격에 맞아 온 가족이 다 죽었습니다. 여기서 심사관은 윤구의 가정 사정에 적이 동정의 빛을 표시하면서, 숙부의 직업은 무엇이었지요? 보험회사 권유원이었습니다. 6·25 당시 동무는 무엇을 했소? 대학에 다니구 있었습니다. 무슨 과죠? 상과입니다. 사내는 고개를 끄덕이면서, 그래 보험회사 권유원으로 있으면서 어떻게 조카를 대학까지 보낼 수 있었소? 제가 남의 집 가정교사를 해서 학비를 벌었습니다. 고생 많이 했군요, 사내는 다시 고개를 끄덕이며, 언제 군대에 입대했죠? 금년 봄입니다. 어떻게 스물넷까지 군대에 안 갈 수 있었소? 피해 다녔습니다. 사내는 들고 있던 연필 대가리로 테이블을 똑똑 두드리면서, 6·25 당시는 왜 의용군에 지원하지 않았소? 이 물음에 윤구는 말문이 막혔다. 차마 가정교사 하던 집 마루 밑에 숨어 있었노라고는 할 수 없는 노릇이었다. 그래 머뭇 거리고 있으려니까 사내가 입가에 미소를 띠며, 지금이라도 의용 군에 지원할 생각은 없소? 이 말에도 무어라고 대답할지 몰라 주 춤거리자 사내는, 당장은 대답하기가 곤란할 것이오, 그럼 이 문 제는 천천히 생각해보기로 하시오, 하더니 말머리를 돌리는 것이었다. 지금 여기 포로가 돼 온 사람 중에 동무가 아는 장교가 누구누구요? 한 사람두 없습니다. 윤구는 심사관이 장교가 누구냐고 묻는 뜻을 알 수 있었다. 이쪽의 장교를 가려내어 거기서 어떤 군사 기밀이라도 탐지해보려는 것이다. 그러나 전투시라 계급장을 모조리 떼어버리고, 포로가 되기 전에 신분증이나 각개 점호증같은 것을 찢어버렸기 때문에 누가 장교고 누가 사병이고 누가 사병 중에도 고참이라는 것을 전혀 구별할 수가 없는 것이다. 그렇다고 윤구가 포로 중에 아는 장교가 없다고 한 것은 그 장교를 옹호하기 위해서는 아니었다. 사실 아는 장교가 한 사람도 없는 것이었다. 심사관은 비로소 얼굴의 표정을 굳히면서, 솔직하지가 못하군그래, 정말 아는 장교가 한 사람도 없단 말이오? 네, 없습니다. 사내가 언성을 높였다. 완전히 자본주의의 주구가 돼 있군, 첫째 동무가 상과를 한다지만 계산이 서툴러, 금년 봄과 이삼 년 전이란 숫자부터 틀렸다 말야, 동무는 금년 봄에 입대했다지만 적어도 군대 생활을 2년 이상 했음이 틀림없어, 동무의 눈이 그걸 말하고 있거든, 안정된 눈동자 같지만 항상 움직이는 그 눈 말야, 한번 보면 알 수 있지, 6·25 당시에도 동무는 어디 숨어서 반동의 꿈을 꾸고 있었음이 분명해.

한차례 심사가 끝나자 주먹밥 한 개씩을 주어 먹고 있는데, 인민군 병사 하나가 와 누군가의 이름을 부르는 것이었다. 헤실헤실한 보리밥 덩이를 씹던 입들이 일제히 멈춰지면서 조용해졌다. 다시 이름을 불렀다. 그제야 불린 사람이 일어섰다. 키가 자그마한 청년이었다. 인민군 병사의 뒤를 따라나가는 청년의 목줄띠가 입에 물었던 보리밥 덩이라도 넘기는지 크게 한번 움직였다.

오정때쯤부터 비가 그치고 흐리멍텅해 있던 하늘이 벗겨지더니 저녁나절에는 활짝 개었다. 끈끈한 옷을 벗어 햇볕에 말리고 싶었다. 움막 속 포로들과는 상관없이 저녁놀이 곱게 탔다. 저녁놀이 사라지고 어둑어둑해지자 포로들은 움막에서 나와 일렬종대로 줄을 지어 그곳을 떠났다. 그때까지 아까 불리어간 청년은 돌아오지 않았다.

포로 대여섯 명에 하나 푼수로 따발총을 멘 감시병이 붙어 있었다. 포로들은 어느 목적지를 향해 끌려가는지도 모르고 있었다. 그저 별의 위치로 미루어 북쪽을 향해 걸음을 옮기고 있다는 게 짐작될 따름이었다.

한 10리쯤 가서였다. 어느 좁은 계곡에 들어서자 아무런 구령도 없이 앞에서부터 다음다음 모두가 서버렸다. 쉬어서 가자는 줄로 알았다. 그러나 앉으라는 말도 없이 포로들더러 소지품을 내놓으라는 것이다. 여기저기서 간나새끼 여기다 감추면 누가 모를 줄 알아? 하는 소리가 들렸다. 윤구도 만일의 경우를 생각해서 작업복 앞섶에 매어 허리춤에 찔러넣어두었던 손목시계를 빼앗겼다.

행렬은 다시 걷기 시작했다. 어둠 속에서 윤구는 자기가 넘는 고개의 수를 세었다. 벌써 네번째의 고개를 넘었다. 다섯번째 고개 후미진 곳에서 일행은 쉬었다. 일제히 앉히어놓고 감시병들이 불빛을 손으로 가리고 담배를 피우는 것이었다.

또다시 걷기 시작하여 두번째 고개를 넘고 있을 때였다. 별안간 폭음 소리가 나더니 유엔군 제트기가 기총소사를 하기 시작했다.

일행이 걷고 있는 바로 옆 산에 목표물이 있는 것 같았다. 어느새 다시 구름이 끼기 시작하여 별빛이 차차 가리어지는 하늘에 마치 흐르는 별처럼 비행기 한 대가 날아와 기총소사를 하고 지나가면 다음 한 대가 그 뒤를 잇는 것이었다.

감시병들이 앞뒤에서, 꼼짝 말고 앉아 있으라고 연거푸 고함을 질렀다. 그때 포로들 속에서 몇 명이 산비탈로 달려 내려갔다. 뒤이어 따다다다다 하는 따발총소리와 함께 감시병 두셋이 쫓아 내려갔다. 좀 만에 비행기 기총소사가 그친 고요한 저쪽 비탈 밑 어둠 속에서 다시금 따다다다다 하는 따발총소리가 몇 번 끊겼다가 이어졌다. 그리고 이리 향해, 세 놈은 잡았다, 하는 소리가 들려왔다. 이쪽에서 인원을 세어본 감시병 하나가, 아직 하나 부족이다, 하고 비탈 밑을 향해 소리쳤다. 아래서는 탈주병을 한참 찾는 눈치다가 단념한 듯이 올라왔다. 셋 잡았다던 포로는 하나도 데리고 오지 않고 감시병들의 손에는 탈주병들의 군화만이 들려 있었다. 윤구 옆에 있던 감시병도 군화 한 켤레를 들고 올라와 툭툭 털어버리고는 끈을 마주 매어 어깨에 메었다.

이튿날 새벽에 어떤 산모퉁이에 이르렀다. 산 밑에 몇 군데 굴을 파고 입구에다는 나뭇가지를 덮어놓은 곳이었다.

일행이 가 닿자 한 굴속에서 군인이 몇 나왔다. 여기서 감시병 교대가 있는 모양이었다. 점호를 하여 어젯밤 탈주하다 사살된 세 명과 행방불명인 한 명의 이름에다 표시를 하여 그곳 군인에게 서류를 넘기는 것이었다. 군화를 메고 있던 감시병들이 각각 신고 있던 통발이를 벗어버리고 군화와 바꿔 신었다.

포로들은 주먹밥 한 개씩을 먹고 두 패로 나뉘어 굴속으로 들어 갔다. 거기서 한잠씩 자라는 것이다.

바닥에 깐 풀 위에 다리와 다리를 포개면서 피곤한 몸을 세로 가로 눕혔다. 곧 잠들이 들었다. 윤구는 김하사 옆에 누워서 그가 아직 잠들지 않고 있는 눈치를 보고 조용히 말을 건네었다. 어제 그 수용소에서 불려 나간 게 누구야? 김하사는 눈을 감은 채, 저번에 보충대에서 어느 소총소대에 새로 배속돼 온 소대장야, 했다. 경비대 시절부터 군대 생활을 해온 김하사는 윤구가 모르는 다른 부대 소속의 상사급 이상이면 대개 얼굴을 알고 있는 것이었다. 누가 찔렀을까? 그러면서 윤구는 퍼뜩 그런 짓을 한 자가 혹시 이 김하사가 아닐까 하는 생각이 들었다. 사고뭉치란 별명을 듣게 된 그의 과거가 그렇게 생각게 했다. 작년 여름 그가 일등중사에서 이등상사로 승진하게 된 날짜를 얼마 앞두지 않고 탈영을 하여 한 스무날 만에야 돌아온 일이 있었다. 시골 가서 집안 농사일을 돕고 왔다는 말도 있었으나 본시 건달패로 농사일이 싫어서 경비대 시절에 군대에 들어온 그가 그럴 수 있으랴 싶었다. 원래는 영창 신세를 진 후 강등이 될 것이지만 경비대 시절부터의 경력을 참작하여 승진만을 보류하는 데 그쳤다. 그런데 지난 겨울 후방 부대와 교대됐을 무렵에 보급 물자를 훔쳐낸 사건을 또 저질렀다. 훔쳐낸 물건으로 계집을 샀다는 말이 돌았다. 그때 한 달 동안 영창 신세를 지고 나와 두 계급 강등을 당하고 말았던 것이다. 그러나 그 후에 그는 웬만한 일등중사의 하찮은 명령 같은 건 듣지도 않고 서로 대등하게 반말을 썼다. 이러한 김하사라 경우에 따라서는 어제 그 소대장을 심사관에게 일러바쳤을지도 모른다는 의심을 받게끔 했다. 그런데 김하사는 그냥 눈을 감은 채 무감동한 어조로, 자기 소대원 중의 어느 철없는 신병의 짓이 겠지, 첨엔 무슨 딴 대우라도 해줄 줄 알구 찔렀겠지만 지금쯤은 후회할 거야, 아마 우리와 같이 끌려가구 있을걸. 그러자 윤구는 어제 자기도 그 소대장을 알고 있어서 심사관이 자기에게 어떤 유리한 조건을 제시했다면 그를 일러바치지 않았으리라고 어떻게 장담할 수 있느냐는 생각에 미치면서 도리어 김하사를 의심했던 자신이 부끄러웠다. 거기에 김하사가 조용히 눈을 떠 이쪽으로 고개를 돌리더니 나직이 말했다. 지금 그따위 일을 가지구 이러 쿵저러쿵 따져 뭣 해, 당장 우리 일만 생각하기두 벅찬데, 오늘 밤이 중요해, 오늘 밤을 넘기면 너무 북으로 깊이 들어가게 돼 힘들어, 어젯밤 탈주병들 봤지? 세 명은 죽구 한 명은 산 거, 세 명은 너무 조급하게 멀리 달아나려다 그렇게 된 거야, 다섯 칸 안팎이 젤 좋아, 그랬다가 나중 놈들이 떠난 담에 달아나야 해, 그럼 오늘 밤 일을 생각해서 잠을 좀 자둬야지. 김하사는 고개를 거두어가지고 저리 돌아누웠다.

"그때 나두 결심했어. 김하사와 행동을 같이하기루."

날이 어둡자 주먹밥 한 개씩을 먹고 길을 떠났다. 윤구는 김하사에게서 서너 사람 뒤떨어진 곳에 끼어 걸었다. 대열의 거의 꽁무니 쪽이었다.

장마철에 들어섰는지 하늘에는 이날 밤도 비를 부르는 낮은 구름이 덮여 있었다. 윤구는 걸으면서 다섯 칸이란 거리를 걸음으로 재어보고 있었다. 다섯 칸이면 오륙 삼십, 서른 자다. 떠나기 전에 남몰래 한 발자국의 길이를 뼘으로 재어보았다. 한 자 좀 넘는다. 그러면 다섯 칸은 스무 발자국 안인 것이다. 이날 밤은 여섯번째 고개를 세고 나서야 쉬었다. 윤구는 어둠 속에서도 오른쪽은 산이요, 왼쪽은 가파른 비탈이라는 걸 알아보았다. 여기다, 하는 생각이 마음에 짚였다. 서너 사람 앞에 앉았는 김하사 쪽을 어둠을 뚫고 응시하고 있었다.

윤구 곁에 섰던 감시병이 담뱃불을 얻으러 앞 감시병 쪽으로 갔다. 거기 어떤 포로 하나가 감시병더러, 이 군활 통발이와 바꿔줄 테니 담배 한 대만 주시우, 하는 말소리가 들려왔다. 뒤이어 감시병의, 어디 낼 아침 성한가 보구서, 하는 말소리와 함께 솟은 너털웃음소리. 김하사가 앉았던 자리에서 그대로 둥그런 보퉁이처럼 되어 비탈을 굴러 내려가는 것이 눈에 들어오자 윤구도 안고 있던 무릎을 꼭 가슴에 붙인 채 몸을 굴렸다. 감시병들도 처음에는 누가 자기네를 놀래주려고 큰 돌멩이라도 굴려 내려보내는 줄 알았던지, 장난 말어! 하고 소리를 지르고 나서야 사태를 알아차린 모양이었다. 요란한 따발총소리가 낮게 내리깔린 하늘과 산골짜기 사이의 잠잠한 공기를 날카롭게 찢어냈다.

윤구는 그 총소리를 다섯 칸쯤이라고 짐작되는 곳에서 작은 나무줄기를 붙들면서 들었다. 왼쪽으로 조금 떨어진 곳에 김하사가 엎드려 있는 게 직감되었다. 그런데 이 김하사가 갑자기 엎드렸던 자리에서 아래로 미끄러져 내려가는 것이다. 붙들고 있던 것이 무너났나 보다. 뒤미처 감시병 둘이 풀섶을 어지럽게 차면서 쫓아 내려갔다. 좀 만에 저 아래서 따다다다다 하는 총소리가 골짜기를 울리더니, 한 놈은 잡았다, 하는 소리가 들렸다. 잠시 사이를 두고 위에서, 한 놈 더 있다, 하는 소리. 아래서는 김하사의 군화를 벗기나 보다. 허, 이 간나새끼 봐라, 발목에다 시계를 찼군, 하고 주절거리는 소리.

감시병들은 김하사가 사살된 부근과 그보다 먼 곳만 뒤지는 눈치다가 마침내 단념하고 투덜거리며 올라가버렸다.

행렬이 떠난 것을 확인한 다음에 윤구는 비탈 아래로 내려갔다. 거기서 이제 자기가 가야 할 방향을 더듬고 있는데, 얼마 떨어지지 않은 풀섶에서 이쪽을 부르는 소리가 들렸다. 죽은 줄만 알았던 김하사의 목소리였다. 아랫배를 맞아 쓰러지긴 했으나 살아 있다는 표시를 하지 않기 위해 꾹 참고 있었다는 것이다. 그리고 그는 죽어가는 사람 같지 않게 이런 말을 했다. 한창 따가는 판에 파장된 노름판 기분이군, 할 수 없지. 김하사의 말소리는 오히려 담담했다. 그는 끝으로 부탁이 있노라고 하면서, 이걸 우리 집에 좀 보내줘, 하는 것이다. 그리고 손에 쥔 것을 윤구에게 내밀었다. 한줌의 흙이었다. 이걸 꼭 좀 우리 집에 보내줘, 다른 말은 아무것도 쓰지 말구 이것만 내 이름으로 보내줘.

"그게 바루 이거야."

윤구가 구석에 있는 자기 배낭을 끌어다 그 속에서 건빵 봉지에 싼 것을 꺼내어 펴놓았다. 그동안 간수해가지고 오느라고 이래저래 줄어 없어진 듯 지금은 반 줌도 안 되는 붉은 황토가 펼쳐진 건빵 봉지에 담겨 있었다.

"그래 이 흙이 무슨 뜻일까?"

술기운이 올라 눈 가장자리가 빨개진 병사 하나가,

"설마 금싸래기가 섞인 흙은 아니겠지?"

"못난 소리 말어. 이게 모두 금싸래기래두 시원찮겠는데."

옆에 앉았던 다른 병사 하나가 핀잔을 주고 나서,

"내 생각엔 김하사가 죽으면서 헛소릴 한 것 같애."

동호가 건빵 봉지에 담긴 흙 부스러기에 눈을 준 채,

"아니야. 자기의 죽음을 부모에게 알리는 통질 거야. 저는 이렇게 흙으로 돌아갑니다 하는."

그 말에 현태는,

"궁상맞게…… 없애버려. 뭘 그걸 여태 끼구 있어?"

윤구가,

"아냐, 어쨌든 이걸 전해놓고 봐야겠어. 그래야 내 책임은 벗지."

"하여튼 죽은 사람의 소원이 그러니 내가 낼 인사과에 가서 주솔 알아가지구 보내두룩 하지."

동호의 말이었다.

"맘대루들 해. 자, 그럼 윤구 이 친구의 생환을 축하하는 동시에 김하사의 혼백, 그리구 저번 마지막 전투에 전사한 친구들의 명복을 비는 의미에서……."

현태가 둘러앉은 동료들의 반합 뚜껑에다가 새로 술을 나눠 따랐다.

4

살아남은 사람이 죽은 동료에 대해 어두운 그늘을 나타내고 그 밑에 번지는 자기네들의 삶에 대한 희열을 삼가 숨긴다는 것은 하나의 인정에서 오는 예의였다. 그러나 그것은 어디까지나 살아 남은 사람들이 지어낸 예의니만큼 언제고 산 사람들에 의해 깨어 질 수 있는 성질의 것이었다. 남자들의 세계에 있어서는 흔히 술 이란 것이 매개가 되어 이를 깨어버리는 수가 많았다.

소토고미 부대는 최전선과 불과 30리 상거밖에 되지 않는 지역 이라 오전 중에는 내무 교육과 야외교장 실습 그리고 오후에는 막사 보수니 환경 정리니 하여 일요일도 없었다. 그러던 것이 휴 전 협정에 따른 포로 교환이 끝난 9월 중순께부터는 일요일엔 희 망자에 따라 외출 허가를 주었다.

대개 외출 허가를 받은 축이 가는 곳은 주머니가 허락하는 대로 술집 아니면 위안소였다.

휴전 협정이 되기가 바쁘게 군인 상대의 약삭빠른 장사치들이 모여들기 시작한 것이 이즈음은 색시 있는 술집이 늘고, 공인된 위안소 외에도 창녀 몇 명씩을 거느린 포주들이 여럿 들어앉게 되었다.

별반 안주 없이 먹는 소주나 막걸리에 취하면 아무 이유도 없이 누구와 말썽을 부리기가 일쑤요, 위안소나 창가에 드나들게 마련 인 것이었다. 알코올의 흥분과 계집의 체취에서 그들은 자기네의 삶에 대한 희열을 확인하고 있는 셈이었다.

"자, 나가볼까? 대장이 보내준 돈이 아직 좀 남았어."

용하게 일요일마다 동호와 윤구의 외출증까지 끊어가지고 오는 현태가 이날도 이렇게 말하면서 외출할 채비를 하는 것이었다. 현태가 야전병원에 있을 때 부친한테서 용돈이 왔던 것이다. 동란 전에는 비누 원료인 우지를 수입하여 꽤 큰 기업체를 만들었다가 전쟁 통에 다 날려버린 현태의 부친이 이번에는 피난지 부산에서 설탕을 가지고 사업체를 재건하고 있었다.

어떤 판자 술집에 들러 술이 엔간히 취한 현태는 주머니에서 돈을 꺼내어 코앞에 대고 맡아보는 시늉을 하면서,

"암만해두 이 돈에선 당분 냄새가 나. 이걸루 쓴 술만 사 먹는다는 건 어울리지가 않는 것 같애."

그러고는 윤구를 향해,

"자 이제 우린 점호를 받으러 가봐야지."

다음에는 동호에게로 눈을 돌리며,

"넌 또 이걸루 캬라멜이나 사갖구 들어가 씹으면서 달콤한 시나 써라."

백 환짜리 몇 장을 동호 앞에 던지고는 윤구와 함께 술집을 나가는 것이다.

이런 경우 윤구는 언제나 아무 말 없이 현태가 하자는 대로 좇는다. 제 돈 안 들이고 적당히 얻을 수 있는 쾌락을 마다고 할 필요는 없다는 태도다.

동호는 자기의 여성에 대한 결벽성을 현태가 야유를 하면서도

굳이 자기네가 가는 곳에 끌고 가려고 하지 않는 것이 고마웠다.

그는 담배 한 갑을 사 피워 물고 대뜸 뒷등성이로 올라갔다. 막사 보수에 쓰일 재목과 겨울 준비 장작으로 베어낸 소나무 그루터기에 풀을 뜯어 송진을 가리고 걸터앉으면 자기 혼자만의 세계에 조용히 잠길 수 있는 것이다. 그 속에서 그는 이날도 숙이의 영상을 더듬고 있었다.

등성이 밑 부대 옆으로는 밭두둑의 흔적만 남아 있는 황무지였다. 3년 동안이나 보습과 호미 날을 받아보지 못한 땅은 곳곳에 거친 황토를 드러내 보이면서 잡초가 성해 있었다. 그 잡초들이 저번 왔을 때보다 누런 기운이 더해져 있었다. 그 위를 온갖 열매의 씨를 굳히는 시월 열흘께의 햇볕이 구김살 없이 내리쬐고 있었다.

이런 결실의 가을을 눈앞에 둔 때문일까. 현태와 윤구에 비겨 두 잔에 한 잔 푼수도 못 되게 마신 술기건만 홧홧 달아오르는 귓전을 선선한 재넘이 바람에 기분 좋게 스치면서 동호는 숙이의 모습을 어떤 하나의 열매로서 떠올리고 있었다.

그것은 복숭아였다. 복숭아 중에도 거죽에 털이 없는 신두복사나 털이 있되 살이 너무 말랑거리는 수밀도가 아닌 복숭아였다. 그 복숭아의 이름을 그는 몰랐으나 그 형태만은 그릴 수 있었다. 거죽이 희고 털은 짧고 살이 약간 단단한 복숭아.

전에 동호는 숙이의 색다른 옆얼굴을 바라보기 위해 일부러 자기가 앉았던 자리의 위치를 옮기곤 한 때가 있었다. 정면으로 보아서는 눈에 띄지 않던 면이 시선의 각도와 광선이 비치는 방향에 따라 드러나곤 하는 것이다. 광선이 옆 뒤에서나 옆 위에서 비치면 그네의 얼굴의 다른 부분은 다 그늘이 지고 곧은 콧등만이 코끝을 향해 오롯이 높아지면서 거기 코끝과 콧날개 언저리에 뽀오얀 무리가 둘리는 것이다. 보통 때는 눈에 띄지 않던 잔 솜털의 조화인 것이다. 포도나 감 거죽에 끼는 시설[3] 같다고나 할까. 그러나 그 시설보다도 더 보드랍고 연해서 손으로 문지르기보다는 입김으로나 녹여버리고 싶은 충동을 주는 그런 것이었다. 2년 전 동호가 입대하기 전날 밤 숙이가 벌써부터 생각해왔던 일이라면서 한번 오붓한 환송을 해주고 싶다는 제의로 둘이 주머니를 털어가지고 해운대 호텔을 찾아갔을 때도 그랬다. 호텔 한 호젓한 방에서 함박눈이 내리는 하룻밤을 새우다시피 하며 그네와의 오랜 입맞춤 끝에 코끝과 콧날개 언저리를 입술로 문지르곤 한 이튿날 아침이었다. 본디 쌍꺼풀진 그네의 한쪽 눈이 밤새 세 꺼풀이 져 짝짝이 눈이 된 것을 보고 둘이 애들처럼 웃었을 때 마침 옆 창으로 들이비치는 눈 갠 맑은 아침 햇살을 한옆으로 받으면서 그네의 코언저리에 둘린 뽀오얀 무리가 눈에 들어오자 동호 자기는 혼자 속으로 중얼거렸던 것이다. 더할 나위 없이 보드랍고 연한 솜털이면서도 영 벗겨지지가 않는군.

이날 동호는 등성이를 내려와 부대 앞 꽤 크게 벌여놓은 식료품 가게로 들어갔다.

40 전후로 뵈는 주인사내가 총채로 상품의 먼지를 털고 있다가 동호에게로 마주 나왔다.

"어서 옵쇼."

동호는 무더기무더기 쌓여 있는 사과니 배니 감을 한번 둘러보
고 나서,

"저어, 복숭아에도 종류가 여러 가지죠?"

물건 사러 온 손님인 줄 알았던 주인사내는 이 엉뚱한 물음에
잠시 어리둥절 동호의 얼굴만 치어다보았다.

"좀 알아보고 싶은 일이 있어서 그러는데요. 수밀도나 신두복
사 말구 또 무슨 복숭아가 있죠?"

주인은,

"글쎄요……."

하고 달갑지 않은 대답을 했으나 순전히 군인 상대의 장사라 동
호의 물음에 그냥 모른 체할 수도 없다는 듯,

"복숭아의 종류가 사과보담두 많다구들 하드군요."

"수밀도같이 무르지 않구, 신두복사처럼 껍질에 털이 아주 없
지 않은 복숭아가 있잖아요?"

"글쎄요…… 살이 단단한 복숭아루선 천도라는 게 있는뎁쇼,
그건 껍질과 속살이 다 빨갛죠. 생김새두 끝이 뾰죽하고 골이 져
있구요."

"수밀도같이 생긴 걸루…… 껍질이 희구 털이 약간 있는 걸룬
요?"

"아마 그건 백도가 그렇죠. 그게 털이 짧구 살이 좀 단단한 게
아주 희죠. 맛이 좋습니다. 아 참, 여기 그 통조림이 있겠군."

주인사내가 선반 위에서 통조림을 하나 내려 총채로 먼지를 털
어가지고 동호에게 내주었다.

"이게 바루 백도루 만든 겁니다."

겉에 부자연스럽도록 정원으로 그려진 두 개의 복숭아가 약간 누런빛으로 채색된 반쯤 겹쳐 있는 그림과 함께 백도라는 붉게 쓴 레테르가 붙어 있었다.

동호는 통조림을 도로 주인에게 돌려주었다. 그것은 살 만한 돈이 없다느니보다도 통 안의 복숭아가 껍질이 벗겨지고 반으로 갈라져 있을 것을 생각하니 흥미가 없어졌다. 차라리 주인사내가 설명한 백도의 생김새를 좀 전에 등성이에서 자기 자신이 그렸던 복숭아의 모양과 합치시켜보는 게 더 실감이 갔다. 내년 복숭아 철에는 한번 분명히 백도의 형태를 눈여겨봐둬야지.

부대로 돌아오니 현태와 윤구가 먼저 돌아와 있었다.

윤구는 말없이 자기 내의와 양말을 들고 우물로 나가는데, 번듯이 누워 있던 현태가 동호를 보고,

"어, 시인, 여태 혼자서 어딜 쏘다녔어? 무슨 고민이라두 있나? 조금만 참어. 인제 제대돼서 사랑하는 사람 만날 날두 머지않았으니."

그리고 누운 채 두 팔을 걷어 올려 동호에게 내보이며,

"내 얘기 좀 들어봐. 아 글쎄 고 계집년이 이 상처 자죽을 보구서 야단 아냐? 상처에 새살이 나서 발가우리해지고 다른 살보다 매끄러운 게 아주 이뻐 죽겠다나. 그러면서 입으로 핥구 빨구 지랄야. 보다 못해 한마디 해줬지. 정 그렇게 상처 자리가 좋다면 네게두 하나 내줄까 하구 말야. 그랬더니 고년의 대답이 맹랑해.

자긴 이미 수없이 많은 상철 받은 몸이라나. 평생 아물지 않을 상
철 말야. 그러면서 하는 수작이 이렇게 서루 상철 받은 사람끼리
한번 멋지게 살아봤음 한이 없겠다는 거야. 내 원 참, 고 빌어먹
을 년 주둥아린 살아가지구 마구잽이 조잘거리드라구. 기분 잡쳤
지 뭐야. 다신 그년한테 발길을 말아야겠어."

현태가 잠들기를 기다려 동호는 숙이에게 편지를 썼다. 복숭아
이야기였다. 그 속에서 그는 내년 복숭아 철이 되어 백도가 나오
기 전에 숙이복숭아를 먼저 보게 될 수 있기를 바란다는 말도 덧
붙여 썼다.

5

구름이 끼고 으스스 찬바람이 부는 다음번 일요일에도 셋은 외
출을 했다.

거나하니 취한 현태와 윤구가 여자를 사러 간 뒤에도 동호는 그
냥 술집에 남아 있었다. 음산한 날씨라 밖을 거닐거나 등성이에
올라가고 싶은 생각이 나지 않았다. 군에 입대해서 배운 술인 데
다가 그다지 술을 좋아하지도 않는 그는 동무 없이 혼자 마시는
일이란 전혀 없다시피 했지만 이날은 바깥보다 여기서 이럭저럭
시간을 보내고 싶어 새로 따른 술을 그저 천천히 찔끔거리고 있
었다.

술청 한구석에서는 빈대떡을 부치고, 이쪽으로 송판을 대충 밀

어 만든 탁자가 세 개 한 줄로 놓여 있어서 한꺼번에 여남은 사람이 앉아 술을 마실 만했다.

동호가 앉아 있는 바로 다음 탁자에서는 아까부터 사병 넷이 마주 앉아 술을 마시고 있었다. 그중의 한 병사가 스페어 캔 속에다 남의 담요 두 장을 훔쳐 넣어가지고 나와 팔았다는 얘기를 하고 있었다. 담요를 틀어박아 넣을 때보다 좁은 주둥이로 뽑아내기가 더 힘들더라는 말도 했다. 글쎄 그렇게 하지 않군 어디 술값을 마련할 수 있어? 술이 취하여 곁의 사람을 꺼리지 않고 마구 지껄여댔다. 자기의 행위가 영창 신세를 질는지도 모른다는 생각 같은 건 염두에도 없어 보였다. 오히려 자기가 한 짓을 자랑 삼아 하는 말투였다. 거기에는 전쟁터에서 죽음의 고비를 넘은 사람들만이 맛볼 수 있는 삶의 희열 같은 것이 스며 있었다.

동호는 천천히 술잔을 기울이며 문득 옆에서 지껄여대는 말 속에 스며 있는 삶의 희열 같은 것이 자기 가슴에도 번지어옴을 느꼈다. 이렇게 번져들기 시작한 의혈감은 삽시간에 가슴에 가득 괴고 넘쳐 전신에 감돌아 흘렀다. 마치 혈액처럼. 그런 속에서 이 날은 여느 때보다 더 마신 술기운 탓인지 여태까지 떠올리던 숙이의 영상과는 좀 다른 면이 눈앞에 다가서는 것이었다.

해운대 호텔 조용한 방에서 동호는 자리 속에 들어있는 그네의 얼굴을 두 손으로 싸쥐고 있었다. 아이 뜨거. 그네가 그의 손 위에 자기 손을 가져다 얹었다. 입술을 마주 대었다. 그 촉감이 식물처럼 싸늘했다. 그저 입김만이 열기를 띠고 있었다. 이 열기에 단 입김을 서로 주고받는 동안에 그네의 입술이 타고 뺨과 손바닥이 달아올랐다. 아이 숨 맥혀. 그네가 고개를 한옆으로 비키면서 속삭였다. 뜨거운 입김이 그의 귓전을 간질였다. 동호는 달아오른 열기를 그네의 몸 다른 한 부분으로 옮기고 싶은 충동을 받았다. 손으로 그네의 가슴을 더듬었다. 그러나 어느새 가슴에 덮인 이불을 그네가 꼭 눌러 쥐고 있었다. 그리고 애원하듯이, 이 이상은 말기루 해요, 이 이상은요. 동호도 안타까이, 잠깐만, 잠깐만. 아녜요, 이 이상은 말기루 해요, 오늘은 이대루 지내구 싶어요. 동호씬 바보, 그까짓 게 뭐게 그래요, 동호씨답지 않아요, 제 모두가 동호씨 것 아녜요? 그만 동호는 지금의 자기 욕구가 사실 어떤 불순물에 의해 불타고 있는지도 모른다는 생각에 자기 자리로 돌아오고 말았다. 처음에 숙이가 두 사람의 자리를 나란히 펴면서 제안했던 것이다. 우리 각각 자기 자리를 떠나지 말기루 해요, 그저 하룻밤 이렇게 동호씨 곁에서 지내기만 하면 만족이에요. 동호도 그러자고 쾌히 고개를 끄덕였던 것이다. 그러나 막상, 그럼 잘 자라고 그네의 입을 맞춘다는 것이 이리저리 입술을 비비게 되고, 뜨거운 숨결을 서로 주고 삼키는 동안 저절로 동호의 욕구가 딴 데로 옮겨갔던 것이었다. 동호는 제자리로 돌아와 어둠 속에 눈을 뜬 채 잠잠히 있었다. 밖에는 남쪽 치고는 드물게 보는 함박눈이 아직 내리는지 유리창에 사르락사르락 눈 부스러지는 소리가 들렸다. 그는 애써 이 눈 부스러지는 소리에 귀를 주고 있었다. 그러고 있느라니 차차 머릿속이 맑아지면서 좀 전에 일으켰던 욕망도 차츰차츰 부스러져나감을 느꼈다. 무언가 아쉬우면서 한편 평온해지는 심정이었다. 어둠 속에서 숙이가 조

용히 말했다. 성났어요? 동호는 잠자코 있었다. 그러자 그는 문득
평온해져가던 마음 한구석에서 정말 자기는 약간 화가 나 있다는
생각이 머리를 들었다. 어째 사랑하는 두 사람이 한방에 나란히
누워 자면서 그 행위를 불순한 것으로 여겨야 한단 말인가. 성내
믄 싫어요. 어둠 속에서 숙이가 다시 말했다. 그러나 동호는 그냥
아무 대꾸도 하지 않고 있었다. 그러는 그는 자기가 이렇듯 성이
나 있다는 것을 그네에게 알리는 것이 효과적이라는 속셈을 하고
있었다. 그러한 자기가 떳떳하지 못할지는 몰라도 왜 그런지 그
것이 비열한 짓이라곤 생각되지 않았다. 정말 성났군요? 숙이가
어둠 속에서 다시 한 번 말하면서 이쪽으로 돌아눕는 기척이 났
다. 그리고 이리 손을 내밀어 그의 손을 더듬어 찾는 것이었다.
살포시 와 잡는 그네의 손바닥은 따뜻했다. 그는 오히려 그네와
는 달리 자기 손이 그새 식어 있다는 데 어떤 야릇한 쾌감을 느꼈
다. 좀 더 냉연한 빛을 보여 그네의 마음을 흔들어놓으리라. 다음
번에는 이쪽의 요구를 순순히 듣게끔. 그는 그네에게 손을 잡힌
채 짐짓 아무런 반응도 보이지 않고 있었다. 그네의 맥박이 손바
닥을 통해 그대로 전해져왔다. 그는 더 참지를 못하고 그네의 손
을 지그시 끌어당겼다. 상반신을 일으킨 그네의 얼굴이 어둠 속
에 훤히 떠올랐다. 그는 자기도 윗몸을 일으키면서 그네의 뺨을
양손에 싸쥐었다. 그 뺨도 단 채로 있었다. 입술도 뜨거웠다. 삽
시간에 이쪽의 손바닥과 입술이 그네의 열기와 같이 달아올랐다.
그네가 그의 아랫입술을 잘근 깨물듯 하고는 고개를 한옆으로 비
켰다. 그네의 고르지 못한 숨결이 그의 귓전을 뜨겁게 스쳤다. 인

제 누우세요, 감기 들면 어떡해요. 그네가 그의 어깨를 붙들어 자리에 눕히려 했다. 그는 그네의 손길을 무시하고 제멋대로 털썩 몸을 눕혀버렸다. 그네가 이불을 턱밑까지 끌어다 감싸주면서, 또 성났어요? 동호씬 바보, 내가 이처럼 사랑하구 있는데. 그네의 상반신이 앞으로 기울어지더니 그의 입술을 와 눌렀다. 동호씨 괴로워하는 것 보믄 나두 괴로워요, 그렇지만 오늘만은 이대루 지내구 싶어요, 언제까지나 동호씰 기다릴 사람인데. 비비고 있는 두 사람의 입술 새로 찝찔한 액체가 새어들었다. 그제야 그네는 상반신을 일으켜 자기 자리로 돌아갔다. 또다시 동호는 자기 마음이 잔잔히 가라앉아감을 느꼈다. 그러면서도 자리에 가만 누워 있을 수가 없었다. 그네에게로 가 사뿐히 눈에다 입술을 대었다. 촉촉이 젖은 속눈썹이 호르르 떨렸다. 그는 속눈썹의 물기를 가만가만 빨아 삼켰다. 다른 한쪽 눈도 그렇게 했다. 그러고는 물기가 뺨으로 흘러내린 자국을 더듬어 입술로 내려갔다. 입술만은 보송보송했다. 입술로 입술 속을 헤쳤다. 거기에 어느 때보다도 뜨거운 그리고 물기에 찬 속살이 감촉됐다. 그 속에 그는 자기의 입술을 묻었다. 그러면서 그는 좀 전부터 그네가 미동도 않고 조용히 누워 있다는 걸 깨달았다. 이제는 잠자코 응해줄 것 같은 자세였다. 한 손으로 그네의 목을 쓰다듬어 내려갔다. 그네의 두 손이 가슴을 가린 이불 위에 모으듯이 놓여 있었다. 그는 이불 밑으로 손바닥을 미끄러뜨려 넣었다. 그리고 그네의 속옷 밑으로. 이불 위에 놓인 그네의 손이 약간 아래로 눌렸다. 그러나 굳이 그의 손길을 막아내려는 의지의 표시 같지는 않았다. 조금씩조금씩 손가락 끝을 안으로 비집어넣었다. 부드러운 살결이 손바닥에 밀착되면서 살냄새가 강렬하게 동호의 신경을 간질였다. 이불 위에서 내리누르는 그네의 손의 압력이 점점 풀린다고 느껴졌다. 그러는데 그네가 혼잣말처럼 중얼거렸다. 내 잘못이에요, 오늘 밤 이리루 오자구 한…… 이렇게 서루 괴로워해야 할 줄은 몰랐어요, 그저 하룻밤 동호씨 곁에서 지냈음 얼마나 즐거울까 하는 생각만으루…… 꿈에 지나지 않는 생각이었어요, 좋아요, 꿈을 버리죠. 이 거의 신음에 가까운 말소리와 함께 이불 위에 놓인 그네의 손의 압력이 아주 풀리고 말았다. 그러자 양쪽에 뿌듯이 융기한 유방이 감지되는 가슴골까지 비집고 들어갔던 그의 손이 그자리에 멈춰버렸다. 그리고 그의 입에서는, 아니야, 아니야, 소리가 연방 질러졌다. 그러면서 그는 자신에게 다짐했다. 이런 상태로써 그네의 꿈을 깨쳐서는 안 된다, 오늘 밤 사랑하는 그네에게 꿈을 갖게 하리라. 가슴 한구석에 듬뿌룩하게 막혔던 것이 풀려내리는 느낌이었다. 다음부터는 뺨과 이마와 눈에다 가볍게 입술을 찍기만 했다. 그리고 어둠 속에 보이지는 않으나 그네의 코끝과 콧날개 언저리에 돋은 시설보다도 연한 솜털을 지워버리기라도 하려는 듯이 사뿐히 입술로 문지르곤 했다. 그러나 이러는 동안에도 사내로서의 욕구가 불현듯 다시금 고개를 들곤 했다. 그때마다 그는 자기 자리로 와 머리를 베개에 눕히고 유리창에 부서지는 눈 소리에 정신을 모으며 마음을 가라앉히곤 했다. 그러면서 이날 밤 숙이의 꿈을 깨뜨리지 않기 위해 자기가 사내로서의 욕망을 억제하고 있다는 데에 어떤 쾌감까지 맛보는 것이었다. 새벽녘에 잠이 들 때까지 수없이 되풀이된 이 억제가 얼마만한 가치를 지니고 있는지 어쩐지는 문제가 아니었다. 그저 자기는 숙이의 모든 것을 아껴야 한다는 것 그리고 그런 그네는 영원히 자기의 것이라는 생각뿐이었다.

이 생각은 지금도 변함이 없었다. 동호는 혼자 속으로 중얼거렸다. 언젠가 현태 그 친구가 말한 일이 있것다. 여자를 자기 것으로 만드는 데는 먼저 그 육체를 점유하느니밖에 없다고. 그러나 이 빌어먹을 놈의 친구야, 그래 네가 지금 뭇 사내의 지문이 어지럽게 찍힌 어느 여인의 몸뚱이에서 너 나름대로의 감촉을 얼마큼 즐기고 있을는지 모른다만 그래도 내 입술과 뺨과 손바닥에 남은 숙이의 촉감만큼 순수하고 아름다울 수는 없을 게다.

"이 새끼야, 그만 따라댕겨!"

갑자기 출입문 쪽에서 고함 소리가 들렸다. 술 취한 어떤 친구가 들어오는 모양이었다.

동호는 그쪽을 한번 바라보고는 내려놓았던 술잔을 집어들었다. 다음번에 둘이 만날 때도 그네의 눈은 다시 짝짝이 눈이 될까. 그리고 지난날처럼 서로 괴로워하지 않고도 포용할 수 있게 될까.

"어, 여게 자리가 있군."

고함을 치며 들어선 낯모를 친구가 비틀걸음으로 동호 앞자리에 와 털썩 걸터앉았다. 이등상사의 계급장을 단 병사였다.

그는 붉게 충혈된 눈으로 동호를 한번 건너다보고는 고개를 저쪽으로 돌리면서,

"술 가져와!"

하고 소리를 질렀다.

"이봐 선우상사, 인젠 제발 좀 그만하구 돌아가지."

뒤따라 들어온 병사 하나가 달래듯이 말했다. 그는 첫눈에도 술 마신 기색이 전혀 없었다.

"넌 너 갈 데루 가란 말야!"

"그러지 말구, 자 일어나."

명찰로 보아 성이 안가요, 계급은 이등중사인 병사가 한 손으로 는 선우이등상사의 등을 잡고 한 손으로는 팔목을 잡아 일으키려 하자,

"이 똥개가, 저리 비키지 못해?"

하고 홱 뿌리치고는 술기운에 벌그죽죽하게 된 목을 다시 저쪽으 로 비틀어 돌리며 소리쳤다.

"술 안 가져올 테야?"

동호가 자리를 뜨는 게 좋을 성싶어 일어섰다.

"어, 왜 일어나는 거야?"

선우이등상사가 이번에는 핏발이 선 눈망울을 동호에게로 들며,

"내게 무슨 유감 있어?……어이, 중사……."

그러고는 초점이 잘 안 잡히는 시선으로 동호의 명찰을 더듬어 보더니,

"어이, 윤중사, 앉어…… 명령이다. 상사의 명령이야."

안이등중사가 난처한 빛을 얼굴에 떠올리며,

"오늘은 정말 취했군. 자, 일어나라구."

"시끄러…… 술 못 먹는 너 같은 것보다는 저 친구가 좋아……
어이 윤중사, 앉지 못해?"

인이등중사가 동호에게 이렇게 술 취한 사람이니 양해해달라는
빛을 지어 보였다. 동호는 잘못 걸려들었다고 생각하면서 자리에
도로 앉았다.

그제야 주인이 대폿잔과 술 주전자를 들고 와 술을 따르면서,

"안준 뭘 드릴까요? 빈대떡, 북어……."

"안준 일없어. 안주 사 먹을 돈으루 술을 더 마셔야지……저기
두 한잔……."

선우이등상사가 동호 앞의 잔을 가리켰다.

"전 그만 하겠습니다. 원래 술을 많이 못합니다."

동호는 손으로 잔을 가리었다.

"내게 무슨 유감이 있느냐 말야? 자네더러 술값 내라구 안 할
테니 안심하구 마셔."

할 수 없이 동호가 잔 가리었던 손을 떼려니까 몽롱한 눈을 이
쪽으로 주고 있던 선우이등상사가,

"거 손 곱다. 총대 잡을 손이 아니군그래. ……허지만 세상에
어디 총대 잡을 손이 따루 있을라구. 자 봐, 이 손을……."

탁자 위에 펴서 안팎을 뒤집어 뵈는 두 손은 갸름하고 아주 작
았다.

"어때? 그동안 거칠어졌지만 아마 여자 손두 이렇게 작진 않을
걸…… 난 철들면서부터 이 손이 부끄러워 남이 보는 데서는 내
놓지를 못했어. 늘 포켓에 넣구 댕겼지…… 한번은 말야, 중학교

때 어떤 선생이 내 손을 보구 산부인과 의사가 되면 제격이겠다구 하잖어. 그 소리가 얼마나 듣기 싫던지…… 그래두 이런 손으루두 얼마든지 방아쇠 잡아댕길 수 있거든. 이렇게……."

왼손으로는 총대를 받들 듯하고 오른손으로는 방아쇠를 연달아 잡아당기는 시늉을 하면서,

"이렇게 남한테 지지 않을 정도루 말야…… 아니지, 남보다 더 잘 잡아댕겼는지도 모르지."

여기서 그는 잔을 두어 모금 마시고 나서 다시 붉은 시선을 동호에게로 지그시 부으며,

"고향이 어디야?"

"인천입니다."

"그럼 여기서 보면 우리 고향이 더 가깝군. 황해도 연백이니까…… 그렇지만 가까우면 뭘 해? 갈 수 있는 곳이래야지…… 아니야, 갈 수 있는 곳이면 뭘 해? 고향이란 자기가 난 곳이라구 해서 뜻이 있는 건 아니거든…… 자길 기대리는 사람, 자길 반갑게 맞이해줄 사람, 그런 사람이 있는 곳이래야 고향이라구 할 수 있지. 안 그래? ……물론 윤중산 그런 사람이 있겠지?"

동호가 무어라고 미처 대답을 못하고 있으려니까,

"부몬?"

"부산 피난 중이에요."

"부산이구 제주도구 하다못해 38선 저쪽이래두 그런 사람이 하나만이라두 있으면 되는 거야…… 그런데 내겐 말이지, 내겐 말야……."

여기서 선우이등상사는 다시 술잔을 들어 벌컥벌컥 다 들이켜
고 나서 저쪽 주인에게 빈 잔을 들어 보이며 소리쳤다.

"술 줘요!"

그리고 이제는 선우이등상사의 술주정이 끝나기만 기다리는 듯
이 앉아 있는 안이등중사를 향해 술잔을 탁 내려놓으며,

"이자식, 아까 그 소릴 한번만 더 해봐. 아가릴 찢어놀 테니. 뭐
이북에 부몰 두고 온 게 맘이 걸린다구? 되레 돌아가시는 걸 제
눈으로 보구 왔음 맘이 편하겠다구? 이 죽일 자식, 그래 나 같은
경울 당해보지 못한 게 한이란 말야? ……네가 아침저녁 부모의
평안을 하나님한테 빌 때 난 뭘 빌어야 하지? ……내 한 몸에 관
한 걸 빌까? 지난밤두 당신이 보호해주셔서 잠 잘 자게 해주셨으
니 오늘 하루도 당신 품안에서 무사히 지내게 해주옵소서, 이렇
게 말이지?……."

술이 취하면 자꾸 지껄이지 않고는 못 배기는 형인 듯 선우이등
상사는 이렇게 떠들더니 다음엔 누구에게랄 것 없이 혼잣말처럼
중얼대는 것이었다.

"암, 나두 전엔 아침저녁 빼놓지 않구 그런 기돌 했지…… 그
런데 그 후에 난 이렇게 빌었어. 되레 날 불러가달라구…… 그렇
지만 허사였어. 마침내 난 하나님이 존재하지 않는다는 걸 알았
어. 아니 그렇게 믿기루 했어. 하나님이 존재한다면 그럴 수가 있
어? 넌 말하겠지. 하나님께서 날 더 시험하시는 거라구. 구약 시
대의 아브라함처럼 말이지?…… 그렇지만 난 견딜 수가 없어. 사
람이란 약한 거야. 거기 비하면 하나님은 너무 잔인해. 그런 하나

님이라면 차라리 없다구 믿는 게 옳아…… 그런데 넌 견딜 수 있다는 거지? 되레 어떤 고행을 함으로써 믿음을 더 굳게 할 수 있다는 거지?…… 이렇게 술 취한 날 쫓아댕기며 거들어주는 것두 네 믿음을 더 굳게 하자는 데서 온 거구…… 저 예수가 베드로에게 세 번 물어본 일이 있겠다? 요한의 아들 시몬아 네가 이 사람들보다 나를 더 사랑하느냐 하시니 대답하되 주여 그러하오이다 내가 주를 사랑하는 줄 주께서 아시나이다 하니 가라사대 내 어린 양을 먹이라……."

여기서 선우이등상사는 입 가장자리를 일그러뜨리며,

"그래 네가 그 양 치는 목자가 되겠다는 거지? 그리구 목자 치구두 백 마리 양 중에 잃어버린 한 마리 양을 찾아 나선 목자가 되겠다는 거지? 인마, 그래 내가 길 잃은 양이란 말야? 이 새끼야, 도대체 목자란 게 무슨 뜻인지나 알어?…… 셰퍼드……그건 개의 한 종류두 되는 거야…… 셰퍼드…… 홍, 허지만 넌 그 셰퍼드 개 종류두 못 돼. 그저 똥개야 똥개…… 그럼 똥개야, 그만큼 쫓아댕겼음 이젠 내 눈앞에서 꺼져버려…… 음, 되레 넌 내가 언짢은 말을 하는 걸 달게 받는다는 거지? 목자루서 받는 한 수난으루 생각하구 말야…… 그럼 어디 해봐. 이 똥개야, 내 구두 바닥을 핥아봐. 피에 물든 산야를 밟구 온 이 구두 바닥을 어서 핥아보란 말야. 못하겠지? 그럼 이거라두 핥아봐, 이 상이라두 말야…… 죽음을 면한 젊은이들이 살아남았다는 기쁨을 잠시나마 맛보구 가구, 또 앞으루 그런 젊은이가 쉬어 갈 이 상을 말야…… 이것두 못 핥겠어?…… 그럼 내가 핥지, 내가 핥아……."

선우이등상사는 고개를 숙여 자기 앞 상 위를 몇 번 핥는가 했더니, 그대로 두 팔을 모아 그 위에 이마를 얹고 엎드려버렸다. 그리고 머리를 좌우로 흔들거리다가 조용해졌다.

"6·25 때 부모가 학살을 당했지요. 목사루 계셨던 분인데…… 그걸 잊을려구 술을 마시구는 저러죠."

안이등중사가 가만히 동호에게 말했다.

옆자리에 있던 병사들은 술 취한 선우이등상사의 주정을 꺼려서인지 어느새 나가고 없었다.

동호도 이참에 자리를 뜨려고 하는데 선우이등상사가 번쩍 고개를 쳐들며,

"이 똥개야, 뭐라구 또 짖어대는 거야? 내가 뭣을 잊지 못해서 술을 마신다구? 천만에! 되레 생생하게 기억을 살리기 위해서 마시는 거야…… 술만 마시면 잊었던 것까지 모두 되살아나거든…… 자, 기억을 되살리기 위해서……."

"정말 이젠 그만 마셔. 그리구 밤낮 같은 얘길 되풀이하면 무슨 소용 있어."

선우이등상사는 안이등중사의 말은 들은 체도 않고 새로 부어놓은 잔을 들어 단숨에 들이켜고는,

"어이 중사, 윤중사였지? 자네두 마셔…… 마시구 무슨 기억이든 되살려보란 말야. 어머니 젖 빨든 기억이라두 좋아. 무어든 기억을 되살려보란 말야."

그리고 충혈된 눈망울을 들어 허공의 한 점을 응시하면서,

"이렇게 술을 먹으면 지금두 눈앞에 선해. 우리가 토굴 속에 숨

었다 나와서 본 광경이 말야. 어머니 아버질 물들이구 있던 핏빛이 말야…… 어머니 아버질 그렇게 피루 물들이게 한 놈들의 피를 보구 싶었어…… 그런데 어떤 피를 가지구두 우리 어머니 아버지의 피를 갚을 순 없었어…… 난 밤마다 빌었지. 오늘 밤엔 잠든 채루 그냥 깨지 않게 해달라구. 그리구 아침엔 오늘은 날 불러 가달라구…… 그래서 난 어느 전투에서나 선봉을 섰어. 그 덕택에 한 계급 특진까지 받아가지구 이렇게 살아 있는 거야. 이게 다 하나님의 뜻이란 거지?…… 근데 그 하나님의 뜻이란 게 너무 잔인하구 짓궂어. 우리 어머니 아버지의 피를 요구한 방법이 말야……."

6·25 때 동네 뒷등성이에다 구덩이를 파고 밤중에 20여 명의 동민을 끌어다 밀어 넣고 따발총을 퍼붓는 속에 선우이등상사의 부모도 끼어 있었다는 것이다. 아버지가 요행 급소를 맞지 않아 간신히 목숨이 붙어 있었다. 등성이를 기어 내려왔다. 출혈로 인해 심한 갈증을 느꼈다. 한곳을 찾아 들어가 물을 좀 달라고 했다. 그곳이 바로 보안서였다. 보안서원들은 총에 빗맞아 죽지 않은 사람이 있다는 걸 알고 그길로 다시 구덩이로 올라가 거기 나뭇더미 속에 살아 숨어 있는 다른 두 사람마저 찾아냈다는 것이다.

"그래, 허구많은 집에 해필 찾아 들어간 곳이 보안서였다는 게 하나님의 뜻이란 거야? 게다가 아버지 땜에 다른 두 사람마저 죽게 한…… 이게 바루 인간의 지혜루썬 헤아릴 수 없을 만큼 심오하다는 하나님의 뜻이란 거야? 육십 평생 하나님과 교횔 위해 헌신해온 아버진데……."

선우이등상사는 숨결이 거칠어지면서,

"제발 다시는 나더러 그게 하나님의 뜻이란 말은 말아줘!"

그러고는 자리에서 몸을 일으켰다. 조심해서 탁자 사이를 걸어 나가는 선우이등상사의 걸음걸이가 비치적거렸다. 그러다가 주춤 하고 걸음을 멈추더니 천천히 아주 천천히 오른쪽으로 몸을 비틀 어 이리 향하는 것이었다. 그러는 그의 얼굴에는 히죽이 웃음이 띠어져 있었다.

동호는 왜 그런지 가슴이 섬뜩했다. 지금까지의 이야기 내용이 나 분위기와는 너무나 판이한 동작이요 표정이 아닐 수 없었다.

"어때?"

고개를 이리 향하고 있었으나 그것은 안이등중사나 동호에게 하는 말이 아니고 자기 자신에게 들려주는 말소리 같았다. 그리 고 그는 더 몸을 그대로 가누고 있지를 못하고 옆 탁자에 손을 짚 으며 쓰러질 듯하다가 다시 몸을 일으키면서 그러한 자기 자신을 격려라도 하는 것처럼 소리쳤다.

"술 취한 게 아니다, 취한 게 아냐…… 술값 얼마요?"

안이등중사가 동호에게 무슨 말을 할 것 같은 기색을 보이더니 그냥 총총걸음을 쳐 달려가 선우이등상사를 부축했다.

선우이등상사를 동호가 다시 만난 것은 얼마 후 영내 주보[4]에서 였다. 부대가 다르기 때문에 이런 곳이 아니면 좀처럼 만날 기회 가 없었을 것이었다.

이날 현태네 집에서 용돈이 와 닿아 우선 개시를 해야 한다고 셋이서 발 가까운 대대 주보에를 들렀다. 거기서 술을 마셔가며 앞으로 제대 후에 할 일들을 두서없이 지껄이고 있는데 선우이등상사가 들어섰다.

대체로 술이 취했을 때 처음 본 사람을, 술 깬 뒤에 만나면 딴 사람처럼 보이는 수가 많은 법인데 선우이등상사의 인상도 저번 과는 아주 달랐다. 햇볕에 그을긴 했어도 술기운이 가신 얼굴은 창백한 편이요 광대뼈가 더 나와 보였다. 그리고 주보로 들어서면서 무심코 이리 던진 시선은 맑고 부드러웠다. 이 시선이 동호와 마주쳤으나 선우이등상사 편에서 외면을 해버리는 것이었다. 아는 체하기가 귀찮다는 기색이었다. 그리고 우연인지 일부러인지 이쪽으로 등을 돌려댄 자리에 가 앉는 것이었다.

술기운이 얼마큼 돈 현태가 하던 얘기를 계속해 지껄였다.

"그런데 윤구 이 친구는 상과니까 장차 은행가가 될 거구, 그러기 위해선 이마가 좀 벗겨져야 격에 맞을 텐데 고수머리라 어떨는지. 하여튼 이담에 은행가가 되거든 우리 대장 사업체 편의 좀 봐줘."

동호가 곁에서,

"이런, 아버지 편의가 뭐야. 이 작자가 은행가쯤 됐을 땐 넌 또 아버지 사업첼 물림받았을 땔 텐데 뭘 그래."

"가만있어봐, 그건 좀 빨러. 좀처럼 우리 대장이 내게 사업첼 맡기진 않을 거야. 물론 내가 사회학괄 택한 건 내 취미기두 하지만 대장이 그걸 찬성했어. 어떤 사업첼 운영하드래두 보담 더 넓은 시야가 필요하다는 게 대장의 생각이거든. 나두 사실 뭣을 한다면 한번 대규모루 멋있게 해볼 작정야. 오물딱쪼물딱 하는 건 성미에 안 맞어. 그리구 하면 될 것 같은 자신두 있어. 입빠른 소리 같지만. 그런데……."

이때 주보로 들어서며 두리번거리는 안이등중사와 동호의 눈이 마주쳐 서로 아는 체하는 바람에 잠시 현태의 이야기가 중단되었다.

안이등중사가 조용히 선우이등상사 곁으로 가 무어라 말을 거는 것 같았으나 선우이등상사는 귓등으로도 안 듣는 듯 잔에 부은 술만 마시고 있는 것이었다. 등을 이리 돌려대고 앉았기 때문에 잘 알 수는 없었으나 김치 쪽하고 마시는 소주라 벌써 엔간히 취한 모양으로 앞으로 구부린 가슴을 탁자에다 붙이고 있었다.

동호는 아무리 안이등중사가 선우이등상사와 6·25 때 이북에서 함께 토굴 생활을 해온 친구 사이라 하더라도 그처럼 좋잖은 말을 들어가면서까지 쫓아다니는 심중은 모를 일이라고 생각하고 있는데 현태가,

"아는 친군가?"

한다.

"응, 그저."

현태가 하던 이야기를 이었다.

"하여튼 말야, 대장이 내게 쉽사리 실권을 넘겨주진 않을 거야. 우리 대장이 사업에는 천부적 수완가라 웬만해선 눈에 들지 않을 게거든. 글쎄 6·25 때 빈털터리가 돼가지구 부산 피난 가서 다시 재건을 했는데 전에 못지않은 기업첼 만든 것 같애. 오늘 온 편지

에 보니까 휴전 협정 전에 서울을 드나들면서 만반 준비를 다 해 놓았다가 휴전이 되자마자 환도를 한 모양야. 게다가 또 고집은 대단하지. 누구든 함부루 사업에 관여하는 건 일체 불허거든. 사변 전 무역회사 설립할 때만 해두 어머니가 옛날 동창생의 누구라구 하면서 사무원 쪽으루 하나 채용해달라구 졸라두 막무가내야. 사무원이 필요하면 꼭꼭 신문에 광고를 내가지구 직접 테스트를 하구서야 채용을 한단 말야. 그게 철칙처럼 돼 있어. 좋은 점일 수두 있지. 하여간 내가 대장하구 함께 일을 할려면 싸움두 굉장히 해야 할 거야."

"응, 알겠다, 알겠어."

가무잡잡한 얼굴이 술기운으로 해서 보랏빛을 띤 윤구가 까만 눈을 깜박이면서,

"결국은 이담에 취직이라두 한자리 시켜달랠까 봐 미리 입막음을 하느라고 그리 장광설이었군."

"허어, 역시 너다운 해석야. 그렇게 오해할 수두 있겠어. 그렇지만 네가 은행가가 못 돼서 빌빌하면 내 무슨 짓을 해서라두 한자리 떼내두룩 하지. 그건 그렇구, 동호 이 친군 국문학자가 될 테지. 간간 시두 쓰면서. 참, 너의 대장이 학교 선생이라면서? 뭘 가르치셔? ……국어? 그럼 제창 대를 잇는 셈이로구나. 그것두 존 일이지. 그래 네가 학자가 된다면 우선 안경을 써. 검은 테 안경을 말야. 왜 얼굴을 찡그려? 눈이 나쁘지 않드래두 안경을 쓰란 말야. 안경을 쓰되 알이 큼직한 걸루 써. 네 얼굴이 갸름하다구 해서 알이 작으면 되레 초라해 보여 못써. 테두 비교적 굵은 것으

루 하구. 그리구⋯⋯."

"그래, 그래. 내 얘긴 그만해두구, 어디 네 꼴이나 그려봐. 장차 내가 사장이 된대두 사회학자루서의 모습을 떠나선 안될걸. 그러기 위해선 어때야 할까. 음, 그렇지 이러면 되겠군. 머리는 깎지 말구 그냥 넘겨서 어깨를 덮게 하구, 수염두 제멋대루 자라게 내버려두거든. 그리구 손에다는 늘 등나무 단장을 하나 들구 댕기구. 어때? 비록 사장이 돼서 자가용을 타구 댕기드래두 말야."

"흥, 그래? 그럼 내가 어렸을 때 본 광인의 모습 그대루게, 등나무 단장만 제외하면. 그렇지만 그 광인은 아주 멋있는 미치광이였어. 가끔 우리들 노는 데 와선 텁수룩한 자기 머릴 손으루 가리키면서, 너희들 이 속에 들어와 놀지 않으련, 여긴 갖가지 꽃이 많이 피어 있다, 이렇게 엉뚱한 소릴 하군 했지. 우리는 그때마다 돌멩이를 던지면서 놀리구 야단했지만 지금 생각해보면 미치긴 해두 멋있었어. 그런 멋있는 미치광이의 모습을 내가 받는다? 좀 황송한데. 허지만 모처럼 시인이 주는 것이니 받는 수밖에. 자, 그럼 우리들의 장래 모습을 위해서 한잔⋯⋯."

"이 새끼야, 닥쳐!"

별안간 선우이등상사가 소리를 버럭 질렀다.

잔을 들어 입으로 가져가던 손을 주춤하고 멈춘 현태의 눈이 카바이드 불빛에 번쩍 빛났다. 선우이등상사가 이쪽에 무슨 시비나 거는 걸로 안 모양이었다. 윤구도 보랏빛 얼굴을 긴장시키면서 곁눈질로 선우이등상사 쪽을 노려보았다.

"아니. 옆에 있는 제 친구더러 그러는 거야."

동호가 두 사람에게 나직한 말로 얼마 전 술집에서 생긴 일을 간단히 이야기했다.

　"아마 또 꽤 취한 모양이야. 자기 말룬 과거를 되살리기 위해서 술을 마신다구 하지만 그야 말할 것두 없이 잊구 싶어서지."

　선우이등상사가 빈 술병으로 탁자를 두드리면서 술을 더 달라고 소리쳤다. 그는 이미 두 홉들이 소주를 두 병이나 비우고 있었다.

　주보 관리인이 종이쪽 몇 장을 들고 와서 선우이등상사에게 내보이며,

　"상사님, 오늘루 140환이 초꽙니다."

　전표제로 할 수 있는 술값이 봉급을 초과했다는 것이다. 주보에서는 그달 봉급을 초과하지 않는 한도로 외상 거래를 할 수 있게끔 되어 있었다. 상사급 이상은 자기 사인이면 되고, 그 이하 병사들은 선임 하사의 사전 사인이 있으면 됐다.

　"그래? 알았어, 알았어. 요컨대 더 줄 수 없다는 거지? 그럼 할 수 없지."

　주보 관리인이 내민 종이쪽에다 사인을 하고 난 선우이등상사가 자리에서 일어나 휘뚝 하고 돌아서면서 동호네 쪽을 바라보았다. 창백한 기운이 돌던 얼굴은 술기로 해서 검붉어지고 눈망울은 벌겋게 충혈돼 있었다. 그는 동호의 시선과 마주치자 아까 주보로 들어올 때와는 달리 충혈된 눈망울을 똑바로 이쪽으로 향한 채 동호에게로 다가왔다.

　"어, 중사…… 성이 뭐였지? ……오늘 나 술 한잔 사줄 수 없

겠어?"

안이등중사가 뒤따라오며,

"이 사람, 오늘은 왜 또 이래? 그만큼 취했음 돌아가야지."

"이 똥개가, 여긴 네가 와 짖을 데가 아냐. 어서 네 주인한테나 가서 맘대루 짖어대…… 주여 오늘도 이 어지러운 세상에서 당신의 한량없는 은총을 받아 무사히 지냈사오니, 어쩌구 네 멋대루 짖어대란 말야…… 어, 용사들 내가 끼어앉아두 괜찮겠나?"

현태와 윤구는 달갑지 않은 표정으로 묵묵히 앉아 있었으나 동호가 자기 옆자리를 내주었다. 그리고 잔을 하나 더 가져오라고 하여 술을 부었다.

"허, 약주로군."

"섞어 먹으면 좋잖을 거야. 그만 일어나."

안이등중사가 걱정스런 낯으로 달래듯 말했다.

그 말에는 대꾸도 않고 선우이등상사는 잔을 들어 단숨에 벌컥벌컥 들이켰다.

"좀 전에 저기서 듣자니 재미난 얘기들을 하든데 그냥 계속하지…… 내가 끼어선 재미없나?…… 전쟁터에서 생사를 같이 한 사이니 서루가 친구랄 수 있잖어?…… 어디 한번 내 미래상을 봐줄 수 없어?"

그러고는 벌겋게 충혈된 눈으로 한 사람 한 사람의 얼굴을 둘러보는 것이었다.

동호는 이왕 자리를 같이 한 바에는 서먹서먹해 있을 필요가 없다고 생각하며,

"그거 뭐 괜한 잡담인걸요…… 우선 제대하면 뭣을 하시겠나요?"

"거 곤란한 질문인데."

"그걸 알아야 미래상이구 뭐구 그릴 수 있거든요."

"어이, 중사…… 성이 뭐든가…… 오라, 윤……윤중사, 우리 이런 자리에선 계급을 집어치우기루 하자우. 같은 나이 또래끼리 경어가 무슨 썩어빠진 경언가. 안 그래?…… 장차 내가 뭣을 할 작정인가 물었겠다?…… 글쎄 자네들처럼 제대가 된대두 갈 데가 없는 사람이야. 그러니 직업 군인으루 주저앉는다구 치구……"

"그럼 장차 장성급이 된 뒤의 모습을 그려야겠군."

"글쎄…… 내가 아무리 군대 생활을 한대두 장성급이 될 가망은 없지…… 그렇지만 어디 장성급이 된다구 가정하구서……."

"우선 장갑을 껴야 할걸. 겨울철에는 말할 것두 없구 여름철에두, 그것두 될 수 있는 한, 두껍구 큼직한 걸루."

"음, 알겠어. 이 산부인과 의사가 알맞겠다는 손을 그대루 부하들에게 보여선 위엄이 없을 테니까…… 그리구?"

동호가 현태를 건너다보았다. 다음엔 그에게 말참견을 시켜 좌석이 어울리게 하리라는 생각이었다.

현태도 선우이등상사에게서 어떤 격의 없는 솔직함을 보고 초대면이면서도 스스러움이 덜해진 차라,

"내가 보기엔 얼굴두 너무 호령기가 부족하니 그럴듯한 분장이 필요하겠어. 그렇다구 수염을 기른다는 건 어쩐지 어색할 것 같

구, 한번 이렇게 해보면 어떨까. 수염 대신에 가끔 입 언저리를 일부러 실룩실룩해 보인단 말야. 특히 못마땅한 일이 있거나 좀 생각해야 할 일이 있을 땐 암말 않구 입 언저리만 몇 번 실룩거려 보이거든. 어때?"

"됐어."

선우이등상사는 새로 다른 잔을 들어 두어 모금 마시고는 무엇을 잠시 생각하는 듯하더니,

"그런데 말야, 아까 저기서 자네들 얘기를 들으면서 한 가지 생각한 게 있어. 그 각자의 모습을 한데 합쳐보면 어떨까 하구…… 이마가 벗어지구, 남은 머리카락이 길게 자란 어깨를 덮구, 수염두 마구 자라는 대루 그냥 내버려두구, 그리구 큰 안경을 쓰구서 긴 등나무 지팡이를 짚구…… 이쯤 되면 하나의 상이 떠오르거든…… 그런데 이게 내가 사모해 마지않는 예레미야의 모습같이 생각되드란 말야. 구약 시대의 위대한 예언자의 한 사람인 예레미야같이 말야…… 정말 예레미야를 현대에 가져오면 그런 모습이래야 할 거야. 하기야 현대의 예레미야가 옛날의 예레미야와 다른 점이 이런 외모의 변화뿐만은 아니지…… 옛날 예레미야는 하나님의 묵시를 받아 예언을 했지만 현대의 예레미아는 그렇지가 않어. 그는 이렇게 외치는 거야. 하나님이란 있는 것두 아니구 없는 것두 아니다, 다시 말하면 있기두 하구 없기두 한 것이다, 있다구 믿는 사람에겐 있구 없다구 생각하는 사람에겐 없는 거다, 누구나 이 둘 중의 하나를 택할 자유가 있다, 모든 게 사람에게 달렸지 하나님의 뜻이 인간을 지배하는 건 아니다…… 이렇게

말야."

"얘기가 엉뚱한 데루 흘러가버렸군. 그래 선우상사가 그 현대
의 예레미야가 되겠다는 거지?"

별반 선우이등상사의 하는 말이 신기할 것은 없었지만 그런대
로 흥미를 느껴 현태가 말했다.

선우이등상사가 벌겋게 풀린 시선을 현태에게로 옮기며,

"아니지, 아니야. 나 같은 건 어림두 없지. 항상 손에다는 장갑
을 껴야 하구, 입 언저리의 제스처루나 겨우 위신을 유지해나갈
수 있는 따위는 그런 인물이 될 수가 없어…… 더구나 내가 장갑
을 껴야 하는 건 자네들 말처럼 위엄기를 갖추기 위해서가 아니
구 사실은 과거에 이 손이 저지른 부끄럼을 가리기 위한 걸 테
니…… 그리구 가끔 입 언저리를 실룩거려야 하는 것두 누구에게
호령기를 보이기 위해서커녕 이 눈으루 봐선 안 될 걸 본 어떤 영
상이 떠오르기 때문일 거구…… 그래 이렇게 지지리 못난 나 같
은 게 그런 인물이 될 수 있어?…… 현대의 예레미야는 자기 신
념을 몸소 실천하는 의지 굳은 사람이래야 돼. 그리구 자기가 한
일에 한 가닥의 후회나 미련두 남기지 않는 그런 인물이래야 돼."

"허지만 상사는 현재 신이 없다는 자기 신념 밑에 행동을 취하
구 있는 의지 굳은 사람 같은데?"

"천만에…… 얼마 전부터 난 신이 없다구 생각하겐 됐어. 그래
야만 맘이 편하거든. 하나님이 이 세상을 주관한다구 생각하기엔
너무 모순이 많아. 숫제 없다는 게 맘 편하지…… 어쨌든 나 따위
가 현대의 예레미야가 될 순 없어."

선우이등상사가 잔을 들어 쭉 들이켜더니 잠깐 소변을 보고 오겠노라고 하며 일어섰다.

출입구를 향해 걸어가는 걸음걸이가 휘뚱거렸다. 그러다가 멈칫 한 자리에 서버렸다. 그러고는 천천히 아주 상반신을 오른쪽으로 비틀어 이리 향하는 것이었다. 그러는 그의 얼굴에는 히죽이 웃음이 떠어져 있었다.

동호는 저번 술집에서처럼 가슴이 섬뜩함을 느꼈다. 현태와 윤구도 선우이등상사의 몸짓과 표정에서 예사롭지 않은 것을 느낀 듯이 그쪽을 바라보고 있었다.

"어때? 근사하지?"

그것은 역시 저번처럼 이쪽에 있는 누구에게 하는 말이 아니고 자기 자신에게 들려주는 말소리였다.

"오늘 또 지독히 취했군. 요즘 술 안 먹구는 누구하구 인사말 주구받는 것조차 꺼려했었는데."

동호 곁에 이날은 아무 말도 않고 앉아 선우이등상사의 주정이 제풀에 끝나기를 기다리고 있던 안이등중사가 혼잣말처럼 중얼거렸다.

선우이등상사가 휘뚱 하고 몸을 바로잡아가지고 비트적비트적 출입구를 나갔다.

"저 친구가 어디선가 부역자 하나를 총살한 적이 있대요. 앞세워놓구 뒤에서 총을 쐈다나요. 그 사람이 몸을 저렇게 비틀면서 웃음을 띠구 쓰러졌다는 거예요. 사실은 찡그린 얼굴이었는지 모르죠. 그걸 저 친구는 웃는 걸루 본 모양예요. 그래서 술만 몹시 취하면 저렇게 그 시늉을 해보거든요. 참. 암만해두 저러다간 무슨 잘못을 저지를 것만 같애서 마음을 못 놓겠어요. 그래서 이렇게 쫓아댕기긴 하지만…… 술이 취해선 나더러 똥개니 뭐니 말을 마구 하지만 속마음은 물론 그렇지 않다는 걸 알구 있어요. 정말 저러다간……."

안이등중사가 나직이 이런 말을 하고 있을 때 출입구 밖에서 왹왹 하고 게우는 소리가 들렸다. 허둥지둥 안이등중사가 달려 나갔다.

그리고 등이라도 쓸어주면서인 듯한 안이등중사의 목소리로, 글쎄 뭣 땜에 술은 이렇게 마시는 거야, 하는 말소리가 들렸다. 그냥 구역질하는 소리가 계속되다가, 똥개야, 넌 상관 말구 저리 좀 비켜, 저리 비키라니까, 하는 선우이등상사의 말소리가 들리고 좀 뒤에 그가 손수건으로 입을 닦으면서 출입구에 나타났다. 그리고 뒤에서 팔을 잡아끌려는 안이등중사의 손을 뿌리치며,

"이 새끼야, 제발 좀 꺼져!"

비틀걸음으로 자리에 와 앉는데 보니 충혈된 채 개개풀린 눈에는 물기가 어려 카바이드 불빛에 번쩍거렸다.

"소주하구 약술 섞어 먹어서 속이 언짢은 모양이로군."

현태가 말했다.

"아니 이젠 거뜬해졌어. 새루 먹어야겠어."

자기가 잔에 손수 술을 따라가지고 단숨에 비웠다. 그러고는 물기 돈은 뻘건 눈으로 이쪽을 둘러보며,

"자네들 남자와 여자가 죽는 형상이 서루 다르다는 걸 아나? 물

에 빠져 죽었을 때 남잔 엎드려 뜨구 여잔 그 반대야. ……총에 맞았을 때두 남잔 앞으루 꼬꾸라지거든…….”

말을 끊고 다시 손수 술을 부어 단숨에 잔을 냈다.

다른 사람들은 그가 무슨 말을 더 할 것 같아 잠자코 기다렸다.

그러나 그는 말을 더 잇지 않고 다시 한 번 술을 따라 들이켜고는 자리에서 몸을 일으켰다.

어쩐다는 이야기도 없이 출입구 쪽으로 걸어가는 그의 걸음은 좀 전보다도 더 어지러웠다. 그러다가 비치적거리는 다리로 한자리에 서더니 취기로 해서 흔들거리는 상반신을 애써 가누면서 천천히 오른쪽으로 비틀어 돌리기 시작했다. 그러는 그의 얼굴에는 예의 히죽이 웃는 웃음이 띠어져 있었다. 그러나 이번에는 그의 입으로부터, 어때? 근사하지? 하는 말소리가 새어나오기 전에 그만 휘뚱거리는 몸의 중심을 잡지 못한 채 그 자리에 앞으로 꼬꾸라지고 말았다.

안이등중사가 급히 달려갔다.

한쪽 뺨을 땅바닥에 붙인 채 선우이등상사는 두 팔을 내저으면서 가슴속 깊이에서 솟구쳐 나오는 신음소리 같은 소리를 질렀다.

“날 건드리지 마, 아무두…… 얼른 불이나 좀 꺼줘…… 너무 밝다…… 불을 좀 꺼…….”

여태 아무 말참견도 없이 오징어 발만 씹고 있던 윤구가 불쑥 한마디 뇌까렸다.

“흥, 연기가 아주 제법인데.”

그러한 어느 날, 저번 휴전 협정 바로 전에 벌어진 전투에서 포로가 되어 끌려가던 도중 윤구가 탈주를 기도했다가 총에 맞아 죽은 김하사의 집에서 편지가 왔다.

윤구가 통신 연락 관계로 추파령 방면에 갔다 돌아와, 보고차 연대본부에 들어갔더니 마침 각 부대로 갈 편지를 갈라놓고 있던 병사 하나가, 이건 전사한 사람에게 온 것이라고 하며 내놓기에 보니 그 편지인 것이었다. 죽은 김하사의 소원대로 흙을 부쳐준 데 대한 답장임이 분명했다.

윤구한테 이 말을 들은 현태가 선임 하사에게 부탁하여 그 편지를 찾아왔다.

연필로 쓴 겉봉의 글씨가 국민학교 사오 학년 정도의 필적이었다. 공책 종이 넉 장 앞뒤에 빼곡히 씌어 있는 편지 내용도 얼핏 보기에 어른이 부르는 것을 받아쓴 것 같았다. 얼마만큼씩 사이를 두어 연필 끝에 침을 묻혀가지고 쓴 진한 글자와 군데군데 지우개로 지우고 고쳐 쓴 자리가 드러나 있었다.

먼저 몸 성히 잘 있느냐는 말과 거기는 다 잘 있다는 말에 이어,

'참 세상에 별 희한한 일도 다 있구나. 너의 어미가 꿈에 너를 보았다구 하더니 너에게서 반가운 기별이 왔구나. 그것을 풀어보고 이 아비는 단박 무슨 사연인지 알아보았다. 지난겨울에 보낸 것으로 무엇을 하라는지 말이다. 지난겨울에 보낸 것은 기별이 있을 때까지 잘 간수해두라구 당부한 너의 말대루 성주 단지 밑에 꼭꼭 사서 간수해두었다. 너도 아다시피 이 애비는 나면서

부터 땅밖에 팔 줄 모르는 사람 아니냐. 우리 집안 식구가 양식
걱정 안 하구 배불리 먹구 살 농사를 지어보는 게 죽으나 사나 이
애비 소원이다.

　애비처럼 땅만 파먹다간 굶어죽기 꼭 알맞다구 너는 밤낮 노름
판만 찾아다녀서 이 애비 에미 속을 무진히도 썩이더니 고맙게도
인제 철이 든 모양이구나. 작년 여름에 니가 농사일을 거들겠다
구 왔을 때두 어딜 가봐두 농사꾼이 젤 불쌍하다구 투덜댔다만
이 애비는 땅을 떠나서는 한시두 살 수 없다. 니가 늦게라도 이
애비 심정을 알아주어서 무엇보다 기쁘다. 너의 그런 마음을 신
령님께서 기특하게 보셨는지 마침 춘보네가 땅을 팔겠다고 내놓
았다.'

　여기서 춘보라는 농부에 대한 이야기가 흔히 동네 사람끼리 모
이면 주고받는 투로 꽤 길게 늘어놓여 있었다.

　춘보네는 이번에 자기 당숙이 사는 강원도로 이사를 가게 됐다
는 것이다. 거기가 살기 좋으니 오란다고 해서 간다지만 실상은
그렇지가 않다는 것이다. 아무리 살기가 좋다 한들 어떻게 농사
꾼이 쉽게 제 고장을 떠날 수 있겠느냐는 것이다. 사실은 춘보네
가 재작년에 부친이 몇 해 동안 자리에 누웠다가 세상을* 떠나고
작년에 아우가 전쟁에 나갔다가 죽고부터는 이래저래 집안 살림
이 꾀여 적잖은 빚을 졌다는 것이다. 그래 금년 농사로는 그 빚의
이자도 다 갚지 못할 형편이어서 백계무책이라 할 수 없이 땅을
팔고 다른 곳으로 떠나지 않으면 안 되게 됐다는 것이다.

　'대대루 한동네에서 농사지면서 살던 춘보네가 다른 고장으루

떠난다니 서운키 한량없다. 허나 기왕 팔려구 내놓은 땅이니 그 땅 중에서 내가 한 뙈기 사기로 이면 없는 놈 소린 안 들을 거다. 돌다리 건너에 있는 길쭉배미 논은 읍내 신참봉네 빚 대신으로 넘어가구 수리재 밑에 있는 조각배미 논을 우리가 샀다. 토질은 그닥 좋지 못하지만 어쨌든 이런 땅이라두 우리 것이 됐다는 게 꿈만 같구나. 이건 우스개소리다만 새로 사들인 논의 흙 색깔이 꼭 니가 보낸 황토하구 똑같이 뻘건 색깔이다. 이 애비가 땅이 생긴 게 흔감해서 이런저런 얘기가 길어졌다. 니 동생 잡아놓고 이 편지 쓰는데 애먹었다. 그럼 내내 몸 성히 잘 있어라. 무슨 사정이 있어서 그것만 부친 줄은 안다만 속히 답장하여라.'

"이거 난처하게 됐는데. 흙만 부쳐달랬다구 그대루 한 게 잘못이었어. 유언이라구 한마디 써 보낼걸."

편지에서 눈을 떼며 동호가 하는 말에 현태가,

"그게 사망 통지서보다 먼저 들어갈 줄이야."

"이제라두 사실대루 알려줘야 하지 않을까?"

"쓸데없는 짓 할 필요 없어. 이 편지 부치구 돌아오자 사망 통지서 받자 했겠지."

"결국 그들 가족의 꿈이 깨지구 마는군."

"가난한 사람들의 꿈이란 게 별것 있어? 아들 하나쯤보다는 맘에 먹었던 논이나 밭 한 뙈기 제 물건 만드는 게 더 소중할지 모르지."

윤구가 곁에서,

"그 친구 지난겨울 보급 물잘 꽤 해먹드니 그걸 모두 자기 집에 보낸 것 아냐? 어떤 술집 것헌테 몽땅 날린 줄만 알았는데."

현태가,

"그러게 말야. 난봉꾼이면서 역시 현실적인 작자였어. 야, 그러
나저러나 그 친구가 살아서 이 짓을 했다면 영창 감이다. 이 편지
루 모든 걸 짐작할 수 있으니 말야. 촌 영감이 순진해서…… 근데
순진한 폭으룬 놀라워. 어떻게 그 흙을 받아 보구 땅을 사라는 뜻
으루 해석할 수 있었을까. 주는 쪽이나 받는 쪽이나 다 리얼리스
트들이야. 원체 땅이란 그 자체두 리얼하지만."

동호가,

"땅은 리얼하지. 그래두 그 위에 서서 다니는 인간에겐 꿈이란
게 있어야 하지 않을까?"

"흥, 뭣 땜에? 이제 저녁때 나올 반찬이 뻔한데두 혹시나 별것
이 나오지 않을까 하는 기댈 갖기 위해서? 그렇잖음 다음 외출 날
엔 무슨 더 유쾌한 일이 있어주길 바라는 의미에서? 좀 그 꿈이란
소린 집어쳐."

6

생흙 냄새가 코에 싸했다.

"냄새 고약한데."

동호가 콧살을 찡그리며 방 안을 둘러보았다.

흙이 채 마르기 전에 도배를 한 듯, 벽에 바른 신문지가 여기저

기 들떠 우그러져 있었다.

　화천서 추파령으로 통하는 큰 한길 가까이 꽤 규모가 크게 겹으로 방을 들인 이 술집엔 이렇게 급작스레 꾸민 조그만큼씩한 방이 예닐곱은 있어 보였다. 색시도 대여섯 명 있는 것 같고. 아마소토고미에 주둔해 있는 군대뿐 아니고 지나가는 군인까지 상대하려는 것이리라.

　"네 코야 워낙 유명하니까."

　좋은 데가 있으니 구경시켜준다고 이 색시 술집으로 끌고 온 현태가 이렇게 말대꾸를 하더니 윤구 쪽으로 고개를 돌리며,

　"너두 봤지? 언젠가 오랜만에 후방으루 교대되었을 때 말야, 사람의 그림자커녕 쥐새끼 한 마리 없는데 저 친구가 분 냄새 난다구 했잖어? 그때 난 이 치가 무슨 소릴 하나 했는데, 정말 길모퉁이에서 웬 여자가 나타나지 않겠어? 두 손 바짝 들었지 뭐야. 어디 그게 사람의 코라구…… 하여튼 그렇게 흙냄새가 싫음 이 색실 곁에 앉혀서 중활 시키두룩 해."

　그러고는 자기와 윤구 사이에 앉아 있는 색시보고 동호 곁으로 가라는 것이다.

　"관둬, 그대루 있어. 네 말대루 난 이쯤에서두 냄샐 다 맡을 수가 있으니."

　"그러지 말구 색실 더 오라면 되잖어요?"

　"응, 그렇군. 손님두 별루 없는 모양이니 다른 색실 오라구 해."

　색시가 손바닥을 쳐서 색시 둘만 더 들여보내라고 했다.

　먼저 들어와 있던 색시나 나중 들어온 색시들이 모두 군인 상대

의 작부라 그런지 옷들이 헙수룩했다. 겨우 동정만이 하얬다.

그중 두 색시는 이쁜 편은 아니나 투실투실한 게 건강해 보였다.

그런데 동호 옆에 와 앉은 색시는 갸름한 얼굴에 코끝이 뾰족하고 목까지 가늘었다. 게다가 한물 간 노랑 저고리 빛깔이 비쳐 어딘가 불건강한 인상을 주었다. 그저 반듯한 이마와 맑고 까만 눈만은 이런 종류의 여자들이 대개 풍기는 어떤 불결감 같은 것을 느끼게 하지 않았다.

"모두 어디서들 왔지?"

현태가 담배를 빼물며 물었다.

"참, 인사가 늦었군요."

현태 곁에 앉았던 맨 먼저 색시가 자기 이름을 말하고는 춘천서 왔노라고 했다.

윤구 옆의 색시는 포천서 오고, 동호 곁의 색시는 서울서 왔다는 것이다.

현태가,

"서울서라면 먼 데서 출장을 왔군."

"웬걸요. 목포서 온 애두 있는데요."

"그래? 건 정말 원정이로군."

동태와 두부를 썰어 넣은 찌개 냄비와 술 주전자가 들어왔다.

색시들과 이런저런 농담을 하면서 술을 마시던 윤구가,

"제대가 쉬 될 것 같지 않다면서?"

하고 현태를 건너다보았다.

"그러기 말야. 학도병은 곧 제대시킨단 말이 있드니 그게 그렇게 안 되는 모양야. 들리는 말엔 명년 봄에 가서나 된다나."

"그런데 11월 말께쯤 전방 부대와 교대가 있을 거라는 게 사실야?"

"그렇다드군. 인제 한겨울 동안 추파령 눈 속에 묻혀 살아야지. 동호 저 친구에겐 안됐지만 말야. 하긴 저 친군 또 모르지, 사랑하는 애인 만날 날을 기다리는 데 재밀 붙일는지두. 하여간 여기 있는 동안 실컷 술두 마시구 색시 구경두 해둬야 해."

"저희 술 마셔두 돼요?"

"음, 허지만 나중에 주정만은 안 할 정도루 마셔. 다른 건 어쨌든 여자들 술주정하는 꼴은 눈뜨구 못 볼 일야."

현태 곁에 앉았던 춘천색시가 여분으로 들어와 있는 잔에다 반쯤 술을 따라 마시고는 동호 옆 서울색시한테로 잔을 내밀었다. 서울색시가 싫다고 고개를 저었다. 그 고개 젓는 품이 약간 신경질스러웠다.

잔이 윤구 곁의 포천색시에게로 갔다. 그네는 거의 잔에 차도록 손수 술을 따라서 몇 모금에 다 들이켜고는 어리광스럽게 얼굴을 찌푸려 보이며 진저리를 쳤다.

"뭘요. 사실은 저 옥주가 술은 젤 세요. 왜 오늘은 안 먹어?"

동호 곁의 서울색시가,

"어제저녁에 너무 먹었더니 지금두 뱃속이 부글거리구 아주 죽겠어."

윤구 곁의 포천색시가 생각난 듯이,

"참 어제저녁 이리 지나가던 군인들이 그러는데 그저께 발전소에서 군인이 하나 떨어져 죽었다구요?"

"구만리발전소에서?"

"네, 찜찰 몰구 가다가 실술 해서 그냥 물속으루 떨어졌대나 봐요."

현태가 전에 구만리 야전병원에 가 있었을 때도 그런 사고가 한 번 있었다. 구만리에서 오음리까지 40여 리에 걸쳐 뻗어 있는 수원지 방죽. 그 위에 차도가 나 있고, 몇 길 높이의 방죽 밑은 바로 수십 길의 퍼런 물이었다. 자칫 실수를 하면 차와 사람이 함께 물속으로 떨어져 들어가게 마련인 것이다. 한번 떨어지면 쉽게 인양 작업도 할 수 없는 곳이다.

"또 육해공군을 했군그래."

현태 곁의 춘천색시가,

"뭐요? 육해공군을 해요? 그게 무슨 말예요?"

"것두 몰라? 찜찰 몰구 가니 육군이구, 높은 데서 휙 날아 떨어졌으니 공군이구, 물속으로 들어갔으니 해군, 그러니 육해공군을 한 거지 뭐야."

세상에 별말이 다 있다면서 다른 두 색시가 소리 내어 웃는데 동호 곁의 서울색시만이 웃지 않고 있다가,

"그렇게 한번 죽어봤음."

"그렇게라니?"

"그저 찜찰 속력껏 달리다 그렇게 휙 날아서 물속으루 들어가 버린단 말예요. 그랬음 얼마나 시원할까. 영 시체두 찾지 못하게."

"사랑하는 사람과 같이 말이지?"

"사랑하는 사람과 같이면 더 좋고…… 그렇지만 서루가 사랑하다 사랑하다 나중에 막다른 골목에 가서 죽는 그런 건 멋없어요. 차라리 사랑해선 안 될 사람끼리 떨어질 수 없는 사랑을 느낀 첨 그 순간에 함께 죽어버려야 해요."

"허, 대단한 센친데. 허지만 말야, 요즘 세상엔 그런 감상적인 얘길 가지군 술맛을 돋우지 못해. 술안줏감도 안 된단 말야. 그따위 얘기보담은 숫제 가위바위보를 해서 지는 사람이 술을 마시는 편이 훨씬 재밌지."

술 주전자가 비어 새로 한 되 들어왔다. 현태 곁의 춘천색시와 윤구 곁의 포천색시도 이따금 서로 술잔을 주고받았다.

동호 곁의 서울색시가 술상 위의 담뱃갑을 집어 두 대를 빼더니 한 대를 붙여 동호에게 건네고 자기도 한 대 피워 무는 것이었다.

동호는 담배를 받기는 했으나 입으로 가져가지 않았다. 담배 끝에 빨끗한 입술연지가 묻어 있었다. 불건강한 여자의 입술 자국이라서만이 아니라 아무튼 그것을 자기 입술에 가져다 대기가 싫었다. 동호는 잠시 망설이다가 슬쩍 상 밑으로 넣어 연지 묻은 곳을 끊어버린 후 입에 물었다.

담배 연기를 뱃속 깊이까지 빨아 삼켰다 내뱉듯이 하고 있던 서울색시가 무슨 생각에선지 동호 앞에 놓여 있는 잔을 집어서 쭈욱 마시더니 그에게로 건네는 것이었다. 동호는 이 여자의 입술이 닿았던 곳을 피하여 한 모금 마시고는 내려놓았다. 이렇게 그는 이날도 현태와 윤구에 비해 두 잔에 한 잔 푼수도 못 되게밖에 잔을 비우지 않고 있었다. 그러면서 현태랑이 이런 데를 찾아오는 취미를 몰라 했다. 어서 그들이 다음에 찾아갈 곳을 위해 자리를 일어서기만 기다렸다.

서울색시가 동호더러 잔을 비우라고 재촉했다. 그것은 동호에게 술을 권한다느니보다도 얼른 잔을 내고 자기에게 돌리라는 뜻같이 보였다. 할 수 없이 동호가 잔을 비웠다.

"됐어. 역시 색시가 권하는 술은 거역하지 못하는구나."

현태가 검붉은 얼굴에 흰 이를 드러내 보이며 빈정댔다.

잔을 건넬 새도 없이 서울색시가 동호의 손에서 잔을 빼앗듯이 하여 술을 부으라고 내밀었다. 그러고는 단숨에 마시고 나서 동호에게로 다시 건네었다. 그 잔에는 동호가 입을 댈 생각도 않고 있으려니까 서울색시 편에서 도로 잔을 끌어다 마시는 것이었다. 동호는 서울색시의 얼굴을 힐끗 바라보았다. 관자놀이에 핏대가 드러나고 눈가와 입 언저리에 발그레한 혈색이 내돋혀 있었다. 좀 전에는 어젯밤 술이 아직 배에서 부글거려 못 마시겠다던 그네가 왜 이렇게 연거푸 잔을 비우려 드는지 도시 알 수가 없었다.

두번째 주전자를 거의 다 비웠을 즈음 현태가 변소에라도 가는 듯 자리에서 일어나 밖으로 나갔다. 그 뒤로 곁에 앉았던 춘천색시도 따라나섰다.

"술 더 가져와요?"

서울색시가 주전자에 남은 술을 자기 잔에 마저 다 따르고 나서 이렇게 물었다.

"인제 그만 하지?"

동호가 윤구 쪽을 바라보았다.

"글쎄…… 현태 돌아온 담에 봐서……."

그러고는 그도 일어나 밖으로 나가는 것이었다. 그 뒤를 또 곁에 앉았던 포천색시가 따라 나갔다.

조금 뒤에 문밖에서 서울색시를 찾는 소리가 들렸다. 입 언저리와 눈가를 발가우리하게 물들인 서울색시가 날카로운 콧날을 약간 신경질스럽게 위로 쳐들고 밖으로 나갔다.

동호는 동태 뼈에다 찌개 국물 담뱃재 술 찌꺼기 같은 것들이 지저분하게 널려 있는 상 위를 무심히 내려다보며 현태랑이 돌아오기만 기다렸다. 뜰에서 사람들이 두런거리는 소리가 나더니 방문이 방싯하고 열리며 서울색시가 고개만을 디밀고, 잠깐 나오세요, 한다. 무슨 일인가 싶어 동호는 일어서서 나갔다.

색시가 앞장서서 술꾼들이 떠들썩한 방 앞을 지나 집 뒤로 돌아가는 것이었다. 동호는 색시의 뒤를 따라가면서 혹시 친구들이 장난을 치느라고 딴 방에다 다시 술상을 벌여놓았나 했다.

집 뒤 한 방 앞에 이르러 색시가 걸음을 멈추며 문을 잡아 연다. 그러고는 뒤에 따라오는 동호의 등을 방 안으로 밀어 넣는 것이었다. 그 뒤로 색시도 바싹 붙어 들어오면서 문고리 잠그는 소리를 내었다.

창호지를 바른 쪽문 하나밖에 없는 방 안은 대낮인데도 어둠침침했다. 그리고 온종일 햇빛이라고는 들어보지 못하는 듯 음습한 생흙냄새가 술 먹던 방보다 한층 강하게 코를 찔렀다.

얼떨떨해 서 있는 그의 눈앞에는 요가 펴 놓여 있었다. 거기에 어느새 위는 내의 바람이요 아래는 알몸뚱이가 된 여인이 길게 드러눕는 것이었다. 그제야 동호는 모든 것을 알 수 있을 것 같았다.

동호는 순간 이상한 것을 발견했다 싶었다. 갸름한 얼굴이며 가는 목 하며 전체적으로 불건강한 인상을 주던 그네의 육체가 예상과는 다른 볼륨으로 눈앞에 다가온 것이었다. 얄팍한 어깨 밑에 붕긋한 유방과 가는 허리 아래 퍼진 풍만한 둔부가 호리호리한 몸매에 비겨 균형을 잃을 만큼 크게 드러나 보였다. 그러는 동호의 눈앞에 문득 숙이의 모습이 떠올랐다. 그러나 그는 이런 자리에서 숙이의 영상을 떠올려서는 안 된다고 다짐하며 어서 발길을 돌려야 한다고 생각했다.

어두컴컴한 방 안에 익어진 동호의 눈에 무릎을 세운 여인의 허벅다리 안쪽의 검은 부분이 들어왔다. 어떤 불결감과 함께 혐오감이 울컥 치밀었다. 이제야말로 돌아서 나가야 한다고 생각했다.

"그렇게 못마땅해요? 그렇게 드러워 봬요?"

발딱 자리에서 일어난 여인이 그의 턱밑으로 바싹 다가오며,

"아깐 또 뭐예요? 담벨 붙여주니까 잘라냈죠? 내 입술 닿았던 자리가 드러워서. ……아무런대두 좋아요."

값싼 화장품 냄새와 살 냄새가 얼굴에 끼얹혔다고 느끼는데 여인의 손이 그의 팔을 꼭 잡아 쥐는 것이었다. 그리고 그를 잡아끄는 그네의 얼굴에는 입 언저리와 눈가를 물들이고 있던 혈색이 싹 가셔 있었다.

동호는 여인의 손을 뿌리쳐야 한다고 생각했다. 그러면서도 무

언가 필사적으로 대어드는 그네의 기세에 마음의 갈피를 잡지 못한 채 그냥 끌려가고 있었다.

동호는 정신을 딴 데로 주고 있었다. 이 여자가 아랫도리는 알몸뚱이라 추울 거라. 이렇게 냉골인데.

여인이 그의 바지 단추를 땄다. 그는 여인이 끌어당기는 대로 무릎을 꺾었다. 그의 중심을 여인이 받았다.

이윽고 여인이 주체스럽다는 듯이 그의 가슴을 떠밀고 일어나 옷을 주워 입기 시작했다.

"됐어요. 이젠 맘대루 돌아가세요. 돈은 같이 온 분이 내기루 돼 있어요."

무감동한 사무적인 어조로 이렇게 말하고는 밖으로 나가버리는 것이었다.

현태가 이 색시더러 농담 삼아 동호를 끌 수만 있다면 그 값을 자기가 치르겠다고 한 것이리라. 그런 현태의 말에는 물론 반대의 뜻이 품겨져 있었을 것이다. 어떤 여자건 동호와 교섭을 가질 수 없을 것이라고.

밖으로 나온 동호는 아까 술 마시던 방에는 들르지도 않고 그냥 대문을 나서 부대 쪽을 향해 걸음을 옮겼다. 서늘한 바람에 얼굴을 불리면서, 영락없이 자기는 여자에게 강간을 당하고 나오는 길이라는 생각이 들었다. 그러나 이런 터무니없고 맹랑한 생각에도 동호는 웃을 수가 없었다. 그저 자기 몸 한 부분이 더러워졌다는 데 더 마음이 쓰였다. 서서 오줌을 누면서 거기를 씻었다. 도리어 더러운 것이 더 넓게 번져나가는 느낌이었다. 담배를 피워

물었다. 몇 모금 빨지 않아 갑자기 목구멍 깊숙이에서 구역질이
치밀어 올랐다. 길가에 쭈그리고 앉았다. 토해도 나오는 것은 별
로 없고 헛구역질에 속만 온통 뒤집혔다.

뒤에서 인기척이 나더니 현태의 음성으로,

"인마, 뭣이 급해서 이것두 놓구 달아나오는 거야?"

동호의 머리에 군모를 얹어주었다.

그러나 동호가 구역질을 하며 머리를 흔드는 바람에 군모가 떨
어지려 하자 현태가 바로 씌워주고는 한 손으로 동호의 등을 쓸
어주면서,

"야, 인마, 병신은 아니드구나. 오늘 난 그년하구 내기해서 졌
어."

동호는 현태의 손이 자기 몸에 와 닿는 것이 싫었다.

"건드리지 마."

토막난 담배 끝에 종이 물부리를 만들어 붙이고 있던 윤구가,

"건드리지 마? 이 친구가 누구 본땔 따느라구 이래? 하지만 등
불을 끄라는 말은 말어. 카바이드 등불이면 몰라두 태양야 어떻
게 할 수 없잖어."

적이 헛구역질이 멎어가는 동호를 내려다보던 현태가 입가에
미소를 떠올리면서,

"어른 되기란 그렇게 힘든 법야."

7

흔히 이런 수가 있는 것이다. 도랑 같은 것을 뛰어 건너다가 어떻게 잘못하여 한 발을 물에 빠뜨리는 수가 있다. 이런 때의 불쾌감이란 이만저만한 것이 아니다. 도랑의 물이 더러운 흙탕물이거나 구정물인 경우에는 더하다. 게다가 신발이 새것이고 보면 정말 화가 치밀어 못 견딜 지경이다. 왜 좀 더 멀리서 밟아가지고 무사히 뛰어 건너지를 못했을까. 이렇게 되면 마침내, 에라 모르겠다, 하고 홧김에 성한 발마저 도랑물 속에 넣고 마구 절벅거리고 싶어지는 수가 있다. 그 바로 직전의 심정 같은 것.

이날 동호는 부대로 돌아와서도 자기 행동에 대한 가책과 후회 때문에 밤늦게까지 잠을 이루지 못했다. 오늘의 일은 전혀 뜻밖의 사건이긴 했다. 그리고 어디까지나 피동적인 움직임에 지나지 않았다. 그러나 아무리 돌발적인 사건이요 자기 스스로의 의사에 의해 된 일이 아니라고 하더라도 그것을 피할 수 있는 기회가 없지 않았던 것만은 사실이 아닌가. 결국은 자기 자신의 줏대가 굳지 못한데서 왔다고 볼 수밖에 없는 것이다. 자꾸만 뉘우침이 가슴을 갉았다.

이튿날 사격 연습에 나가서도 그는 마음의 수습이 잘 되지 않았다. 처음에는 그래도 표적을 겨눠 방아쇠를 잡아당겼다. 그러다가 차차 그 표적을 자기의 더러워진 한 부분으로 가정하게 되고 거기에 숙이와 어제의 여인의 모습이 겹쳐지면서부터 무턱대고 방아쇠를 잡아당겼던 것이다. 소대장이 뒤에서 소리쳤다. 군대 밥을 몇 해씩 처먹은 새끼가 그게 뭐야? 사격 자세부터 돼먹지 않았어. 정확하게 조준을 맞춰가지구 한 방 한 방 침착하게 쏘지 못해?

그러나 날이 갈수록 동호는 자기가 괴로워하고 있는 것이 어쩐지 멋쩍고 어이없게 생각되었다. 남자라면 누구나 할 수 있는 짓을 자기는 했을 뿐이 아닌가. 그는 소심하기 짝이 없는 자신에 대해 어떤 형용하기 힘든 노여움 같은 것까지 느꼈다. 어째서 자기는 남들처럼 아무렇지도 않게 그 일을 치러버릴 수 없는가. 그리고 한갓 심상한 일로 넘겨버리지 못하는 것일까. 현재도 자기는 아무런 티 없는 마음으로 숙이를 예전과 다름없이 사랑하고 있지 않은가. 아니, 어느 때보다도 그네를 그리워하고 있지 않은가. 결국은 자기의 그 하찮은 결벽성을 고수해보려는 데서 쓸데없는 마음을 쓰고 있는 것이다. 현태의 말이 아니더라도 소녀취미에 지나지 않는 그 따분한 결벽성이란 걸 이참에 처치해버려야 하는 것이다.

다음번 외출 날 동호는 현태더러 다시 그 색시 술집에를 가자고 했다.

"이거 일대 사건인데, 네가 먼저 서둘러 그런 델 가자는 건 말야. 그래 글루 가서 네 어른 된 축하연을 하두룩 해볼까?"

잡동사니 나뭇가지로 울타리를 두른 정면에 널판대기로 만든 대문을 들어서자 저번에 윤구 곁에 앉았던 포천색시가 먼저 알아보고 반색을 하며,

"어서 오세요. 그렇잖아두 오늘쯤 오시지 않을까 했는데."

생흙냄새가 여전히 코에 싸한 방에 들어가 자리를 잡고 있는데 저번 현태 곁에 앉았던 춘천색시가 들어와 반가운 몸짓으로 현태 무릎에 한 손을 얹으며 앉았다.

동호는 애교 웃음을 짓고 있는 이 춘천색시의 송곳니가 금니인 것이 새삼스럽게 눈에 들어왔다. 그러고 보니 저번에 왔을 때도 보았던 기억이 났다. 이날 자세히 보니 그 금니의 빛이 지나치게 붉고 광이 없었다. 필시 금보다도 구리 같은 게 많이 섞였음에 틀림없었다. 그러면서 동호는 이러한 데까지 생각이 미칠 수 있는 자신이 저번과는 달리 마음의 여유를 가졌다는 점에 우선 만족했다.

"뭘루 하실까요? 술은 약주루 허시구, 안주는 냄비두 되구, 잡채, 청포, 전, 다 있어요."

"오늘은 잡채하구 청폴 해보지. ……그런데 이봐."

현태가 윤구와 동호를 번갈아 바라보며,

"색실 바꿔보는 게 어때?"

윤구가 그러자고 고개를 끄덕였다.

동호는 급히,

"난 그대루 좋아."

왜 그런지 이날 동호는 자기가 상대할 여자는 그렇듯 며칠 동안 자기를 괴롭혀온 서울색시라야만 할 것 같았다.

현태가 곁의 색시더러,

"저어, 목포서 왔다는 색시 있지? 그 색시하구 저번에 저 친구

옆에 앉았던 서울색시, 그리구 아무라두 좋으니 다른 색시 하나
불러줘."

현태 곁에 앉았던 춘천색시가 금세 샐쭉해지며,

"왜 그러세요? 저번에 제가 무슨 실술 했어요?"

"아냐. 그저 그래보구 싶어서 그래."

"다른 색시들은 지금 죄다 손님방에 들어가구 없어요."

"그래 그럼 손님이 돌아갈 때까지 기다리지."

"괜히 그러지 마세요. 내 오늘 써비스 잘할게요."

"전 그냥 있어두 되죠?"

윤구 곁에 앉았던 포천색시가 억지로 눈웃음을 지어 밑으로부
터 윤구의 얼굴을 올려다보면서 말했다.

윤구는 모르는 체 잠자코 있었다. 모든 걸 현태가 하는 대로 좇
으면 그만이라는 배포 같았다.

"정말 왜들 이러는 거야?"

현태의 음성이 약간 높아지며 냉연하게,

"권을 불러 말해야 알겠어?"

전 같으면 눈앞의 색시들의 자존심은 조금도 생각해주지 않는
현태의 말소리가 잔혹하게만 들렸을 터인데 이날 동호는 모든 처
사에 있어 그렇듯 결단성을 가진 현태의 의지가 도리어 부러웠다.

두 여자가 몹시 샐쭉한 낯이 되어 치맛자락도 거머쥐지 않고 그
들 앞을 홱홱 지나 방을 나가버렸다.

"어디 두 번 상대할 것들이래야 말이지. 그게 그거겠지만."

현태가 담배에 라이터를 켜대면서 말했다.

술상과 함께 새로 색시 둘이 들어왔다.

"누가 목포색시지?"

한 여자가 약간 허리를 굽히며 현태 곁으로 와 앉으려는 것을,

"아니야, 저리 가 앉어. 보아하니 저 친구가 좋아할 타입야."

현태가 윤구 옆자리를 가리켰다.

그 목포색시의 손목을 윤구가 넌지시 끌어 자기 옆에 앉혔다.

동호가 보기에 이 목포색시는 지금까지 이 집에서 본 어느 여자보다도 나이가 많아 보였다. 그러나 달걀형으로 생긴 얼굴 바탕이 밉상이 아닌 데다가 입술이 도톰한 게 퍽 다감스러워 보였다. 동호는 언젠가 현태가, 윤구는 내숭스러워 색시를 살 때도 사랑을 받기 위해 나이 좀 든 여자를 고른다는 말을 한 적이 있는 것을 생각하고, 딴은 윤구에게 그런 일면이 있는지도 모른다고 혼자 속으로 고개를 끄덕였다.

강릉서 왔다는 다른 한 색시는 아래턱이 좀 위로 말린 합죽이였다.

"또 한 색신 왜 안 들어오지?"

동호가 술잔을 입으로 가져가며 용기를 내어 말했다. 그 목소리가 제가 듣기에도 좀 어조가 높아져 있었다. 이래서야 되나, 천연스러워야지.

목포색시가,

"누구 말이오?"

"저, 서울서 온 색시 있잖어?"

"예, 예, 옥주 말이오? 지금 손님방에 들었어요."

동호는 전번에도 들은 법하지만 이번에는 똑똑히 서울색시의 이름이 옥주라는 걸 머리에 새겨두었다.

이런저런 잡소리를 하면서 술 한 되를 다 마실 때까지 옥주는 나타나지 않았다.

"숫제 다른 색실 부르지."

현태가 동호의 의향을 물었다.

"그냥 둬."

"자식, 첫번에 정이 든 모양이지. 그럼 이봐 목포색시, 잠깐 그 서울색실 이리 빼와 봐."

목포색시가 손바닥을 쳐 심부름하는 애를 불러가지고 술 한 되를 새로 시키면서 옥주를 잠깐 이리 보내달라고 했다.

조금 뒤에 심부름하는 애가 술주전자를 들여보내면서 이제 곧 그 방 손님이 가게 됐다고 한다.

이때 동호는 미묘한 감정에 사로잡혀 있었다. 현태와 윤구가 술이 엔간히 취하여 각기 옆에 앉은 색시를 데리고 나가기까지 옥주가 나타나지 않을 때는 어떡하나. 차라리 그렇게 돼줬으면. 그러면 자기는 잠자코 이곳을 나가 부대로 돌아가면 그만인 것이다. 그러나 그걸로 아무런 마음의 해결을 볼 수 없다는 것을 그는 잘 알고 있었다. 오늘 이대로 이곳을 나간다면 그 지질구레한 결벽성이라는 게 언제까지나 그림자처럼 쫓아다니며 못살게 굴리라. 이참에 그 지질구레한 것을 말끔히 자기 몸에서 떼어 없애버리자. 그러기 위해선 옥주라는 여자가 나타나기까지 기다려야 한다. 자기가 옥주라는 여자와 어떠한 교섭을 가지건 여태처럼 순수한 마음으로 숙이를 사랑할 수 있는 것이다. 술잔을 집어 들이 마셨다.

"자, 술들 좀 마시지."

동호는 잔을 목포색시에게 건네며,

"목포서 곧장 일루 왔나?"

"아아니오. 전주, 부산, 그리고 대구, 이렇게 돌아왔어요."

"그렇게 올라만 왔으니 이젠 얼루 가지?"

"글씨요, 삼팔선은 못 넘꼬."

목포색시가 술잔을 동호에게 돌렸다.

동호는 술잔에 닿았을 여자의 입술 자리에 아무런 신경도 쓰지 않으며 잔을 받아 마셨다.

그러고는 강릉색시에게로 잔을 건네었다.

"자식, 지난 한주일 동안 별나게 우울한 쌍통을 하구 있드니 오늘은 아주 제법인데."

현태가 약간 비꼬임이 섞인 어조로 말했다.

그 말이 동호의 마음을 한순간 찔렀다. 사실 동호는 아까부터 남들처럼 이런 자리에서 어색함이 없도록 애쓰고 있는 자기 자신을 알고 있었던 것이다. 술을 더 마셔야지.

이때 저쪽 방에서 색시의 노랫소리가 들렸다.

현태 곁에 앉아 있는 강릉색시가 귀를 기울이고 있더니,

"옥주 소리구나, 그 작자 아직두 안 일어섰나."

했다.

동호는 옥주의 노래 목소리가 탁하고 굵다고 생각했다. 그네 목

소리 같지 않았다. 그러자 호리호리한 그네의 가는 몸매와는 균형이 잡히지 않으리만큼 큰 유방과 둔부가 그의 눈앞에 막아서는 것이었다. 술을 마셨다.

옥주의 소리를 남자가 받는다. 동호는 이런 데서 부르는 노래의 잘잘못을 가릴 줄 모르면서도 사내의 뽑는 목청이 능숙하다고 생각했다.

"요 안동네 사는 청년단 단장이에요."

강릉색시가 묻지도 않은 사실을 귀띔해주었다.

부대 오른쪽 산모퉁이를 돌아 깊숙이 들어간 골짜기에 30여 호나 되는 마을이 있었다. 이 마을만은 큰 한길에서 퍽이나 떨어져 있기 때문인지 전란 통에도 송두리째 잿더미가 되지는 않았다. 휴전 협정이 성립되자 피난 갔던 동민들이 돌아와 거의 예전과 같은 동네를 이루고 있었다.

"저 사람이 옥주 단골인가?"

동호가 강릉색시에게 물었다.

"그런 건 물으시는 게 아네요."

목포색시가 이렇게 말을 가로채고는 좌석의 기분을 돋우려는 눈치인 듯,

"우리도 좀 부릅시다."

동호가,

"그래 좋아. 불러봐."

술기운이 낮에는 오르지 않고 그저 눈에만 물기가 도는 목포색시가 방 안의 손들이 자기의 고향을 알고 있다는 데 제딴에는 생

각해서 하는 것이리라. 「목포의 눈물」을 꺼내는 것이다. ——사아
공의 뱃노래 가아무울거어리이고오 삼하악도오 파도오 깊이 스며
어드는데에 부우두우의 새아악씨 아롱져어진 옷자아락 이벼얼의
눈물이냐…….

동호가 아는 노래라 입속으로 따라 부르다가,

"그만둬, 그만둬. 그런 궁상맞은 노랜 관두구 다른 걸 불러."

목포색시가 그다지 무안해하는 빛도 없이 강릉색시더러 강원도
아리랑이나 불러보라고 했다.

강릉색시는 또 술기운에 귀밑까지 빨개가지고, ——아주우까리
이 동배액아 열지이 마라 사안골의 크은애기 난보용난다…….

동호는 강릉색시의 합죽한 입을 바라보며 느린 가락을 이어 넘
기는 솜씨가 제법이라고 생각했다. ——아리이랑 아아리이랑 아아
라아리이오 아아리랑 고오개에로…….

"잠깐."

강릉색시의 소리가 끝나기 전에 동호는 잠시 잊고 있던 저쪽 방
에서 아무 소리도 안 들린다는 데 생각이 미쳤다. 저쪽 방의 그친
노래는 다시 들려오지 않았다. 노래가 그친 뒤의 일이 동호에게
는 더 궁금한 것이었다. 그냥 술상을 벌이고 있는 것인지, 그렇지
않으면 돌아가려는지, 그렇지도 않으면 두 남녀가 딴방으로 자리
를 옮기려는지. 어떤 알지 못할 초조감이 동호의 가슴을 내리눌
렀다.

이윽고 그 방에서 누가 나오는 기척이 들렸다. 동호는 귀를 밖
으로 모았다. 손님이 돌아가는가 보았다. 조금 후에 이리로 걸어

오는 여인의 신발 소리가 났다. 동호는 가볍게 숨을 몰아쉬면서 술잔을 집어들었다.

아까부터 담배를 피워 물고 이쪽을 바라보고 있던 현태가,

"인마, 오늘은 웬 술을 그렇게 마시는 거야?"

방으로 들어선 옥주는 술기운을 하고 있었다. 요전처럼 눈가와 엷은 입 가장자리가 발그레해지고 뾰족한 코끝만이 더 희게 드러나 보였다. 동호는 무언가 부끄러운 생각이 들어 그네에게서 눈을 돌렸다.

그러나 그네는 아주 담담한 낯빛으로 세 사람 다에게, 오셨어요? 하는 인사를 하고는 조용히 동호의 옆자리에 앉는 것이었다. 그리고 이것도 인사치레의 하나인 듯 먼저 현태와 윤구 그리고 동호에게 극히 사무적인 솜씨로 술을 권하며 따르는 것이었다. 동호는 그네가 이렇게 아무런 감정의 표시도 밖으로 나타내지 않는 것이 마음의 평정을 가져다주었다.

현태가 술잔을 옥주에게로 건네며,

"저 친구 어른 만들어준 치하의 뜻으루 자아."

"농담의 말씀두."

그네의 엷은 입술에 미소인지 고소인지 알 수 없는 웃음이 어리었다가 사라졌다. 그리고 현태가 건네는 잔을 왼손으로 받는 것이다. 동호는 혼자 속으로 그네가 본시 왼손잡이인지도 모른다고 생각했다.

두번째 주전자가 다 비자 동호는 술을 더 가져오라고 했다.

현태가 의외라는 듯이,

"자식아, 정말 괜찮어?"

"괜찮다 뿐야? 먹을려구 들면 이깟 술쯤이야."

윤구가 한마디,

"아직 생술이라 그럴 수 있지. 무슨 술맛이나 알구 저럴라구."

사실 이날 동호는 처음으로 술을 많이 마셨건만 정신은 말똥말똥했다.

"저어, 옥주, 아까 저 방에서 부른 노래 한번 불러봐."

동호가 생각난 듯이 옥주의 옆얼굴을 바라보며 말했다.

그네는 뾰족한 코끝으로 해서 더 날이 서 보이는 옆얼굴을 꼼짝도 않으며,

"무슨 노래 말예요?"

"뭐드라? ……바람아 광풍아…… 그러는 것 같든데."

강릉색시가,

"저, 제주도 노래 있잖어 왜?"

하고 일깨워주었다.

옥주는 잠시 아무 말 없이 앉았더니 상 위에 놓인 담배를 피워 한 모금 빨고 나서, ──우리 집 서방님은 고기잡이를 가았는데 바람아 광풍아 석 달 열흘만 불어라…… 다음은 젓가락 장단을 치던 다른 두 색시도 얼려 불렀다. ──너어냥 나아냥 두리둥실 사알구요 낮이낮이나 밤이밤이나 참 사랑이로구나…….

"그거 됐어, 됐어. 우리집 서방님은 고기잡이를 갔는데…… 바람아 광풍아…… 얼마를 불라구?…… 응 그래, 석 달 열흘만 불랬지? 됐거든, 아주 됐어."

술기운에 입술이 별나게 빨개진 동호가 혼자 중얼거렸다.

새로 들어온 술 주전자가 두어 순배 돌았을 즈음 현태가 강릉색시 귀에다 대고 무어라 속삭이더니 같이 밖으로 나가는 것이다. 그 뒤로 윤구가 또 목포색시 옆구리를 꾹 찔러가지고 따라 나갔다.

동호는 속으로, 아주 흥정이 간단하군, 하면서 이제 자기는 어떻게 그것을 표시해야 하는가 하는 생각에 머뭇거릴 수밖에 없었다. 어째서 두 친구의 뒤를 따라 일어서며 옥주에게 눈짓이라도 하지 못했을까. 그랬더라면 모든 게 쉽고 자연스럽게 끝났을 것인데. 은근히 마음이 초조해졌다. 마음이 초조해질수록 어떻게 과히 스스럽지 않게 그네를 이끌어야 할지 좋은 생각이 얼른 떠오르지 않았다. 어차피 이렇게 된 바에는 친구들이 돌아올 때까지 여기 앉아 기다리는 수밖에 없지 않은가. 그러나 그것은 그의 의식의 표면에 스치고 지나간 생각에 지나지 않았다. 좀 더 깊은 그의 내부에서는 한결같이 지르는 소리가 있었다. 오늘 자기가 여기 찾아온 목적을 수행해야 한다. 그렇지 않았다가는 앞으로 자신의 우유부단한 의지에 대한 자책을 두고두고 맛보지 않으면 안 된다. 그는 술잔을 들어 입으로 가져갔다. 그제야 자기 입 안이 보독보독 말라 있다는 걸 깨달았다.

"어떡하시겠어요?"

옥주가 아주 조용하고 가라앉은 음성으로 입을 떼었다. 그렇듯 저번에 도전이나 하듯이 대들던 품과는 영 달랐다. 이런 그네의 가라앉고 조용한 음성이 동호에게 어떤 용기를 주었다. 그는 자리에서 일어나면서 그네의 가냘픈 어깨를 가볍게 두드려 일으켰다.

옥주가 앞장서 저번의 그 방으로 가 문을 열고 이번에는 자기가 먼저 안으로 들어갔다. 그리고 동호가 따라 들어서자 문고리를 잠그는 것이었다. 한결같이 음습한 공기 속에서 생흙냄새가 코를 찔렀다.

이날 동호는 펼쳐져 있는 요 위에 여인이 드러눕자 제 손으로 바지 단추를 따고 무릎을 꺾었다. 이날은 여인이 저번처럼 그의 가슴을 떠밀지는 않고 조용히 일어나 옷을 주워 입기 시작했다. 어쨌든 싱거웠다. 이걸 가지고 자기는 그토록 장시간 혼자 씨름을 해왔단 말인가. 어이없었다.

여인이 옷을 다 입은 걸 보고 동호는 호주머니에서 백 환짜리 예닐곱 장을 쥐어 냈다.

"같이 온 분이 계산했을 거예요."

"받아둬."

여인이 돈을 접어 쥐더니 아무 말도 없이 밖으로 나가버리는 것이었다.

여인의 얄팍한 뒤 어깨를 바라보면서 동호는 무언가 충족되지 못한 아쉬움 같은 것을 느꼈다.

다음 날부터 동호는 야외 사격 실습에서 틀림없이 표적을 맞히려고 온 신경을 모았고, 실전 연습에도 온 정력을 다 기울였다. 막사 보수나 환경 정리 때에도 성의를 다했다. 그리고 쉬는 시간은 쉬는 시간대로 동료들 잡담에 열심히 끼어들었다. 어떻게든 혼자 생각하는 시간을 피하기에 힘썼다. 어느 틈으로든지 숙이의 생각이 새어들 게 은근히 두려웠던 것이다.

그렇다고 숙이에 대한 애정에 균열이 생겼다고는 생각지 않았다. 예전과 다름없이 그네를 아끼고 사랑하는 마음에는 변함이 없었다. 그저 그가 숙이를 사랑하고 아끼는 것은 그것대로, 우선 현재 생활에 침투해 들어온 뜻하지 않은 하나의 사건으로 해서 어지러워진 마음을 깨끗이 처리해놓지 않고는 배겨낼 수 없는 심정인 것이었다.

그처럼 결벽성을 내던져버리려고 장시간 자기 자신과 씨름한 끝에 얻어진 옥주와의 교섭이란 어처구니없을 만큼 싱거운 것이었다 하더라도 나중에 돌아서 나가는 그네의 얄팍한 뒤 어깨를 바라보며 느꼈던 무언가 모를 아쉬움 같은 것, 이것을 그냥 남겨 두고는 도저히 마음의 안정을 바랄 수 없다는 생각이 또다시 그를 괴롭히기 시작하는 것이었다.

다음 외출 날 동호는 어느 판자 술집에서 엔간히 취해가지고 어디 딴 곳으로 점호를 받으러 간다는 현태네와 헤어져 혼자 옥주를 찾아갔다.

예의 잡동사니 나뭇가지로 얽어 막은 울타리 한가운데 널판대기로 만든 대문가에 이르렀다. 웬 술이 얼근히 취한 사내 하나가 안으로부터 나오고 있었다. 한 40에 가까워 보였다. 동호는 그 사내와 어기고 나서 그가 국방색 양복을 입고 있다는 데 언뜻 마음에 짚이는 게 있어 돌아다보았다. 작달막한 키에 똥똥한 몸집이 팔자걸음을 걷고 있는데 내젓는 활갯짓만이 별나게 크게 눈에 들어왔다.

마침 한 방에서 문을 열고 술상을 치우고 있던 옥주가 대문을 들어서는 동호를 보고는 약간 눈썹꼬리를 추켜올리면서 입가에 이상한 웃음을 떠올린 채,

"어서 오세요."

"왜 나 혼자 온 게 우스워?"

"아뇨. 어서 들어오세요."

그리고 상심부름하는 애를 불러 술상을 마저 다 치우게 하고는,

"아까 일루 들어오실 때 말예요, 하두 딱딱해 뵈서 우스웠어요. 술집에 들어서는 걸음걸이가 뭐 그래요."

동호는 좀 전에 현태랑 마신 술기운에 어느 정도 자신이 대담해져 있다는 것을 알고 있었다. 그러나 그 대담성이 가져다준 자기 거동이 부자연스러움을 옥주에게 보였다는 게 마음에 개운치가 않았다. 그 개운치 않은 기분을 털어버리기 위해서라도 술을 좀 더 마셔야겠다고 생각했다.

"술 좀 빨리 가져오래요."

술이 들어오자 동호는 연거푸 두 잔을 들이키고 나서 옥주에게 잔을 건네었다. 그러나 그네는 술잔에 입을 댔다 말았다 하며 시원스럽게 마시지를 않았다.

"술이 세다면서 그래?"

"벌써 취한걸요. 낮에 이 이상 더 마셔선 안 돼요. 이따 다른 손님두 받아야 하니까요."

동호는 술 한 되를 거의 혼자서 마셨다.

"술 더 가져와요?"

동호는 고개를 가로저으면서 그네의 손목을 잡고 일어섰다. 그는 어서 그네와 딴 방에서 단둘이가 되고 싶었다. 이런 욕망과 지금 자기가 그네의 손목을 잡고 일어선 거동이 이번에는 조금도 부자연스럽게 느껴지지가 않았다.

"계산하세요."

술값을 치렀다.

"그리구 또……."

그 값도 선금을 내게 돼 있다는 것이다. 동호는 이달 탄 봉급에서 남은 돈 전부를 그네 손에 쥐여주었다. 한 칠팔백 환 됐다.

예의 방으로 옮겨가 그네가 옷을 벗으려는 것을 그가 손짓으로 제지하면서,

"이것봐, 옥주."

그네가 옷고름 풀던 손을 멈추고 어정쩡한 낯빛으로 그를 바라보았다.

"저, 옥준 왼손잽이지?"

엉뚱한 말에 그네는 더한층 어리둥절해하며,

"그래서요?"

"그렇단 말야. 근데 난 좀더 옥주에 관한 것을 알구 싶어."

"그게 무슨 말예요?"

"이를테면 옥주가 어떠한 여자라는 걸 말야."

호호호 하고 그네가 신경질스런 웃음을 터뜨리더니,

"그런 애길 가지구 뭘 그렇게 심각한 표정을 하구 물으세요? 그렇게 알구 싶다면 말하죠. 본명은 최명애, 나인 스물셋, 본적은

368

서울, 그리구 스물하나에 결혼해서……."

"과거 얘긴 그만두구 현재 얘길……."

"현재 얘기요? 보시다시피 이름은 옥주요, 직업은 싸구려 색주가…… 5백 환이건 3백 환이건 몸을 파는……."

"아니 그것보다…… 누구 좋아하는 사람은 없나?"

"좋아하는 사람요? 얼마든지 있죠. 내 몸을 사는 사람이면 다 좋아하니까요."

"그렇게 비꼬아 말하지 말구…… 저, 아까 내가 오기 전에 받았던 손님이 청년단 단장이지?"

"그 사람이 어쨌다는 거예요?"

"아니 그저 물어보는 말이야. 그 사람 요전번 우리가 왔을 때두 와 있드니 매일같이 오는 모양이지?"

그네가 또 별안간 깔깔깔 소리 내어 웃으면서 마치 철없이 구는 동생이나 바라보듯 하며,

"왜요, 매일같이 옴 안 되나요?"

"그런 게 아니구……."

"그런 얘긴 그만 하시구 어서 놀기나 해요. 너무 시간 오래면 야단 들어요."

그네가 빨랑빨랑 손을 놀려 옷을 벗기 시작했다.

"하룻밤엔 얼마지?"

"긴 밤 말이죠? 2천 환."

이날도 그 행위는 극히 기계적인 동작에 의해 간단히 끝났다.

그러나 옷을 주워 입는 그네의 몸뚱어리를 바라보면서 동호는

무언가 그네와 자기는 친숙해진 것 같은 느낌이 일었다.

밖으로 나왔다. 신선한 외기에 쐬어 정신이 맑아지는 듯하면서도 긴장과 흥분이 풀린 뒤에 오는 허탈감 속에서 도리어 술기운이 되살아오는 것이었다. 그 기분이 나쁘지가 않았다. 약간 걸음이 헛놓였다. 그러는 그는 저도 모르게 무엇인가 입 밖에 내어 흥얼거리고 있었다. ──우리 집 서방님은 고기잡이를 가았는데……바람아 광풍아 석 달 열흘만 불어라…… 바람아 광풍아 석 달 열흘만 불어라…… 앞에서 오던 사람이 걸음을 멈추며,

"아니, 윤중사 아니오?"

한다.

보니, 안이등중사였다. 동호는 한 손을 들어 알은체를 해 보이고는 그 앞을 지나쳐버렸다. 안이등중사가 등 뒤에서,

"지금 어디서 오는 길이지요?"

동호는 대답하지 않았다.

"몹시 취했군요."

"그래, 그래, 기분 좋게 취했어."

"저, 혹시 선우상사 못 봤어요?"

"몰라, 몰라."

"정말 대단히 취했군. 술을 그렇게 많이 마시면 해로워요."

동호는 그냥 저 가던 길만 가며, ──바람아 광풍아 석 달 열흘만 불어라…….

부대로 돌아오니 현태와 윤구가 먼저 돌아와 있었다. 동호는 그들을 향해 소리쳤다.

"너희놈들 들어라. 지금 난 아주 순수한 상태에 있다. 내 곁에 어떤 미인이 있대두 거들떠보지 않을 만큼 아주 순수한 상태에 있단 말이다. 누구를 사랑한다든가 미워한다든가 하는 그런 구질 구질한 인간 속성에서 깨끗이 벗어난 이 홀가분한 기분…… 바람 아 광풍아 그리구 태풍아 석 달 열흘 아니라 삼 년 열 달을 분대 두 나와는 아무 상관 없다……"

그는 현태 옆 자기 자리로 가 벌렁 나가눕더니 조금 뒤에는 코 고는 소리를 내었다. 그로부터 동호의 술 먹는 버릇이 전과 달라 졌다.

본시 동호네가 소속해 있는 수색 중대 안에는 주보가 없었다. 자연 다른 보병 대대의 주보를 이용하는 수밖에 없었다. 그런 불 편을 덜기 위해 중대장이 연대 본부와 교섭을 하여 며칠 전부터 주보를 신설하게 되었다. 주보라야 취사장 한옆에 선반을 만들어 간단한 일용품과 값싼 과자 오징어 따위, 그리고 주류 몇 가지를 진열해놓았을 뿐인 것이었다.

동호는 전표제로 이 주보에서 술을 사 마시는 것이었다. 현태와 윤구와 동행하는 수도 있었지만 대개 혼자서 가 마셨다. 그는 여 기서 처음으로 소주보다도 국산 드라이진이 효과가 있다는 걸 알 았다. 더구나 먼저 막걸리를 한두 잔 걸친 뒤에 그것을 마시는 것 이 더 효과적이라는 걸 알게 되었다. 그는 때때로 술병을 내무반 까지 가지고 왔다.

현태가 보다 못해,

"인마, 술맛두 모르면서 그게 무슨 술 먹는 버릇야?"

"술맛은 어찌 됐건 취하면 그만 아냐? 취하는 데는 뭐니 뭐니해두 이 드라이진이란 놈이 젤야."

"자식아, 오징어 쪼가리루 그렇게 무턱대구 먹다간 뱃속이 결딴난다는 걸 몰라?"

"흥, 언제부터 그렇게 위생가가 됐어? 뱃속은 어찌 되든 간에 정신위생엔 이게 좋아. 첫째 잠이 잘 오거든. 어디 생각 있음 한 모금 마셔봐. 잠이 잘 올 테니."

하루는 밤중에 주보에서 돌아온 동호가 무엇을 생각했는지 배낭 밑을 뒤적여 편지 뭉치를 꺼내었다. 그것을 들고 밖으로 나가 막사 뒤로 돌아갔다. 그리고 땅에 모아놓고는 성냥을 그어대는 것이었다. 불에 닿은 종이들이 여러 가지 모양으로 말리면서 연기를 내었다. 그러나 연기가 불과 몇 자도 못 올라가 어둠과 합쳐졌다. 그는 조그만 종이쪽 하나 남지 않도록 모조리 태워버렸다.

제자리로 돌아온 동호는 누구에게라 없이 지껄여댔다.

"좀 더 홀가분한 기분이 되구 싶어. 좀 더 홀가분한 기분이 되구 싶단 말야."

그날 밤 그는 꿈을 꾸었다. 꿈속에서 빈 버스를 혼자 타고 있었다. 숙이를 만나러 인천으로 가는 길이었다. 운전수도 없는데 차가 저절로 굴러가고 있었다. 엔진 소리가 귀를 먹먹하게 하고 낡아빠진 차체가 삐걱거리며 부분부분이 제각기 놀았다. 동호는 생각했다. 단지 어느 한 부분의 나사못 한 개가 이 차체를 붙들고 있는 것이다. 이 나사못 하나만 빠지는 날이면 차체는 그대로 산산조각이 나 흩어지고 말 것이다. 거기 따라 자기도 획 어디로 뿌려질 것이다. 그러면 마지막이다. 그러는데 차가 내리받이를 만나 속력을 가하기 시작하는 것이었다. 동호는 다시 생각했다. 이 헐어빠진 차체가 부서지지 않고 있는 것은 바로 이 속력 때문인 것이다. 이제 이 속력만 줄어 멎는 찰나엔 차체는 다 타버린 재처럼 그 자리에 푹석 무너앉고 말리라. 그런데 버스가 속력을 내어 달리고 있는 곳은 다른 곳 아닌 위험한 원테이고개 내리받이가 아닌가. 이 내리받이의 커브를 잘못 돌기만 하면 그대로 차체는 전복되고 마는 것이다.

동호는 고함을 쳤다. 원테이고개다, 원테이고개다……

"인마, 무슨 잠꼬댈 그렇게 해?"

곁에서 자던 현태가 흔들어 깨웠다.

동호의 몸에 땀이 끈끈하게 배어 있었다.

현태 이쪽에 자고 있던 윤구까지 잠이 깨어,

"술 먹음 잘 잔다더니 꽤는 잘 잔다."

현태가 동호더러,

"근데 원테이고갠 대체 뭐야?"

동호는 어둠 속에 눈을 준 채 잠자코 있다가,

"서울 인천 사이에 있는 고개 이름야."

"그래 그 고개가 어쨌다는 거야?"

동호가 더는 말이 없이 머리맡에 놓인 술병을 끌어다 몇 모금 마시고는 그냥 저쪽으로 돌아눕고 마는 것이었다.

며칠 동안에 동호의 얼굴은 말이 아니게 수척해졌다. 원래도 좀 홀쭉한 편인 뺨이 옴폭 파이고, 크고 맑던 눈은 퀭해져 술을 안 먹었을 때에도 눈자위에 핏발이 어려 있었다.

그런 어느 된서리 내린 날 오후에 숙이한테서 편지가 왔다. 오래간만에 온 편지였다. 겉봉 뒷면에는 인천 주소가 적혀 있었다. 그동안 피난지에서 돌아온 것이리라. 그러나 동호는 편지 내용을 뜯어보지도 않고 그냥 막사 뒤꼍으로 가 태워버렸다.

그것을 본 현태가,

"자식, 그 소녀취밀 아직 못 버려?"

"편지룬 안 되겠어. 이담에 직접 만나가지구 서루 얘기루 해야지."

"뭐가 편지룬 안 되겠다는 거야?"

"넌 몰라두 돼."

다음 토요일 오후 동호는 현태에게 부탁을 했다.

"나 외박증 하나 떼다줘."

"아니 난데없이 외박증은?"

"글쎄 아무튼 여러 말 말구 하나 떼다줘."

"너 그 말라깽이한테 갈려구 그러지?"

"글쎄 암말 말구……."

"애 이 자식아, 너 정말 환장했냐? 요새 네가 밤낮 술만 처먹는 까닭을 내 짐작은 하구 있었어. 그렇지만 인제 맘이 진정되려니 했드니 왜 이 모양야?"

"사실 나두 모르겠어. 하여간 오늘 밤은 꼭 한번 나가봐야겠어."

"임마, 괜히 그런 쓸데없는 생각 말구 낼 우리 다른 데루 가서 한번 놀자. 그런 데 여자하군 오래 끄는 게 아냐. 대체 무슨 재미가 있어."

"그래 외박증을 하나 얻어주겠어 어쩌겠어?"

"어이구, 고 쌍통!"

현태가 할 수 없이 선임 하사를 통해 외박증을 떼다주었다.

"돈두 한 3천 환 꿔줘."

이날 동호는 되도록 늦게 부대를 나섰다. 그래도 해가 지기까지 이리저리 거닐며 시간을 보내야만 했다. 11월 하순에 들어선 저녁 바람은 쌀쌀했다. 그는 술집 앞을 지날 때마다 절로 걸음이 늦추어짐을 깨달았다. 그러나 곧 발길을 빨리해 지나쳐버리곤 했다. 오늘만은 무슨 일이 있어도 술을 마시지 않으리라. 한번 똑똑한 정신으로 그네를 대해보리라.

큰 한길에 오가는 군용차들이 헤드라이트를 켜기 시작했다. 이제 얼마 안 있어 자기는 그네와 만나리라. 문득 어째서 자기는 이렇게까지 하여 그네를 찾아가지 않으면 안 되는가 하는 생각이 머리를 들었다. 자기로서도 알 수 없는 일이었다. 그러면서도 오늘 저녁 자기가 그네를 찾아가야만 한다는 것은 움직일 수 없는 하나의 기정사실처럼 느껴졌다.

날이 아주 어둡기를 기다려 그는 그 집 대문을 들어섰다. 들어서면서 혹시 그네가 손님을 받고 있으면 어쩌나 하는 불안이 머리를 스쳤다.

뜰로 지나가는 한 색시에게 옥주를 좀 불러달라고 했다. 그 여자가 안방으로 들어간 지 조금 뒤에 옥주가 나왔다. 그네는 동호 가까이로 와 마치 어둠 속에서 거울이나 들여다보듯이 얼굴을 들이댔다. 값싼 지분 냄새가 끼얹혀졌다.

"난 또 누구시라구?"

술 먹은 기색은 없었다.

동호는 미리 세어두었던 2천 환을 그네 손에 쥐여주었다.

"초저녁부턴 안 돼요. 들어가서서 약줄 좀 하시죠."

동호는 현태한테서 빌려온 3천 환 중에서 남은 돈마저 그네 손에 쥐여주었다.

그만하면 초저녁에 다른 손님을 받지 않아도 되는 모양이었다.

그네가 앞장서 예의 방으로 가 동호를 먼저 들여보내고 나서 남포등을 가져왔다. 그러고는 아궁이에 불을 좀 넣어야겠다고 하면서 나갔다.

남포 알에 그을음이 까맣게 끼어 있었다. 얼마 동안을 닦지 않고 내버려둔 것일까. 그러나 동호는 이 처음 보는 남포등이 어쩐지 낯설지가 않게 느껴졌다. 그리고 음습한 공기 속에 풍기는 생흙냄새와 언제나 펼쳐져 있는 요에도 이미 친근해진 느낌이었다. 아궁이에 불을 지핀 모양으로 매캐한 연기가 방 안에 서렸다. 그러나 그것마저 그다지 역하지가 않았다.

옥주가 들어왔다. 자기 신발을 들여다 동호 군화 곁에 놓고는 문고리를 잠갔다. 그러고 나서 언제나처럼 옷부터 벗으려 했다. 동호가 그것을 말렸다.

"그냥 입구 있어."

옥주는 무슨 일인가 싶은 표정으로 동호의 얼굴을 살폈다.

"괜찮으니 그냥 뭐."

그네가 치마만 벗고 자리에 눕자 동호는 이불을 끌어다 그네의
턱밑까지 덮어주고는 일어나 남폿불을 껐다. 그러고는 그네 곁에
가 누워 상체만 반쯤 일으키고,

"우리 오늘 밤 이대루 자. ……그럼."

하며 그네의 입에다 입술을 가져다대었다.

싸늘했다. 그는 두 손으로 그네의 얼굴을 싸쥐고 이리저리 입술
을 비비기 시작했다.

"아이 왜 이러실까."

그네가 고개를 한옆으로 비켰다. 귓바퀴에 스치는 숨결이 조금
도 뜨겁지가 않았다.

그는 한 손으로 그네의 목을 쓰다듬어 내려갔다. 이불 밑 그네
의 옷 속으로 손바닥을 미끄러져 넣었다. 그네는 양팔을 이불 위
에 아무렇게나 내던진 채 그의 손을 막아내려고도 하지 않았다.
그처럼 아무 저항을 받지 않으면서도 그는 마치 저항을 받고 있
는 것처럼 조금씩 조금씩 손가락 끝을 안으로 비집어 넣었다. 까
칠까칠한 피부가 손바닥에 느껴질 뿐 살냄새같은 것은 풍기지 않
았다. 그래도 양쪽에 솟은 유방이 감지되는 가슴골까지 손바닥을
밀고 들어갔다. 가슴골에서 감지되는 유방이 어쩐지 숙이의 것보
다 탄력이 덜한 것 같다고 생각하는데 그네가 동호의 팔을 한 손
으로 빼어 젖히면서,

"정말 왜 이러세요? 어서 놀기만 해요."

짜증스러운 음성이었다.

동호는 도시 남자로서의 욕망이 일어나지 않았다. 그는 베개에
다 머리를 눕혔다. 담배 생각이 났다. 호주머니에서 꺼내어 물었
다. 눈앞 어두운 공간이 그대로 자기 마음속같이만 느껴졌다. 그
는 당장 무엇이고 지껄이지 않고는 못 견딜 것만 같은 충동을 받
았다.

"이봐 옥주, 사람이란 어쩌면 그렇게 자기만의 좁은 테두리 안
에서 벗어나지 못하는 걸까."

그네는 아무 대꾸도 없이 누워 있었다.

"근데 그 테두리란 게 어린 시절에 정해지구 마는 것 같애."

"그런 어려운 말 나는 몰라요. 어서 놀구 자요."

그래도 동호는 이야기를 꺼냈다.

"여덟 살인가 나던 해 가을이야. 대청에서 학교 숙제를 하구 있
는데 우리 집에 놀러온 외사촌누이동생이 자기 먹든 사괄 내 코
앞에 내밀지 않겠어? 반이나 먹은 사괄. 난 안 먹겠다구 고갤 흔
들었지. 벌써 외할머니가 사과 꾸러미를 풀 때 두 개나 먹구 난
뒤였거든. 내가 고갤 흔들어두 누이동생은 내민 손을 거둬들일
생각을 않는 거야. 그때 누이동생 얼굴이 조금도 장난하는 것 같
지 않구 아주 의젓하게 뵈지 않겠어? 어린애답지 않게 말야. 난
부지중에 사괄 한입 베어 물어 먹었어. 그리구 또 한입. 또 한입.
그러는데 별안간 그 누이동생이 손에 쥐구 있던 사괄 놓아버리는
게 아냐? 그러구는 오만상을 찌푸리면서 퇴퇴 침을 내뱉는 거야.
보니까 사과에 잇몸에서 나온 피가 조금 묻어 있드군. 난 어린 맘

에두 제 더러운 걸 남에게 뵀다는 부끄러움을 느꼈어. 그래 지금 두 남 앞에선 과일 같은 것두 쪼개 먹지 통째루 먹기가 조심스러워."

이 이야기는 언젠가 숙이한테도 한 일이 있었다. 그때 숙이는 동호씨다운 얘기라고 하면서, 그러나 제 앞에선 맘 놓구 잡수세요, 하고 웃었던 것이다. 그런데 지금 곁의 옥주는 아무런 반응도 없이 어둠 속에 잠잠히 누워 있기만 하는 것이다.

"그리구 이 일을 생각하면 따라 생각나는 일이 또 하나 있어."

역시 외사촌누이동생에 관한 이야기였다. 중학교 5학년 되던 해 봄이라고 기억됐다. 하루는 학교에서 돌아오니 외사촌누이동생이 안방에서 어머니와 이야기를 하고 있는 것이었다. 툇마루로 올라서면서 그는 어머니가 하는 말소리를 귓결에 들었다. 양이 많으냐는 한마디 말을. 그는 그게 무슨 말인지 몰랐다. 그가 미닫이를 열자 어머니와 외사촌누이동생은 하던 이야기를 멈추는 기색이었다. 어딘가 외사촌누이동생의 얼굴이 여느 때보다 좀 까칠해져 있는 것 같았다. 좀 뒤에 그는 어머니가 외사촌누이동생에게 하던 말 내용을 알게 되었다. 변소에 갔더니 이상한 것이 통에 떨어져 있는 것이었다. 피를 담뿍 머금은 탈지면이었다. 그은이 더러운 물건에 오줌발을 대었다. 검붉던 피가 오줌에 씻겨 빛깔이 연해지면서 나중에는 선연한 분홍빛으로 변하는 것이었다.

"나는 그때 거기서 어떤 신선한 꽃잎을 영상했어."

이것만은 숙이에게도 하지 않았던 이야기인데 그것을 지금 옥주에게 하고 있는 것은 무엇일까.

"그리구 말이지, 그 뒤에 어떤 여잘 만나서……."

어둠 속에 여태까지 잠잠히 누워 있던 옥주가,

"이번엔 애인 얘기가 나올 참이군요? 그런 얘긴 그만해두구 어서 놀구서 자요. 그렇잖음 술이라두 마시든가."

그네가 자리에서 일어나 남포에 불을 켰다.

"술 사올게요."

동호가 호주머니를 뒤져보았다. 모두 다 해서 백 몇십 환밖에 되지 않았다. 그네가 치마를 두르고 밖으로 나갔다.

동호는 새로 담배를 붙여 물었다.

좀 만에 그네가 술 주전자와 김치 보시기를 들고 들어왔다. 잔은 없었다. 그네가 그의 베개 옆에 앉더니 주전자 주둥이를 내밀었다. 그는 고개를 저어 보였다. 그네는 그것을 자기 입으로 가져가더니 몇 번이고 쉬어가면서 꼴깍꼴깍 마시는 것이었다. 그러다가 다시 주전자를 그에게로 내밀었다. 그는 이번에도 고개를 저어 보였다. 그네가 다시금 주전자를 자기 입에 가져가며,

"내 얼굴은 외사촌동생처럼 의젓하지가 못하다는 거죠? 그리구 또 사랑하는 사람처럼 내가……."

그러고는 보일 듯 말 듯한 웃음을 엷은 입술에 떠올렸다. 그러는 그네의 입 가장자리와 눈가에는 어느새 주기가 도는지 분홍물이 들기 시작하고 있었다.

동호는 잠자코 담배만 빨았다.

그네가 또다시 주전자를 입으로 가져갔다. 김치는 입에 대지도 않았다. 반 되가 실히 되는 술을 혼자서 다 마시고야 입김으로 남

폿불을 불어 껐다.

"그냥 또 뭐."

그네가 아까처럼 치마만 벗고 제자리에 누웠다. 술 때문인지 약간 숨이 차 있었다.

동호가 담뱃불을 아무렇게나 비벼 끄고 두 손으로 그네의 얼굴을 감싸쥐고는 입을 맞추었다. 술 탓인지 아까보다 뺨과 입술에 온기가 올라 있었다. 그러나 그가 입술을 이리저리 옮기기 전에 그네는 얼굴을 한옆으로 비키면서,

"어서 놀구 자요. 공연히 이러지 마시구."

"그렇게 싫은가?"

"다 알아요. 나한테서 사랑하는 사람의 모습을 찾아보겠다는 거죠? 공연한 짓예요."

"아냐, 아냐. 내게 사랑하는 사람이 있긴 해. 그렇지만……."

"다 알구 있어요. 맨 첨에 여기 왔을 때 일을 생각하면 내가 원망스러워 못 견디겠죠? 사실은 나두 그날 좀 불쾌했어요. 그렇지만 그런 건 아무래두 좋아요. 몇 백 환이라두 벌어야 한다는 게 더 중요하니까요."

"그렇지. 첨엔 미운 생각두 없지 않았어. 허지만 지금은 달러."

"다르긴 뭐가 달러요?"

"내가 사랑하는 사람은 멀리 있어. 너무 멀리 있단 말야."

"그래 나한테서 그 애인의 모습을 찾아보려는 거죠?"

"아냐, 아냐."

"아니긴요. 누가 모를 줄 아세요. ……그렇지만 안 될 거예요."

옥주는 잠시 동안 어둠 속에서 말을 끊었다가 속곳을 밑으로 밀어내더니 동호의 한 손을 끌어다 자기 아랫배로 가져갔다.

"여길 좀 쓸어보세요. 이게 뭔 줄 아세요?"

꽤 부드러운 살갗에 파인 흠 자국이 만져졌다.

"이것만이 남았어요."

"이게 뭔데?"

"수술한 자리예요. 임신한 지 여덟 달 만에 배를 가르구 죽은 앨 꺼냈어요. 남편의 전사 통지서를 받구 굴러 떨어지는 바람에…… 정말 하늘이 캄캄하드군요. 결혼한 지 보름 만에 군대에 나갔어요. 남편이 돌아올 날만 기다리는 게 단 하나의 희망이었죠. 우린 서루 사랑했거든요, 진정으루. ……남편이 죽은 뒤에두 그이의 영상은 내 가슴에 그대루 살아 있었어요. 그이 왼쪽 귓바퀴 속에 팥알만 한 사마귀가 있었어요. 그 빛깔까지 똑똑히 보였어요. 가난한 우리라 그이가 살았을 적에두 호사는 못했죠. 때때루 교외루 나갔어요. 그때 내 이마를 스친 부드러운 바람결의 감촉이라든가, 그이 어깨에 고개를 기대구 눈을 감구 있을 때의 아늑함, 그러다 눈을 뜨면 햇빛에 반짝이며 흔들리는 나뭇잎들, 그 하나하나가 그대루 살아 있었어요. 난 그것들에 쌔여서 살았어요."

그네가 말을 끊고 잠시 어둠 속에 몸 하나 까딱 않고 있었다.

동호는 이야기를 듣는 동안 여태까지의 술집 여자 옥주와는 일변된 그네에게 마음속으로 놀라면서 어디에 이런 면이 있었을까 하고 조용히 그네 숨결에 귀를 모으고 있었다.

"그랬는데, 그랬는데 말예요. 그것들이 점점 제 빛을 잃어갔어요. 첨에는 다른 남자의 품에 안겨서두 똑똑히 뵈던 것들이……그이 귓바퀴 속에 있는 사마귀 빛이 희미해지구 햇빛에 반짝이든 나뭇잎들의 모양두 희미해져갔어요. 난 그것들을 되살리려구 애썼어요. 그렇지만 소용없었어요. 그것들은 자꾸 희미해만 가는걸요…… 이제는 그 부드러운 바람결의 감촉두 되살릴 수 없구, 그이 어깨에 고개를 기대면 느낄 수 있었든 아늑함두 사라져버렸어요. 그저 남아 있는 건 이 뱃가죽의 흠뿐이에요."

그네는 숨을 한번 몰아쉬고 나서,

"아무튼 대단하세요. 내가 이런 말을 다 지껄이게까지 만드셨으니."

동호는 불쑥,

"언젠가 이런 말을 한 적이 있지? 사랑해선 안 될 사람끼리 말야, 떨어질 수 없는 사랑을 느낀 첨 순간에 같이 죽었음 좋겠다구."

별안간 그네가 어둠 속에서 신경질스런 웃음을 터뜨렸다.

"그때 같이 왔던 분이 말했잖아요? 그건 센치라구. 요즘 세상에선 술안줏감두 못 되는 센치라구요."

그러고는 방금 웃은 신경질스런 웃음기가 싹 가신 한껏 가라앉은 어조로,

"이제 와서 내게 사랑이란 게 다 뭐 말라빠진 거예요. 그따위는 바라지두 않아요. 그런데 말예요, 사람의 몸뚱이럼 야속한 건 없드군요. 이 몸뚱이가 희미하게나마 남아 있는 그이의 모습을 아

주 지워 없애버리는 수가 있어요."

여기서 그네는 다시 숨을 돌리려는 듯 잠시 말을 끊었다가,

"정말 육신처럼 야속한 건 없어요. 나두 모르게 무서워질 때가 있어요."

"나두 그런 때가 있어."

"그렇지만 내 경우완 달러요. 이제 제대만 돼서 고향으루 돌아가면 모든게 예전대루 되돌아갈 것 아녜요? 사랑하는 사람이라든가, 그 밖의 모든 것이⋯⋯."

"그럴까?"

"그렇잖구요⋯⋯ 그까짓 일시적인 무서움은 내가 없애줄 수 있어요."

그네가 동호 쪽으로 돌아눕더니 바지의 단추를 따기 시작했다. 그 손놀림이 어느 때보다도 부드러웠다. 그리고 언제나처럼 비록 짧은 시간의 행위이긴 했으나 어느 때보다도 살뜰한 몸짓으로 그를 이끌어주는 것이었다.

동호는 이날 밤 처음으로 어떤 충족감을 느꼈다.

이윽고 여인이 잠든 숨소리를 내기 시작했다. 동호는 조용히 그네 쪽을 바라보았다. 어둠 속에 갸름한 얼굴이 떠 있었다. 그것은 조금도 환한 빛이 아니었다. 숙이 생각이 났다. 그러나 이상스레 그는 안온한 허탈감 속에 휩싸인 채 숙이에 대한 어떤 죄의식이나 미안함 같은 것을 느끼지 않아도 되었다.

다음 외출이 있기 전에 동호네 소속 부대가 추파령 최전방 부대와 교체가 되었다.

8

　11월 그믐께인데 추파령 일대는 이미 깊은 겨울이었다. 소토고
미 부대에서 불과 30여 리밖에 북으로 들어가지 않은 지대건만
그렇듯 기후의 변화가 심한 것이었다. 산악 지대인 탓이었다. 뺨
에 와 닿는 바람이 맵고, 군화 바닥에 울리는 땅은 꽁꽁 얼어붙어
있었다.

　최전선이라 스물네 시간 줄곧 전시 태세인 긴장을 지니고 있어
야 했지만 그래도 실전시에 영하 28도 내지 삼십오륙 도의 혹한
속을 진군하던 때와는 긴장의 내용이 달라서 그런지 추위라는 게
더 느껴지는 듯했다.

　이 추위 속에서 간단없이 전방의 적정을 감시하는 한편, 밤에는
또 밤대로 휴전선을 몰래 넘어 잠입해오는 간첩을 방어하기 위해
아주 최전방 최일선까지 나가 동초[5]를 서야 하는 것이었다.

　동호네가 온지 한 열흘 남짓 지나서 큰 눈이 이틀 걸러큼 세 차
례나 내려 시야를 온통 흰빛으로 만들어버렸다. 이 눈은 겨울 동
안 곳에 따라 녹으며 다시 그 위에 새로 눈이 덮이고 하면서 응달
진 산골짜기의 것은 다음 해 봄 풀싹이 파릇거릴 때까지 남아 있
게 마련인 것이다.

　이렇게 겨울 추위에 갇힌 지역에 와 있으면서도 동호의 초췌해
졌던 몸이 날로 회복돼갔다. 매운바람에 불려 얼굴빛은 약간 푸
릿해지고[6] 부은 듯했으나·예전과 같이 눈은 맑아지고 광채가 돌았

다. 무질서한 음주를 하지 않게 되면서부터 소화 기능도 좋아지고 잠도 잘 자게 되었던 것이다. 밤중에 보초 교대를 하느라고 오가는 병사들의 뿌드득뿌드득 눈 밟는 소리가 잠결에 들리는 수도 있으나 그것이 도리어 잠을 한 걸음 한 걸음 끌고 들어가는 길잡이 노릇을 해주곤 했다.

하루는 병사 하나가 산꿩을 한 마리 안고 돌아왔다. 초소 옆에 올가미를 놓았더니 걸렸다는 것이다. 희한한 일이라 이 사람 저 사람 한 번씩 안아보며 제각기 한마디씩 떠들어댔다. 어디 전쟁 통에 날개를 못 쓰게 된 꿩이 아닌가 보자는 둥, 그렇잖으면 눈뜨고 못 보는 청맹과니 꿩이 아닌가 보자는 둥.

그날 연대 본부에 갔던 연락병이 서류와 함께 사병들에게 오는 편지를 갖고 왔다. 그 속에 숙이의 편지가 끼어 있었다. 소토고미에서 편지를 받고도 답장을 안 했더니 거기 대한 궁금증에서일까, 여태까지의 어느 편지보다 두툼했다.

그동안 잔잔해졌던 동호의 가슴이 물결을 일으켰다. 이 편지를 뜯어보나 어쩌나. 하기는 제대될 때까지 그네와 서신 왕래를 말리라 마음먹고 있긴 했다. 지나간 소토고미에서 일어난 자기 생활의 변화를 편지로써는 도저히 써 보낼 수가 없었던 것이다. 그렇다고 딴 이야기만을 쓴다는 것은 지금의 감정이 허락지 않았다. 어쨌든 그네와 직접 만날 때까지 이대로 있고만 싶었다. 그는 그네의 편지를 읽음으로써 또다시 일어날 마음의 흔들림이 두려웠다. 봉투째 태워버렸다.

그러나 막상 불에 태워버리고 나니 마음이 더 괴로웠다. 대체 그 편지에 어떤 사연이 씌어 있었을까. 자기가 반드시 알아야 할 사연이 씌어 있었던 건 아닐까. 그는 자기의 처사가 그지없이 경솔하고 비겁하게까지 여겨졌다. 그러는 그의 심중에는 할 수만 있다면 당장 숙이에게로 달려가 모든 것을 털어놓고 이야기하고 싶은 생각뿐이었다. 그러면 그네도 이쪽 이야기를 이해해주고 용서해주리라. 그러나 너무나 멀리 있는 숙이.

그는 어떻게 해서든 지금의 산란한 심정을 잊고 싶었다. 술이라도 구할 수 있다면 한껏 마시고 싶었다. 이러한 그에게 옥주 생각이 떠올랐다. 일시적인 무서움은 내가 없애줄 수 있어요. 그러면서 부드럽게 이끌어주던 그네. 동호는 이곳으로 이동해오면서 그네에게 이렇다는 말 한마디도 할 겨를이 없이 떠나왔던 것이다. 하기는 그럴 시간의 여유가 있었다 해도 그냥 떠나왔을지 모르지만. 그는 부대 이동과 함께 그네와 자기의 관계는 결말을 보고 만 것이라 생각하고 있었다. 그리고 사실 이리로 온 지 한 달 가까운 동안에 그네의 일은 거의 의식에서 떠나 있었다. 그러나 일단 그네의 생각이 머리에 떠오르자 마음이 흔들리기 시작했다. 그 안온한 허탈감 속이면 지금의 복잡한 심정을 발산시킬 수 있으리라.

최전선 지구라 일요일에도 외출 허가가 안 되는 것이었다. 더구나 외박은 어림없는 일이었다. 그렇지만 어떻게든 특청을 해보지 않고는 못 배길 심경이었다. 아무래도 현태를 찾는 수밖에 없었다.

"자식, 돌았어?"

외박증을 떼다 달라는 동호의 말에 현태는 어이없어했다.

"어떻게든 하나 꼭 떼다 줘, 오늘루."

"어딜 갈려구?"

"소토고미에 갔다가 낼 아침엔 틀림없이 돌아오겠어."

"소토고미엘? 자식, 정말 돌았군. 그 말라깽일 아직 못 잊어서 그러는 거야? 이 숙맥아."

"여러 말 말구, 어서 한 장 떼다 줘."

"사내자식이 고렇게 맥혀먹어서 뭣에다 써?"

"틀림없이 낼 아침엔 돌아오겠어."

"참, 오늘 밤엔 나와 함께 숨바꼭질 당번 아냐?"

숨바꼭질이란 밤중에 완충 지대 어귀까지 나가 동초를 서야 하는 것을 말하는 것이다.

"그건 저……."

남쪽으로 난 출입문 가까이 앉아서 해진 양말짝을 꿰매고 있는 윤구에게로 동호가 고개를 주며,

"윤구, 너 오늘 밤 내 대번을 좀 서줘. 내 양말 사다 줄게."

윤구는 흥미없다는 듯이,

"양말두 양말이지만 이틀 밤 곱박아 하긴……."

현태가,

"이거 김칫국부터 마시는 것두 유분수지 외박증이 어떻게 될지 두 모르면서…… 글쎄 어쩌자구 요 꽁생원이, 참."

한 대 때릴 것처럼 손을 쳐들다가 밖으로 나갔다.

한참 만에 증명서를 갖고 돌아온 현태가,

"임마, 다시는 제발 사람 좀 골리지 마."

동호가 호주머니를 뒤져 이번 달 봉급에서 남은 돈을 세어보고 나서,

"한 2천 환만 돌려줘."

"자식."

그러면서도 현태는 품에 간직했던 돈을 꺼내주며,

"야, 이걸루 내 용돈두 다다."

동호는 곧 떠났다. 동지 가까운 해는 짧을 대로 짧아 오불꼬불한 산협길을 10리 남짓 걸어 사방거리에 이르렀을 때는 해가 져 어슬어슬했다. 이 사방거리는 이름 그대로 동으로는 공막동, 서로는 금화, 남으로는 화천, 북으로는 추파령, 이렇게 사면으로 이르는 네 어름 길이 합쳐진 곳으로, 검문소가 있었다.

증명서로 이곳을 무사히 통과한 동호는 화천 방면으로 가는 군용 트럭이 지나갈 때마다 혹시나 얻어 타볼까 하여 손을 들곤 했다. 그러나 카빈총을 멘 사병이라 그런지 윙윙 그냥 달아나버리는 것이었다. 그렇다고 그는 별반 불만스럽게 생각지 않았다. 이제 소토고미까지 20리 길밖에 되지 않는 것이다.

이 부근에도 그동안 꽤 큰 눈이 온 모양으로 하늘에 달은 없으나 길 양편에 덮인 눈이 별빛과 어울려 희끄무레 밝았다. 그는 지금 자기가 찾아가는 옥주를 생각했다. 자기가 그네를 정말 좋아하는지는 둘째 문제로 하고라도 우선 처음으로 육체의 접촉을 가진 여자라는 데 새삼스레 엷은 흥분 같은 게 느껴지는 것이었다. 그는 저도 모르게 어깨에 멘 총을 다른 어깨로 옮겨 메었다.

동호는 그 집을 찾아 들어서기 전에 거기 한 가게에서 드라이진 한 병을 사 호주머니에 찔렀다. 이날 밤엔 자기도 옥주와 함께 취하고 싶었다.

대문을 들어서니 상심부름하는 애가 먼저 보고 안방을 향해, 손님이요, 하고 소리쳤다. 색시 하나가 나왔다. 방 안에서 새어 나오는 남폿불을 뒤로 받는데도 그네가 강릉색시 합죽이라는 걸 알 수 있었다. 옥주를 불러달라고 했다.

"네……."

하면서도 색시는 동호가 누구라는 것을 미처 못 알아본 듯,

"이 방으루 들어가세요."

하고 한 방 앞으로 가 문을 여는 것이었다.

"옥줄 불러줘요."

"저어……."

그제야 강릉색시는 동호를 알아본 듯이,

"어머, 오래간만에 오셨네요."

그리고 잠시 무엇을 주저하다가,

"옥준 지금 손님을 받구 있어요."

동호는 방들을 둘러보았다. 두 방이 남폿불이 켜져 있어 손님과 색시들의 지껄거리는 소리가 흘러나왔다.

"잠깐만 나오라구 해."

색시가 잠시 또 머뭇거리다가 다시,

"손님을 받구 있대두요."

그리고 좀 사이를 두어,

"곧 끝날 거예요. 잠깐 여기 들어가서서 약주나 드세요."

동호는 비로소 옥주가 손님을 받고 있다는 뜻을 알아차렸다. 작달막한 키에 똥똥한 몸집의 팔자걸음 걷던 청년단 단장의 모습이 떠올랐다.

"춘데 어서 들어가세요."

"아니 예가 좋아."

강릉색시는 추운 듯이 등을 움츠린 채 동호에게 다시 더 방으로 들어가라는 말을 권하지 않고 안방 쪽으로 가버렸다. 눈치로 보아 자기와 상대해주지 않을 손님과 오래 그러고 서 있을 필요가 없다는 것이리라.

동호는 한자리에 그냥 서 있었다. 그러다가 어떤 한 생각에 몸을 돌려 집 뒤로 돌아갔다. 거기에는 어느 한 방에도 불이 켜져 있지 않았다. 그리고 사뭇 조용했다. 예의 방 앞으로 갔다. 그 방에만은 사람이 있는 기미가 보였다. 물론 이렇다 할 무슨 뚜렷한 사람의 소리가 들려 나오는 건 아니었다. 어느 편인가 하면 이 방도 다른 방들처럼 고요했다. 그러면서도 사람이 들어 있는 방만이 지닐 수 있는 생기 같은 게 느껴졌다. 동호는 그 방 앞에 묵연히 서 있었다. 문득 이러고 서 있는 자신이 비열해 보였다. 그 자리를 떠야 한다고 생각했다.

그때 별안간 방 안에서 기이한 소리가 들려 나왔다. 아, 아, 아, 아, 하고 여자의 비명도 아니요 신음도 아닌 다급한 외마디소리가 점차로 높아지면서 되풀이되는 것이었다. 동호는 어떤 알지 못할 힘에 떼밀치듯이 발걸음을 떼었다. 그러나 곧 서버렸다. 한 상념이 그의 뇌리를 할퀴고 지나갔던 것이다. 육신처럼 야속한 건 없어요, 이 몸뚱어리가 희미하게나마 남아 있는 그이의 모습을 아주 지워버리는 수가 있어요, 나두 모르게 무서워질 때가 있어요. 동호는 자기 가슴속에 모래가 확 뿌려지는 듯함을 느꼈다. 삽시간에 그 모래 한 알 한 알이 뜨거운 열기를 띠고 달아올랐다. 그는 종잡을 수 없는 어떤 분노에 몸이 굳어졌다.

주위를 한번 살폈다. 뜰 안쪽은 검은 흙이 드러나 있었으나 뜰 바깥에 덮인 눈으로 해서 주위가 그다지 어둡지는 않았다. 둘러보는 그의 눈에 잡동사니 나뭇가지를 얽어 막은 울타리 한옆에 나 있는 조그만 뒷대문이 띄었다. 그는 애써 침착하게 그리로 가 문고리를 땄다. 그러고는 이제는 잠잠해진 방 앞으로 가 가만히 문을 잡아당겨보았다. 안으로 걸려 있었다. 그는 와락 총개머리로 살문을 냅다 부수었다. 그리고 거기 총부리를 들이대고 방아쇠를 두 번 잡아당겼다. 방 안에 옥주와 같이 있는 남자가 청년단 단장이건 아니건 그까짓 건 문제가 아니었다. 여자와 남자의 뒤얽힌 비명소리를 그는 뒷대문을 빠져나오면서 뒤통수로 들었다.

한길에는 트럭과 지프가 이따금씩 지나갔다. 처음에는 무관심했다. 그러나 한 10리쯤 와서부터는 자동차의 헤드라이트 속에 자기가 드러난다는 데 신경이 쓰였다. 앞쪽에서 오는 차보다 뒤에서 오는 차가 더 싫었다. 강릉색시의 입을 통해 범인이 누구라는 게 밝혀진 지도 이미 오래였을 것이다. 누가 그를 잡으러 금방 뒤쫓아올 수도 있는 것이다. 그는 되도록 길 변두리로 걸었다.

그러나 사방거리 검문소에는 아직 아무런 연락도 와 있지 않은 듯 무사히 그곳을 통과했다.

추파령에 와닿은 동호의 목덜미와 얼굴에서는 김이 물물 올랐다.

"어떻게 된 일야? 얼굴이 하얗게 식어가지구."

동초 보러 나갈 시간이 가까워 준비를 하고 있던 현태가 의아한 눈으로,

"가다가 되돌아왔구나? 생각 잘했다."

동호는 말없이 주머니에서 아까 낮에 빌렸던 돈 2천 환을 꺼내 주었다.

"도중에 돌아왔음 내 양말은 못 사왔겠군?"

현태와 함께 준비를 하고 있던 윤구가 한마디 했다.

동호는 아무 대꾸도 없이 되는대로 누워 잠들이 들어 있는 병사들의 허리를 넘어 한구석에 있는 자기 배낭을 찾아 그 속에서 종이와 봉투를 집어냈다. 그러고는 거기 아무렇게나 비집고 앉아버리는 것이었다.

동호의 하는 꼴만 눈으로 쫓고 있던 현태가,

"자식, 갑자기 시가 쓰구 싶어진 모양이지. 아무리 급해두 인마, 그 어둔 데서 뭐가 보여?"

흙을 빚어 말려서 벽을 두르고 남쪽으로 단 하나의 출입문이 나 있는 이 너덧 칸 푼수나 되는 방 안에 깡통 등잔불 하나가 까물거리고 있을 뿐이었다. 그 등잔 둘레를 내놓고는 방구석에 어두운 그늘이 차 있었다.

현태가 이번에는 방한모를 쓰면서,

"자, 시간이 됐으니 나가봐야지. 동호 넌 어떡허겠어? 좀 쉬지."

종이를 앞에 놓고 어둑한 방 안 그늘 속에 묵묵히 앉았던 동호가 종이를 접어 봉투에 넣어가지고 호주머니에 틀어박으면서 일어섰다.

바깥 공기는 그대로 얼음이었다. 숨을 들이쉴 적마다 코털이 꼿꼿이 얼었다. 더구나 몸에 밴 땀이 채 마르지 않아 자꾸만 등골이 오싹거렸다. 그는 문득 장갑을 잊고 나온 생각이 났으나 도로 들어가 갖고 나오지는 않았다.

최전방 지역에서도 최전선 초소를 거쳐 완충 지대 어귀에 이르자 동호가 호주머니에서 술병을 꺼냈다.

"그거 웬 거야?"

동호는 잠자코 마개를 뽑아 몇 모금 마시고는 현태에게 병을 건네었다.

"소토고미까지 가긴 갔었군?"

현태도 병 주둥이에다 입을 대고 몇 모금 마시고 나서,

"어째 도중에서 돌아온 푼수 치군 시간이 오래 걸렸다구 생각했드니. 그래 가서두 못 만났어?"

"음."

"어디 다른 데루 갔든가?"

동호가 잠자코 현태의 손에서 술병을 가져다 몇 모금 또 마셨다.

"그런 데 여자란 원래 한군데 오래 붙어 있질 않는 법이지. 하여간 잘됐어. 이젠 네 맘두 안정될 거구."

동호가 다시 병을 입으로 가져갔다.

"인마, 너무 취함 안 돼. 괜히 취해가지구 앉아 졸았다간 영원히 간다는 걸 몰라?"

"이봐 현태, 저 사고뭉치 김하사 있었지? 그 친구가 윤구더러 이런 말을 했다지 않어? 한창 따가는 판에 파장이 된 노름판 기분이라구. 그 기분을 이해할 수 있을 것 같애."

"그게 무슨 소리야?"

"대체 우린 피해잘까 가해잘까?"

현태가 유심히 동호의 얼굴을 건너다보았다. 지금 마신 술 때문만은 아닌 듯 동호의 코에서 뿜어지는 허연 김이 좀 잦은 것 같았다.

"오늘 무슨 일이 있었냐?"

"내가 보기엔 말야, 이번 동란에 나왔던 젊은이들은 죄다 피해자밖에 될 수 없다는 생각이 들어. 그들이 무슨 일을 저지르건 말야. 모든 젊은이란 말이 너무 거창하면 우리 주변의 친구만 두구 봐두 그렇잖어? 우선 그 사고뭉치 김하사가 그렇구, 또 그 선우상사가 그렇구 그리구……."

먼저 차례의 동초 둘이 좌우에서 이리로 다가왔다. 교대 시간이 넘었나 보다.

동호와 현태는 동초들이 온 쪽을 향해 각각 헤어졌다.

하늘에는 얼음을 부스러뜨려 뿌린 듯한 차가운 별들이 박혀 있었다. 그 아래 눈 덮인 땅이 별빛에 희뿌옇게 드러나 거리가 멀어짐에 따라 차츰 그 빛을 잃어가다가 나중에는 어둠과 뒤섞이고 마는 것이었다.

현태는 유리 깨지는 날카로운 소리를 듣고 뒤를 돌아다보았다. 동호가 술병을 메쳐 깨뜨려버린 모양이다. 자식, 오늘 기분 상한 일이 있었나 보군, 꽤두 숙맥이지. 그러나 흰 파카를 입은 동호의 그림자는 이미 눈빛과 하나가 되어 어둠 속에 묻혀 보이지 않았다.

현태는 다시 앞을 살피며 걸음을 옮겨놓기 시작했다. 그는 왜 그런지 여기가 금연 지역이라는 것을 알면서도 자꾸 담배를 한 대 피우고 싶은 충동을 받았다.

동호가 시체로 발견된 것은 그로부터 두 시간쯤 뒤에 다음 차례 초병 교대가 있었을 때였다. 밤이라 검게 뵈는 피가 흰 눈 위에 꽉 얼어붙어 있었다. 왼쪽 손목의 동맥을 끊은 것이었다. 오른손 옆에 술병 깨진 유리 조각 하나가 눈에 얼마큼 파묻혀 있었다. 그 얼굴이 눈처럼 희었다.

시체를 맞들어 내무반 앞에 올려다 화톳불을 피우고 밤샘을 했다. 동호의 몸에서는 돈 천여 환과 봉투 하나가 나왔다. 아까 내무반을 나오면서 호주머니에 틀어박아 넣었던 봉투였다. 겉봉에 장숙이라는 이름이 적혀 있었다. 사병 하나가 호기심에 편지 알 맹이를 뽑아보려 했다. 그것을 현태가 빼앗아 자기 주머니에 찔러 넣었다.

제1차로 학도병 제대가 있은 것은 산골짜기에 눈섞임물이 흘러 내리기 시작한 4월 초순께였다.

먼저 윤구에게 제대증이 나왔다. 일률적으로 입대 연월 순에 따라 제대가 되는 것이 아니고, 각 계급별로 먼저 입대한 사람부터 제대가 됐다.

윤구가 부대를 떠나는 날, 상사들에게 인사를 하고 돌아온 그는 현태에게,

"그럼 가는 대루 편지 하지."

하고 가무잡잡한 얼굴에 희색을 띠면서 작별의 말을 했다.

"그 가정교사 했던 집으루 간대지? 잘됐어. 복 많은 친군 달러."

윤구는 어려서 부모를 여의고 숙부 집에서 자랐던 것인데 그 숙부네마저 6·25 때 폭격에 몰살을 당하여 의지할 곳이 없는 처지였다. 그랬던 것이 사변 전 가정교사로 있었던 집에 연락을 했더니 마침 전에 가르친 애의 동생을 또 좀 와 봐달라는 기별이 얼마 전에 왔던 것이다.

윤구가 들고 있던 배낭을 내려놓고 끈을 죄면서,

"동호 그 친구가 살았음 나보다 먼저 제대가 되는 건데."

담배에 라이터를 켜다 말고 현태가,

"아 참, 그 친구 애인한테 보내는 유설 내가 갖구 있는데 주소가 적혀 있지 않으니 어떡허지?"

윤구가 입가에 쓴웃음을 떠올리며,

"자식, 혼이 나갔던 모양이지, 주소를 다 잊어먹게."

"하기야 그 친구의 경우 유서 같은 게 문제될 건 없지. ……그럼 서울서 만나세."

"에잇, 인제서야 이놈의 생활두 끝났군."

현태가 담배에 라이터를 켜대면서 천천히 말했다.

"이젠 우리두 우리의 생활을 가져야지."

9

크리스마스 날에도 눈이 아니고 비가 뿌릴 정도로 올해는 별 추위도 없이 겨울을 나려나 싶던 날씨가 새해에 들어서면서부터 밀려온 한파로 인해 강추위가 며칠째 계속되는 저녁이었다. 양력으로 1957년 정월 초닷샛날. 토요일마다 모이는 주회로 해서 이날 5시쯤 윤구는 광교 '귀거래' 다방에를 나갔다.

다방 한구석에 먼저 와 신문을 이마에 대다시피 하고 읽고 있던 석기가 흐릿한 시선을 든다.

"지금 와?"

"응, 근데 안경은 어쨌어?"

"어젯밤 깨뜨려먹었어. ⋯⋯저, 현태 붙들려간 것 모르지?"

"붙들려가다니?"

"기피자루 걸려들었어."

"아니 그게 무슨 소리야? 제대증은 어쩌구?"

"글쎄 누가 아니래."

어제 오후 현태와 석기가 국제극장 구경을 하고 나와 당구나 치려고 무교동 골목으로 들어서다가 순경의 검문을 받았다. 먼저 현태의 행색이 이상하게 눈에 띄었던 것이리라. 생김새는 훤칠한

데, 하고 있는 주제가 유난히 어울리지 않았던 것이다. 제때 이발을 하지 않아 텁수룩한 머리와 숱은 많지 않지만 제멋대로 내버려둔 수염, 그리고 후줄그레해진 오버에 흙투성이가 된 구두. 언제부터인가 몸차림에 무관심해져 있던 것이 이즈음 와선 더 심해진 것이었다.

"난 제대증을 보이구 무사통과가 됐는데, 그 친군 시민증만 내보이지 않겠어? 내가 곁에서 제대증은 어쨌느냐구 하니까 언제 어디서 잃어버렸는지 모르겠다는 거야."

"술들은 안 먹었었어?"

"아니. 그 전날 밤엔 둘이서 늦게까지 마셨어. 그래서 그런지 그 친구 영화관에 가서두 구경은 안 하구 쿨쿨 잠만 자드라구. 근데 말야, 그 친구가 붙들려가면서 나더러 자기 집엔 알리지 말라지 않어."

"그래 안 알렸나?"

"아무리 생각해두 잠자쿠 있어선 안 될 것 같애 알렸어."

"잘했어."

"근데 어제루 그 친구 대장한테 전화루 알렸는데 오늘 아침 전활 걸어봤드니 아직 무소식이래. 그래 분명히 기피자루 붙들려갔으니 잘 알아보라구 했지. 어디 다시 한 번 걸어볼까?"

"나왔음 어련히 여기 나타날라구."

그래도 석기가 오버도 안 입은 큰 체구를 일으켜 카운터로 가 수화기를 집어들더니 눈을 바싹 들이대고 다이얼을 돌리기 시작했다. 전에 미들급 아마추어 권투 선수권 보지자로 이름을 날렸던 그가 동부 전선 어느 전투에서 눈을 상한 후로는 안경 없이는 조금만 떨어진 데 것도 잘 보지 못하는 것이다.

전화를 걸고 석기가 흐린 시선에 양미를 모으며,

"아직두 안 돌아왔다는데. 대체 어떻게 된 셈일까?"

윤구가 신문을 집어들면서 혼잣말처럼,

"토요회두 인제 깨지구 마는군."

현태, 윤구, 석기, 이 세 사람이 토요일 저녁마다 정해놓고 모여온 지도 작년 봄 윤구가 청량리 밖 떡전거리에다 양계장을 꾸며놓고 난 뒤부터이니까 근 1년이 되는 것이다. 처음부터 무슨 목적이 있어 모이는 건 아니었다. 중학 동창인 현태와 석기는 진작부터 매일같이 만나 술타령을 해오는 터이었으나, 윤구만은 가정교사로 있을 때는 그때대로 주인집에 대해 삼가느라고 술을 안 마셨고, 후에 가정교사 집 딸과 사건을 일으킨 뒤로 현태들과 같이 얼려 다닌 적도 있었지만, 양계를 시작하면서부터는 또 바빠서 문안까지 자주 들어올 수가 없었다. 그래 토요일 하루를 정해놓고 현태들과 만나기로 한 것이었다. 만나서는 그저 무의미한 잡담이나 주고받으면서 술을 마시는 것뿐이었다. 그것이 언제부터인가 한 타성처럼 돼 있었다.

그런데 오늘 그 토요회 날 현태가 안 나타나는 것이다. 세 사람 중 어느 한 사람이 빠져도 토요회는 깨지게 마련이지만 그중에서도 현태의 거취는 이 회의 모임에 가장 큰 영향력을 갖고 있었다. 이 모임이 현태의 제의에 의해 생기게 된 것은 아니라 하더라도 사실상 그가 중심이 되어 있는 것은 물론, 오늘날까지 이 모임이

계속되는 것도 술값 일체를 거의 그가 혼자서 부담해왔다는 데
있었다.

윤구는 신문의 타이틀을 주워 읽었다. 일면의 「장부통령 저격
사건 배후 조사」「국회 조사위 활동 개시」 사회면의 「어린이 옷을
강탈」「절량 농가 5백호, 완도군의 실정」 '절량 농가 2만여 호, 경
북의 통계'…….

"어떡하지? 좀 더 기다려볼까?"

윤구가 2면 물가란의 달걀 값 시세를 보고는 신문을 접어놓으며,

"기다린다구 올 것 같지 않은데, 그러나 뭐 별일 있을라구, 대
장이 든든한데."

"그럼 우리끼리라두 가서 우선 한잔씩 하구 보지."

석기는 다친 눈으로 인해 권투를 포기한 후부터 매일 저녁 술을
마시지 않고는 못 배기는 것이었다. 그리고 건장한 몸이라 주량
도 대단했다.

둘이는 다방을 나와 거기서 과히 멀지 않은 곳에 있는 단골집으
로 갔다. 간판도 없는 여염집으로 대개 한번 왔던 손님이 찾아오
는 술집이었다. 특히 이 집에는 현태네를 위해 토요일 저녁에는
방 하나를 언제나 비워놔두는 것이었다.

반 되들이 술 주전자가 비자 석기는 상심부름하는 애를 불러,

"어이 꼬마, 술을 듬뿍듬뿍 담아 들여보내."

윤구는 석기의 흐리고 힘없어 뵈는 눈이 주기로 해서 적이 빛을
발하기 시작하는 것을 바라보며,

"어젯밤엔 엔간히 술이 과했든가 보군. 안경을 다 깨구."

"음, 좀 마셨지. 취하기두 했지만 옆에 어떤 녀석 둘이 앉아서 되지 않은 소리들을 지껄이구 있길래 한 대 앵겼지. 아마추어 권투두 서루 짜갖구 돈을 주구받구 해서 승불 결정하는 거라나. 잠자쿠 듣구 있을 수가 있어? 어쩌다 안경이 떨어졌지만 펀치는 정확히 들어가 맞든데."

그러고는 그는 술잔을 천천히 입으로 가져가며,

"현태 그 자식이 정말 어떻게 된 걸까?"

그는 어지간히 현태 일이 궁금한 모양이었다.

윤구는 벌어진 석기의 어깨를 힐끔 바라보면서 생각했다. 평상시엔 유순해 보이다가도 술이 취하면 간혹 횡포해지는 그와 이날 밤 단둘이 술상을 벌여놓은 건 잘못이 아닌가. 술값만은 한 번쯤 자기가 내도 그만이라는 생각에 같이 왔던 것이나, 그것도 어느 정도에서 이 친구가 자리를 뜰는지 모를 일인 것이다. 그리고 여기를 나가서도 자기를 붙들고 또 종삼에라도 가자고 우기면 그 뒷갈망을 어떻게 할 것인가.

반 되들이 술 주전자가 세번째 들어왔다.

윤구는 이것만 비우고는 일어나리라고 마음먹으며 석기의 잔에 술을 따르는데 석기가 약간 볼멘소리로,

"이자식 그예 안 나타나는군. 꽤 되게 걸렸나 보지."

윤구는 이 법학을 했다지만 권투선수로 이름을 날렸던 머리가 좀 둔해 뵈는 친구가 자기 말귀를 제대로 알아들을는지 몰라 하면서도 아까부터 생각했던 이야기를 꺼냈다.

"이봐 석기, 내 생각 같애선 말이지, 그 친구가 풀려나왔으면서

두 여길 안 온다구 봐. 어제 그 친구가, 제대증을 잃었다. 집엔 알리지 말아달라, 하면서 순순히 끌려간 게 무얼 의미하는 줄 알어? 그걸 핑계 삼아 이 토요횔 깨버리구 싶었던 거야. 그래가지구 이 모임의 타성을 벗어보자는 거지 뭐야. 알겠어?"

석기는 양미를 모아 가늘게 뜬 눈을 이리 준 채 잠자코 듣고만 있었다.

"사실은 벌써 집어쳤어야 해. 지금까지 질질 끌구 온 건 우정두 아무것두 아냐. 그저 타성에 지나지 않았지."

그제야 석기가 윤구의 얼굴에서 시선을 거두고 잔을 들면서,

"뭐가 그리 복잡해? 뜻이 맞는 친구끼리 만나 한 주일에 한 번 술 좀 마시는 게 뭐 그리 이유가 많어? 자, 그런 얘긴 집어치구 오늘은 오늘대루 술이나 마시자."

"응, 어서 마셔. 난 그만했음 됐어."

"왜 겁나? 그러지 말구 달걀 한 꾸러미 값만 더 마시구 가."

그리고 잠시 말없이 잔을 비우고 있는데 문이 드윽 열리며,

"어, 여전들 하시군."

현태가 고개를 디미는 것이었다.

"저 자식이!"

석기가 가늘게 뜬 눈을 빛내면서,

"어서 들어오너라. 이 망할 자식아!"

크게 지르는 석기 목소리 속에는 반가워하는 빛이 역력했다.

윤구가 술기운으로 보랏빛이 된 얼굴로,

"대체 어떻게 된 일이야?"

"우선 목말라 못 견디겠다. 술부터 한잔 줘."

현태는 부어주는 술을 단숨에 들이켜고 나서 석기더러,

"자아식, 종내 우리집에 알렸드구나. 잠자쿠 있으랬드니……
누가 증명서가 없어서 안 보인 줄 알어? 나대루 생각이 있어서 그
랬던 거지."

석기가 혜식은 웃음을 입가에 떠올리며,

"짜식, 누가 그런 줄 알았어. 암만해두 가만있을 수가 없었어."

거기 따라 윤구가,

"대체 뭣 땜에 그랬어?"

"술을 좀 끊구 싶었던 참인데 마침 잘됐다 허구 끌려갔지. 여기
있으면서야 어디 끊을 수가 있어야지."

"괜한 걸 빼냈군. 그래 대장이 직접 가셨던가?"

"아니."

현태의 말이, 어제 저녁때 병역 기피자 수용소에서 자기 이름을
부르며 그런 사람이 있으면 나오라고 하더라는 것이다. 아버지가
사람을 시켜 찾으러 왔다는 것을 알았다. 그러나 한구석에 잠자
쿄 돌아앉아 있었다는 것이다. 그리고 오늘 아침에 또다시 자기
이름을 부르는 것을 못 들은 체했다는 것이다.

"그런데 말야, 오늘 5시가 가까워오니까 좀이 쑤셔 그대루 앉았
을 수가 없드라구. 그래 제대증을 꺼내 보였지."

윤구가 물부리에 담배를 꽂으며,

"역시 토요회가 그리워 못 견디겠드란 말이지?"

현태가 듬성듬성 수염이 꽤 길게 자란 꺼칠한 얼굴에 흰 이를

드러내며 웃음을 띠었다.

"천만에. 되레 오늘은 너희들이 안 와 있을 줄 알구 이 방에서 혼자 마시구 싶었어."

"잔말 말구 잔이나 들어."

"아니 넌 또 안경을 어쨌어? 나 없는 하루 동안에 변화가 있었 군 그래."

잔이 오고갔다.

윤구는 이제부터 모든 뒤치다꺼리는 현태가 맡으려니 하고 마음을 놓은 탓인지 좀 전과는 달리 술이 푹푹 몸에 젖어들어감을 느꼈다. 그러면서 석기가 어젯밤 싸운 일을 모션까지 섞어가며 자세히 현태에게 이야기하는 것을 듣고 있었다. 그러다가 석기가 이야기를 끝내고 잔을 드는 것을 보고 윤구는,

"그래 수용소에 많이들 잡혀왔어?"

"응, 그날 나와 같이 붙들려 들어온 축만 해두 한 30명가량 됐어. 아마 낼쯤은 한 몫 모아서 논산으루 보낼걸."

그리고 현태는 여기서 생각난 듯이,

"이번에 말야, 하룻밤 고생은 좀 했지만 좋은 걸 하나 얻어갖구 왔어. 같이 붙들려온 축 가운데 자하문 밖에서 과수원을 한다는 친구가 하나 있었는데 그 작자의 말이 재밌어. 초목에두 어떤 본능이 있다나. 적어두 과수나무만은 종족 보존의 본능을 확실히 갖구 있다는 거야. 과수나무를 전정해주는 것두 실은 이 종족 보존의 본능을 이용하는 데 불과하다는 거구. 전정을 해주지 않으면 잎사귀만 무성하구 열매는 덜 열리거든. 그게 말야, 과수나무

자신이, 내가 이렇게 정정해 있으니 앞으루 얼마든지 열매를 맺을 수 있으리라는 생각에 그렇게 된다는 거야. 전정을 해줘야, 이 크 몸이 이렇게 잘리어서야 앞날두 얼마 남지 않은 것 같다, 어서 열매를 맺어 종족이나 보존해야겠다. 하구서 열매를 많이 연다는 거지. 그러면서 우리 사람을 두구 봐두 마찬가지라는 거야. 대체루 부유한 집엔 자식이 바르구 가난한 집엔 자식이 많은 것두 그런 본능에 기인한다는 거야. 어때? 그럴듯한 얘기 아냐?"

윤구는, 이 친구가 또 술이 취했나 보군, 떠들어대는 품이, 하며 물부리까지 다 타들어간 담배를 그냥 빨고 있었다. 제대 이후에는 담배를 토막 내어 피우는 대신 인조 상아 물부리를 하나 사가지고 이렇게 끝까지 다 피우는 버릇이 있었다.

"그래서 말이지, 난 거기서 힌틀 얻어가지구 연구 논문을 하나 써보구 싶은 맘이 생겼어. 제목은 「과수나무의 전정과 인류의 장래」. 어때? 이 논문에서 난 인간에 있어서두 전정을 해줘야 할 층과 그냥 좀 여유 있이 자라게 내버려둬야 할 층이 있다는 걸 명시해논 뒤에 이 두 층의 조절을 잘 하지 않는 한 인류는 머지않아 멸망할 날이 있다는 걸 암시해놀 작정야. 흥미 있는 테마 아냐? 아마 너희들은 모를 거야, 이 논문의 진가를."

현태는 목이라도 축이듯이 잔을 비우고 나서,

"허지만 서문에 쓸 참야. 내가 이것을 쓰게 된 동기의 하나루서 토요회 회원들의 숨은 공이 크다구. 그리구 실은 토요회 회원들 자체가 정신적인 전정을 받아야 할 층의 대표적인 존재였다구. 그런데 말야, 이 논문의 주제가 너무 거창해서 일생을 걸려두 탈고가 어려울 것 같애."

윤구가,

"미리 못 쓸 걸 전제하는군."

"사실 쓰구 못 쓰구는 문제 아냐. 내 자신이 그걸 자각하구 사
느냐가 문제지."

석기가 역시 가느스름하게 뜬 눈을 주기로 해서 더 빛내며,

"짜식, 심각한 얘긴 집어쳐. 그런데 너 주휠 깨버리구 싶어 한
다면서?"

"그보담두 지금의 내 자신을 한번 깨뜨려버렸음 좋겠어."

"건 또 무슨 소리야?"

"몰라두 좋아. 자, 어서 잔이나 내."

그들이 술집을 나온 것은 10시가 지나서였다.

집이 관훈동인 석기가 청계천 어귀에 이르러 현태더러,

"야, 요전 그 집에 가보자. 존 애 많드라."

"오늘은 관둬."

"그럼, 술이나 한잔 더 먹자."

윤구가 손목시계를 들여다보며,

"오늘은 그만하지."

"이 자식들, 너희 주휠 깨는 놈은 용서 없다."

현태가,

"인마, 조심해서 가기나 해. 괜히 자동차나 들이받지 말구."

"그럼 자동차가 부서질 테지."

"자식, 미련하긴. 참, 내 안경 하나 사주지."

"음?"

"낼 2시쯤 '양지' 다방으루 나와."

석기가 터덜터덜 걸음을 옮기기 시작했다.

현태가 윤구와 함께 화신 쪽으로 발길을 돌리며,

"자식 오늘은 걸음이 더 느리군. 앞이 잘 안 보이는 모양이지. 저런 친구가 어떻게 권투선수가 됐었는지 몰라. 저 친구 링 위에 서 있는 모습을 한 번두 보진 못했지만…… 아무튼 존 데가 있는 자식야."

그러는 현태의 눈앞에 큰 덩치의 석기가 허공에다 주먹을 휘둘러대고 있는 모습이 떠올랐다. 별안간 폭약이 얼굴에 확 끼얹혀졌을 땐 정말 정신이 아찔하든데, 그냥 쓰러졌어. 전선에서 눈을 다쳤을 때의 일을 마치 남의 이야기하듯 석기가 말했었다. 펀치두 그런 펀친 없을 거야, 안되겠다 허구 벌떡 일어났는데 눈앞이 캄캄하구 통 뭣이 뵈야 말이지, 그런데두 무턱대구 주먹을 휘둘렀지, 무엇 하나 맞는 것두 없는데 말야, 한참 그렇게 허공을 때리다 다시 쓰러져버리구 말았어. 현태는 아직 석기의 복싱하는 모습을 보지는 못했어도 왠지 그때의 광경만은 쉽게 그릴 수 있었다.

종로1가 중랑교 가는 버스 정류소에 이르러 현태는,

"차나 한잔 마실까? 잠깐 애기할 것두 있구 허니."

그리고 앞장서 거기 한 다방으로 올라가는 것이다.

윤구가 또 손목시계를 들여다보았다. 10시 반이 좀 지나 있었다. 막차까지는 아직 시간이 있었다. 그는 현태의 뒤를 따라 층계를 올라가면서 현태가 새삼스럽게 자기에게 할 말이란 무엇일까 했다. 그러자 혹시 지난날 가정교사로 있었던 집 딸 미란과의 관계를 이야기하려는 것이나 아닐까 하는 생각이 머릿속을 스치고 지나갔다. 역시 미란을 그렇게 만든 것은 현태일지도 모른다.

쾌활한 미란이 언제나 아무 거리낌 없이 자기에게 현태를 좋아한다고 말을 하지 않았던가. 그즈음 이미 미란은 윤구 자기에게 몸까지 허락한 뒤이긴 했다. 그러나 그네의 성격으로 보아 제가 좋아하는 남자를 혼자 마음속으로만 생각하고 있을 타입의 여자는 아닌 것이었다. 반드시 어떤 형식으로든 행동으로 표시됐음이 틀림없었다. 그때 현태는 어떠한 태도로 나왔을까. 혹시 현태가 그 이야기를 지금 하려는 것이나 아닐까.

그런데 차 한 잔씩을 시켜놓고 현태가 꺼낸 이야기는 아주 딴것이었다.

"저, 어제나 오늘 어떤 여자 하나 찾아가지 않았어?"

현태가 담배를 붙여 물며,

"죽은 동호의 옛날 애인이 나타났어. 숙이란 여자 말야. 그제 집으루 찾아왔더라구. 아마 전에 동호 편지에 우리 얘기가 있었던 모양야."

"휴전 되는 해 겨울에 그 친구가 죽었으니까 벌써 만 3년두 더 된 얘기 아냐. 그런데 이제 뭐라구."

"그래 여자란 모를 거지. 보매 아직 결혼두 안한 것 같애."

"하기야 요즘 삼십 가까운 미스가 쌨지. 괜히 코들이 높아가지구."

"그 여자의 경운 또 달러. 3년이나 지난 지금에 와서 옛날 애인에 관한 걸 물으니 말야. 뭣 땜에 자살을 했는지 그걸 확실히 알아야겠다는 거야. 난 그저 모른다구 해서 돌려보냈어."

"왜 동호의 유서가 있었잖어?"

"이제 와서 유선 뭐 말라빠진 유서야. 그게 지금 어디 들어가 백혔는지두 모르겠구. 귀찮게 과걸 들춰낼 필요가 없다구 봐. 그 여자에게두 아무 소득이 없을 일을 갖구 말야. 그래서 난 그저 간단히 모른다구 해서 돌려보냈는데, 너 있는 주솔 알아가지구 갔으니까 인제 거기두 갈 거야. 가르쳐주지 않으려구 했지만 내가 안 가르쳐줘두 어떻게든 널 찾아갈 기세드라. 할 수 없어 가르쳐줬어. 그러니 찾아가드래두 묻는 말이나 몇 마디 적당히 대답해서 돌려보내도록 하는 게 좋을 거야."

다방을 나와 윤구는 중랑교행 버스를 타고, 현태는 전찻길을 건너 인사동으로 접어들었다. 집이 재동이었다.

인사동 길을 얼마 올라가다 현태는 무슨 생각을 했는지 낙원동과 통하는 골목으로 들어섰다.

평양집 계향이가 보고 싶어진 것이다. 가끔 현태는 이 백치 같은 소녀가 보고 싶어지는 때가 있었다. 열아홉 살이라는 이 소녀의 얼굴에는 도무지 감정의 움직임이 나타나지 않는 것이었다. 분이 잘 먹은 새하얀 살갗 안에 모든 감정은 차갑게 사장돼 있는 듯했다. 어쩌다 입가에 웃음을 떠올릴 적에도 내면의 감정이나 의사와는 아무 관련 없이 다만 기계적으로 입술이 약간 벌어지는 느낌을 주곤 했다. 그리고 입술 새로 드러나는 희고 잔 촘촘한 이가 한층 차갑게 보일 뿐이었다. 왜 그런지 현태는 그네의 그런 점이 좋았다.

11시가 지나서 평양집에를 들어서니 밤도 이미 늦은 때라 술청에는 중년배 사내 둘이 술을 마시고 있고, 한쪽 구석에 회사원인 듯한 젊은 사내 하나가 술이 잠뿍 취하여 무어라 혼잣말을 주절거리고 있을 뿐, 한산했다.

연탄난롯가에 웅크리고 앉아 있던 주인아주머니가 현태를 보고 반색을 하며,

"이거 오래간만에 보갔쉐다레. 어서 들어갑세다."

현태를 부엌 뒷방으로 인도해들이는 것이다.

처음 현태가 우연히 이 술집을 발견해가지고 몇 번 들렀을 때에는 그의 하고 다니는 행색에 주인아주머니는 떠름해하는 기색을 노골적으로 보이곤 했으나 언제나 술값에 옹색하지 않다는 것을 안 뒤로는 친절히 방으로 이끌어들이는 것이었다.

그러면서부터 이 여인은 곧잘 현태에게 사설을 늘어놓곤 했다. 해방 전 평양 있을 때 장차 기생을 만들 생각으로 계향이를 얻어다 길렀노라는 말도 현태는 몇 번이나 들었다. 그와 함께 해방 이듬해 봄에 다른 것 다 버리고 여덟 살짜리 계향이만을 업고 그 긋지긋한 38선을 넘느라고 죽을 고생을 했노라는 말도 여러 차례 들었다. 어딘가 눈매에 아직 아름다웠던 자취가 남아 있는 이 40대의 주인아주머니는 푸념 반 자랑 반의 이런 사설을 늘어놓고 나서는 으레 현태 귀에다 입을 대고, 저 앤 아직 진짜 숫체니야요,

저 얼뜨구 수집어하는 꼴을 보믄 알지 않아요? 하고 속삭이곤 했다. 이 말을 들을 때마다 현태는 고개를 끄덕여 보이고는 계향이 쪽을 바라보는 것이다. 계향이가 숫처녀건 아니건 그런 것에 색다른 흥미는 없었다. 애당초 그네에게서는 성이라는 게 풍겨져 오지부터 않는 것이었다. 오히려 거기에는 두절된 성의 단면 같은 게 아무런 주장도 없이 굳어 있을 뿐인 것이었다. 그러나 현태는 도리어 이 찬 돌과 같은 그네에게서 한때나마 어떤 휴식 같은 걸 얻곤 했다. 이를 방해받고 싶지 않아 석기에게까지도 이 집은 알리지 않고 있었다.

이날 주인아주머니는,

"아니 그동안 그 애가 얼마나 선생님 오시길 기대렸는지 알아요?"

저번 여기를 다녀간 지가 한 주일밖에 안 되는 것이었다. 한 주일이건 두 주일이건 계향이가 자기를 기다릴 리는 만무했다. 그것은 단지 주인아주머니의 과장된 언사에 지나지 않는다는 것을 현태는 알고 있었다. 어쨌든 계향이만은 서로 만나거나 헤어지거나 아무런 인간 계루를 갖지 않아도 된다는 게 또한 현태에게는 좋았던 것이다.

"아마 어데 딴 좋은 데라두 생긴 모양이군요? 그랬단 안 돼요, 괜히."

현태가 이 평양집에 발을 들여놓기 비롯한 지도 이럭저럭 반년 남짓 된다. 그 무렵 이미 그는 자기를 휩싸고 있는 무위의 권태 속에 잠겨 있었다. 제대 후 대학을 마치자 부친의 회사에 들어가

412

의욕적으로 일을 하며 자리 잡힌 생활을 해오던 그가 하루아침에 변한 데 대해서 주위의 사람들은 그 까닭을 몰라 했다. 어느 날 그는 회사 일로 택시를 타고 가다가 고스톱에 걸렸다. 무심코 밖을 내다보는 그의 눈에 횡단보도를 건너는 한 여인의 모습이 들어왔다. 허름한 옷을 입은 여인의 품에는 두어 살가량 난 애가 안겨 있었다. 그 어린것이 병이라도 난 것일까, 노리께하니 파리한 얼굴에 눈은 감기고, 입은 반쯤 벌어져 있었다. 그런 어린것을 여인은 사뭇 소중하게 품에 안고 길을 건너고 있었다. 현태는 문득 전에 이들 모녀를 어디선가 본 듯싶었다. 어두컴컴한 방 안에 말라배틀어진 팔을 포대기 밖에 내놓은 채 꼼짝 않고 누워 있던 어린애와 그 어머니. 내가 다시 내려갔을 때 그 여잔 되레 낮처럼은 놀라지 않았지. 그리고 별로 항거하는 빛도 없었고. 그런데 일어나 나오려는 내 손을 와 잡았것다? 그 손이 뭣을 말하는지 알았지. 허지만, 허지만 난 해치워버리고 말았어. 현태는 자기 손을 내려보았다. 거기 아직 그냥 스며 있는 여인의 그 약간 떨리면서 땀기운이 돌던 손의 감촉. 그리고 메마른 피부에 온기를 띠고 있던 목의 감촉. 어린것에만은 손을 대지 않았는데 그것마저 생생한 실감을 갖고 되살아오는 것이었다. 말라배틀어진 어린것의 가느다란 목을 누를 때에 받을 수 있는 촉감이. 그날 밤 그는 술을 마시고 또 마셨다. 다음 날도 다음 날도 마셨다.

"아주머니, 어서 한잔 주슈."

주인아주머니가 방문을 닫다 말고,

"그 앨 빨리 들여보내달란 말씀이지?"

그러고는 눈웃음을 한번 지어 보이며 술청으로 나가버린다.

좀 후에 간단한 술상과 함께 계향이가 들어왔다.

"오셨어요?"

아무 감정도 담겨 있지 않은 인사말을 건네고는 술상 맞은편에 와 앉는다. 오른쪽 무릎을 세우고 그 위에 양손을 포개어 얹은 단정한 자세였다. 필시 주인아주머니한테 손님 앞에서는 꼭 그렇게 앉으라는 가르침을 받았음에 틀림없는 이 자세를 그네는 언제까지나 헝클지 않는 것이었다. 술을 따를 때만 무릎에 포개 얹었던 오른손으로 주전자를 잡고 왼손은 오른손 소매 끝을 받드는 동작을 기계적으로 되풀이할 따름인 것이다.

현태는 어지간히 피곤해 있었다. 하루 동안이긴 하지만 춥고 불편한 수용소에서 지낸 것이 고단했던 데다가 좀 전에 마신 술이 깨어가는 듯 심신이 한층 더 나른해왔다. 그러나 별로 주고받는 말이라든가 감정의 교류를 위해 써야 할 신경의 부담도 없이 그저 예쁘장하게 정돈된, 그리고 석고의 가면인 양 무표정한 계향이의 얼굴을 바라보며 새로 한잔 두잔 술을 거듭하는 동안 그는 저도 모를 어떤 휴식 같은 것을 맛보는 것이다.

통금 예비 사이렌이 불자 술청의 손님들이 다 돌아갔는지 주인아주머니가 들어와 그의 곁에 앉는다.

현태가 그네에게 술잔을 건네었다. 바쁠 때가 아니면 기꺼이 몇 잔 받아 마시는 것이다. 그 대신 계향이에게만은 절대로 술을 주지 못하게 했다. 아마 이 주인아주머니가 계향이를 가리켜 진짜 숫처녀라고 하는 말 속에는 이런 술집에 있는 애이긴 하나 여태

술 한잔 입에 대보지 않은 그야말로 숫보기라는 뜻까지 포함돼 있을 것이었다. 두어 잔 술에 관자놀이께가 발그레해진 주인아주머니가 담배를 붙여 몇 모금 빨더니 언제나처럼 또 푸념 같은 이야기를 늘어놓기 시작했다.

"글쎄 선생님, 내 팔자 좀 봐요. 내가 다른 것 다 버리구 저걸 업구서 삼팔선을 넘어온 건 이르케 너절한 술장사나 할래든 게 아니야요. 그래두 저게 체니 꼴만 잽히는 날엔 얌전한 요릿집이래두 하나 장만해놓까 해서지. 그게 안 된다믄 하다못해 피양식 불고기집이라두 어엿하게 채레놨어야 할 게 아니웨까. 그런데 하구한 날 요 꼴이니 속이 상해 죽갔쉐다레."

비슷한 말을 언제나 듣는 터라 잠자코 들어 넘기면 그만이었으나 현태가 한마디,

"그 왜 면장님이 있잖어요. 그분더러 자금을 좀 대라죠."

해방 전 평양 근방 어디서 부면장을 지냈다는 50줄에 든 사내가 이 술집에 단골로 드나들고 있었다. 그가 현재 동대문 근처에서 양말 공장으로 재미를 보고 있다는 것을 현태는 주인아주머니의 입을 통해 알고 있었다. 그는 이 집에 와서는 언제나 안방에다 술상을 벌여놓곤 했다. 언젠가 현태는 변소에 다녀오다 마침 안방 문을 열어 잡고 부엌으로 무어라고 분부하고 있는 주인아주머니 곁에 앉아 있는 이 사내를 본 적이 있었다. 50줄에 들어섰다고 해도 낙발 하나 하지 않은 검은 머리에 수염을 민 파아란 자국이 코밑과 턱을 싸고 있었다.

이 지난날의 부면장과 주인아주머니의 사이가 보통이 아니라는

것을 현태는 벌써부터 눈치 채고 있던 참이라 한마디 던졌더니
주인아주머니는,

"흥, 어림두 없는 소리 말아요. 그게 어떤 구두쇠라구요, 흥."

약간 고개를 위로 쳐들고 콧방귀까지 뀌어 담배 연기를 내뿜는
것이었다.

현태는 계속될 이 여인의 푸념을 막아버리기 위해,

"저, 계향이 노래 하나 해."

했다.

주인아주머니가,

"밤이 이렇게 깊었는데 노랜 무슨 노래야요."

그러면서도 모처럼의 현태의 청을 물리칠 수 없다는 듯이,

"애, 이 선생님 좋아하는 소리 있지 왜? 그걸 한마디만 불러
라."

계향이의 소리는 이른바 돈 먹은 소리는 못 되었다. 흔히 돌아
가는 잡가 나부랭이일 뿐이었다. 그중에 현태가 계향이더러 노래
를 하라고 하면 으레 하는 것이 하나 있었다. 제주도 민요였다.
어쩌다 이 노래를 현태가 좋아하게 됐는지는 자신도 모른다. 이
런 데서 노래 같은 것을 부르는 걸 달가워하지 않는 그에게 언젠
가 주인아주머니가 계향이의 노래를 꼭 한번 들어보라고 하여 몇
가지 부르는 가운데 이 제주도 민요가 들어 있었다. 그때 현태는
왠지 이 노래만을 자꾸 되풀이해 시켰던 것이다. 그것도, 우리 집
낭군은…… 하는 첫 절만.

계향이의 목청은 낭랑하고 맑았다. 주인아주머니의 말대로 세

월이 좋아 소리 공부를 시켰더라면 일류 기생이 되었을는지 어쨌을는지는 그 방면에 아무런 지식이 없는 현태로서 판단할 길 없었으나 다만 이 맑은 계향이의 목소리가 현재 그네가 지니고 있는 다른 모든 것과 함께 조금도 감정 같은 것을 곁들이고 있지 않다는 것만은 느낄 수가 있었다. 그네를 바라볼라치면 거기에는 역시 새하얀 얼굴이 변함없이 돌처럼 무표정한 대로 있는 것이었다. 똑같은 노래 구절을 얼마이고 되풀이해 시키건만 거기 대한 짜증스러움 같은 빛마저 나타나 있지가 않았다. 현태는 이러한 그네의 노래를 들을 때마다 축음기판을 연상했다. 축음기판 치고도 선이 상하여 같은 소리만 그냥 되풀이하는 레코드. 그래도 현태는 이 계향이에 그 목소리라 별로 신경을 쓰지 않고 술잔을 기울일 수 있는 것이다.

현태가 밖으로 나선 것은 통금 사이렌이 분 뒤였다. 앉아 있을 때보다 더 취기가 돌았다. 다리가 마구 뒤뚝거렸다.

어쩌다 외등이 차갑게 켜져 있을 뿐, 길가 집집은 어둠 속에 잠잠했다. 그저 언 땅에 부딪는 현태의 어지러운 구둣발 소리가 유난히 크게 울렸다. 그리고 현태의 저도 모르게 흥얼거리는 소리가 희뿌연 입김과 함께 끊일락 이일락 흘러나왔다. ──바람아 광풍아 석 달 열흘만 불어라…… 낮이낮이나 밤이밤이나 참사랑이로구나…….

재동초등학교 앞을 지나가는데 왼쪽 골목에서,

"여보!"

하고 부르는 소리가 들렸다.

현태는 그냥 비틀거리는 걸음을 옮겨놓기만 했다. ──우리 집
서방님은 고기잡이를 가았는데…….

누가 쫓아왔다. 순찰하던 경관이었다.

"누구야?"

현태는 여전히 흐트러진 걸음을 옮겨놓으며 뒤도 돌아보지 않고,

"나야."

"나가 누구야?"

순경이 앞을 막아섰다.

"나가 나지 누구야. 자, 볼래? 여기 시민증두 있구…… 제대증
두 신주 모시듯 갖구 다니구…….."

"지금이 몇 신 줄 알어?"

"몰라."

"이게!"

순경이 거칠게 현태의 팔을 잡아끌며,

"같이 가!"

그 서슬에 비뚝거리던 현태의 몸이 한옆으로 쏠리듯 하더니 양
팔로 순경의 목을 얼싸안으며 얼굴에다 막 입을 비볐다.

"애, 튀튀…….."

현태를 떠다밀친 순경이 잽싸게 두어 걸음 물러서면서 연신 침
을 뱉는 것이었다.

엉덩방아를 찧고 나가넘어졌던 현태가 일어나 다시 순경의 목
을 쓸어안을 듯이 두 팔을 벌리고 달려들었다. 순경이 물러섰다.
현태가 팔을 벌린 채 쫓아갔다. 순경이 돌아서 쫓아오는 현태에

게 붙잡히지 않을 만큼 거리를 두고 걸어가다가 현태 편에서 뛰는 걸음으로 쫓아가니까 이번에는 순경도 그만한 속도로 달아나 버리는 것이었다. 현태가 걸음을 멈추며 소리쳤다.

"이봐 순경나리, 그 꾀에 안 넘어가지, 안 넘어가…… 날 꾀어 가지구 파출소까지 가려는 거지?…… 안 됩니다, 안 돼요. 내 정신이 이렇게 멀쩡한데 넘어갈 줄 알구? 그러지 말구 이리 오슈. 내 술 한잔 살 테니…… 키슨 안 할 테니까 안심해요……."

순경이 저만치서 돌아다보다가 무슨 생각을 했는지 이리로 오는 것이었다.

"당신 집이 어디요? 데려다줄게 같이 갑시다."

"집이야 나 혼자면 못 가? 그러시지 말구 어디 가서 술 한잔 합시다…… 왜 그런지 당신이 맘에 들었어."

술집으로 가자고 우기는 현태를 간신히 끌면서 순경은,

"지금 몇 신 줄 알구 이러슈. 술집 문 닫은 지가 옛날일 텐데."

"그럼 우리 집에 가서 한잔 합시다."

그러는 현태는 어느새 한 팔을 순경의 어깨에 얹은 채 부축을 받으며 걷고 있었다. 그리고 혼자 지껄이고 있었다.

"여보 순경선생, 내 노래 하나 부르리까. ……우리 집 서방님 은……큰 소릴 지르지 말라구요? 그럼 조용조용 부르죠. ……우리 집 서방님은 고기잡이를 가았는데 바람아 광풍아 석 달 열흘만 불어라…… 그렇게 되면 어떻게 되죠?…… 여보 순경나리, 그렇게 되면 어떻게 되느냔 말예요?…… 대답 좀 해봐요…… 에익 순경 자격 없군. 그럼 내가 가르쳐드리지…… 그건 말이죠, 그

래야만 밤이밤이나 낮이낮이나 참사랑이 되는 거예요…… 아시
겠소?…… 그럼 또 한 가지…… 저, 과수나무를 왜 전정해주는
지 아슈?…… 모르죠?…… 하긴 모르는 것두 당연하지…… 그
저 이것만 알아두세요…… 당신은 말예요, 당신만은 전정을 받지
않아두 될 사람이란 걸 말예요…….”

10

아침에 자리에서 일어나는 길로 양계장을 한번 돌아보고 나서
그날 신문의 일기예보를 살펴보는 게 윤구의 하루의 첫 일과처럼
돼 있었다. 오늘의 날씨는 동북풍이 불고 오전에는 개겠으나 오
후부터는 흐리겠다고 한다. 그리고 추위는 며칠 더 계속되겠다고
한다. 윤구는 신문에 눈을 준 채 미간을 찌푸렸다.

갑자기 심한 한파가 밀려와 요즈음 며칠 동안은 닭들의 산란 성
적이 좋지 못한 것이었다.

윤구가 현태의 도움을 받아 청량리 밖 떡전거리에다 양계장을
꾸며놓은 것은 지난해 이른 봄이었다. 2백여 평 대지 한옆에다 병
아리를 기르기 위한 온돌 세 칸에 건넌방 한 칸짜리 판잣집을 서
둘러 짓고 부화장에서 병아리 7백 마리를 사들였을 때는 아직 응
달진 곳의 개나리꽃도 채 지기 전이었다. 소년을 하나 데리고 자
취를 하면서 두어 달 후에는 계사를 짓고 병아리를 그리 옮겼다.
양계에 관한 서적과 경험자의 말을 좇아 사료와 유행병 예방에

극력 노력했으나 여섯 달 남짓하여 닭들이 알을 낳게 되기까지 수탉 70여 마리를 솎아낸 것 외에도 한 백여 마리를 죽이고야 말았다. 그래도 첫 솜씨로서는 성공이라고 할 만했다.

처음으로 닭이 알을 낳기 시작한 어느 날, 토요일마다 모이는 주회에서 현태가 윤구더러, 네 신세두 따분하게 됐지 뭐야, 허구한 날 닭 밑구멍만 바라구 살게 됐으니, 하는 농말을 건넨 일이 있었다. 물론 취중의 허물없는 농담이었으나 신세가 따분하게 됐다는 말에는 노상 까닭이 없는 바도 아니었다.

제대를 하고 돌아온 윤구는 사변 전 가정교사로 있던 집에서 중학에 다니는 애의 공부를 돌보아주면서 대학을 마쳤다. 그리고 집주인의 알선으로 쉽게 시내 모 은행에 취직까지 하게 되었다. 그때도 취직 턱을 내라고 윤구를 술집으로 끌고 간 현태가 익살스럽게, 군대에 있을 때 한 말이 들어맞는군, 이제 이마만 벗어지면 지점장 자리 하난 갈데없어.

그러나 행원 생활 반년도 못 되어 파탄이 오고 말았다. 가정교사 집 딸 미란과의 연애 사건이 예상치 않았던 결과를 가져오고 말았던 것이다.

은행에 취직이 되면서부터 윤구는 하숙을 얻고 나와 자립 생활을 시작했다. 거기 미란이 자주 들렀다. 6·25 때 열네 살의 털북숭이 소녀가 이제는 스물두 살의 끌밋한 처녀가 돼 있었다. 윤구가 없을 때도 방에 들어와서는 책상을 정리해놓기도 하고, 걸려 있는 물건의 위치를 바꿔놓기도 했다. 본시 미란은 성미가 쾌활하고 행동적이었다. 6·25 동란 때도 바깥 동정을 분주히 살펴가며 마루 밑에 숨어 있는 윤구를 나오게 하여 햇볕을 쬐게 하는 등 윤구를 위해 적극적인 도움을 준 그네였다.

이러한 미란이 윤구의 하숙을 자주 찾아오게 된 어느 날이었다. 그네는 주머니에서 무엇을 꺼내더니 윤구에게 쑥 내밀면서, 선생님 이것 좀 발라주세요, 하는 것이었다. 여태 쓴 일이 없던 금빛 루주 통이었다. 윤구가 이상히 여기면서 서투르게 뚜껑을 열고 루주를 그네 입에 가져다 대자 그네는 눈을 감은 채 앞으로 내밀고 있던 입을 뾰족이 오므리며 고개를 살래살래 젓는 것이었다. 그날 처음으로 둘이는 입을 맞추었다.

두 사람이 육체의 교섭을 갖게 된 것도 이와 비슷한 미란의 엉뚱한 짓이 계기가 되어 이루어졌다. 전에 없이 한복을 입고 온 미란이 윤구더러 풀어지지도 않은 저고리 고름을 고쳐 매달라고 했던 것이다.

미란을 현태에게 소개하게 된 것이 그 무렵이었다. 윤구는 자기를 찾아오는 미란과 같이 다방에도 들르고 외식도 하고 영화 구경도 했다. 이런 것들도 대개 미란의 제의에 의할 때가 많았다. 한번은 둘이 국제극장에서 나와 토요일마다 모이는 '귀거래'에 들렀더니 현태가 석기와 함께 앉아 있는 것이었다. 언제나처럼 현태는 오랫동안 이발도 면도도 하지 않은 채로였다. 이날 현태와 헤어져 돌아오는 길에 미란은 윤구에게 콧살을 찡그려 보이며, 어쩌면 주제꼴이 그모양예요, 꼭 미치광이 같네요, 했다. 윤구는 설명했다. 그 친구가 그러구 있는 건 무어 돈이 없거나 취미가 나빠서 그런 건 아냐, 제대하구 나서 첨엔 얼마나 모양을 부렸

다구, 늘 정장을 하구 매일처럼 넥타일 갈아 매군 했어. 그러든
게 지금은 저래졌어. 제 말룬 갈아입구 어쩌구 하는 게 다 귀찮다
나. 하여간 좀 별난 친구지. 글쎄 자기 아버지가 경영하는 회사에
들어가서 한동안 정열을 쏟는 것 같드니 무슨 영문인지 별안간
그만둬버리구는 저 모양이 됐어. 이런 윤구의 이야기를 듣고 미
란이 웃으며 말했다. 초특급 괴짜를 친구루 두셨네요.

그 뒤에도 둘이는 거리를 돌아다니다 들른 '귀거래'에서 현태를
몇 번 만났다. 함께 식사를 하기도 했다. 그러던 어느 날 미란이
윤구에게 말했다. 현태씨란 분 만날수룩 좋아져요, 멋있구 대범
하구, 어딘가 남자다워.

미란의 이러한 감정의 추이 앞에 윤구는 마음속으로 당황하지
않을 수 없었다. 미란이 현태가 좋아졌다면 그것은 지나가는 말
로 그치지 않고 반드시 어떤 모양으로든 행동으로 나타날 것이
뻔했다. 거기 대한 현태의 태도는 어떠할까. 여자관계에 있어 무
궤도한 생활을 해오는 현태라 제 발로 접근해오는 미란을 마다고
할 리가 없지 않을까. 윤구는 비로소 현태에 대해 사내로서의 시
새움 같은 것을 느꼈다. 그와 함께 자기 앞날에 어두운 그늘이 드
리워지는 것 같아 견딜 수가 없었다. 처음부터 윤구는 젊은 사람
들이 흔히 가질 수 있는 연애 감정만으로 미란을 대해오지는 않
았던 것이었다. 결혼이란 전제가 붙어 있었다. 일가친척 한 사람
없는 그는 우선 미란과 결혼함으로써 재무부 모 국장으로 있는
그네의 부친을 발판으로 하여 출세의 터전을 마련해보려는 속셈
을 갖고 있었던 것이다. 그렇다고 미란에게 아무런 애정도 느끼

지 않으면서 그런 일종의 정책 결혼을 하려는 것만도 아니었다. 애초부터 그는 미란을 자기 분에 넘치는 여자라 여기고 자기대로의 정열로 그네를 사랑하고 있다고 생각해오는 터였다.

윤구는 미란이 현태를 좋아한다는 말을 들은 후로는 전부터 가끔 이야기에 올리고 한 결혼 문제를 은근히 죄어갔다. 그럴라치면 미란은 전에 없이 늦잡아, 그런 문젠 서두른다구 되는 게 아녜요, 언제고 자연스럽게 부모님께 말씀드릴 때가 올 거예요. 윤구는 미란이 이렇듯 결혼 문제를 뒤로 미루는 것은 현태 때문인지모른다고 생각했다. 그러고 보면 미란이 이즈음 자기를 찾는 도수가 전보다 훨씬 떠진 것이었다. 또 한 가지 전과 달라진 점이있었다. 미란이 자기와 같이 거리를 나다니기를 어딘가 꺼려하는기색이 보이는 것이었다.

그러나 윤구는 미란에게 요즈음 누구와 특별히 만나는 사람이있는 게 아니냐는 말을 따져 묻지 않았다. 그랬다가 그네의 입에서 사실은 현태와 만나고 있다는 말이라도 나오는 날에는 그 수습이 더 곤란해지리라는 생각이 든 것이었다. 그러느니보다는 좀더 시일을 두고 돼나가는 형편을 관망하는 편이 낫다고 생각했다.

그러던 중 여러 날 동안 뵈지 않던 미란이 밤이 이슥해서 하숙으로 찾아왔다. 밖에 가을비가 추적추적 내리고 있었다. 이날 밤미란은 방으로 들어서기가 무섭게 윤구더러 포옹을 해달라고 했다. 그리고 숨가쁘게 그의 귀에다 속삭였다. 좀 더 힘껏 안아줘요, 좀 더, 좀 더. 윤구는 이 급작스런 그네의 격정을 미처 주체못해하면서도 한편 안도감을 느꼈다. 어쩐지 이날 밤의 미란의 언동에서 현태와 그네와의 관계가 어떤 의미로든 결말을 보았음이 틀림없다는 걸 느꼈던 것이다.

그다음 날 일찍이 미란이 윤구의 직장으로 전화를 걸어왔다. 점심때 만나자는 전화였다. 약속 장소에 나타난 미란은 창백한 얼굴을 하고 있었다. 둘의 결혼 문제를 아버지에게 말했더니 반대하더라는 것이었다. 선생님이 머리가 좋구 착실한 건 인정하신대요. 그렇지만 그것과 결혼 문젠 다르다구요. 윤구는 잠자코 있었다. 보통 부모라면 누구나 다 짝이 기운 이 결혼을 첫마디에 응낙하지 않으리라는 것을 윤구는 알고 있었다. 한참 만에 그는 조용히 입을 열었다. 이렇게 된 바엔 지구전을 펴는 수밖에 없어, 앞으룬 결혼 문젤 가지구 너무 부모님을 괴롭히지 마.

그 후 미란은 부모에게서 외출을 감시당한다고 했다. 자연 미란이 윤구를 찾는 도수가 더 떠졌다. 한 주일에 한 번 아니면 열흘에 한 번 정도밖에 만나지 못했다. 이런 미란이 하루는 하숙으로 찾아와 상기된 얼굴로 말했다. 저 애기 가진 것 같애요, 벌써 석 달째 멘스가 없어 혹시나 했는데 어제부턴 막 메스꺼워요. 적잖이 놀란 윤구의 마음 한가운데 어떤 의혹이 머리를 들었다. 미란의 그것이 현태의 것은 아닐까. 그러나 그는 곧 평정한 언사로 미란에게 물었다. 집에서 알어? 아직 몰라요. 그럼 됐어. 되다뇨? 윤구는 잠시 무슨 생각에 잠겼다가, 낼이라두 내 병원을 알아볼게. 병원요? 그래, 아주 간단히 될 수 있는 모양이든데. 윤구는 우선 미란의 부모가 눈치 채기 전에 유산을 시켜놓는 게 상책이라 생각했다. 그런 다음에 그 밖의 일은 강구하리라. 섣불리 이대로 시일을 오래 끌다가는 일이 더 복잡해지기가 쉽다. 자기의 이 생각을 미란도 찬성할 것으로 여겼다. 그러나 미란은 의외에도, 싫어요, 숫제 집을 나와버릴 테에요, 아무 데구 방이나 하나 얻어 살아요, 내 몫으로 모아둔 걸루 돈 될 게 좀 있어요. 윤구가 타이르듯 말했다. 미란의 뜻은 알겠어, 허지만 사람이란 일시적 감정이나 정열만으룬 살 수 없는 거야, 사회생활에는 다른 여러 가지 조건이 구비돼야 하는 거니까, 그리구 첫째 남의 눈을 기이며 살게 뭐냐 말야, 자 그러지 말구 얼마 동안 꾹 참구 형편을 보두룩 해, 그럼 빌이라두 내 적당한 병원을 하나 골라보지, 아주 눈 깜짝할 사이에 된다든데 뭘. 이 말에 미란은 기대에 어긋난다는 듯이 잠자코 있었다. 항상 명랑하던 그네에게서 처음 보는 싸늘함이 풍겼다.

사흘 뒤 토요일 오후에 둘이는 하왕십리 어느 골목 안에 있는 병원에를 찾아갔다. 나지막한 기와집의 길로 면한 벽 한옆에다 유리문을 해 달고 그 위에다 가로 써 붙인 간판의 붉은 십자 표지와 박내과라는 글씨가 유별나게 크게 눈에 띄었다. 산부인과 아닌 내과라는 간판을 보고도 미란은 아무 말 없었다. 그저 윤구가 묻지도 않는 말을 나직이, 이런 데라야 소문이 안 나 좋아.

미리 의논이 돼 있었던 터라 그다지 깨끗지 못한 가운을 입은 40대의 얼굴에 주름이 많은 의사가 곧 미란을 진찰실로 데리고 들어갔다. 진찰실이자 수술실인 것이었다. 진찰실과의 사이에 베니어판으로 막은 이쪽 조그만 대합실에 앉아 있는 윤구의 귀에 의사가 간호부더러 무어라 분부하는 말에 뒤섞여 잘그락거리는 수술 도구의 금속성이 들려왔다.

윤구는 스프링의 뼈가 그대로 드러난 낡은 소파에 앉아 신문을 펴 들고 있었다. 10월달 설핏한 햇빛이 서쪽 들창으로 비껴들고 있었다. 옆 진찰실에서 미란의 참으면서 지르는 짧은 비명 소리와 함께 의사의, 참 잘 참으십니다, 하는 소리가 들렸다. 윤구는 서창으로 비껴드는 설핏한 가을 햇빛 속에 앉아 건성으로 신문에다 눈을 준 채 어떤 생각을 하고 있었다. 지금 떼어내는 핏덩이가 정말로 현태의 것이 아닐까. 그러나 그것이 누구의 핏덩이건 우선 떼어버리게 된 것만은 잘됐다 싶었다.

이윽고 의사가 타월로 손을 씻으며 대합실로 나왔다. 아주 순조롭게 끝났습니다. 부인께서 참을성이 대단한데요.

택시로 미란의 집 가까이까지 데려다주는 도중 윤구는 얼굴빛이 해쓱해져 쿠션에 머리를 기대고 있는 그네에게 조용히 말했다. 하루 이틀만 몸이 편찮다구 하구 누워 있음 될 거야. 미란은 아무 말 없이 윤구의 손을 찾아 쥐었다. 윤구는 운전수가 백미러로 이쪽을 보고 있다는 것에 마음이 쓰였다. 그는 미란의 손에 잡힌 자기 손을 슬그머니 뽑아가지고 그 손으로 담배를 꺼내어 물부리에 꽂았다.

그 후 아흐레 만에 미란이 죽었다. 서투른 의사라 수술 때 긁어낼 것을 깨끗이 긁어내지를 못한 데다가 복막을 건드렸던 것이다. 한 주일 남짓 심한 열과 하혈로 신음하던 끝에 어느 이름 있는 산부인과로 실려가 재수술을 받았으나 도중에 숨을 거두고 만 것이다.

이 사건으로 인해 윤구는 물론 행원 자리에서 물러나지 않으면 안 되었다. 실직을 당한 윤구에게 현태가, 인마 너만은 그런 실술 안 할 줄 알았더니 그게 뭐야, 여자란 결혼할 생각이 없음 그저 한두 번 건드리구 마는 거구, 그렇잖음 무슨 짓을 해서라두 데리 구 사는 거야, 이제 뭐 다 저질러논 일, 앞으룬 어떡허지? 윤구가 풀이 죽은 낯으로, 글쎄 어떡하면 좋지 막연해, 어떻게 아버지 회 사라두 한자리 뚫어줄 수 없겠어? 현태가 웃으며, 자식 전에 말했 잖어, 우리 대장은 사원 채용에 엄격한 루울이 있다구, 천하 없는 사람이 부탁해두 소용없어. 그치만 그때 말했지? 내가 빌빌한다 면 어떻게든 한자리 떼내두룩 하겠다구. 현태가 그냥 웃으며, 자 식 고런 건 잘두 외구 있구나, 그야 내가 그냥 회사엘 있었다면 어떻게든 됐겠지, 하여간 너같이 부지런한 새끼가 놀아서 안됐다.

그 뒤 반년 가까이 윤구의 하숙비를 현태가 대주었다. 그리고 윤구에게 자기 부친이 청량리 밖 회기동 방면에 토지를 몇 군데 사둔 것이 있으니 그것을 이용할 길을 궁리해보라고 해서 생각해 낸 것이 양계였다.

윤구는 현태의 이러한 호의를 그의 호방스런 성격이나 지난날 전선에서 생사를 같이한 우의의 표시로만 보지 않았다. 거기에는 딴 의미도 섞여 있다고 생각하는 것이었다. 아무리 탕자인 현태 라 하더라도 미란과의 관계로 인해 친구인 자기에게 어떤 죄책감 같은 것을 갖고 그것을 보상하는 뜻에서 이러는 것은 아닐까. 그 렇다고 해도 윤구는 또 생각하는 바가 있었다. 죽은 미란은 미란 이요 자기는 자기대로 앞으로 살아나갈 방도를 강구해야 한다고,

그러기 위해서 어쨌든 궁지에 빠져 있는 자기를 그처럼 돌봐주는 현태에게 새삼스럽게 미란의 문제를 가지고 가타부타할 필요는 없다고.

무슨 일이 있든 앞으로 윤구는 자기 손으로 자신을 키워나가는 도리밖에 없다고, 그제나 이제나 한결같이 생각해오는 것이었다. 현태가 술좌석에서, 네 신세두 따분하게 됐지 뭐야, 허구한 날 닭 밑구멍이나 바라구 살게 됐으니, 한 말이 취중의 농담이건 비꼬는 말이건 윤구는 별반 개의치 않았다. 반년 가까이의 하숙비는 물론 양계를 시작하고 나서도 닭들이 알을 낳게 되기까지의 온갖 비용을 현태한테 빚져온 것을 그래도 지금은 매달 얼마만큼씩이라도 갚아가고 있으니 다행이 아닐 수 없었다. 자연 달걀 한 알한 알이 앞으로 그의 자립 생활을 위해 없어서는 안 될 귀한 초석과도 같이 여겨지는 것이었다.

윤구는 10시쯤 소쿠리를 들고 달걀을 거둬들이러 밖으로 나갔다. 날씨는 오후부터 흐리리라는 일기예보가 믿어지지 않을 만큼 맑게 개어 있었다. 그저 기온만은 그냥 내려 있었다. 윤구는 계사 쪽으로 걸어가며 울타리 밖 저쪽에 쌓여 있는 동네 쓰레기 더미로 눈을 주었다. 설마 저 지저분한 것들을 봄까지야 그냥 놔두지 않겠지. 저러다 닭병이라도 돌게 되면 큰일인데.

처음 현태와 함께 여기 양계장 자리를 보러 왔을 때, 바로 곁에서 여인의 목소리가 또랑또랑하게 들려 고개를 돌렸더니 저쪽 50미터쯤이나 떨어진 곳에서 두 여인이 이야기를 하고 있는 것이었다. 그만큼 주위가 조용하고 공기가 맑았다. 그러나 이곳에 양계를 시작한 후로 봄내 여름내 가으내 후생 주택을 비롯해 인가들이 들어서서 한 해 동안에 일대가 아주 변모해버렸다. 윤구는 이렇게 주위에 집이 자꾸 들어섬에 따라 닭병에 대해서 더 각별히 주의를 해야겠다고 마음먹는 것이었다.

계사 문을 열고 들어섰다. 겨울이라 방한을 위해 창에 바른 비닐을 통해 들이쬐는 햇볕과 닭들 자신의 체온이 합쳐 오늘처럼 추운 때도 계사 안은 훈훈했다. 그리고 눈앞이 환했다. 바깥 날씨가 흐려도 여기 들어서기만 하면 닭들의 흰 털로 해서 언제나 눈앞이 환이 트이는 것이다. 이 환한 시야에 선혈 빛 볏들이 선명한 대조를 이루고 떠오른다. 윤구는 닭들의 털과 볏 빛을 쭈욱 훑어보며 혹시 병든 닭이 없나를 살핀다. 그러고는 조용히 닭들 사이를 지나 둥우리에 낳아놓은 달걀을 거둔다. 그리고 소쿠리에 수북이 담긴 달걀을 안고 나올 때는 번번이 느끼는 어떤 대견스러움에 가슴을 부풀리는 것이다.

그런데 이날 계사 첫째 칸과 둘째 칸을 다녀 나와 셋째 칸 문을 열고 들어선 윤구는, 또 일을 저질렀구나, 하는 생각에 가슴이 철렁했다. 닭 한 마리가 모로 쓰러져 다리를 힘없이 버둥거리며 피끗피끗 목을 추고 있는 것이 아닌가. 그러는 닭 꼬리 밑으로 길게 뽑혀 나온 창자를 다른 닭들이 달려들어 마구 쪼아 뜯고 있는 것이었다. 쓰러져 있는 닭은 이미 눈도 감기고 그 선혈 빛으로 빛나던 볏은 자줏빛으로 변해 있었다. 윤구는 달려 들어가 모여든 닭들을 쫓고 쓰러진 닭을 들고 밖으로 나왔다. 그 뒤를 닭들이 쫓

아오면서 모래투성이가 된 채 길게 늘어진 창자를 물어뜯는 것이
었다.

바로 그저께도 같은 계사 칸에서 이와 비슷한 일이 있었다.

계사 안을 소제하러 들어갔던 소년이 온통 피투성이가 된 닭 한
마리를 안고 나온 것이었다. 새하얀 털에 묻은 피라 더 핏빛이 선
연하고 그만큼 더 피가 많이 흐른 것처럼 보였다.

닭처럼 연약하면서도 괴팍한 성미를 가진 동물도 드물 것이었
다. 무어든 갑자기 눈에 띄는 게 있으면 발작적으로 우선 그것을
한번 쪼아보는 습성이 있었다. 어쩌다 닭들이 제 김에 풍기면서
검부러기나 깃 같은 것을 날려도 곁에 있던 닭이 덮어놓고 그것
을 한번 쪼아보는 것이었다. 그래서 중병아리 때는 날갯죽지나
똥구멍을 쪼아 피를 내는 일이 하도 빈번해서 줄곧 계사를 지키
고 있다시피 했다.

그러나 알을 낳게 되면서부터 그런 버릇이 뜨음해졌다 싶었는
데 이런 일이 하루를 사이에 두고 연달아 일어난 것이었다. 하기
는 알을 낳게 되면서부터 또 하나의 야릇한 성미가 나타나긴 했
다. 곧잘 알 낳을 둥우리를 가지고 싸우는 것이었다. 대개 닭들은
제가 낳던 자리에서만 낳는 버릇이 있어서 아무리 옆에 빈자리가
많이 남아 있어도 거기에 들어가려 하지 않고 제자리만 고집해
어떤 때는 한 둥우리 안에 몇 마리나 들어가 자리다툼이 생기는
수가 있는 것이다. 하지만 그저께 피투성이가 된 닭이나 오늘 창
자를 뽑힌 닭의 볏이 온전한 것으로 보아 서로 싸우다 그렇게 된
것은 아니라는 걸 알 수 있었다.

결국 그저께와 오늘의 일은 중병아리 때처럼 아주 우연한 데서 시초가 되었을 것이다. 그저께의 닭은 몸이라도 가려워 주둥이로 날개를 비비다가 죽지에 뻘긋한 핏자국이라도 내었던 것이리라. 그러자 피를 본 옆의 닭들이 거기를 쪼고 쪼아 그런 상처를 냈음에 틀림없었다. 오늘의 닭도 그랬으리라. 닭이란 배설할 때만 아니고 불시에 밑구멍을 불룩거릴 때가 있다. 그것을 곁의 닭이 보고 쪼아 피를 내게 된 데서 마침내는 창자까지 뽑아놓게 된 것이리라.

  요컨대 이쪽의 부주의로 좀 더 일찍 그것을 발견하지 못한 것이 오늘의 닭을 그 꼴로 만들었다고밖에 볼 수 없었다. 그러나 그런 일이 하필 셋째번 계사에서만 연달아 일어남은 무슨 일일까. 아무래도 그 계사 안에 다시 옛 버릇을 내는 놈이 한둘 생긴 것 같다. 그렇다면 그놈을 속히 발견하여 격리시켜야 하는 것이다. 그렇지만 이런 사고란 일어나는 순간에는 발견할 방법이 없고 대개 손쓸 수 없게 된 후에야 눈에 띄기 때문에 도무지 어느 놈의 짓인지를 가려낼 수가 없는 것이었다. 어쨌든 윤구는 이 셋째 번 계사를 특히 유의해서 보살펴야겠다고 마음먹었다.

  계란을 배달하러 나갔던 소년이 돌아왔다. 소년은 자전거를 헛간에 세워놓고 돌아서다가 부엌문 밖에 던져져 있는 죽은 닭을 보고 놀라며,

  "아니, 왜 또 그렇게 됐어요?"

  윤구도 부엌문 밖에 죽어 넘어져 있는 닭에게로 눈을 주었다. 그러자 어떤 관련성에서인지는 모르나 지난날 소파수술을 하고

죽은 미란의 모습이 머리에 떠올랐다. 그러나 그는 곧 그것을 지워버리고, 오늘 일어난 일을 소년에게 이야기하고 나서,

"앞으룬 저 셋째 번 계사 안을 좀더 자주 들여다보두룩 해."

"에이 나쁜 새끼들."

"이왕 저렇게 됐으니 어서 물이나 끓여."

11시쯤 윤구가 창고에서 사료 배합을 하고 있는데 조용히 쪽대문을 밀고 들어서는 여자가 있었다. 윤구는 대번 그네가 누구라는 걸 알았다. 현태한테 들은 이야기도 있었지만 어젯밤 집에 돌아오니 낮에 윤구 자기와 거의 어기다시피 하여 어떤 여자 하나가 찾아왔더란 소년의 보고가 있었던 것이다.

여자는 대문 안에 선 채 조심스러운 말씨로,

"저, 남선생님을 좀 뵈러 왔는데요."

"네, 접니다……."

여자가 윤구 있는 데로 걸어왔다. 호리호리한 키에 로힐의 걸음새가 단정했다. 보랏빛이 도는 진회색 타이트스커트에 같은 색깔의 쇼트코트를 입고 있었다.

그리 희지 않은 갸름한 얼굴은 입술연지나 눈썹도 그리지 않은 채였다. 목에 감은 젖빛 바탕에 빨강, 파랑, 노랑의 큰 물방울무늬가 깔린 스카프만이 그중 화사한 빛깔이었다.

여자는 윤구 가까이 오자 큰 검정 가죽 핸드백을 앞으로 가져다 거기 두 손을 모으면서,

"저, 실례지만 윤동호란 분을 아시죠?"

"네, 압니다."

여기서 여자는 약간 고개를 숙여 보이며,

"제가 장숙입니다."

"네에, 알겠습니다."

"어제두 뵈러 왔다가 안 계셔서……."

"제가 외출한 후에 오셨드란 말 들었습니다."

"바쁘신 모양이신데……."

숙이는 계사 쪽을 한번 바라보고 나서,

"닭을 많이 기르시네요."

그리고 잠시 사이를 두어,

"그렇게 바쁘시지 않으면 잠깐 시간을 내주실 수 없을까요? 좀 여쭤볼 말씀이 있어서 그럽니다. 어디 잠깐 가까운 다방 같은 데라두 나가주실 수 없을까요?"

가깝대야 회기동 파출소 앞까지 한참 나가야만 다방이 있는 것이다. 그러나 다방이 멀고 가까운 것은 둘째 치고 어젯밤 현태한테 들은 말도 있고 하여 적당히 대꾸를 하여서 돌려보내고 싶었다.

"무슨 말씀인지 예서 하시죠. 방 안이 하두 누추해서 들어가시자구두 못합니다. 여기라두 들어와 앉으실까요."

그리고 구석에 있는 사과 궤짝을 꺼내다 놓았다.

숙이는 깨끗지 않은 앉음자리건만 별로 개의하는 빛 없이 걸터앉으면서,

"그러시다면 예서 잠깐 여쭙겠습니다. 저, 동호씨와 선생님은 군대에서 같은 부대에 계셨죠?"

"네, 그렇습니다."

434

"동호씨가 돌아간 건 정말루 자살이었나요?"

"네."

숙이는 화장기 없는 볼에 살포시 붉은 물을 떠올리며 백 끈을 만지작거리더니,

"저, 혹시 동호씨가 자살하게 된 동기를 알구 계세요?"

"그건 통 모릅니다."

"그런 일이 있기 전에 무슨 별다른 기색 같은 건 안 보였습니까?"

"글쎄요, 전 그런 걸 전혀 눈치 채지 못했는데요."

숙이는 눈을 깔고 또다시 백을 만지작거리더니,

"너무 이렇게 자꾸 여쭤봐서 죄송합니다. 혹시 신경쇠약에 걸린 증세 같은 건 뵈지 않았든가요?"

"아뇨. 별루 그런 것 같지 않았습니다."

"그럼 죽게 된 원인이 어디 있었을까요?"

윤구는 잠자코 있었다.

그네도 윤구에게서 어떤 새로운 사실을 얻을 수 없다는 걸 깨달은 듯 실망이 역력한 눈빛을 보내며,

"혹 저나 누구에게 전해달라는 말 같은 것두?……."

윤구는 순간 뜨끔했으나 숙이의 시선을 피하면서 여유를 두지 않고 잘라 말했다.

"제겐 그런 것두 없었습니다."

"동호씨가 군대에서 남선생님이나 신선생님 말구 다른 친한 분은 없었나요?"

"글쎄요, 별루 없었다구 생각하는데요."

오정이 지나서야 현태는 자리에서 일어났다. 머리가 떵하고 뱃속이 몹시 거북했다. 식모아이더러 커피를 끓여오라고 했다.

쟁반에 커피 잔을 얹어가지고 온 식모아이가,

"좀 전에 전화가 왔었는데요."

한다.

"어디서?"

"장숙이란 분예요. 아직 주무신다고 했드니 이따 다시 건다구 했어요."

숙이란 여자가 여태 윤구의 집을 못 찾아 다시 물으려는 것인가.

커피를 마신 후 현태가 세수를 하고 자기 방으로 돌아오는데 안방에서 어머니가 부른다. 운동 부족에서 오는 듯 이즈음 부쩍 더 비대해진 어머니는 말을 꺼내기 전부터 숨차하는 목소리로,

"너 허구한 날 허구 다니는 그 꼴이 뭐냐. 얼굴 돼가는 꼴허구 참. 어린애두 아니구 어련히 저두 생각이 있겠지 허구 보구만 있으려니까 날이 갈수록 점점 더 심해만 가니 도대체 어쩔 셈이냐."

현태는 선 채로 잠자코 타월로 얼굴의 물기만 닦고 있었다.

"이번 일두 그게 뭐냐. 생판으루 증명설 두구두 붙들려 들어가선 부모 속을 태우구. 그러구두 풀려나왔으면 집으루 돌아올 일이지 통행금지 시간두 넘어서 곤드레만드레 돼가지구 순경에게 끌려 들어와야겠니? 그래 전화라두 한마디 알릴 생각이 안 나드냐?"

"제가 늘 말씀드리지 않았어요? 제 걱정은 마시라구."

"그야 네 맘이지 에미 속이야 어디 그러냐. 아버지한테두 내 일 렀다. 너무 방임주의루만 나가지 말구 좀 간섭을 하시라구. 그치 만 너의 아버지두 어디 집안일 돌볼 틈이 계시니. 밤낮없이 사업 에만 열중하셔서."

"제 걱정은 마시래두요. 제 요량껏 할 테니까요. 어머니 몸이나 좀 돌보세요. 친구네 집에라두 가셔서 바람두 쐬시구 좀 그러세 요."

"그런 걱정 말구 네 처신이나 잘 하려무나. 네게 드는 돈이 매 달 얼만 줄 아니. 눈치 봐가면서 느이 아버지한테 돈 타내기두 이 젠 물렸다. 그리구 네 아운 뭘 보구 배우겠니?"

"걔는 염려없어요. 저 아니래두 제 갈 길은 갈 애니 두구 보세 요."

현태가 그만 하고 방을 나오려는데 어머니가 다시 불러 세운다.

"저 한 짓은 모르구 잔소린 싫어서…… 자, 여기 네 비자가 나 왔다."

흰 각봉투를 경대 서랍에서 꺼내어 내민다.

현태 자신이 서둘러서 문교부 시험을 치른다, 미 대사관 테스 트를 받는다, 신체검사 증명서를 받는다 해서 나온 미국 갈 비자 였다.

"어머니가 간수해두세요. 제가 갖구 있다간 잃어버릴지두 모르 니까요."

"인젠 정신 좀 차리구 곧 떠날 준비나 해."

"해야죠."

대답하면서 현태는 정말 이참에 어디고 멀리 떠날까도 싶었다. 이 어쩌지 못하는 권태 속을 벗어나보기 위해서라도.

자기 방으로 건너온 현태는 조반 겸 점심상을 받았으나 입 안이 깔깔해 몇 술 뜨는 둥 마는 둥 상을 물렸다.

어젯밤 약속대로 양지다방에 나가 석기를 만났다. 둘이는 묵묵히 마주앉아 차 한 잔씩을 마셨다. 언제나 두 사람은 지난밤의 이야기를 다음 날 만났을 때 다시 화제에 올리는 법은 거의 없었다.

조금 후에 둘이는 다방을 나와 화신 옆 '천보당' 안경점으로 갔다.

검안을 한 결과 그동안 석기의 눈이 더 나빠져 있었다.

"알은 무엇으루 하실까요?"

점원이 물었다.

"어디 거 어디 거가 있죠?"

"독일제, 미제, 일제, 다 있습니다."

"독일제가 젤 좋겠죠?"

"이르다 뿐입니까, 벌써 가격부터가 퍽 다른걸요."

"좌우간 젤 존 걸루 껴주시오."

석기는 현태가 안경알을 흥정하는 동안, 좀 싼 것이면 어떠냐는 말 한마디 없다가 불쑥 주머니에서 안경테를 꺼내어 점원에게 내주는 것이었다. 알 없는 테나마 간수하고 있었던 모양이다.

안경점을 나온 두 사람은 부근에 있는 당구장으로 올라갔다.

"어, 갑자기 눈앞이 밝아지니까 핀트를 맞출 수가 없군."

석기는 큐브를 잡고 두꺼운 안경알을 빛내며 몇 번이고 같은 말을 되뇌었다. 사실 그래서인지 점수를 올리지 못했다.

현태도 잘 맞지가 않았다. 어깨가 마냥 무겁고 전신이 느른해왔다. 두 게임을 하고는 그곳을 나왔다.

아까 집을 나설 때부터 구름이 끼기 시작한 것이 어느새 온통 하늘이 찌푸려져 있었다. 어쩐지 현태는 마음속까지 무겁고 텁텁함을 느꼈다. 지난날 전쟁터에서는 이만 고단한 것쯤 아무것도 아니었는데.

"얼루 가겠어? 한잔 안 할래?"

"집에 가서 좀 눠야겠어."

"낼 나오지?"

"며칠 쉬어야겠어. 그동안 그 안경의 핀트나 잘 맞춰둬."

석기와 헤어진 현태는 집으로 돌아오는 길에 이발소에를 들렀다. 머리를 반쯤 깎았을 때부터 졸다가 드러누워 면도를 할 때는 아주 잠이 들어버렸다. 이발사가, 세수하시죠, 하고 깨워서야 정신이 들 만큼 꽤 깊은 잠이 들었었다.

집에 돌아오니 식모아이가,

"아까 그분한테서 또 전화가 왔었는데요."

그만한 약도면 윤구의 집을 찾을 수 있을 텐데 무슨 일일까. 현태는 귀찮은 생각이 들었다.

"다시 걸려오면 몸이 아파 누워 있다구 그래."

물을 데워 목욕을 하고는 자리 속으로 들어갔다. 현태 모친이 이름 지은 대로 '곰의 잠'을 시작하려는 것이다. 이렇게 밀려오다 한번 누우면 며칠이고 자리 속에서 산다. 밥도 자리 위에 앉아 먹고는 다시 자리 속으로 들어간다. 그가 책을 읽는 것도 주로 이 기간이다. 누운 채 읽다가 졸리면 자고, 깨어서는 베갯머리나 이불 위에 잠들기 전에 엎어놓았던 책을 다시 집어드는 것이다.

11

인간관계 치고 궁극적인 의미에서 어떤 형태로든 상처라는 걸 면할 수 있는 길이 있을까. 크고 작고 심하고 덜한 차이나, 외적인 것과 내적인 것, 의식적인 것과 무의식적인 것의 다름은 있을망정 서로 어떤 상처를 주고받지 않고서는 무릇 인간관계란 성립되지부터 않는 성싶다. 그것이 친구 간이든 남녀 간이든 심지어는 부모 자식 간이라 하더라도 이에서 벗어날 수 없는 것이다. 그저 우리가 이런 상처 속에서도 그냥 삶을 영위할 수 있는 것은 그것들을 망각하기에 애쓰고 또한 거기에 익숙해진 때문인 것이다.

현태가 숙이와 두번째로 만나게 된 것은 그가 예의 곰의 잠에서 일어나 다시 무질서한 생활을 계속하기 시작한 어느 날이었다. 오후 1시경 반도호텔 앞을 지나 을지로 입구에 거의 이르렀을 즈음 뒤에서,

"신선생님 아니세요?"

하는 여자의 목소리가 들렸다.

돌아다보니 숙이가 급히 달려온 듯 숨을 몰아쉬고 있었다. 현태

는 이런 숙이를 보면서 기어코 오늘은 붙들렸구나 하는 낭패스러운 생각이 들었다. 가쁜 숨을 가누며 화장기 없는 얼굴에 상기된 빛을 떠올리고 있는 그네 몸 전체가 무언지 열심히 이쪽을 놓치지 않으려는 기능으로 꽉 차 있어 보였다. 그런 그네가 정 바쁘지 않으면 잠깐 다방에라도 가자는 말을 현태는 마지못해서라도 좇지 않을 수 없었다.

"여러 날 편찮으셨든 것 같은데 이젠 괜찮으세요?"

가까운 다방으로 들어가 차를 시키고 나서 숙이가 물었다.

현태가 다시 외출을 시작하게 된 날 식모아이한테서 그동안 여러 차례 숙이의 전화가 왔었다는 말을 들었다. 그때 현태는 식모아이에게 앞으로 자기가 집에 있을 때 걸려오더라도 없다고 하라고 일렀던 것이었다. 얼마 동안만 이렇게 피하면 언제고 그네 편에서 지쳐 저절로 물러나리라 생각했던 것이다.

"제 직장이 바루 반도호텔 안에 있어요."

반도호텔 안에 있는 어떤 외국인 상사의 타이피스트로 있다는 것이었다.

"지금 점심을 먹구 무심쿠 창밖을 내다보구 섰는데 선생님이 지나가시지 않아요?"

숙이는 우연히 현태를 만나게 된 흥분이 아직 가시지 않은 얼굴빛이요 어조였다.

그러나 조금 후에 그네는 손목시계를 들여다보며 머뭇거리더니,

"외국인 회사라서 시간이 까다로워요."

그네는 한 손으로 입을 가리듯 하면서 조용히 이렇게 말하고는,

"죄송하지만 이따 시간을 좀 내주실 수 없으세요? 5시 후면 아무 때구 좋은데요."

"글쎄요, 오늘은 누구와 약속이 있어서."

이제 현태는 석기와 만나 영화 구경이라도 하려던 참이었다. 그러니 3시쯤에는 영화관을 나오게 될 것이다. 하지만 그네를 만나기 위해 기다리고 시간을 맞추고 어쩌고 하기가 귀찮은 것이었다.

"낼은 시간이 어떠신가요? 토요일이라 전 1시면 나오게 되는데요."

"낼은 또 회합이 있습니다."

"그러세요?"

숙이는 가볍게 입술을 깨물며 다시 손목시계를 내려다보더니,

"그러시다면 그냥 이대루 시간을 좀……"

무엇에 매어달리는 듯한 말씨였다. 오후 근무를 쉬는 수밖에 없다는 것이리라. 현태를 향해 쳐드는 그네의 얼굴이 긴장으로 해서 한동안 굳어졌다.

"그럼 낼 1시쯤 시간을 내보죠."

숙이의 얼굴이 환히 펴이며,

"자꾸만 성가시게 해드려 미안합니다."

새로 딴 다방으로 정하지 않고 이곳에서 만나기로 하고 자리에서 일어섰다.

다음 날은 그동안 한파가 밀려간 뒤에 좀 따뜻해졌던 날씨가 도로 추워지면서 바람까지 불었다.

현태가 약속한 1시에서 20분 가량이나 늦어 다방에 들어서니 한옆에 앉았던 숙이가 가볍게 몸을 일으켜 자기가 있는 곳을 알렸다.

"볼일이 있으시다는 걸 이렇게 나오시게 해서 죄송합니다."

오래 기다리고 있었음이 틀림없어 이미 차는 다 마신 뒤고 탁자 위에 놓여 있는 엽차도 싸늘하게 식어 보였다.

이런 때 미란이 같았으면 어떠했을까. 한동안 미란과 다방에서 만나곤 했을 적 일이 생각났다. 약속한 시간에서 조금만 늦어도 그네는 가만있지를 않았다. 저기 좀 보세요. 그네가 턱으로 한쪽을 가리키는 것이다. 거기 어떤 젊은 여자가 어깨를 동글게 하고 앞 탁자 위에 눈을 떨군 채 앉아 있는 것이었다. 어때요? 제 뒤로 곧 들어와서 여태껏 저렇게 혼자 앉아 있어요. 보기 숭업죠? 이런 데서 여잘 기다리게 하는 게 아네요. 약속한 시간에 늦은 현태를 미란이 이렇게 오금을 박는 데만 그치지 않았다. 제 편에서 어처구니없는 짓을 하기도 했다. 한번은 다방에서 그네를 기다리다 못해 밖으로 나오니까 맞은편 골목 그늘 속에서 나타나며, 15분두 채 안 기다리시는군요, 하고 눈을 흘기는 것이었다. 현태가 한 마디, 악취민데, 했더니 그네는 소리 내어 웃으며, 숙녀답지 못하다는 거죠? 그치만 번번이 늦게 오는 벌을 받아야 해요. 현태가 미란에게 흥미를 잃고 만 것은 그네가 윤구의 애인이었다는 데만 기인하는 것은 아니었다. 그보다도 미란의 그 성큼성큼하고 쾌활한 성품과 무모하리만큼 강한 자기 위주의 기질이 이쪽에 어떤 부담을 느끼게 하는 게 싫었던 것이다. 지금 눈앞의 여자는 그 풍

김에서 미란과 전혀 다른, 그저 잔잔히 흐르는 물과 같은 느낌을 주었다. 귀찮더라도 오늘 상대를 해주어 다음은 그네로 하여금 저 갈 데로 흘러가게 하리라 현태는 생각했다.

토요일 오후라 그런지 다방은 무척 붐비었다. 현태와 숙이가 앉아 있는 자리도 딴 사람과 합석해 있었다.

숙이는 무슨 말이고 자기가 먼저 꺼내야 한다고 생각하면서도 어쩐지 이런 자리에서는 꺼려졌다. 이제 현태가 차를 다 마시거든 자리를 옮기자고 하리라 마음먹고 있는데 그가 먼저 입을 열었다.

"지금 있는 회사엔 들어간 지 얼마나 되십니까?"

"이태째예요."

숙이는 현태가 말문을 열어준 김에 자기가 나가고 있는 회사에 관한 얘기를 했다.

"서독인이 경영하는 회산데 소문에 듣던 대루 그이들 생활이 정말 실질적인 데는 놀랐어요. 점심두 부득이한 경우가 아니구는 자기네 숙소루 가서 먹구 와요. 그건 또 둘째예요. 커피두 물통에 넣어갖구 다니는걸요. 그렇다구 인색한 것과는 또 달라요. 밑에서 일하는 사람들 대우두 괜찮구, 제 시간에 제 일만 하면 아무 잔소리두 없어요. 그 대신 근무 시간만 엄수해야 해요."

이야기하고 나서 그네는 어제도 외인들의 시간관념이 대단하다는 말을 했던 것에 생각이 미쳤다. 별 뜻 없이 한 말이지만 혹시 그것을 상대방이 곡해해 듣지나 않았을까. 현태가 이날 약속 시간보다 20분이나 늦게 온 것을 빗대고 한 말로라도.

여기서 대화가 중단된 채 이어지지 않았다.

이윽고 현태가 차를 다 마신 것을 본 숙이는, 나가실까요, 하고 미안하다는 웃음을 입가에 지으며 자리에서 일어났다. 현태도 이런 곳에서는 그네가 하고 싶은 말을 할 수 없으리라고 따라 일어섰다. 이날도 숙이가 먼저 카운터로 가 찻값을 치렀다.

을지로입구 네거리 횡단로에서 숙이는,

"저, 선생님 점심 잡수셨어요?"

현태는 이날도 아침 겸 점심을 먹고 나와 당구를 치다가 약속시간에 늦었던 것이었다. 그러나 지금 음식을 먹는 게 목적이 아니고 조용한 자리가 필요하다는 생각은, 말하는 숙이나 듣는 현태나 같았다.

둘이는 길 건너편에 있는 중국 음식점으로 갔다.

연탄난로를 피워놓기는 했어도 으스스 추운 방에서 둘이는 음식에 별로 젓가락질도 하지 않았다.

숙이가 손수건으로 조심스레 입을 닦고 나서,

"아마 선생님은 절 불쾌하게 생각하실 거예요. 추근추근한 여자라구요. 허지만 제겐 너무나 중대한 일이기 때문에 이렇게 부끄럼을 무릅쓰구 선생님께 폐를 끼치는 거예요."

그리고 잠시 먼 데로 시선을 던졌다가 다시 눈을 내리깔더니,

"이번에 어떤 사람하구 약혼을 할까 해요."

나직한 말씨나 오랫동안 생각이 쌓이고 쌓인 듯 어떤 중량감을 가진 음성이었다.

"처음엔 동호씨와의 일을 마음속에 살려가면서 일생을 살리라

맘먹었었어요. 부모나 주위 사람들 입에 결혼 말이 오르내려두 아무렇지두 않게 넘겨버릴 수 있었구요. 자신이 남의 아내가 된다는 것은 도저히 있을 수 없는 일루만 생각됐거든요."

잠시 그네는 눈을 감고 약간 머리를 뒤로 젖히며 가만히 속으로 숨을 내쉬는 듯하더니,

"그랬는데…… 차차 그런 내 생각에 회의를 품게 됐어요. 무엇 땜에 내가 있는데두 자살을 한 사람을 못 잊어 하느냐 말예요, 그 게 어떠한 이유든요…… 이렇게 따지게 된 그 자체가 벌써 그이에 대한 생각이 희미해져가는 탓인지두 모르지만요."

"참 댁이 어디죠?"

현태가 이렇게 물었다. 그네의 집이 어딘가를 알기 위해 물은 것은 아니었다. 이런 말이라도 하여서 잔잔히 흐르던 물이 여울목을 만난 것처럼 격해져가는 그네의 감정을 딴 데로 좀 돌려보려고 했던 것이다.

그러나 그네는,

"인천예요. 거기서 매일 통근하구 있어요. 전에 동호씨와는 늘 함께 통학을 했지요. 처음 혼자 다니게 되면서두 때때루 동호씨가 같은 찰 타구 있는 것 같은 착각을 일으키군 했어요. 그리구 차에서 내려서 두 사람들 틈에서 동호씰 찾구 있는 나 자신을 깨닫군 한 적이 한두 번이 아니구요. ……이런 얘긴 친한 동무한테두 한 적이 없어요."

"그러니까 그 친구완 안 지 오랬군요?"

"그럼은요. 같은 국민학교엘 다녔으니까요. 그런데 지금

은……."

숙이는 말끝을 흐렸다. 그리고 자기 자신을 진정시키려는 것이리라, 눈을 아래로 내리깐 채 어깨로 숨결을 가누고 있었다. 그 쇼트코트에 싸인 어깨가 유난히 가냘퍼 보였다.

좀 만에 그네는 조용히 고개를 들며,

"모두 우습게 들리시죠? 하여간 이번엔 부모 말씀을 좇아서 결혼을 할 생각으루 있어요."

그런데 막상 결혼을 할 구체적인 단계에 이르자 이미 마음속에 정리가 된 줄 알았던 동호의 일 중에서 아무래두 그의 자살한 사실만은 자기를 쉽게 놓아주지 않는다는 것이었다. 그의 죽음의 원인이 무엇이든 그것을 알고 난 뒤가 아니면 마음을 결정할 수 없을 것 같은 생각이 들더라는 것이다.

"그래서 전에 동호씨한테서 받은 편질 더듬어 선생님 계신 곳을 찾아냈던 거예요. 동호씨가 선생님과 제일 가깝게 지냈다는 걸 알구 있었거든요. 그랬는데 선생님이나 남선생님 모두 전연 모른다구만 하시잖아요. 전 그때 알았어요, 뭔가 제게 숨기는 게 있으시다는 걸요."

"사실 군대에서 사귄 친구 치구 젤 친했었지요."

"그러니까 말예요, 동호씨에 관한 걸 아실 게 아녜요?"

"무척 순진한 친구였죠. 숙맥이랄 정도루."

"선생님은 아직두 제게 말하는 걸 피하구 계세요. 지나친 생각인진 몰라두 저와 만나지 않기 위해서 전화까지두……."

그네의 오뚝한 코끝이 가벼운 흥분과 긴장으로 해서 약간 희어졌다.

"있었던 그대루를 말씀해주세요. 어떤 말이라두 참구 듣겠어요."

"사람이란 과히 이렇다 할 까닭 없이 남을 죽이기두 하구, 제 목숨을 끊는 수두 있는 게 아닐까요. 옆에서 보면 터무니없을 만큼."

"그렇지만 당자에겐 그럴 만한 이유가 있겠지요."

"그걸 제삼자루선 알 길이 없는 거죠."

"그래두 얼마만큼 짐작은 할 수 있잖어요? 그렇게 친하던 사이라면요."

"짐작이나 추측처럼 모호하구 위험한 건 없다구 봅니다."

"끝내 회피하시는군요."

"회피두 아무것두 아닙니다. ……그저 이 말을 하나 해두죠. 우리가 죽은 사람을 가지구 이러쿵저러쿵 얘기한다는 건 한갓 취미에 지나지 않는다는 걸요. 나두 동호 그 친구가 죽었을 때 아까운 녀석이 죽었구나 생각했죠. 그리구 마음 한편으룬 덜되게 자살을 하다니 약해빠진 녀석이라구 욕두 하구요. 이게 다 결국은 내 취미에 지나지 않았든 거예요. 그러니 일생 동안 그 친구 생각을 하면서 혼자 살려구 한 거나 이즈음 와서 그 친구의 죽은 원인을 앎으루 해서 깨끗한 맘으루 결혼을 해보겠다는 것두 다 결과적으루 봐선 하나의 취미에 지나지 않는 거지 뭡니까."

"알겠어요. 자기 취밀 가지구 남을 괴롭히지 말아달라시는 거죠?"

그네의 코끝뿐 아니고 얼굴 전체에서 핏기가 걷히면서 노르스름한 빛이 드러났다.

현태는 이 여자가 앞으로 약혼을 함으로써 얼굴에 화장을 하게 될는지도 모른다는 생각을 아무 뜻도 없이 한번 해보았다.

12

그날 현태는 저녁때 석기와 함께 술이 취하여 귀거래다방에를 들렀다. 술을 더 마시러 가다가 마침 그 앞을 지나게 되어 들른 것이었다. 붐비는 저녁참이 지난 때여서 다방 안은 한산했다. 말 없이 난롯가에 앉아 지금 마시고 온 술기운이 전신에 젖어 퍼지는 어질한 맛에 몸을 내맡기고 있는데 레지가 커피 두 잔을 앞에 가져다놓는 것이었다. 시키지 않은 차였다. 단골로 다니는 곳이라 가끔 그냥 앉았다가 나가도 무방하게 돼 있는 것이었다. 어떻게 된 일이냐고 이쪽이 묻기 전에 레지가 고개로 한쪽을 가리키며, 저분이 보냈어요, 한다. 레지가 가리키는 곳으로 시선을 주니 거기 숙이가 앉았다가 윗몸을 약간 이쪽을 향해 숙여 보이는 것이었다.

석기가 차를 저으면서,

"누구야?"

"그저 좀 아는 여자."

저번 현태가 숙이와 만났던 것은 한 열흘 전이었다. 그때 헤어지면서 숙이가 어디로 자주 나오느냐고 물은 일이 생각났다. 그러지 않아도 고의로 자기를 피한다는 걸 알고 있는 그네에게 또 딴말을 할 수가 없어 이 다방 얘기를 했던 것이다. 그리고 그것은 단지 서로 헤어지면서 주고받은 인사말 정도로밖에 현태는 여기지 않고 있었다. 저번 만났을 때 그네는 적잖이 거센 감정의 여울목을 보여주긴 했다. 그러나 일단 그것으로 흐름은 다시 잔잔해져 현태 자기 앞을 이미 지나쳐버린 줄만 알고 있었다. 그런 그네가 이번에는 이곳에까지 나타나다니. 물론 그네가 거기 와 있건 말건 무관심하게 보아 넘기면 그만일 것이었다. 그러나 이날 좀 취한 현태는 커피를 입에 대지도 않고 그네 자리로 갔다. 무언가 자기를 휘감고 있는 어떤 물줄기 같은 것을 헤쳐버리려는 기분으로.

숙이가 앉음새를 고치며,

"참 존 다방이에요. 조용하구 자리두 편한 게."

"아직 약혼을 안 하셨습니까?"

퉁명스러운 이런 첫마디 물음에 숙이는 대답할 말을 잃고 잠시 현태를 건너다보았다. 술기운으로 해 벌게진 얼굴에는 벌써 이발한 지도 오래되어 수염이 꽤 거칠게 자라 있었다.

"제 맘대루 차를 시켜 보낸 게 실례가 됐나 봐요. 용서하세요. 그거 선생님이 어딘가 피곤해 뵈시기에 그런 거예요. 같이 온 분두 계신데 정말 실례했어요."

"아니 그건 문제가 아니구……."

"그동안 제가 이 다방에 들르군 한 건 동호씨 일루 선생님을 더 괴롭혀드리려는 건 아녜요. 그저…… 뭐라구 말씀드렸음 좋을까요…… 그저 옛날 동호씨와 가까이 지냈든 선생님이나 남선생님의 생활 분위길 조금이나마 보구 싶었을 뿐예요."

현태는 쓴웃음을 떠올렸다.

"그래 뭘 봤죠? 피로한 모양 그거라는 거죠? 그리구 술 취한 꼴…… 아마 날마다 질서정연한 생활을 하구 있는 외국인을 대하는 눈엔 더할걸요. ……어쨌든 내게서 지난날 동호 그 친구의 모습을 찾아보겠다는 건 오산이란 것만 아십쇼."

"결국 제가 이 다방에 오는 것두 부질없는 한 취미에 지나지 않는다는 거군요? 좋아요. 취미라두 좋아요. 그런 취밀 가져서 나쁠 건 없잖어요?"

숙이의 입가에 차고 쓸쓸한 웃음이 한순간 스치고 지나갔다.

"그야 내 상관할 바 아니겠죠. 허지만 술 먹은 사람이란 술 안 먹은 사람에게 뭣을 엿보이거나 간섭받기를 젤 싫어한다는 건 알아두십쇼."

현태는 자리에서 일어나 석기 있는 데로 두어 걸음 옮기다 말고 무엇을 생각했는지 돌아서 다시 그네 앞자리에 가 앉았다. 그리고 그네에게로 윗몸을 약간 내밀었다. 적이 충혈된 눈이 빛을 발했다.

"너무 오래 여기서 머뭇거리다가 인천행 막차라두 놓치면 안되겠기에 한마디만 더 합니다. 저번에 내가 어떤 말을 한대두 참구 듣겠다구 하셨죠? 분명히 그러셨죠? 그럼 얘기할까요? 동호 그 친구가 말예요, 어떤 여잘 총으루 쏴 죽였어요. 남자와 여잘 쐈는데 남잔 부상만 입구 여잔 죽구 말았죠."

현태는 지금 자기가 술에 취해 해선 안 될 소리를 하고 있다는
걸 의식하면서도 그냥 지껄였다.

"여잔 싼 술집 여자였죠. 이게 그 친구가 자살하게 된 원인입니
다. 나머진 짐작으루 생각하십쇼. ……그리구 사실은 그 친구의
유서가 있습니다. 낼이라두 가져다드리죠."

그네는 노르스름한 살갗이 드러날 만큼 핏기가 걷힌 얼굴로 현
태 쪽을 바라보며 까딱 않고 있었다. 그러나 그것은 현태 아닌 딴
먼 데 것을 바라보는 눈이었다.

현태는 오랜만에 어떤 잔인스런 쾌감 같은 것을 느끼면서,

"어떻습니까? 낼 6시에 이리 나오시죠. 편질 갖다드릴게."

숙이는 여전히 까딱 않고 가만히 앉아 있었다. 그러는 그네의
눈에 먼 데 것이라도 비친 듯이 물기가 돌면서 안으로 빛났다.

현태는 석기 있는 데로 와 같이 다방을 나섰다.

둘이는 술집을 몇 군데나 옮겨 다니면서 마셨다. 현태는 생각했
다. 자기의 말이 필경 숙이의 가슴을 찌르고 아프게 했을 것이다.
그랬으면 어쨌다는 건가. 그렇건만 웬일인지 그는 자기 마음도
언짢음을 느꼈다. 이날 밤 현태는 이상스레 마신 푼수로는 술이
취해지지가 않았다. 그러면서 기분이 깨끗지 못했다.

11시쯤 현태는 석기와 헤어져 돌아오는 길에 평양집에를 들렀
다. 손님 없는 술청에 잔심부름하는 애가 혼자 난롯가에 졸고 있
었다.

이날 안방엔 면장이 와 있었다. 주인아주머니와 주고받는 걸쭉한 음성이 이쪽 부엌 뒷방에까지 들려왔다.

현태는 간단한 술상을 앞에 놓고 계향이가 따르는 술잔을 받아 마시고 있었다. 언제나처럼 오른쪽 무릎을 세우고 그 위에 양손을 포개어 얹은 그네의 자세. 술을 따를 때만 무릎 위에 포갰던 오른손으로 술 주전자를 잡고 왼손은 오른손 소매 끝을 받쳐 드는 기계적인 동작. 그리고 새하얀 살갗 안에 모든 감정이 차갑게 사장돼 있는 듯한 얼굴. 현태는 역시 이 찬 돌 같은 그네에게 아무런 신경을 쓰지 않아도 된다는 데에 어떤 휴식 같은 것을 맛보고 있었다.

안방에서 주인아주머니의, 이젠 더 못 마시겠이요, 잔뜩 됐이요, 하는 말소리에 이어 면장의 걸쭉한 음성으로, 우리 월선이두 이젠 늙었어, 하는 말소리가 들려왔다. 이 면장은 언제나 주인아주머니더러 월선이라고 부르는 것이다. 그 이름으로 미루어 현태가 계향이에게, 주인아주머니가 전에 기생이었지? 하고 물어보았더니 그네는 대답 대신 입가에 웃음을 떠올리는 것이었다. 그것은 현태의 말이 맞았다는 뜻인지 그렇지 않다는 뜻인지 또는 모른다는 뜻인지 조금도 의사가 담겨 있지 않은 그저 기계적으로 위아래 입술이 약간 벌어진 느낌을 주는 웃음이었다. 안방에서는 한참 알아들을 수 없는 말을 두런두런 주고받더니 다시 면장의 걸쭉한 목소리가 들려왔다. 아마 지금 갈비라도 뜯고 있는 모양으로, 무슨 놈의 갈비가 이 모양이야, 살점이라군 하나 안 붙었군, 갈비란 목침만큼씩 해야 먹는 것 같지 이거야 어디, 한입 뜯어 생키믄 목구녕이 뜨끔뜨끔하게 말야.

정전이 되어 불이 나갔다. 어둠 속에서 계향이가 부자연스러울
만큼 급히 몸을 일으켜 밖으로 나가버린다. 현태는 담배를 붙여
물었다. 별안간 안방에서 주인아주머니의 킬킬대는 소리와 함께,
술상두 치우지 않구 왜 이러십네까, 하는 말소리가 들렸다. 현태
는 이 주인아주머니의 서울말과 평안도 사투리를 섞어 쓰는 말소
리를 언제나 재미있게 듣곤 하는 것이다. 조금 후에 안방 문이 열
리며, 누가 나오는 기척이 나더니 주인아주머니의 목소리로, 속상
해 죽갔네, 불은 왜 또 꺼지노, 하면서 이쪽 방문을 여는 것이다.

주인아주머니가 방구석에서 초를 찾아 술상머리에 불을 붙여놓
으니까야 나갔던 계향이가 들어와 좀 전에 앉았던 자리에 좀 전
자세로 앉는 것이었다. 전등이 나가면 일단 덮어놓고 손님방에서
나오라는 당부를 주인아주머니한테 받고 있음이 분명했다.

그러나 지금 주인아주머니는 현태에게,

"저것 좀 봐요. 얼마나 얼뜨구 순진한지 어두운 데선 잠시라두
남자 앞에 못 앉아 있쉐다레."

흔들거리는 촛불에 비친 계향이의 얼굴은 한결같이 석고처럼
아무런 표정도 없이 굳어 있었다.

현태가 잔을 주인아주머니에게 건네었다.

"오늘은 너무 많이 먹었이요."

사실 보통 때보다 많이 마신 듯싶어 그네의 붉어진 눈꺼풀이 부
르튼 것처럼 부풀어 있었다. 그러나 모처럼 현태가 주는 잔을 마
다고 할 수 없다는 듯이,

"그럼 조꼼만."

계향이에게 반 잔도 못 되게 술을 따르게 하여 쪽 소리를 내며 마시고는 빈 잔을 현태에게 넘기면서,

"선생님은 오늘 취하신 것두 같구 안 취하신 것두 같으니 웬일이야요. 어서 몇 잔 곱박아 드세야겠이요."

그리고 계향이에게 술 주전자를 옮겨 받아 쥐면서,

"넌 안방에 들어가 소리나 한마디 해드려라."

11시 반이 가까웠는데 주인아주머니 편에서 소리를 하라고 하는 것은 무슨 일일까.

계향이가 안방으로 들어가자 주인아주머니는,

"선생님은 요즘 웬일이시야요. 가물에 콩 나듯 뜨믄뜨믄 들리시니. 와두 이르케 늦게만 오시구. 괜히 딴 데 좋은 곳이라두 생게서 우리 집에 안 오신대믄 안 돼요."

"이맘때가 젤 손님이 없어 좋잖어요?"

"그래두 어데 노실 시간이 있어야 뭘 하지요……얘, 계향아, 어서 소리 한마디 해라."

주인아주머니가 안방 쪽으로 고개를 돌리고 소리쳤다. 곧 계향이의 노랫소리가 들려왔다.

"글쎄 사내들은 나이 먹을수룩 주책이지 뭐야요. 저 면장이 글쎄 계향이에게 눈독을 들이구 있지 않잖이요."

주인아주머니가 현태 귀 가까이 속삭였다. 계향이더러 소리를 하라고 한 것도 이런 이야기를 안방에 들리지 않게 하기 위한 것이었던가. 면장이 두들기고 있음에 틀림없는 젓가락 장단 소리가

들렸다.

"가만 보니 사내란 젊어서는 되레 나이 든 여잘 좋아하구 늙어서는 엉뚱하게 체니애에게 욕심을 내거든요."

계향이의 노랫소리가 끝나자 주인아주머니는 다시 안방 쪽으로 고개를 돌리며 소리쳤다.

"애, 이번엔 어랑타령 한번 불러라."

안방에서 다시 계향이의 낭랑하고 맑은 목청이 들려오자 주인아주머니는,

"글쎄 한 달에 3만 환씩 내겠다는 거야요. 한 주일에 한 번씩 와 묵기루 하구. 그 구두쇠가 큰맘 먹구 하는 소리긴 하지요. 그러나 될 말이웨까. 저 애가 어떤 애라구. 그래 그맛 돈을 바래서 저걸 업구 그 지긋지긋한 38선을 넘어올 밸 빠진 년이 어디 있갔쉐까. 어림두 없는 소리지. 하기야 첫날밤 개시라는 게 있지 않습네까. 최소한도루 한대두 요것은 내놔야지요."

주인아주머니가 왼손 손가락 전부를 쫙 펴 보였다. 그러면서 한 손으로 주전자를 들어 현태의 잔에다 술을 붓는 것이었다.

계향이의 노랫소리가 그칠 적마다 주인아주머니는 연달아 안방 쪽을 향해 다음에는 뭣을 부르라고 소리치곤 했다. 계향이의 노래는 축음기판을 갈아놓듯이 주인아주머니가 하라는 대로 끊임없이 계속됐다. 그리고 간간이 면장의 젓가락 장단 속에 섞여, 조오타, 하는 흥겨운 소리가 들려왔다. 이런 소리를 듣는 동안 현태는 주인아주머니가 계향이더러 쉬임 없이 무어든 노래를 부르게 하고 있는 것은 이쪽에서 하는 얘기를 들리지 않게 하기 위한 것보

다는 도리어 이편에서 저쪽의 동정을 살피기 위한 것이 아닌가
하는 생각이 들었다. 계향이의 노래가 계속되는 한 면장이 그네
에게 무슨 딴 짓을 못하고 있다는 걸 알 수 있을 테니까. 현태는
갑자기 장난을 치고 싶어졌다.

"이보세요, 아주머니."

주인아주머니가 갸우뚱 고개를 들었다.

"얼른 안방에 들어가보세요."

"왜요?"

"면장이 무슨 짓을 하구 있는지 누가 알아요. 쓸데없이 이러다
5만 환짜리 숫처녀 공짜루 잃어버리지 말구."

"염네없어요."

"사람의 몸에 어디 입만 있나요. 계향이가 노랠 부르는 동안 면
장이 무슨 짓을 하구 있는지 누가 알아요. 어서 들어가보세요."

그리고 현태가 술값을 치르려고 하자 주인아주머니는,

"아니 몇 잔만 더 하시지 않구."

그러면서도 안방의 일이 적이 마음에 걸리는 듯,

"내 들어가서 그 앨 이리 내보낼게요."

현태는 그대로 술값을 치르고 그곳을 나왔다.

13

현태가 늦잠을 자는 것은 무어 어제오늘 시작된 버릇은 아니었

다. 밤늦게까지 술을 마시며 싸돌아다니니까 자연 늦잠을 자게 마련이지만, 설혹 어쩌다 일찍 눈을 뜨는 날도 자리에서 일어나지를 않는 것이었다. 그러니 저녁에는 저녁대로 아침에는 또 아침대로 아버지와 얼굴을 대할 시간은 거의 없었다.

대학에 다니는 아우와도 얼굴을 마주 대할 기회가 드물었다. 중학 시절부터 등산을 좋아하는 아우는 방학 때는 물론 일요일이나 공휴일에도 빠짐없이 산에 가고 집에 없기가 일쑤였다.

그저 현태는 항상 집 안에 있는 어머니와만은 어쩔 수 없이 만나게 되었다. 만날 때마다 어머니는 도미 독촉이 심했다. 처음 어머니한테서 비자가 나왔다는 말을 들었을 때는 현태도 정말 곧 떠나고 싶은 심정이었다. 자기의 생활 주변을 휩싸고 있는 지리한 무위의 타성에서 벗어나기 위해서라도. 그리고 그 후에도 가끔 어디고 멀리 떠나고 싶은 심정에 부닥치곤 했다. 그러나 그때마다 현태는 자기를 둘러싸고 있는 이 타성으로부터 헤어나기란 전쟁터에서 적의 포위망을 뚫기보다도 더 힘들다는 걸 느끼곤 했다.

그날도 현태는 중낮이 돼서야 자리에서 일어났다. 유리창으로 내다보이는 바깥 날씨가 흐려있었다. 세수를 하고 자기 방에 와 있으려니까 밥상을 가져오는 줄 알았던 식모아이가 고개를 문틈으로 디밀며 전화가 왔다고 한다.

"전에 여러 번 걸려오든 그 여자분예요. 그래 안 계시다구 했드니 오늘 이리 전활 걸기루 돼 있으시다구요."

응접실로 가 전화를 받았다.

수화기를 통해 듣는 숙이의 음성은 평상시보다 어딘가 약간 갈린 기운이 어려 있었다.

"용서하세요, 선생님. 거짓말을 해서라두 선생님을 만나 봬야겠기에 그랬어요. 마침 토요일이라 일찍 나갈 수두 있구요."

나올 때 동호의 편지를 갖고 와줬으면 고맙겠다는 것이었다. 저번 귀거래다방에서 만났던 지도 한 주일 가까이 되는 것이었다. 만난 이튿날 현태는 벽장 구석에 처박아둔 군대용 배낭을 끄집어내어 그 속에서 동호의 편지를 찾아갖고 다방으로 나갔던 것이다. 그러나 그날 저녁뿐 아니고 그동안 두세 번 들러본 다방에 그네는 나타나지 않았다. 그랬던 그네가 한 주일 가까이나 지난 오늘 그 편지를 갖고 나오라는 것은 또 무슨 변활까.

언제나처럼 점심을 겸한 조반을 먹고 그는 밖으로 나섰다.

숙이가 만나자는 2시까지는 시간이 있었다. 현태는 아무 목표도 없이 종로2가로 해서 을지로2가를 거쳐 중앙극장 앞을 지나 천주교회당 언덕을 넘었다. 길 한가운데서 거지애 하나가 행인에게 구걸을 하고 있다가 현태의 얼굴을 쳐다보고는 잇새로 침을 찍 쏘아붙인다.

충무로 쪽으로 걸음을 옮겼다. 중앙우체국 뒤 책방들이 양쪽에 늘어서 있는 곳을 지나면서 문득 오랫동안 이들 책방과 멀리하고 있었던 자기 자신에 생각이 미쳤다. 제대 직후에는 그래도 어떤 보람을 느끼면서 서울 장안 책방을 부지런히 뒤지며 돌아다녔던 것이 매일같이 술을 마시게 되면서부터는 자연 멀어지고 말았던 것이다.

현태는 발 내키는 대로 한 책방으로 들어섰다. 물론 살 책이 있어서는 아니었다. 거기서 그는 이 책 저 책 훑어보다가 『열대어』란 책이 눈에 띄어 뽑아 들었다. 신 문고판짜리 백 페이지도 못 되는 얄팍한 책이었다. 표지에 원색 사진이 아니고 도감이라 씌어져 있어 신통할 것도 없을 거라고 생각하며 펼쳐보니, 과연 첫눈에도 그림의 모양과 채색이 부자연스러웠다. 실물과는 상당한 거리가 있음에 틀림없으나 하여튼 윤곽만으로도 괴이한 생김새와 색깔을 한 어족들을 들여다보는 동안 이것을 한번 계향이에게 보여주면 어떨까 하는 생각이 들어 값을 치르고 주머니에 넣었다.

책방을 나온 그는 을지로입구까지 와서 거기 있는 당구장으로 올라갔다. 시간을 보내는 데 이것처럼 편리한 게 없는 것이다. 석기와 가끔 들르는 당구장이어서 손님 중에 풋낯이나 아는 사람이 몇 있었다. 그들과 얼려 게임을 했다.

한 게임을 하고 현태는 그곳을 나왔다. 밖은 뿌연 하늘이 낮추 덮여 있었다.

약속한 2시까지는 아직 시간이 좀 남았으나 그는 전에 숙이와 처음 들렀던 다방으로 갔다. 그네가 전화로 그리 나와달라고 했던 것이다.

다방에 들어서니 숙이가 또 먼저 와 앉아 있는 것이었다. 현태에게 약간 몸을 일으켜 보이는 그네의 화장기 없는 얼굴이 저번보다 알아보게 해쓱해져 있었다.

현태는 얼른 일을 끝내고 싶었다. 차 한 잔씩을 마시고 나서 한

주일 가까이나 그냥 오버 안주머니에 넣어가지고 다니던 동호의 편지를 꺼내려고 하는데 그네가,

"가만 계세요."

하고는 자리를 옮기자는 것이다.

다방 안은 날씨가 좋지 못한 탓인지 한창 붐빌 시각인데도 손님이 별로 없었다. 이만큼 조용한 곳이면 할 말을 못할 것이 없다고 생각하면서도 현태는 그네를 따라 일어섰다. 저번에 현태 자기가 한 말로 해서 이렇듯 해쓱해졌을지도 모르는 그네의 얼굴이 이쪽에서 안 된다고 할 수 없을 만큼 간절해 보였기 때문이었다. 귀찮은 일이지만 오늘로 마지막이라 생각했다. 명동까지 가 숙이가 하자는 대로 어떤 그릴로 들어갔다.

숙이는 생선프라이와 라이스, 현태는 샐러드에 위스키를 시켰다. 숙이가 식사를 끝낼 동안에 현태는 위스키 석 잔을 마셨다. 그동안에 두 사람은 별로 말을 주고받지 않았다.

출입문을 들어서는 한패의 손님들이 머리와 어깨에서 눈을 털어내고 있었다. 현태가 유리창 쪽으로 고개를 돌렸다. 눈발이 희뜩희뜩 내리고 있었다.

숙이도 유리창 쪽으로 눈을 주며,

"선생님 눈 싫어하세요?"

했다.

현태는 유별나게 눈이 싫다든가 좋다든가 생각해본 적은 없었다. 군대 생활 시절 전쟁마당에서 강추위가 한 주일이고 두 주일이고 연이어 계속되면 눈이라도 흠뻑 쏟아졌으면 하는 때도 있었

다. 그러나 정작 눈이 강산처럼 오고 세찬 눈보라까지 휘몰아칠
것 같으면 한결 더 고생스럽던 기억이 있었다.

"중동부 전선엔 눈이 대단하다죠?"

"그렇죠, 하룻밤 사이에 군화가 푹푹 빠지두룩 내리는 게 예사
지요."

"그럼 그때 눈에 질려서 지금은 눈을 좋아하지 않으시겠네요."

"그렇다구만 말할 순 없겠죠. 눈이 많이 오는 고장에 있어본 사
람이래야 눈을 싫어할 줄두 알구 사랑할 줄두 알겠죠."

숙이는 두 손으로 찻잔을 싸쥐고 약간 얼굴을 붉히더니,

"그런데 저 선생님, 오늘 제게 시간 좀 내주실 수 없으세요?"

그러나 그것은 이쪽의 의향을 묻는다느니보다도 그렇게 해주기
를 바라는 말씨였다.

현태는 이 여자와 지낼 시간이 성가실 것을 생각하면 마음이 내
키지 않았으나 오늘로 정말 그네와 만나는 것도 마지막일 테니
하자는 대로 내버려두리라고 잠자코 있었다. 그것이 그대로 응낙
의 표시가 되었다.

"감사합니다. 선생님이 안 된다구 할까 봐 조마조마했어요."

밖은 과히 크지 않은 눈송이가 조용히 내리고 있었다. 사람의
발길이나 자동차 바퀴에 밟히지 않는 길 가장자리에는 벌써 눈이
소복이 덮여 있었다. 현태는 오버 깃을 세웠다.

미도파 앞에서 숙이가 택시를 세웠다. 그러고는 운전수더러 인
천 송도까지 가지 않겠느냐고 묻는 것이었다. 궂은 날 시외로 나
가기 싫은지 그냥 지나가버린다. 다음번 차는 인천이면 몰라도

송도까진 못 가겠다는 것이었다.

"송도는 인천 가서서 바꿔 타시면 되지 않습니까?"

운전수의 말에 숙이는 그렇게라도 하는 수밖에 없다는 생각인지 현태를 돌아다보고는 자기가 먼저 올라탔다.

차에 타기는 했어도 현태는 도시 무슨 영문인지 알 수가 없었다. 그네가 좀 전에 자기에게 시간을 좀 내줄 수 없겠느냐고 한 말은 다시 어느 다방에라도 가자는 것으로 알았던 터라 택시를 세우는 것부터 의외의 일이었다. 그리고 택시를 세우는 것도 이 꿈 많은 여자가 눈 오는 거리를 드라이브나 하자는 걸로 생각했더니 뚱딴지같이 인천 송도까지 가자는 것이 아닌가. 송도라면 인천에 있는 해수욕장의 하나쯤으로밖에 현태는 더 알고 있는 게 없었다. 시계를 보니 3시가 좀 지나 있었다.

자동차가 범람하는 시내에서 그것도 달리는 차 속에 앉아 파닥거리는 눈을 내다보는 느낌은 그것이 조용히 내리고 있다는 인상보다도 도리어 어수선하고 쫓기는 느낌을 주는 것이었다.

영등포를 벗어나 차가 경인가도에 들어서면서부터 속력을 내었다. 좌우 유리에 뽀오얀 김이 서려 밖이 잘 내다보이지 않았다. 눈이 유리창 바깥 턱에 조금씩 쌓여 올라오다가는 차의 흔들림에 따라 부서져 떨어지곤 했다. 앞 유리는 연신 와 부딪쳐 으깨어지는 눈으로 해서 한 벌 발리어져 있었다. 다만 와이퍼가 닦아내는 부분으로 똑똑히 눈발이 내다보였다.

현태는 쿠션에 머리를 기대고 눈을 감았다. 눈 오는 날이라 기온도 푸근한 편이었다. 그러나 마신 술이 깨기 시작하는지 몸이 으스스했다.

"고단하신 것 같은데 안됐어요."

그리고 숙이는 운전수에게,

"히터를 좀 켜주세요."

현태는 눈을 감은 채 암만해도 숙이가 이 궂은 겨울날 자기를
데리고 송도로 가려는 심중을 알 수 없었다. 차가 커브를 도는 바
람에 몸이 한옆으로 쏠렸다. 숙이가 이쪽으로 기울어지는 것이
느껴졌다. 그러나 두 사람의 몸은 서로 닿지 않았다. 그만큼 둘이
는 떨어져 앉아 있었다. 현태는 어떤 생각을 더듬고 있었다. 동호
에 관한 일인 것만은 분명한데 그것이 무엇인지는 생각나지 않았
다. 차가 이번에는 반대 방향으로 커브를 돌면서 그쪽으로 몸이
쏠렸다. 현태는 자기 몸이 숙이에게 가 닿지 않으리라는 것을 의
식하면서도 애써 몸을 바로 가누려고 힘을 줬다. 그러고는 차가
평탄한 곧은길을 달리는 듯 몸이 바로잡혔다. 현태는 그제야 생
각하던 것이 떠올랐다. 소토고미에서 동호가 폭음을 시작한 어느
날 밤에 잠꼬대를 했을 적의 일이었다. 현태는 눈을 떴다.

"저, 운전수양반, 서울과 인천 사이에 무슨 고개가 있죠?"

운전수는 난데없는 물음에 백미러로 이쪽을 힐끔 바라보고는,

"고개요?"

"이름 붙은 고개가 있잖느냐 말예요."

"글쎄요……."

젊은 운전수는 서울 인천 간 지리에 그리 밝지 못한 성싶었다.

스카프로 머리를 감싸 맨 채 가만히 앞만 보고 앉았던 숙이가

이쪽으로 고개를 돌리며,

"원테이고개 말씀이에요?"

"아 그래요, 원테이고개. 그 고개가 어디쯤이죠?"

"아직 좀 더 가야 해요. 부평과 주안 사이니까요."

"그 고개가 험한가요?"

"아뇨. 별루 험하진 않은데 이상하게 꾸부러져서 사고가 많은 곳예요. 겨울철 같은 때 커브를 잘못 돌다 그냥 미끄러져 언덕 밑으루 떨어지는 수가 있어요."

현태는 숙이의 얼굴을 바라보았다. 그날 밤 동호가 어떤 꿈을 꾸다가 그런 잠꼬대 소리를 질렀던 것일까. 그것은 자기와 마찬가지로 숙이도 아는 바 없을 것이었다. 현태는 다시 눈을 감았다.

이윽고 숙이가,

"여기가 작은원테이고개라는 데예요."

현태는 눈을 떴다.

차가 그리 가파르지 않은 경사 길을 오른쪽으로 완만한 커브를 꺾으며 내려가고 있었다.

한 3마장쯤 가서 차는 전번보다는 좀 더 경사진 고개를 넘으면서 이번에는 꾸불꾸불한 급커브를 그리며 내려갔다.

"여기가 진짜 큰원테이고개구요. 여기서 젤 많이 사고가 생긴다는 곳예요."

커브 굽이 밑이 낭떠러지인 모양이나 현태는 굳이 내다보려고는 하지 않았다.

인천에도 한결같이 눈이 내리고 있었다. 시내까지 들어가 차를 바꿔 타고 좀 전에 온 길을 도로 돌아서 시가를 벗어났다.

포장이 안 된 시골길이라 차가 몹시 흔들거렸다. 잘 보이지는 않으나 오른쪽에 바다를 끼고 달린다는 것은 알 수 있었다.

한 20분가량 달렸을까. 어느 산모퉁이를 돌아 내려가더니 광장 비슷한 곳에 차가 섰다. 여름 한철 해수욕 오는 손님을 상대하는 곳이라 그런지 쓸쓸하기 이를 데 없었다. 짧은 겨울날이 벌써 어슬어슬해오고 있었다.

오른편 바다 쪽으로 군대가 주둔하고 있었다. 콘세트와 텐트가 눈에 덮여 제대로의 입체감을 잃은 채 납죽이 엎드려 있었다.

그 한옆으로 양쪽에 인가가 늘어서 있어 거기에 구멍가게, 중국 음식점, 국밥집 따위가 몇 끼어 있었다. 그 사이로 난 한길을 현태는 아무 말 없이 숙이를 쫓아 걸어갔다. 한 백 미터쯤 가니 바닷가로 가는 둑이 나섰다.

"사변 전까지 해수욕장이 있었는데 그 자리에 군대가 들어와 앉았어요."

그렇다면 지금 지나쳐온 음식점이나 가게도 여름철 해수욕객이 아닌 군인 상대의 것이었던가.

눈 내리는 속을 앞장서 둑 위를 걸어가는 숙이의 호리호리한 모습이 춥고 쓸쓸해 보였다.

바닷가에 이르기도 전에 습기 찬 바람이 불어왔다. 둘이는 상반신을 앞으로 좀 숙이고 걸어야만 했다.

방둑 위에서 바라보는 바다는 썰물인 듯 검은 바닥이 드러난 개

펄이 바다 쪽으로 펼쳐지다가 눈발과 어스레해진 저녁 그늘 속에 시야가 가려지는 것이었다. 여기저기 큰 돌과 얼음덩이가 검은 개펄에 눈을 뒤집어쓰고 무슨 짐승이나처럼 희끄무레 드러나 있었다.

외쪽 저 멀리에 등대가 불을 켜서 일정한 사이를 두고 켜졌다 꺼졌다 하기 시작했다. 그 불빛이 유별나게 샛노래 보였다.

현태는 문득 지금쯤 윤구와 석기가 주회를 위해 다방에서 자기를 기다리고 있을 것을 생각했다.

얼마 동안 바다 쪽을 바라보고 섰던 숙이가 혼잣말처럼 띄엄띄엄 중얼거렸다.

"바루 이쯤이에요. ……우린 말없이 앉아 있었지요. ……그땐 밀물이 이 방죽까지 들어와 철썩거렸는데…… 늦여름철이었어요."

현태는 숙이가 이 궂은 날 자기를 데리고 여기까지 온 이유를 딱히는 몰랐으나 다만 그것이 동호와 관련성이 있으리라는 것만은 막연히 짐작하고 있었다. 그게 지금 그네의 입을 통해 나온 것이었다. 그러나 그네의 말을 들으면서 현태는 그것이 그네 자신에게 있어서는 얼마만큼 절실한 것일지 모르나 구태여 자기를 여기까지 데리고 와야만 할 성질의 것은 아니라는 생각이 들었다. 그는 머리의 눈을 털었다.

숙이는 그냥 한참 더 바다 쪽을 향해 서 있다가야 발길을 돌렸다. 날이 아주 어두워 있었다.

아까 차를 내린 공지로 돌아온 현태는 그 차를 돌려보낸 것이 잘못이 아닌가 싶었다. 눈송이가 좀 전보다 굵어져 있었다. 라이터를 켜 시계를 보니 6시가 거의 돼 있었다. 그는 라이터를 꺼낸 김에 담배를 붙여 물었다.

"저, 돌아가실 걱정은 마세요. 합승이 있어요. ……근데 선생님, 인제 동호씨의 편질 읽어야 할 차례예요. 그걸 전 어느 조용한 방에서 읽구 싶어요. 그리구 거기서 오늘 하룻밤 혼자 지내겠어요."

할 수 없이 현태는 그네를 호텔까지만 데려다주기로 했다. 산위에 호텔은 있었다. 꽤 가파른 언덕길을 추어올라 호텔 앞에 이르렀다. 청향장이란 간판이 붙어 있었다.

2층 바다 쪽으로 향한 방으로 안내되었다. 크지는 않은 양실 한쪽 벽에 더블베드가 놓여 있었다. 여름철 해수욕 철이 아닌 지금은 그저 놀러 오는 외국인 상대를 하고 있는 것 같았다. 난로에 불이 지펴져 있어 방 안이 훈훈했다.

현태는 보이가 가져다준 타월로 머리며 얼굴의 눈 녹은 물을 닦았다.

"여긴 자가 발전이오?"

문가에서 무엇을 대기하고 서 있는 보이에게 물었다. 좀 전 고갯길을 올라올 때 꽤 멀리서도 풍풍거리는 소리를 들었던 것이다.

"네, 그렇습니다. ……저녁 식산 어쩌시겠습니까?"

현태는 숙이를 돌아보았다.

"전 안 먹겠어요."

"그럼 거 위스키나 좀 가져다주슈."

가져온 술을 컵에 부어 서너 모금 마시고 나니 그래도 몸속에

엉켰던 피로가 좀 가시는 것 같았다. 현태는 오버 안주머니에서 동호의 편지를 꺼내어 침대 옆 사이드테이블로 가 그 위에 놓고는 다시 컵에 술을 따라 한 반가량을 들이켰다.

숙이는 한쪽 커튼을 걷어 올린 창가에 등을 이리 돌려대고 서 있었다. 그네가 향해 있는 유리창에는 뽀오얀 김이 서려 밖은 깜깜이었다. 그 한가운데를 그네가 닦아낸 것이리라. 사람의 얼굴보다 크게 김 서린 자리가 훔쳐져 있었다.

돌아서 있는 그네의 뒷모습은 어딘가 인사말하는 것조차 잊은 듯했다. 현태도 말없이 술병과 컵을 테이블 위에 내려놓고 그 방을 나오려 발길을 돌렸다.

"잠깐만 기다려주세요."

그러고도 잠시 후에야 그네는 이쪽으로 돌아섰다. 스카프를 풀어낸 머리는 빗질도 안 한 채였다. 그 앞머리 끝에 눈 녹은 물방울이 맺혀 있었다.

현태는 도로 컵을 집어들었다.

"오늘은 선생님께 괴롬만 끼쳐드려 뭐라구 할 말이 없어요. 눈이 올 것 같기에 선생님께 전활 건 거예요. 사무실에 앉아 있으면 비나 눈이 오시리라는 걸 알 수 있어요. 눈이나 비가 오실 날은 서울역 기적 소리가 유난히 똑똑하게 들려오거든요."

현태 자기도 오늘 안으로 꼭 눈이 오리라는 걸 느껴 알았던 일이 생각났다. 아까 당구를 치는 도중에 양쪽 팔꿈치가 근질거리고 저렸던 것이다. 비가 오려거나 눈이 내리려면 언제나 전쟁터에서 받은 팔꿈치의 상처 자국이 먼저 근질거리고 저리곤 하는 것이었다.

"사실 첨엔 동호씨에 관한 얘기가 어떤 것이든 듣구 견딜 것 같
앴어요. 그런데 막상 듣구 나니까 차마 그이의 편질 받으러 다방
으루 나갈 수가 없었어요. 사실은 그이가 죽기 얼마 전부턴 편지
답장두 없었거든요. 그런데 오늘은 결심했어요. 눈 내리는 속에
서 그이 편질 읽구…… 그리구 그이와의 모든 추억을 떨어버리기
루요. ……그이와 마지막 만난 날 밤에두 이렇게 눈이 내렸어요.
……이젠 정말 편질 읽어야겠는데 또 겁이 나는군요. 선생님 조
금만 더 계셔주세요."

그네는 잠시 말을 끊었다가,

"저번에 저더러 아직 약혼을 안 했느냐구 물으셨죠? 요전에 말
이 났던 사람과는 그만두기루 했어요. 역시 이런 상태룬 안되겠
어요."

그러고는 현태의 술 마시는 것을 바라보는 것이었다. 이왕 이렇
게 된 바에는 현태가 어느 정도 취기가 돌기를 그네는 기다리고
있었다. 얼마 전 귀거래다방에서 그가 그렇게 피하고 있던 동호
의 이야기를 꺼낸 것도 술이 취해서가 아니었던가. 그때보다 더
한 어떤 무서운 이야기가 그의 입에서 나오건 끝장을 봐야 한다
고 마음먹었다.

현태가 몇 번이고 컵을 입으로 가져가는 것을 지켜보고 있던 그
네는,

"동호씨두 술을 마셨나요?"

"그럼은요."

"전엔 술을 마실 줄 몰랐는데요."

"내가 가르쳐줬죠."

술이 들어간 현태의 눈에 광채가 돌기 시작했다.

"그날두 그이가 술을 마셨나요?"

"조금 마셨죠. 그렇지만 술기운에 그런 짓을 했다구는 생각하지 않습니다."

"결국 사람을 죽인 것 땜에 자살을 했군요."

"글쎄요, 그 친군 자기가 쏜 사람이 죽었는지 어쨌는지두 모르구 자살을 했지요. 그저 이것만은 알 수가 있습니다. 그 친구가 자살한 건 자기가 쏜 사람이 죽구 안 죽구가 문제 아니었다는 걸."

"어떻게든 선생님이면 그이의 죽음을 막을 수 있잖었어요?"

현태의 입가에 쓴웃음이 떠올랐다. 양쪽 입꼬리에 나이보다 사뭇 더 들어 뵈는 주름살이 잡혔다.

"아니 내가 누구의 죽음을 막을 수 있었단 말입니까? 대체 사람에게 그런 권리가 부여돼 있든가요."

숙이가 현태의 얼굴을 똑바로 바라보며,

"그 여자가 어떤 여자였죠?"

"저번에 말했잖어요. 술집 여자였다구."

"그리구요?"

"음, 코가 뾰죽하구 턱이 빨구……."

"그걸 물은 게 아녜요. 그렇지만 좋아요. 알았어요. 훌륭한 여자였을 거예요. 그이가 좋아한 여자라면 알 수 있어요. 나 같은 건 문제가 안 될 만큼 훌륭한 여자였을 거예요. ……네, 이젠 편지를 읽을 수 있겠어요."

그네는 비로소 마음을 정한 듯 침대로 가 걸터앉더니 사이드테이블 위에 놓여 있는 봉투를 집어들었다. 한 주일 가까이나 오버 안주머니에 넣고 다닌 봉투라 겉이 갈리고 구겨져 있었다.

현태는 또 컵에 술을 따랐다. 빨리 여기를 벗어나고 싶었다.

봉투 속에서 알맹이를 뽑아 펴 든 숙이의 얼굴이 별안간 일그러지며,

"이게 무슨 편지예요!"

가늘게 떨리는 그네의 손에서 편지가 떨어졌다. 반사적으로 현태의 눈이 떨어진 편지로 갔다. 침대 밑에 떨어진 동호의 편지는 아무것도 씌어져 있지 않은 백지였다.

문득 현태가 흰 이를 드러내며 소리 내어 웃었다. 지난날 김하사의 흙 편지가 생각났던 것이다. 꼭 그 본때로군.

"읽는 사람이 새겨서 읽어보시지."

숙이는 아무 소리도 들리지 않는 사람처럼 허공에 눈을 주고 있더니 그대로 침대 위에 모로 쓰러졌다.

"저건 그이 편지가 아네요, 그이 편지가 아네요."

그네의 얄팍한 어깨가 들먹이기 시작했다.

현태가 그네 가까이로 갔다.

"자, 이걸 조금만 마셔요. 맘이 진정될 테니."

잠시 더 어깨를 들먹거리던 그네가 홱 상반신을 일으키면서 현태의 손에 들린 컵을 쳤다. 술이 엎질러지면서 밑에 흰 편지 종이

를 얼룩져놓았다.

"동호씰 죽인 건 당신예요. 전엔 그렇지 않든 동호씰 그렇게 만든 건 당신예요. 그래서 당신은 날 피하구 있었든 거예요. 비겁해요. 술 안 먹군 할 말두 못하는 술주정뱅이, 술주정뱅이……."

창백해진 그네 얼굴에 눈만이 빨갛게 충혈돼 있었다.

현태는 자신이 냉연해져 있음을 느꼈다. 새로 컵에 술을 부어 마셨다.

"내가 그 친굴 그렇게 만들었다구요? 그렇다면 되레 난 강자일 수 있겠죠. 그런데 지금 거기서 말한 대루 난 비겁한 사낸걸요. 비겁자구 술주정뱅이구……."

현태는 갑자기 어떤 잔인스런 쾌감을 느끼면서,

"굳이 그 친굴 그렇게 만든 또 한 사람을 대라면 난 거기를 들겠소. 이제 보니 거기의 그 하찮은 꿈의 세계를 헤어나지 못해 그 친군 종내 질식해 죽구 만 겁니다."

"더 말을 말아주세요. 그리구 나가주세요."

그네는 양손으로 귀를 막았다.

"그런 의미에서 우린 서루 공범자가 된 셈이군요."

그네가 귀를 막은 채 다시 모로 쓰러졌다.

현태는 불현듯 어떤 살의 같은 게 느껴졌다. 사이드테이블 위에 거칠게 술병과 컵을 내려놓았다. 그러고는 숙이 곁으로 가 그네를 와락 바로잡아 젖히며 쇼트코트 자락을 아래로부터 잡고 좌우로 확 벌렸다. 툭툭 단추가 떨어져나갔다.

14

"마침 오늘이 그날이 돼서 갖구 나왔어."

다음 토요일 날 주회가 끝나고 나서 청계천 어귀에 이르러 석기와 헤어지자 윤구는 현태에게 신문지에 싼 돈뭉치를 내주는 것이었다. 이렇게 윤구는 매달 3만 환씩 정해놓고 현태에게 빚을 갚아오는 지도 벌써 여러 달째 되었다.

성계가 되어 닭들에게서 웬만큼 알을 거둘 수 있게 되면서부터 윤구가 한 달에 얼마큼씩이라도 빚을 갚겠노라고 했을 때 현태는 그럴 것 없이 이다음에 용돈이 달리면 자기편에서 말을 하겠노라고 했다. 본디 현태가 곤경에 빠져 있는 윤구를 도와준 것은 반드시 도로 받기 위해서가 아니고 자기에게 그만한 경제적인 여유가 있었다는 데 지나지 않았던 것이다. 그러나 윤구로선 하루라도 빨리 빚을 갚음으로 해서 양계장 전부가 완전히 자기 것이 된다는 생각을 갖고 있었다. 그것도 현태의 말대로 제 편에서 용돈이 달리면 말하겠다는 그런 흐리멍텅한 금전 관계는 언제나 뒤가 꺼림칙한 법이다. 잘못하면 줄 것을 다 주고도 자기에게 불리할 수가 있지 않은가. 그래서 윤구는 전에 미란의 일로 은행을 쫓겨난 뒤 현태가 반년 가까이 하숙비를 대준 것은 그만두고라도 양계를 시작하고 나면서부터 닭들이 알을 낳게 되기까지 대준 적잖은 자금과 비용을 따져 매달 얼마큼씩 갚겠다고 우겼다. 현태는 좋을 대로 하라고 그냥 받아들이기로 했다. 그래야만 마음이 편하겠다는 윤구다운 의향을 현태는 또 굳이 반대할 필요도 없다고 생각했던 것이다.

"요즘 닭 밑구멍 바라구 사는 재미가 괜찮은 모양이든데?"

"웬걸, 점점 동업자가 많이 생겨서 그렇지두 못해. 아마 올봄엔 부쩍 더 늘걸."

"그래두 넌 끄떡없을 거야. 꼼꼼하구 부지런하니까."

"그눔의 것 정말 손 가는 짐승이야. 아마 닭만큼 까다롭구 괴팍한 짐승두 없을걸. 글쎄 잠시만 돌보지 않아두 제가 제 똥구멍을 쪼질 않나, 남의 창잘 빼놓질 않나."

"흥, 그거 꼭 여자 같군. 쉬운 것 같으면서두 여잔 다루기 힘들어…… 사실은 전번 주회 날 그 숙이란 여자한테 끌려서 인천 송도까지 갔었어."

윤구는 이 친구가 또 숙이란 여자와 무슨 사건을 일으켰구나 했다.

"암만해두 여자란 모를 물건야. 남자에게 예측두 않았든 일을 저지르게 하거든."

그러다가 현태는 불쑥,

"아직두 미란이 생각하니 너?"

윤구는 한번 현태를 힐끔 쳐다보고는 무슨 말이 나오려나 하면서 잠자코 걷기만 했다.

"미란이 죽었을 때 내 한 말이 있지? 결혼할 생각이 있었으면 무슨 짓을 해서라두 데리구 살았어야 했을 거라구. 그렇지만 니가 개하구 결혼을 했대두 결코 가정생활이 순탄친 못했을 거야.

워낙 참을성이 많구 끈기가 있는 네 성미니까 또 모를 일이긴 하
지만. 하여튼 여자두 곤란하지만 미란이 같은 타입의 애두 난 싫
어. 죽은 사람을 갖구 이런 말을 하는 건 안됐지만 너하구 그런
사인 줄은 모르구 한동안 자주 만난 일이 있어. 아니야, 솔직히
말해서 너와 어떤 관곌 갖구 있었든 그까짓 건 문제 아냐. 정말루
내가 빠져들어갈 수만 있었다면. 근데 얼마 안 가서 흥밀 잃구 말
았어. 아무런 딴 관계 없이 말야. ……내 얘기 듣니? ……하루 저
녁은……비가 오는 날 저녁이라구 기억돼…… 내가 이렇게 말했
어. 흥미가 없으니 다신 만나지 말자구. 그랬드니 제 편에서두 그
러냐는 태도드군, 말은 안 했지만. ……그러구는 다방을 나왔지.
버스 정류장까지 걸어가는데 미란이가 진창을 피하다 휘뚱거리면
서 자길 좀 붙들어달라구 않어? 그래 말해줬지. 아주 쓰러지면 붙
들어주겠다구. 그러구는 굿빠이야. 뭐니 뭐니 해두 여잔 돈 주구
거래하는 편이 마음 편해. 부담을 느낄 필요가 없으니까 말야."
　종로3가에서 두 사람은 헤어졌다.

　이날 밤 현태는 집으로 돌아오는 길에 낙원동 평양집에를 들렀
다. 저번에 계향이에게 보여주려고 산 열대어에 관한 책을 주머
니에 넣고 다니면서 아직 한 번도 들르지 못했던 것이다.
　이날은 시간이 그리 늦지 않은 때문인지 술청에 꽤 여러 패의
술꾼이 있었다. 주인아주머니와 계향이가 손님들의 시중을 드느
라고 바삐 돌아가고 있었다. 그런 속에서도 주인아주머니는 현태
를 보자 가까이 모여 부엌 뒷방으로 들어가시라고 하면서 짐짓

476

조그만 말로써, 선생님이야 뭐 한집안 사람 같은데 허물이 있이요? 하고는 빙긋 웃어 보이는 것이다.

한참 만에 계향이가 술상을 봐갖고 들어와 잔을 한번 건네고는 도로 나가버리고 만다. 주인아주머니의 말대로 피차 허물없는 사이니 술청 손님들이 뜨음해질 때까지 혼자 마시라는 것이리라.

얼마 만에 계향이가 다시 들어왔다.

"실례했어요."

그러나 그네의 낯에는 조금도 지금 자기가 한 말을 반영시키는 감정의 빛이라곤 나타나 있지 않았다. 그저 주인아주머니가 술청 손님도 더러 가고 하여 이리 좀 들어가보라고 해서 들어왔을 따름일 것이었다.

술을 몇 잔 받아 마시고 난 현태는 오버 주머니에서 열대어 책을 꺼내어 들며,

"이봐 계향이, 내 재밌는 거 하나 뵈줄게."

그리고 아무 데고 책장 펼쳐지는 데의 것을 계향이에게 내보였다. 그러나 계향이는 앉은 자리에서 흰 목만을 내밀고 그림을 들여다보는 것이다.

"어때? 이게 열대 지방이라구 하는, 사시장철 뜨거운 여름철만 있는 고장에 사는 물고기들야."

계향이는 책에다 눈을 둔 채 별로 신기한 표정도 나타냄 없이,

"금붕어."

하고 혼잣말처럼 한마디 했다.

"금붕어가 아냐."

현태는 그중 한 고기를 손가락으로 가리키며,

　"이건 버터플라이피시라구 하는 건데 말야, 이 꼬리두 치마폭처럼 이상하게 생겼지만 여기 가슴의 지느러밀 좀 봐. 꼭 나비 날개같이 생기지 않았어? 그리구 이 배의 지느러민 또 수염 같구. 어때? 재미있게 생겼지?"

　그래도 계향이의 얼굴빛은 돌처럼 움직이지를 않았다.

　현태는 책장을 넘기다가 또 한 곳을 가리키며,

　"여기 이건 더 재밌는데…… 서루 입을 맞추구 있군그래."

　이러는 동안도 계향이의 낯빛에는 별반 변화가 일어나지 않았다. 그저 그네의 입가에 예의 희고 촘촘한 이가 반쯤 드러나는 웃음이 지어졌을 뿐이었다. 아무런 감정도 들어 있지 않은 그런 웃음이었다. 현태가 그림을 보여주고 설명해주는 열대어에 대해 의아심이라든가 여태까지 듣도 보도 못했던 것에 대한 경이의 빛을 나타내는 웃음은 아니었다. 현태는 자기와 열대어와 계향이가 서로 어디선가 감정의 교류가 두절돼 있음을 느꼈다. 기대에 어긋났으면서도 도리어 그런 점이 현태의 마음을 편하게 해주었다.

　이제 그만 자리를 일어설까 하는데 주인아주머니가 들어왔다. 술청 손님도 다 갔는지 그쪽이 조용했다.

　"오늘 밤엔 그래두 손님이 좀 있었네."

　이렇게 주인아주머니는 만족한 듯이 혼잣말을 하고는 현태더러,

　"아니 왜 벌써 돌아가실라구요? 성나셨수? 오늘은 손님두 꽤 들어서 기분 좋으니 저하구 한잔 합세다."

　술잔이 오고 갔다. 주인아주머니가 잔을 받아서는 정말 기분을

내서 꼴깍꼴깍 들이키곤 했다. 곧 주인아주머니는 잠방하니 취해 버렸다.

"저, 선생님……."

무슨 말을 하려다 말고 계향이더러,

"얘, 넌 안방이나 들어가 방바닥이나 훔치구 자리나 깔아둬라. 미리 좀 녹게스리."

계향이가 나가자 주인아주머니는 담배를 붙여 입꼬리에 물고 두어 모금 빨더니,

"저, 선생님, 우리 까놓구 얘기 좀 합세다. 대체 저 애가 뭣이 부족해서 그러우? 어디 코가 떨어졌나, 여자가 가질 걸 못 가졌나. 게다가 숫체니라우 숫체니. 그뿐인가, 걔가 선생님을 얼마나 좋아하게요."

"그래요? ……그럼 흥정을 해볼까요?"

오버 주머니에서 아까 윤구한테 받은 돈뭉치를 꺼내어 주인아주머니 앞에 밀어놓았다. 그는 자기가 왜 이런 짓을 하고 있는지 알 수 없었다. 그러면서도 그것이 자연스럽게 움직여 나왔다는 것만은 느끼고 있었다.

주인아주머니는 주인아주머니대로 자기가 한 말이 당장 효과를 나타낸 것으로 생각하며 돈뭉치를 펴 보고는 게슴츠레한 눈으로 현태를 흘기듯 바라보더니,

"에누리가 심한데요."

저번에 첫날밤만은 5만 환이라고 한 것에 비하면 2만 환이나 덜 한 것이다.

"만 환만 더 내시라우요."

"지금 가진 게 그것밖에 없쉐다."

저도 모르게 말끝이 평안도 사투리로 나왔다.

"보기 봐선 아주 깍쟁이야."

그러면서도 주인아주머니는 3만 환 다발을 집어 상 위에 포개러 얹어가지고 밖으로 나갔다. 마음속으로는 이만한 금새[7]나마 선뜻 내놓을 사람이 쉽지 않으리라는 생각을 하면서. 그리고 이 사내가 하고 다니는 주제는 시원치 않지만 속살로는 돈푼이나 있는 사람이라는 걸 알고 대해온 자기 안목에 스스로 만족해하면서.

좀 만에 주인아주머니가 이부자리를 안고 들어왔다. 그 뒤로 베개를 옆에 낀 계향이가 무표정한 얼굴로 들어섰다. 이부자리를 펴고 난 주인아주머니는 현태더러, 저고리 고름과 치마끈을 풀어 줘야 해요, 하고는 나가버린다. 첫날밤 신방 기분을 내라는 것이리라.

그것은 차고 매끄러운 살결이었다. 계향이의 살갗은 시종 그런 감촉밖에 주지 못했다. 현태는 자기 집 응접실에 놓여 있는 이조 백자기가 떠올랐다. 그것을 쓰다듬을 때마다 현태는 그 담담한 흰빛과 그 무심한 곡선에서 어떤 여인의 육체를 연상하곤 했다. 그런데 지금 계향이의 육체에서 반대로 그 백자 항아리의 차갑고 매끄러운 감촉을 느낄 뿐, 여성으로서의 감각은 찾을 길이 없었다. 그만큼 현태의 피부 밑에서 그네의 여성은 조금도 반응을 보여주지 않는 것이었다. 이렇게 그네와의 행위는 맥 빠진 것이었으나, 평상시에 받아오던 그네의 인상이 무너지지 않고 그대로 남아 있다는 데 어떤 안도감 비슷한 것을 느끼게 하는 것이었다.

술기운과 피로가 겹쳐서 쉬 잠 속에 끌려들어가고 말았다.

밖에서 주인아주머니의 부르는 소리가 들려 눈을 떴다. 들창이 훤하게 밝아 있었다. 아가 웬 잠을 여태 자니, 그만 일어나라, 주인아주머니의 아주 살갑고 정다운 속삭임 조의 음성이 다시 들려왔다.

계향이가 지체 없이 옷을 주워 입더니 이쪽은 거들떠보지도 않고 밖으로 나간다. 그 얼굴이 여전히 백자 항아리마냥 차 보였다. 현태는 대개 거리의 여자와 하룻밤을 지내고 난 아침에는 기분이 좋잖아지는 게 일쑤였다. 용모가 어쩌면 그렇게 밤사이에 변해버리는지. 부스스 헝클어진 머리며 화장이 뭉개진 지저분한 얼굴, 그리고 겔겔이 풀린 눈. 간밤에 자기가 애무한 여자가 이것이었던가 싶게 혐오의 정을 금치 못하곤 하는 것이다. 물론 간밤의 계향이와의 행위는 싱거웠다. 그러나 밤을 지나서 보는 그네의 한결같이 싸늘하게 굳어져 있는 얼굴. 현태는 그런 그네에게서 언제나처럼 아무런 부담을 느끼지 않아도 되는 홀가분한 기분을 맛보며 다시 잠 속으로 끌려들어갔다.

15

처음에 그 여자는 시네마코리아 앞 정면에 걸린 영화 간판을 쳐다보고 있었다. 이날 현태는 중학교 때의 담임선생이 취직 관계로 상의할 일이 있다고 해서 만나고 돌아오는 길이었다. 골목을 나와 극장 앞을 지나면서 무심코 눈을 주었을 때 그 여자는 몸을 돌려 한길 쪽으로 걸음을 옮기기 시작했다. 한길로 나선 그 여자가 멈칫하더니 시청 쪽으로 갈까, 광화문 쪽으로 갈까 망설이는 눈치였다. 현태가 담배에 불을 붙이기 위해 잠깐 걸음을 멈춘 것이 두 사람의 행동을 묘한 방향으로 이끌고 간 계기가 되고 말았다. 현태가 담뱃불을 붙이고 나서 고개를 드는데 여자가 힐끔 뒤를 돌아다보는 것이었다. 분명히 이쪽을 의식하고 있는 눈빛이었다. 현태는 자기가 그 여자와 때를 같이하여 걸음을 멈추었던 것을 깨달았다. 이 우연의 일치가 그 여자로 하여금 이쪽을 자기 미행자로 간주해버리게 한 것임에 틀림없었다. 현태의 꺼칠한 얼굴에 절로 쓴웃음이 떠올랐다. 이왕 이렇게 된 바에는 한번 여자의 뒤를 쫓아가보리라 했다.

여자가 광화문 쪽으로 발을 옮겨놓는다. 현태는 대여섯 걸음 간격을 두고 뒤따르기 시작했다. 광화문 네거리에 이르러 여자가 동아일보 쪽으로 건너가더니 종로로 향한다. 여자가 다시는 뒤를 돌아보지 않는다. 그렇지만 이쪽을 의식하며 걷고 있다는 걸 알 수 있었다. 어딘지 여자의 걸음걸이가 딱딱했던 것이다.

화신이 저만큼 바라다뵈는 데까지 왔을 때 여자가 별안간 오른쪽 골목으로 들어선다. 현태도 따라 접어들었다. 첫눈에 막다른 골목 같았다. 아니나 다를까 앞서 가던 여자가 되돌아 나오는 것이다. 꽤 짙게 화장을 한 얼굴을 곧바로 세운 채 현태와 어기어 골목 밖으로 나선다. 현태는 다시 얼마만큼 사이를 두고 여자의 뒤를 따라 골목을 나왔다. 그러면서 그는 애초에 여자 편에서 그것이 막다른 골목이라는 걸 알면서도 그냥 들어섰던 게 아닌가 했다. 그렇게 함으로써 자기가 미행을 당하고 있다는 것을 한 번 더 확인하기 위해서.

종로 네거리에 이르러 여자는 신신백화점 쪽으로 건너간다. 그리고 다시 화신 쪽으로 건너가 안으로 들어간다. 따라 들어갔다. 여자는 3층 양품부로 올라가더니 건성 진열대 사이를 돈다. 그러면서 가끔 원하는 물건 보는 체하고 현태의 미행을 확인하는 것 같았다. 그러고는 곧장 6층으로 올라가 거기 영화관에 나붙어 있는 스틸을 하나하나 들여다본다. 현태도 신기할 것 없는 영화 장면의 스틸을 훑어본다. 좀 뒤에 그곳을 나온 여자가 길을 건너 버스 정류장으로 가더니 거기 서 있는 차의 뒷문으로 올라탄다. 현태는 앞문으로 올라탔다. 버스가 2가 정류장에 가서였다. 멎었던 차가 다시 떠나려는 순간 여자가 홀딱 내려버린다. 몇 사람 떨어진 곳에 손잡이를 잡고 섰던 현태가 사람들의 틈을 헤치고 출입구까지 갔을 때는 차는 이미 속력을 내기 시작하고 차장이 출입구를 막아선 채 고개를 좌우로 흔드는 것이었다.

3가에서 내렸다. 이렇다 할 생각 없이 단성사까지 갔다. 상영 시간 중간인 모양이어서 극장 앞에는 다음 회 표를 사는 사람이 두엇 있을 뿐 한산했다. 현태는 정면에 걸려 있는 간판을 치어다보았다. 영화 구경을 와서도 이런 간판 같은 것은 눈여겨보지도 않던 성미였다. 걸려 있는 간판에는 반나체가 되어 길게 누워 있는 여자와 그 뒤에 역시 이쪽을 향해 모로 바싹 누워 있는 남자가 크게 그려져 있었다. 영화 제목은 라나 터너 주연의 「프로디갈」. 현태는 이 영화의 전후 줄거리에서 단절된 한 컷의 간판을 무의미하게 치어다보다가 매표구 옆에 있는 유리판대기 속의 스틸을 가 들여다보았다. 역사 영화인 듯 거의 나체가 된 여자의 옛날 춤을 추고 있는 컷과 옛날 의상을 한 남자들의 싸움하는 장면, 그리고 다음 프로의 스틸로 두 남녀가 테라스 위에서 서로 뺨의 근육이 일그러지도록 입술을 맞비고 있는 신과 바닷가 비치파라솔 밑에 번듯이 누워 있는 여인의 지체를 내리 찍은 장면 등등. 화면으로서는 식상이 될 만큼 보아온 장면들이면서도 역시 거리가 먼 풍경들. 문득 현태는 자기가 마음만 작정하고 비행기를 타면 이들의 생활 속에 뛰어들 수도 있다는 생각이 머리를 스치고 지나갔다. 아까 담임선생의 말은 극진했다. 마침 사회생활 선생 자리가 비었으니 모교에 와서 일을 해보지 않겠느냐는 것이었다. 여기저기서 적잖은 후보자가 들이밀린 모양이나 교장선생한테도 사전 응낙을 얻어놓았다는 것이다. 본시 학교 성적이 괜찮기도 했지만 유달리 현태를 사랑해주던 은사였다. 이 자기를 아껴주는 은사의 말에 좇고 싶었다. 그러나 부지중에 은사에게 말했다. 전 곧 미국으루 떠납니다. 현태의 빠른 대답은 비행기를 타면 이 무위의 타성에서 벗어날 수 있을지도 모른다는 생각에서보다 좀 전에 교문을 들어서며 본 애들의 맑고 빛나는 눈망울들이 현태로 하여금 망설임 없이 이런 대답을 하게 했던 것이었다.

현태가 유리판대기에서 물러나려 하는데 뒤에서 인기척이 나 돌아다보니 좀 전의 그 여자였다. 절로 웃음이 지어졌다. 다시 여지의 거동을 쫓았다.

한참 동안 스틸을 보고 난 여자가 극장 앞을 떠나더니 전찻길을 건너 을지로 쪽으로 향해 걸음을 옮기는 것이다. 왜 이런 장난을 자기가 하는 걸까 하면서도 아까처럼 얼마큼의 간격을 두고 뒤따랐다. 을지로 3가에 이르러 이 여자가 국도극장 쪽 아니면 수도극장 쪽으로 가려니 하고 있는데 엉뚱하게 오른쪽 횡단로로 꺾인다. 그리고 길을 다 건너가 거기 있는 파출소로 서슴지 않고 들어간다. 현태의 걸음이 멈칫해졌다. 필시 여자가 자기 미행을 말하러 들어간 것이리라. 그렇다고 여기서 발길을 돌리는 것도 쑥스러운 노릇이었다. 좀 전과 같은 걸음걸이로 파출소 앞을 지나면서 안을 들여다보니 여자가 전화 다이얼을 돌리고 있는 중이었다. 현태는 파출소를 지나친 곳에서 걸음을 멈추고, 같이 가던 사람이 어디 잠깐 볼일이 있어 들어간 것을 기다리거나 하듯이 그 여자가 나오기를 기다렸다.

파출소에서 나온 여자가 을지로 2가 쪽으로 향하자 현태는 그 뒤를 한결같이 얼마만큼의 간격을 두고 쫓아갔다. 이번에는 중앙극장으로 가는 것이려니 했더니 그 앞을 그냥 지나쳐 천주교회당 고개로 접어든다. 현태는 명동극장이 있다는 것을 생각했다. 천주교회당 앞에 거의 다 이르러 여자의 한쪽 힐이 종잇조각을 묻혀 올렸다. 길바닥에 있던 손바닥만 한 낡은 신문지 조각이 힐 뒤축에 꿰인 것이다. 여자는 모르는 체 그냥 걸음을 옮겨놓는다. 그러나 힐에 꿰인 신문지 조각에 노상 신경이 안 쓰이지도 않는 모양이어서 걸음걸이에 균형을 잃고 있었다. 신문지 조각이 꿰인

쪽 발을 옮겨놓을 때마다 눈에 뜨일락 말락 흔들곤 하는 것이다. 고개를 다 넘은 곳에서 거지애 하나가 달려들어 발로 신문지 조각을 밟아 떼어주고는 동냥을 달라고 손을 내미는 것이었다. 여자가 못 본 체 그냥 지나쳐버린다. 거지애가 신문지 조각을 집어 여자의 등 뒤로 던졌다. 흙투성이가 된 채 구멍이 뚫린 신문지 조각에는 「정부미 방출」이라는 타이틀이 드러나 있었다.

여자가 명동극장 못미처 어떤 다방으로 들어간다. 뒤따라 들어 갔다. 여자가 어떤 젊은 남자 앞에 가 마주 앉는다. 그러면서 손목시계를 들여다본다. 현태는 그제야 모든 걸 알아차릴 수 있었다. 이 여자는 데이트할 시각까지 남은 시간을 이렇게 보낸 것에 지나지 않았던 것이다. 현태 자기도 마찬가지였다. 다른 점이 있다면 자기는 이 여자처럼 시간의 약속이 없이 그 많은 여분의 시간 중에서 한 부분을 그네와의 하잘것없는 장난으로 보냈다는 것뿐이다. 아무튼 서로가 무해한 장난이었다. 현태는 커피 한 잔을 시켜 천천히 마신 후 그곳을 나왔다.

그날도 석기와 만난 현태는 초저녁부터 술을 마셨다. 석기가 하자는 대로 가끔 들르는 다옥동 군참새집에를 들어갔다. 여름철에는 국산 위스키 시음장을 하고 겨울철에는 군참새와 정종을 파는 집이었다.

세번째의 잔을 받아놓은 석기가 두꺼운 안경알 속에서 눈을 껌뻑이면서 생각난 듯이,

"아까 낮에 종수를 만났어…… 왜 중학교때 맨 앞줄에 앉았든

쫄쫄이 말야…… 그동안 대전에 살았다드라. 그 친구 말이 재민이하구 영운이가 사변 때 전사를 했대."

중학교 동창 중에 누구누구가 전쟁 통에 죽었다는 소식을 대개 전문에 들어 알고 있었지만 지금 석기가 말하는 두 친구의 이야기는 처음인 것이다.

"본시 둘이 친했잖었어. 재민인 6·25 때 남하해가지구 곧 군대에 들어가 중위까지 됐었대. 그런데 말야, 영운이가 휴전 전에 입대해가지구 최전방으로 배치된 걸 재민이가 자기 있는 대대 본부루 끌어왔다지 않어. 조금이라두 안전한 곳에 친굴 데려다두기 위해서 말야. 주위에서 말이 많은 것을 억지루 그렇게 했다나. 그랬는데 영운이가 대대 본부루 온 그날 밤에 둘이 들어 있는 막사에 적의 직격탄이 와 맞았다는 거야."

안전과 위험이 항상 공존해 있는 전쟁터. 그 예측할 길 없는 전쟁의 생리에 의해 죽고, 부상을 당하고, 그리고 생존했더라도 무언가 눈에 뵈지 않는 멍 자국을 남겨 받아야만 했던 수많은 젊은이들. 현태는 새삼스럽게 지난날 동호가 자살하기 바로 직전에 한 말을 되씹어보았다. 대체 우린 피해잘까 가해잘까? 내가 보기엔 이번 동란에 나왔던 젊은이들은 죄다 피해자밖에 될 수 없다는 생각이 들어. 그러나 현태는 이 동호의 말에 대답이나 하듯이,

"정말 그럴까. 난 가해자두 될 수 있다구 보는데."

혼자 웅얼거리는 현태를 바라보던 석기가,

"벌써 얼었어?"

하고 피식 웃는다.

그리고 저쪽 한옆으로 눈을 주며,

"저치 무슨 재미루 저렇게 혼자 여길 올까? 그래두 줄창 웃는 얼굴야."

현태네가 이날 군참새집에 들어섰을 때 거의 매번이다시피 이 술집에서 보는 해리라는 오스트레일리아인이 와 있었다. 그가 언제나처럼 지금도 위아랫니가 다 드러날 만큼 크게 웃음을 짓고 있다. 그는 자기를 상대해주는 사람이 있거나 없거나 항상 이렇게 소리없는 웃음을 짓고 있는 것이다. 그리고 앉아서 늘 안주는 없이 술 두세 잔을 혼자 찔끔찔끔 오랜 시간을 두고 마신다. 그러다가 술집 색시가 잔에 술을 따를 때면, 고맙습니다, 하고 서양인 특유의 악센트가 들어 있는 한국말을 빼놓지 않고 한마디씩 하는 것이다. 이런 때 술집 색시가 농말이라도 붙이면 제법 거기 응하곤 했다.

이날도 술집 색시가 심심한지 현태가 벌써 몇 번이나 들은 농담을 이 서양인에게 건네고 있었다. 미스터 해리, 올해 몇 살이세요? 해리는 언제나처럼 양손 손가락을 한쪽은 셋 한쪽은 하나를 펴 보이며 예의 악센트가 붙은 어조로, 서른하나입니다, 한다. 그러고는 손가락 하나 편 손을 가져다 자기 이마를 가리키면서, 노총각 노총각, 하는 것이다. 불그레 윤기가 도는 얼굴에 이 이마에만은 꽤 굵은 주름이 서너 줄 가로 패어 있었다. 술집 색시가 한마디 더 던진다. 미스터 해리는 할아버지예요. 그러면 대뜸 응수한다. 당신은 뚱뚱보입니다, 당신 아기 다섯 낳았습니다. 처음에는 자기더러 늙었다고 하니까 서양인의 본성으로 그것이 싫어서 이쪽보고도 나이를 많이 먹었다고 하는 듯했으나 이제 와서는 그저 한갓 이쪽의 농을 농으로써 받아 넘기는 것으로밖에 보이지 않았다.

"아마 서양 사람 치구 저 친구만 한 호인두 없을걸."

한참 그쪽을 바라보고 있던 석기가 술잔을 입으로 가져가며 말했다.

"글쎄."

"글쎄가 뭐야. 사람이 좋지 않구서야 저럴 수가 있어?"

"외로운 거야."

이날따라 현태에게는 술집에 앉아 있는 해리의 존재가 더 어색해 보였다. 그 크게 지어 보이는 웃음이나 술집 색시에게 응수하는 말투가 제 딴은 이 술집 분위기에 어울려보려는 눈치였으나 그의 파아란 이국적인 눈동자에는 여전히 쓸쓸한 빛이 돌고 있는 것만 같았다. 현태는 자기가 외국엘 간다면 하고, 해리 같은 자기 모습을 그려보았다. 아까 낮에 자기가 비행기만 타면 저들의 생활 속에 뛰어들 수도 있고, 지금의 이 무위의 생활에서 벗어날 수도 있을지 모른다던 생각과는 또 다른 심정이었다.

군참새집을 나온 둘이는 또 한 차례 꼬치안주집에 들렀다.

안주를 시켜놓고도 그것에는 젓가락도 대보지 않고 술만 마시고 있던 현태가 불쑥,

"이봐, 너 이런 것 생각해본 일 있어? 자유의 과잉 상태라는 것."

그러고는 상대방의 대답은 에초에 기대하지도 않은 듯이 이어서,

"자유가 너무 많은 데서 오는 과잉 상태가 아니구 자기에게 주어진 자율 처리하지 못해 생기는 괴잉 상태 말야. ……이런 상태에 한번 빠지는 날엔 어떻게 되는지 알어? 수렁에 빠진 짝야. ……첨엔 발만 조금 옮겨 짚으면 거길 헤어날 수 있을 것 같지. 그러나 안 돼. 몸을 움직이면 움직일수록 점점 더 깊이 빠져들어가는걸. ……그런데 수렁에 빠졌을 때하구 다른 게 있어. ……수렁에 빠졌을 땐 자기가 빠져들어가는 상황을 일일이 알 수 있을 거 아냐. 지금은 무릎까지 들어갔다, 지금은 허리까지 들어갔다, 지금은 가슴이다, 목이다, 이렇게 말야…… 그러는 동안에 소리를 쳐서 구원을 받을 수두 있겠지. 허지만 말야, 이 자유의 과잉 상태엔 일단 빠지구 나면 고만야. 자기가 거기 빠졌다구 자각했을 땐 이미 목까지 빠져들어간 뒤니까."

술기운으로 붉어진 눈을 석기에게로 향한 채,

"도대체 이런 상태에 빠지게 하는 것이 뭘까?……자기에게 주어진 자율 처리하지 못할 만큼 무능력하게 만든 게 뭐냐 말야? ……대체 언제, 어디서 누구 땜에 이런 무능력자가 되지 않으면 안 됐느냐 말야, 응?"

그러나 현태는 이번에도 석기의 대꾸를 기대하지 않은 듯이 그에게서 눈을 거두어 술잔을 집어드는 것이었다. 그러면서 중얼거렸다.

"다시 한 번 전쟁터에 서보구 싶어. 그러구선 죽음과 맞선 순간 순간에 잃어버린 나 자신을 도루 찾구 싶어. 그땐 정말 자신이 있었어."

석기가 물끄러미 현태를 건너다보며,

"자식, 확실히 술이 약해졌어."

그러고는 아무 말 없이 두 사람은 술잔만 입으로 가져가는 것이었다. 술이 얼마큼 취하면 이런 말 저런 말 지껄이다가도 그 도수가 높아지면 그냥 잠자코 술만 마시는 것이 습관처럼 돼 있었다.

그들의 옆자리에 청년 둘이 들어와 자릴 잡았다. 청년 둘도 이미 술들이 취해 있었다.

"그래서 자네 태돈 소극적이라는 거야."

무슨 말의 계속인 듯 이 술집에서 가끔 보는 감색 오버를 입은 청년이 말했다.

"그렇게라두 해서 빠져나오는 수밖에 딴 도리가 있어?"

처음 보는 잿빛 오버 청년은 이렇게 말하면서 현태네 쪽을 힐끔힐끔 곁눈질했다.

감색 오버 청년은,

"이왕 편법을 쓸려면…… 이걸 못 보나?"

오른손을 탁자 위에 펴놓는 것이었다. 그 둘째손가락이 한 마디만 남고 끊어져 있었다. 그는 얼굴에 빙그레 웃음을 떠올리며,

"한순간이면 돼. 그저 눈 딱 감구 탁 해버리면 그만야. 6·25 때 잘라버렸지만 그 후에두 이걸루 덕을 보지."

잿빛 오버 청년은 유난히 창백한 얼굴에 눈만을 반짝이며 상대방의 손을 내려다보고 있었다.

감색 오버 청년이 손가락 자른 손을 대견스럽게 움직여 술잔을 들어 비우더니 껄껄껄 한바탕 웃고 나서,

"왜 그러나? 6·25 때 의용군에 끌려가기 싫어서 자른 게 아니라는 건가. 아무 때 끊었으면 어때? 결국 잘라낼 용단성이 있느냐 없느냐가 문제지. 한번 해치우기만 하면 만사가 오케이야. 증명서란 통 필요 없으니까. 자네처럼 신체검사 때마다 굶어서 폐병쟁이 노릇을 안 해두 되구. 그리구 사실은 제대증보담두 낫단 말야. 제대증은 갖구 다니다 잃어버릴 수두 있지만 이건 내가 살아있는 동안 날 보장해주거든. 그리구 말야, 혹시 또 전쟁이 난대두······."

"요 쥐새끼들아, 닥쳐!"

윗몸을 앞으로 약간 수긋하니 내밀고 앉아 묵묵히 술잔을 기울이고 있던 석기가 그 자세대로 고함을 쳤다.

두 청년의 대화가 뚝 그쳤다.

석기가 낮은 언성으로 내뱉듯이 말했다.

"요 쥐새끼들아, 대대손손 손구락 하나 없는 새끼하구 폐병쟁이만 낳아라!"

조금 후에 두 청년이 셈을 하고 나가는 눈치더니 감색 오버가 돌아서며,

"야, 이 자식아, 좀 나와!"

석기가 천천히 몸을 일으켜 그쪽으로 돌아섰다. 그러자 감색 오버 청년의 손이 찻종을 집어들었는가 하는데 그대로 이리 날아왔다. 취중에도 석기는 용히 그것을 피했다. 석기의 왼쪽 귀밑을 스친 찻종이 뒤쪽 벽에 가 부딪쳐 깨지는 소리를 내었다. 뒤미처 석기가 쫓아나가기도 전에 감색 오버 청년은 미리 출입문을 열어

잡고 섰던 잿빛 오버 청년의 뒤를 따라 잽싸게 뛰쳐나가버렸다.

"자, 앉어 술이나 마셔. 난 이런 소동은 싫어."

"누군 좋아서 그래. 고 새끼들 지껄이는 걸 못 들었어?"

석기가 안경을 벗어 닦아냈다. 찻종에 담겼던 물이 안경에 뿌려진 것이다.

"조런 것들은 어떡하면 좋지!"

얼마 더 술을 마셨다. 그동안 좀 전의 두 청년이 쌈패를 데리고 문밖에 대기하고 있을 줄은 알 길이 없었다. 이제는 그만 마시고 색시집에나 가자고 석기가 먼저 밖으로 나가고 현태가 변소에 들렀다가 출입문을 나서니 밖에는 이미 일이 벌어져 있는 것이었다. 석기가 복싱 자세를 취하고 서 있는 앞에는 벌써 한 녀석이 쓰러져 있고, 그 뒤에 어슴푸레한 외등에 검은 그림자를 지우면서 이쪽을 향해 공격 태세를 취하고 서 있는 네댓 명의 사내들 속에 좀 전의 감색 오버와 잿빛 오버가 끼어 있었다.

현태는 퍼뜩 취기가 깨는 느낌이었다. 도로 술집으로 뛰어 들어가 외투를 벗어던지고는 손에 잡히는 대로 빈 됫병 하나를 집어 들고 밖으로 달려 나왔다. 그리고 닥치는 대로 한 놈의 골통을 향하여 내리쳤다. 유리병 깨지는 소리에 이어, 어쿠, 소리를 지르며 풀썩 주저앉아버린다. 현태는 손에 들쭉날쭉 날이 선 병 주둥이를 감색 오버 청년의 목을 향해 냅다 찔렀다. 그러나 미처 목표물에 가 닿기 전에 어떤 자의 발길에 허리 중동을 세게 채어 나가쓰러졌다. 눈앞이 핑 돎을 느끼면서 의식을 잃고 말았다.

현태는 무어라고 자기를 부르는 듯한 소리에 정신이 들었다. 우선 입 안에 침 아닌 끈적한 액체가 가득 괴어 있는 게 느껴져 뱉었다. 급방 자기를 부르는 것으로 알았는데 그 소리가 아니었다. 찔러버려라, 찔러버려! 그것은 어슴푸레한 외등에 비쳐 한결 더 창백해 뵈는 얼굴에 눈만이 유난히 반짝거리는 잿빛 오버 청년의 부르짖는 소리였다. 찔러버려라, 찔러버려! 한 자가 길쭉한 단도를 빼 들고 조금씩 조금씩 다가가고 있었다. 그 앞쪽에 석기가 아까처럼 복싱 자세를 취하고 서 있었다. 그 석기의 눈에는 안경이 없었다. 어슴푸레한 외등 속에 눈을 가느스름하게 뜨고 상대방을 노려보고 있었다. 그러는 그의 입가에는 어떤 웃음 같은 게 어리어 있었다. 현태는 몸을 일으켜야 한다고 생각했다. 몸을 일으키면서 단도를 빼든 놈의 아랫도리를 안아 쓰러뜨려야 한다고 생각했다. 그리고 거리로 보아 넉넉히 그럴 수 있다고 생각했다. 그런데도 현태는 석기 쪽을 지켜보고만 있었다. 어슴푸레한 외등 속한자리에 똑같은 자세를 취한 채 입가에 어떤 웃음 같은 것을 떠올리고 무엇인가를 기다리고 있는 석기에게서 다른 사람의 간섭을 일체 불허하는 모습을 보았다. 찔러버려라, 찔러버려! 조금씩 걸음을 옮기던 단도 든 사내가 남은 몇 발자국을 날쌔게 들어가며 석기의 옆구리를 찔렀다. 석기의 주먹이 움직였으나 허공을 때렸을 뿐이었다. 석기의 한 손이 자기 옆구리를 가 눌렀다. 단도든 사내가 다시 재빨리 석기의 옆구리를 몇 번 곱박아 찔렀다. 석기의 주먹이 또 허공을 몇 번 때리고는, 으음, 하는 뱃속으로부터 솟는 신음소리와 함께 그 자리에 고꾸라졌다.

현태는 그제야 일어나 석기가 쓰러진 데로 가까이 갔다. 일당이 어디론지 사라지자 어디서 모여드는지 구경꾼이 몰려왔다. 어서 자동차를 불러 병원으로 실어가야 한다고 떠들어댔다. 몇 사람이 석기를 맞들어 올리려 했다.

"모두들 물러나요! 이 사람에게 손을 대지 말구!"

현태가 쓰러져 있는 석기를 등에 업고 사람들 틈을 헤치고 나왔다.

송도 청향장호텔에서의 일이 있은 지 두 주일 만에 숙이한테서 전화가 걸려왔다.

만날 시간과 장소를 정하고 수화기를 올려놓은 현태는 드디어 와야 할 것이 왔다는 생각이 들었다. 그러고 보면 자기는 그동안 무심하려 하면서도 그네의 일이 자기를 누르고 있었던 것을 깨달았다.

귀거래다방에서 그네의 수척한 모습을 대했을 때 현태는 우선 거기 어떤 증오의 빛 같은 것을 보았다. 그 증오가 어떤 형태로 나타나든 자기는 그것을 고스란히 받아야만 한다고 생각했다.

숙이는 본래보다 더 커 뵈는 눈을 전에 없이 현태에게 똑바로 붓고 있었다. 현태는 숙이에게서 무슨 말이 나오기를 기다리며 그네 등 뒤 너머에 있는 유리창으로 눈을 주고 있었다.

밖에 좀 잔 듯하던 바람이 도로 세차게 불고 있었다. 한길가 가로수의 헐벗은 가지들이 쉴 새 없이 흔들리고, 그 밑을 오가는 사람들이 펄럭이는 옷자락을 여며 쥐고 몸을 웅크린 채 걸음을 재촉하고 있었다. 다방 유리문들이 연신 덜커덩거렸다. 현태는 아까 병원 입원실 베드 위에서 석기가 바람 부는 창밖을 내다보면서 중얼거리던 말이 생각났다. 이거야 한쪽으로만 누워 있으려니 배겨서 견딜 수가 있나, 어서 시원스럽게 바람 속을 걸어봤음 좋겠어, 나가면 고 쥐새끼놈들 걸리는 족족 때려잡아야지. 왼쪽 옆구리에 찔린 자리가 심장과 폐를 피했기 때문에 요행 치명적인 상처는 아니었다. 석기는 그 상처만 아물면 그만인 줄로 알고 있다. 따라서 왼쪽 팔목에 찔린 상처가 그에게 불구를 가져왔다는 사실을 모르고 있다. 칼끝에 요골 신경이 끊어져 현재의 한국 의술로는 그것을 잇는 수술이 불가능하다는 사실을 의사는 현태에게만 알려놓고 있었다. 이를 당사자에게 알리지 않는 것은 앞으로도 옆구리 치료에 적잖은 시일이 걸려야 할 환자에게 충격을 주지 않기 위함이란 걸 이해할 수 있었다. 그러나 나중 팔목의 붕대를 풀어내는 날 그쪽 손목을 쓸 수 없다는 것을 깨달았을 때의 타격은 어떠할 것인가. 현태가 의사에게 말했다. 설사 옆구리 치유 기간에 영향을 주더라도 환자에게 사실대로 알려주라고. 언제쯤 석기가 그것을 알게 될까.

"아무래두 그냥 넘길 순 없었어요. 한번은 봬야 했어요. 이렇게 밝은 데서 한번은…… 물론 할 말이 있을 리 없죠."

하얗게 식은 얼굴로 숙이는 아랫입술을 잘근 깨물더니,

"아무것두 씌어 있지 않은 동호씨 편질 새겨서 읽으라구 했지만 제 눈엔 흰 종잇조각 그대루예요. 그이두 결국 내게 할 말이 없었던 거구, 나두 그이에게서 들을 말이 없어진 거예요."

현태가 유리창에서 눈을 거두었다. 숙이를 바라보며,

"그것두 제 책임입니까?"

"책임요?"

숙이의 입가에 찬 웃음기가 스치고 지나갔다.

"도대체 책임이란 말부터 당신네들과는 상관없는 말이 아닌가요? 자기 자신에게서두 피할려구 하는 사람들이……."

격해오는 감정을 어쩌지 못하는 듯이 그네는 한옆으로 고개를 비끼었다. 그 서슬에 코끝과 콧날개 언저리에 뽀오얀 무리가 서렸다.

현태는 다시 그네의 등 뒤 너머의 유리창 쪽으로 시선을 들었다. 밖은 그냥 꽤 센 바람이 가로수 가지를 흔들고 있었다. 저렇게 나뭇가지가 바람에 흔들리고 유리창이 덜거덩거리는 다방 안은 사람들의 말소리로 웅성거리고, 바로 앞에는 분노에 싸인 숙이가 앉았는데, 현태는 어느 무인지대의 고즈넉한 산비탈을 내리고 있었다. 여름철 낮 기운 햇볕이 빈틈없이 내리부어지고 있었다. 시야는 어디까지나 투명했다. 그 속에 초가집 일고여덟 채가 무거운 지붕을 감당하기 힘든 듯이 납작하게 엎드려 있었다. 현태는 앞으로 향한 총대를 꽉 옆구리에 끼고 한 발자국씩 조심조심 발을 내어디디고 있었다. 그런데 이 고즈넉하고 거침새 없이 투명한 공간이 왜 이다지도 숨 막히게 앞을 막아서는 것일까. 현태는 옆을 보았다. 2미터쯤 간격을 두고 동호가 역시 총대를 옆구리에 낀 채 앞을 주시하며 한 발자국 한 발자국 조심스레 걸음을 옮기고 있는 것이었다. 현태는 동호에게 한마디 건네고 싶었다. 어이 시인, 이런 때 느낌을 뭐라구 표현했음 좋지? 차라리 적병이

라두 눈앞에 뵈는 편이 낫지 않겠어? 여전히 밖은 가로수 가지가
흔들리고, 유리창이 덜거덩거리는 다방 안은 웅성거리고, 바로
앞에는 분노에 찬 숙이가 고개를 비낀 채 앉아 있고, 어이 시인,
왜 또 그런 눈으루 보는 거야, 무슨 드러운 물건이나 대하는 것
같은 눈초리루? 내가 내려가니까 그 여잔 별루 항거하는 빛두 없
었어, 일어나 나오려는데 손을 와 잡지 않겠어? 그 손이 뭣을 말
하는지 알았지, 허지만 해치우구 말았어, 그것뿐야, 그런데, 그런
데…….

이윽고 숙이가 고개를 돌려 정면으로 향했다. 그 눈이 안으로부
터 뿜어지는 듯한 불길에 타고 있었다.

"당신네들은…… 동호씨나 당신이나 모두 구원받을 수 없는 인
간들예요."

말을 끝내고 다문 입술에 경련이 일었다. 그네는 자리에서 몸을
일으켰다.

"다신 우리가 만날 일두 없겠죠."

16

종내 석기의 왼쪽 손목은 병신이 되고 말았다. 손목을 쓰지 못
하는 것은 물론, 손가락도 새끼손가락만 제대로 놀리고 무명지는
반쯤, 그리고 나머지 손가락은 전혀 움직이지 못했다. 그처럼 걸
걸한 성미던 석기도 자기의 이 불구를 깨닫게 된 며칠 동안은 현

태가 병문안을 가도 침울한 낯으로 무연히 모로 누운 채 별로 입을 열려고도 하지 않았다.

웬만큼 옆구리의 상처도 아물어 몸을 좀 추스를 수 있게 된 어느 날, 석기는 안경 없이 가느스름하게 뜬 눈으로 현태를 바라보며, 손목은 못 쓰게 되드라두 엄지손구락하구 둘째손구락만이라두 놀릴 수 있었으면 좋겠는데, 그러면 당구는 칠 수 있을 게 아냐, 요새는 천장이 다 당구대처럼 뵈, 허지만 이만한 것두 감사해야지, 한 손이나마 성해서 술잔은 잡을 수 있으니, 안 그래? 이렇게 말하면서 그는 입가에 웃음기까지 떠올렸다. 현태는 그 체념한 듯 웃음기 띤 얼굴이 더 보기가 안됐다고 생각했다. 그가 자기의 불구에 대해 침울한 낯으로 묵묵히 누워 있을 때보다도 이처럼 웃음기까지 떠올리며 자기 자신의 불행을 자인하는 모습이 더 쓸쓸해 보이는 것이었다. 그러나 술집 앞에서 싸움이 있던 날 밤 제삼자의 관여를 불허하던 그의 자세. 현태는 그때 그의 불구를 막을 수도 있었던 자기였지만 왜 그런지 그것이 뉘우쳐지지는 않았다.

안경점에서 저번 검안했던 도수에 맞춰 현태가 새로 안경을 사다준 날, 석기는 그것을 쓰고 잠시 현태를 쳐다보더니 너무 밝아 안 되겠어, 하며 도로 벗어버리면서, 이걸 쓰구 어머닐 보긴 싫어.

현태는 병원에 온 석기 모친을 본 일이 있었다. 아들의 체구에 비해 너무나 키와 몸집이 작은 어머니는 조용히 아들의 침대 곁으로 오더니 시트를 움켜잡은 채 꼼짝하지 않았다. 그 얼굴이 굵고 잔 주름으로 온통 씌워져 있었다. 어느새 그 많은 주름의 한 부분인 듯한 두 눈에서 주르르 눈물이 흘러내렸다. 현태는 이러한 석기 모친에게서 아들과 남편 사이에 끼어 혼자 속을 썩여온 한 어머니를 보는 듯했다.

언젠가 석기가 한 얘기에 의하면 30여 년간 사법서사로 지내온 부친은 아들을 법관으로 출세시켜보겠다는 것이 유일한 꿈이었다고 했다. 법복을 입고 법정 상좌에 앉아 법봉을 두드려 장내를 물 끼얹은 듯이 조용하게 한 후 엄숙히 형을 언도하는 재판장의 그 엄연한 모습을 아들에게 실현시켜보겠다는 것이었다. 그러나 석기는 엉뚱하게 권투에 미쳐 돌아갔다. 부친은 아들에게 화를 내다간, 걸핏하면 아내에게 자식놈 하나 건사를 못해 저 꼴을 만든다고 들볶아댔다. 그러나 모친은 석기에게 야단 한마디 못했다. 석기가 외아들인 때문도 있었지만 본시 모친의 마음이 약했던 것이다. 전쟁터에서 눈을 상해가지고 돌아온 뒤로는 차마 아들을 바로 쳐다보지도 못하는 모친이었다. 이런 자기 집안 얘기를 하면서 석기는, 어머니두 아버지처럼 야단을 쳐주었으면 숫제 맘이 편하겠어, 이건 야단은커녕 되레 내게서 무슨 말이라두 나올까봐 눈치만 보는 덴 미치겠어.

그러한 석기 모친이 아들의 입원실을 찾아와서도 침대의 시트를 움켜잡고 소리 없이 눈물만 흘리더니 조그만 목소리로, 아버진 요즘 일이 바빠서 와보시질 못한다는 말만 변명 비슷이 뇌는 것이었다. 석기는 모로 누운 채 어머니 쪽을 돌아보지도 않고, 이젠 그만 가, 하고 툭 쏘아붙이는 것이었다. 그런데 그 언성 속에 어딘지 모르게 어머니에 대해 품고 있는 아직 어린애 같은 티

없는 감정이 어려 있었다. 현태는 이 왈살스러운 석기에게 어디
또 이런 면이 있었던가 싶었다. 이런 석기가 어머니의 그 주름투
성인 얼굴을 자세히 바라보길 꺼려하는 심정을 현태는 알 수 있
을 것 같았다.

석기는 오른손 하나로 서투르게 안경을 케이스에 집어넣으면
서, 이것 안 썼다구 술이 코로 들어가지야 않겠지, 하며 그 자리
를 얼버무려버렸다.

이날 현태가 병원에서 나와 어디라 정한 곳도 없이 을지로입구
가까이에 이르렀을 때다. 누군가가 뒤에서, 여보세요, 하고 불러
돌아다보았으나 금방 서로 어긴 사람 같긴 한데 알지 못할 남자
였다.

그 남자는 부드러운 미소를 얼굴에 담으면서,

"실례지만 전에 소토고미 부대에 계신 일이 있으시죠?"

그래도 현태는 그가 누군지 생각이 나지 않았다.

"절 잘 모르실지 몰라두 선우상사라구 생각 안 나십니까? 왜 주
보에서 보셨지요? 술이 취해서 이상한 시늉을 하던 사람 말입니
다."

그 선우이등상사를 따라다니며 술 먹는 것을 말리던 안이등중
사가 자기라는 것이었다. 현태는 먼 기억 속에 그런 일이 있었던
게 떠오르긴 했으나 그때의 안이등중사와 지금 눈앞의 사람과는
좀처럼 합치가 되지 않았다.

그가 현태더러 바쁘지 않으면 잠깐 어디 들어가 앉자고 하여 가
까이 있는 빵집으로 들어갔다.

"사실은 언젠가두 길에서 뵀지만 하두 모습이 달라지셔서 얼핏 말을 붙일 수가 없었습니다."

"사람을 잘 알아보시는군요. 그래 지금 뭘 하구 계시죠?"

"신학교에 다니구 있습니다."

현태는 좀 전에 자기를 부르던 음성과 인상이 유난스럽게 부드러웠던 것을 상기해보았다.

안은 동호의 죽은 일까지 알고 있는 듯,

"그 조용해 뵈든 분이 자살을 했다는 말을 듣구 얼마나 마음이 안됐는지요. 하여튼 그 당신 모두 제정신이 아니었죠."

그는 날라온 도넛에 포크를 꽂으면서

"한 분 또 있었죠? 얼굴이 좀 가무잡잡하던 분 말입니다."

현태가 윤구는 지금 청량리 밖에서 양계를 하고 있다고 했더니,

"그렇습니까? 참 좋은 생업을 하시는군요. 제가 한때 그분을 위해 기도를 올린 적이 있었지요. 주보에서 만났던 그날 있잖습니까, 그때 선우상사 그 친구가 술이 취해서 쓰러지니까 그분이 이런 말을 하지 않겠습니까? 연기가 제법이라구. 솔직히 말씀드려서 그 말을 듣구는 정말루 섭섭했습니다. 남은 괴로워 그러는데……"

신앙생활을 하는 사람답게 한결같이 부드러운 음성으로 이렇게 말하고는,

"그분이 양계를 하신다니 거기서 어떤 진리 같은 것을 발견하게 됐으면 합니다. 한 알의 작은 겨자씨가 땅속에 들어가 싹이 트는 걸 보구두 우주의 신비성을 찾을 수 있는 거니까요. 달걀만 해

두 그렇죠. 과학적으루 그 속에 수분이 몇 퍼센트, 기름기가 몇 퍼센트, 흰자질과 무기질이 얼마, 이렇게 분석을 해낼 순 있습니다. 허지만 그것만으루 설명 안 되는 부분이 있잖습니까. 생명의 신비 같은 거 말입니다. 그분이 그런 것에까지 마음이 미치게 됐으면 좋겠습니다."

신학대학에까지 다니는 사람으로 이런 유치한 상식적인 얘기를 늘어놓는 게 현태에겐 우습게 생각됐다. 그러나 이를 비난하고 싶지는 않았다. 그만큼 그의 말 속에는 소박하면서도 참된 마음씨가 들어 있었던 것이다.

현태는 이야기 순서로서도 선우이등상사의 일을 묻지 않을 수 없었다.

"선우상사두 서울에 와 있습니까?"

"예. 그런데 그동안 곡절이 좀 있어서 지금 병원에 입원을 하구 있습니다."

과음으로 인해 생긴 병이 아닌가 하여,

"여전히 술이 대단했던가 보군요."

"아니요. 술은 끊었었어요. ……마음의 안식을 얻지 못해서 입원을 했습니다. 그렇지만 이젠 다 나아서 얼마 안 있으면 퇴원하게 됩니다. 지금두 그 친굴 면회하러 가던 길인데 아마 오늘쯤 가면 언제 퇴원할 수 있는지 확실한 걸 알게 될 겝니다."

안은 안면에 부드러운 미소를 지으며,

"그런데 저…… 별루 바쁘시지 않으면 같이 면회 가주실 수 없겠습니까? 아마 같이 가면 그 친구 퍽 좋아할 겝니다. 요 일전에

두 교회 목사님과 전도사님을 모시구 갔더니 어떻게 반가워하든지요."

오늘 안이 길에서 자기를 불러 세운 동기도 자기를 데리고 면회 감으로 해서 환자에게 즐거움을 주고 싶어 하는 데 있었다는 걸 짐작할 수 있었다.

그러나 현태는 선우이등상사가 어떻게 생긴 사람이었다는 기억조차 남아 있지 않았다. 그것은 안의 경우와 다름이 없었다. 그저 군대 생활 시절에 하루 저녁 우연히 술자리에서 만났다 헤어진 사람에 불과했단 것이다. 아마 선우이등상사 편에서도 마찬가지리라.

아무래도 자기가 그를 면회하러 간다는 것은 쑥스러운 일일 것만 같았다. 찾아간 자기를 보고 선우이등상사가 기뻐하기는 고사하고 알아보기나 할른지 의심스러웠다. 그러는 현태의 머리 저쪽 안에서 군복을 입은 한 사내가 비치적거리며 걸어가다가 주춤 한 자리에 서더니 천천히 아주 천천히 상반신을 비틀어 이리 향하는 것이었다. 그러는 사내의 얼굴에 히죽 웃음이 띠어져 있었다.

현태는 문득 선우이등상사를 찾아가보고 싶은 생각이 들었다. 그것이 어떤 종류의 것이든 자기대로의 고민을 지탱하지 못해 정신에 이상까지 일으켰다가 다시 회복한 사내의 모습을 한번 보고 싶었던 것이다.

둘이는 안동국을 거쳐 수도육군병원에를 갔다.

도중에 안은 선우이등상사가 병원에 입원하게 된 경위를 이렇게 말했다.

504

재작년 가을, 안은 제대를 하여 신학교에를 다니고 선우이등상사는 이상하게도 굳이 군대에 그냥 남아 있겠다고 하여 서울로 이동된 부대에 그대로 있을 때의 일이었다.

그즈음 선우이등상사는 안의 권유로 술도 끊고 일요일마다 교회에도 다니게 되었다. 그러던 어느 일요일 날 두 사람이 교회에 갔다 돌아오는 버스 안에서였다. 선우이등상사가 어떤 중학생 하나를 뚫어지게 바라보고 있더니 내릴 데도 아닌데 쫓아 내리는 것이었다. 안이 따라 내리며 아는 애냐고 물어도 대답지 않고 심각한 표정으로 중학생의 뒤를 쫓아갔다. 중학생이 골목으로 접어들었다. 그러다 선우상사도 골목으로 들어서면서 갑작스레 중학생에게 달려들어 바지 뒷포켓을 잡아 뜯어내는 것이 아닌가. 깜짝 놀라 돌아서는 중학생에게 뜯어낸 포켓 헝겊을 내주는 손이 후들후들 떨렸다.

"그 친구의 말이 포켓 아구리가 좀 떨어진 걸 보구 그걸 마저 떼내구 싶어 못 견디겠더랍니다. 그땐 그저 신경이 좀 약해진 걸루 가볍게 생각했지요. 그런데 처음 그런 일이 있은 지 한 달쯤 지나섭니다."

그날도 일요일이어서 둘이는 같이 교회당에 가 있었다.

예배 도중에 선우이등상사가 몹시 초조해서 안절부절못했다. 목사의 설교도 귀에 들어오지 않는 성싶었다. 애써 무엇을 억제하고 있는 듯 관자놀이에 핏대가 솟아 있었다.

드디어 그는 더 참을 수 없는 양 앞자리에 앉아 있는 사람의 등으로 손을 가져갔다. 거기에는 조그만 실밥이 하나 붙어 있었다.

그는 조심스럽게 그것을 뜯어내더니 얼른 성경책 갈피에 끼우는 것이었다. 금세 그의 얼굴에 화기가 돌면서 안도의 미소가 지어졌다.

예배가 끝난 후 밖으로 나온 선우이등상사는 안더러 성냥을 갖고 있느냐 했다. 없다고 하자 그는 성경책 갈피에 끼웠던 실밥을 꺼내어 꽁꽁 비벼가지고 교회당 뜰 구석에 묻고는 발로 다지기까지 하는 것이었다.

"그런 일이 있구 나선 그 친구가 부대에서 외출두 않구 주일에 교회두 안 나오길래 궁금해서 찾아가봤죠. 그랬더니 얼마 전에 정신이 좀 이상한 것 같애 수도육군병원에 입원을 시켰다지 않습니까."

그 달음으로 병원에 달려갔다. 안이 환자와 어릴 때부터의 친구라는 것을 알자 담당 군의관은 선우이등상사의 과거 내력을 이것저것 캐물었다. 치료에 필요하다고 해서 안은 6·25 때 선우이등상사의 부모가 이북에서 학살을 당했다는 것과 그 후에 부모의 피갚음을 한다고 어떤 부역자 하나를 사살한 일, 그리고 술이 취해서는 그 환영에 괴롭힘을 당하곤 한 일이 있다는 것까지 모조리 이야기해주었다.

그때 선우이등상사는 한방에 다른 세 환자와 같이 있었다.

안을 보자 그는, 오랜만이군, 하고 제대로 인사말을 했다. 그러나 안이 어디 아픈 데는 없느냐고 묻는 말에 그는, 글쎄 말야, 하고 무슨 말을 더 할 듯하다가 외면을 해버리고 마는 것이었다. 그러고 나서는 앞에 놓인 성경책을 자꾸 똑바로 고쳐놓으면서 말짱

한 표지를 연신 손으로 털어내고 문지르고 했다. 의사의 말대로 의식 속 깊이 잠재해 있던 신에 대한 회의나 죄의식에서 오는 불안과 강박관념을 애써 지워버리려는 표징이 이런 동작으로 나타나는 것일까.

안이 면회를 갈 적마다 선우이등상사의 병세는 더해갔다. 이쪽을 알아보기는 하는 것 같으면서도 말 한마디 없이 외면해버리곤 했다. 이러는 동안에 신경적인 질환에서 정신 분열 증상으로 악화된 것이었다.

"한창 심할 땐 정말 대단했습니다. 의사가 밥을 먹었느냐구 하면, 예 산보했습니다, 전등을 보구 이게 뭐냐구 하면, 하나님입니다, 이렇게 뚱딴지같은 대답만 하면서 아무 뜻 없는 빈 웃음을 웃는 겁니다. 그렇게 소중히 여기던 성경책두 갈기갈기 찢어버리구, 정말 대단했습니다. 곁에서 보기에두 맘이 아파 못 보겠드군요."

안은 그때 일을 생각하는 듯 잠시 말을 끊었다가,

"그러든 게 기적처럼 얼마 전부터 차차 병세가 호전되기 시작했습니다. 우선 의살 잘 만난 덕택이죠. 그렇게 성실한 의산 첨 봤습니다. 1년이 넘었는데두 여일하게 전기요법이니 정신요법이니 있는 최선을 다해줬으니까요. 저는 저대루 그 친굴 위해서 아침저녁 기도를 잊지 않았습니다마는. 어쨌든 하나님의 은총이라구 봅니다. 요즘 그 친군 성경 읽기에 열중해 있지요. 참, 그때 그 친구가 한 말 생각나십니까? 하나님이란 있는 것두 아니구 없는 것두 아니다. 있다구 생각하는 사람에겐 있구 없다구 생각하는 사람에겐 없다, 그리구 자긴 없다구 생각하니 맘이 편하다구 한 말 말입니다. 그렇지만 결국 하나님이 계시다는 걸 다시금 깨닫게 됐습니다. ……하여튼 이젠 모든 게 일단락 끝난 셈이지요."

정신과 입원실은 병원 앞채 왼쪽 끝에 있었다.

낮은 계단을 올라가 출입문을 들어서니 양쪽에 병실을 둔 꽤 넓은 복도가 앞에 나타났다. 대낮인데도 전등이 있었으면 싶게 어둠침침했다.

안은 자주 드나들어서 낯을 아는 듯싶어 수부구에 앉아 있는 병사에게, 안녕하십니까 하는 인사말을 하고는 그 앞을 지나쳐버렸다.

"여보십쇼."

뒤에서 병사가 불렀다.

멈칫 돌아서는 안에게,

"103호실 선우상살 면회 오셨죠?"

"예."

"그럼 먼저 박대위님을 만나보세요."

"과장선생님 말씀입니까?"

"네."

안이 현태를 돌아보며,

"퇴원 수속에 관한 상일 하자는 걸 겝니다. 잠깐만 여기서 기다리세요."

왼쪽 둘째번 방 앞으로 가 노크를 했다. 방 안에서 거기 응하는 말소리가 들렸다. 안이 들어갔다.

한참 만에 키가 자그마한 얼굴이 둥근 군의관과 함께 안이 나왔다. 안의 얼굴이 어둠침침한 복도 속에서도 알아보리만큼 질려 있었다.

"어쩌자구 또……"

"글쎄 말입니다."

"절대루 면회 안 됩니까?"

"만나봤댔자 소용없습니다. 누구라는 걸 알아보지두 못하는걸요. 오늘 아침부터 광포증은 좀 가라앉긴 했지만요."

"또 그렇게 된 원인이 뭡니까?"

"글쎄 아직 이렇다 할 원인을 붙잡지 못하구 있습니다. 그 전날만 해두 나더러 난생첨으루 머리가 맑아 기분이 좋다는 말을 했으니 까요. 근데 좀 전에두 말했지만 어제 오후에 연필을 깎겠다구 해서 간호장교가 과도를 가져다줬거든요. 언제나 성경을 읽을 땐 연필루 줄을 그어가면서 읽었으니까요. 그러길래 아무렇지두 않게 생각하구 과도를 주구 돌아서 나오려는데 별안간 달겨들어 간호장교의 등을 찔렀답니다. 끝이 무딘 칼이어서 괜찮았지, 하마트면 큰일 날 뻔했죠. 그런데 등을 찌르면서 이상한 소릴 지르드랍니다. 어디 죽을 때 뒤루 자빠지나 보자, 하드래요. 그 소릴 어젯밤 늦두룩까지 큰 소리루 뇌까렸어요."

이렇게 차근차근 얘기하는 군의관의 말소리에는 오랫동안 노고해온 보람이 무너진 데 대한 실망의 빛이 어려 있었다.

"발작이 좀 진정됐으면 한번 만나보구 싶습니다."

안의 얼굴에는 괴로움과 애타하는 빛이 뒤엉켜 있었다.

"글쎄요, 지금두 뭔가 줄창 중얼거리구 있습니다. ……정 그러시다면 문밖에라두 가보실까요."

군의관이 앞장을 섰다.

현태는 좀 전부터 이쪽의 얼굴을 제대로 바라보지도 못하는 안의 뒤를 따라갔다.

맨 끝 구석진 방 앞에 가더니 군의관이 걸음을 멈추었다. 그리고 손잡이를 돌려보아 잠겨 있는가를 확인하고는 한옆으로 비켜섰다. 문에 붙은 패는 108호실. 이번에 이 독방으로 옮겨진 것이리라. 방 안에서 목쉰 사내의 주절대는 소리가 들려왔다. 가만히 귀를 기울이자 그 소리는 알아들을 수 있는 소리였다.

"……내가 너를 심은 것은 온전한 참씨 심은 아름다운 포도나무이거늘 어쩐 일로 변하야 내 앞에 다른 포도나무의 악한 가지가 되느냐……."

안이 모로 문 앞에 바싹 다가서면서 방 안으로 신경을 모으는 듯 눈을 감았다.

"……무릇 이 땅은 황무하여질 것이나 그러나 말갛게 멸할 것이 아니라 그런 고로 땅이 다 슬퍼할 것이요 우에 있는 하늘도 다 어두워지리니……."

안이 그냥 방 안에 주의를 준 채 눈을 뜨더니 얼굴에 약간 밝은 빛을 떠올리며 군의관에게 나직한 목소리로,

"예레미얍니다. 본시 예레미얄 좋아했지요. 근데 지금 성경책을 보구 읽는 겁니까, 혼자 외는 겁니까?"

"혼자 중얼거리는 겁니다. 성경책은 어제 그 일이 있은 뒤 환자 자신이 언젠가처럼 찢어버리구 없습니다."

"어떻겠습니까? 다시 회복할 가망이 있겠죠?"

"글쎄요, 경과 좀 두고 봐야지요."

군의관의 말소리는 곁에서 듣는 현태에게도 절망적인 것으로 들렸다.

방에서는 그냥 사내의 주절대는 쉰 목소리가 이어져 나왔다.

"……내가 상함을 받음이여 슬프다 내가 화 있으리로다 내 상처가 중한지라 내가 니라노니 이것이 진실로 나의 환란이라 내가 이것을 참으리로다……."

현태는 좀 더 병원에 남아 형편을 보겠다는 안과 헤어져 그곳을 나왔다. 까닭 없이 화가 치밀어 올랐다. 방향도 없이 그저 발을 떼어놓았다. 그는 문득 화를 내고 있는 자기가 어처구니없이 여겨졌다. 선우이등상사가 다시 미쳤다는 것과 자기와 무슨 상관이 있다는 것인가.

현태는 온몸이 지쳐 있음을 느꼈다. 눕고 싶었다.

이날 집으로 돌아온 그는 예의 곰의 잠으로 들어갔다.

17

"비행기표두 샀났다. 화요일이니 그리 알아라."

여러 날 만에 외출을 하려는 현태를 어머니가 안방으로 불러들여 이렇게 자못 다짐 조로 말했다.

현태가 안을 따라 수도육군병원에 다녀온 길로 곰의 잠을 자는 동안 어머니는 때 없이 현태 방으로 건너와서는 이것저것 타이르는 것이었다. 비자가 나온 지두 벌써 두 달이나 됐는데 이렇게 번둥번둥 세월만 보내구 있으니 어떡헐 셈이냐. 그동안 세 차례나 떠날 날짜를 연기했으니 더는 낯을 들구 가서 사정 얘기두 할 수 없다. 이번엔 암말 말구 홀 떠나봐라. 그러면서 어머니는 먼저 가 있는 사람들에게 연락을 다 해놨다고 하며, 누구니 누구니 꼽아대기까지 하는 것이었다. 그때마다 현태는, 가야죠, 하고 선선히 대답을 해왔던 것이다.

그러고도 어머니는 자기 편에서 서두르지 않으면 아무래도 현태가 제물에 떠날 것 같지 않은 생각이 들었는지 비행기표마저사 안기는 것이었다.

"다른 건 다 준비됐으니 방역 주사 맞구 너 갖구 갈 거 미리 생각나는 대루 챙겨둬라. 떠날 날 임박해서 허둥대지 말구. 그리구 머리두 좀 깎구……."

그러다가 이것만은 그리 바쁠 게 없다는 생각이 든 듯,

"이발이야 떠나기 전날 하는 게 좋겠지."

어머니란 누구랄 것 없이 자식이 장성한 뒤에도 어린애처럼 여겨지는 것인가 보다. 때로는 그 모성애가 자식에게는 도리어 귀찮고 역겨운 때가 많은 것이다. 그런데 이날 현태는 어머니의 잔소리를 그만 듣고 방을 나오려다 왜 그런지 한마디 하고 싶어졌다.

"저, 어머닌 그날 비행장엔 나오지 마세요."

"건 또 왜?"

어머니가 의아해하는 눈으로 현태를 쳐다보았다.

"아니 그저."

그날 어머니는 현태가 말려도 비행장까지 나올 것이다. 그리고 눈물을 지을 것이다. 잠시 어머니는 자기가 서둘러 아들을 이렇게 멀리 떠나보낸다는 데 대해 어머니다운 뉘우침을 해볼 것이다. 그렇지만 현태 자기는 조금도 얼굴에 슬픈 빛을 나타내지 않을 것이다. 도리어 자기는 웃는 낯으로 가족들의 얼굴을 둘러볼 것이다. 아들을 떠나보내는 마당에서도 사업 계획을 세우느라고 뒷짐을 지고 서서 먼눈을 하고 이쪽을 바라보고 있을지도 모르는 아버지를, 형이 비행기를 타고 멀리 떠난다는 엷은 흥분으로 해서 다음 공일에 자기가 정복하기로 돼 있는 등산 코스를 한층 더 흥겹게 머리에 그리고 있을지도 모르는 아우를, 그리고 아들이 떠나면서 조금도 슬픈 빛을 보이지 않는 것을 오히려 어머니 자기를 위해 이쪽이 애써 슬픔을 참고 있는 것으로 알고 더 서러움에 잠길지도 모르는 어머니 쪽을 다시 한 번. 그러나 현태는 끝내 떠남의 섭섭한 표정마저 얼굴에 나타내지 않을 것이다. 그저 자기는 잠깐 어머니의 건강을 생각해볼 것이다. 그러나 그것도 요새 약효를 보아 나날이 나아가는 편이니 자기가 걱정할 정도는 아닌 것이다. 마침내 자기는 이들 가족 속에 자기가 관여할 일이라곤 하나도 없다는 걸 느낄 것이다. 가벼운 마음으로 돌아서 비행기에 오를 것이다. 뒤는 돌아보지도 않고. 그것으로 그만인 것이다.

현태는 돌아서 어머니 방을 나와버렸다.

꽤 여러 날 만에 나와보는 거리가 유난히 밝은 것 같았다. 그리고 3월달에 들어선 날씨 치고는 따뜻했다. 오버가 어깨에 무거웠다.

그는 석기가 입원해 있는 다옥동 병원으로 향했다. 자주 다니는 길이었다. 그런데도 길가 상점을 보고는 전에 이런 집이 있었나 하고, 상점 안과 그 주위를 눈여겨 살펴보곤 했다. 그렇지만 그것이 어떤 상점이었는지 머리에 남는 거라곤 하나 없었다.

그는 아까부터 한 가지 일만 골똘히 되풀이해 생각하고 있었던 것이다. 그것은 지금 자기는 어떻게든 결단을 짓지 않으면 안 될 막다른 데에 부닥쳤다는 생각이었다. 비행기만 타면 되지 않느냐고 자신에게 이르면서 애써 그 생각을 딴 데로 옮기려 했다. 석기 그 녀석은 그동안 많이 좋아졌을 테지, 그 괄괄한 녀석이 한 손으로 뭣을 익히려면 한동안 애먹을 거라. 안경을 쓰구 차마 주름투성인 어머니의 얼굴을 자세히 바라볼 수 없다구? 체구가 그만큼 큰 녀석이 어머니더러, 가, 가, 하던 꼴이라니. 인마, 너두 사내자식이 너무 착해빠져 글렀어.

입원실에 들어서니 석기가 침대에서 일어나 밖을 내다보고 있다가 가느스름하게 뜬 눈을 현태에게로 돌리며,

"이게, 뒈진 줄 알았더니……."

몹시 반가워하는 말투였다.

"마침 잘 왔어."

"왜?"

"낼 퇴원하기루 했어."

"의사가 퇴원하라든?"

"의산 모레쯤 하라지만 낼 허나 모레 허나 마찬가지 아냐. 그래 낼 나가겠다구 우겼어. 낼이 무슨 날인지 알지?"

"낼?"

"토요일 아냐? 토요일. 주회 날두 몰라?"

주회 날이면 어쨌단 말인가. 현태는 어이가 없어 석기의 얼굴만 바라보고 있었다.

"한 잔만 먹어두 대번 핑 돌 거라."

그러면서 석기는 오른손으로 턱을 쓱쓱 문질렀다. 수염이 거칠게 자란 얼굴이 헐끔해져 있었다.

"주책없는 소리 작작해. 집에 나가서두 꼼짝 말구 들어백혀 있어야 해. 얼마 동안은."

"아냐. 그동안두 미쳐 뛰쳐나갈 것 같앴어. 좀 기동을 해야지 되레 나쁠 거야. 의사가 나처럼 근육 갱생이 빠른 환잔 첨 봤대. 이젠 아무 짓을 해두 괜찮어. 아무튼 낼부텀 개실 해야지. 문제없어."

현태가 화제를 돌려,

"나 이번에 떠나게 됐어."

그리고 오는 화요일에 뜨는 비행기표까지 사놓았다는 이야기를 했다. 석기는 한동안 가느스름하게 뜬 눈을 현태에게 주고 있다가,

"정말 너 비자가 나온 진 오래됐지."

이렇게 힘없이 말하면서 잠깐 얼굴이 어두워지더니,

"자아식!"

돌연 누구에게라 없이 한마디 배알고 나서는 다시 걸걸한 목소리로,

"그럼 낼은 주회 겸 긴급 송별횔 해야겠구나. 윤구 그 친구한테두 떠난다는 걸 알렸겠지? 이래저래 퇴원을 서둘러야겠는데. 그러니 말야, 이걸 우리 아버지한테 좀 전해줘. 어머니 편에 보낼려구 했었는데 마침 잘됐어. 어머니가 가져가면 또 나 땜에 아버지한테 야단을 맞게 될 테니 말야. 저번에 여기 계약금을 낼 때두 한바탕 난리가 났었던 모양이던데."

베갯머리에서 편지 봉투를 집어 현태에게 내주는 것이었다.

"퇴원한다는 편지가 뭐 이렇게 두꺼워?"

갑자기 석기가 소리를 내어 웃기 시작했다.

"그럴 수밖에. 이걸 보구 아버지가 6만 5천 환이나 되는 나머지 입원빌 아무 말 없이 보내게 하려니."

"그래 명문 편질 쓴 모양이로군."

석기는 그냥 소리 내어 웃으며,

"그야 물론이지. 그런데 내용 취진즉 간단해. 날 아버지의 보조자루 채용해달라는 거야. 그러니 이 편지가 취직 시험 논문인 셈이지."

현태도 따라 웃었다.

"거 좋군. 판검사 나리가 사법서사 보조자가 된다?"

"그나마두 합격될는지가 의문야. 30여 년이나 그 일에 익어온 아버지 눈에 차기가 어디 쉬운 노릇야? 손님의 애깃귀만 언뜻 들

516

구서두 긴 고소장을 글자 한 자 고치지 않구 그냥 미농지에 내리 갈기는 아버지니까 말야."

"보조자가 안 되면 설마 견습생으루야 안 써줄라구."

둘이는 소리 내어 웃었다. 별로 우스운 일도 아니건만 웃었다.

현태가 의자에서 일어났다.

"가겠어? 그럼 부탁해. 그러구 자넬 화요일날…… 아까 화요일 이라구 그랬지? 그날 몇 시에 떠나지?"

"11시."

현태는 출발 시간을 모르면서도 이렇게 대답해버렸다.

"낼 참 주회가 있으니까 자세한 얘긴 그때 듣자."

현태는 그곳을 나와 을지로입구 내무부 앞에서 회기동행 합승 을 탔다.

청량리를 지나 회기동 종점에서 내렸다.

윤구네 양계장으로 들어가는 길 주변에는 전에 없던 후생 주택 과 인가가 꽤 많이 들어서 있었다. 여기저기 가게도 보였다.

언젠가 숙이에게 이곳 약도를 그려줬던 일이 생각났다. 현태는 숙이 생각을 밀어내듯 두리번거리며 그때 표로 삼았던 담배 가게 를 찾았다. 그 가게가 다른 가게들 틈에 묻혀 있었다.

쪽대문을 들어서니 윤구는 새로 지은 계사에 문짝을 달고 있었 다. 목수와 맞잡아 일을 하고 있는 그의 몸 움직임이 먼발치로 보 는 눈에도 꽤 활기가 있어 보였다.

현태는 뜰 안에 들어서서도 그를 부르지 않고 한동안 계사 쪽을 둘러보았다. 수많은 닭들이 제각기 분주히 모이를 쪼고 있었다.

한 계사 안에선 지금 소년이 모이를 주고 있어 온통 닭들이 들통을 든 그의 주의를 싸고 한 덩어리가 돼 있었다.

윤구가 그제야 현태를 발견하고,

"아니, 언제 왔어?"

"음, 지금."

윤구가 일손을 놓고 이리로 왔다.

항상 외기를 쐬는 사람답게 까맣게 그을은, 그러면서 반들반들 단단해 보이는 얼굴이다. 그리고 지금 톱밥과 검불이 붙어 있는 까만 고수머리도 그의 끈질긴 성미의 일면을 엿보여주고 있는 것 같았다.

"꽤 크게 늘이는군."

"뭘. 양계라구 해보니까 조고맣게 해선 아무 짝에두 못쓰겠어. 흥하든 망하든 좀 크게 해볼 거야."

입으로는 흥하든 망하든 하지만 타산을 해보아 자신이 있어 하는 어투였다.

계사 안에서 노인이 달걀 소쿠리를 들고 나와 현태네가 서 있는 곁을 지나 광 쪽으로 간다. 이번에 새로 병아리를 들이면서 손이 모자라 둔 노인이었다.

"달걀 하나 먹어보겠나?"

"아니."

"집에서 양계를 하니까 맘대루 달걀은 먹을 수 있을 것 같지만 그렇게 안 되든데."

그것이 사업하는 사람의 심정이리라.

"어떡하지. 좀 들어가 앉아야 할 텐데…… 지금 이쪽 큰방에는 새로 들여온 병아리를 넣구…… 건넌방에서 셋이 기거하구 있는 형편이 돼서 방 꼴이 말이 아냐."

"곧 가겠어."

"그래두 오래간만에 왔는데 좀 얘기나 하다 가야지."

그리고 윤구는 광에서 나오는 노인을 향해,

"할아버지, 저 발돋음 걸상 좀 가져오세요."

노인이 계사 짓는 데로 가 걸상을 들고 왔다. 이번에 계사를 지으면서 만든 것이 분명해 대충 대패질을 한 생나무 결이 아직 변색을 하지 않은 채로 있었다.

윤구가 걸상 위를 훅훅 불어 먼지를 날린 후 둘이서 걸터앉았다.

윤구는 양계장 경영에 대한 고충을 이것저것 이야기하다가,

"석기 그 친구 경과가 좀 어떤가. 가본다 가본다 하면서두…… 입원한 지두 한 달이 가까웠지?"

"이삼 일 내루 퇴원하게 될 거야."

현태는 석기가 내일 퇴원하겠다더라는 말이나 퇴원하는 대로 주회를 다시 하자더라는 말은 하지 않았다. 그리고 자기가 회요일에 뜨는 비행기표까지 샀다는 말도 하지 않았다.

"그 친구두 술이 좀 과하지. 그리구……."

"어서 가서 일이나 해. 난 가겠어. 돈이나 있으면 좀 빌려줘."

윤구는 현태가 이곳까지 바람을 쐰다거나 놀러올 리는 없고 어떤 목적이 있어서라는 것을 처음부터 예측하고는 있었다. 그러나 이달분 3만 환을 바로 그끄저께 소년을 시켜 보내주지 않았던가.

"애 편에 보낸 돈은 받았지?"

"음."

"얼마나 더 필요해?"

"있는 대루 좀 줘. 한 육칠만 환."

요새 또 새 여자 바람이 났구나 하면서 윤구는 전에 용돈이 달리면 아무 때고 와서 좀 달라겠다고 한 현태의 말대로 하지 않은 게 잘했다 싶었다. 매달 정해놓고 주고 있는데도 이렇게 불시에 찾아와 돈을 청구하니 그의 말대로 했었더라면 더 돈거래가 엉망이 됐을 게 아닌가.

"거 야단인데, 돈이란 돈은 죄다 싹싹 긁어서 저 계사 짓는 데 집어넣어놔서……."

"그럼 할 수 없지."

현태가 걸상에서 엉덩이를 들려 했다.

"잠깐."

윤구는 그래도 현태를 그냥 돌려보내기가 안되어,

"쟤가 가진 돈이 얼마 될 거야. 쓰지 않구 쭉 모았으니까. 잠깐만 기다려봐."

윤구가 소년을 불러 함께 방으로 들어가더니 얼마 후에 돈을 들고 나왔다.

"5만 환에서 5천 환이 모자라. 이거라두 쓰겠어?"

잠이 잘 잔 깨끗한 돈이었다.

"꿔가는 걸루 생각할 것 없어. 아주 달 반칠 미리 주는 걸루 할 테니까."

520

현태는 윤구의 집을 나와 다시 합승을 타고 문안으로 들어왔다. 내무부 앞에서 내린 그는 곧장 석기가 있는 병원으로 갔다.

현관 바로 오른편에 있는 진찰실로 들어갔다. 의사가 들고 있던 저녁신문에서 눈을 든다. 석기의 말대로 퇴원은 가능했다. 진찰실을 나와 현태는 윤구한테서 받은 돈에다 자기가 갖고 있던 돈을 보태어 석기의 퇴원 절차를 끝냈다.

셈을 마친 현태는 오버 주머니에서 석기가 자기 아버지에게 전해달라던 편지를 꺼냈다. 그 봉투 한옆에다 이렇게 썼다.

'이 편지 없이도 취직 시험은 무사통과. 이제 남은 것은 부친과의 면접이 있을 뿐.'

그것을 옆에 있는 간호원에게 주어 석기한테 건네달라고 하려다 잠시 무엇을 생각하고 나서 몇 자 더 적었다.

'내일 주회는 휴회.'

밖은 저녁그늘이 내리고 있었다.

길가 다방으로 들어갔다. 커피를 시켜 마셨다.

다방을 나온 그는 발 닿는 대로 시네마코리아 쪽으로 갔다. 그러고는 무슨 영화를 하는지 간판도 보지 않고 표를 샀다.

한창 색채 화면이 펼쳐져 움직이고 있었다. 보매 서커스를 배경으로 한 영화 같은데 대단한 내용의 것은 아닌 성싶었다. 언제나 한쪽 입꼬리가 올라가곤 하는 여배우만은 이름이 있는 배우이나 남배우는 모를 사내였다. 색채도 부자연스럽게 거칠고 짙기만 했다. 그런데도 현태는 영화 줄거리를 잡아보려고 정신을 화면으로 집중시키고 있었다. 저 여배우의 이름이 뭐더라? 영화가 끝나기까지 종내 생각나지 않았다. 처음부터 다시 볼 생각은 없었다. 계단을 내려오면서 담배를 붙여 물었다. 그제야 퍼뜩 여배우의 이름이 떠올랐다. 앤 박스터.

광교 귀거래다방으로 갔다. 레지가, 웬일이세요, 한다. 이런 시각에 술도 취하지 않고 혼자 와보긴 처음인 것이다. 위스키티를 시켰다. 그는 스푼으로 찻잔 밑에 가라앉은 설탕을 건져낸 후 홍차를 반 남아 쏟고 나서 위스키를 부었다. 그러고는 스푼으로 저어가지고 조금씩 여러 모금에 나누어 마셨다. 위스키티 한 잔을 이렇게 찬찬히 마시기도 첨이었다.

새로 담배를 피워 물었다. 자기 몸이 술을 더 부르고 있음을 느꼈다. 커피를 시켰다. 크림은 넣지 말라고 했다. 되도록 천천히 마셨다. 지금 자기는 어떻게든 결단을 짓지 않으면 안될 막다른 데 부닥쳤다는 생각만이 자꾸 되풀이됐다.

레코드에 귀를 기울였다. 재즈였다. 경쾌한 리듬이 그의 집중력을 자꾸만 밀어냈다. 그래도 귀를 기울이려고 애썼다. 연거푸 담배를 피웠다. 줄달아 피운 담배에 혓바닥이 깔깔하다 못해 두꺼운 딴 살을 한 꺼풀 씌운 것 같았다. 그래도 잇따라 담배를 피웠다. 자릿자릿하면서도 머리 안쪽이 맑아왔다.

카운터로 가 찻값을 내고 돌아서는데 전화가 눈에 띄었다. 수화기를 들고 다이얼을 돌렸다. 신호가 울렸다. 밤중인 데다가 전화가 놓인 곳이 넓고 빈 방이라 그런지 신호 소리가 유난히 큰 진폭을 갖고 울려왔다. 그것은 무슨 생명을 가진 것의 울음소리와도

522

같았다. 수화기를 드는 소리가 났다. 여보세요. 식모아이의 또랑 또랑한 목소리였다. 가족들의 누군가도 지금의 신호 소리를 들었을 것이다. 여보세요, 여보세요. 식모아이의 또랑또랑한 목소리가 또 들려왔다. 현태는 상대방이 전화를 받지 않는 것처럼 수화기를 내려놓았다.

낮과는 달리 밤공기가 싸늘했다.

그는 정한 곳 없이 걸음을 옮겨놓았다. 큰 거리에서 골목으로, 골목에서 다시 거리로 마구 발 닿는 대로 걸음을 옮겼다. 어느 좁은 골목 모퉁이를 도는데 불 끈 캄캄한 집 속에서 어린애의 기침 소리가 들려나왔다. 그 소리가 골목 모퉁이를 돌아 거리로 나설 때까지 계속되었다. 지금 자기는 무엇을 찾아 이러고 다니는 것일까.

길 한옆에 철물을 벌여놓았다 거두는 노점이 눈에 들어왔다. 무심코 그 앞을 지나치려는 그의 몸속에 불현듯 되살아오는 부르짖음 소리가 있었다. 찔러버려라, 찔러버려! 순간 그의 입가에 웃음 기가 떠올랐다. 우선 자기가 할 일이 한 가지 있다는 생각이었다. 단도를 하나 사 외투 주머니에 넣었다.

지난날 전쟁터에서 백병전이 벌어졌을 때보다도 쉽사리 상대방을 해치울 수 있을 것 같았다. 우선 저번에 난투가 일어났던 꼬치 안주 집으로 갔다. 네댓 패의 손님이 떠들썩하니 술들을 마시고 있었다. 현태는 손님들의 얼굴을 하나하나 살피고는 주인한테 그동안 잿빛 오버와 감색 오버 청년들 들른 일이 없느냐고 물었다. 그 일이 있은 뒤로 통 보이지 않는다는 대답이었다. 그 일대의 술집을 모조리 뒤졌다. 그러는 그는 오래간만에 전투태세에 들어갔을 때처럼 동작이 민첩해지고 눈에 광채가 떠어져 있었다.

명동 쪽으로도 가 뒤졌다. 그러고 다니는 동안 왜 그런지 차차 그는 이제 자기가 그 사내들을 찾아내어 단도로 찔러버려야 한다는 건 이차적인 것으로 느껴지면서 그저 어떻게든 그들을 만나고 싶다는 생각만을 하고 있었다. 통금 예비 사이렌이 불었다. 문을 닫는 술집과 서둘러대는 자동차의 헤드라이트를 바라보며 그는 완전히 자기 혼자라는 고독감에 짓눌렸다. 그럴수록 무어든 한 가지 자기 손으로 해내고 싶었다. 자기가 할 수 있는 일은 무엇인가?

이 상태로 집에 들어가고 싶지가 않았다.

평양집에서는 심부름하는 아이가 난로 가까이 걸상을 모아놓고 잠자리를 만들고 있었다.

안으로 들어가던 현태가 주춤 걸음을 멈추었다. 안방에서 여자의 울음소리가 들려나왔던 것이다. 어어, 어어, 하고 목 안에 걸린 울음소리였다. 그 소리 속에서 턱, 턱, 턱, 서너 번 둔탁한 매소리가 들렸다. 주먹으로 등허리라도 때리는 듯. 뒤이어 주인아주머니의 앙칼진 목소리로, 네 주제에 어쨌다구 그래 면장님이 싫다는 거야 싫다길, 응? 이 뒈질 년 같으니라구.

현태가 그러고 듣고 서 있는 것이 보기에 안됐던지 심부름하는 애가 안을 향해 소리쳤다.

"아주머니, 손님 오셨어요."

방문이 열렸다.

"아 선생님이웨까."

잠깐 아주머니는 당황한 빛을 보였으나 곧 웃음으로 바꾸면서 신발을 끌고 나와,

"아니, 이러다가는 정말 얼굴까지 잊어버리갔쉐다레."

하며 부엌 뒷방으로 이끈다.

현태는 오버도 벗기 전에 주머니에 남은 돈을 몽땅 집어내어 주인아주머니에게 건네었다. 백 환짜리로 육칠천 환은 될 것이었다.

주인아주머니가 손가락에 침을 발라가며 돈을 세고 나더니,

"아주 깍쟁이셔. 한목에 한 달치를 내놓으시지 않구."

현태 쪽을 흘겼다. 그만해도 노상 싫지는 않다는 애교의 표시인 것이다.

"술상은 채리지 마세요."

"아니, 오늘은 약줄 전혀 안 하신 것 같은데 웬일이우? 하기야 때룬 얌전한 신랑이 되기두 하셔야지."

주인아주머니가 나가더니 조금 후에 이부자리를 안고 들어왔다. 그 뒤로 언젠가처럼 계향이가 베개를 끼고 따라 들어왔다. 도무지 금방 울던 사람 같지 않은 차가운 얼굴이었다.

"제발 이 앨 아침에 좀 일찍 일어나게 해달라우요."

주인아주머니가 외설스러운 웃음을 입가에 흘리면서 밖으로 나갔다.

계향이와 단둘이 되자 현태는 한마디,

"면장이 오늘 왔었나?"

하고 물어보았다.

그네는 아무 대꾸도 하지 않았다.

"가끔 주인아주머니가 그렇게 매질을 해?"

이 말에도 그네는 돌처럼 잠자코 있었다.

여전히 자기 항아리 모양 차갑고 매끄러운 촉감. 그런데 이날 밤 현태는 의외의 일에 부딪쳤다. 남성이 말을 듣지 않는 것이었다. 계향이는 몸 하나 까딱하지 않고 반듯이 누워 있었다. 초조해지면 초조해질수록 그의 남성은 점점 더 위축돼 들어가는 것이었다. 그는 하는 수 없이 자기 몸을 떼었다. 그리고 그네의 몸을 천천히 어루만지기 시작했다. 그렇게 함으로써 자기 남성이 도발할 수 있는 시간의 여유를 가지려고 했다. 그의 손바닥 밑에서 그네는 마냥 자기 항아리였다. 어루만지던 손이 유방에 가 멎었다. 손바닥에 찰딱 밀착되는 피부 밑에서 뭉글거리면서도 속으로 알이 져 있는 덩어리. 그것을 입에 넣을 수 있는 데까지를 물고 이빨을 세웠다. 아, 하고 그네는 짧은 소리를 질렀을 뿐, 지금까지의 자세로 꼼짝 않고 누워 있었다. 그는 이 여자와 그 행위를 하나마나라는 생각에 마침내 마음이 평정해옴을 느꼈다. 그네에게서 물러났다.

머릿속이 맑아왔다. 또다시 막다른 데 이르렀다는 생각이 다가왔다. 그저 비행기를 타자. 그러나 이대로 비행기를 탄다고 해서 무엇이 달라진단 말인가. 다만 지금의 생활을 연장시키는 데 지나지 않지 않은가. 무의미한 생활의 연속. 그것은 자기 자신에 대한 죄악이 아닌가. 그렇지만 죄악이라도 좋았다. 단지 그나마 지탱해나갈 힘이 자기에게 있는가 어떤가가 문제인 것이다.

머릿속은 말간데 몸이 피곤해 있음을 느꼈다. 몇 시간 동안을 쏘다닌 탓이리라. 그렇다 하더라도 여러 날 곰의 잠을 자고 난 뒤가 아닌가. 전에 전쟁터에서는 이만 것쯤 아무것도 아니었는데.

말간 머릿속과는 따로 고단한 몸이 풀깃 잠 같은 데 빠져들어가다 무슨 소리에 깨어났다.

계향이가 흐느끼고 있었다.

"왜 그래?"

그네는 한동안 대답이 없다가 혼잣말처럼,

"죽구 싶어요."

처음 듣는 감정이 담겨진 말소리였다. 그렇듯 돌과 같던 그네의 입에서 이런 말이 나오리라는 것은 뜻밖이었다.

현태가 그네 쪽을 바라보았다. 아까와 다름없이 반듯이 누운 채였다. 그러나 이미 이곳도 자기의 휴식처는 아니라는 생각이 들었다. 그러면서 퍼뜩 자기에게 단도가 있다는 생각이 떠오르자 바로 일어나 오버 주머니에서 꺼내어 그네에게 내밀었다.

누운 채 단도에 시선을 주는 그네에게,

"자, 여깄어. ……아니, 칼날을 잡으면 어떡해, 자루를 잡아야지."

그리고 그는 그네 쪽으로 등을 향하고 돌아누웠다.

그네는 흐느낌을 멈춘 채 조용했다.

현태는 아무렇지도 않게 기다렸다. 꽤 오랜 동안을 기다렸다.

그는 크나큰 나무 밑에 서 있었다. 가지와 잎이 온통 하늘을 덮고 있었다. 난데없이 제트기 편대가 나타나 기총소사를 하기 시작했다. 그러나 그는 나무 뒤로 몸을 피하는 법 없이 그냥 비행기가 날아오는 방향과 마주 서 있었다. 콩 튀듯 총탄이 부어졌다. 나뭇가지와 잎이 맞아 떨어졌다. 비행기 편대가 햇빛에 은빛 날개를 반사시키며 선회를 하여 기수를 이리로 돌렸다. 그는 다시금 비행기와 정면으로 마주 섰다. 콩 튀듯 총탄이 부어졌다. 또 나뭇가지와 잎이 맞아 떨어졌다. 이렇게 비행기 편대가 지나갈 적마다 나뭇가지와 잎은 맞아 떨어지고, 그는 비행기와 마주 서 있었다. 가지와 잎이 다 떨어졌다. 그는 생각했다. 이제 이 나무는 전정을 한 과수나무처럼 열매를 많이 맺을 거라고. 그러면서 표연히 정면으로 다가오는 비행기와 마주 서 있었다. 드디어 그를 향해 일제히 불이 뿜어지려는 순간 비행기 편대가 그 자리에 딱 서버렸다. 빌어먹을! 그는 눈을 떴다.

등 뒤에서 신음소리가 들렸다. 몸을 돌렸다. 어둠 속에 계향이가 흰 얼굴을 윤곽 지으면서 괴로운 신음소리를 내고 있었다. 거기 요와 이불이 핏물로 검게 얼룩져 있었다. 현태는 그대로 내버려두면 그만이라고 생각했다. 그러는데 신음 소리에 섞여 그네가 무슨 말인가 웅얼거리고 있었다. 그 말소리가 현태 자기에게 하는 것만 같았다. 가까이 가 그네 입에다 귀를 대었다. 그러자 그네가 고개를 한옆으로 비켜버렸다. 불현듯 현태는 다시금 자기는 이 세상에 완전히 혼자라는 느낌에 짓눌렸다. 정신이 맑아왔다. 지금 자기는 막다른 데 이르렀다는 의식이 또다시 뚜렷이 되살아왔다. 무어든 내 손으로 한 가지 해야 하는데. 그는 계향이 오른손 곁에 떨어져 있는 단도를 집어들었다. 이번만은 쉽게 실천에

옮길 수 있다. 이 손에 힘만 주면 되는 것이다. 그러나 다음 순간 이것마저 싱겁다는 생각이 온몸을 휩쌌다. 백치 같던 계향이에게 앞지름을 당한 이제 와서 한다는 것이, 칼을 잡은 채 그의 입가엔 절로 자조의 웃음이 어둠을 통해 번지어나갔다.

며칠을 두고 추적거리던 궂은 비가 개인 6월 초순께 어느 날 아침결, 윤구는 묵은 닭 중에서 자랄 때부터 주접이 들어 산란율이 시원치 않은 놈을 골라 장사꾼에게 넘기고 있었다.

올해는 지난 1년 동안의 경험을 살려 더한층 세심히 병아리를 보살펴준 보람이 있어 작년에 비해 현저하게 성적이 좋았다. 지난해에는 1할 5푼 가까이나 죽였지만 올해에는 그 절반밖에 축내지 않고 길러냈던 것이다. 중병아리 때 마구 쪼아대는 입버릇도 훨씬 줄일 수 있었다. 들여온 그날부터 방의 광선 조절에 각별히 주의를 하여 모이를 먹일 동안만 밝게 해주고는 언제나 어두컴컴하게 해준 것이 효과를 본 것 같았다.

"이렇게 암평아리만 사오는 속에두 수놈이 수월찮이 섞여 있다매요?"

윤구가 잡아주는 닭을 받아 자전거에 실은 우리 속에 집어넣고 있던 닭장수가 이런 말을 했다.

"자그마치 1할이나 된답니다."

부화장에서 수많은 병아리의 밑구멍을 얼핏얼핏 비집어보아 암놈 수놈을 감별하자니 자연 실수도 있을 것이다. 그러나 어느 정도 고의로 그만한 수의 수평아리를 끼워 판다고밖에 볼 수 없었다. 그것은 영계로 팔기 위해 일부러 수평아리만 사가는 속에는 암평아리가 한 놈도 끼어 있지 않다는 것만 보아도 알 수 있었다.

"달걀루 암놈 수놈을 구별할 수 있다는 게 참말인지 모르겠어요? 길쭉한 건 수놈이 되구 동그마한 건 암놈이 된다는 게."

실없는 소리라 윤구가 대꾸를 하지 않자,

"정말 달걀루 그걸 가려낼 재주만 있다면 발바닥에 흙 안 묻히구 살게요."

주독인지 코끝이 붉은 닭장수는 자기가 한 말에 스스로 대답하듯 이렇게 중얼거렸다.

윤구는 미리 골라서 가둬두었던 불량한 닭들을 한 마리 한 마리 닭장수에게 넘겨주면서 내년부터 이쪽에서 종란을 주어 깨어오기로 한 계획만 실현되면 지금의 폐계의 숫자를 상당히 줄일 수 있으리라고 생각한다. 부화장에서 사오는 병아리 속에는 좋지 않은 종자가 이것저것 섞여 있어 그것을 질 좋은 닭만으로 갈아보려는 것이다. 그러기 위해서 볏이 크고 두꺼운, 그리고 다리와 주둥이가 노랗고 기름이 흐르는 씨암탉과 수탉을 가려내어 종란을 받기로 했다.

"아니, 이건 또 밑이 빠져두 아주 대단한데……."

윤구가 잡아주는 닭을 받아 치켜들면서 닭장수가 뇌까렸다. 닭 밑구멍에 뻘겋게 미주알이 불거져 나와 있었다.

"곧 죽진 않겠습니까, 원."

"괜찮아요. 쌍알을 줄곧 낳드니 그 꼴이 됐답니다. 쌍알이라구 뭐 두 개 값 받는 것두 아닌데."

"제 아는 사람 마누라가 연거푸 세 번이나 쌍둥일 내리 낳다가 그만 나중번에 가선 일을 보구야 만 일이 있습죠."

닭장수는 실소린지 괜한 소린지 모를 수다를 떨었다.

윤구는 닭장수의 실없는 소리를 귓등으로 흘리며 두 마리만 더 골라 숫자를 채우려 계사 안으로 들어갔다.

이때 대문 쪽으로 눈을 준 닭장수가 손님 오셨다고 하여 윤구가 계사에서 나와보았으나 그것이 숙이라는 것을 첫눈에는 알아보지 못했다. 하늘빛 오빠루 통치마 저고리에 흰 평화를 신고 있는 그네를 지난겨울 처음 여기 왔을 때의 숙이론 볼 수 없었다. 옷차림이 다른 때문만은 아니었다.

"안녕하셨어요?"

들고 있던 핸드백을 앞으로 가져다 거기 두 손을 모으면서 힘없이 웃음을 지어 보이는 그네의 화장기 없는 얼굴이 몰라보게 까칠해 있어 본래의 인상과는 영 달라져 뵈는 것이었다.

윤구는 이 여자가 무슨 일로 자기를 찾아왔을까 하는 생각부터 앞서 채 인사도 못하고 있는데,

"늘 바쁘시군요. 절 상관 마시구 어서 하시던 일 마저 하세요."

윤구는 광으로 가 걸상을 들고 나왔다.

"그럼 잠깐 여기 앉아 계실까요."

"네, 괜찮어요. 닭 구경을 좀 하겠어요."

숙이는 백을 걸상 위에 놓고 한 계사 앞으로 갔다. 별안간 눈앞이 화안히 트이는 느낌이었다. 맑은 햇살을 받아 윤이 흐르는 새하얀 털과 거기 선명한 대조를 이루며 떠 있는 선혈 빛 볏들. 숙

이는 눈을 크게 떠 이 빛들을 받아들였다.

한 1분 가량이나 그러고 서 있었을까. 그동안이 굉장히 오랜 것처럼 느껴졌다. 좀 전에 서울역에서 합승을 타고 온 일이, 그리고 합승을 내려 여기까지 걸어온 일이 사뭇 까마득히 먼 옛날 일처럼 생각됐다. 순간 눈앞의 흰빛과 빨간빛이 차츰 뒤범벅이 되어 흔들리기 시작하더니 그것이 온통 검정으로 변했다. 쓰러져서는 안 된다고 생각했다. 두 손으로 계사 철망을 그러쥐고 눈을 감았다.

좀 만에 그네는 걸상 놓인 데로 와 아무렇게나 걸터앉았다. 그리고 두 손으로 이마를 괴었다. 귀에서 윙윙거리던 윤구와 닭 주인의 주고받는 말소리가 차차 똑똑해졌다.

그 소리가 멎고 주위가 조용해졌다 싶자,

"어디 편찮으신가요?"

하는 윤구의 말소리가 들렸다.

숙이가 이마를 들었다. 땀이 촉촉이 배어 있었다.

"안색이 좋잖으신데요?"

"아뇨, 괜찮어요. ……먹을 물이 어디 있죠?"

윤구가 부엌으로 가 대접에 물을 떠가지고 왔다. 이날 집에는 윤구 혼자뿐이었다. 심부름하는 소년과 노인은 닭 줄 아카시아 잎을 치러 나가고 없었다.

냉수를 마시고 난 숙이는,

"닭털이 하두 눈에 부셔서 그만…… 그동안 많이 확장을 하셨네요."

백에서 손수건을 꺼내어 입과 이마의 땀을 찍어냈다.

윤구는 다시 한 번 이 여자가 자기를 찾아온 용건이 무엇일까 생각해보았다. 그러나 현태가 술집 색시와의 사건으로 형무소에 수감된 지가 이미 석 달이나 지난 이제 그네가 자기를 찾아온 까닭을 짐작할 도리가 없었다. 혹 그동안의 현태의 소식을 알까 해서 온 것일까. 공판 때 방청석에서 바라본 현태는 전에 없이 이발을 깨끗이 하고, 안색도 수감되기 이전보다 오히려 건강한 빛을 띠고 있었다. 그리고 검사의 공소 사실을 그는 일일이 시인했다. 나중 검사는 피고의 심리 상태로 보아 타인의 자살 행위에 대한 방조나 교사를 넘어서 하나의 부작위에 의한 살인 행위로 간주한다고 하면서, 더구나 앞으로 청소년 간에 만연돼가고 있는 이러한 사회 독소를 엄중히 방지하는 의미에서라도 중형에 처해야 한다는 논고 끝에 무기징역의 구형을 했던 것이다.

"주위가 참 조용해 좋네요."

"그렇지두 않습니다. 요샌 주위에 집들이 많이 들어서서."

이렇게 겉도는 말만 주고받았다.

그네가 이날 윤구를 찾아오기까지는 실로 오랫동안 여러 가지 생각과 싸운 끝에 겨우 결심을 하게 된 것이었다. 그리고 이제 더이상 집에나 직장에 있을 수 없게 되어 찾아 나선 길이긴 하나, 그러나 정작 와놓고 보니 좀체 마음에 먹었던 말이 입 밖에 나오지 않는 것이었다.

마침내 숙이는 다시 손수건으로 얼굴의 땀을 꼭꼭 누르고 나서 마음을 다져먹은 듯,

"사실은 선생님께 부탁이 있어서 왔어요."

그리고 눈을 내리깔며,

"얼마 동안만 여기 좀 와 있을 수 없을까요?"

윤구는 숙이의 말 내용을 도무지 이해할 수가 없었다.

눈을 내리깐 숙이의 얼굴에서 약간 핏기가 걷히는 듯하더니 두 손으로 백을 꼭 쥐면서,

"지금 저 임신 중이에요."

그제야 윤구는 모든 걸 알아차릴 수 있었다. 저도 모르게 숙이의 몸을 한번 훑어보았다. 그러고 보니 어딘가 앉음새가 거북해 뵈는 것도 같았다.

윤구의 시선을 느낀 숙이는 백을 안는 듯 앞을 가리면서 나지막하나 똑똑한 음성으로,

"첨엔 몇 번이나 처리해버리려구 맘먹었는지 몰라요."

윤구는 숙이가 안고 있는 백에 시선을 주며,

"잘 알겠습니다. 그렇지만 여기야 거처할 만한 데가 돼야지요."

"무리한 부탁인 줄은 알아요. 그저 해산 때까지만 있게 해주시면 더는 폐를 안 끼치겠어요. 여기 있는 동안 제가 할 수 있는 일은 무어든 돕겠어요. 밥 짓는 일 같은 거라두…… 남는 방이 없으면 헛간 구석에라두 아무렇게나 하나 들이면 안 될까요? 고만한 돈은 갖구 있어요."

윤구는 주머니에서 담배를 꺼내어 물부리에 꽂았다.

"왜 그 친구한테 잠자쿠 계셨나요?"

"그땐 그일 저주했어요. 그렇다구 이제 와서 그이와 타협하겠

다는 뜻은 아녜요."

"네에……."

윤구는 생각했다. 그리고 말했다.

"그럼 이왕 이렇게 된 바엔 그 친구네 집에 알리는 것이 어떻습니까? 그래가지구 조처를 받으시는 게."

"아뇨."

숙이가 고개를 들었다.

"그럴 생각은 꿈에두 없어요. 어떻게든 제 힘으루 할 수 있는 데까지 해보겠어요."

"네, 그건 이해합니다. 그렇지만 역시 알리는 편이 낫지 않을까요. 사정을 말하면 저편에서두 모른다구는 하지 않을 겝니다."

"그 말씀은 더 말아주세요. 이미 제 맘에 작정이 된 거니까요."

윤구는 담배에 불을 붙였다.

"글쎄요. 그 심정을 모르는 바는 아니지만…… 그렇지만 만약 이 일을 그 친구 집에서 알게 된다면 되레 여기 계신 게 피차 곤란해지지 않을까요. 솔직히 말씀드리면…… 그동안 저는 남모를 피해를 받아온 사람입니다. 더 이상 누구 일로 해서 말썽을 내구 싶지는 않습니다."

지금까지도 윤구는 마음 한구석으로 미란의 일이 현태와 전연 무관하다고는 생각하지 않고 있는 것이었다.

"그러니 이참에 그 친구네 집에 직접……."

"알겠어요."

잠시 숙이는 숨을 가누고 나서 조용히 일어섰다. 그리고 비로소

윤구를 정면으로 바라보며,

"선생님이 받으신 피해가 어떤 종류의 것인지는 모르겠습니다. 그렇지만 큰 의미에서 이번 동란에 젊은 사람 치구 어느 모로나 상처를 받지 않은 사람이 있을까요. 현태씨두 그중의 한 사람이라구 봅니다. 그리구 저두 또 그중의 한 사람인지 모르구요."

"네…… 그런 생각에서 그 친구의 애를 낳아 기르시겠다는 겁니까?"

그네는 윤구에게 주던 시선을 한옆으로 비키면서,

"모르겠어요…… 어쨌든 제가 이 일을 마지막까지 감당해야 한다는 것 외에는. ……그럼 실례했습니다."

숙이는 가만히 대문께로 몸을 돌렸다.

카인의 후예

1 산신나무 무덤을 보호한다고 하여 무덤 주위에 심는 나무.

2 바주 '바자'의 방언. 대나 수수깡으로 엮은 울타리 같은 것.

3 어기다 작품 속에서는 '엇갈리다'는 뜻으로 쓰임.

4 매시시하다 나른하다.

5 빨다 끝이 차차 가늘어져 뾰족하다.

6 바르다 흔치 않거나 충분한 정도에 이르지 못하다.

7 동자 밥 짓는 일.

8 관솔 송진이 많이 엉긴, 소나무의 가지나 옹이.

9 티사귀 티, 잔부스러기.

10 겹체 두 올씩으로 짠 쳇불로 메운 체.

11 십당 십장. 일꾼들을 감독 지시하는 우두머리.

12 운애 구름이나 안개가 끼어 흐릿한 기운.

13 뼁끼 페인트.

14 구두질 방고래에 모인 재를 구둣대로 쑤시어 그러내는 일.

15 광중 시체가 놓이는 무덤의 구덩이 부분.

나무들 비탈에 서다

1 화랑 그 당시 군 면세 담배 이름.

2 제창 저절로 알맞게.

3 시설 곶감 거죽에 돋은 하얀 가루.

4 주보 술을 파는 가게. 또는 술을 파는 사람.

5 동초 일정한 구역을 돌아다니면서 경계 임무를 수행하는 보초.

6 푸릿하다 조금 짙게 푸르스름하다.

7 금새 물건의 값. 또는 값의 비싼 정도.

순수와 절제의 미학

──황순원의 작품 세계

김종회

1. 순수성과 완결성의 미학, 그 소설적 발현

오랫동안 글을 써온 작가라고 해서 반드시 훌륭한 작품을 남기는 것은 아니다. 그러나 작품의 제작에 지속적 시간이 공여된 문학은 그렇지 않은 경우에 비추어 더 넓고 깊은 세계를 이룰 가능성을 갖고 있다.

해방 50년을 넘긴 우리 문단에 명멸한 많은 작가들이 있었지만, 평생을 문학과 함께해왔고 그 결과로 노년에 이른 원숙한 세계관을 작품으로 형상화할 시간의 지속성을 획득한 작가는 그리 많지 않았다.

황순원이 우리에게 소중한 작가인 것은 시대적 난류 속에서 흔들림 없이 온전한 문학의 자리를 지키면서 일정한 수준 이상의 순수한 문학성을 가꾸어왔고, 그러한 세월의 경과 또는 중량이 작품 속에서 느껴지고 있다는 점과 긴밀한 상관이 있다.

장편소설로 만조(滿潮)를 이룬 황순원의 문학을 거슬러 올라가 보면, 시에서 출발하여 단편소설의 세계를 거쳐온 확대 변화의 과정을 볼 수 있다. 그의 소설 가운데 움직이고 있는 인물들이나 구성 기법 및 주제 의식도 작품 활동의 후기로 오면서 점차 다각화, 다변화되는 경향을 보인다.

여러 주인공의 등장, 그물망처럼 얼기설기한 이야기의 진행, 세계를 바라보는 다원적인 시각과 인식 등이 그에 대한 증빙이 될 수 있겠다. 그러나 그 다각화는 견고한 조직성을 동반하고 있으며, 작품 내부의 여러 요소들이 직조물의 정교한 이음매처럼 짜여서 한 편의 소설을 생산하는 데 이른다.

이러한 창작 방법의 변화는 한 단면으로 전체의 면모를 제시하는 제유법적 기교로부터 전면적인 작품의 의미망을 통하여 삶의 진실을 부각시키는 총체적 안목에 도달하는 과정을 드러낸다. 단편 문학에서 장편 문학을 향하여 나아가는 이러한 독특한 경향이 한 사람의 작가에게서 순차적으로 진행되고 있음은 보기 드문 경우이며, 그 시간상의 전말이 한국 현대 문학사와 함께했음을 감안할 때 우리는 황순원 소설 미학을 통해 우리 문학이 마련하고 있는 하나의 독창적 성과를 확인할 수 있는 것이다.

황순원의 첫 작품집에 해당되는 시집 『방가』와 뒤이은 시집 『골동품』에 나타난 시적 정서는 초기 단편에 그대로 이어져서, 신변적 소재를 중심으로 하는 주정적(主情的) 세계를 보여준다. 이 시기의 작품들은 삶의 현장과 직접적으로 관련되어 있지 않은데, 이는 아마도 '암흑기의 현실적인 제약과 타협하지도 맞서지도 않았기 때문'일 것이다. 상실과 말소의 시대를 지나온 이러한 자리 지킴은 그에게 후일의 문학적 성숙을 예비하는 서장으로 남아 있다.

『곡예사』『학』등의 단편집을 거쳐 『카인의 후예』나 『나무들 비탈에 서다』와 같은 장편소설로 넘어오면서 황순원은 격동의 역사, 곧 6·25동란을 작품의 배경으로 유입한다. 삶의 첨예한 단면을 부각하는 단편과 그 전면적인 추구의 자리에 서는 장편의 양식적 특성을 고려할 때, 그와 같이 굵은 줄거리를 수용할 수 있는 용기(容器)의 교체는 납득할 만한 일이다.

그러면서도 여전히 절제되고 간결한 문장, 서정적 이미지와 지적 세련의 분위기를 유지하고 있는데, 장편소설에서 그것이 가능하고 또 작품의 중심 과제와 무리 없이 조응하고 있다는 데서 작가의 특정한 역량을 짐작할 수 있다.

그는 산문적, 서사적 서술보다 우리의 정서 속에 익은 인물이나 사물의 단출한 이미지를 표출함으로써 소설의 정황을 암시적으로 드러내 보인다. 이러한 묘사적 작풍(作風)이 단편의 특징을 장편 속에 접맥시켜 놓고도 서투르지 않게 하고 오히려 단단한 문학적 각질이 되어 작품의 예술성을 보호한다.

대표적 장편이라 호명할 수 있는 『일월』과 『움직이는 성』에 이르러 황순원은 인간 존재에 대한 철학적 성찰을 깊이 있게 전개하며, 그 이후의 단편집 『탈』과 장편 『신들의 주사위』에 도달하면 관조적 시선으로 삶의 여러 절목들을 조망하면서 그때까지 한국 문학사에서 흔치 않은, 이른바 '노년의 문학'을 가능하게 한다.

천이두는 이를 '단순히 노년기의 작가가 생산했다는 의미가 아니라 노년기의 작가에게서만 느낄 수 있는 독특하고 원숙한 분위기의 문학'이라는 적절한 설명으로 풀이한 바 있다.

황순원의 작품들은, 소설이 전지적 설명이 없이도 작가에 의해 인격이 부여된 구체적 개인을 통해 말하기, 즉 인물의 형상화를 통해 깊이 있는 감동의 바닥으로 독자를 이끌 수 있음을 잘 보여준다. 그러할 때 그에 의해 제작된 인물들은 따뜻한 감성과 인본주의의 소유자이며 끝까지 인간답기를 포기하지 않는 성격적 특성을 가지고 있다.

하나의 완결된 자기 세계를 풍성하고 밀도 있게 제작함으로써 깊은 감동을 남기고 있는 황순원 작품들은, 한국 문학사에 독특하고 돌올한 의미의 봉우리를 형성하고 있다. 그것은 또한 현대사의 질곡과 부침(浮沈)을 겪어오는 가운데서도 뿌리 깊은 거목처럼 남아 있는 이 작가에게 우리가 보내는 신뢰의 다른 이름이요 형상이기도 하다.

2. 단단한 서정성, 또는 시대 현상의 선별적 수용
──단편들의 세계

(1) 「독 짓는 늙은이」, 막다른 길에 이른 삶의 표정

「독 짓는 늙은이」가 수록된 단편집 『기러기』는 1951년 명세당

에서 간행되었다. 첫 단편집인 『늪』을 내놓은 이후 일제의 한글 말살 정책으로 인한 탄압 속에서 황순원은 '읽혀지지도 출간되지 도 않는 작품'을 은밀하게 쓰면서, '그냥 되는대로 석유 상자 밑 이나 다락 구석'에 숨겨두었던 것인데, 그러한 작품 열네 편이 『기러기』에 실려 있다.

이들 작품의 정확한 제작 연도는 해방을 앞두고 시대적 전망이 가장 어두웠던 4년간이었으며, 그러므로 해방 후 발표된 작품들 을 묶은 『목넘이 마을의 개』보다 출간 시기는 늦었으나 실제 집필 시기는 『늪』을 지나 황순원의 본격적 창작 활동이 시작되는 제2 기의 것이 된다.

「독 짓는 늙은이」는 「산골 아이」 「황노인」 「별」 등과 함께 영어 또는 불어로 번역되어 해외에 널리 소개되기도 하였다. 또한 이 작품은 최하원 감독에 의해 1969년에 영화로 만들어졌고, 황해와 윤정희가 주연으로 나왔다. 윤정희는 이 영화로 아시아태평양영 화제 여우주연상을 받았다.

「독 짓는 늙은이」에 등장하는 인물들은 매우 단선적으로 그 성 격이 정돈되어 있다. 옹기 독을 짓고 굽는 송영감, 그의 어린 아 들, 작품 속에 단 한 번도 등장하지 않는 '여드름 많던 조수'와 함 께 도망간 아내, 그리고 흙 이기는 왱손이와 아이를 입양시켜 보 내는 일을 맡은 앵두나뭇집 할머니 등이 그들인데 이 중 송영감 을 제외하고는 모두 평면적인 주변 인물의 역할에 그쳤다.

이 작품은 전지적 작가 시점에 의해 진행되고 있기는 하지만, 서술의 초점이 송영감의 심정적 동향에 맞추어져 있고 그의 내포적 고통스러움을 드러내는 사소설적인 유형을 취하고 있다. 1인칭 소설이 아니며 송영감의 입을 빌려 발화하지 않으면서도 그것이 가능하도록, 이 작품은 치밀하고 분석적인 서술의 행보를 유지하고 있다.

이와 같은 유형의 소설을 읽을 때 문제가 되는 것은 그 소설적 상황을 통하여 작가가 우리에게 제기하는 공명과 감응력의 깊이일 터이다. '집중 잡히지 않는 병'으로 막바지에 달한 송영감이 도망간 아내를 증오하면서, 또 어린 아들을 남의 집으로 보내면서 보이는 반응의 양상이, 얼마만 한 강도로 우리의 감성을 흔들어 놓을 수 있느냐는 것이다.

그러한 목표를 달성하는 데 이 작품은 한번도 극적인 사건이나 반전을 시도하지 않는다. 사소하고 단편적인 표정 및 몸짓과 같은 외관을 통하여, 그것들의 정연하고 차분한 조합을 통하여 소정의 기능을 감당하게 한다.

우리는 이 작품에서 삶의 마지막 길에서 인간이 겪을 수 있는 가장 극심한 내면적 고통과 대면하지 않으면 안 되는 한 개인을 만난다. 그에 대한 자연스럽고 정동적(精動的)인 휴머니티의 발현, 그것이 이 소설이 요망하는 소득일 터이다.

(2) 「목넘이마을의 개」, 환경조건을 넘어서는 생명력

1946년 5월에 월남한 황순원은 『개벽』 『신천지』 등 여러 잡지에 단편들을 발표하기 시작했다. 이 작품들은 전란을 배경으로 가난하고 피폐한 삶, 당대의 혼란하고 무질서한 사회 등을 표출하고 있다.

이 무렵에 발표된 작품 일곱 편을 묶어 낸 단편집 『목넘이마을의 개』는 자전적 요소가 강하며 현실의 구체적인 무게가 크게 나타난다. 그것은 아마도 작가가 자신이 겪은 전란의 아픔과 비인간적인 면모를 함축해서 표현하고 있기 때문일 것이다.

「목넘이마을의 개」는 작가가 표제작으로 삼을 만큼 애정을 가진 작품이었던 것 같다. '목넘이마을'은 작가의 외가가 있던 평안남도 대동군 재경면 천서리를 가리키는 지명이다.

이 소설 역시 전지적 작가 시점으로 일관하고 있는데, 다른 작품들과는 달리 그 서술 시점이 더 효율적인 것은 주로 '신둥이'라는 흰색 개의 생태를 중심으로 이야기를 진행한다는 데에 있다. 나중에 단편집 『탈』에 이르러 「차라리 내 목을」이라는 단편에서는 작가가 말[馬]을 화자로 하여 역방향에서 사건의 깊은 내면을 부각시킴으로써 소설적 성공을 거두는 사례도 볼 수 있다.

이 작품에 등장하는 인간들, 예컨대 간난이 할아버지나 김선달, 또 큰동장네 및 작은동장네 같은 이들의 기능은 부차적인 수준에 그친다. 반면에 신둥이를 비롯하여 검둥이, 바둑이, 누렁이 등 여러 빛깔의 개들이 작가의 주된 관심 대상이며, 한 외진 마을에서 이 개들이 자기들끼리 또는 인간과의 관계를 통하여 생존, 번식, 화해와 같은 개념들을 구체적 실상으로 입증해 보이고 있다.

아마도 피난민들이 버리고 간 개인 듯한 신둥이가 이 마을에 남아 생명의 위험을 헤치고 마침내 '누렁이가, 검둥이가, 바둑이가 섞여 있는' 한 배의 새끼를 낳게 된다는 것이 이야기의 전모이다. 과연 그러한 사실이 생물학적으로 가능하겠는가를 따진다면, 이는 소설의 기본적 담화 문맥을 잘 모르는 소치라고 할 수밖에 없다. 왜냐하면 작가는 이미 그러한 과학적 지식을 넘어서는 생명 현상의 절박함을 펼쳐 보였으며, 가장 비우호적인 환경조건 가운데서도 생존의 절대 명제와 그 법칙의 준수 및 보호에 관한 동조의 논리를 확보해놓았기 때문이다. 그것은 혼탁한 세상 속에서 따뜻한 시각으로 생명의 외경스러움을 응대하는 작가의 태도를 반영하고 있기도 하다.

(3) 「소나기」, 인간 본원의 순수성과 그 소중함

「소나기」는 짧은 단편이면서도 황순원 문학의 진수를 보여주는 작품이다. 어쩌면 단편문학에서 그의 문학적 특징과 장점을 가장 확고하게 드러내고 있는 작품이라 할 수도 있겠다.

「소나기」가 실려 있는 단편집 『학』은 1956년 작가와 가까웠으며 이름 있는 화가 김환기의 장정으로 중앙문화사에서 간행되었다. 이 책에는 1953년에서 1955년 사이에 씌어진 단편 열네 편이 수록되어 있다.

전후의 시대상과 힘겨운 삶의 모습들, 그리고 그러한 와중에서도 휴머니즘의 온기를 잃지 않고 있는 등장인물들과 마주칠 수 있다. 「소나기」는 청순한 소년과 소녀의, 우리가 차마 '사랑'이라는 이름으로 부르기가 조심스러운, 그 애틋하고 미묘한 감정적

교류를 잘 쓸어 담고 있어 이 시기 작품 세계의 극점에 섰다고 해야 옳겠다.

「소나기」는 「학」 「왕모래」 등과 함께 활발한 번역으로 영미 문단에 소개되었으며, 유의상이 번역한 「소나기」는 1959년 영국 『인카운터 *Encounter*』지의 콘테스트에 입상, 게재되기도 했다.

이 작품의 중심인물은 시골 소년과 윤초시네 증손녀인 서울서 온 소녀이다. 이들은 개울가에서 만나 안면이 생기게 되고 벌판 건너 산에까지 갔다가 소나기를 만난다. 몰락해가는 집안의 병약한 후손인 소녀는 그 소나기로 인해 병이 덧치게 되고, 마침내 물이 불은 도랑물을 업혀 건너면서 소년의 등에서 물이 옮은 스웨터를 그대로 입혀서 묻어달라 말하고는 죽는다.

그런데 「소나기」에서 정작 중요한 것은 그와 같은 이야기의 줄거리가 아니다. 간결하면서도 정곡을 찌르는, 속도감 있는 묘사 중심의 문체가 우선 작품에 대한 신뢰를 움직일 수 없는 위치로 밀어 올린다. 정확한 단어의 선택과 그 단어들로 이루어진 문장이 읽는 이에게 먼저 속 깊은 감동을 선사할 수 있다는 범례를 우리는 여기서 볼 수 있다.

또한 이 작품은 단 한 차례도 글의 문면을 따라가는 이에게, 토속적이면서도 청신한 어조와 분위기 밖으로 나설 것을 강요하지 않는다. 기승전결로 잘 짜인 플롯의 순차적인 진행을 뒤따라가는 일만으로도, 문학이 영혼의 깊은 자리를 두드리는 감동의 매개체임을 실감케 한다. 작은 사건과 사건들, 그것을 감각하고 인식하는 소년과 소녀의 세미한 반응 등 작고 구체적인 부분들의 단단한 서정성과 표현의 완전주의가 이 소설을 가장 우수한 작품으로 떠받치는 힘이 된다. 이미 익히 알려져서 구태여 부언할 필요가 없을지 모르나, 「소나기」의 결미는 황순원 아니 한국 단편 문학 사상 유례가 드문 탁발한 압권이다. 소녀의 죽음을 간접적으로 소년에게 전달하고 소년의 반응 자체를 생략해버린 여백의 미학이 하루아침에 습득된 기량일 리 없다. 이러한 결미는 앞의 작품들에서도 유사하게 발견할 수 있는 바이다.

「소나기」를 통하여 우리는 인간이 내면적으로 본질적으로 얼마나 순수할 수 있는가, 그리고 그것이 얼마나 소중하고 값진 것인가를 손가락 끝을 바늘에 찔리듯 명료하게 알아차릴 수 있다. 그런 점에서 「소나기」 같은 작품, 황순원 같은 작가를 보유하고 있다는 사실이 곧 우리 문학의 행복이라 할 수 있겠다.

(4) 다른 단편들, 삶과 죽음의 문제에 관한 깊은 성찰

황순원 소설의 의미와 가치를 보다 심층적으로 살펴보기 위해 비교적 중점을 두어 분석해 본 「독 짓는 늙은이」 「목넘이마을의 개」 「소나기」 이외의 다른 단편들도, 한결같이 인간이 근원적으로 그 내부에 간직하고 있는 순수성과 그것의 소중함에 대한 소설적 형용을 보이고 있다.

그중에서 전쟁 직후인 1955년부터 1975년까지 20년에 걸쳐 쓴 작품 21편을 묶은 단편집 『탈』에 「소리 그림자」 「마지막 잔」 「나무와 돌, 그리고」 등이 실려 있다. 이 단편집의 전반적인 성격이

노년과 죽음의 문제에 관한 수준 있는 성찰을 보이고 있는 것인데, 여기 예거한 세 작품은 인간의 순수한 근원 심성과 삶 또는 죽음이라는 명제가 어떻게 대척적으로 맞서 있고 또 어떻게 조화롭게 악수하는가를 감동적으로 보여준다.

「소리 그림자」에서 한 어른의 무분별한 노기로 인하여 40 평생을 불구의 종지기로 살다가 죽은 어릴 적 친구의 그림에서 경건하도록 맑은 즐거움을 찾아낼 수 있을 때, 우리에게 다가오는 것은 종소리의 여운과도 같은 감동의 파문이다. 그것은 한없는 분노를 청량한 웃음으로 삭여낼 수 있다는 사실이 생경한 교훈에 의해서가 아니라 고통스러운 40년의 삶을 대가로 지불하고 체득한 용서의 표현으로 받아들여짐으로써 경험되는 감동이다. 이러한 소설의 완결형이 보이는 깊이는 간결하게 절제되고 시적 감수성이 담긴 단단한 문체를 바탕으로 하고 있다.

그러할 때, 우리는 아득하게 먼 듯 보이는 삶과 죽음 사이의 거리가 불현듯 지척으로 좁혀짐을 느끼게 된다. 타계한 친구를 침묵으로 조상하는 실명 소설 「마지막 잔」은 이 상거(相距)를 한 잔 술로 넘고 있다. '병 밑의 술을 탁자 옆 허공에다 쏟아 부음'으로써 망자와의 교감을 유지하는 화자의 행위는 청신하다. 이 소박한 의식을 통해 화자는 죽음이 우리에게 밀착되어 있는 삶의 동반자임을 말하고 있다. 삶과 죽음의 거리를 술 한잔으로 무화시키는 소설적 상황 구성은 결코 만만한 발견이 아니다. 초기 단편에서부터 주인공의 '떨림'을 안정시켜온 술의 의미가 죽음의 중량을 감당할 만큼 진전된 것은, 황순원 소설의 문학성을 가늠해볼

한 단서가 될 수 있으며 또한 이 작가의 세계관이 마련해놓은 시각의 원숙도와도 결부되어 있을 것이다.

'마시는군/음'과 같은 간략한 지문을 통해서도 화자와 친구의 관점이 동화됨은 어렵지 않다. 친구의 대사를 화자가 대신하거나 그 역으로 되어도 별로 거부감이 없을 만큼 두 사람의 거리는 근접되어 있다. 작품 속을 흐르고 있는 애절한 우의를 집약하여 망자를 대하고 있는 화자의 외로운 주석(酒席)은 초혼제의 제례에 필적할 만하다. 그리하여 그들이 지금까지 누려온 평교 간의 일상성이 시공을 초극하는 영혼의 교통으로 상승한다. 이 상승 작용이 바로 산 자와 죽은 자의 공간적 간극을 넘어서게 하는 동력원으로 기능하고 있다.

역시 죽음의 문제를 다룬 단편 「뿌리」는 노추하고 보잘것없는 삶의 모래밭에서 사금(砂金)처럼 반짝거리는 진실의 축적을 예시하고 그 소재를 캐어낸 작품이다. 이 작가가 논거하고 있는 평범한 사람들의 죽음은 이처럼 조촐하지만 내면적 품격을 갖춘 것이며, 그것이 참으로 순수하고 자연스러울 때 「나무와 돌, 그리고」에서처럼 '장엄한 흩어짐'으로 표상되고 있다. 은행나무 잎이 산산이 흩뿌려지는 광경에서, 이 작품의 화자는 범상한 삶의 경험 가운데서 암시되는 장엄한 죽음의 모습을 본다. 화자는 '뭔가 속 깊은 즐거움에 젖어 한동안 나뭇가지를 떠날 수'가 없다. 그는 단순히 계절의 생명을 끝내는 은행나무 잎을 보고 있는 것이 아니라, 삶과 죽음이 상징적으로 통합되는 절체절명의 순간에 내면적 충일이 '황금빛 기둥'으로 극대화되는 환각을 체험하고 있다.

시 「기운다는 것」에서 '내 몸짓으로 스러지는 걸' 보아달라고 하는 작가는, 삶과 죽음의 접점에서 그 몸짓이 격에 맞는 것일 때 '아무런 미련도 없는 장엄한' 모습으로 드러날 수 있음을 인식했던 것이다. 우리가 일생을 두고 추구하는 가치 있는 삶의 본질에 대한 소설적 수사학이 황순원에게 있다는 사실이 이 작가를 기리는 절실한 사유 중 하나가 될 것이다. 그 본질적인 것의 순수함과 아름다움에 대한 태도에 있어서, 그의 소설적 화자는 죽음과 대면하고서도 요동하지 않았다. 그러기에 우리는 그의 소설이 그 일생을 건 구도(求道)의 길이었음을 납득할 수 있고, 그의 소설에 기대어 우리 또한 소설적 인생론의 진수를 체험하는 터이다.

3. 전란의 상흔과 모순에 맞선 인간 중심주의
——초기 장편들의 세계

6·25동란이 발발하기 넉 달 전인 1950년 2월, 황순원은 첫 장편 『별과 같이 살다』를 정음사에서 간행했다. 1947년부터 「암콤」 「곰」「곰녀」 등의 제목으로 이곳저곳에 분재되었던 것에 미발표분까지 합쳐서 묶은 이 소설은, 그 중간제목들이 말해주듯이 일제 말기에서부터 해방 직후까지의 참담한 시대상을 통해 우리 민족의 수난사를 담으려 했다. 그의 장편소설로서는 유일하게 '곰녀'라는 한 여인을 주인공으로 설정하고 있기도 하다.

1953년 9월부터 황순원은 『문예』에 새 장편 『카인의 후예』를 연재하기 시작했으며 우여곡절 끝에 집필을 완료하고, 그다음 해인 1954년 중앙문화사에서 김환기의 장정으로 단행본으로 상재했다. 이는 1950년대 한국문학의 대표작이 되었다.

또한 1955년 1월부터 장편『인간 접목』을『새가정』에 1년간 연재하여 완결하였다. 발표 당시의 제목은 '천사'였으나 1957년 10월 중앙문화사에서 단행본으로 출간할 때 오늘의 제목으로 개제하였다. 이는 작가가 30대 후반에 체험한 동란의 비극을 소설로 옮긴 것이며, 이 민족적인 아픔을 본격적인 장편문학으로 수용한 한국문학의 첫 6·25 장편소설로 일컬어진다.

황순원은 1960년 1월부터 전란의 문제를 다룬 또 하나의 중요한 장편『나무들 비탈에 서다』를『사상계』에 연재하기 시작하여 7월호에 완결하게 되는데, 이는 9월에 같은 출판사에서 단행본으로 상재되었다. 피카소의 그림을 표지화로 김기승의 글씨를 제자로 한 이 단행본에서는, 발표 당시 허무주의자 주인공 현태를 자포자기의 자살로 버려두었던 것을 일부 수정하여, 일말의 정신적 구원 가능성을 암시하는 것으로 바꾸어놓는다.

이 작품은 작가에게 이듬해 예술원상 수상을 가져다주었으나, 이 작품을 평한 백철과 더불어 작가의 의식과 시대상의 반영에 관한 두 차례의 유명한 논쟁을 촉발하게 한다. '작가는 작품으로 말한다'는 신념 아래 일체의 잡글을 쓰지 않으며 심지어 신문 연재소설도 끝까지 마다한 작가의 문학적 엄숙주의에 비추어보면, 한국일보에 발표되었던 두 편의 논쟁문은 매우 특이한 사례에 속한다. 오늘날에 와서 우리가 이 논쟁을 다시 돌이켜볼 때, 다른 모든 소설적 가치들을 제외하고라도 작품의 총제적 완결성에 관한 한, 자기 세계를 치밀하고 일관되게 제작해온 작가의 반론을 무력화시킬 수 있는 어떠한 논리도 작성되기 어려웠으리라 짐작된다. 미상불 「비평에 앞서 이해를」(한국일보, 1960. 12. 15)과 「한 비평가의 정신 자세—백철씨의 소설 작법을 도로 반환함」(한국일보, 1960. 12. 21)이라는 제목만 일별해보아도 그의 오연한 결기가 느껴지는 바 없지 않다.

전란의 시대를 관통해오면서 그 체험을 소설 문법으로 형용한 황순원은, 전란의 파고에 휩쓸리거나 그에 억압되어 소설을 쓴 작가가 아니었다. 험악한 시대를 깨어 있는 정신으로 살아야 했던 그의 문학적 발화법은, 문학에 관한 자신의 분명한 인식과 판단을 중심 줄기로 하여 그 줄기에 전란의 여러 상황을 부가적 절목으로 편입시키고 있는 경우에 해당한다. 손창섭이나 장용학을 필두로 하여 전후에 급작스러운 빛을 발했던 많은 전후문학 작가들과 그가 구별되는 지점이 바로 여기일 터이다.

지금까지 살펴본 황순원의 작품 세계, 그리고 생애사적 사건들과 전란과 관련된 작품 제작의 행보에 유의하면서, 여기에서는 전란의 문제를 생명에의 외경과 인본주의적 의식을 통해 조명한 『카인의 후예』를 살펴보려 한다. 이 작품이 어떤 환경 조건에서 창작되었으며, 소설이 표방하는 메시지와 그것을 담고 있는 그릇으로서의 미학적 구조, 그리고 전란의 시대를 넘어온 우리의 삶에 던지는 감응력과 전파력이 무엇인가를 순차적으로 검증해보기로 한다.

황순원의 첫 장편소설『별과 같이 살다』가 간행된 것은 앞서 언급한 바와 같이 1950년이었으며, 여기서 주목의 대상으로 하는 『카인의 후예』는 동란 이듬해 1954년 12월에 간행되었다. 『카인의 후예』는 1953년 9월부터『문예』에 연재하기 시작했으나 5회까지 연재하고 이 잡지의 폐간으로 중단됐으며 나머지 부분은 따로 써두었다가 함께 묶었다. 이 소설은 해방 직후 북한에서의 토지개혁 및 지주 계급이 탄압받는 이야기가 하나의 중심축이 되어 있는데, 그런 만큼 황순원 가문의 자전적 요소들이 많이 내포되어 있으며, 그 일가가 월남할 수밖에 없었던 배경도 잘 내비치고 있다. 이 소설의 무대는 작가의 향리, 곧 평양에서 40리 떨어진 평남 대동군 재경면 빙장리이다. 1950년대 한국문학의 대표작이 된 이 작품으로 작가는 이듬해 '아시아 자유문학상'을 수상하게 된다.

이 소설의 한 중심축은 앞서 언급한 토지개혁과 지주 계급의 탄압에 관한 이야기이다. 이는 곧 작가의 현실 인식과 밀접한 관련을 맺는 것으로, 이를 먼저 살펴보는 것이 좋겠다. 이와 다른 또 하나의 중심축은 지주 계급 출신 지식인 청년 박훈과 마름의 딸 오작녀 사이의 교감과 사랑의 이야기인데, 이는 그다음에 살펴보겠다.

북한에서의 토지 개혁은 1946년 3월 '북조선 토지개혁에 관한 법령'이 공포되고 이를 추진하는 담당 조직으로 빈민과 농업 노동자로 구성된 1만1500여 개의 '농촌위원회'가 만들어지면서 본격화된다. 이 위원회의 주도 하에 일본인, 민족 반역자, 5정보 이상을 소유한 대지주의 땅은 몰수되어 토지가 없거나 부족한 농민에게 가족 수에 따라 무상으로 분배되었다. 이 당시에는 개인 영농을 위주로 토지 분배가 이루어졌으며, 북한에서 토지에 대한 사회주의적 집단화가 이루어진 것은 6·25 동란 이후의 일이다.

『카인의 후예』는 이와 같은 토지 개혁을 배경으로, 그 와중에 숱한 인간관계의 파탄과 고통을 겪고 있는 북한 사회를 사실적으로 그렸다. 그것이 단순히 역사적 사실을 그대로 반영한 기록이 아니라, 작가 자신의 가문을 바탕으로 생동하는 인물들의 이야기를 통해 축조되었다는 측면에서 문학적 특성과 장점을 반영하고 있다.

작품의 표제인 '카인의 후예'는 두 가지 의미를 함께 끌어안고 있다. 카인은 성경에 기록된 인류 최초의 살인자이며 동시에 인류 최초의 곡물 경작자였다. 그러므로 카인의 후예는 곧 범죄와 농민이라는 중의법의 의미망을 함께 둘러쓴 이름이다. 북한의 농경 사회에 불어 닥친 인간성 파괴의 현장, 작가는 그것을 일종의 범죄 행위라는 시각으로 본 것이다.

지주의 아들 박훈은 넉 달 동안 운영해오던 야학을 예고 없이 접수당하는 일로부터 시작하여, 주변 인물들이 상황에 따라 변해가는 모습을 목도하면서 끊임없는 불안감에 시달린다. 반면에 그의 주변에 있는 농민들은 토지개혁에 관한 기대감과 죄의식을 동시에 갖고 있으면서 염량세태의 냉혹한 현실을 뒤따라간다. 지주 계급 출신의 용제영감, 부재지주 윤기풍 등이 이 혼란기의 표적이 되고 박훈 역시 그러하다. 반면에 남이 아버지, 도섭영감, 홍수 등 농민위원장을 맡는 인물들은 이들을 타도하는 일의 선두에 서지 않으면 안 된다. 특히 박훈 집안의 마름이었던 도섭영감은 자신이 살아남기 위해 악랄한 변신의 길을 가는데, 그 이용 가치가 다하자 냉정하게 버림받는다. 그의 딸 오작녀가 바로 박훈을 연모하는 여인이며, 박훈을 위기에서 구출한다는 데 이 소설의 구조적 묘미가 있다.

이 소설을 통하여 우리는 북한의 토지개혁에 관한 법령이나 사례집을 수십 번 읽는 것보다 더욱 쉽사리 문제의 본질을 파악할 수 있다. 작가의 역사의식과 현실 인식이 그것을 이야기 속에 담고 있기도 하거니와, 박훈과 오작녀의 사랑에 있어서도 그 전개 과정이 토지개혁으로 인한 지주들의 수난사와 직접적으로 상관되어 있는 것이다. 남녀 간에 이루어지는 어느 사랑인들 거기에 숨은 사연이나 정황이 없으랴마는, 한 시대의 의식 전반이 뒤바뀌는 혼란한 시기를 감당하고 있는 박훈과 오작녀의 사랑은 소극적이면서도 뜨겁고 의미심장하다. 작가는 이 유별난 사랑의 이야기를 남녀 간의 대등한 정분으로서가 아니라 여자가 남자를 한없이 감싸 안는 모성적 사랑으로 그렸다.

박훈은 어려서부터 병약하고 무서움을 잘 느끼는 아이였으며, 지식인 청년으로 일제의 압박을 피해 고향으로 돌아와 있는 작중의 상황에서도 그러하다. 오작녀에 대한 감정을 겉으로 드러내지는 않지만, 그 열망은 때로 그의 꿈을 통해 나타나며 소설의 말미에 오작녀를 대동하고 월남하려는 시도를 통해 더욱 확연해진다. 이를테면 오작녀는 성장 과정에서부터 그에게 하나의 주박(呪縛)

과도 같은 존재였다.

오작녀 역시 직접적으로 사랑의 감정을 표출하는 유형이 아니다. 가슴속의 사랑은 강렬한데 그것이 모여 몸 밖으로 탈출할 자리를 얻은 곳, 그것이 바로 오작녀의 '타는 듯한 눈'이다. 그 눈을 떠올리며 박훈은 약혼까지 할 뻔한 나무랄 데 없는 여자를 거부하기도 했던 것이다. '타는 듯한 눈' '불타는 눈' '언제나 눈꼬리가 없어 보이는 큰 눈'의 이미지는 박훈에게는 익숙한 도피처요 오작녀로서는 희생과 헌신의 표상이다.

그러니 이들의 내연(內燃)하는 사랑이 모성의 빛깔을 띠는 것은 당연하다. 시집을 갔던 오작녀가 끝까지 남편에게 가슴을 허락하지 않다가 쫓겨 오는 것은 이를 단적으로 말해준다. 한 남자에게 여자로서의 사랑보다 더 큰 어머니로서의 사랑을 공여하고 있으므로, 오작녀는 그 가슴을 열어줄 수 없었던 것이다. 이 헌신적 사랑은 마침내 농민 대회에서 박훈을 보호하기 위하여, 많은 사람들 앞에서 서슴없이 "우리는 부부가 됐어요"라는 발설을 하게 한다. 거기에 자신의 체면이나 안위에 대한 염려는 조금도 없다.

이렇게 본다면, 이 작가는 이들 두 남녀의 사랑 이야기를 통해서 변동하는 새 사회의 내막을 절실하게 드러내고 있으며 그 시대상이 이들의 사랑을 한층 더 절실하게 하는 짜임새 있는 구성 기법을 사용한 것이다. 이 두 줄기의 조화로운 결합이 이 소설을 1950년대 우리 문학의 대표적인 작품으로 밀어 올리는 힘이었다 할 수 있겠다.

소설의 결말로 보자면, 이 이야기는 아직 다하지 못한 전개를

남겨놓고 있어서 그 속편이 씌어졌음 직도 하다. 그런데 그 속편
이란 바로 다름 아닌, 분단 시대를 살아가는 우리의 구체적 삶에
해당한다. 단절과 대립의 역사, 고난과 통한의 분단사를 꾸려가
고 있는 동시대 우리 민족 구성원이 모두 '카인의 후예'라는 호칭
으로부터 자유스러울 수 없는 것이다.

4. 소설의 조직성과 해체의 구조
──본격적인 장편소설들의 세계

(1) 황순원 장편소설과 작중인물들의 성격

　문학작품 속에서 다양한 계기들의 짜임을 이끌고 나가는 작가
의 주제의식이 보편적이며 구체적인 실체로 형상화될 때 우리는
작중인물 character과 만나게 된다. 작가는 인물의 행동과 심리를
통하여 '사회학자나 관념론자들이 그들의 체계에서 배제하는 구
체적 개인의 모습'을 독자에게 제시한다. 이때의 인물은 '일정한
수준과 질서와 계급 체계, 특히 이런 것들을 보장해줄 고유한 이
상과 가치관을 가지고 어느 특정한 사회를 반영'한다. 인물 설정
에 객관적 타당성과 필연성이 결여되어 있으면 이 명제를 충족시
킬 수 없다.
　근대소설의 특징 중 하나는 이야기의 진행 plot보다 인물의 성
격을 뚜렷이 부각시키려는 데 있으며 사건·행동·배경마저 이

인물 부각의 보조 역할에 머무를 수 있다. 미술에 비유한다면 화가가 색채의 기본 구조나 묘화에 숙달하는 것이 작가가 인물 구성의 관습적 도구를 사용하는 것과 꼭 같은 가치를 갖는다.

물론 근대소설에 의식의 흐름이란 기법이 도입되면서, 메리 메커디가 말한 바와 같이 '작중인물에 대한 의식은 D.H.로렌스와 더불어 사라지기 시작했다'는 극단적인 견해가 없는 것은 아니다. 처음부터 장르 개념에 대해 회의적인 입장을 취하는 러시아의 형식주의자들이나 프랑스의 구조주의자들의 태도도 이와 크게 다르지 않다. 그러나 우리가 소설 장르의 개념을 승인하고 전형적인 소설 작품을 대상으로 했을 때 '헤겔의 세계사적 개인, 루카치의 문제적 개인, 지라르의 우상 숭배적 개인'과 같은 작중인물을 통해 언어라는 질료로써 소설이 구축하는 성채의 견고함을 무너뜨릴 수 없다.

대다수의 작품에서 작중인물은 인간의 내면세계와 전체적 형상, 그 소설의 특성을 규정짓는 통일된 속성으로 남아 있으며, 인물 분석을 통해 우리는 작품을 정확하게 이해하고 향수할 수 있다. 그것은 작품의 내부에서 인물의 유기적 관련에 의해 드러나는 구조적 특성을 파악하며 작가의 인생관과 세계관 또는 그 사회의 성향과 시대정신을 밝히는 작업이 될 것이다. 여기에서는 인물 분석에 관한 이론의 창을 통해 작품을 보려는 것이 아니라 작품 속에 자생하고 있는 인물들의 성격 유형 분석을 통해, 이를 논리적 근거와 결부시키면서 작품 구조와 주제의 해명에 이르고자 하며, 황순원의 『일월』과 『움직이는 성』을 주된 대상으로 하고

자 한다. 이 두 작품을 택한 이유는 그들이 각각 작가의 기량이 원숙하던 1960년대와 1970년대에 창작된 대표적 장편소설이며, 구성 기법에 있어서 두 작품 사이에서 특이한 변화를 보여주고 있고 주제에 있어서도 인간 존재에 대한 원숙한 성찰을 보여주고 있기 때문이다. 따라서 작중인물과의 상관관계를 통해 작품을 해명하며, 황순원의 작가적 특질을 밝히는 데 적합하다고 할 수 있다.

그리하여 이미 한국 문학사의 흐름 속에 확고한 자기 세계를 확보하고 있는 작가 황순원의 소설에 대해 하나의 정리된 시각을 설정하며, 그의 소설 세계 저변을 흐르고 있는 본질적인 단자들의 정체를 밝히는 것이 여기에서의 중심 과제이다.

(2) 인물 구성과 지향점의 확산

『일월』의 중심인물 인철은 백정의 후예이며 이에 대한 그의 인식이 비극적 반응 양상을 부여하는 계기가 된다. 이 고독한 개성적 인물은 질긴 인습의 굴레를 체험하면서 적극적인 문제 해결의 의욕보다 소극적인 회의와 갈등의 내면을 보여준다. 이러한 그의 성격은 소설적 필연성에 입각해 있다. 적어도 그는 다른 가족들과는 달리 이 생득적 숙명에 관해 아버지처럼 숨기거나 형처럼 회피하거나 백부처럼 체념하지 않고 정면으로 마주 선다. 이 대립은 존재 자아의 진실한 모습에 대한 질문이며, 그 대답으로 사촌형 기룡의 흥미로운 삶이 제시된다. 그것은 존재론적 고독의 무게가 그것을 수락하고 감당해나갈 때 해소될 수 있다는 일깨움이다. 거칠게 말하면 인철과 기룡이라는 이 두 인물만으로도 소설의 긴장과 줄다리기의 구조가 유지되지만, 그들의 성격은 보다 먼저 태어난 황순원 소설의 인물들처럼 여전히 소극적이다.

이러한 소극성은 그의 소설에 등장하는 남성들이 거의 공통적으로 갖는 속성이다. 『움직이는 성』의 농학 기사 준태는 현실의 어디에도 안주하고 싶은 의욕이 없고 인간관계를 불신하는 허무주의자다. 그가 고구마나 감자처럼 대지에 뿌리내리는 식물의 생태를 연구하는 직업을 가졌음은 인물과 환경의 가역반응을 염두에 둔 면밀한 안배인 듯하다. 교회의 명분주의와 율법주의에 반대하면서 가난한 사람들과 함께 사는 전직 목사 성호는 금욕적 이상주의자지만, 그 기독교적 사랑의 실천에 설득력을 부여받기 위한, 금지된 사랑을 한 불행한 과거에 얽매여 있다. 준태와 성호의 친구인 민속학자 민구는 유랑민의 표본처럼 상황에 따라 삶의 지표를 유동시키는 현실주의자이며 참된 삶의 의미를 따라가려는 의지와는 큰 간극을 가지고 있다.

이와 같은 소극적 인물들이 자율적인 움직임에 의해 사건 전개나 반전을 가져오기는 어려운 일이며 따라서 그들의 내면적 성격과 주변 상황의 부딪침에 따른 반응에 의해 소설의 추진력이 획득되고 있다. 실제로 황순원에 있어 사랑의 진실 같은 것도 '순간적인 감정의 정직성'에서 발견되는 것이지 '이성적 논리관'에 입각한 것이 아니다. 화풍으로 말하자면 19세기 말 시냐크 Paul Signac를 비롯한 프랑스 점묘파 화가들의 채색점과 같이 각기 강조된 부분의 조합을 통해 전체를 형성한다. 그러므로 한 주인공의 내면 심상이 도도한 사상적 흐름을 이루면서 전개되는 작품은 이 작가의 세계에서 만나기 힘들다.

황순원 소설의 남성상이 정적인 소극성에 머무르고 있지만 여성상은 다르다. 그 서로 다른 점은 『일월』의 다혜와 나미를 대비시킴으로써 잘 관찰될 수 있다. 다혜는 전통적이며 모성적인 여인이며, '곱단이나 순이나 오작녀 같은 토속적 여인을 현대적 의장으로 치장'해놓았을 뿐, 심층적 의식 세계는 큰 차이가 없다. 반면에 나미는 현대적 도시적 세련미를 가진 여성이며, 이 작가의 작품에 자주 등장하는 에피소드나 상징적 알레고리와 같은 지적 조작에 의해 형상화된 인물이다. 다혜에게는 공동체적 사회의 윤리적 척도가, 나미에게는 자신의 이성적 판단과 의지력이 더 소중하다. 이 작가가 계속해서 장편소설을 써오면서 더 이상 오작녀와 같은 전통적 전형적 인물에만 의존할 수 없었다면 나미의 출현은 예정된 것이다.

우리는 『일월』에서 한국의 전통적 여인상과 현대적 여인상이 한 남성의 성격에 접촉하는 대칭적 방식을 발견할 수 있지만, 보다 중요한 것은 그 이후 소설의 여인에게서 다혜의 속성이 축소되고 나미의 속성이 강화되어 나타난다는 사실이다. 『움직이는 성』의 지연·창애, 『신들의 주사위』의 세미가 바로 그들이다. 이러한 현상은 황순원의 보수적 세계관이 일정한 변화를 보여주고 있음을 뜻하는데, 그 면모는 곧 그의 연륜과 그가 살아온 시대의 행적을 말하는 것일 터이다.

황순원 소설의 인물 분석을 통해 드러나는 또 한 가지 중요한 특징은, 인물 속성의 지향점이 변화한다는 사실이다. 초기의 작품에서 보이던 신변적 취향의 인물들이 전란을 소재로 한 작품에 이르러 사회적 맥락 속의 인물로, 다시 『일월』 이후에는 인간의 운명과 존재에 대한 철학적 사고를 유발하는 인물로 변신하고 있다. 이는 '아름다움으로 묘사된 삶의 순간이나 사물의 상태가 초기의 단편들에서는 소멸의 미학을 지니고 있었다면, 최근의 그것은 생성과 유대의 미학을 내보이고 있다'는 김치수의 지적과도 관련되어 있다.

황순원은 인물 설정에 있어 전형적 인물과 개성적 인물, 평면적 인물과 입체적 인물을 효과 있게 병렬시키고 있으며, 그 형상화 과정에서도 행동 및 사건 전개에 호소력을 갖는 극적 방법과 심리적 동향을 부각시키는 분석적 방법을 적절하게 혼용하고 있다. 그런데 『신들의 주사위』에 이르면 평면적 인물과 입체적 인물의 역할에 대한 혼란의 징후가 엿보인다. 한 작품 속에서 성격이 변화하지 않는 인물과 변화 · 발전하는 인물의 구분이 모호해지고 주변 인물들이 고착되어 있기를 거부한다. 한 소읍을 근거지로 살아가는 여러 사람들에게 비슷한 비중이 주어져서 마치 그 소읍 전체가 동시적으로 움직이는 듯한 감을 준다. 그러면서 각기의 분절적 움직임들이 '가족 문제, 농촌 문제, 공해 문제, 통치 문제 등으로 확대'되고 있으며 새로운 문물의 유입과 함께 한 지역사회가 변동해가는 내면의 실상을 보여주고 있다.

이와 같은 인물 설정 기법의 확산은 작품 구조 및 주제의 확산과 함께 이루어지며, 작품의 중심 과제를 종합적으로 투시하려는 원숙한 시선에서 기인한다고 보인다. 그것은 한국 소설사에서 황순원의 작품이 이루어놓은 간척지이자 그 지평의 가장 전방 지점일 것이다. 『신들의 주사위』 이후 그가 세상사를 원숙한 시각으로 축약하는 시들을 창작하여 다시 시인으로 돌아가고 있음은 바로 그것을 말해주는 듯하다.

(3) 해체의 작품 구조와 질서 의식

교과서적 미학이론가로서 하르트만은 극예술에 있어서의 행동 통일을 위해 동작·표정·말투의 통일, 성격의 통일, 인간 운명의 통일이 필요하다는 다원적 통일성의 이론을 체계화했다. 소설의 구조적 통일성을 획득하는 데 가장 핵심이 되는 것은 인물의 행동이며, 그러할 때 그것은 비록 가공의 것이더라도 현실 가운데서 충분히 있을 수 있는 일이어야 할 것이다.

『일월』에서 부친과 형, 백부는 과거의 인습적 성격을, 기룡은 미래 지향적 성격을 대변하면서 상대적인 구도를 이루고 있다. 또한 다혜는 전통적 서정적 성격을, 나미는 현대적 지적 성격을 대변하면서 역시 상대적인 구조를 이루고 있다. 이 두 상대적인 구조가 교차하면서 스토리가 진행되고 있으며 그 이중 구조의 교차 중심에 인철이 겪고 있는 갈등의 내면이 소설적 필연성으로 자리 잡고 있다.

인습의 굴레와 부딪칠 때 가족·친척들이 보여주는 반응의 양상은 작품의 주제를 표출하는 데 관련되어 있으며, 이성 간의 접

축 방식이 드러내는 탄력적인 삼각 구도는 다혜를 통해 인철의 고뇌를 부축해주고 나미를 통해 이를 진전시키는 작품 구조의 조건이 된다.

이처럼 『일월』은 주인공 인철을 중심으로 직조물의 씨줄과 날줄처럼 주제 표출과 구성 기법에 의한 복합 구조로 짜여 있다. 그 교차 지점에서 인철은 소설의 통일성과 조직성을 더하게 하는 구심점이 되고 있다.

그러나 『일월』과 그 이전의 작품들을 보던 시선으로 『움직이는 성』을 볼 때, 우리는 이 작가의 구성 기법으로부터 어떤 특이한 변화를 감각할 수 있다. 그것은 일관성 있게 스토리를 진행시키는 집합적 구조에서 다양한 사건들을 얼기설기하게 풀어나가는 해체적 구조로 변화해가는 조짐이다. 이 작품에 빈번히 등장하는 에피소드들을 예거하자면, 연하의 남성이 가진 고통을 잠재울 줄 아는 창녀나 무속 세계와 관계된 짧은 이야기들이나 지적 조작을 통한 꿈과 같은 것은 모두 개인적인 차원의 것이다. 작물의 품종 개량, 매 사냥, 개의 습성 등에 관한 서술·묘사도 일견 개별적인 삽화에 불과한 듯이 보인다. 그러나 이것들이 한국인 의식 세계의 내면 풍경으로 확대되고 우리 사회의 속성을 대변하는 범례가 되고 있음을 주목할 필요가 있다. 면밀히 관찰해보면 이 작은 단락들이 전체적인 작품 구조 속에서 흥미로운 정보를 제공하기도 하지만, 소설의 흐름을 부드럽게 하는 윤활유이자 빈틈없는 조직성을 부여하는 안전판으로서의 역할을 하고 있음을 알 수 있다.

인물들의 행동과 사건 역시 그러하다. 『일월』에서 인철을 중심으로 통일되어 있던 것이 『움직이는 성』에 이르면 준태·성호·민구 등 등장인물들의 개성적 성격과 행동이 산발적으로 나타나면서 작품의 주제를 부각시키는 데 다각적으로 접근하고 있다. 마치 '진리는 하나이지만 네카의 입방체처럼 다방면에서의 관찰이 가능하다'는 기하학의 원리와도 유사하다. 이 개인적이고 개별적인 단락들의 관계가 함께 엮어지면서 소설이라는 조직체를 이루는 것은, 그 배면에서 유기적 통합을 감리하는 작가의 구성력을 인식하게 한다. 이와 같은 사실은 이 작가의 다음 장편 『신들의 주사위』를 읽어보면 더욱 확연하게 드러난다.

창작 방법의 이러한 변화는 '근대사의 흐름과 함께 한 사회의 무질서 속에서 작가 자신이 어떤 질서를 발견할 수 있었기 때문'에 가능한 것인지도 모른다. 아도르노가 『미학이론』에서 '구성의 원칙 가운데 각 계기들을 주어진 단일체 속에 끌어들여 해체하는 경우에도 매끄럽게 만드는 요인, 조화를 강조하는 측면이 나타난다'고 하고 '다양한 것들을 종합하는 것이 구성'이라고 한 것은 황순원 소설의 확산 구조와 그 유기적 결합의 질서를 논리적으로 강화해준다. 작품 구조에 관한 작가의 질서 의식은 소설에 조직성을 부여할 뿐만 아니라, 어느 정도 무리를 무릅쓰고 말하자면 그처럼 질서 있는 시각으로 세계를 볼 때 주제적인 측면에서 『움직이는 성』의 '창조주의 눈'과 같은 향일성의 미래를 예시하게 된다고 보인다.

황순원이 후기의 장편으로 오면서 작품 구조의 확산을 시도하고 있으면서도 마치 소설의 조직성이란 문제에 대해 답안을 제시하듯이 정교한 이음매로 이루어진 구조를 유지하고 있음은 결코 우연한 일이 아니다. 그러한 구조적 확산을 가져온 작가의 내면 의식을 추단하기는 용이한 일이 아니지만, 아마도 작품의 주제가 철학적 사고를 동반하는 것으로 되면서 여러 측면에서 종합적으로 고찰하려는 의도가 숨어 있으리라 여겨진다.

그리고 『일월』에 있어서 백정에 관한 지식, 『움직이는 성』에 나오는 무속과 농학에 관한 지식들이 단순한 현학 취미의 나열이 아니라 작품의 주제와 긴밀한 상징적 연결을 이루고 있다는 점도 지적할 필요가 있다. 이는 역사적 과학적 학술 자료들이 어떻게 정서적 예술 감각의 여과를 거쳐 작품 구조 속으로 편입되도록 할 수 있느냐에 대한 좋은 보기가 될 수 있을 것이다.

(4) 인간의 존엄성과 철학적 성찰

한 작품 속에 집적되어 있는 여러 의미 가운데서 뜻의 요약과 뜻풀이를 위하여 하나의 주제를 추출해내는 것은 절대적 가치가 없는 일인지도 모른다. 뿐만 아니라 경우에 따라서는 의식의 흐름이란 기술 방법에 의해 쓰인 일부의 소설들처럼 주제를 확인하는 일 자체가 무의미하게 될 수도 있을 것이다. 그러나 전형적인 창작법과 사실적인 표현 방법에 따라 제작된 소설에 있어서는 주제의 확인과 그에 이르는 과정이 작품의 가치를 판단하는 좋은 자료가 된다. 물론 황순원은 후자에 해당하는 작가이다.

근대사의 격동기를 거쳐오면서 생산된 우리 문학에는 패배와 반항의 군상으로 그려진 많은 지식인들을 볼 수 있다. 특히 전후 1950년대 작가들의 작품은 대다수가 그러하다. 문학은 '사회제도의 하나이며 그 매개 수단으로서는 사회가 만든 언어를 사용'하고 있기 때문이다.

이 논의를 보다 확실히 하기 위하여 『나무들 비탈에 서다』와 『움직이는 성』의 인물들을 대비시켜보는 것이 유익하다. 『나무들 비탈에 서다』의 현태, 동호, 윤구는 『움직이는 성』의 준태, 성호, 민구와 포괄적인 의미에서 각기 동류항으로 묶을 수 있다. 현태가 전란의 가혹한 현실 상황에 반발하는 허무주의자라면, 준태는 우리 민족의 심리적 기조인 유랑민 근성에 근거한 허무주의다. 동호가 인간의 순수성과 고귀함을 지향하는 이상주의자라면, 성호는 기독교적 사랑의 실천을 추구하는 이상주의자다. 윤구가 혼란의 와중에서 물욕을 키워가는 현실주의자일 때 민구는 본능적으로 이기심을 따라가는 현실주의자다. 이들의 이름 끝 자가 서로 일치하고 있음은 작가가 보이는 작명법의 취향에 대한 암시일 수도 있을 것이다.

이들 중 엄밀한 의미에서 성공했다고 할 수 있는 사람은 아무도 없다. 허무주의자의 패배는 당연한 것이다. 현태는 극심한 자학에, 준태는 결국 죽음에 이른다. 이상주의자로서의 동호는 전란의 격랑 속에서 동정을 버리고 자살밖에 택할 길이 없으며, 성호는 내면적 인격의 건실함을 잃지 않지만 사회적 의미의 성공을 거두지 못한다. 현실주의자로서의 윤구와 민구의 삶은 속물적인 것으로의 전락이며 정신적인 패배자의 모습이다.

왜 이들이 모두 패배의 수렁으로 떨어져야 하는가를 밝히는 일
은 곧 작품의 주제를 설명하는 것으로 되는데, 『나무들 비탈에 서
다』에서는 전란이 초래한 한국 사회의 윤리적 위기를 다루고 있
으며 『움직이는 성』에서는 한국인의 근원 심성을 유랑민 근성이
라는 비판적인 측면에서 보고 있기 때문이다.

그렇다면 뒤이어 독자는 작가가 이들의 패배를 당연한 것으로
생각하고 이에 동의하고 있는가를 질문하게 된다. 그렇지는 않
다. 그는 '인간을 아름답고 순수한 어떤 것으로 믿는 경향'을 지
니고 있으며 그 때문에 문학사에서도 그를 낭만적 휴머니스트로
기록하고 있다. 주어진 운명이나 참기 어려운 상황에 대해 작가
가 향일 작업의 반응 검사로 내세우는 것은 그것을 수락하고 감
당하는 삶의 자세이며, 그것은 주로 작품의 말미에서 나타난다.

『나무들 비탈에 서다』에서 동호의 애인 숙이 현태의 아이를 낳
아 기르겠다고 결심하는 것은, 전쟁의 상처를 '마지막까지 감당
하기 위해서'이다. 『일월』에서 기룡이 보여주는 현실 초월적 태도
는 천생의 숙명과 가열한 고독감에 대한 수락과 감당을 의미한
다. 『움직이는 성』의 성호와 지연도 불행한 사람들의 생애가 남기
고 간 아이들을 거두어 기르면서 사랑의 실천에 동역자가 되며,
남은 사람들의 진행 방향을 가리키는 전조등으로서 '창조주의
눈'이란 함축적인 알레고리가 제시되고 있다. 이러한 사실들이 그
가 인간의 정신적 아름다움과 존엄성에 대한 깊은 신뢰를 포기하
지 않는 증거가 될 것이다.

그런데 그러한 인간애 또는 인간중심주의가 그냥 얻어진 것일

리 없다. 황순원이 작품 활동의 후반기로 오면서 인간의 존재에 대한 철학적 성찰에 깊이 있게 접근하고 있었고 그러한 노력이 수준 있는 성과를 거두었기에 가능했을 것이다.

『일월』에서는 숙명적인 출생의 고통에 대한 성찰에서부터 존재론적 고독의 문제에 대한 천착으로 주의 깊게 주제를 발전시켜나가고 있다. 마지막 장면에서 인철이 '머리에서 고깔모자를 벗어 뜰에 서 있는 한 나뭇가지에 거는' 행위는, 오랜 방황 끝에 과거의 인습적 굴레와 함께 존재론적 고독의 사슬에서 벗어날 수 있을 것임을 암시한다. 『움직이는 성』에서는 한국인의 근원 심성, 그 기층적 기질과 기독교 신앙의 갈등과 같은 철학적 종교적 사고를 유발하는 문제가 다루어지고 있다. 이러한 경향은 단편집 『탈』과 장편 『신들의 주사위』에도 그대로 이어진다.

이와 같은 우리 삶의 현장에 대한 관조적인 시각은 황순원이 이룩하고 있는 소설 세계의 의미심장한 깊이와 관련되어 있으며, 그 바닥을 두드려보는 일이 곧 황순원 문학의 본질을 밝히는 것이 된다고 보인다.

소설은 전지적 설명이 없이도 인물의 형상화를 통해 인간의 존재 양식에 대한 통찰력 있는 천착을 가능하게 할 수 있다. 황순원의 장편들이 이를 잘 증명해주고 있다. 철학으로 존재론을 설명하자면, 작가와 독자 사이에 전문 지식의 공유가 있어야 하고 관념적인 용어를 사용하지 않을 수 없는 데 비해, 소설은 이를 직관적이면서도 구체적으로 보여줄 수 있다. 이는 소설 문학의 특성이자 강점이다. 하르트만이 사실주의를 예술의 건전한 경향이라고 한 것도 이와 같은 맥락 속에 있다.

(5) 장편소설의 변화 과정과 그 의미

지금까지 우리는 황순원의 소설작법이 후기의 장편으로 오면서 전반적으로 확산되는 경향을 보이고 있음을 확인할 수 있었다. 근대사의 격동기를 수용하기 위하여 단편에서 장편으로 소설 양식을 변화시켰듯이 그 내부에서도 작품의 중심 과제를 복합적으로 투시하기 위한 확대 변화를 시도한 것이다.

이와 같은 확산의 진행은 『신들의 주사위』에서 어떤 한계를 내보이게 되는데, 그것은 '한 작가의 작품 세계가 하나의 완결된 형태를 취하려 할 때 열린 상태로 남아 있기를 거부하기 때문'일 것이다. 창작 활동의 마지막 단계에서 발표된 황순원의 함축적인 단편들이나 시로의 회귀는, 그가 온 생애를 통해 가꾸어놓은 문학의 질량을 명징하게 축약하고 집적하는 작업으로 이해할 수 있을 것이다.

황순원 소설의 인물들이 소극적, 회의적이라는 앞서의 지적과 관련하여 여기서 두 가지 물음을 제기해볼 수 있다. 하나는 『일월』에서 백정의 후손이라는 사실이 상당한 신분 상승을 이루고 있는 인철의 집안에 그처럼 큰 정신적 타격을 줄 수 있을까 하는 문제인데, 소설의 배경을 이루고 있는 시대적 조건이 천민 출신에 대한 신분 차별이 그토록 혹심한 형태로 나타날 만큼 문제적이냐 하는 점이다. 다른 하나는 『움직이는 성』에서 유랑민 근성에 대한 준태의 신랄한 비판과 그의 파멸만큼 그것이 그렇게 위태로운 것인가 하는 문제이다. 만약 황순원 소설의 주인공들이 보다 적극적이고 능동적인 성격으로 나타났다면, 이 작품들의 스토리는 달라졌을 가능성이 있으며, 우리 민족의 인습과 근성에 대한 문제가 좀 더 포괄적으로 다루어졌을지도 모르는 일이다. 이는 수동적 성격의 인물이 형성하고 있는 작품 내부의 세계가 이미 어떤 제한 속에 있는 것은 아닐까 하는 의문을 동반한다.

  그 문장의 단단함과 함께 잊혀져가는 우리말을 찾아내어 유효적절하게 사용하고 있는 이 작가는 한국 문학의 언어적 지평을 넓히는 데도 기여하고 있는데 그것은 새삼스러운 일이 아니다. 김현이 언급했듯이 1942년 이후 일본 식민 통치자들은 한글의 사용을 금지했으며 한국 작가들은 침묵을 지키거나 식민 통치에 동조하거나 양자택일을 해야 했다. 불행하게도 그들 중 많은 이들이 후자를 택했으며, 드물기는 하지만 황순원과 몇몇 작가들은 침묵을 지키는 편을 택하였고 읽혀지지도 출간되지도 않는 작품을 은밀하게 쓰면서 모국어를 지켰다.

  『일월』과『움직이는 성』은 제목 설정에도 하나의 모범이 된다. 『일월』은 '해와 달이 영원히 함께할 수 없음을 통해 어떤 근원적 괴리감을 표상'하는 것으로 보이며『움직이는 성』은 '한국인의 기층적 심성으로서의 유랑민 근성을 상징'할 것이다.

  작중인물의 성격 분석을 통해 한 작가의 작품 세계에 접근하려는 이와 같은 독서 방법은 자칫 사회학적 요건이나 주변 여건에 소홀할 수 있겠지만, 작품 창작의 역순으로 작가의 의도와 사상

572

을 천착해본다는 의미에서 가장 확실한 작품 해명의 방법일 수도 있을 것이다. 어느 작가를 막론하고 인물의 설정 없이 스토리 전개를 구상할 수 없을 것이며, 그 인물의 성격을 구명하는 작업은 곧 작가의 내부로 되짚어 들어가는 소설적 통로가 될 수 있을 것이기 때문이다.

5. 인간의 존엄성을 증거한 문학

황순원의 시와 초기 단편들, 그리고 순서가 앞선 장편들조차도 기실 우리가 두 발을 두고 있는 구체적 삶의 현장에 과감히 뛰어든 문학이 아니다. 그러나 소재적 측면에서 초기 이후의 단편, 그리고 단편에서 장편으로 넘어오면서 황순원의 작품에는 한국 현대사의 가장 큰 격동의 사건인 6·25 동란이 배경으로 등장한다. 인생의 여러 면모를 전면적으로 추구하는 데 적합한 장편소설의 양식을 통하여 전란의 와중과 전후에 펼쳐진 좌절 및 질곡을 표현하고자 했을 것임은 앞서 살펴본 바와 같다.

1930년 열여섯에 시를 쓰기 시작하여 1992년 일흔여덟까지 작품을 쓴 황순원은 시 104편, 단편 104편, 중편 1편, 장편 7편의 거대한 문학적 노적가리를 남겼다. 이 작품들은 그로 하여금 한국 현대문학에 있어서 온갖 시대사의 격랑을 헤치고 순수문학을 지켜온 거목으로, 그리고 작가의 인품이 작품에 투영되어 문학적 수준을 제고하는 데까지 이른 작가 정신의 사표로 불리게 하였다.

혹자는 역사적 사실주의의 시각에 근거하여 황순원이 서정성과 순수문학 속으로 초월해버렸다고 비판하기도 한다. 그러나 그렇게만 말한다면 이는 단견의 소치이다. 황순원의 문학과 시대 현실의 관계는 흥미로운 굴곡을 이루고 있다.

초기 단편에서는 작가 자신의 신변적 소재가 주류를 이르면서 토속적 정서와 결부된 강렬하고 단선적인 이미지가 부각되고 있다. 「목넘이 마을의 개」를 전후한 단편에서부터 『나무들 비탈에 서다』까지의 장편에서는 수난과 격변의 근대사가 작품의 배경으로 유입되어 현실의 구체적인 무게가 가장 크다. 장편 『일월』과 『움직이는 성』 그리고 단편집 『탈』에서는 인간의 운명에 관한 철학적 종교적 문제가 천착되면서 시대 현실이 한 걸음 후퇴한다. 그러나 『신들의 주사위』에 이르면 인간 존재에 대한 철학적 탐구는 그대로 지속되되, 한 지역 사회가 변모해가는 내면적 모습이 함께 그려진다.

이처럼 황순원의 소설들을 발표순에 따라 배열해보면, 작품의 주제와 시대 현실 사이의 직접적인 상관성이 대체로 無-有-無-有의 순서로 나타난다. 이와 같은 굴곡은 이 작가가 시대 현실에 대한 인식을 위주로 소설을 써온 것이 아니라, 작품의 구조에 걸맞도록 시대 현실을 유입시키고 있음을 뜻한다고 할 수 있다.

처음의 세 단계는 신변적 소재—사회적 소재—철학적 소재로 작품 성향이 변화하는 양상을 말해주는 것이며, 마지막 단계에서는 시대 현실을 다루는 작가의 복합적 관점을 느끼게 하는 것으로 삶의 현장에 대한 관조적인 시야가 없이는 어려울 것으로 보인다. 그러기에 작품 활동의 후반기를 오면서 그의 세계는 인간의 운명과 존재에 대한 깊은 성찰에 도달하고 있다는 사실에 유의할 필요가 있겠다.

황순원의 문학은 인간의 정신적 아름다움과 순수성, 인간의 고귀함과 존엄성을 존중하는 바탕 위에서 출발했고 이를 흔들림 없이 끝까지 지켰다. 그가 일제 하에서 '읽혀지지도 출간되지도 않는 작품을 은밀하게 쓰면서 모국어를 지킨' 일도, 이러한 상황과 무관하지 않을 것이다. 대부분 그의 작품이 배경으로 되어 있는 상황의 가열함 속에서도 진실된 인간성의 회복을 위한 암중모색을 잊지 않고 있는 것, 그리고 문학사에서 그를 낭만적 휴머니스트로 기록하고 있는 것도 그 때문일 터이다.

▌작가 연보

1915년(1세) 3월 26일 평안남도 대동군 재경면 빙장리 1175번지에서
　　　　　　부친 찬영씨와 모친 장찬붕 여사의 맏아들로 태어남.

1919년(5세) 3·1운동 발발. 평양 숭덕학교 고등과 교사로 계시던 부친
　　　　　　이 태극기와 독립선언서 평양 시내 배포 책임자의 한 분으로
　　　　　　일경에 붙들려 징역 1년 6개월의 실형을 받음.

1921년(7세) 평양으로 이사.

1923년(9세) 평양 숭덕소학교 입학.

1929년(15세) 3월 숭덕소학교 졸업. 정주 오산중학교 입학. 남강 이승
　　　　　　훈 선생 만남. 9월 건강 때문에 평양 숭실중학교로 전학.

1930년(16세) 시를 쓰기 시작.

1934년(20세) 3월 숭실중학교 졸업. 일본 동경 와세다 제2고등학원
　　　　　　입학. 동경에서 이해랑·김동원씨 등과 함께 극예술 단체인
　　　　　　'동경학생예술좌' 창립.

1935년(21세) 1월 17일 양정길과 결혼. 시집『방가』를 조선총독부의
검열을 피하기 위해 동경에서 간행했다 하여 여름 방학 때 귀
성했다가 평양 경찰서에 붙들려 들어가 29일간 구류당함. 동
인지『삼사문학』의 동인이 됨.

1936년(22세) 3월 와세다 제2고등학원 졸업. 와세다 대학 문학부 영
문과 입학. 동경에서 발행하는『창작』의 동인이 됨.

1938년(24세) 4월 장남 동규 출생.

1939년(25세) 3월 와세다 대학 졸업.

1940년(26세) 7월 차남 남규 출생.

1943년(29세) 9월 평양에서 향리인 빙장리로 소개. 11월 딸 선혜
출생.

1946년(32세) 1월 3남 진규 출생. 5월 월남. 9월 서울중고등학교 교사
취임.

1950년(36세) 한국전쟁 발발. 경기도 광주로 피난. 1·4 후퇴 때는 부
산으로 피난.

1953년(39세) 8월 피난지에서 환도.

1955년(41세) 3월 장편『카인의 후예』로 아시아 자유문학상 수상. 서
울중고등학교 교사 사임.『현대문학』추천 작품 심사위원에
피촉.

1956년(42세)『문학예술』추천 작품 심사위원에 피촉.

1957년(43세) 4월 경희대 문리대 교수로 취임. 예술원 회원 피선.

1961년(47세) 7월 장편『나무들 비탈에 서다』로 예술원상 수상.

1964년(50세) 12월『황순원 전집』전 6권을 창우사에서 간행.

1966년(52세) 3월 장편 『일월』로 3·1 문화상 수상. 단편 「소나기」가 인문계 중학교 3학년 국어 교과서에, 단편 「학」이 실업계 고교 3학년 국어 교과서에 수록됨. 3·1 문화상 심사위원에 피촉.

1970년(56세) 8월 15일 국민훈장동백장 받음.

1971년(57세) '외솔회' 이사에 피촉.

1972년(58세) 12월 19일 부친 별세.

1974년(60세) 1월 10일 모친 별세.

1980년(66세) 경희대학 교수 정년퇴임과 동시에 명예교수로 취임. 12월 문학과지성사가 낱권으로 기획한 『황순원 문학전집』(전 12권) 중 제1권 『늪/기러기』, 제9권 『움직이는 성』 간행.

1983년(69세) 12월 장편 『신들의 주사위』로 대한민국 문학상 본상 수상.

1987년(73세) 10월 제1회 인촌상 문학부문 수상. 12월 예술원 원로회원에 추대.

1990년(76세) 8월 15일 선친께서 건국훈장 애족장을 추서받음.

1996년(82세) 정부에서 은관문화훈장을 추서했으나 수여 거부.

2000년(86세) 9월 14일 오전 4시 서울시 동작구 사당동 자택에서 타계. 9월 16일 정부에서 금관문화훈장 추서.

작품 목록

1. 시

작품명(참고)	발표지	발표 연월일
나의 꿈	동광	1931. 7
아들아 무서워 마라	〃	1931. 9
默想	조선동아일보	1931. 12. 24
젊은이여	동광	1932. 1
街頭로 울며 헤매는 者여	혜성	1932. 4
넋잃은 그의 앞가슴을 향하여	동광	1932. 5
荒海를 건너는 사공아	〃	1932. 7
떨어지는 이날의 태양은	신동아	1933. 1
밤거리에 나서서	조선중앙일보	1934. 12. 18
새로운 行進	조선중앙동아일보	1935. 1. 2
歸鄕의 노래	조선중앙일보	1935. 1. 25
거지애	〃	1935. 3. 11
새 出發	〃	1935. 4. 5
밤 車	〃	1935. 4. 16

작품명(참고)	발표지	발표 연월일
街路樹	조선중앙일보	1935. 4. 25
굴뚝	〃	1935. 5. 7
故鄕을 향해	〃	1935. 6. 16
午後의 일 片	〃	1935. 6. 25
고독	〃	1935. 7. 5
찻속에서	〃	1935. 7. 26
무덤	〃	1935. 8. 22
개미	〃	1935. 10. 15
도주	동인지 창작 제2집	1936. 4
잠	〃	1936. 4
七月의 追憶	신동아	1936. 7
과정	작품 제1집	1938. 10
행동	〃	1938. 10
무지개가 있는 소라껍데기가 있는 바다	단층	1940. 6
臺詞	〃	1940. 6
그날	關西시인집	1945. 8
저녁 저자에서	민성	1946. 7
향수	조선시집	1952. 12
제주도말	〃	1052. 12
나무	새벽	1956. 1
세레나데	한국시집	1960. 3
童話	현대문학	1974. 3
초상화	〃	1974. 3
獻歌	〃	1974. 3
쏟에의 의미	한국문학	1977. 3
돌	〃	1977. 3
늙는다는 것	〃	1977. 3
고열로 앓으며	〃	1977. 3
겨울 풍경	〃	1977. 3
전쟁	〃	1977. 4

작품명(참고)	발표지	발표 연월일
링컨이 숨진 집을 나와		1977. 4
位置	현대문학	1977. 4
宿題	〃	1977. 4
모란 1·2	한국문학	1979. 5
꽃	〃	1980. 6
낭만적	현대문학	1983. 3
관계	〃	1983. 3
메모	〃	1983. 3
우리들의 세월	월간조선	1984. 3
도박	한국일보	1984. 3. 25
密語	현대문학	1984. 7
한 風景	〃	1984. 7
고백	〃	1984. 7
기운다는 것	문학사상	1984. 10
산책길에서 1/2	현대문학	1992. 9
죽음에 대하여	〃	1992. 9
미열이 있는 날 밤	〃	1992. 9
밤 늦어	〃	1992. 9
기쁨을 그냥	〃	1992. 9
숫돌	〃	1992. 9
무서운 아이	〃	1992. 9
放歌(시집, 총 27편의 시 수록)	동경학생예술좌	1934. 11
골동품(시집, 총 22편의 시 수록)	〃	1936. 5

「잡초」「꺼진 등대」「1933년의 수레바퀴」「강한 여성」「옛사랑」「압록강의 밤」「황혼의 노래」「이역에서」(시집 『放歌』에 수록)

「종달새」「반딧불」「코끼리」「나비」「게」「오리」「사람」「맨드라미」「앵두」「해바라기」「옥수수」「호박」「파리」「갈대」「선인장」「팽이 담뱃대」「빌딩」「지도」「우체통」「괘종」「공」(시집 『골동품』에 수록)

「당신과 나」「신음 소리」「열매」「골목」(『목탄화』에 수록)

2. 소설

작품명(참고)	발표지	발표 연월일
거리의 副詞	창작 제3집	1936. 7
돼지係	작품 제1집	1938. 10
별	인문평론	1941. 2
산골 아이	민성	1949 7
그늘	춘추	1942. 3
기러기	문예	1950. 1
병든 나비	혜성	1950. 2
황노인	신천지	1949. 9
노새	문예	1949. 12
맹산할머니	민성	1949. 8
독 짓는 늙은이	문예	1950. 4
두꺼비	우리공론	1946. 7
술(발표시 원제 '술 이야기')	신천지	1947. 2
아버지	문학	1947. 2
담배 한 대 피울 동안	신천지	1947. 9
목넘이마을의 개	개벽	1948. 3
몰이꾼(발표시 원제 '검부러기')	신천지	1949. 2
이리도	백민	1950. 2
모자	신천지	1950. 3
여인들(발표시 원제 '간도삽화')	〃	1953. 10
무서운 웃음 (발표시 원제 '솔개와 고양이와 매와')	〃	1953. 6
메리크리스마스	영남일보	1950. 12
어둠 속에 찍힌 판화	신천지	1951. 1
곡예사	문예	1952. 1
목숨	주간문학예술	1952. 5
과부	문예	1953. 1
소나기	신문학 제4집	1953. 3
학	신천지	1953. 5

작품명(참고)	발표지	발표 연월일
맹아원에서(발표시 원제 '태동')	문화세계	1953. 11
사나이	문학예술	1954. 2
왕모래(발표시 원제 '윤삼이')	신천지	1954. 1
필묵장수	현대문학	1955. 6
부끄러움(발표시 원제 '무서움')	〃	1955. 12
불가사리	문학예술	1956. 1
잃어버린 사람들	현대문학	1956. 1
장편 카인의 후예 (5회 연재 후 중단)	문예	1953. 9~
장편 인간접목(발표시 원제 '천사') (이후 1년간 연재)	새가정	1955. 12
산	현대문학	1956. 7
비바리	문학예술	1956. 10
내일	현대문학	1957. 2
소리	〃	1957. 5
다시 내일	〃	1958. 1
링반데룽	〃	1958. 4
모든 영광은	〃	1958. 7
이삭주이(발표시 원제 '꽁뜨三題')	사상계	1958. 7
너와 나만의 시간	현대문학	1958. 10
한 벤취에서	자유공론	1958. 12
안개 구름 끼다	사상계	1959. 1
할아버지가 있는 데쌍	〃	1959. 10
나무들 비탈에 서다	〃	1960. 1~7
손톱에 쓰다(발표시 원제 '꽁뜨二題')	예술원보	1960. 12
내 고향 사람들	현대문학	1961. 3
가랑비	자유문학	1961. 6
송아지	사상계	1961. 11
일월	현대문학	1961. 1~5(1부), 1962. 10~1963. 4(2부),

작품명(참고)	발표지	발표 연월일
일월	현대문학	1964. 8~1965. 1(3부)
그래도 우리기리는	사상계	1963. 7
비늘	현대문학	1963. 10
달과 발과	〃	1964. 2
소리그림자	사상계	1965. 4
온기 있는 破片	신동아	1965. 6
어머니가 있는 유월의 대화	현대문학	1965. 7
아내의 눈길(발표시 원제 '메마른 것들')	사상계	1965. 11
조그만 섬마을에서	예술원보	1965. 12
원색오뚝이	현대문학	1966. 1
수컷 퇴화설	문학	1966. 6
자연	현대문학	1966. 8
닥터 장의 경우	신동아	1966. 11
우산을 접으며	문학	1966. 11
피	현대문학	1967. 1
겨울 개나리	〃	1967. 8
차라리 내 목을	신동아	1967. 8
막은 내렸는데	현대문학	1968. 1
움직이는 성	〃	1968. 5~10, 1969. 7~9, 1970. 5~6, 1971. 3~6, 1972. 4~10
탈	조선일보	1971. 9
숫자풀이	문학사상	1974. 7
마지막 잔	현대문학	1974. 10
이날의 지각	문학사상	1975. 4
뿌리	주간조선	1975. 6
주검의 장소	문학과지성	1975. 겨울
나무와 돌, 그리고	현대문학	1976. 3
그물을 거둔 자리	창작과비평	1977. 가을
신들의 주사위	문학과지성	1978. 봄~1980. 여름

작품명(참고)	발표지	발표 연월일
그림자풀이	현대문학	1984. 1
나의 죽부인전	한국문학	1985. 9
땅울림	세계의 문학	1985. 겨울
황순원 단편집 (단행본, 이후 늪으로 改題)	한성도서	1940. 8
별과 같이 살다(장편소설)	정음사	1950. 2
목넘이마을의 개(단행본)	육문사	1948. 2
기러기(단행본)	명세당	1951. 8
곡예사(단행본)	〃	1952. 6
카인의 후예(장편소설)	중앙문화사	1954. 12
학(단행본)		1956. 12
인간접목(장편소설)	〃	1957. 10
잃어버린 사람들(단행본)	〃	1958. 3
너와 나만의 시간(단행본)	정음사	1964. 5
나무들 비탈에 서다(장편소설)	사상계	1960. 9
일월(장편소설)	창우사	1964. 12
움직이는 성(장편소설)	삼중당	1973. 5
탈(단행본)	문학과지성사	1976. 3
신들의 주사위(장편소설)	〃	1982. 8

「늪」「허수아비」「배역(配役)들」「소라」「갈대」「지나가는 비」「닭제」「원정(園丁)」「피아노가 있는 가을」「사마귀」「풍속(風俗)」(단행본『늪』에 수록)

「저녁놀」「애」「머리」「세레나데」「물 한 모금」「눈」(단행본『기러기』에 수록)

「별과 같이 살다」「황소들」「집」(단행본『목넘이마을의 개』에 수록)

「청산가리」(단행본『학』에 수록)

「참외」「아이들」「솔메마을에 생긴 일」「골목 안 아이」(단행본『곡예사』에 수록)

「두메」「매」「필묵장수」(단행본『학』에 수록)

3. 기타

작품명(참고)	발표지	발표 연월일
자기확인의 길 (수도문화사, 1951)에 수록	작가수업	
그와 그네	문학예술	1955. 8
유랑민 근성과 시적 근원	문학사상	1972. 11
말과 삶과 자유	문학과지성	1985. 봄
말과 삶과 자유 II	현대문학	1986. 5
말과 삶과 자유 III	〃	1986. 9
말과 삶과 자유 IV	〃	1987. 1
말과 삶과 자유 V	〃	1987. 5
말과 삶과 자유 VI	〃	1988. 3

▌참고 문헌

황순원의 문학에 대한 연구는 1980년 문학과지성사에서 낱권으로 기획한 황순원 전집 열두 권이 5년간에 걸쳐 발간되기 시작하면서 새롭게 조명되고 분석적으로 연구되기 시작했다. 전집 12권인 『황순원 연구』는 연구 사료의 정리에 좋은 이정표가 되었고, 전집이 완간된 1985년 3월에 상재된 『말과 삶과 자유』도 이 작가의 전기적 일화나 문체 연구를 포함하여 활발한 연구 분위기를 촉발시켰다.

개별 작품들에 대한 소략한 비평이나 부분적 언급이 주류를 이루는 가운데 황순원 소설에 대한 전반적이고 포괄적인 논의로는 천이두, 이보영, 이태동 등의 평론이 주목할 만하다. 천이두는 「종합에의 의지」(『현대문학』, 1973. 8)에서 단편이 보여준 토속적 세계와 장편이 보여준 현대적 도회적 세계가 『움직이는 성』에 와서 양립적이며 이율배반적인 대치 국면을 이루고 있다고 보았다.

황순원 문학의 이원적인 세계를 간취하고 있는 이 글은 작품의 구성과 인물 분석을 통해 일원적인 세계로의 종합 가능성을 고찰하고 있다. 이보영의 「황순원의 세계」(『현대문학』, 1970. 2~3)는 황순원 문학의 창조적 원동력인 '삶의 환멸과 권태'를 '사물의 이면을 직감하는 회의적인 시선' '세밀하고 냉철한 사물의 관찰 태도' 등의 창작 태도와 관련지어 논의하면서, 구체적인 작품 분석을 작가 의식의 변모 과정에 대한 고찰로 발전시키고 있다. 이태동의 「실존적 현실과 미학적 현현」(『현대문학』, 1980. 11)은 황순원 문학이 결코 시대적 현실과 유리된 문학이 아니라, 역사적인 배경 속에 자연주의와 리얼리즘을 함축성 있게 수용한 후, 거기에다 낭만주의적이고 초월적인 인간 정신과 인간 가치를 확대시켜 양면성을 가진 실존적 색채의 상징주의 문학을 이룩했다고 보고 있다. 그 외에, 김병익의 「순수문학과 그 역사성」(『한국문학』, 1976), 김현의 「소박한 수락」(『황순원 문학 전집』 제6권, 삼중당, 1973), 염무웅의 「8·15 직후의 한국문학」(『창작과비평』, 1975년 가을호) 등은 황순원 문학이 사회 인식과 역사의식의 산물임을 입증하려고 시도했다. 『작가세계』 1995년 봄호에 마련된 황순원 특집에 실린 김종회의 문학적 연대기 「문학의 순수성과 완결성, 또는 문학적 삶의 큰 모범」은, 작가의 생애와 작품과의 관계를 전체적으로 조감하고 있는 글이다.

학술논문으로 주목할 만한 것은 박혜경과 장현숙 등의 논문이다. 박혜경의 『황순원 문학 연구』(동국대 박사학위논문, 1995)는 황순원 문학의 지속적 측면과 변화의 측면을 이우르는 포괄적인 논의를 보여준다. 모성성—부성성, 혹은 설화성—근대성이라는 이항 대립적 등식을 지속적 측면으로, 시에서 장편소설에 이르는 장르상의 이행을 변화의 측면으로 보고, 지속과 변화 사이에 내재된 길항 관계를 의미화하고 있다. 장현숙의『황순원 문학 연구』(경희대 박사학위논문, 1994)는 주제 의식의 전개 양상과 지향성에 따라 시기별로 황순원의 소설을 정리하고 있다. 소설 전 작품을 빠짐없이 분석하고 있다는 것이 미덕이다. 그 외에 양선규와 허명숙의 논문도 있다. 양선규의『황순원 소설의 분석심리학적 연구』(경북대 박사학위논문, 1992)는 심리적 동기에 입각해 텍스트의 미학적 원리를 밝히고 있고, 허명숙의『황순원 소설의 이미지 읽기』(월인, 2005)는 이미지의 생성, 변모 과정을 통해 이미지가 내포하는 상징적 의미와 그것의 지향성을 서사적 흐름과 관련지어 분석하고 있다. 황순원 연구에 대한 단행본으로는 김종회가 편한『황순원—작가론 총서』(새미, 1998)가 주목할 만하다.

이 책에 수록된 작품에 대한 개별적인 작품론으로 주목할 만한 것은 다음과 같다. 「카인의 후예」의 경우는 김인환, 김병익, 조남현 등의 논의가 대표적이다. 김인환의 「인고의 미학」(『황순원 전집』6권, 문학과지성사, 1981)과 「여성주의 소설의 미학」(『작가세계』, 1995년 봄호)은 「카인의 후예」가 광복 전후의 사태를 충실히 그려냄으로써 기존 작품의 개인적 세계와 역사적 국면들이 결합되는 양상을 지적하고 있다. 또한 '오작녀' 등의 인물을 중심으로 표출되는 황순원 소설의 여성주의를 한국적 심성의 구체적 보편이라 해석했다. 김병익은 「수난기의 결벽주의자」(『황순원 문학 전집』제5권, 삼중당, 1973)에서 「카인의 후예」를 논하면서, 문학적 의미뿐 아니라 해방과 더불어 체험하게 되는 정신사적, 사회사적 변화를 읽을 수 있다고 평가했다. 조남현은 「우리 소설의 넓이와 깊이, 황순원의 「카인의 후예」」(『문학정신』, 1989. 1. 2)에서 「카인의 후예」의 판본 비교를 통해 작가의 개작 의도를 천착했다. 김종회의 「순수성과 서정성의 문학, 또는 문학적 완전주의」(『문학의 숲과 나무』, 민음사, 2002)는 '격동의 시대와 모성적 사랑의 결합'이라는 관점으로 「카인의 후예」를 점검하고 있다.

「나무들 비탈에 서다」에 대한 단독적 작품론은 많지 않다. 이보영이 도스토예프스키의 『죄와 벌』과의 비교를 통해 권태와 무관심의 징후를 읽어냈으며(「황순원의 세계」), 이태동은 사회적인 리얼리즘과 실존주의적인 인간 의식의 차원에서 소설에 접근하고 있다.(「실존적 현실과 미학적 현현(顯現)」) 「나무들 비탈에 서다」에 대한 구체적 논의로는 송상일의 「순수와 초월」(『황순원 전집』 7권, 문학과지성사, 1981)이 있다. 그는 전쟁의 현실이 작가로 하여금 인간 존재에 대한 통찰의 성숙을 가능하도록 했다는 점과 그것이 장편 장르의 선택과 필연적으로 관련된다는 점을 지적했다. 윤리의 문제를 사회적 윤리가 아닌 인간 존재의 본성적 문제로 다루려는 점에서 일종의 운명론으로 전락한 위험을 비판하지만, 순수의 양면성에 눈을 돌리고 있다는 점에서 장편적 리얼리즘의 세계로 전망을 넓혀가고 있다고 평가했다. 그 밖에, 조남현의 「우리 소설의 넓이와 깊이, 『나무들 비탈에 서다』, 그 외연과 내포」(『문학정신』, 1989. 4~5)는 작품에 내포된 상징성을 중심으로 한 연구이다.

단편 「너와 나만의 시간」에 대한 자세한 언급은 거의 찾아볼 수 없는 바, 황순원 전집 4권(문학과지성사, 1982)에 실린 권영민의 글에서 도움을 받을 수 있다. 권영민은 「일상적 경험과 소설의 수법―황순원의 단편들」에서 초기 단편과의 비교를 통해 논의를 전개하고 있다. 초기 단편들이 문체의 간결성과 감각적 인상으로 시적 서정성을 확보하고 있다면, 이 시기의 단편들은 일상적인 체험의 영역을 폭넓게 수용하여 현실 세계 쪽으로 시선을 돌리고 있다는 것이다. 또한 전개 방식상, 인상적인 사건의 일면을 제시하면서 서로 다른 에피소드를 결합하는 간접적인 접근법을 활용한다는 점을 들어 뛰어난 스타일리스트로서 황순원을 평가하고 있다.

이외에 황순원 소설의 문체에 대한 분석으로 권영민의 「황순원과 산문 문체의 미학」(『말과 삶과 자유』, 문학과지성사, 1985)과 우찬제의 「말무늬, 숨결, 글틀」(『황순원』, 새미, 1998)을 참고할 수 있다. 최동호의 「동경의 꿈에서 피사의 사탑까지」(『말과 삶과 자유』)는 황순원의 시 전반에 대한 총괄적 이해를 가능하게 하는 글이다.

한국문학전집을 펴내며

오늘의 한국 문학은 다양한 경험과 자산에서 비롯된 것이지만, 그중에서도 우리 앞선 세대의 문학 작품에서 가장 큰 유산을 물려받고 있다. 그럼에도 우리는 가끔 우리의 문학 유산을 잊거나 도외시한다. 마치 그것 없이는 살아갈 수 없는 소중한 물을 쉽게 잊고 사는 것처럼 그동안 우리는 우리가 이루어놓은 자산들을 너무 쉽게 잊어버리고 있었는지도 모르겠다. 인기 있는 외국 작품들이 거의 동시에 번역 출판되고, 새로운 기획과 번역으로 전 세계의 문학 작품들이 짜임새 있게 출판되고 있는 요즈음, 정작 한국 문학 작품들을 체계적으로 정리하지 못하고 있었다는 점을 최근에 우리는 깊이 반성하게 되었다. 그리고 이러한 때늦은 반성을 곧바로 '한국문학전집'을 기획하는 힘으로 전환하였다.

오늘의 시점에서 '한국문학전집'을 기획한다는 것은, 우선 그동안 양적으로나 질적으로 괄목할 만한 수준에 이른 한국 문학 연구 수준을 반영하는 새로운 시각이 전제되어야 할 것이다. 그리고 '우리 것을 지키자'는 순진한 의도에서가 아니라, 한국 문학이 바로 세계 문학이 되는 질적 확장을 위해, 세계 문학 속에서의 한국 문학의 정체성을 찾는 일을 간과해서는 안 될 것이다.

이번 기획에서 우리가 가장 크게 신경 썼던 점은 크게 두 가지이다. 하나는, 그동안 거의 관습적으로 굳어져왔던 작품에 대한 천편일률적인 평가를 피하고 그동안의 평가에 대한 비판적 평가와 더불어 새로운 평가로 인한 숨은 작품의 발굴이었다. 그리하여 한국 문학사를 시기별로 구분하여 축적된 연구 성과들 위에서 나름대로 중요한 작품들을 선별하는 목록 작업에 가장 큰 공을 들였다. 나머지 하나는, 그동안 여러 상이한 판본의 난립으로 인해 원전 텍스트가 침해되고 있는 심각한 상황을 고려하여 각각의 작가에게 가장 뛰어난 연구자들을 초빙하여 혼신을 다해 원전 텍스트를 확정하였다는 점이다.

장구한 우리 문학사의 주옥같은 작품들을 한자리에 모아, 세대를 넘고 시대를 넘어 그 이름과 위상에 값할 수 있는 대표적인 한국문학전집을 내놓는다. 이번에 출간되는 한국문학전집은 변화된 상황과 가치를 반영하는 내실 있고 권위를 갖춘 내용으로 꾸며질 것이며, 우리 문학의 정본 전집으로서 자리매김해 한국 문학의 전통을 계승하고 발전시키는 데 기여하고자 한다. 이 기획이 한국 문학의 자산들을 온전하게 되살려, 끊임없이 현재성을 가지는 살아 있는 작품들로, 항상 독자들의 옆에 있게 되기를 기대한다.

(주)문학과지성사

01 감자 김동인 단편선

최시한(숙명여대) 책임 편집

수록 작품 약한 자의 슬픔 / 배따라기 / 태형 / 눈을 겨우 뜰 때 / 감자 / 광염 소나타 / 배회 / 발가락이 닮았다 / 붉은 산 / 광화사 / 김연실전 / 곰네

극단적인 상황과 비극적 운명에 빠진 인물 군상들을 냉정하게 서술해낸 한국 근대 단편 문학의 선구자 김동인의 대표 단편 12편 수록. 인간과 환경에 대한 근대적 인식을 빼어난 문체와 서술로 형상화한 김동인의 주옥같은 작품들을 만날 수 있다.

02 탈출기 최서해 단편선

곽근(동국대) 책임 편집

수록 작품 고국 / 탈출기 / 박돌의 죽음 / 기아와 살육 / 큰물 진 뒤 / 백금 / 해돋이 / 그믐밤 / 전아사 / 홍염 / 갈등 / 먼동이 틀 때 / 무명초

식민 치하 빈궁 문학을 대표하는 최서해의 단편 13편 수록. 식민 치하의 참담한 사회적 현실을 사실적으로 전해주는 작품들. 우리 민족의 궁핍한 현실에 맞선 인물들의 저항 정신과 민족 감정의 감동과 울림을 전한다.

03 삼대 염상섭 장편소설

정호웅(홍익대) 책임 편집

우리 소설 가운데 서울말을 가장 풍부하게 살려 쓴 작품이자, 복합성·중층성의 세계를 구축하여 한국 근대 장편소설의 대표작으로 꼽히는 염상섭의 『삼대』. 1930년대 서울의 중산층 가족사를 통해 들여다본 우리 근대의 자화상이다.

04 레디메이드 인생 채만식 단편선

한형구(서울시립대) 책임 편집

수록 작품 논 이야기 / 레디메이드 인생 / 미스터 방 / 민족의 죄인 / 치숙 / 낙조 / 쑥국새 / 당랑의 전설

역설과 반어의 작가 채만식의 대표 단편 8편 수록. 1920~30년대의 자본주의적 현실 원리와 민중의 삶을 풍자적으로 포착하는 데 탁월했던 채만식. 사실주의와 풍자의 절묘한 조합으로 완성한 단편 문학의 묘미를 즐길 수 있다.

05 비 오는 길 최명익 단편선

신형기(연세대) 책임 편집

수록 작품 폐어인 / 비 오는 길 / 무성격자 / 역설 / 봄과 신작로 / 심문 / 장삼이사 / 맥령

시대를 앞섰던 모더니스트 최명익의 대표 단편 8편 수록. 병과 죽음으로 고통받는 인물 군상들을 통해 자신이 예감한 황폐한 현대의 징후를 소설화한 작가 최명익. 너무나 현대적이어서, 당시에는 제대로 평가받을 수 없었던 탁월한 단편소설들을 만난다.

06 사하촌 김정한 단편선

강진호 (성신여대) 책임 편집

수록 작품 그물 / 사하촌 / 항진기 / 추산당과 곁사람들 / 모래톱 이야기 / 제3병동 / 수라도 / 인간단지 / 위치 / 오끼나와에서 온 편지 / 슬픈 해후

리얼리즘 문학과 민족 문학을 대표하는 김정한의 대표 단편 11편 수록. 민중들의 삶을 통해 누구보다 먼저 '근대화의 문제'를 문학적으로 제기하고 예리하게 포착한 작가 김정한의 진면목을 본다.

07 무녀도 김동리 단편선

이동하 (서울시립대) 책임 편집

수록 작품 화랑의 후예 / 산화 / 바위 / 무녀도 / 황토기 / 찔레꽃 / 동구 앞길 / 혼구 / 혈거부족 / 달 / 역마 / 광풍 속에서

한국적이고 토착적인 전통 세계의 소설화에 앞장선 김동리의 초기 대표작 12편 수록. 민중의 삶 속에 뿌리 내린 토착적 전통의 세계를 정확한 묘사와 풍부한 서정으로 형상화했던 김동리 문학 세계를 엿본다.

08 독 짓는 늙은이 황순원 단편선

박혜경 (인하대) 책임 편집

수록 작품 소나기 / 별 / 겨울 개나리 / 산골 아이 / 목넘이마을의 개 / 황소들 / 집 / 사마귀 / 소리 / 닭제 / 학 / 필묵장수 / 뿌리 / 내 고향 사람들 / 원색오뚝이 / 곡예사 / 독 짓는 늙은이 / 황노인 / 늪 / 허수아비

한국 산문 문체의 모범으로 평가되는 황순원의 대표 단편 20편 수록. 엄격한 지적 절제와 미학적 균형으로 함축적인 소설 미학을 완성시킨 작가 황순원. 극적인 사건 전개 대신 정적이고 서정적인 울림의 미학으로 깊은 감동을 전한다.

09 만세전 염상섭 중편선

김경수 (서강대) 책임 편집

수록 작품 만세전 / 해바라기 / 미해결 / 두 출발

한국 근대 소설의 기념비적 작품인 「만세전」, 조선 최초의 여류화가인 나혜석의 삶을 소설화한 「해바라기」, 그리고 식민지 조선의 현실을 담아내고 나름의 저항의식을 형상화하기 위한 소설적 수련의 과정을 단적으로 보여주는 「미해결」과 「두 출발」 수록. 장편소설의 작가로만 알려진 염상섭의 독특한 소설 미학의 세계를 감상한다.

10 천변풍경 박태원 장편소설

장수익 (한남대) 책임 편집

모더니스트 박태원이 펼쳐 보이는 1930년대 서울의 파노라마식 풍경화. 근대 자본주의 사회의 이데올로기와 일상성에 대한 비판에 몰두하던 박태원 초기 작품의 모더니즘 경향과 리얼리즘 미학의 경계를 넘나드는 역작. 식민지라는 파행적 상황에서 기형적으로 실현되던 근대화의 양상을 기층 민중의 생활에 초점을 맞춰 본격화한 작품이다.

11 태평천하 채만식 장편소설

이주형(경북대) 책임 편집

부정적인 상황들이 난무하는 시대 현실을 독자적인 문학적 기법과 비판의식으로 그려냄으로써 '문학적 미'를 추구했던 채만식의 대표작. 판소리 사설의 반어, 자기 폭로, 비유, 과장, 희화화 등의 표현법에 사투리까지 섞은 요설로, 창을 듣는 듯한 느낌과 재미를 선사하는 작품. 세태풍자소설의 장을 열었던 채만식이 쓴 가족사소설의 전형에 해당한다.

12 비 오는 날 손창섭 단편선

조현일(홍익대) 책임 편집

수록 작품 공휴일 / 사연기 / 비 오는 날 / 생활적 / 혈서 / 피해자 / 미해결의 장 / 인간동물원초 / 유실몽 / 설중행 / 광야 / 희생 / 잉여인간 / 신의 희작

가장 문제적인 전후 소설가 손창섭의 대표 단편 14작품 수록. 병적이고 불구적인 인간 군상들을 통해 전후 사회 현실에서의 '절망'의 표현에 주력했던 손창섭. 전쟁 그리고 전쟁 이후의 비일상적 사태를 가장 근원적인 차원에서 표현한 빼어난 작품들을 선별했다.

13 등신불 김동리 단편선

이동하(서울시립대) 책임 편집

수록 작품 인간동의 / 흥남철수 / 밀다원시대 / 용 / 목공 요셉 / 등신불 / 송추에서 / 까치 소리 / 저승새

「무녀도」의 작가 김동리가 1950년대 이후에 내놓은 단편 9편 수록. 전기 작품에 이어서 탁월한 문체의 매력, 빈틈없는 구성의 묘미, 인상적인 인물상의 창조, 인간에 대한 깊이 있는 통찰이라는 김동리 단편의 미학을 다시 한 번 경험할 수 있는 기회이다.

14 동백꽃 김유정 단편선

유인순(강원대) 책임 편집

수록 작품 심청 / 산골 나그네 / 총각과 맹꽁이 / 소낙비 / 솥 / 만무방 / 노다지 / 금 / 금 따는 콩밭 / 떡 / 산골 · 봄 · 봄 / 안해 / 봄과 따라지 / 따라지 / 가을 / 두꺼비 / 동백꽃 / 야앵 / 옥토끼 / 정조 / 땡볕 / 형

고단한 삶을 살아가는 순박한 촌부에서 사기꾼에 이르기까지 다양한 삶의 모습을 문학 속에 그대로 재현한 김유정의 주옥같은 단편 23편 수록. 인물의 토속성과 해학성, 생생한 삶의 언어와 우리 소리, 그 속에 충만한 생명감을 불어넣은 김유정 문학의 정수를 맛본다.

15 소설가 구보씨의 일일 박태원 단편선

천정환(성균관대) 책임 편집

수록 작품 수염 / 낙조 / 소설가 구보씨의 일일 / 애욕 / 길은 어둡고 / 거리 / 방란장 주인 / 비량 / 진통 / 성탄제 / 골목 안 / 음우 / 재운

한국 소설사상 가장 두드러진 모더니즘 작품으로 인정받는 「소설가 구보씨의 일일」을 비롯한 박태원의 대표 단편 13편 수록. 한글로 씌어진 가장 파격적이고 실험적인 작품으로 주목 받은 박태원. 서울 주변부 중산층의 삶이라는 자기만의 튼실한 현실 공간을 구축하여 새로운 소설 기법과 예술가소설로서의 보편성을 획득한 작품들이다.

16 날개 이상 단편선

김주현(경북대) 책임 편집

수록 작품 12월 12일 / 지도의 암실 / 지팡이 역사 / 황소와 도깨비 / 공포의 기록 / 지주회시 / 동해 / 날개 / 봉별기 / 실화 / 종생기

근대와 맞닥뜨린 당대 식민지 조선의 기념비요 자화상 역할을 하는 이상의 대표 단편 11편 수록. '천재'와 '광인'이라는 꼬리표와 함께 전위적이고 해체적인 글쓰기로 한국의 모더니즘 문학사를 개척한 작가 이상. 자유연상, 내적 독백 등의 실험적 구성과 문체로 식민지 근대와 그것에 촉발된 당대인의 내면을 예리하게 포착해낸 이상의 문제작들을 한데 모았다.

17 흙 이광수 장편소설

이경훈(연세대) 책임 편집

한국 최초의 근대 장편소설 『무정』을 발표하면서 한국 소설 문학의 역사를 새롭게 쓴 이광수. 『흙』은 이광수의 계몽 사상이 가장 짙게 깔린 작품으로 심훈의 『상록수』와 함께 한국 농촌계몽소설의 전위에 속한다. 한국 근대 문학사상 가장 많이 연구되고 있는 작가의 대표작답게 『흙』은 민족주의, 계몽주의, 농민문학, 친일문학, 등장인물론, 작가론, 문학사 등의 학문적·비평적 논의의 중심에 있는 작품이다.

18 상록수 심훈 장편소설

박헌호(성균관대) 책임 편집

이광수의 장편 『흙』과 더불어 한국 농촌계몽소설의 쌍벽을 이루는 『상록수』. 심훈의 문명(文名)을 크게 펼치게 한 대표작이다. 1930년대 당시 지식인의 관념적 농촌 운동과 일제의 경제 침탈사를 고발·비판함으로써, 문학이 취할 수 있는 현실 정세에 대한 직접적인 대응 그리고 극복의 상상력이란 두 가지 요소를 나름의 한계 속에서 실천해냈고, 대중적으로도 큰 호응을 불러일으킨 작품이다.

19 무정 이광수 장편소설

김철(연세대) 책임 편집

20세기 이래 한국인이 가장 많이 읽고 가장 자주 출간돼온 작품, 그리고 근현대 문학 가운데 가장 많이 연구의 대상이 된 작가 이광수의 대표작 『무정』. 씌어진 지 한 세기가 가까워오도록 여전히 읽히고 있고 또 학문적 논쟁의 중심에 서 있는 『무정』을 책임 편집자의 교정을 충실하게 반영한 최고의 선본(善本)으로 만난다.

20 고향 이기영 장편소설

이상경(KAIST) 책임 편집

'프로문학의 정점'이자 우리 근대 문학사의 리얼리즘의 확립을 결정적으로 보여주는 이기영의 『고향』. 이기영은 1920년대 중반 원터라는 충청도의 한 농촌 마을을 배경으로 봉건 사회의 잔재를 지닌 채 식민지 자본주의화가 진행되어가는 우리 근대 초기를 뛰어난 관찰로 묘사한다. 일제 식민 치하 근대화에 대한 문학적·비판적 성찰과 지식인의 고뇌를 반영한 수작이다.

21 까마귀 이태준 단편선

김윤식(명지대) 책임 편집

수록 작품 불우 선생 / 달밤 / 까마귀 / 장마 / 복덕방 / 패강랭 / 농군 / 밤길 / 토끼 이야기 / 해방 전후

'한국 근대소설의 완성자' '단편문학'의 명수. 이태준은 우리 근대 문학의 전개 과정에서 결코 간과할 수 없는 역할을 담당했던 작가 가운데 한 사람이다. 문학의 자율성과 예술성을 상실하지 않으면서도 현실 문제에 각별한 관심을 보여주었던 그의 단편은 한국소설사에서 1930년대를 대표하는 것으로 인정받고 있다.

22 두 파산 염상섭 단편선

김경수(서강대) 책임 편집

수록 작품 표본실의 청개구리 / 암야 / 제야 / E선생 / 윤전기 / 숙박기 / 해방의 아들 / 양과자갑 / 두 파산 / 절곡 / 얼룩진 시대 풍경

한국 근대사를 증언하고 있는 횡보 염상섭의 단편소설 11편 수록. 지식인 망국민으로서의 허무적인 자기 진단, 구체적인 사회 인식, 해방 후와 전후 시기에 대한 사실적 증언과 문제 제기를 포함한 대표작들을 통해 횡보의 단편 미학을 감상한다.

23 카인의 후예 황순원 소설선

김종회(경희대) 책임 편집

수록 작품 카인의 후예 / 너와 나만의 시간 / 나무들 비탈에 서다

인간의 정신적 순수성과 고귀한 존엄성을 문학의 제일 원칙으로 삼았던 작가 황순원. 그의 대표작 가운데 독자들의 가장 많은 사랑을 받은 장편소설들을 모았다. 한국전쟁을 온몸으로 체득하면서 특유의 절제되고 간결한 문장으로 예술적 서사성을 완성한 황순원은 단편에서와 마찬가지로 변함없는 감동의 세계를 열어놓는다.

24 소년의 비애 이광수 단편선

김영민(연세대) 책임 편집

수록 작품 무정 / 소년의 비애 / 어린 벗에게 / 방황 / 가실 / 거룩한 죽음 / 무명 / 꿈

한국 근대소설사와 이광수 개인의 문학 세계에서 중요한 의미를 갖는 단편 8편 수록. 이광수가 우리말로 쓴 최초의 창작 단편 「무정」, 당시 사회의 인습과 제도를 비판한 「소년의 비애」, 우리나라 최초의 서간체 소설인 「어린 벗에게」, 지식인의 내면적 갈등과 자아 탐구의 과정을 담은 「방황」, 춘원의 옥중 체험을 바탕으로 씌어진 「무명」 등 한국 근대문학의 장르와 소재, 주제 탐구 면에서 꼼꼼히 고찰해야 할 작품들이다.

25 불꽃 선우휘 단편선

이익성(충북대) 책임 편집

수록 작품 테러리스트 / 불꽃 / 거울 / 오리와 계급장 / 단독강화 / 깃발 없는 기수 / 망향

8·15 해방과 분단, 6·25전쟁으로 이어지는 한국 근현대사의 열병을 깊이 있게 고찰한 선우휘의 대표작 7편 수록. 평판작 「불꽃」과 「깃발 없는 기수」를 비롯해 한국 근현대사의 역동성과 이를 바라보는 냉철한 작가의식이 빚어낸 수작들을 한데 모았다.

26 맥 김남천 단편선

채호석(한국외대) 책임 편집

수록 작품 공장 신문 / 공우회 / 남편 그의 동지 / 물 / 남매 / 소년행 / 처를 때리고 / 무자리 / 녹성당 / 길 위에서 / 경영 / 맥 / 등불 / 꿀

카프와 명맥을 같이하며 창작과 비평에서 두드러진 족적을 남긴 작가 김남천. 1930년 대 초, 예술운동의 볼세비키화론 주장과 궤를 같이하는 「공장 신문」 「공우회」, 카프 해산 직후 그의 고발문학론을 담은 「처를 때리고」 「소년행」 「남매」, 전향문학의 백미로 꼽히는 「경영」 「맥」 등 그의 치열했던 문학 세계의 변화를 일별할 수 있는 대표작 14편 수록.

27 인간 문제 강경애 장편소설

최원식(인하대) 책임 편집

한국 근대 여성문학의 제일선에 위치하는 강경애의 대표작. 일제 치하의 1930년대 조선, 자본가와 농민·노동자의 대립 구조 속에서 농민과 도시노동자가 현실의 문제를 해결하고자 하는 주체로 성장하는 과정과 그들의 조직적 투쟁을 현실성 있게 그려 낸 작품. 이기영의 『고향』과 더불어 우리 근대 소설사에서 리얼리즘 소설의 수작으로 꼽는다.

28 민촌 이기영 단편선

조남현(서울대) 책임 편집

수록 작품 농부 정도룡 / 민촌 / 아사 / 호외 / 해후 / 종이 뜨는 사람들 / 부역 / 김군과 나와 그의 아내 / 변절자의 아내 / 서화 / 맥추 / 수석 / 봉황산

카프와 프로문학의 대표 작가 이기영. 그가 발표한 수십 편의 단편소설들 가운데 사회사나 사상운동사로서의 자료적 가치가 높으면서 또 소설 양식으로서의 구조미를 제대로 보여주는 14편을 선별했다.

29 혈의 누 이인직 소설선

권영민(서울대) 책임 편집

수록 작품 혈의 누 / 귀의 성 / 은세계

급진적이고 충동적인 한국 근대의 풍경 속에 신소설이라는 새로운 서사 양식을 창조해낸 이인직. 책임 편집자의 꼼꼼한 텍스트 확정과 자세한 비평적 해설을 통해, 신소설의 서사 구조와 그 담론적 특성을 밝히고 당시 개화·계몽 시대를 대표하는 서사 양식에 내재화된 일본적 식민주의 담론을 꼬집는다.

30 추월색 이해조 안국선 최찬식 소설선

권영민(서울대) 책임 편집

수록 작품 금수회의록 / 자유종 / 구마검 / 추월색

개화·계몽시대의 대표적인 신소설 작가 3인의 대표작. 여성과 신교육으로 집약되는 토론의 모습을 서사 방식으로 활용한 「자유종」, 구시대적 인습을 신랄하게 비판한 「구마검」, 가장 대중적인 신소설 가운데 하나로 꼽히는 「추월색」, 그리고 '꿈'이라는 우화적 공간을 설정하여 현실 비판의 풍자적 색채가 강한 「금수회의록」까지 당대의 사회적 풍속과 세태의 변화를 민감하게 반영한 작품들을 수록했다.

31 젊은 느티나무 강신재 소설선

김미현(이화여대) 책임 편집

수록 작품 안개 / 해방촌 가는 길 / 절벽 / 젊은 느티나무 / 양관 / 황량한 날의 동화 / 파도 / 이브 변신 / 강물이 있는 풍경 / 점액질

1950, 60년대를 대표하는 여성 작가 강신재의 중단편 10편을 엄선했다. 특유의 서정적인 문체와 관조적 시선, 지적인 분석력으로 '비누 냄새' 나는 풋풋한 사랑 이야기에서 끈끈한 '점액질'의 어두운 욕망에 이르기까지, 운명의 폭력성과 존재론적 한계를 줄기차게 탐문한 강신재 소설의 여정을 한눈에 볼 수 있는 기회다.

32 오발탄 이범선 단편선

김외곤(서원대) 책임 편집

수록 작품 일요일 / 학마을 사람들 / 사망 보류 / 몸 전체로 / 갈매기 / 오발탄 / 자살당한 개 / 살 모사 / 천당 간 사나이 / 청대문집 개 / 표구된 휴지 / 고장난 문 / 두메의 어벙이 / 미친 녀석

손창섭·장용학 등과 함께 대표적인 전후 작가로 꼽히는 이범선의 대표작 14편 수록. 한국 현대사의 비극에 대한 묘사를 바탕으로 하면서도 잃어버린 고향, 동양적 이상향에 대한 동경을 담았던 초기작들과 전후의 물질적 궁핍상을 전통적 사실주의에 기초해 그리면서 현실 비판적 성격을 강하게 드러낸 문제작들을 고루 수록했다.

33 메밀꽃 필 무렵 이효석 단편선

서준섭(강원대) 책임 편집

수록 작품 도시와 유령 / 깨뜨려지는 홍등 / 마작철학 / 프레류드 / 돈 / 계절 / 산 / 들 / 석류 / 메밀꽃 필 무렵 / 삽화 / 개살구 / 장미 병들다 / 공상구락부 / 해바라기 / 여수 / 하얼빈산협 / 풀잎 / 낙엽을 태우면서

근대 작가의 문화적 정체성이 끊임없이 흔들렸던 식민지 시대, 경성제대 출신의 지식인 작가로서 그 문화적 혼란기를 소설 언어를 통해 구성하고 지속적으로 모색했던 이효석의 대표작 20편 수록.

34 운수 좋은 날 현진건 중단편선

김동식(인하대) 책임 편집

수록 작품 희생화 / 빈처 / 술 권하는 사회 / 유린 / 피아노 / 할머니의 죽음 / 우편국에서 / 까막잡기 / 그리운 흘긴 눈 / 운수 좋은 날 / 발 / 불 / B사감과 러브 레터 / 사립정신병원장 / 고향 / 동정 / 정조와 약가 / 신문지와 철창 / 서투른 도적 / 연애의 청산 / 타락자

한국 근대 단편소설의 형식적 미학을 구축하고 근대적 사실주의 문학의 머릿돌을 놓은 작가 현진건의 대표작 21편 수록. 서구 중심의 근대성과 조선 사회의 식민성 사이에서 방황하는 지식인의 내면 풍경뿐만 아니라, 식민지 조선의 일상을 예리하게 관찰함으로써 '조선의 얼굴'을 담아낸 작가 현진건의 면모를 두루 살폈다.

35 사랑 이광수 장편소설

한승옥(숭실대) 책임 편집

춘원의 첫 전작 장편소설. 신문 연재물의 제약에서 빗어나 좀더 자유롭고 솔직한 그의 인생관이 담겨 있다. 이른바 그의 어떤 장편소설보다도 나아간 자유 연애, 사랑에 관한 작가의 생각을 엿볼 수 있는 작품. 작가의 나이 지천명에 이르러 불교와 『주역』 등 동양고전에 심취하여 우주의 철리와 종교적 깨달음에 가닿은 시점에서 집필된, 춘원의 모든 것.

36 화수분 전영택 중단편선

김만수(인하대) 책임 편집

수록 작품 천치? 천재?/운명/생명의 봄/독약을 마시는 여인/화수분/후회/여자도 사람인가/하늘을 바라보는 여인/소/김탄실과 그 아들/금붕어/치돌멩이/크리스마스 전야의 풍경/말 없는 사람

1920년대 초반 자연주의, 사실주의적 색채가 강한 작품 세계로 주목받았던 작가 전영택의 대표작선. 이들 작품에서 작가는, 일제 초기의 만세운동, 일제 강점기하의 극심한 궁핍, 해방 직후의 사회적 혼돈, 산업화 초창기의 사회적 퇴폐상에 대한 자신의 경험을 소박한 형식 속에 담고 있다.

37 유예 오상원 중단편선

한수영(동아대) 책임 편집

수록 작품 황선지대/유예/균열/죽어살이/모반/부동기/보수/현실/훈장/실기

한국 전후 세대 문학의 대표 작가 오상원의 주요작 10편을 묶었다. '실존'과 '행동'에 초점을 맞춘 그의 작품은, 한결같이 극한 상황에 처한 인간 존재의 의미를 묻는 데 천착하면서 효과적인 주제 전달을 위해 낯설고 다양한 소설적 실험을 보여준다.

38 제1과 제1장 이무영 단편선

전영태(중앙대) 책임 편집

수록 작품 제1과 제1장/흙의 노예/문 서방/농부전 초/청개구리/모우지도/유모/용자소전/이단자/B녀의 소묘/O형의 인간/들메/며느리

한국 농민문학의 선구자로 평가받는 이무영의 주요 단편 13편 수록. 이들 작품에서 작가는, 농민을 계몽의 대상이 아닌, 흙을 일구는 그들의 삶을 통해서 진실한 깨달음을 얻는 자족적 대상으로 바라본다. 이무영의 농민소설은 인간을 향한 긍정적 시선과 삶의 부조리한 면을 파헤치는 지식인의 냉엄한 비판 의식이 공존하고 있다.

39 꺼삐딴 리 전광용 단편선

김종욱(세종대) 책임 편집

수록 작품 흑산도/진개권/지층/해도초/GMC/사수/크라운장/충매화/초혼곡/면허장/꺼삐딴 리/곽 서방/남궁 박사/죽음의 자세/세끼미

1950년대 전후 사회와 60년대의 척박한 삶의 리얼리티를 '구도의 치밀성'과 '묘사의 정확성'을 통해 형상화한 작가 전광용의 대표 단편 15편 모음집. 휴머니즘적 주제 의식, 전통적인 서사 형식, 객관적이고 냉철한 묘사 태도, 짧고 건조한 문체 등으로 집약되는 전광용의 작품 세계를 한눈에 살필 수 있는 계기.

40 과도기 한설야 단편선

서경석(한양대) 책임 편집

수록 작품 동경/그릇된 동경/합숙소의 밤/과도기/씨름/사방공사/교차선/추수 후/태양/임금/딸/철로 교차점/부역/산촌/이념/모자/혈로

식민지 시대 신경향파·카프 계열 작가로서 사회주의 리얼리즘 문학을 추구한 작가 한설야의 문학적 특징을 잘 드러내는 단편 17편을 수록했다. 시대적 대세에 편승하며 작품의 경향을 바꾸었던 다른 카프 작가들과는 달리 한설야는, 주체적인 노동자로서의 삶을 택한 「과도기」의 '창선'이 그러하듯, 이 주제를 자신의 평생 과제로 삼아 창작에 몰두했다.

41 사랑손님과 어머니 주요섭 중단편선

장영우(동국대) 책임 편집

수록 작품 추운 밤 / 인력거꾼 / 살인 / 첫사랑 값 / 개밥 / 사랑손님과 어머니 / 아네모네의 마담 / 북소리 두둥둥 / 봉천역 식당 / 낙랑고분의 비밀

주요섭이 남녀 간의 애정 문제를 주로 다룬 통속 작가로 인식되어온 것은 교정되어야 마땅하다. 그는 빈민 계층의 고단하고 무망(無望)한 삶을 사실적으로 재현하는 데 탁월한 기량을 보였으며, 날카로운 현실인식과 객관적 묘사의 한 전범을 보여주었고 환상성을 수용함으로써 보다 탄력적인 소설미학을 실험하기도 하였다.

42 탁류 채만식 장편소설

우찬제(서강대) 책임 편집

채만식은 시대의 어둠을 문학의 빛으로 밝히며 일제 강점기와 해방기의 우리 소설사를 빛낸 작가다. 그는 작품활동 전반에 걸쳐 열정적인 창작열과 리얼리즘 정신으로 당대의 현실상을 매우 예리하게 형상화했다. 특히 『탁류』는 여주인공 초봉의 기구한 운명의 족적을 금강 물이 점점 탁해지는 현상에 비유하면서 타락한 당대의 세계상을 여실하게 드러내주고 있다.

43 벙어리 삼룡이 나도향 중단편선

우찬제(서강대) 책임 편집

수록 작품 젊은이의 시절 / 별을 안거든 우지나 말걸 / 옛날 꿈은 창백하더이다 / 여이발사 / 행랑 자식 / 벙어리 삼룡이 / 물레방아 / 꿈 / 뽕 / 지형근 / 청춘

위험한 시대에 매우 불안하게 살았던 작가. 그러나 나도향은 불안에 강박되기보다 불안한 자유의 상태를 즐기는 방식으로 소설을 택한 작가였다. 낭만적 환멸의 풍경이나 낭만적 동경의 형식 등은 불안에 대한 나도향 식 문학적 향유의 풍경으로 다가온다.

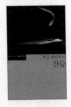

44 잔등 허준 중단편선

권성우(숙명여대) 책임 편집

수록 작품 탁류 / 습작실에서 / 잔등 / 속습작실에서 / 평대저울

한국 근대소설사에서 허준만큼 진보적 지식인의 진지한 자기 성찰을 깊이 형상화한 작가는 없었다. 혁명의 필연성을 기꺼이 인정하면서도 혁명과 해방으로 인해 궁지와 비참에 몰린 사람들에 대해 깊은 연민과 따뜻한 공감의 눈길을 던진 그의 대표작 다섯 편을 한데 모았다.

45 한국 현대희곡선

유치진 함세덕 오영진 차범석 이근삼 최인훈 이현화 이강백 이윤택 오태석

이상우(고려대) 책임 편집

수록 작품 토막 / 산허구리 / 살아 있는 이중생 각하 / 국물 있사옵니다 / 옛날 옛적에 훠어이 훠이 / 카덴자 / 봄날 / 오구─죽음의 형식 / 심청이는 왜 두 번 인당수에 몸을 던졌는가

한국 현대희곡 100년사를 대표하는 작품 열 편. 1930년대부터 1990년대까지 각 시기의 시대정신과 연극 경향을 대표할 만한 희곡들을 골고루 선별하였고, 사실주의 희곡과 비사실주의희곡의 균형을 맞추어 안배하였다.

46 혼명에서 백신애 중단편선

서영인 책임 편집

수록 작품 나의 어머니/꺼래이/복선이/채색교/적빈/낙오/악부자/정현수/학사/호도/어느 전원의 풍경—일명·법률/광인수기/소독부/일여인/혼명에서/아름다운 노을

일제강점기 한국문학을 대표하는 여성 작가이자 사회운동가인 백신애의 주요 작품 16편을 묶었다. 극심한 가난과 봉건적 인습의 굴레에 갇힌 여성들의 비극, 또는 그로부터 벗어나고자 하는 의지를 섬세한 필치와 치열한 문제의식으로 그려냈다. 그의 소설을 통해 '봉건적 가족제도와 여성의 욕망'이라는 해묵은 주제가 오늘날에도 여전히 풀리지 않는 과제로 존재하고 있음을 알게 된다.

47 근대여성작가선

김명순 나혜석 김일엽 이선희 임순득

이상경(KAIST) 책임 편집

수록 작품 의심의 소녀/선례/돌아다볼 때/탄실이와 주영이/경희/현숙/어머니와 딸/청상의 생활—희생된 일생/자각/계산서/매소부/탕자/일요일/이름 짓기/딸과 어머니와

일제강점기 한국문학을 대표하는 여성 작가들의 주요 작품 15편을 한 권에 묶었다. 근대 여성의 목소리로서 여성문학은 봉건적 가부장제에서 벗어나고자 개인으로서 여성의 자유로운 선택을 가로막는 온갖 질곡에 저항해왔다. 여성이 봉건적 공동체를 벗어나 개성을 찾아 나서는 길은 많은 경우 가출, 자살, 일탈 등으로 귀결되었지만, 그럼에도 여성 자신의 힘을 믿으면서 공동체의 인습에 저항하고 새로운 공동체를 지향하는 노력이 있었다. 여기에 식민지라는 조건 속에서 민족의 해방은 더 큰 과제이기도 했다. 이 책에 실린 여성 작가의 작품들은 신여성의 이러한 꿈과 현실, 한계를 여실히 드러내 보여준다.

48 불신시대 박경리 중단편선

강지희(한신대) 책임 편집

수록 작품 계산/흑흑백백/암흑시대/불신시대/벽지/환상의 시기/약으로도 못 고치는 병

여성의 전쟁 수난사를 가장 탁월하게 그려낸 작가 박경리의 대표 중단편 7편 수록. 고독과 절망의 시대를 살아내면서도 현실과 타협하지 못하는 결벽성으로 인간의 존엄을 고민했던 작가의 흔적이 역력한 수작들이 담겼다.